KB105641

요시카와 에이지 평역

三國志

※ 일러두기

1. 이 작품은 나관중의 《삼국지연의》와 고난 분산湖南文山의 《통속삼국지》 등을 저본으로 삼아 저자가 나름대로 살을 덧붙이고 해설을 가미하여 평역한 것이다.

2. 삼국지 시대의 길이를 나타내는 척尺(자)과 무게를 나타내는 근斤은 현재의 도량형 기준과 다르다. 즉, 삼국지 시대의 1척(자)은 23.1센티미터이고 1근은 220그램이다. 이에 준해서 본문에 묘사된 등장인물의 신장과 사물의 높이, 깊이, 거리 그리고 무게를 가늠하는 것이 합당하리라 본다.

3. 본문의 날짜 표기는 모두 태음력을 기준으로 했다.

4. 본문 내 인물과 지명, 관직명의 한자 병기는 처음 나올 때만 하는 것을 기준으로 했고, 자주 등장하지 않는 인물과 지명, 관직명은 그때그때 병기했다. 또 한자를 병기했을 때 뜻이 명확해지는 단어나 동음이의어에도 그 뜻을 분명히 전달하기 위해 병기했다.

5. 본문 내 연도 표기는 나라별 연호와 연도를 먼저 표기하고 (   ) 안에 서기 연도를 표기하여 독자들의 이해를 도왔다.

6. 본문에 나오는 한자성어와 관직명은 (   )를 붙여 그 뜻을 간략히 설명하였으나 독자들의 이해를 돕기 위해 1권 끝에 부록을 마련하여 본문 내의 부족한 설명을 보충했다.

三國志

—— 4 ——

망촉 · 도남

잇북
it BOOK

삼국지 지도

七

망족

望

蜀

항복선

||| 一 |||

"이런 절호의 기회를 놓쳐서는 안 됩니다."

노숙의 간언에 주유도 생각을 바꾸고 돌연 분기하여 명령을 내렸다.

"우선 감녕을 불러라."

진중의 참모부는 아연 활기를 띠었다.

"감녕, 대령했습니다."

"오오, 왔소이까?"

"드디어 적을 공격하는 것입니까?"

"그렇소. ……그대에게 명하노라."

주유는 엄숙하게 군령을 내렸다.

"미리 계획한 대로 우선 아군 사이에 잠입한 채중과 채화 두 사람을 미끼로 이들을 역이용하여 적의 대세를 뒤집을 것이오. 그점은 잘 알고 있겠지?"

"잘 알고 있습니다."

"그대는 우선 채중을 안내자로 삼아 조조에게 항복한다고 소리치며 배를 북쪽 기슭에 대고 오림烏林에 상륙하시오. 그리고 채중의 깃발을 들고 조조가 군량을 저장해둔 창고로 가서 사방에 불을 지르고, 불길이 커지거든 적진에 들어가 측면에서 그의 진지를 교란하도록."

"넵, 알겠습니다. 그런데 남은 한 명인 채화는 어떻게 하실 생각입니까?"

"채화는 따로 이용할 데가 있으니 남겨두고 가시오."

감녕이 물러가자 주유는 이어서 태사자를 불렀다.

"귀하는 3,000여 명의 병사들을 이끌고 황주黃州 경계로 가서 합비合肥에 있는 조조 군에 일격을 가하고 즉시 적의 본진으로 들어가 불을 질러 모조리 태워버리도록 하라. 그리고 홍기를 보거든 아군 병사들이니 착각하는 일이 없도록 하고."

세 번째로 여몽을 불렀다.

여몽에게는 이렇게 명령했다.

"병사 3,000명을 이끌고 오림으로 건너가 감녕과 합세하여 그를 도우시오."

네 번째로 능통을 불렀다.

"이릉夷陵의 경계에 있다가 오림에 불길이 치솟는 것을 보거든 즉시 공격해 들어가시오."

이렇게 말하고는 병사 3,000명을 내주었다. 또 동습董襲에게는 한양漢陽에서 한천漢川 방면으로 공격하게 하고, 반장潘璋에게도 병사 3,000명을 주고 한천 방면으로 돌격할 것을 명했다.

이렇게 해서 선봉 6개 부대는 백기를 목표로 즉각 출격했다. 수군들도 각자 활발하게 움직이고 있었는데 일찍부터 반간지계反間之計(아군을 적군에 보내 거짓 정보를 퍼뜨리거나 적군을 이용하여 거짓 정보를 유포하게 만드는 계책)를 쓰려고 단단히 벼르고 있던 황개는 즉시 조조에게 사람을 보내 다음과 같이 전했다.

"드디어 때가 왔습니다. 오늘 밤 이경二更(21시~23시)에 오의 병량과 군수품을 가능한 한 많이 빼내 병선에 가득 싣고 언젠가 약속드린 대로 귀군에 항복하러 가겠습니다. 돛대에 청룡아기青龍牙旗가 펄럭이는 배를 보거든 오를 탈주한 항복선으로 아십시오."

은밀하게 그러나 그럴싸하게 조조 쪽에는 미리 짠 대로 이런저런 신호를 보내고 그날 밤의 전투에 대비한 준비를 착착 진행했다. 우선 20척의 화선火船을 선두에 세우고 그 뒤에 네 척의 병선을 연결했다. 그리고 제1선대는 영병군관領兵軍官 한당, 제2선대는 주태, 제3선대는 장흠, 제4선대는 진무가 지휘하며 크고 작은 배 약 300여 척이 뱃머리를 나란히 하고 밤이 되기를 기다렸다.

이미 날은 어두워졌고, 강 위의 풍파는 점점 거칠어지고 있었다. 새벽부터 불기 시작한 동남풍은 낮을 지나며 더욱 거세게 불어댔다.

왠지 후덥지근하다. 그리고 나른할 정도로 계절과 맞지 않는 밤이었다.

그 때문인지 강 위 일대는 수증기가 피어오르고 있었다. 황개는 징조가 좋다며 밧줄을 풀고 일제히 출항할 것을 명령했다.

300여 척의 몽충蒙衝(선체를 강인한 소가죽으로 씌운 쾌속의 중형선)은 흰 물결을 가르며 북쪽 강기슭으로 나아갔다. 그 뒤를 주유와 정보가 탄 대형 기함이 돛을 펄럭이며 따라갔다.

후진으로 따라가는 선열은 오른쪽이 정봉丁奉, 왼쪽이 서성徐盛의 부대로 보였다.

노숙과 방통은 이날 밤 뒤에 남아 비어 있는 본진을 지켰다.

그날 저녁, 오주吳主 손권의 본군은 휘하의 병사들과 함께 이미 황주黃州의 경계를 넘어 전진하고 있었다.

병부兵符를 받고 본군이 출격한 사실을 안 주유는 즉시 일군을 파견하여 남병산南屛山 꼭대기에 큰 깃발을 꽂아 우선 선봉대장 육손陸遜을 맞이하고 이어서 손권에게도 "지금은 오직 밤이 되기를 기다릴 뿐입니다."라고 보고했다.

어둠은 시시각각 짙어지고 있었고, 장강의 파도 소리도 예사롭지 않았으며, 따뜻한 바람이 끊임없이 북쪽으로 불었다. 이처럼 천지는 기분 나쁜 형상을 띠고 있었다.

한편 하구에 있는 유비는 공명이 돌아오기를 일일여삼추一日如三秋로 애타게 기다리다가 어제부터 때아닌 동남풍이 불기 시작하자 전에 공명이 한 말을 떠올리고 급히 조자룡을 불러 말했다.

"공명을 맞이하러 가게."

간밤에 조자룡을 보내고 오늘 아침에도 망루에 올라 이제나저제나 하며 강을 바라보고 있었다.

그때 한 척의 작은 배가 강을 거슬러 올라오고 있었다.

그러나 공명이 아니고 강하江夏의 유기劉琦였다.

유비는 유기를 망루로 맞아들이고 물었다.

"연락도 없이 갑자기 무슨 일로 오셨소?"

"어젯밤부터 파수병들이 하류에서 속속 돌아와서 보고하기를 오의 병선과 병사들이 동남풍이 부는 것과 동시에 술렁이기 시작하더니 이 바람이 그치기 전에 반드시 전투가 벌어질 것이라 했습니다. 황숙께는 아직 어떤 정보도 들어오지 않았습니까?"

"아니, 밤새 빈번하게 위급을 알리는 보고가 들어와 있기는 하나 오나라에 가 있는 군사 제갈량이 돌아오지 않고서는……."

두 사람이 이야기를 나누고 있는 사이에 병사 한 명이 달려와서 큰소리로 보고했다.

"지금 번구樊口에서 작은 배 한 척이 돛을 펴고 이쪽으로 오고 있습니다. 뱃머리에서 펄럭이는 것은 조 장군의 깃발 같습니다."

"돌아오는 모양이군."

유비는 유기와 함께 급히 망루를 내려와 선창에 서서 기다렸다.

과연 공명을 태운 조운의 배였다.

유비의 기쁨은 이루 말할 수 없었다. 서로 무사함을 축하하며 함께 하구성夏口城의 한 방으로 들어갔다.

그리고 유비가 오와 위, 양군의 상황에 대해서 묻자 공명이 대답했다.

"사태가 급박합니다. 주군과 헤어진 이후의 이야기도 자세히 말씀드릴 여유가 없습니다. 주군께서는 만반의 준비를 해놓으셨습니까?"

"물론이오. 언제든지 출동할 수 있도록 수륙 양군을 대기시켜놓고 군사가 돌아오기만을 기다리고 있었소."

"그렇다면 즉시 부서를 정하고 요지를 향해 출동하라고 지령을 내려야 합니다. 주군께 이의가 없다면 저는 이 일부터 끝내고 싶습니다."

"모든 지휘는 군사의 권한과 계획에 따르는 것이니 즉각 실행하도록 하시오."

"그럼, 외람되오나 용서해주십시오."

공명은 단에 서서 우선 조운을 불러 명했다.

"장군은 병사 2,000명을 이끌고 강을 건너 오림의 샛길에 숨어 있다가 오늘 밤 사경四更 무렵에 조조가 도망쳐오거든 앞서가는 사람들은 그냥 보내고 무리의 중간 부분을 끊고 공격하시오. 그렇다고 남김없이 토벌해서는 안 되고, 도망치거든 쫓지 마시오. 적당한 때를 봐서 불을 지르고, 적의 중심부를 철저하게 분쇄하시오."

조운은 명을 받고 물러가다가 돌아와서 이렇게 물었다.

"오림에는 두 갈래의 길이 있습니다. 하나는 남군南郡으로 통하고 하나는 형주荊州로 갈라집니다. 조조는 어느 쪽으로 도망치겠습니까?"

"반드시 형주 쪽으로 가다가 방향을 바꿔 허도로 돌아가려고 할 것이오. 그럴 생각이 분명할 거요."

공명은 마치 손바닥 위를 가리키듯이 확신에 차서 말했다. 그리고 다음으로 장비를 불렀다.

||| 三 |||

장비에게는 이렇게 명령했다.

"장군은 병사 3,000명을 이끌고 강을 건너 이릉의 길을 막으시오. 그곳 호로곡胡虜谷에 병사를 매복시키고 기다리고 있으면 조조가 반드시 남이릉의 길을 피해 북이릉으로 도망쳐올 것이오. 내일 비가 갠 후 조조의 패잔병이 이 근방에 와서 밥을 지어 먹을 텐데, 그 연기를 보거든 일거에 달려들어 공격하시오."

장비는 공명이 지나치게 자세히 말하기에 미심쩍어하면서도 알겠다고 대답하고 즉시 그 방면으로 떠났다.

다음으로 미축, 미방, 유봉을 불러 명했다.

"세 사람은 배를 모아 강기슭을 돌다가 위의 군영이 궤멸하거든 군수품과 군량 등을 모두 배에 옮기도록 하시오. 그리고 각처에 흩어진 도망병의 마구와 무기 등도 남김없이 노획하시오."

또 유기에게는 이렇게 명령했다.

"무창武昌은 꼭 필요하고 중요한 곳이니 반드시 지켜야 하오. 강기슭을 철통같이 지키다가 도망쳐오는 적이 있다면 포로로 잡아 우리 편으로 삼으시오."

마지막으로 유비에게 말했다.

"주군과 저는 번구의 고지에 올라 오늘 밤 주유가 지휘하는 강위의 전투를 구경할 것입니다. 어서 준비하시지요."

"그렇게까지 전투가 임박한 것이오? 그렇다면 서둘러야지."

유비도 서둘러 갑옷을 입고 공명과 함께 번구의 망대로 가려고 했다.

그런데 그때까지 어떤 명령도 받지 못하고 쓸쓸히 한쪽에 서 있는 장수가 한 명 있었다.

"이보시오, 군사."

그가 비로소 입을 열었다. 바로 관우였다.

아는지 모르는지 공명은 태연한 얼굴로 돌아보며 말했다.

"오, 관 장군. 무슨 일이시오?"

관우는 불만스러운 얼굴로 눈물까지 글썽이며 따져 물었다.

"조금 전부터 이제나저제나 하며 명령이 떨어지기만을 기다렸소. 그러나 나에게는 한 마디 지시가 없으니 무엇 때문이오? 불초 주군을 따라 수십 번의 전투에 참가하였으나 지금까지 늘 선봉이었소. 그런데 이번 대전에서는 아무런 임무가 없으니 무슨 숨은 뜻이라도 있는 것이오?"

공명이 차갑게 대답했다.

"그렇소. 장군을 쓰고 싶지만 한 가지 걸리는 것이 있어서요. 그것이 걱정되어 일부러 장군에게는 임무를 맡기지 않고 이곳을 지키라고 할 참이었소."

"걸리는 것이라니? 분명히 말씀해주시오. 나를 의심하는 거요?"

"아니, 장군의 충혼을 누가 의심하겠소? 그러나 생각해보시오. 전에 장군은 조조에게 후한 대접을 받고 도성을 떠날 때 그의 정에 구애되어 훗날 반드시 은혜에 보답하겠다고 맹세한 적이 있지 않소? 곧 조조는 오림에서 패해 화용도華容道를 퇴로로 삼아 도망칠 것이오. 때문에 장군이 길을 지키고 있다가 조조의 목을 치는 것은 참으로 손쉬운 일이나, 다만 내가 우려하는 것은 앞서 말한 그 점이오. 장군의 성정으로는 분명 조조에게 은혜를 입은 것을 생각하여 그가 궁지에 몰린 것을 모른 척하고 놓아줄 것이 틀림없으니까요."

"뭐요? 그건 군사의 지나친 억측이오. 이전의 은혜는 이미 조조에게 갚았소. 일찍이 그의 병사들을 빌려서 안량과 문추 등을 베어 겹겹이 포위하고 있던 백마 부대를 물러가게 하여 그의 꺾인 사기를 회복시킨 것 등은 그 보답으로 한 일이오. 그런데 어찌 지금에 와서 그를 놓아주겠소? 부디 나를 보내주시오. 만일 사사로운 마음으로 허튼짓을 한다면 달게 군법의 심판을 받겠소."

관우의 간절한 모습에 유비는 그가 가여웠는지 공명을 달래며 말했다.

"군사가 걱정하는 것도 당연하지만 이번 대전에서 관우 같은 장수가 본진을 지키고 있었다고 알려지면 세상 사람들 앞에서는 물론 장졸들 사이에서도 체면이 서지 않을 것이오. 부디 병사를 내주고 관우를 이번 전투에 참여할 수 있게 해주시오."

공명은 할 수 없다는 얼굴로 말했다.

"그렇다면 만에 하나 군명을 어길 시에는 어떠한 벌도 달게 받겠다는 군령장을 쓰시오."

관우는 그 자리에서 서약문을 적어 군사의 손에 건넸으나 여전히 불만스러운 얼굴로 "말씀대로 저는 군령장을 썼소만, 만약 군사의 말과 달리 조조가 화용도로 도망쳐오지 않는다면 군사는 어쩔 생각이오?"라고 언질을 요구했다.

공명은 미소 지으며 약속했다.

"조조가 만약 화용도로 도망치지 않고 다른 곳으로 도망친다면 나도 반드시 벌을 받겠소."

그리고 덧붙여 명했다.

"장군은 화용산의 안쪽으로 들어가서 고개 쪽에 불을 놓아 일부러 연기를 올리며 매복해 있으시오. 조조를 반드시 잡을 수 있을 것이오."

"말씀 중에 죄송하오만……."

관우가 그의 말을 막았다.

"고개에 불을 놓아 연기를 올리면 기껏 도망쳐온 조조도 앞에 적이 있는 것을 알고 방향을 바꾸지 않겠소?"

"아니요."

공명이 웃으며 말했다.

"병법에는 겉과 속, 허와 실이 있지요. 조조는 병법을 잘 아는 자이니 앞쪽에 연기가 피어오르는 것을 보면 적이 사람이 있는 것처럼 보이기 위해 위계僞計를 쓴다고 생각하고 오히려 그쪽으로 올 것이오. 적을 속이기 위해서는 적의 지능 정도를 헤아리는 것이 우선이오. 관 장군, 의심하지 말고 어서 가시오."

"과연."

관우는 탄복하고 물러나와 양자인 관평, 심복인 주창 등과 함께 병사 500여 명을 이끌고 곧장 화용도로 달려갔다.

그가 떠난 후 유비가 오히려 공명보다 더 걱정스러운 얼굴로 말했다.

"원래 관우라는 인간은 정이 많고 의리가 있기 때문에 저렇게 말하고 갔지만, 막상 실제로 닥치면 조조를 살려줄지도 모르겠소. ……아아, 역시 군사의 생각대로 본진을 지키게 하는 편이 나았을지도 모르겠군."

공명은 그 말을 부정하며 말했다.

"그것이 꼭 좋은 계책은 아닐지도 모릅니다. 오히려 관 장군을 보내는 편이 자연의 섭리에 맞을 것입니다."

유비가 의아하다는 표정을 짓자 설명을 덧붙였다.

"왜냐하면 말입니다. 제가 천문을 보고 인간의 목숨을 보니 이번 대전에서 조조의 병력은 줄어들지만, 수명은 끝나지 않습니다. 여전히 천수가 남아 있습니다. 때문에 어차피 관 장군에게 아직 예전에 입었던 은혜에 대해 보답하고자 하는 마음이 남아 있다면, 그것을 이번 기회에 털어버리게 하는 것도 좋지 않겠습니까?"

"선생……. 아니, 군사. 군사는 거기까지 통찰하고 관우를 보낸 것이오?"

"그 정도는 생각해야 적재적소에 병사들을 배치할 수 있습니다."

말을 마치자 공명은 잠시 후에 하류에서 화염이 하늘을 붉게 물들일 것이라며 유비를 재촉해 번구의 산꼭대기로 올라갔다.

┃┃┃ 五 ┃┃┃

동남풍이 분다. 뜨뜻미지근한 이상한 바람이다.

어제부터 일어난 현상이다. 그렇다면 바람이 불기 전후의 조조의 상황은 어땠을까? 위군 진영은 어떻게 움직이고 있었을까?

"불길한 날씨다. 아군에게는 좋은 징조가 아니야."

정욱이 이렇게 말하고 굳이 자신의 지혜를 자랑하지 않으며 조조를 향해 덧붙였다.

"승상, 부디 현찰賢察하십시오."

그러자 조조가 물었다.

"어째서 이 바람이 아군에게 불길하다는 것인가? 생각해보게. 지금은 동지라 만물이 말라 음기가 극에 달해 있네. 이제 양기가 생겨 돌아오려 할 때가 아닌가? 이럴 때 동남풍이 부는 것은 이상한 일이 아니야."

이때 강남 방면에서 배 한 척이 빠르게 다가왔다. 남쪽에서 북쪽 기슭을 향해 맹렬하게 부는 바람 덕에 그 작은 배는 나는 듯이 다가왔다.

"황개가 보낸 사자입니다."

그는 한 통의 밀서를 건네고는 돌아갔다.

"뭐, 황개가?"

조조는 기다렸다는 듯이 손수 봉인을 뜯었다. 그는 급히 밀서를 읽어 내려갔다.

밀서의 내용은 이러했다.

전에 말씀드린 것에 대해서 말입니다만, 주유의 군령이 엄해 경솔하게 움직일 수 없었습니다. 그래서 오직 기회가 오기만을 기다리고 있었는데 마침 때가 왔습니다. 전부터 파양호에 저장한 군량과 그 밖의 엄청나게 많은 군수품을 강기슭에 있는 전선前線으로 회송할 일이 생겼는데 제가 그 일을 맡게 되었습니다.

하늘이 주신 이 절호의 기회를 놓쳐서는 안 될 것입니다. 이미 방책은 다 준비되어 있습니다. 전에 말씀드린 대로 오늘 밤 이경二更 무렵 제가 강남 쪽 무장의 머리와 함께 수많은 군수품과 군량을 가득 실은 배를 끌고 투항하겠습니다. 모든 항복선의 돛대 끝에 청룡아기를 세우겠으니, 부디 승상의 병사들이 오인하는 일이 없도록 부탁드리겠습니다.

건안 13년(208) 겨울 11월 21일

"어떻게 하고 있는지 걱정했는데 과연 노련한 황개구나. 좋은 기회를 잡았다. 마침 동남풍이 부니 오군 진영을 벗어나 이쪽으로 오는 것도 어렵지 않을 것이다. 각자 실수가 없도록 하라."

조조는 크게 기뻐하며 각 부대의 대장들에게 지시를 내리고 자신도 휘하의 많은 부하와 함께 수채로 가서 중앙에 있는 기함에 올라가 앉았다.

이날 석양은 납빛 구름에 가려졌고, 해가 지자 바람은 더욱 거세졌다. 강 위에 물결이 높이 일어 천억의 황룡이 춤추는 듯했다.

그러는 사이에 밤이 다가오고 있었다. 오군 진영에서도 심상치 않은 분위기가 감돌고 있었다.

이미 황개와 감녕도 출진하고 채화가 홀로 진영을 지키고 있었다.

그때 갑자기 한 무리의 병사가 와서는 다짜고짜 그를 포박했다.

"주 도독이 부르신다. 어서 가자."

채화는 깜짝 놀라서 소리쳤다.

"내게 무슨 죄가 있다고 이러느냐?"

"자세한 것은 모른다. 도독 앞에 가서 묻도록 해라."

병사들은 막무가내로 그를 끌고 갔다.

주유는 기다리고 있다가 그를 보자마자 소리쳤다.

"네놈은 조조의 첩자다. 출진하기 전에 네놈의 목을 신께 바치기 위해 지금까지 기다렸다. 자, 제사를 지내도록 하자."

그는 검을 빼 들었다.

채화는 슬프게 하소연했다. 감녕과 감택도 자신과 한패인데 자신의 목만 치는 것은 부당하다고 울부짖었다. 주유가 웃으며 말했다.

"그것은 모두 내가 시킨 일이다."

그러고는 단칼에 채화의 목을 쳤다.

적벽 대습격

||| 一 |||

시간은 이미 초경에 가까웠다.

채화의 머리를 바치고 물의 신과 불의 신에게 기도하고 피를 뿌려 군기에 제사 지낸 후 주유는 마지막 수군에게 출격할 것을 명했다.

"출격하라."

그때 이미 선발대인 제1선대, 제2선대, 제3선대 등은 뱃머리를 나란히 하고 진격하고 있었다.

황개가 탄 기함은 '황蓋'이라 새긴 대형 깃발을 달았고, 그 외의 대선, 소선도 모두 청룡아기를 세우게 했다.

밤이 깊어짐에 따라 세차게 불던 바람은 다소 잦아들었지만 바람의 방향만은 바뀌지 않았다. 그리고 여전히 큰 물결이 하늘까지 넘실대고 어지러운 구름 사이로 희미한 달빛이 한순간 밝게 비치다가 푸르스름하게 어두워지며 점차 음침한 기운으로 주위를 채우기 시작했다.

삼강의 물과 하늘, 밤은 점점 깊어지고
거대한 은빛 뱀이 춤추는 듯하네

전투를 알리는 북소리가 멈추고 뱃전마다 노래하니
수많은 몽혼夢魂이 수채를 연결하네

북쪽 강기슭에 있는 위군의 진중에서 시를 읊고 있는 자가 있었다.
기함에 있던 조조는 이 시를 듣고 옆에 있는 정욱에게 물었다.

"시를 읊고 있는 자가 누구냐?"

"기함 뒤에서 보초를 서고 있는 초병입니다. 승상께서 시인이시
니 저절로 말단 병사들까지 시정詩情을 품게 되는 모양입니다."

"하하하하, 시는 그저 그렇다만 그 마음이 갸륵하구나. 그 초병
을 불러오너라. 술 한 잔을 상으로 내리겠다."

부하 한 명이 즉시 자리에서 일어나 배꼬리로 달려가는 것과 동
시에 돛대 위의 망루에서 고함이 들렸다.

"앗! 배가 보인다. 많은 선대船隊가 남쪽에서 올라오고 있다!"

"뭐, 선대가 보인다고?"

장졸들이 너나 할 것 없이 일제히 일어나 선루에 오르기도 하고
뱃머리 쪽으로 달려가기도 했다.

거친 하늘 아래 성난 물결을 헤치며 속속 줄지어 오는 배의 돛
이 보였다. 달빛이 그것을 비춰 선명하게 보이는가 싶더니 곧 구
름이 달을 가려 아무것도 보이지 않았다.

"깃발이 보이느냐? 청룡아기를 세웠느냐?"

밑에서 조조가 소리쳤다.

선루 위에서 대장들이 입을 모아 대답했다.

"보입니다."

"모든 배의 돛대에 달려 있습니다."

"청기인 듯합니다. 청룡아기가 틀림없습니다."

조조는 희색이 만면하여 고개를 끄덕였다.

"그렇군. 됐어!"

그는 뱃머리 쪽으로 가려고 했다.

그때 또 뱃머리 쪽에서 망을 보던 장수가 와서 보고했다.

"멀리 후방에서 오는 선단 중에 큰 배에 '황'이라는 글자가 쓰인 큰 깃발이 펄럭펄럭 나부끼는 것이 보입니다."

조조는 무릎을 치며 말했다.

"그래. 바로 그 배가 황개가 타고 있는 배야. 그가 정말로 약속을 어기지 않고 지금 우리 편으로 오는 것은 그야말로 하늘이 위군을 돕는 것이다."

그리고 주위에 모여 있는 장수들에게 말했다.

"다들 기뻐하게. 오나라는 진 것이나 다름없네. 이미 우리 손으로 오를 잡은 것이나 마찬가지야."

동남풍을 타고 왔기 때문에 다가오는 속도가 놀랄 정도로 빨랐다. 무리를 이룬 몽충은 어느새 눈앞에 와 있었다. 그때 갑자기 정욱이 소리를 질러 아군에게 경고했다.

"어, 어? ……수상하다! 방심하지 마라!"

조조는 귀에 거슬린다는 듯 불쾌하게 그를 돌아보았다.

"정욱, 뭐가 수상하다는 것인가?"

||| 二 |||

정욱은 조조의 물음에 즉시 대답했다.

"군량과 무기 등을 가득 실은 배라면 반드시 흘수(배가 물 위에 떠

있을 때 물에 잠겨 있는 부분의 깊이)가 깊어야 하는데 지금 오는 배들은 모두 흘수가 얕은 것을 보니 짐이 실려 있는 것 같지 않습니다. 이것이 거짓이라는 증거가 아니겠습니까?"

과연 조조였다. 이 한마디에 모든 걸 깨달은 듯했다.

"으음. 과연 그렇구나!"

그는 신음하며 눈을 크게 뜨고 바라보고 있다가 갑자기 소리쳤다.

"큰일이다! 이 거센 바람, 만약 적이 화공을 쓴다면 막을 방법이 없다. 누가 가서 저 배들을 수채 안으로 들어오지 못하게 막아라!"

나중 일은 나중에 생각하기로 하고 그는 일단 명령을 내렸다.

"제가 가서 막고 있는 사이에 빨리 대책을 세우십시오."

문빙이 기함에서 작은 배로 옮겨 타며 말했다.

문빙은 가까이에 있는 병선 7, 8척과 쾌속정 10여 척을 이끌고 물결을 헤치고 돌진하여 즉시 앞에서 오는 대선단의 진로를 가로막고 뱃머리에 서서 소리쳤다.

"멈춰라, 멈춰. 조 승상의 명령이다. 지금 오는 배들은 모두 수채 밖에 닻을 내리고, 키를 멈추고, 돛을 내려라!"

그러나 대답은커녕 여전히 물살을 헤치고 질주해오던 선두의 배에서 화살이 하나 날아와 문빙의 왼쪽 팔뚝에 꽂혔다.

악! 문빙은 배 바닥을 구르며 소리쳤다.

"제길, 항복은 거짓이다!"

선열과 선열 사이로 화살이 빗발쳤다.

그때 기습 함대의 중앙에 있던 황개의 배는 물안개 속을 전진해 벌써 수채 안으로 돌입하고 있었다.

황개는 선루에 올라 큰소리로 지휘하고 있다가 칼을 뽑아 들고 아군의 선열 하나를 불러 말했다.

"지금이다. 지금, 바로 지금이다. 조조가 자랑하는 거함이 눈앞에 늘어서서 오늘 밤의 습격을 기다리고 있다. 저것을 봐라. 적이 당황하여 어쩔 줄을 모르는 모습을. 자, 돌진하라! 돌진해서 마음껏 짓밟아라!"

미리 교묘하게 위장한 선두의 폭화 선대, 즉 연초, 기름, 섶 등을 가득 싣고 장막으로 덮어 숨겨온 쾌속정과 병선이 일시에 거대한 화염을 뿜으며 위군의 거함을 향해 돌진하여 충돌했다.

화염이 일어나는 소리인지 물소리인지 바람 소리인지 모를 소리가 순간 삼강의 수륙을 감쌌다.

불새처럼 물 위를 날아가 적선의 거대한 몸체에 붙은 작은 배는 아무리 해도 떨어지지 않았다. 나중에 안 사실이지만 그 소형 배들의 뱃머리에는 창과 같은 못이 촘촘히 박혀 있었다. 그것을 적선의 옆구리에 깊이 찔러넣은 오의 병사들은 즉시 더 작은 배를 내려 달아났다.

어찌 견디겠는가. 아무리 거대하다고 해도 나무나 가죽으로 만든 배들이었다. 순식간에 진홍빛의 불 산으로 변하여 깊은 물속으로 가라앉았다.

게다가 연환계에 의해 대선과 대선, 대함과 대함이 대부분 쇠사슬로 연결되어 있었기 때문에 배 한 척에 불이 붙자 이내 다른 배에도 옮겨붙었다. 대부분의 배가 교전 태세를 취할 틈도 없이 불에 타서는 침몰하기에 바빴다. 오림만의 수면은 마치 발광한 것처럼 붉게 소용돌이치고 있었다.

무엇이 작렬하는 것인지 폭연이 치솟을 때마다 화염이 하늘을 날았다. 차례차례 침몰하는 거함들은 마치 화염에 싸인 수레바퀴처럼 빙글빙글 돌다가 이내 물보라를 뒤집어쓰고 강 속으로 모습을 감췄다.

게다가 그 맹렬한 불길과 불똥은 강 위에만 머물지 않고 육지의 진지로도 옮겨갔다.

오림과 적벽 양 기슭의 바위와 나무가 타올랐다. 또 진영 곳곳의 건물을 비롯해 군량 창고, 책문, 마구간에 이르기까지 눈에 보이는 모든 곳이 불길에 휩싸였다.

"화공이 보기 좋게 성공했다. 이 기회를 놓치지 말고 북군을 말살하라!"

오의 수군 도독 주유는 이날 밤, 방화정放火艇이 돌입한 뒤 대선열을 만들어 오림과 적벽 사이로 진입했는데, 아군이 유리한 것을 보고 육지로 진격해 들어가 수륙 양군을 독려하고 있었다.

우세한 주유의 위치와는 반대로 무참한 혼란 속에 있는 것은 조조가 타고 있는 기함과 그 주위에 집결해 있는 중군선대中軍船隊였다.

"작은 배를 내려라. 우현에 작은 배를……."

검은 연기 속에서 소리치고 있는 것이 정욱인지, 장료인지, 서황인지 알 수 없었다.

화염 속에서 도망치려는 장수임은 분명했으나 그가 누구인지조차 몰랐다.

"빨리, 빨리!"

뱃전에 댄 작은 배는 화염 아래에서 절규했다. 출렁이는 거대한 파도는 끓어오르고 시뻘건 열풍은 그 배도 사람들도 순식간에 집어삼키려 하고 있었다.

"서둘러라."

"어서 승상께서도."

장수들은 각자 그 작은 배로 뛰어내렸다. 조조도 뛰어내렸다. 겨우 몸만 탈 수 있었다.

그러나 그것을 발견한 오의 주가走舸(전장에 쓰이는 쾌속정)와 병선은 사방에서 강물을 헤치며 다가왔다.

"조조를 생포하라!"

"적장을 놓치지 마라."

강 위에는 불에 탄 인마의 시체와 나무 조각 등 다양한 것들이 떠다니고 있었다. 조조가 탄 배는 그 사이를 헤치며 정신없이 도망치고 있었다.

그때 한 척의 몽충에 탄 오늘 밤의 기습선대 대장인 오의 황개가 나타났다. 그는 지금이야말로 조조를 토벌할 때이니 무슨 일이 있어도 조조의 목을 취하겠다며 쾌속정으로 갈아타고 조조를 쫓아왔다.

"달아나다니 비겁하구나. 위의 대승상 조조의 이름이 부끄럽지도 않으냐! 조조야, 기다려라."

황개가 갈퀴를 들고 뱃머리에 서서 몇 척의 배를 이끌고 노를 저어 다가왔다.

그때 조조 옆에 있던 장료가 벌떡 일어서더니 손에 있던 철궁을 한 발 쏘았다. 화살은 황개의 어깨에 맞았다. 황개는 비명과 함께 강물로 떨어졌다.

당황한 오의 병사들이 물속에서 황개를 찾는 사이에 조조는 가까스로 오림의 기슭으로 도망쳐 올라갔다. 그러나 그곳도 온통 화염에 휩싸여 어디를 봐도 얼굴을 들 수 없을 정도로 열풍이 가득했다.

잠시 주춤하던 바람도 이 넓은 지역에 걸친 맹렬한 불길에 살아난 듯 돌도 날리고 물도 찢을 정도로 불어댔다.

"꿈이 아닐까?"

조조는 돌아보며 망연히 중얼거렸다. 그도 그럴 것이 조금 전과는 상황이 너무 달랐다.

건너편 기슭인 적벽, 북쪽 기슭인 오림, 서쪽의 하수夏水 모두가 화염에 휩싸여 있거나 적군의 그림자뿐이었다. 그가 거느리고 있던 크고 작은 배들은 모두 흔적도 없이 사라졌거나 맹렬히 타오르고 있었다.

"꿈이 아니구나! 아아……."

조조는 하늘을 향해 크게 탄식하고는 말에 올랐다.

청사靑史에 길이 남을 적벽대전, 오랜 세월 사람들의 입에 오르내리는 삼강의 대섬멸이란 이날 밤 조조가 맛본 고배를 말한다. 그리고 그 전장은 현재의 장강 유역인 호북성 가어현嘉魚縣의 남쪽 기슭과 북쪽 기슭에 걸쳐 있는데 강과 육지가 뒤얽힌 복잡한 지역이다.

산골짜기에서 웃다

||| 一 |||

80여만이라는 위용을 자랑하던 조조의 병력은 이날의 패전으로 하루아침에 3분의 1 이하가 되었다고 한다.

익사한 자, 불에 타 죽은 자, 화살에 맞아 죽은 자, 또 육지에서 말발굽에 밟히고 창에 찔려 죽은 자 등 산을 이룰 정도로 많은 사상자가 나왔다.

오군의 희생자도 적지 않았다.

"살려주시오, 살려줘."

아직 어지럽게 싸우고 있는데 파도 사이에서 말소리가 들렸다. 오군 장수 한당이 갈퀴로 끌어올려 보니 오늘 밤의 일등 공신인 황개였다.

어깨에 화살이 박혀 있었다.

한당은 화살촉을 뽑고 깃발을 찢어 상처를 싸맨 후 즉시 후방으로 보냈다.

감녕, 여몽, 태사자 등은 이미 요새의 중심부로 돌입하여 수십 개소에 불을 지르고 있었다.

그 외에 오의 능통, 동습, 반장 등도 종횡무진하며 위력을 떨치고 있었다.

그중 한 사람이 채중의 목을 베어 그 머리를 창끝에 꽂아 걸어 가고 있었다.

이런 상황이었으므로 위군은 전투다운 전투도 제대로 해보지 못한 채 달아나기에 바빴다. 적에게 쫓겨 나무 위까지 도망쳐 올라간 병사도 있었다. 그런 자가 보이면 나무와 함께 태워버렸다.

"승상, 승상. 전포 자락에 불이 붙었습니다."

뒤에서 달려오는 장료가 말 위에서 알려주었다. 앞서가던 조조는 황급히 옷자락에 붙은 불을 껐다.

달리고 또 달려가도 화염으로 뒤덮인 숲이었다. 산도 불타고 물도 끓었다. 게다가 재가 비처럼 끊임없이 내리고 있었기 때문에 말은 더욱 날뛰었다.

"어이, 장료가 아닌가? 어이."

10여 명 정도의 장졸이 뒤쫓아오고 있었다. 아군인 모개였다. 그는 조금 전에 부상당한 문빙을 부축하고 있었다.

"여기가 어디쯤인가?"

숨을 헐떡이며 조조가 묻자 장료가 대답했다.

"아직 오림 부근입니다."

"아직도 오림인가?"

"숲이 끝없이 이어지는 평지입니다. 적이 곧 쫓아올 것입니다. 쉴 틈이 없습니다."

따라오는 부하는 겨우 20여 명, 조조는 돌아보고 암담한 기분에 휩싸였다.

의지할 것이라고는 말의 튼튼한 다리밖에 없었다. 조조는 채찍을 더욱더 힘차게 휘두르며 뒤도 돌아보지 않고 나는 듯 달렸다.

그때 한쪽 숲길에서 깃발을 휘두르며 소리치는 자가 있었다.

"조적曹賊은 게 섰거라!"

오의 여몽과 그의 부하들이었다.

"뒤는 제가 맡겠습니다. 어서 서둘러 달아나십시오."

장료가 그 자리에 섰다.

그러나 1리쯤 가니 한 무리의 병사들이 뛰어나오며 외쳤다.

"오의 능통이 여기 있다. 조적은 말에서 내려 항복하라."

조조는 간담이 서늘해져서는 옆의 숲속으로 달려 들어갔다.

그러나 거기에도 한 무리의 병마가 매복해 있었기 때문에 그는 비명과 함께 황급히 말을 돌리려 했다. 그때 외치는 소리가 들렸다.

"승상, 승상. 두려워하실 것 없습니다. 휘하의 서황입니다. 소장이 여기서 기다리고 있었습니다."

"오오, 서황인가?"

조조는 안도의 한숨을 내쉬고 말했다.

"장료가 고전하고 있을 것이다. 지원하러 가라."

서황은 병사들을 이끌고 돌아가서 이윽고 적인 여몽과 능통의 병사들을 물리치고 장료를 구출하여 돌아왔다.

||| 二 |||

조조 일행은 하나가 되어 동북쪽을 향해 달아났다.

그때 한 무리의 군마가 나타났다.

"적인가?"

서황과 장료 등이 다시 고전을 각오하고 척후병을 보내 알아보니 그들은 예전에 원소의 부하로 조조에게 항복하여 오랫동안 북국의 한 지방에 머물러 있던 마연馬延과 장의張顗였다.

두 사람은 즉시 조조를 만나러 와서 이렇게 말했다.

"실은 저희 둘이서 북국의 병사 1,000명을 모아 오림의 진지로 지원하러 가고 있었습니다. 그런데 어젯밤부터 거센 바람이 불고 하늘에 불길이 오르기에 행군을 멈추고 여기서 대기하며 만일에 대비하고 있었습니다."

조조는 크게 힘을 얻고 마연과 장의를 앞장서게 하고 그중에서 500명의 병사를 후진으로 돌렸다. 그는 그제야 조금은 편안한 마음으로 달아날 수 있었다.

10리쯤 가자 아군의 두 배나 되는 한 무리의 병사들이 앞을 가로막으며 대장으로 보이는 자가 말을 몰고 나와 뭐라고 말하고 있었다. 마연은 그들도 자신들처럼 아군일 것이라고 생각하고 가까이 다가가 물었다.

"누구냐?"

그러자 저쪽에서 큰소리로 "나는 오군의 자랑인 감녕이다. 순순히 내 칼을 받아라."라며 말이 끝나기도 전에 말을 달려 다가와서는 마연을 단칼에 베어버렸다.

뒤에 있던 장의가 놀라서 외쳤다.

"오군의 대장이었구나!"

그는 창을 휘두르며 덤벼들었으나 감녕의 적수가 되지 못했다.

눈앞에서 장의와 마연이 죽는 것을 본 조조는 감녕의 용맹함에 떨며 접어든 남이릉南夷陵 길을 피해 급히 서쪽으로 돌아 달아나기 시작했다.

다행히 그를 찾고 있던 병사들을 만났기에 말도 세우지 않고 명령했다.

"뒤쫓아오는 적을 막아라."

그러고는 채찍이 부러져라 말 엉덩이를 때리며 달아났다.

이미 오경五更(04시~06시) 무렵이었다. 돌아보니 적벽의 불빛도 멀리 희미하게 보였다. 조조는 조금 안심한 듯 뒤처져 따라오는 부하들을 기다리며 주위의 부하들에게 물었다.

"여기가 어디인가?"

원래 형주의 무사였던 한 장수가 대답했다.

"오림의 서쪽, 의도宜都의 북쪽입니다."

"의도의 북쪽이라. 아, 그 방향으로 온 것인가."

조조는 말 위에서 부지런히 부근의 산세와 지형을 살폈다. 산이 우뚝 솟아 있었고 숲이 깊었으며 길은 매우 험했다.

"아하하하하, 아하하하하."

갑자기 조조가 큰소리로 웃었기 때문에 주위에 있던 장수들은 이상하다는 듯이 서로 얼굴을 쳐다보다가 그에게 물었다.

"승상, 어이하여 웃으십니까?"

조조가 대답했다.

"아니, 특별한 일은 아니네. 지금 이 근처의 지형을 보고 주유의 얕은 지혜와 공명의 미숙함을 알게 되어 그만 웃음이 나고 말았네. 만약 내가 주유나 공명이었다면 우선 이 지형에 병사들을 매복시켜두었다가 도망치는 적을 섬멸했을 것이네. 적벽의 일전은 그들이 얼떨결에 한 승리로 이런 곳을 그냥 놀려두고는 주유도 공명도 완벽하게 승리했다고 할 수 없을 거야."

패장은 말이 없다고는 하지만 조조는 말 위에서 사방을 가리키며 휘하의 장수들에게 병법에 대해서 강의했다.

그러나 그 강의가 채 끝나기도 전에 주위의 숲에서 한 무리의 군마가 튀어나왔다. 그리고 앞뒤의 길을 둘러싸는 듯싶더니 우렁찬 목소리가 들렸다.

"상산의 자룡, 조운이 여기서 기다리고 있었다. 조조야, 목숨을 내놓아라!"

조조는 너무 놀란 나머지 하마터면 말에서 굴러떨어질 뻔했다.

||| 三 |||

패주, 또 패주, 여기서도 조조의 잔군은 무참히 당했다. 다만 장료와 서황 등의 선전에 의해 조조는 겨우 호랑이 굴에서 벗어났다.

"아! 비가 오는구나."

무정한 하늘이었다. 비마저 패잔군을 괴롭혔다. 억수로 퍼붓는 장대비였다.

비는 갑옷 속까지 들어와 살갗을 파고들었다. 때는 추운 11월인데다가 길은 질퍽거리고 날은 아직 밝지 않았기에 조조를 비롯한 장졸들의 피로는 극에 달해 있었다.

"마을이 보인다!"

날이 밝아올 무렵 일동은 드디어 가난한 산촌에 도착했다.

마을에 도착하자마자 조조의 입에서는 딱하게도 이런 말이 튀어나왔다.

"불은 없는가? 뭐라도 먹을 것은 없는가?"

그의 부하들은 근처 농가로 앞다투어 들어가더니 이윽고 채소를 절여놓은 항아리며 나무 밥통, 말린 채소와 절임 단지 등을 제각기 안고 돌아왔다.

그러나 가지고 온 음식들을 배 속에 넣을 틈조차 없었다. 왜냐하면 마을 뒷산에서 불길이 올랐기 때문이다.

"앗, 적이다."

그들은 즉시 달아나기 시작했다.

"적이 아니오, 적이 아니오."

뒤쫓아온 자들을 보니 아군 장수인 이전李典과 허저許褚였다. 그들은 병사 1,000명 정도를 이끌고 산을 넘어 도망쳐오는 길이었다.

"아, 허저도 무사한가. 이전도 있었군."

불탄 자리에서 타다 남은 보석을 주운 것처럼 조조는 기뻐했다. 이윽고 말 머리를 나란히 하고 길을 서둘렀다. 해가 높이 떠오르고 밤새 내렸던 큰비도 그쳤다. 얄궂게도 동남풍마저 점점 약해졌다. 조조는 눈앞에 갈림길이 나타나자 말을 멈추고 뒤따라오는 부하들에게 길을 물었다.

장수 중에 한 사람이 대답했다.

"한쪽은 남이릉의 큰길, 다른 한쪽은 북이릉의 산길입니다."

"어느 쪽으로 가는 것이 허도에 가까운가?"

"남이릉입니다. 도중에 호로곡을 넘어가면 거리가 매우 짧아집니다."

"그렇다면 남이릉으로 가자."

즉시 그쪽으로 길을 잡고 서둘러 달렸다.

정오가 지났을 무렵 일행은 이미 호로곡에 접어들었다. 육체를 혹사한 탓에 말과 병사들은 굶주리고 지쳐서 한 걸음도 움직일 수 없게 되었다. 조조 역시 극심한 피로를 느꼈다.

"쉬어라! 쉬었다 간다."

명령을 내리자마자 그는 말에서 내렸다. 그리고 조금 전 마을에서 약탈해온 식량을 한곳에 모아놓고 섶을 쌓아 모닥불을 피웠다. 사졸들은 투구나 징을 냄비로 삼아 밥을 짓거나 닭을 굽기 시작했다.

"아, 이제야 정신이 드는구나."

병사들은 어젯밤의 비로 흠뻑 젖은 속옷과 전포를 불에 말렸다. 조조도 불을 쬔 후 나무 아래로 가서 앉았다.

그는 망연자실한 표정으로 하늘을 응시하고 있다가 무슨 생각을 했는지 혼자서 웃기 시작했다.

"하하하, 아하하하."

장수들은 가슴이 섬뜩해져서 조조에게 물었다.

"전에도 승상이 크게 웃으셨을 때 설마 그 때문은 아니겠지만, 조자룡의 추격대가 나타났습니다. 지금은 또 무엇 때문에 그렇게 웃으십니까?"

조조는 여전히 웃으며 말했다.

"공명과 주유에게 대장의 재능은 있지만, 아직 지모智謀가 부족한 것을 비웃은 걸세. 만약 나라면 여기에 한 무리의 병사들을 매복시켜두고 이일대로以逸待勞(휴식을 취하여 전력을 비축한 뒤 피로해진 적을 상대하는 전략)의 계책을 쓰겠네. 그 점을 놓쳤어."

그 말이 채 끝나기도 전에 징과 북소리, 함성이 사방에서 메아리치며 주위에 있는 나무들이 모두 병마로 변한 듯 사방팔방에서 적들이 모습을 드러냈다.

"조조, 드디어 왔구나. 연인 장비가 여기서 기다리고 있었다. 꼼짝 말고 거기 있거라."

놀라서 어리둥절해 있는 사이에 장팔사모, 검은 준마, 번쩍번쩍한 갑옷이 유성처럼 날아왔다.

"장비다!"

이름만 듣고도 위나라의 장졸들은 간담이 서늘해졌다. 사졸들은 모두 갑옷이나 속옷을 불에 말리고 있던 참이라 당황하여 어쩔 줄을 모르고 맨몸으로 달아나는 자도 있었다.

허저와 같은 장수도 "승상이 위험하다."라고 외치며 당황하여 안장도 없는 말에 뛰어올라 맹공을 퍼붓는 장비를 임시로 막고 있었다.

그러는 사이에 장료와 서황 등이 겨우 갑옷을 걸치고 조조를 앞서 달아나게 한 후 말을 타고 장비에게 덤벼들었다.

그러나 장비가 휘두르는 장팔사모를 막아낼 수는 없었다. 적과 싸운다기보다는 적의 맹렬한 돌진을 잠시 막으며 버티는 것이 고작이었다.

조조는 귀를 막고 눈을 감고 몇 리를 정신없이 달려 도망쳤다. 이윽고 흩어졌던 아군의 장졸들도 그의 뒤를 쫓아왔지만, 누구 하나 부상을 입지 않은 자가 없었다.

"또 갈림길이 나왔다. 이 두 길 중에 어디로 가는 것이 좋겠나?"

조조의 물음에 이쪽 지리에 밝은 자가 대답했다.

"두 길 모두 남군南郡으로 통합니다만, 도로의 폭이 넓은 큰길은 50리 이상이나 멀리 돌아가게 됩니다."

조조는 고개를 끄덕이며 부하들을 산 위로 보내 정찰하게 했다. 정찰하고 돌아온 부하가 보고했다.

"산길 쪽을 돌아보니 맞은편 고개나 골짜기 곳곳에서 희미하게 밥 짓는 연기가 피어오르고 있습니다. 적의 복병이 있는 것이 분명합니다."

"그런가."

조조는 미간을 찌푸리며 말했다.

"그렇다면 산길로 간다. 모두 산을 넘는다."

장수들은 놀라는 동시에 미심쩍어하며 말을 세우고 물었다.

"복병이 있는 것을 뻔히 알면서 지친 병사들과 지친 몸을 이끌고 산을 넘겠다니 무슨 생각이십니까?"

조조는 쓴웃음을 지으며 대답했다.

"이 화용도가 근방에서 유명한 험지라고 들었네. 그래서 일부러 산을 넘는 거야."

"적이 피우는 연기를 보시고도 이 험한 곳으로 가시다니 너무 무모한 것 아닙니까?"

"그렇지 않아. 그대들도 잘 기억해두게. 병서에서 이르기를 허가 즉 실이고 실이 즉 허라고 했네. 공명은 계략을 세우는 데 지극히 철저한 자이니 고개나 골짜기에 약간의 병사를 두고 연기를 피워올리게 하여 일부러 병사들이 많은 것처럼 꾸민 것이네. 그래서 나에게 큰길을 선택하도록 하여 거기에 복병을 두고 나를 공격할 생각임이 틀림없어. 보게, 저 연기 아래에서는 진정한 살기가 느껴지지 않아. 그의 계략임이 분명하다는 증거지. 이곳을 피해 인기척이 없다고 여겨 큰길로 간다면 즉시 사방에서 전보다 더 많은 적이 튀어나와 한 사람도 살아남는 자가 없을 걸세. 위험하다, 위험해. 어서 산길로 가자."

이렇게 말하고 산길로 말을 몰아 가니 탄복하지 않는 자가 없었다.

"과연 승상이십니다."

그러는 동안에도 패잔병들이 계속 뒤쫓아와 병력이 많아졌다.

"빨리 형주에 도착했으면 좋겠구나. 형주까지만 가면 어떻게든 될 텐데."

그들은 숨을 헐떡거리며 화용산 기슭에서 봉우리를 넘는 길로 들어섰다.

마음은 조급했지만 말은 지치고 부상병들도 버리고 갈 수 없어서 1리를 올라가서 쉬고 2리를 올라가서 쉬기를 반복하며 10리의 산길을 가는 사이에 선두는 결국 지쳐서 걸음을 멈추고 말았다. 게다가 산속의 구름은 하얀 눈까지 퍼붓기 시작했다.

공을 세우지 못한 관우

험로에 접어든 탓에 전군이 오도 가도 못하고 있는데 눈까지 내려 쌓이고 있었다. 이에 초조해진 조조가 말 위에서 다그쳤다.

"선봉대는 어떻게 된 것이냐?"

선봉에 있는 장졸들은 울상이 되어 눈보라를 맞으며 대답했다.

"어젯밤의 큰비로 군데군데 절벽이 무너져 길이 막히고 여기저기에 계곡이 생겨 말도 건널 수가 없습니다."

조조는 짜증을 내며 말했다.

"산을 만나면 길을 닦고 물을 만나면 다리를 놓는다. 이것도 전투의 일부. 그러니 울상들 짓지 마라."

그리고 자신이 직접 지휘에 나섰다. 부상병과 노병은 모두 후진으로 보내고 힘이 세고 건강한 병사만을 앞으로 보내 부근의 나무를 베어 다리를 놓게 하고 섶이나 풀을 베어 길을 닦게 했으며 또 진창을 메우게 했다.

"추위에 굴복하지 마라. 추우면 땀이 날 정도로 움직여라. 목숨이 아깝다면 게으름 부리지 마라. 게으름 부리는 자는 목을 베겠다."

그는 검을 뽑아 들고 공사를 감독했다. 병사들은 진흙과 싸우고 계곡물과 격투하고 목재와 맞붙으며 소처럼 일했다. 이때 기아와 추위로 인해 죽은 자가 얼마나 많은지 셀 수 없을 정도였다.

"딱하구나. 싸우다가 화살이나 돌에 맞아 죽는 것이라면 죽는 의의라도 있을 텐데."

병사들은 하늘을 원망하고 조조의 가혹한 명령에 아우성쳤다. 그러나 조조는 전혀 개의치 않았을 뿐만 아니라 오히려 불같이 화를 내며 말했다.

"죽고 사는 것은 하늘에 달린 일이거늘 무엇을 원망하느냐? 다시 원망하는 자가 있으면 그 자리에서 목을 베겠다!"

이런 필사의 노력과 조조의 독려로 겨우 첫 번째 난관을 넘었으나 남은 병사들을 세어보니 300명이 채 되지 않았다.

게다가 무기를 지니고 있는 자는 없었고, 그들의 모습은 마치 땅속에서 발굴된 진흙으로 만든 무사나 나무로 만든 말처럼 변해 있었다.

"조금만 더 가면 된다. 목적지인 형주까지는 이제 험지도 없다."

조조는 채찍으로 형주 쪽을 가리키며 심신이 지친 장졸들을 독려했다.

"좀 더 힘을 내라. 어서 형주로 가서 실컷 쉬도록 하자. 조금만 더 견뎌라. 조금만 더."

그리고 고개를 넘어 5, 6리쯤 가더니 조조는 또 안장을 두드리며 크게 웃었다.

장수들은 그런 조조를 바라보며 물었다.

"승상, 어째서 또 웃으십니까?"

조조는 하늘을 우러르며 또다시 크게 웃으면서 "주유의 어리석음, 공명의 아둔함을 지금 여기에 와서 깨달았네. 그들이 우연히 적벽의 일전에서 나를 이겼으나 그것은 장님 문고리 잡기. 만약 나라면 패장을 추격할 경우 이 근방에 반드시 병사를 매복시켜놓 았다가 일거에 적을 모두 생포할 걸세. 그러지는 않고 무익한 연 기만을 곳곳에 피워 우리를 큰길로 유인하여 이 산길을 피하게 하 는 것이 뻔한 속임수가 아니고 무엇이겠는가?"라고 기염을 토하 더니 어깨까지 들썩이며 웃었다.

"이 상황이 너무도 우습구나. 아하하하, 와하하하."

그러나 그 웃음소리가 채 그치기도 전에 한 발의 철포 소리가 맞은편 숲속에서 울렸다. 그러더니 앞뒤에서 철갑을 두른 병사들 이 들이닥쳤다. 맨 앞에 선 자는 청룡언월도를 손에 들고 적토마 를 타고 긴 수염을 휘날리고 있었다. 바로 관우였다.

||| 二 |||

"이제 끝이구나!"

조조는 한마디 절규를 하고 모든 것을 포기한 듯 망연자실하니 싸울 의지도 없는 듯했다.

조조조차 이러했으니 따르는 장졸들은 말할 필요도 없었다.

"관우다. 관우가 온다!"

모두 부들부들 떨며 죽음을 기다리고 있는 듯했다. 그러나 정욱 만은 그렇지 않았다.

"그렇게 죽음을 서두를 필요는 없습니다. 절망의 밑바닥에 있더 라도 최후의 순간까지 한 가닥 희망을 가지고 필사의 노력을 해야 합니다. 저는 관우가 허도에 있을 때 아침저녁으로 그의 마음을 보아서 그의 됨됨이를 대략 알고 있습니다. 그는 의협심이 강하고 우쭐대는 자에게는 강하나 약한 자들은 불쌍히 여깁니다. 의를 위해 목숨을 내놓고 은혜를 잊지 않으며 절의節義가 있는 자라는 것은 천하가 다 아는 사실입니다. 일찍이 유비의 두 부인을 보필하며 오랫동안 허도에 머물 당시 승상께서는 적이지만 관우의 됨됨이를 아끼시어 은혜를 베푼 것을 사람들도 모두 알고 있고 관우 본인도 잊지 않았을 것입니다."

"……."

눈을 감은 조조는 추억에 잠겼다. '그래!' 그리고 그제야 생각난 듯 눈을 번쩍 떴을 때는 이미 눈보라가 휘몰아치는 가운데 사방에서 함성이 들려왔다. 맨 앞에서 달려오는 관우의 모습이 크게 눈에 들어왔다.

"오오…… 관 장군이 아니신가!"

조조가 먼저 관우를 큰소리로 불렀다.

그리고 말을 몰아 관우 앞으로 가서는 이렇게 말했다.

"오랜만이오. 반갑소, 장군. 그동안 잘 지내셨소?"

그때까지의 관우는 마치 천마天魔의 권속을 거느린 아수라왕 같았으나 이 말을 듣자 청룡언월도를 뒤로 빼고 말고삐를 잡아당겼다.

"아아, 승상이시군요."

관우는 말 위에서 예의를 갖춰 말했다.

"참으로 생각지도 못한 곳에서 만나게 되었군요. 원래는 옛정을 나누어야 하지만 주군의 명을 받아 지금 여기서 승상을 기다린 관우는 옛정에 얽매이는 관우가 아니오. 영웅의 죽음은 천지도 통곡한다 했습니다. 자, 깨끗이 저에게 머리를 내어주시지요."

조조는 이를 악물고 복잡한 미소를 띠며 말했다.

"이보시오, 관 장군. 영웅도 때로는 비참한 패배를 당하면 처량한 신세가 될 수 있소. 지금 나는 전투에 패해 이 험한 산의 눈보라 속에서 얼마 안 되는 부상병들을 이끌고 오도 가도 못하는 상황이오. 죽음은 두렵지 않으나 영웅의 업이 여기서 끝난다고 생각하니 너무나 허무하구려. 만약 장군이 옛날에 한 말을 기억한다면 나를 놓아주시오."

"비겁한 말씀입니다. 옛날에 허도에 있을 당시 승상의 두터운 은혜를 입었으나, 백마 전투에서 위기에 처한 승상을 구해드림으로써 그 은혜에 보답했습니다. 오늘은 지난 사사로운 정에 얽매여 승상을 놓아드릴 수 없소."

"아니, 자꾸 옛날 일만 말하는 것 같으나 장군이 유비의 행방을 몰랐을 때 유비의 두 부인을 보필하며 적의 수중에서 그들을 무사히 지켜낸 것은 사사로운 일이 아니라 봉공이었을 것이오. 내가 부족하나마 인의를 베푼 것은 장군의 그 봉공심에 감동했기 때문이오. 누가 그것을 사사로운 정이라고 하겠소? 장군은《춘추》라는 책을 잘 안다고 들었소. 그 책에 나오는 유공庾公이 자탁子濯을 쫓은 고사를 아실 것이오. 대장부는 신의를 중시한다고 하지요. 인생에 만약 신과 의와 미가 없다면 인간이란 참으로 비참한 존재가 아니겠소?"

찬찬히 설득당하는 사이에 관우는 어느새 고개를 떨구고 눈앞의 조조를 죽일 것인지 살릴 것인지 정념과 지성 사이에서 갈등하는 모습이었다.

문득 보니 조조의 뒤에는 패잔병들이 비참한 모습으로 말에서 내려 땅바닥에 무릎을 꿇고 눈물을 흘리며 관우를 향해 엎드려 절하고 있었다.

'애처롭구나. 주종의 정…… 어찌 이들을 벨 수 있겠는가.'

결국 관우는 정에 굴복했다.

아무 말 없이 말을 돌려 자기편 쪽으로 가더니 뭐라고 큰소리로 명령을 내렸다.

'이 틈에 도망치라는 뜻인가?'

조조는 사졸들과 함께 정신없이 고개를 달려 내려갔다.

조조 일행이 이미 산기슭 쪽으로 도망갔을 무렵 관우는 일부러 먼 골짜기를 우회하는 길을 택해 쫓아갔다.

가는 도중에 비참한 모습의 군대와 마주쳤다.

그들은 조조의 뒤를 따라가는 장료의 부대였다. 무기도 없고 말도 적었으며 부상을 입지 않은 병사가 거의 없었다.

'아아, 비참하구나.'

관우는 적을 위해 눈물지으며 길게 탄식한 후 그들 모두를 그냥 지나가게 했다.

장료와 관우는 예전부터 벗이었다. 누구보다도 정이 많은 관우가 비참한 처지에 놓인 벗을 붙잡아 차마 죽일 수는 없었던 것이다. 필시 장료도 그것을 알고 마음속으로 관우에게 인사하며 이 사선을 빠져나갔을 것이다.

이렇게 해서 호랑이 굴을 벗어난 장료는 이윽고 조조를 따라가 합류했으나 양군을 합쳐도 500명이 채 되지 않았다. 게다가 군기 하나

갖고 있지 않았기 때문에 서로를 쳐다보며 신세를 한탄했다.

"아아, 이토록 비참한 패배를 맛볼 줄이야……."

이날 저녁에 이르러 또 앞쪽에서 맹렬하게 다가오는 군대와 마주쳤으나 이들은 복병이 아니라 남군성南郡城(호북성 강릉)을 지키고 있던 조씨 일족인 조인曹仁이 마중하러 온 것이었다.

조인은 조조가 무사한 모습을 보고 기쁨의 눈물을 흘리며 말했다.

"적벽에서 패했다는 소식을 듣고 곧장 달려가려 했습니다만, 남군성을 비우는 것이 불안하여 그저 무사하시기만을 기도하고 있었습니다."

"이번만은 두 번 다시 너를 못 만날 줄 알았다."

조조도 이렇게 말하며 조인과 함께 남군성으로 들어가 적벽 이래 사흘 밤낮의 피로를 풀고 겨우 심신의 안정을 찾았다.

조조는 전장에서의 때를 씻고 따뜻한 음식을 먹고 한숨 자고 나서 문득 하늘을 올려다보더니 눈물을 흘리며 통곡했다.

"……아아, 아아."

옆에 있던 부하들이 이상히 여기며 그에게 물었다.

"승상, 어찌 그리 통곡하시는 것입니까? 비록 적벽에서 대패하셨지만, 이 남군에 들어온 이상 인마는 물론 무기도 갖추어져 있으니 언젠가 재기할 날도 있을 것입니다."

그러자 조조가 고개를 저으며 말했다.

"꿈에서 고인을 만났네. 요동 원정에서 죽은 곽가郭嘉가 지금 살아 있다면 얼마나 좋을까 하고 생각했네. 나도 푸념을 늘어놓을 나이가 되었나 생각하니 그것도 슬프더군. 자네들은 나를 실컷 비웃어주게."

그는 가슴을 치며 말했다.

"슬프구나, 곽가. 가엾구나, 봉효奉孝(곽가의 자)……. 아아, 떠난 이는 돌아올 줄 모르고"

그러고는 조인을 가까이 불러 말했다.

"내 목숨이 붙어 있는 한 적벽의 원한은 반드시 갚을 것이다. 지금은 잠시 도성으로 돌아가 훗날을 준비할 수밖에 없으니 너는 남군을 잘 지키고 있어라. 적이 공격해오더라도 지키기만 하고 성을 나가서 싸워서는 안 된다."

형주의 남군에서 양양과 합비 두 성을 연결하는 지역은 지금 조조에게 있어서 중요한 국방의 외곽선이 되었다.

조조가 도성으로 돌아갈 즈음에 다시 조인에게 이렇게 말했다.

"이 한 권의 책 속에 자세한 계책을 써두었으니 만약 이 성의 수비가 위급해지거든 이 책을 펴서 나의 말이라 여기고 모든 것을 책 속의 계책에 따르도록 해라."

그리고 하후돈을 남겨 양양성을 방비하게 하고 합비 지방은 요충지였기 때문에 장료에게 지키게 했다. 또 악진과 이전 두 명을 부장으로 삼아 장료를 돕게 했다.

이렇게 만반의 준비를 마친 후 조조는 그곳을 떠났으나 장졸들 대부분을 수비를 위해 남겨두었기 때문에 이때 조조를 따라 도성으로 돌아간 수는 고작 700여 명에 지나지 않았다.

그 무렵, 하구성의 성루는 승전의 기쁨으로 가득 차 있었다.

장비와 조운, 그 외의 사졸들은 모두 전장에서 돌아와 적군의 수급이며 노획품 따위를 보이고 군공장軍功帳에 등록하며 공훈을 자랑하고 있었다.

대청 위에서는 유비를 중심으로 공명도 함께 서서 승전 하례를 받고 있었는데 마침 관우도 부하들과 함께 돌아와 풀 죽은 모습으로 배례했다.

"오오, 관 장군이 아니시오? 주군께서 목을 빼고 기다리고 계셨소. 장군께서는 조조의 머리를 가지고 왔겠지요?"

"……."

"장군, 어째서 그렇게 풀죽은 표정으로 고개를 숙이고 계신 것이오? 자, 공을 말하고 군공장에 기록하도록 하시오."

"아니…… 특별한 공은……."

관우는 기어들어가는 목소리로 대답하더니 더욱 깊이 고개를 숙였다.

공명은 눈살을 찌푸리며 물었다.

"무슨 일이오? 특별한 공은……이라니?"

"실은…… 소장이 여기에 온 것은 공을 말하기 위해서가 아니라 벌을 받기 위해서입니다. 부디 군법에 따라 벌을 내려주시오."

"그렇다면 조조가 화용도로 도망쳐오지 않았다는 말이오?"

"군사의 말씀대로 화용도로 도망쳐왔소만, 소장이 무능한 탓에 놓치고 말았습니다."

"뭐요, 놓쳤다고요……? 하면 적벽에서 패주하여 피곤에 지친 조조와 패잔병들이 장군의 용맹한 병사들이 접근도 못 할 정도로 여전히 강했다는 말이오?"

"그렇지는 않았소만……. 그만 놓치고 말았소."

"조조는 놓쳤다 하더라도 그의 부하들이나 사졸들은 얼마나 생포했소?"

"한 명도 생포하지 못했습니다."

"수급은 어느 정도요?"

"하나도 없…… 소."

"음…… 그렇군요."

공명은 입을 다물었다. 그리고 그 맑은 눈으로 관우를 한동안 가만히 바라보았다.

"관 장군."

"네."

"그렇다면 장군은 예전에 조조에게 받은 은혜를 생각하여 조조를 놓아준 것이군요?"

"지금 새삼스럽게 무슨 변명을 하겠습니까? 그저 처분에 맡기겠소."

"닥치시오!"

공명은 그 하얀 얼굴에 홍조를 띠며 큰소리로 호통치더니 주위의 무장들을 돌아보며 명령했다.

"왕법은 국가의 근본이다. 사사로운 정에 얽매여 군령을 무시한 관우의 죄를 용서할 수 없다. 여봐라! 당장 목을 베어라, 이 유약한 자의 목을 쳐라!"

||| **五** |||

공명이 이토록 화를 내는 모습을 본 것은 유비도 처음이었다.

좀처럼 화를 내지 않는 순한 사람이 막상 화를 내면 보통 사람이라도 무섭게 마련이다. 그런데 군사의 위치에서 근엄하게 처신하며 평소에는 그다지 큰 목소리를 내지 않던 공명이 목을 베라고 명령하자 사람들은 두려움에 떨며 어떻게 될지 지켜보고 있었다.

"군사."

갑자기 그의 앞으로 달려나와 자비를 구한 것은 관우가 아니라 유비였다.

"나와 관우는 옛날 도원에서 생사를 함께하기로 맹세했소. 즉, 관우의 죽음은 나의 죽음을 의미하오. 오늘의 죄는 용서하기 어려운 죄임에는 틀림없으나 나를 봐서, 아니 나에게 그 죄를 잠시 맡겨주시오. 훗날 반드시 이 죄를 갚을 만큼의 큰 공을 세우게 할 테니……. 군사, 대법大法을 어기자는 것이 아니라 잠시 그 법 집행을 미뤄달라는 말이오. 부탁하오."

주군이라는 위치에 있으면서도 유비는 신하의 목숨을 위해 또 다른 신하에게 고개를 숙인 것이다.

공명이라 해도 유비의 말은 일축할 수 없었다. 그는 고개를 살짝 돌리며 말했다.

"용서할 수 없습니다. 군기軍紀는 어디까지나 엄연한 군기. 허나 생각이 그러하시니 잠시 처분은 미루겠습니다. 관 장군의 죄는 주군께 맡기는 것으로 하겠습니다."

수만 명의 포로가 적벽에서 오나라로 끌려갔다.

오군은 모든 포로를 받아들여 일약 대군이 되었고, 또 군비를 증강하여 강북으로 밀고 들어갔다.

"유비가 보낸 축하 사절이 왔습니다. 손건이라는 자인데 선물과 축하의 말씀을 드리고 싶다고 합니다."

중군에 있던 주유는 어느 날 이런 보고를 받았다. 적벽의 대승으로 주유뿐만 아니라 오군 전체는 파죽지세를 보이며 말단의 병사들에 이르기까지 무적 오군이라는 자부심에 불타고 있었다. 이런 여세를 몰아 주유는 남군을 공략하기 위해 다섯 곳의 요새를 깨부수고 지금은 남군성의 코앞에 진을 친 날이었다.

"오오, 유비에게서? ……그렇군. 어서 들여보내라."

주유의 말에 사자 손건은 즉시 안내를 받아 들어왔다.

잡담을 나누다 주유는 손건에게 물었다.

"주군인 유비와 공명은 지금 어디에 계시오?"

"유강구油江口에 계십니다."

"뭐, 유강구에?"

주유는 뭔가에 놀란 표정을 짓더니 그 뒤로는 이야기가 활기를 띠지 못했다.

"조만간 내가 직접 답례하러 가겠으니 말씀을 전해주시오."

그는 연회가 끝날 무렵 이렇게 말하고 쫓아 보내듯 손건을 돌려보냈다.

이튿날 노숙이 물었다.

"도독, 어제는 무엇 때문에 그리 놀란 표정을 지으셨습니까?"

"음, 유비가 유강구에 있다는 말을 듣고 그냥 흘려들을 수 없었소."

"어째서입니까?"

"그가 유강구로 진을 옮겼다면 그것은 분명 남군을 공격하여 취하려는 야심이 있기 때문이오. 우리 오군이 막대한 군마와 재정을 쏟아부어 적벽에서 이겼으나 아직 그 전과戰果는 얻지 못했소. 그것을 유비가 가로챈다면 우리가 한 싸움은 아무 의미가 없게 되지요."

"그 건에 대해서는 진작부터 저도 방심할 수 없다고 생각하고 있었습니다."

"즉시 유비의 진영을 방문하여 다짐을 받아둡시다. 함께 갈 병마와 선물을 준비해주시오."

"알겠습니다. 저도 함께 가겠습니다."

한 번에 세 개의 성을 취하다

||| 一 |||

한편 손건은 유강구에 있는 아군 진영으로 돌아오자마자 유비에게 보고했다.

"곧 주유가 직접 답례하러 오겠다고 합니다."

유비는 공명의 얼굴을 보며 말했다.

"이 정도의 의례儀禮에 주유가 직접 답례하러 온다는 것이 아무래도 이상하군. 무엇 때문에 오는 것 같소?"

"물론 남군성이 마음에 걸려 우리의 동정을 살피러 오는 것이겠지요."

"만약 병사라도 끌고 온다면 어쩌지요?"

"걱정하실 것 없습니다. 이번엔 그저 탐색만 할 것입니다. 그와 대담할 때는 이렇게 말씀하십시오."

공명이 유비의 귀에 대고 뭔가를 속삭였다.

주유가 온다는 연락을 받은 날 유강구의 기슭에 병선을 늘어놓고 병마와 군기를 질서 정연하게 세우고 주유가 도착하기를 기다렸다.

주유는 수행원과 호위병 3,000명을 거느리고 배에서 내렸다. 주유가 보니 육지에도 강기슭에도 병마와 대선이 질서 정연하게 늘어서 있고 군기가 가지런히 세워져 있었다.

'의외로 무시할 수 없는 병력을 가지고 있구나.'

그는 곁눈질로 보면서 조운의 안내를 받아 원문轅門으로 들어갔다.

물론 유비와 공명, 그 외의 부장들은 마중을 나와 대빈大賓의 예를 취했다. 또 주유를 상좌에 앉히고 연회도 베풀었다.

술잔이 몇 순배 돌자 유비가 잔을 들어 연신 적벽의 대승을 격찬하며 말했다.

"그런데 연이어 강북으로 진격하신다는 말을 듣고 조금이라도 도움을 드리고자 급히 이곳 유강구까지 진을 밀고 왔습니다만, 만약 주 도독께서 남군을 취하실 생각이 없다면 이 현덕이 공격하여 취하겠습니다."

그러자 주유도 가볍게 웃으며 대답했다.

"별말씀을 다 하십니다. 말도 안 됩니다. 오가 형주를 병탄倂呑하기를 바란 지는 실로 오래입니다. 지금 남군은 이미 오의 손바닥 안에 있으니 전혀 걱정하지 않으셔도 됩니다."

"하지만 '손바닥 안에 있다고 해도 반드시 손에 넣을 수 있는 것은 아니다.'라는 속담도 있지 않습니까? 조조가 남기고 간 조인은 북국의 만부부당. 주 도독에게 쉽게 당하지 않을 수도 있지 않을까 걱정됩니다만."

주유는 눈살을 찌푸리며 언짢은 표정을 지었으나 곧 비꼬는 듯한 웃음을 지으며 말했다.

"만약 내 손으로 빼앗지 못한다면 그때는 공의 손으로 빼앗도록 하시오."

"오오, 그래도 정말 되겠습니까? 감사합니다. 군사와 노숙 공은 도독이 지금 한 말씀을 마음속 깊이 새겨두시오. 두 사람이 산증인입니다."

"대장부가 한 번 뱉은 말, 증인 따위는 필요 없소."

"나중에 후회하지 않겠습니까?"

"그럴 일 없소."

주유는 잔을 비우더니 또 웃었다.

곁에 있던 공명이 주유가 한 말에 큰 찬사를 보냈다.

"과연 주 도독의 한 마디에 대국 오의 관록이 보입니다. 형주 땅은 오군이 먼저 공격하는 것이 지당합니다. 그런데 만약 오가 취하지 못할 경우에는 유 황숙이 시험삼아 공격해보는 것도 좋을 듯합니다."

주유 일행이 돌아간 다음에 유비는 한심하다는 듯이 공명을 책망했다.

"주유와 대담할 때는 선생이 가르쳐준 대로 말하고 응대했소만, 선생마저 주유에게 남군을 취하라고 말하고 돌려보내다니 대체 무슨 생각이오?"

"전에 제가 형주를 취하라고 그렇게 말씀드렸습니다만, 주군께서는 듣지 않으셨습니다."

"우리 일족, 우리 군이 머물 땅도 없이 지금은 곤궁한 처지지요. 옛일은 말하지 마시오. 사정도 변했고."

"걱정하지 마십시오. 저에게 따로 계책이 있습니다. 조만간 반드시 주군을 남군성으로 모시겠습니다."

주유는 자신의 진영으로 돌아오자 즉시 남군성에 맹공을 퍼부을 준비를 하라고 지령을 내렸다.

노숙이 물었다.

"유비와 만났을 때 어째서 그에게 만약 오군의 힘이 부칠 때는 그쪽이 남군을 공격하여 취하라고 했습니까?"

"말만 그렇게 한 것이오. 인정을 보였을 뿐이지요. 우리 군은 이미 적벽에서 대승을 거두었소. 남군성을 취하는 것은 손바닥을 뒤집는 것보다 쉽지 않겠소?"

장흠이 선봉 5,000명의 대장이 되고, 정봉과 서성이 부장으로 뒤따랐으며, 주유의 중군도 성으로 진격했다.

성안의 조인은 그때까지 조조가 남기고 간 말을 철칙으로 삼고 있었다.

"나가지 마라, 수비에 전념하라."

그는 오직 요해를 지키는 데에만 온 힘을 쏟았으나 부하인 우금이 계속 부추겼다.

"요해의 수비라는 것은 일정 기간에만 가능합니다. 옛날부터 함락되지 않는 성이라는 것은 없었습니다. 이미 오군이 성벽 아래까지 육박해 들어와 있는데 성을 나가 공격하지 않는다면 성안에 있는 병사들의 사기만 떨어지게 할 뿐이니 결국 오래 버틸 수 없을 것입니다."

"그 말도 일리가 있군."

조인은 우금의 권유를 받아들여 병사 500명을 주며 기회를 보아 기습할 것을 명했다.

우금은 성문에서 달려나가 적의 선봉인 정봉의 병사들을 공격했다. 정봉은 우금을 보고 먼저 싸움을 걸었으나 갑자기 등을 보이며 달아나기 시작했다.

우금의 병사 500명은 도망가는 정봉을 쫓아 그만 적진 깊숙이 들어가고 말았다. 그러자 정봉의 병사들이 갑자기 돌아서더니 북을 울리며 아군을 규합하여 반격을 가했다. 우금의 병사들은 독안에 든 쥐 신세가 되고 말았다.

전황이 어떤지 성안의 망대에서 보고 있던 조인은 우금이 위기에 처한 것을 보고 직접 병사들을 이끌고 구하러 가려고 했다.

그러자 장사長史 진교陳矯가 경솔한 출격을 강하게 말렸다.

"승상이 이 성을 부탁하시고 도성으로 돌아가실 때 뭐라고 하셨습니까?"

그러나 조인은 들은 척도 하지 않았다.

"우금은 소중한 장수이고, 부하 500명은 성안에서 중요한 역할을 하는 정예다. 그들을 내버려둔다는 것은 이 성을 포기하는 것과 같아."

그는 즉시 말에 올라 강병 1,000여 명을 이끌고 성 밖으로 나갔다. 진교도 할 수 없이 망대에 올라 북을 치며 사기를 돋우었다.

이렇게 조인은 오군의 한복판으로 뛰어들어 우선 적군의 일부를 짓밟고 우금과 합류하여 어렵지 않게 그를 구해냈다.

그러나 아직 50~60명의 병사가 엄중한 포위 속에 남아 있는 것을 알고는 "좋다. 다시 한번 다녀오겠다."라며 되돌아갔다.

그는 포위 속에 남겨져 있던 병사들도 모두 구출해서 돌아왔다.

그러자 오의 선봉대장 장흠이 길을 막고 조인을 공격하려 했으나 조인은 그 정도로는 까딱도 하지 않고 용맹하게 분전했다. 또 우금도 그를 지원했고, 성안에서도 조인의 동생 조순이 가세하여 달려드는 적들과 맞서 싸웠으므로 결국 그날은 어렵지 않게 목적을 달성했을 뿐만 아니라 적에게 조인의 이름도 알렸다.

그날 밤 성안에서는 승리를 축하하며 잔을 들었다.

"우선 시작이 좋구나."

한편 서전에서 패한 오군의 진중에서는 주유가 장흠과 서성에게 책임을 물으며 통렬히 비난하고 있었다.

"적의 몇 배에 달하는 병력으로, 게다가 성안에서 나온 적병들에게 당하다니 이게 무슨 꼴인가!"

||| 三 |||

"이렇게 된 이상 내가 직접 남군성을 공격하여 짓밟아버리겠다."

주유는 화를 낸 후 이렇게 큰소리쳤다.

지금껏 연전연승해왔던 터라 장흠의 작은 패배에도 그는 불길하다고 생각한 듯했다.

"가벼운 전투에는 도독께서 직접 나서지 않는 것이 좋지 않겠습니까?"

감녕이 간언했다. 그리고 주유를 설득했다.

"남군과 기각지세掎角之勢(달아나는 사슴을 잡을 때 뒷발을 잡고 뿔을 잡는다는 뜻으로 앞뒤에서 적을 몰아침을 비유)를 이루는 한편 이릉성도 단단히 싸울 태세를 취하고 있습니다. 그리고 그곳에는 조인과 호응하여 조홍이 지키고 있으니 남군만을 목표로 삼아 공격한다면 측면을 공격당할 우려가 있습니다."

"그렇다면 어떻게 하면 되겠소?"

"제가 병사 3,000명을 이끌고 이릉성을 공격하여 쳐부수겠습니다."

"좋소. 그러는 동안에 남군성은 내가 처리하겠소."

준비는 되었다.

감녕은 강을 건너 이릉성으로 쳐들어갔다.

남군성의 망루에서 이 모습을 본 조인은 놀랐다.

"큰일이다. 공격군의 한 무리가 이릉으로 갔다. 이릉의 조홍은 아직 방비가 완전하지 않아 위기에 처할 텐데."

조인은 진교에게 어찌하면 좋을지 물었다.

"아우 분인 조순 장군을 대장으로 삼고 우금을 부장으로 삼아서 즉시 원군을 보내십시오. 이릉성이 함락되면 이 남군성도 위험합니다."

진교도 당황하여 말했다.

조순과 우금은 급히 이릉성을 지원하러 달려갔다. 조순은 외부에서 성안의 조홍과 연락을 취하며 한 가지 계책을 약속했다.

"힘에 의지하지 말고 모략으로 적을 속이도록 하세."

감녕은 그런 줄도 모르고 전진에 전진을 거듭하며 패주하는 병사들을 몰아붙여 일거에 성을 점령했다.

"의외로 약하군."

조홍도 성을 나와 분전했으나 실은 계책이 있었기 때문에 즉시 성을 버리고 달아났다.

황혼이 다가오자 감녕의 병사들은 남김없이 성안으로 밀고 들어가 개가를 올리며 기뻐하고 있었다. 그러나 조순과 우금의 원군들이 모든 성문을 포위하고 도망갔던 조홍도 돌아와서 샛길부터 군량을 수송하는 길까지 길이란 길은 모두 차단해버렸다. 때문에 이제는 감녕과 조순의 위치가 역전되어 감녕이 성에 갇힌 꼴이 되고 말았다.

이 보고를 받은 주유는 눈살을 찌푸리며 회의를 하려고 모인 사람들을 둘러보다가 물었다.

"정보, 뭔가 계책이 없겠소?"

정보가 대답했다.

"감녕은 우리 오나라의 충신입니다. 죽게 내버려둘 수 없습니다. 그렇다고 지금 병력을 나누어 이릉을 공격한다면 적은 남군성을 나와 우리 군을 협공할 것입니다."

여몽이 그의 뒤를 이어 의견을 말했다.

"이곳 수비는 능통에게 맡기면 충분할 것입니다. 무엇보다 감녕을 구하는 것이 급선무입니다. 저에게 선봉을 맡겨주시고 도독께서 뒤를 맡아주신다면 분명 열흘 이내에 목적을 달성할 수 있다고 생각합니다만……."

주유는 고개를 끄덕이더니 능통에게 물었다.

"괜찮겠소?"

능통은 수비를 맡겠다고 했으나 이런 단서를 붙였다.

"단, 열흘입니다. 열흘 정도라면 지켜낼 수 있지만, 그 이상이 걸리면 저는 여기서 죽을 수도 있습니다."

"그렇게 시간이 걸릴 만한 적이 아닐 것이오."

주유는 능통과 병사 1만 명을 본영에 남기고 나머지 병력은 모두 이릉 방면으로 이동시켰다.

도중에 여몽이 계책을 하나 말했다.

"지금 공격하러 가는 이릉의 남쪽에는 좁고 험한 길이 있습니다. 그 부근의 골짜기에 500명 정도의 병사를 매복시킨 뒤 나뭇가지를 쌓아 길을 막아두면 분명 나중에 큰 도움이 될 것입니다."

"좋은 계책이오."

주유는 계책대로 한 후 이릉으로 전진했다.

이릉성은 적에게 통처럼 둘러싸여 있었다.

"저 철통에 들어가 성안의 감녕과 연락을 취할 용장은 없는가?"

주유의 말에 주태가 어려운 역할을 자청하고 나섰다.

"제가 가겠습니다."

그는 제일 빠른 말을 골라 타고 채찍을 한 번 휘둘러 적의 포위망 속으로 달려갔다.

혼자서 총알처럼 달려오는 사람을 조홍과 조순의 부하들은 적이라고 생각하지 않았다. 그래도 가까이 다가오자 앞을 가로막으며 물었다.

"누구냐?"

"멈춰라. 멈춰!"

주태는 칼을 뽑아 들고 검무를 추듯이 말 위에서 휘두르며 소리쳤다.

"멀리 도성에서 온 급사다. 조 승상의 명을 받은 파발마이니 너희들이 상관할 바 아니다. 다가오면 베겠다."

그러고는 바람처럼 달려가 버렸다.

이런 기세로 이중 삼중의 포위를 뚫고 마침내 이릉성 아래까지

가서 외쳤다.

"성문을 열어라!"

망대에서 그를 본 감녕은 어떻게 여기까지 왔는지 놀라서 그를 맞아들였다. 주태가 말했다.

"이제 괜찮으니 안심하시오. 주 도독이 몸소 지원하러 오셨소. 그리고 작전은……."

그는 작전의 일체를 알려주었다.

어제 이상한 남자가 홀로 성안으로 들어가고 나서 갑자기 성안 병사들의 사기가 오른 것을 보고 조홍과 조순은 서로 얼굴을 마주 보았다.

"이래서는 안 돼!"

"주유의 원군이 가까이 왔다는 증거네. 꾸물거리다가는 협공당할 거야. 어떻게 하면 되겠나?"

"어떻게는 뭐, 당장 성을 함락시킬 수도 없고. 감녕을 일부러 성 안으로 유인하여 독 안에 든 쥐로 만들어버리자는 계책은 명안인 듯했으나 실은 하책 중의 하책이었네."

"지금에 와서 그런 넋두리를 해봤자 무슨 소용인가? 남군에 전령을 보냈으니 조인 형님이 가세하기를 기다리기로 하세."

"하여간 하루 이틀 버텨봐야지."

속이 터질 정도로 대책이 없었다. 다음 날 바로 주유의 대군이 쳐들어왔다. 조홍과 조순, 우금 등이 당황하여 허둥거리며 맞서 싸웠지만 애초에 적수가 되지 못했다. 진영은 무너지고 즉시 패주하기 시작했다.

뿐만 아니라 주유의 추격을 피해 산을 넘은 것까지는 좋았으나 도중에 좁고 험한 길까지 오자 길에 쌓아둔 섶이며 나무 등에 걸려 말에서 골짜기로 떨어지는 자, 말을 버리고 달아나다가 죽임을 당하는 자 등 그 처참함이 이루 말할 수 없었다.

오나라 병사들은 그 기세를 몰아 도중에 적의 말을 노획한 것이 300여 마리나 되었다. 그리고 더욱 진격하여 마침내 남군성 밖 10리에 이르렀다.

남군성으로 들어간 조홍과 조순 등은 형 조인을 둘러싸고 참담한 얼굴을 하고 있었다.

"역시 승상의 말씀을 지켜 절대로 성을 나가지 말고 처음부터 성문을 굳게 닫고 수비를 최우선으로 삼았으면 좋았을 텐데."

인제 와서 이 일족은 후회하며 푸념을 늘어놓았다.

"그래! 잊고 있었어."

조인은 푸념하다가 문득 생각난 듯 무릎을 쳤다. 그것은 조조가 도성으로 돌아갈 때 정말로 위기에 처했을 때 펴보라고 하며 남기고 간 책이었다. 그 속에 어떤 비책이 쓰여 있을까?

|||　**五**　|||

주유는 득의에 찬 얼굴을 하고 있었다. 그야말로 상승장군常勝將軍의 기개가 느껴졌다. 이릉을 점령하고 무사히 감녕을 구출해 냈으며 병력을 몇 배로 늘려 남군성을 포위한 것이다.

"……어? 적병들이 모두 도망칠 준비를 하고 있군. 허리에 군량 자루를 차고 있어."

성 밖에 높은 망대를 쌓아 그 위에서 성안의 적병들을 살피던 주유는 이렇게 중얼거리며 여전히 손그늘을 만들어 바라보고 있었다.

성안의 적병들은 대략 3개 부대로 나뉘어 있었는데 모두 바깥 성루나 외문으로 나가서 성의 중심이나 주요한 담장 아래에는 맥없는 종이 깃발이나 천으로 된 깃발들만이 늘어서 있을 뿐 인기척이 전혀 느껴지지 않았다.

"그렇다면 적장 조인도 이곳을 지키기 어렵다고 판단하고 도망갈 준비를 하면서 겉으로만 성을 단단히 지키는 척하고 있는 것이로군. 좋아, 그렇다면 일격에."

주유는 직접 선봉대를 이끌고 정보에게는 후진을 맡기고 성안으로 돌격했다.

그때 떼 지어 모여 있는 성병들 사이에서 한 사람이 말을 타고 달려나오며 외쳤다.

"거기 오는 자가 주유인가? 호북의 효용驍勇 조홍이 바로 나다. 자, 어서 오너라."

주유는 씨익 한 번 웃더니 채찍을 들어 부하를 불렀다.

"이릉을 버리고 달아난 조홍이로구나. 창피함을 모르는 패장을 상대할 내가 아니다. 여봐라, 저 들개를 때려죽여라."

"알겠습니다."

앞으로 나서며 말을 몰고 간 것은 한당이었다.

두 사람이 맞붙어 싸웠다. 30여 합을 싸우더니 조홍은 이기기 어렵다고 생각했는지 뒤로 물러났다.

그러자 바로 그를 대신하여 조인이 말을 몰고 나와 외쳤다.

"주유, 겁을 먹은 것이냐! 당당하게 나와서 겨뤄보자."

오의 주태가 조인과 맞서 싸워서 그를 쫓아버렸다. 이렇게 되자 성안의 병사들은 완전히 사기가 꺾였고 오군은 기세를 타고 거침없이 쇄도했다.

함성과 북소리가 하늘을 울리고 흙먼지가 땅을 휘감았다.

"지금이다. 이 기회를 놓치지 마라!"

주유가 앞장서서 아군을 이끌고 돌진해 들어갔다.

숨 돌릴 틈조차 주지 않는 오군의 공격에 당황했는지 조인과 조홍을 비롯해 성문으로 도망쳐 들어가지 못한 적병들은 모두 성 밖의 서북쪽을 향해 달렸다.

이미 주유는 성문 아래까지 와 있었다. 이곳뿐만 아니라 네 개의 성문이 모두 열려 있었다. 적이 얼마나 당황했는지를 말해주는 듯했다.

"자, 성 위로 올라가서 오의 깃발을 꽂아라."

주유는 이미 성을 점령한 듯이 뒤에 있는 기수에게 말하며 성문으로 달려 들어갔다.

그때 문루門樓 위에서 상황을 지켜보던 장사 진교가 감탄의 소리를 질렀다.

"아, 정말로 우리 계책대로 되었다. 조 승상이 남긴 책 속의 비계祕計가 참으로 신통하구나!"

그러면서 옆에 있는 봉화통에 불을 떨어뜨리자 굉음을 내며 문루 위 하늘로 황색 연기가 우산처럼 퍼졌다.

순간 주위의 성벽 위에서 노궁과 석포, 철포의 비가 주유를 향해 한꺼번에 쏟아져 내렸다. 주유는 너무 놀라 말을 돌리려 했으나 뒤에서 맹목적으로 돌진해오는 아군과 뒤엉켜 갈팡질팡하게 되었다. 그러고 있는 사이에 발아래 땅이 한 길이나 함몰되었다.

함정이었다. 함정에서 필사적으로 기어 올라오는 병사들은 날아오는 화살에 대부분 목숨을 잃었다. 주유는 간신히 말을 잡아타고 곧장 문밖으로 달리기 시작했다. 그러나 화살이 한 발 날아와 그의 왼쪽 어깨에 푹 꽂혔다.

주유가 말에서 굴러떨어지자 이것을 본 적장 우금이 목을 베기 위해 달려왔다. 이에 오의 정봉과 서성 등이 우금이 탄 말의 다리를 칼로 베어 그를 떨어뜨린 후 주유를 둘러메고 진중으로 도망쳤다.

해자에 떨어져 죽은 자, 화살에 맞아 쓰러진 자 등 네 개의 성문에서 동일한 혼란에 빠진 오군의 피해는 그야말로 막심했다.

"퇴각, 퇴각하라!"

정보는 황급히 총퇴각을 명했다.

그리고 남군성에서 멀리 후퇴했다.

"무엇보다 도독의 생명을 구하는 것이 급선무다."

그는 즉시 군의를 불러 중군의 장막 안에 누워 있는 주유의 상처를 치료하게 했다.

"아아, 치료가 어렵겠습니다. 화살촉이 어깨뼈에 너무 깊이 박혔습니다."

군의는 얼굴을 찡그리고 환부를 살펴보다가 옆에 있는 제자에게 정과 나무망치를 가지고 오라고 말했다.

정보가 놀라서 물었다.

"이보게. 대체 무엇을 할 참인가?"

의원은 환자의 상처를 손가락으로 가리키며 말했다.

"보십시오. 아무것도 모르는 사람이 화살을 뽑는 바람에 중간에 화살이 부러져서 화살촉이 뼛속에 남아 있습니다. 이런 것이 가장 치료하기 어렵습니다. 이런 식으로 밖에는 치료할 방법이 없습니다."

"음, 그런가?"

할 수 없이 침을 삼키며 보고 있는데 의원이 정과 망치로 뼈를 내려치기 시작했다.

"악! 아프다. 너무 아파! 그만해!"

주유는 비명을 질렀다. 의원은 제자와 정보에게 말했다.

"이렇게 날뛰면 수술할 수 없습니다. 팔과 다리를 잡아주십시오."

이렇게 말하는 동안에도 그는 계속해서 나무망치를 내려쳤다.

수술 결과는 좋았다. 고열은 며칠 후 내렸고, 주유도 즉시 병상에서 일어나고 싶어 했다.

"아직 움직여선 안 됩니다. 그렇게 가볍게 생각해서는 곤란합니다. 화살촉에 독이 발라져 있어서 화를 내거나 기분이 격해지면 뼈의 상처와 살 사이에서 다시 열이 날 것입니다."

의원의 주의에 따라 정보는 주유를 중군에서 나가지 못하게 했다. 또 전군에 명령을 내렸다.

"아무리 적이 공격해와도 진문을 굳게 닫아걸고 절대 상대하지 마라."

이후 위의 병사들은 다시 성안으로 돌아가 한껏 기세를 올렸다. 그중에서도 조인의 부하 우금은 다시 주유의 진영 앞으로 와서는 온갖 욕설을 퍼부었다.

"어떻게 된 것이냐, 이놈들아! 이 진영 안에는 사람이 없는 것이냐? 중군이 몽땅 사라진 것이야? 한 번 패했다고 언제까지 토라져 있을 참이냐? 깨끗하게 항복하는 것이 어떠냐? 아니면 깃발을 내리고 물러가라."

그러나 오군 진영은 마치 상갓집처럼 조용했다. 우금은 다음 날에도 전보다 더 심한 욕설을 퍼부었다.

그러나 정보는 단지 주유의 병이 재발하는 것만을 두려워하고 있었다.

"조용히 해라, 조용히……."

우금은 계속해서 찾아왔다. 우금이 일곱 번째로 찾아온 날, 정보는 우선 병사들을 거두어 오로 돌아가 주유의 상처가 완치된 후 다시 공격을 개시하자는 의견을 냈으나 다른 장수들은 찬성하지 않았다.

그러는 사이에 성안의 병사들은 마침내 약점을 간파하고 얼마 후 조인이 직접 대군을 이끌고 습격해왔다. 아무리 비밀에 부쳐도 주유의 귀에 이런 소식이 들어가지 않을 리 없다. 주유는 과연 무인답게 병상에서 몸을 일으키더니 물었다.

"저 함성은 무엇인가?"

정보가 대답했다.

"아군이 훈련하는 소리입니다."

귀를 기울이고 있던 주유가 갑자기 일어서더니 고함을 질렀다.

"갑옷을 내와라. 칼을 가지고 와!"

그리고 이어서 말했다.

"대장부 된 자가 나라를 떠나온 이상 시체가 되어 고국으로 돌아가는 것은 바라는 바다. 이 정도의 부상에 호들갑 떨지 마라."

그러고는 장막 밖으로 달려나갔다.

⫶⫶⫶ 七 ⫶⫶⫶

주유는 아직 완쾌되지 않은 몸에 갑옷을 걸치고 용감하게 말에 올라탔다. 그리고 몸소 수백 명의 병사를 이끌고 진영 밖으로 나갔다.

이것을 본 조인의 병사들은 두려움에 떨며 크게 동요했다.

"앗, 주유가 아직 살아 있다!"

조인도 손그늘을 만들어 전장을 바라보고 있다가 군졸들에게 명령을 내렸다.

"주유임에는 틀림없으나 아직 금창金瘡(쇠붙이로 된 칼, 창, 화살 등에 다친 상처)이 낫지 않았을 것이다. 금창은 흥분하면 상처가 터져서 재발한다고 하니 일동은 그에게 욕을 퍼부어 모욕감을 안기도록 하라."

그러고는 자신도 앞에 서서 조롱하기 시작했다.

"애송이 주유야. 전에 맞은 화살에 겁이라도 먹은 것이냐? 기분은 어떠냐? 창이나 들 수 있겠느냐?"

조인의 부하들도 그를 따라 심한 욕설을 퍼붓자 분을 참지 못하고 낯빛이 적갈색으로 변한 주유가 소리쳤다.

"여봐라, 저 필부 조인의 목을 베어오너라."

이렇게 말하며 스스로도 말을 몰아 나가려고 했다.

"반장이 여기 있습니다. 제가 상대하겠습니다."

주유 뒤에 있던 반장이 달려나가려는 순간 주유가 입에서 피를 토했다. 그는 창을 버리고 두 손으로 입을 막으며 말 등에서 굴러 떨어졌다.

이 모습을 본 조인이 "꼴좋구나. 놈이 피를 토하고 죽었다."라며 일제히 공격해왔다.

당황한 오군은 주유를 들쳐메고 진문으로 급히 도망쳐 들어갔다. 이날의 패배도 비참하기 짝이 없었다.

침울한 분위기가 주유를 감싸고 있었다. 그러나 그는 의외로 건강한 모습으로 의원이 주는 탕약을 마시면서 아군 장수들에게 말했다.

"오늘 말에서 떨어진 것은 일부러 그런 것이지 금창이 터진 것이 아니오. 조인이 나를 깔보고 욕하는 계책을 역이용하여 급히 피를 쏟는 흉내를 낸 것이오. 즉시 진마다 조기를 세우고 조가弔歌를 연주하시오. 그리고 주유가 죽었다고 소문을 내시오."

다음 날 저녁 무렵 조인의 부하가 성 밖에서 오군의 일개 부대를 포로로 잡아왔다. 심문하니 그들이 말했다.

"어젯밤 결국 오의 대도독 주유가 금창이 재발하여 고열이 나더니 죽었습니다. 그래서 오군은 급히 본국으로 돌아가기로 결정했습니다. 어차피 오나라는 이길 가망이 없습니다. 이길 가망이 없는 군을 따라 돌아가도 잡병은 언제까지나 잡병일 뿐. 그래서 저희가 상의한 끝에 항복하러 온 것입니다. 만약 저희를 써주신다면 오늘 밤 오군 진영으로 안내하겠습니다. 상을 당해 의기소침해 있으니 지금 기습하면 쉽게 오군을 섬멸할 수 있을 것입니다."

조인과 조홍, 조순, 진교, 우금 등은 머리를 맞대고 비밀회의를 한 끝에 한밤중에 오군 진영으로 기습을 감행했다.

그러나 오군 진영에는 깃발들만 늘어서 있고 사람의 그림자는 볼 수 없었다. 곳곳에 꺼져가는 모닥불만 남아 있었다.

'그럼 벌써 여기를 버리고 돌아간 것인가?'

그런 의심에 사로잡혀 있을 때 동문에서 한당과 장흠, 서문에서 주태와 반장, 남문에서는 서성과 정봉, 북쪽 책문에서도 진무와 여몽 등 쟁쟁한 오나라 장수들이 함성을 지르고 징을 울리며 순식간에 포위하여 맹공을 퍼부었다. 빈 진영에 들어와 어리둥절해 있던 조인과 그의 병사들은 우왕좌왕하고 있는 사이에 공격을 받아 사졸의 대부분이 죽거나 사방팔방으로 달아났다.

조인과 조순, 조홍 등은 모두 남군을 향해 도망쳤는데 도중에 오의 감녕이 길을 막고 있었기 때문에 성안으로 들어가지도 못하고 결국 양양 방면으로 패주할 수밖에 없었다.

죽었다던 주유는 살아 있었다. 이날 밤 주유는 대승을 거두었다. 그는 기세등등하게 정보와 함께 어지럽게 싸우는 병사들 사이를 종횡무진 돌아다녔고, 내친김에 남군성에 오의 깃발을 꽂겠다며 해자 근처까지 갔다. 그런데 이게 대체 어찌된 일인가. 성벽 위에는 낯선 깃발들이 늘어서서 새벽하늘 아래에서 펄럭이고 있었다.

그리고 그 망대 위에는 무장 한 명이 서서 엄숙한 표정으로 성 아래를 내려다보고 있었다.

||| 八 |||

주유가 수상히 여기며 해자 근처에서 큰소리로 물었다.

"성 위에 서 있는 자는 누구냐?"

그러자 성 위에서 대답이 들려왔다.

"상산의 조자룡이오. 공명 군사의 명령을 받고 이미 이 성을 점령했소. 늦었구려. 주유 도독, 안됐지만 돌아가시오."

주유는 너무 놀라 허무하게 말 머리를 돌렸다. 그러나 즉시 감녕을 불러 형주성으로 가게 하고 또 능통을 불러 명했다.

"즉각 양양을 취하라."

공명에게 선수를 빼앗겼구나!

주유는 속이 부글부글 끓었다. 이렇게 된 이상 지체 없이 형주와 양양, 두 성을 취한 다음 남군성을 되찾기로 마음먹었다.

그때 파발마가 와서 보고했다.

"형주성에도 이미 장비와 그의 부하들이 들어와 있습니다."

"아니, 뭐라고?"

귀를 의심하고 있는 사이에 또 양양에서 파발마가 달려와서 보고했다.

"이미 늦었습니다. 양양성 안에는 관우 군이 득시글거립니다. 성 위에 유비의 깃발이 높이 휘날리고 있습니다."

주유가 자세한 이야기를 들어보니 다음과 같았다.

공명은 남군성을 취하자마자 곧 조인의 병부兵符(인장)를 들려서 형주로 사람을 보내 "남군이 위험하니 즉시 지원군을 보내라."라고 전했다.

형주성의 수장은 병부를 믿고 바로 원군을 보냈다. 성이 비기를 기다리고 있던 공명은 즉시 장비를 보내 형주성을 점령하고 동시에 또 같은 방법으로 양양에도 사람을 보냈다. 격문의 내용은 다음과 같았다.

우리가 지금 위험에 처했으니 오의 병사를 밖에서 공격하라.

양양을 지키던 하후돈도 조인의 병부를 보고는 의심할 틈도 없이 즉시 성을 나와 형주를 향해 달렸다.

미리 공명의 명을 받은 관우가 그 후 바로 성을 취했다. 이렇게 남군, 양양, 형주 세 개의 성이 공명의 손아귀에 들어가 버린 것이다.

　주유는 보통 놀란 것이 아니었다. 실신할 것처럼 낯빛이 변해서 소리쳤다.

　"대체 어떻게 조인의 병부가 공명의 손에 들어간 것인가?"

　정보는 고개를 숙이고 대답했다.

　"공명이 형주를 취했을 때 형주성에 있던 위의 장사 진교가 생포된 것이 틀림없습니다. 병부는 늘 진교가 지니고 다녔습니다."

　이 말을 듣자마자 주유는 바닥에 쓰러졌다.

　격노한 탓에 금창이 터진 것이었다. 이번엔 계획적인 것이 아니라 정말로 재발한 것이었다.

　그러나 사람들의 간호에 의해 겨우 살아난 주유는 이를 갈며 화를 냈다.

　"그래서 내가 전부터 공명이 위험하다고 한 것이다. 공명을 제거하지 않으면 하루도 마음 편할 날이 없을 거야. 두고 봐라. 반드시 없애고 말 테다!"

　그리고 오직 남군을 탈환할 계획만 세우고 있었다. 그러던 어느 날 노숙이 병문안을 왔다.

　"기분은 어떠십니까?"

　주유는 이제 누워 있지 않았다. 드높은 의기를 보이며 말했다.

　"조만간 유비, 공명과 일전을 벌여 남군을 손에 넣은 뒤 오에 돌아가 조금 요양할 생각이오."

　그러자 노숙이 고개를 저으며 말했다.

　"부질없는 짓입니다."

노숙이 말했다.

"조조와 적벽에서 싸워 대승을 거두었다고 해도 아직 조조는 쓰러지지 않았습니다. 성패의 갈림길은 지금부터입니다. 한편 주군 손권은 얼마 전부터 합비 방면을 공격하고 있습니다. 상황이 이러한데 여기서 또 유비와 일전을 벌인다면 조조에게는 이것이 가장 좋은 기회가 될 것입니다."

주유도 유비와 싸우는 것이 불리하다는 것을 당연히 알고 있었으나 견디기 어려웠다.

"우리 대군이 적벽에서 위군을 쳐부수기 위해 얼마나 많은 병력과 군비를 희생했는지 모르오. 그런데도 그 전공인 형주 지방을 아무것도 하지 않은 유비가 가로채는 것을 묵과할 수는 없소."

"옳은 말씀입니다. 제가 유비를 만나 도리에 대해 말해보겠습니다."

노숙은 즉시 남군성으로 갔다. 그를 보자 성 위에서 수비 대장 조운이 말을 걸었다.

"오의 노 공께서 무슨 일로 오셨소?"

"유 공을 만나러 왔소."

"유 황숙께서는 형주성에 계시오. 형주로 가보시오."

할 수 없이 노숙은 서둘러 형주로 향했다.

형주성을 방문해보니 깃발도 군대도 거리의 소리도 지금은 모두 유비의 색으로 물들어 있었다.

"아아!"

노숙은 탄식하지 않을 수 없었다.

"이거 오랜만입니다."

맞이한 사람은 공명이었다. 그는 극진한 예를 갖추었다. 자리에 앉자마자 노숙이 그를 책망했다.

"조조의 100만 대군이 남진하면 아마도 제일 먼저 포로가 되었을 사람은 선생의 주군인 유비였을 것입니다. 그것을 우리 오나라가 막대한 군량을 소비하고 병마와 군선을 동원하여 필사적으로 막기 때문에 그를 격파하고 서로 어려움을 피할 수 있었습니다. 그 전과로 형주는 당연히 오나라가 취해야 한다고 봅니다만, 선생께서는 어떻게 생각하십니까?"

공명이 웃으며 말했다.

"이상한 말씀을 하시는군요. 형주는 형주의 것입니다. 조조의 것도 아니고 오나라가 취해야 할 이유도 없는 곳이죠."

"어째서 그렇습니까?"

"형주의 주인인 유표는 죽었습니다. 그러나 아들 유기, 즉 그 적자는 아직 유 황숙의 보호 아래 있습니다. 황숙과 유기는 원래 같은 가문이며 숙부와 조카 사이입니다. 그러니 그를 도와 이 나라를 부흥시키는 것이 도리 아니겠습니까?"

노숙은 깜짝 놀랐다.

공명에게 이 정도의 심모深謀가 있다고는 생각지 못했기 때문이다.

"아니…… 유기는 분명 강하성에 있다고 들었습니다. 이 형주에 있을 리 없습니다."

공명은 좌우의 시종들에게 작은 소리로 명했다.

"빈객께서 의심스러운 모양이다. 유기 공을 모셔오너라."

이윽고 뒤에 있는 병풍이 열리더니 병약한 귀공자가 시종의 손을 잡고 몇 걸음 걸어 나와 노숙에게 인사를 했다. 틀림없는 유기였다.

"병중이시니 그만 안으로 모셔라."

공명의 말에 유기는 즉시 병풍 뒤로 사라졌다. 노숙은 말없이 고개를 떨구었다. 공명이 말했다.

"형주의 주인은 유기입니다. 저렇게 병약하니 만약 요절한다면 사정은 달라지겠습니다만."

"그렇다면 만약 유기가 세상을 떠나면 형주는 오에 돌려주시오."

"알겠습니다. 그때는 아무도 이론을 제기할 수 없을 것입니다."

그러고는 맛있는 음식을 대접하며 환대했지만, 노숙은 마음이 편치 않아 서둘러 돌아갔다. 그리고 즉시 주유를 만나 자세한 이야기를 했다.

"오래 기다리지 않아도 될 것입니다. 유기의 혈색을 보니 얼마 못 갈 것 같습니다. 지금은 잠시 기다리는 것이 좋을 듯합니다."

노숙이 주유를 달래고 있는데 손권이 보낸 파발마가 와서 전군은 형주를 버리고 시상柴桑으로 돌아오라는 군령을 전했다.

백우선

||| 一 |||

형주와 양양, 남군 등 세 개의 성을 단숨에 손에 넣으며 영토가 없는 주군에서 일약 영토가 있는 주군으로 면모를 새롭게 했으나 유비는 우쭐거려서는 안 된다며 자중했다.

"공명 선생."

"무슨 일이십니까?"

"노력하지 않고 얻은 것은 잃기도 쉽다고 하지 않소? 세 개의 성은 선생의 계책에 의해 너무도 쉽게 우리 수중에 들어왔소. 그런 만큼 이것들을 지키기 위해서는 뭔가 장구한 계책을 세워야 하지 않을까요?"

"옳은 말씀입니다만 꼭 그렇지만도 않습니다. 세 개의 성을 한 꺼번에 손에 넣은 것도 실은 주군께서 다년간의 고생을 인내했기 때문입니다. 그냥 쉽게 굴러들어온 것이 아닙니다."

"그렇지만 전투 한 번 하지 않고 병사 한 명 다치지 않고 이 중심부를 차지하게 된 것은 너무 과한 행운이오."

"겸손이 지나치십니다. 주군의 덕과 다년간의 노고가 여기에 결집되어 있습니다. 요컨대 주군의 덕과 노고가 과거에 없었다면 이 공명조차 오늘 이 자리에 없었겠지요."

"그렇다면 선생, 부디 내가 노고를 거듭하고 덕을 쌓을 수 있는 장구한 계획을 알려주시오."

"사람입니다. 모든 것이 사람입니다. 영토가 확대될 때마다 더욱 그렇습니다."

"형주와 양양 땅에 아직도 유능한 인재가 남아 있을까요?"

"양양 의성宜城 태생으로 이름은 마량馬良, 자는 계상季常이라는 이가 있습니다. 그의 형제는 다섯 명인데 모두 재능이 뛰어나기로 이름이 높아 마씨오상馬氏五常이라 불리고 있습니다만, 그중에서도 마량이 가장 뛰어나고 그의 동생 마속馬謖도 군서軍書에 정통한 만부부당의 무인입니다."

"부르면 오겠소?"

"막빈인 이적伊籍과 친한 사이입니다. 이적을 보내 부르는 것이 어떻겠습니까?"

"그러는 것이 좋겠군."

유비는 즉시 이적을 사자로 보냈다.

얼마 지나지 않아 마량이 성에 왔다. 눈을 맞은 것처럼 눈썹이 하얀 사람이었다. 마씨오상 중에서 백미白眉가 가장 뛰어나다는 것이 세간의 평이었다.

유비가 그에게 물었다.

"그대는 이 지역의 사정에 밝을 것이오. 나는 최근 세 개의 성을 취해 다스리고 있소만 앞으로 어떻게 하는 것이 최선이겠소?"

"역시 유기를 앞장세워야 합니다. 병약한 몸이니 형주성에 머물게 하고 구신들을 부르십시오. 그리고 도성에 표문을 올려 유기를 형주 자사刺史로 봉하십시오. 백성들은 황숙의 인덕과 공명한 처사를 기뻐하며 따를 것입니다. 그것을 강점과 근본으로 삼아 황숙은 남쪽의 4개 군을 정벌하여 취하심이 좋을 듯합니다."

"그 4개 군의 상황은 어떠하오?"

"무릉武陵에는 태수 김선金旋이 있고 장사長沙에는 한현韓玄, 계양桂陽에는 조범趙範, 영릉零陵에는 유도劉度가 각각 그 지역을 차지하고 있습니다. 이 4개 군은 생선과 쌀의 운송이 활발하고 땅도 비옥합니다. 따라서 장구한 계획을 세우기에는 그 어느 곳보다 안성맞춤인 곳입니다."

"그곳을 공략하기 위해서는 어떻게 하면 좋겠소?"

"상강湘工의 서쪽인 영릉(호남성, 영릉)부터 손을 대는 것이 순서입니다. 다음으로 계양과 무릉을 취하고 장사로 진격하는 것이 자연스러울 듯합니다. 요컨대 병사들의 진로는 흐르는 물과 같습니다. 물이 가는 곳이 자연스러운 병로兵路라고 할 수 있을 것입니다."

현자의 말은 모두 한 가지였다. 유비는 자신감을 얻었다. 아군 중에선 누구도 이론이 없었다.

건안 13년(208) 겨울, 그의 부하 1만 5,000명은 남사군南四郡 정벌에 나섰다.

조운이 후진을 맡았다.

물론 유비와 공명은 중군에 있었다.

이때도 관우는 뒤에 남아 형주성을 지키라는 명령을 받았다.

유비 군이 온다는 소식에 영릉의 군민들은 즉시 두려움에 떨기 시작했다. 전란의 시대에는 어느 고장, 어느 나라의 그 누구도 이 전란의 소용돌이 밖에서 편안하게 살 수 없게 마련이다.

영릉 태수 유도는 적자 유연劉延을 불러 상의했다.

"어떻게 하면 유비를 막을 수 있겠느냐?"

아버지의 안색에 두려움이 보였다. 유연은 이를 악물며 격려했다.

"관우와 장비 등이 이름을 떨치고 있지만, 우리 집안에도 형도 영邢道榮이 있지 않습니까?"

"형도영이라면 그들을 당해낼 수 있을까?"

"그러면 관우와 장비의 머리를 취하는 것도 그리 어려운 일은 아 닐 것입니다. 항상 무게 60근의 커다란 도끼를 자유자재로 휘두르 는 용감무쌍한 호걸에다가 무예 또한 옛날의 염파廉頗나 이목李牧 보다 뛰어났으면 뛰어났지 절대 뒤떨어지지 않습니다. 평소에 용맹 한 장수를 먹이고 입히는 것은 이런 때를 위함이 아니겠습니까?"

유연은 그렇게 말하고 아버지에게 1만 명의 병사들을 청해 형 도영을 선봉으로 삼고 성에서 30리 떨어진 곳에 진을 쳤다.

유비 군 1만 5,000명은 이미 그 근방까지 와 있었다. 흙먼지가 일면서 시시각각 영토가 침범당했다.

"반국反國의 도적, 유랑하는 폭군, 무슨 이유로 우리 땅을 침범 하느냐!"

병사들이 뒤엉켜 어지럽게 싸우는 가운데 형도영이 큰소리를 지르며 말을 타고 달려왔다. 그의 유명한 도끼는 이미 선혈에 젖 어 있었다.

그때 그의 앞으로 사륜거 한 대가 흙먼지를 일으키며 달려왔다. 그 위에는 스물여덟아홉 살 정도의 단정하고 아름다운 인물이 머 리에 윤건을 쓰고 몸에 학창鶴氅(소매가 넓고 뒤 솔기가 갈라진 흰옷의

가를 검은 천으로 넓게 댄 웃옷)을 입고 손에 백우선을 들고 침착한 모습으로 앉아 있었다. 그 모습을 보고 조금 놀란 듯 형도영이 말을 세웠다. 그러자 수레 위의 사람이 백우선을 들어 가리키며 말했다.

"거기 있는 것이 도끼를 잘 쓴다는 영릉의 소인배냐? 나는 남양의 제갈공명이다. 듣지 못했느냐? 얼마 전에 조조의 100만 대군도 이 공명이 약간의 계책을 쓰니 살아 돌아간 자가 거의 없었다. 하물며 너 같은 촌놈은 나의 상대가 되지 못한다. 어서 항복하여 백성을 편안하게 하고 너의 목숨도 보전하여라."

"와하하하. 말로만 듣던 작은 이익에 밝은 공명이라는 자가 네놈이로구나. 풋내기 주제에 전쟁터에 사륜거를 타고 오는 꼴부터가 구역질이 난다. 적벽에서 조조를 물리친 것은 오나라 주유의 지략과 병력이었다. 잘난 척하는 꼬라지가 참으로 역겹구나."

이렇게 소리치자마자 도끼를 머리 위에서 휘두르며 말을 달려 공격해왔다.

공명의 사륜거는 즉시 방향을 바꿔 달아나기 시작했다. 앞으로 나아갈 때도 뒤로 물러날 때도 수많은 사람이 그것을 밀었고, 무수히 많은 창칼이 그 주위를 철통같이 지켰다.

"멈춰라!"

형도영은 필사적으로 쫓아갔다.

아군 사이를 헤치고 달아나던 사륜거는 이윽고 책문 안으로 들어가 버렸다.

"공명, 공명! 머리를 내놓고 가거라."

형도영은 포기하지 않았다. 도끼를 들고 적병들을 곁눈으로 노려보면서 물살을 가르고 나아가듯이 전진했다. 그리고 어느 틈에 책문을 넘어 여전히 사륜거의 행방을 찾았다. 그때 산허리에 황기를 세우고 꼼짝 않고 있던 병사들이 부스스 몸을 일으키더니 형도영 쪽으로 오기 시작했다. 맨 앞에서 달려오는 장수는 긴 창을 들고 있었다.

"나는 유 황숙의 휘하에 있는 연인 장비다. 네놈은 운이 좋구나. 내 손에 걸리다니."

장비는 번개처럼 덤벼들었다.

"뭐라고? 이 도끼가 보이지 않느냐!"

형도영은 자신만만하게 거만한 표정을 지으며 장비의 장팔사모를 맞받았다. 1장 8척의 긴 창과 60근의 도끼는 무기로서는 우열의 차이가 없었지만, 그것을 다루는 두 사람의 역량에서는 형도영이 장비를 따라갈 수 없었다.

'안 되겠다.'

형도영은 이길 가망이 없다고 판단하고 달아나기 시작했다. 그때 그의 앞을 가로막는 또 다른 강적이 나타났다.

"상산의 조자룡이다. 도영아, 쓸모도 없는 도끼는 당장 버려라!"

||| 드 |||

형도영은 말에서 내렸다. 말에서 내리는 것은 항복을 의미한다. 조운은 즉시 그를 포박하여 본진으로 끌고 갔다.

유비가 형도영을 흘낏 보더니 명령했다.

"목을 쳐라."

그러나 공명이 이를 저지하며 형도영에게 말했다.

"어떤가. 네 손으로 유연을 생포해오면 목숨을 살려줄 뿐만 아니라 중히 쓰겠다."

"어렵지 않은 일입니다. 이 포박을 풀어 저를 보내주신다면."

"그런데 어떤 방법으로 유연을 생포할 생각이냐?"

"오늘, 밤이 되기를 기다렸다가 유연의 진영으로 쳐들어오십시오. 제가 안에서 내응하여 반드시 유연을 생포하겠습니다. 유연이 생포되면 그의 아버지인 태수 유도도 분명 항복할 것입니다."

옆에 있던 유비가 그가 너무 쉽게 말하는 것을 보고 다시 말했다.

"거짓말이 드러나는구나. 군사, 저런 자를 써서는 안 됩니다. 어서 목을 치시오."

공명은 유비의 말을 듣지 않고 고개를 가로저으며 말했다.

"아닙니다. 제가 보기에는 형도영의 말에 거짓이 없습니다. 재주도 있는 것 같으니 이런 재주를 아껴 중용하는 것도 진정한 대장 된 자가 할 일입니다. 부디 그의 계책에 따라 오늘 밤 결행하시죠."

공명은 그 자리에서 포박을 풀고 형도영을 놓아주었다.

겨우 목숨을 건진 형도영은 아군 진영으로 도망가자마자 유연에게 자세히 고했다.

"오늘 밤이 고비입니다."

"방심해서는 안 된다."

유연은 방어에 나섰다. 그러나 낮에 있었던 전투에서 유비 군의 기량을 보았기 때문에 정공법을 피해 기방책奇防策을 택했다.

진중의 책문 안에는 깃발만 세워놓고 병사들을 모두 다른 곳에 매복시켰다. 그리고 이경二更 무렵이 되자 과연 한 무리의 병사들이 손에 봉홧불을 들고 함성을 지르며 다가오자마자 진지마다 불을 질렀다.

"왔다, 포위하라."

유연과 형도영의 병사들은 두 무리로 나뉘어 각각 다른 방향에서 쇄도했다. 그리고 공격군을 포위하고 섬멸시키려 했다.

공격군은 대열에서 벗어나 뿔뿔이 흩어져 달아나기 시작했다.

기세를 타고 유연과 형도영은 그들을 10여 리나 추격했다.

그러나 도망가는 병사의 수가 의외로 적은 것을 깨달았다. 아무리 추격해도 뒤나 옆에서 공격해오는 적병도 없었다.

"적진에 너무 깊이 들어가지 마라."

유연은 형도영을 불러 세웠다.

"진영의 불도 꺼야 하니 이쯤에서 돌아가자. 이 정도면 충분하다."

유연은 바로 발길을 돌렸다. 돌아가는 도중에 길옆에서 사람의 그림자가 튀어나왔다.

"도영아, 도영아. 어디를 헤매고 다니는 것이냐? 장비라면 여기 있다!"

장비의 뒤를 이어 나타난 부대는 도망간 적과는 전혀 딴판이었다. 그들은 파죽지세로 유연과 형도영의 군사를 공격했다.

"아아, 적에게도 뭔가 계책이 있었구나."

그들은 당황하여 허둥거리며 자신들의 진영으로 달아나려 했다. 진영 안의 불은 이미 대부분 꺼져 있었다. 그러나 이번에는 생각지도 못한 다른 일군이 자신들의 진영 안에서 나타났다.

"조자룡이 여기서 네놈들이 돌아오기를 기다렸다."

당황하여 달아나려는 형도영은 결국 여기서 조자룡의 창에 무참한 죽임을 당했고 유연도 생포되었다.

날이 밝자 공명의 사륜거 앞으로 유연의 아버지 유도도 항복을 맹세하러 나왔다.

유비와 공명은 말 머리를 나란히 하고 영릉에 입성했다.

전 태수인 유도는 그대로 군수로 이곳에 두고 아들 유연은 군대에 편입시켜 계양으로 진격했다.

계양을 공격하는 날 유비가 장수들을 둘러보며 말했다.

"누가 선봉에 서겠는가?"

"제가 서겠습니다."

한 사람이 손을 든 순간, 장비도 앞으로 나서며 말했다.

"부디 저를 세워주십시오!"

먼저 손을 든 것은 조자룡이었다.

"조 장군의 대답이 조금 빨랐습니다. 먼저 대답한 사람을 선봉에 세우시는 것이 좋을 듯합니다."

공명이 망설이고 있는 유비에게 말했다. 그러나 장비가 수긍하지 않았다.

"대답이 빠르냐 느리냐로 결정한 전례는 없소이다. 어째서 나를 선봉에 세우지 않는 거요?"

"싸우지 마시오."

공명은 할 수 없이 앞서 한 말을 철회하고 이렇게 제안했다.

"그렇다면 제비를 뽑읍시다."

조운이 '선' 자가 쓰인 제비를 뽑았다. 장비가 뽑은 것은 '후'였다.

"재수가 좋군."

조운은 기뻐서 펄쩍 뛰었지만, 장비는 몹시 기분이 언짢았다. 그는 투덜대다가 유비의 꾸지람을 듣고서야 겨우 물러났다.

조운은 병사 3,000명을 청해서 받았다.

"그 정도면 충분하시오?"

공명이 묻자 조운이 호언장담했다.

"만약 패한다면 벌을 받겠습니다."

조운은 맹세의 글을 쓰고 단숨에 계양성을 빼앗기 위해 달려나갔다.

계양성에는 세상에 이름을 떨치고 있는 두 명의 용장이 있었다. 한 명은 포룡鮑龍이라고 하는데 맨손으로 호랑이를 때려잡는다고 하고 다른 한 명은 진응陳應이라고 하는데 산을 뽑아낼 만큼 힘이 센 자였다.

"지금 유비 군을 보니 방루를 쌓을 시간도, 강마정병强馬精兵을 만들 틈도 없네. 그러니 조금이라도 빨리 항복하여 그나마 영토의 무사태평만이라도 꾀하는 것이 낫지 않겠나?"

태수 조범은 지나치게 저자세였다.

"약한 소리 마십시오. 성안에 사람이 없다면 모를까."

태수를 질타하며 강경한 태도를 취한 것은 앞에서 언급한 포룡과 진응 두 장수였다.

"유현덕은 천자의 황숙이라고 자칭하고 있습니다만, 실은 벽촌의 필부로 그 내력은 짚신이나 만들어 팔던 자에 지나지 않습니다. 그 외에 관우와 장비 또한 무뢰한들일 뿐입니다. 그런 자들이 뭐가 두려워서 계양을 그들의 발밑에 내던지려 하십니까?"

"하지만 이리로 오고 있는 조자룡은 일찍이 당양의 장판파에서 조조의 100만 대군을 뚫고 유비의 아들을 구해온 용장이지 않은가?"

"그 조운과 나 진응 중에 어느 쪽이 진짜 용장인지 잘 본 뒤에 항복해도 늦지 않을 것입니다."

대단한 자신감이었다.

태수 조범도 할 수 없이 항전하기로 결심했다. 진응은 병사 4,000명을 이끌고 성 밖에 진을 치고 굳은 항전 의지를 보였다.

"깰 수 있으면 깨봐라."

공격군이 접근해왔다.

양군이 접전을 펼치자마자 조자룡은 말을 달려 적장 진응을 불러 말했다.

"유 황숙께서는 전에 돌아가신 유표의 아들 유기를 도와 여기까지 오셨다. 창을 버리고 성문을 열어 맞이하라!"

진응은 비웃으며 야유했다.

"우리가 주군으로 모시는 분은 조 승상밖에 없다. 네놈들은 어째서 승상을 따르지 않는 것이냐?"

||| 五 |||

이 진응이라는 자는 비차飛叉라는 무기를 주로 사용했는데, 삼지창 같은 모양을 하고 있었다.

그러나 조운에게는 그 무시무시한 무기도 아이들 장난감처럼 보였다.

말과 말을 맞대고 싸우기를 수십 합, 진응은 버티지 못하고 결국 달아나기 시작했다.

"입만 살아 있는 놈."

조운이 뒤쫓아가자 진응은 뭐라고 소리치더니 비차를 던졌다. 조운은 그것을 한 손으로 받아서 곧바로 되던졌다.

"자, 돌려주겠다!"

진응의 말이 뒷발로 곧추섰다. 조운은 원숭이처럼 긴 팔을 뻗어 그의 멱살을 움켜쥐고 진영 안으로 끌고 돌아와 훈계했다.

"상대를 봐가면서 덤벼야지. 네놈들이 의지하는 병력과 유 황숙의 정예는 오늘 네놈과 나의 결투 같은 것이다. 오늘은 풀어줄 테니 성으로 돌아가서 태수 조범에게 잘 말하도록 해라. 굳이 멸망을 자초할 필요는 없지 않겠나?"

진응은 들쥐처럼 성으로 달려 도망갔다.

"그것 봐라."

태수 조범은 처음에 강경하게 나왔던 진응을 원망하며 성 밖으로 쫓아버린 후 조자룡에게 항복을 청했다.

조운은 만족하며 이 순종적인 항장降將을 상빈上賓의 예로 대해 술 등을 내와서 대접했다.

조범은 무척 기뻐하며 말했다.

"장군과 저는 같은 조씨입니다. 성이 같으니 선조는 분명 같은 집안사람임이 틀림없겠지요? 우린 일족이니 친하게 지냅시다."

그가 형제의 잔을 청하고 생년월일을 묻자 서로 태어난 연월을 따져보니 조운 쪽이 넉 달 정도 빨랐다.

"그럼, 장군이 형님이오."

조범은 이마를 치며 혼자 정하더니 기쁜 표정으로 돌아갔다.

다음 날 미사여구로 가득 찬 서신이 왔다.

그런 것을 보내지 않아도 조운은 당당하게 입성할 예정이었으므로 부하 50여 명을 이끌고 성으로 향했다.

허도許都, 양양襄陽, 오시吳市 등과 비교하면 비교가 되지 않을 정도로 규모가 작은 지방의 성시였지만, 그런데도 이날은 군郡 내의 백성들이 모두 향을 피우고 상가 앞과 집 앞 등을 깨끗이 치운 뒤 연변에 마중 나와 있었다. 성에 들어가자 조운은 즉시 명령했다.

"사대문에 패를 걸어라."

백성들에게 법령을 알리는 것으로, 하나의 성시를 점령하면 예외 없이 행해지는 일이었다.

이 일이 끝나자 조범은 몸소 마중 나와 그를 연회 자리로 안내했다.

그 자리에서 항복한 성의 장수들이 앞으로 순종할 것을 맹세했다.

조자룡은 거나하게 취했다.

"자리를 옮깁시다. 흥도 새로워질 테니."

별당으로 청해 또 맛있는 안주와 향기로운 술을 대접했다. 별당에 들인 손님은 가문의 손님이었다. 참으로 융숭한 대접이었다.

"이만 돌아가겠소."

흠뻑 취한 조자룡이 자리에서 일어서려는 것을 조범이 만류하는 가운데 이상한 향기가 흘러들어왔다.

"뭐지?"

조자룡이 돌아보니 눈처럼 하얀 명주옷을 걸친 아름다운 여인이 청초하게 들어와서 조범에게 말했다.

"부르셨습니까?"

조범이 고개를 끄덕이더니 자리를 권했다.

"그렇소. 이쪽은 자룡 장군이오. 게다가 우리 집안과 같은 조씨지요. 가까이 가서 잘 모시도록 하시오."

"이분은 누구시오?"

조자룡이 그 미모에 놀라 조범을 돌아보며 물었다.

"제 형수입니다."

조범이 웃으며 소개했다.

그러자 조자룡이 자세를 바로 하고 정중하게 실례를 사과했다.

"몰랐소. 하녀인 줄 알고 그만."

조범은 옆에서 그 여인에게 술을 따르라는 둥 옆에 앉으라는 둥 계속해서 시중을 들게 했다. 그런데 정작 조자룡이 "아니요, 아니요."라며 역귀라도 쫓듯이 손사래만 치자 모처럼 온 여인도 재미없다는 듯 자리에서 일어서버렸다.

그녀가 가고 난 뒤 조운은 조범을 책망했다.

"어째서 형수 되는 사람을 시녀처럼 그리도 가볍게 이런 자리에 부른 거요?"

"아니, 실은 이렇습니다. 형수가 아직 젊습니다만, 형과 사별하고 과부가 된 지 3년이 되었습니다. 이제 괜찮은 남편을 맞는 것이 어떻겠냐고 제가 권하니 세 가지 바람을 말하더군요. 첫째는 세상에 이름이 높은 사람, 둘째는 사별한 남편과 성이 같은 사람. 셋째는 문무의 재능을 겸비한 사람이라는 분에 넘치는 바람이었습니다."

"흠."

조운은 실소했다. 그러나 조범은 열정적으로 권했다.

"어떻습니까? 장군."

"뭐가 말이오?"

"형수의 바람은 마치 장군이 세상에 있는 것을 예지하고 이곳에 오실 날을 기다린 것처럼 장군의 조건과 딱 맞습니다. 청컨대 아내로 삼아주시지 않겠습니까?"

이 말을 들은 조운은 느닷없이 주먹을 치켜들더니 "이런, 몹쓸 놈."이라며 조범의 뺨을 후려갈겼다.

조범이 얼굴을 감싸고 구르며 소리쳤다.

"이게 무슨 무례한 짓이오?"

조운은 일어나서 "무례는 무슨 무례! 이 벌레 같은 놈아."라며 발로 걷어찼다.

"벌레라고? 그런 무례한 말을. 이렇게 정중하고 후하게 대접하고 있는 나에게 벌레라니?"

"인륜도 모르는 놈이 벌레가 아니고 무엇이냐? 형수를 손님 앞에 앉히는 것만으로도 말이 안 되는 일이거늘, 거기다 아내로 삼으라니. 짐승만도 못한 놈."

조운은 이렇게 말하더니 다시 조범을 발로 짓밟고는 밖으로 나가 버렸다.

조범은 일어나 어쩔 줄을 모르고 있다가 이윽고 진응과 포룡을 불러 씩씩거리며 물었다.

"괘씸한 조자룡 놈은 어디로 갔느냐?"

"여기서 나가자마자 말을 타고 성 밖으로 나갔습니다."

두 사람은 입을 모아 말했다. 그리고 다시 말을 이었다.

"이렇게 된 이상 죽기 살기로 싸워 승부를 가릴 수밖에 없습니다. 우리 둘이 거짓으로 지금 자룡의 진영에 가서 그를 달랠 터이니 태수께서는 밤이 되기를 기다렸다가 급습하십시오. 그러면 우리 둘이 진영 내에서 호응하여 그놈의 목을 베겠습니다."

서로 모의한 후 두 사람은 성 밖으로 나가 한 무리의 병사들에게 미주재보美酒財寶를 들려 조운의 진영으로 갔다. 그리고 땅바닥에 엎드려 머리를 조아리며 사죄했다.

"부디 주군의 무례를 용서해주십시오. 나쁜 뜻은 전혀 없었다고 합니다."

조자룡은 그들의 사술을 간파하고 있었으나 일부러 부드러운 표정으로 선물로 가지고 온 술 단지를 열게 하여 사자로 온 두 사람에게 권하며 말했다.

"오늘 모처럼 마련한 자리였는데 술이 깨고 말았소. 자, 다시 마시도록 합시다."

||| 七 |||

진응과 포룡 두 사람은 '이제 됐다.'며 완전히 방심한 듯했다. 조운의 대접을 받고 곤드레만드레 취해버렸다.

조운은 기회를 봐서 아주 쉽게 두 사람의 목을 베어버렸다. 그리고 그들의 부하들에게 술과 선물을 나눠주고 진응과 포룡의 머리를 내보이며 말했다.

"우리 편이 되는 것이 좋을 것이다. 그렇지 않으면 여기 진응과 포룡처럼 만들어주겠다. 어떠냐?"

500명의 부하는 항복하고 즉시 조운의 부하가 되기로 맹세했다. 조운은 그날 밤에 그 500명을 앞세우고 뒤에는 1,000여 명의 본군을 이끌고 계양성으로 밀고 들어갔다.

성주 조범은 사자로 보낸 포룡과 진응이 돌아온 것이라고만 생각하고 문을 열었다.

"조자룡의 머리는 어디에 있느냐?"

그는 아군 500명에게 물었다.

그때 그 뒤에서 조자룡과 그의 병사 1,000여 명이 물밀 듯이 쏟아져 들어오자 기겁했으나 이미 때는 늦었다.

조자룡은 어렵지 않게 조범을 생포하고 성의 깃발을 발로 차서 떨어뜨리고 새롭게 유비의 깃발을 꽂았다.

"계양을 점령했습니다."

그는 지금까지의 일을 멀리 있는 유비와 공명이 있는 곳에 파발마를 보내 알렸다.

얼마 후 유비가 입성했다. 공명은 즉시 생포한 조범을 조운에게 계단 아래로 끌고 오게 하여 일단 그가 하는 말을 들었다.

조범은 애원했다.

"원래 저는 진심으로 항복하여 휘하에 들고자 했습니다. 그런데 형수를 자룡 장군에게 바치려고 하자 무슨 이유인지 장군께서 화를 내며 다시 성을 공격했습니다. 그래서 저까지 이런 꼴을 당하고 말았습니다만, 무슨 죄로 이런 수모를 겪고 있는지 모르겠습니다."

공명은 다시 자룡을 향해 물었다.

"미인이라면 마다할 사람이 없는데 장군은 어째서 화를 낸 것이오?"

조자룡이 대답했다.

"그렇습니다. 저도 미인을 싫어하지 않습니다. 그러나 조범의 형과는 예전에 고향에서 알고 지내던 사이였습니다. 지금 제가 그의 부인을 취해 아내로 삼는다면 세상 사람들은 저를 향해 침을 뱉을 것입니다. 또 그 부인이 다시 결혼할 경우 정절의 미덕을 잃게 됩니다. 다음으로 그것을 저에게 권한 조범의 의중도 알 수 없었고, 게다가 우리 주군이 형주를 점령했다고는 하지만 아직 시일이 얼마 되지 않았다는 점입니다. 새롭게 점령한 곳의 민심은 아직 안정되지 않았습니다. 그런데 그 심복인 제가 벌써 교만한 모습을 보인다면 민심을 잃어 모처럼 주군의 대업도 여기서 좌절될지도 모릅니다. 적어도 이곳에서는 민심을 얻을 수가 없습니다. 이상과 같은 점들을 고려할 때 아무리 아름다운 여인이라도 저의 마음을 얻기에는 부족합니다."

온화한 미소를 띠며 듣고 있던 유비가 조운에게 말했다.

"그러나 지금은 이 성도 우리 손에 들어왔으니 그 여인을 아내로 삼아도 누구 하나 비난하지 못할 것이네. 내가 중매를 서겠네."

"아닙니다. 거절하겠습니다. 이 세상에 여인이 어찌 한 명뿐이겠습니까? 저는 다만 무인으로서 천하에 명분이 서지 않는 일은 하지 않으려 할 뿐입니다. 어찌 아내가 없다고 해서 무인 된 자가 걱정하겠습니까?"

유비와 공명도 아무 말 없이 고개를 끄덕이더니 더는 말하지 않았다. 훗날 조자룡이야말로 진정한 무인이라고 사람들 앞에서 칭찬했으나, 그 당시에는 일부러 작은 상을 내리는 것으로 그 일을 마무리지었다.

황충의 화살

||| 一 |||

요즘 장비는 비육지탄髀肉之嘆(영웅이 때를 만나지 못해 전쟁에 나가지 못하고 넓적다리에 헛된 살만 오르는 것을 한탄한다는 말)하고 있었다. 비단 갑옷을 몸에 두르고 유비와 공명 옆에서 점잖게 서 있는 것은 그의 성정에 맞지 않았다.

"조운조차 계양성을 탈취하며 공을 세웠는데 선배인 나를 하품이나 하게 만드는 법이 어디 있소이까?"

그는 공명에게 다음에 공략할 무릉성에는 자신을 보내달라고 은근히 부탁했다.

"만약 장군이 실패한다면 어떻게 하겠소?"

공명이 일부러 걱정하듯 다짐을 요구하자 장비가 화를 내며 군령장을 써서 보이며 말했다.

"군법에 따라 이 머리를 본보기로 바치겠소."

"그렇다면 출진하시오."

유비는 그에게 병사 3,000명을 내주었다. 장비는 용감하게 무릉을 향해 달려갔다.

"대한의 황숙 유비의 이름과 인의는 벌써 이 근처까지 들리고 있습니다. 또 장비는 천하의 맹장, 그 군대에 항전하는 것은 무의

미합니다."

이렇게 태수 김선에게 간한 것은 성의 장수 중 한 명인 공지鞏志였다.

"배신자. 적과 내통할 마음을 품고 있는 것이 분명하다."

김선은 화를 내며 공지의 목을 베려 했으나 사람들이 말리는 바람에 목숨만은 살려주었다.

김선은 즉시 전투 준비를 하고 성 밖 20리에 방비의 진을 펼쳤다.

장비의 전법은 거의 무력에 의지한 돌진이었으나 아무 계책이 없던 김선은 장비의 병사들에게 철저하게 짓밟혔다.

결국 성으로 도망쳐왔는데 성문 위에서 공지가 활에 화살을 메기며 소리쳤다.

"성안의 백성들은 모두 나의 말에 동의하여 이미 유비에게 항복하기로 결정했다."

그리고 화살을 쏘았다. 화살은 김선의 얼굴에 맞았다. 공지는 김선의 목을 베고 성문을 열어 장비를 맞아들였다. 그리고 평소에 유비를 흠모하고 있었다고 호소했다.

장비는 군령을 내려 백성들을 안심시켰다. 또 계양에 있는 유비에게 보고하기 위해 공지에게 서신을 들려 보냈다.

유비는 공지를 무릉의 태수로 임명했다. 그는 세 개의 군을 일거에 점령하는 임무를 완수하자 형주를 지키고 있는 관우에게 그 소식을 전하고 기쁨을 나누었다.

그러자 관우에게 바로 답장이 왔다.

장비와 조운이 각자 혁혁한 공을 세운 것이 부러울 따름입

니다. 저에게도 장사를 공략하라는 명령을 내려주신다면 무인으로서 그 이상 기쁜 일은 없을 것입니다.

관우는 서신을 통해 홀로 성을 지키는 무료함을 호소하고 있었다.

유비는 즉시 장비를 형주로 보내 관우와 교대하게 했다. 그리고 불과 500명의 병사를 내주며 관우의 바람에 대답했다.

"이 병사들을 이끌고 장사로 가게."

관우는 병사의 많고 적음을 따지지 않았다. 즉시 장사로 향할 준비를 하고 있자 공명이 충고했다.

"관 장군에게는 주의를 줄 것도 없지만 싸우기 위해서는 우선 적의 실력을 아는 것이 중요합니다. 장사 태수 한현은 변변찮은 인물이지만 그를 오랫동안 보좌하며 지금까지 장사를 경영해온 무장이 한 명 있소. 그 사람은 벌써 나이가 예순에 가깝고 머리도 수염도 새하얄 것이오. 그러나 전장에 서면 큰 칼과 철궁을 잘 쓰며 만부부당의 용기가 있지요. 그는 호남의 영수領袖 황충黃忠이라고 하오. 하여 결코 경솔하게 싸워서는 안 됩니다. 만약 장군이 그곳을 공략하러 간다면 주군께 병사 3,000을 더 청하여 대군으로 맞서지 않으면 무리일 것이오."

그러나 무슨 생각인지 관우는 공명의 충고도 한 귀로 듣고 한 귀로 흘리고는 겨우 500명의 병사를 이끌고 그날 밤 떠나버렸다.

공명은 그 후에 유비에게 이렇게 주의를 주었다.

"관 장군의 마음속에는 아직 적벽 이후의 감정이 남아 있습니다. 자칫하다가는 황충에게 목숨을 잃을지도 모릅니다. 게다가 병력이 너무 적습니다. 주군께서 직접 후진으로 가서 은밀히 지원할 필요가 있습니다."

||| 二 |||

옳은 말이라고 생각한 유비는 고개를 끄덕이며 즉시 관우의 뒤를 따라 일군을 이끌고 장사로 가는 길을 서둘렀다.

그가 목적지에 도착했을 무렵, 장사의 성시에서는 연기가 피어오르고 있었다.

관우의 병사들이 도착하자마자 외문을 부수고 성안에서 벌써 싸우고 있었던 것이다.

양령楊齡이라는 자는 장사 태수 한현의 심복으로 방어전의 지휘관을 자청하고 나선 장수였으나 이날 관우가 그 양령을 단칼에 베어버리자 장사의 병사들은 즉시 성의 제2문으로 도망가 버렸다.

그러자 성안에서 노장 한 명이 커다란 칼을 손에 들고 말을 탄 채 나타났다.

관우는 한눈에 그가 공명이 말한 황충이라는 것을 알아채고 그의 앞을 가로막으며 소리쳤다.

"거기 오는 자는 황충이 아닌가."

"그렇다. 네가 관우로구나."

"그렇다. 그 백발이 성성한 머리를 가지러 왔다."

"입만 살아 있는 놈이로구나. 아직 네놈 같은 애송이에게 머리를 내줄 정도로 장사의 황충은 늙지 않았다."

관우는 황충과 싸우며 혀를 내둘렀다.

그의 청룡언월도도 황충의 칼에 가로막혀 힘을 쓰지 못했다.

이 결전은 그야말로 당당한 일대일의 승부였으므로 양군 모두 너무도 멋진 광경에 마른침을 삼키며 지켜보고만 있을 뿐이었다. 두 사람의 결투는 도무지 승부가 날 것 같지 않았다. 이 모습을 성위에서 보고 있던 태수 한현은 소중한 신하를 여기서 잃을까 봐 걱정하며 소리쳤다.

"퇴각의 징을 쳐라. 황충을 불러들여라."

퇴각의 징 소리를 들은 황충은 즉시 말 머리를 돌렸다. 그리고 성안으로 부리나케 퇴각하는 병사들 틈에 끼어 달리기 시작했다.

"호적수는 기다려라!"

관우는 집요하게 추격했다. 할 수 없이 황충도 다시 말 머리를 돌려 20~30합을 맞서 싸우다가 틈을 보아 해자의 다리를 건너가 버렸다.

"비겁하다. 이름난 무장이 할 짓이냐!"

관우가 모욕하며 해자를 건너기 시작했다. 이번에는 조금 전보다 더 가까이 따라잡았다.

그러나 관우는 모처럼 들어올린 청룡언월도를 무슨 생각에서인지 다시 거두며 말했다.

"꼴이 말이 아니구나. 말을 갈아타고 정정당당히 승부를 가리자."

황충은 말과 함께 땅바닥에 쓰러져 있었다. 뭔가가 발에 걸려 그가 탄 말의 앞다리가 부러져버렸기 때문이다.

그러나 갈아탈 말도 없었기 때문에 황충은 아군의 보졸들에 섞여 간신히 성안으로 들어갔다. 추격하면 따라잡을 수도 있었으나 관우는 말 머리를 돌려 돌아가 버렸다.

태수 한현은 식은땀을 닦으며 황충을 보자마자 이렇게 격려했다.

"오늘의 실수는 말의 실수요. 그대의 활은 백발백중이니 내일은 관우를 다리 근처까지 유인한 후 그놈을 쏘아 맞히시오."

그리고 자신이 타던 말을 주었다.

날이 밝자 관우는 불과 500여 명의 병사를 이끌고 용감하게 성벽 아래로 육박해갔다.

황충은 오늘도 진두에 모습을 드러내고 관우와 격투를 벌였다. 그러나 이윽고 어제와 마찬가지로 달아나기 시작했다. 그리고 다리 근처까지 오자 돌아서서 활시위를 당겼다. 관우는 몸을 움츠렸지만, 화살은 날아오지 않았다.

다리를 건너가자 황충은 다시 활시위를 당겼다. 그러나 이번에도 화살이 날아오지 않았다.

그러나 세 번째에는 화살이 날아오는 소리가 들리더니 화살 하나가 관우의 투구 끈을 끊었다.

||| 트 |||

관우도 간담이 서늘해졌다. 황충의 궁술은 옛날 양유養由가 100보 앞에 있는 버들잎을 맞혔다는 것보다 뛰어나다고 생각했다.

"그렇다면 어제 내가 베푼 은혜를 오늘 화살로 갚은 것이로구나."

그 사실을 깨달은 관우는 더욱 감탄하며 그날은 일단 후퇴했다.

한편 황충은 성안으로 돌아오자 어이없게도 태수 한현 앞으로 끌려갔다.

한현은 과하다 싶게 화를 내며 황충을 모욕했다.

"내가 못 볼 줄 알았더냐? 사흘 동안 성루에서 전투를 지켜보고 있었다. 그런데 오늘의 행태는 무엇이냐? 관우를 충분히 쏘아 맞힐 수 있었는데도 네놈은 활시위만 당겼다 놓았다. 쏘는 척만 하고 일부러 적을 살려준 것이 아니냐! 있을 수 없는 일이다. 그러고 보니 적과 내통하고 있는 것이 틀림없다. 배은망덕한 놈. 그 활로 언젠가 나를 쏘려고 하겠구나!"

"아아, 주군!"

황충은 눈물을 흘리며 뭐라고 절규했다. 그 이유를 빠르게 말하려 했던 것이다.

그러나 들어줄 한현이 아니었다. 즉각 형장으로 끌고 가서 목을 베라고 소리쳤다. 다른 장수들이 보다 못해 살려줄 것을 애원했지만 이렇게 말할 뿐이었다.

"시끄럽다. 황충을 감싸는 놈은 같은 죄로 다스리겠다."

장사의 명장 황 장군이 형장의 이슬로 사라지나 싶어 형을 집행하는 무사들과 관리들까지 슬퍼했다. 그러나 형이 집행되기 직전에 주위의 울타리를 부수고 뛰어든 무장이 있었다.

그의 얼굴은 대추같이 붉었고, 눈은 밝게 빛나는 큰 별과 같았다. 의양義陽 출신으로 이름은 위연魏延, 자는 문장文長이라는 사람이었다.

원래 형주의 유표를 섬기며 기두旗頭까지 지냈으나 형주의 몰락 후, 장사에 몸을 의탁하고 있던 자였다.

평소 한현은 그의 재능을 오히려 기피하며 타국으로 쫓아버리려 했기 때문에 위연은 남몰래 오늘 같은 기회를 기다리고 있었던 것이다.

사람들이 우왕좌왕하는 사이에 그는 황충을 낚아채 형장에서 달아났다. 그리고 불과 반 시진 뒤에 자신의 부하를 데리고 성안 깊숙이 들어가 태수 한현의 목을 베어 관우에게 항복했다.

"그렇다면 서둘러야지."

관우는 즉각 장사성으로 들어가 성두에 깃발을 내걸고 군정軍政의 영令을 선포했다.

"황충은 어떻게 하고 있느냐?"

그 후에 황충에 대해 물으니 위연이 대답했다.

"소장이 한현의 목을 베러 안으로 들어갔을 때, 눈을 감고 귀를 막으며 자신의 집으로 달려 들어갔습니다."

"전쟁은 끝났다. 그럼 불러와야지."

관우가 여러 번 사자를 보냈지만, 황충은 병을 핑계로 응하지 않았다.

그사이에 유비가 관우의 파발을 받고 그의 공을 칭찬했다.

"과연 관우로구나."

그러고는 공명과 말 머리를 나란히 하고 장사를 향해 서둘러 갔다.

가는 도중에 선두에 세운 푸른 군기 위에 까마귀 한 마리가 날아와 앉더니 세 번 울고는 북쪽에서 남쪽을 향해 날아갔다.

유비가 공명에게 물었다.

"선생, 무슨 흉조가 아닐까요?"

"아니, 길조입니다."

공명은 소매 속에서 손가락을 꼽아 점을 치고는 대답했다.

"이건 장사의 함락과 함께 훌륭한 장수를 얻은 것을 축복하는 것입니다. 반드시 뭔가 좋은 일이 있을 것입니다."

과연 유비는 마중 나온 관우에게 황충과 위연에 대한 이야기를 들었다.

"황충은 옛 주군에 대한 충성심에 병을 핑계로 집에서 나오지 않는 것이 분명해. 내가 직접 데리러 가겠네."

유비는 즉시 수레를 대령하게 하여 황충의 집을 방문했다. 그 정성에 감동하여 황충도 결국은 문을 열고 나와 항복함과 동시에 옛 주군 한현의 시체를 청하여 성의 동쪽에 정성껏 묻었다.

||| 四 |||

유비는 그날로 세 가지 법령을 새로운 영토의 백성들에게 널리 포고했다.

하나, 불충불효한 자는 목을 벤다.
하나, 도둑질한 자는 목을 벤다.
하나, 간음한 자는 목을 벤다.

또 공이 있는 자에게는 상을 주고 죄가 있는 자를 벌하여 법령을 분명히 했다.

관우가 한 무장을 데리고 출두한 것은 그렇게 바쁜 와중이었다.

"그 사람은 누구인가?"

유비가 묻자 관우는 자신 옆에서 무릎을 꿇고 배례하고 있는 남자를 향해 말했다.

"유 황숙이시오. 인사하시오."

남자는 손을 모은 채 말없이 얼굴을 들었다. 얼굴이 붉고 눈썹이 검었으며 입이 크고 코가 수려했다.

"이 사람이 전에 말했던 위연입니다. 선정을 베풀기에 앞서 위연의 공로에 대해 한 말씀 해주시면 고마워할 것입니다."

관우의 말에 유비는 무릎을 치며 말했다.

"황충을 구하고 제일 먼저 장사의 성문을 연 용장 위연이오? 과연 이름 높은 무장답구려. 내 어찌 상을 내리지 않을 수 있겠소?"

유비가 그를 계단 위로 청하려 하자 갑자기 벌컥 성을 내며 꾸짖는 자가 있었다.

"불의한 놈, 계단을 더럽히지 마라!"

그 사람은 다름 아닌 공명이었다. 공명은 유비를 향해 말했다.

"위연에게 상을 내리는 것은 있을 수 없는 일입니다. 그는 원래 한현과는 아무 원한이 없습니다. 오히려 그의 녹을 먹으며 적어도 주군이라고 의지하고 있었습니다. 그런데 하루아침에 변심하여 한현을 죽이고 주군의 휘하로 들어왔습니다. 아군에게는 이것이 다행한 일이지만, 세상의 법도에 비춰보면 용서하기 어려운 불충불의입니다. 주군께서 이런 불의한 자를 베어 사람들에게 공명公明함을 보이지 못한다면 새로운 영토의 백성들도 복종하지 않을 것입니다."

공명은 병사를 불러 그 자리에서 위연의 목을 치라고 명령했다.

유비는 공명의 명령에 반해 병사들을 제지하며 말했다.

"멈춰라, 멈춰."

그리고 공명을 달래며 위연의 목숨을 살려줄 것을 청했다.

"공을 세운 데다가 항복을 맹세하고 우리 휘하에 온 자에게 가타부타 따지지도 않고 죄를 물어 목을 벤다면 이후 우리의 진문에 항복하러 오는 자가 없지 않겠소? 위연은 원래 형주의 무사요. 그가 형주의 깃발을 보고 돌아온 것은 결코 불의가 아니지요. 한현의 녹을 먹었다고는 하나 한현도 그를 진심으로 대한 것이 아닐 테고, 위연도 거기에 대해 신하의 절개로 섬긴 것이 아닐 것이오.

그는 애초에 형주에 복귀하고 싶다는 마음뿐이었을 거요. 어떤 인간이라도 잘못을 따진다면 죄목을 붙일 수 있겠지요. 부디 목숨만은 살려주시오."

유비의 변호는 마치 혈족을 감싸는 듯했다. 공명은 잠시 말이 없었다. 그리고 결국 위연을 용서했지만, 자신의 신념만은 확실히 주의시켜두는 것을 잊지 않았다.

"노골적으로 말씀드리겠습니다. 제가 지금 위연의 상을 보니 뒤통수가 튀어나온 것이 반골상입니다. 이는 반역을 일으키는 자에게 흔히 보이는 상입니다. 그러니 지금 작은 공을 세웠다고 해서 휘하에 들이시면 훗날 모반을 꾀할 것이 틀림없습니다. 오히려 지금 제거하여 후환을 없애는 것이 좋다고 생각합니다만, 주군께서 그렇게까지 동정을 베푸시니 저로서도 어쩔 수가 없군요."

"……위연, 들었는가. 오늘 일을 절대 잊지 말고 다른 마음을 품어서는 안 될 것이다."

유비가 상냥하게 타이르니 위연은 그저 감격하여 목메어 울 뿐이었다.

유비는 또 유표의 조카 유반劉磐이라는 자가 형주가 멸망한 뒤로 초야에 숨어 산다는 사실을 황충에게 듣고 그를 찾아 즉각 장사의 태수로 삼았다.

고슴도치

||| 一 |||

얼마 후에 유비는 형주로 돌아갔다.

중원의 9개 군 중에서 이미 4개 군이 그의 손에 들어왔다. 유비의 지반은 아직 협소하지만, 비로소 하나의 초석을 다진 것이라 해도 될 것이다.

양양에서 쫓겨난 위나라의 하후돈은 번성으로 피신해서 그곳에 틀어박혔다.

그를 따라 번성으로 가지 않고 유비 쪽에 붙은 사람도 많았다.

유비는 또 북쪽 기슭의 요지 유강구油江口를 공안公安이라는 지명으로 고치고 성을 쌓아 그곳에 군수품과 재물을 축적하고 북쪽으로는 위나라를 호시탐탐 노리고 남쪽으로는 오나라에 대비했다. 그곳엔 순식간에 장사치와 어부의 집들로 성황을 이루었고, 또 사방에서 현자와 검객 들이 모여들었는데 그 수가 날이 갈수록 늘어났다.

한편 손권을 중심으로 한 오나라의 주력군은 적벽의 대승 이후 그 기세를 몰아 합비성(안휘성安徽省 비肥)을 공격하고 있었다.

이곳의 수비는 위나라의 장료가 맡고 있었다. 전에 조조가 도성으로 돌아가기 전에 특별히 장료에게 부탁하고 간 요충지 중 한 곳이었다.

적벽에서 대승을 거둔 오군도 합비에서는 맥을 못 추었다.

그도 그럴 것이 장료의 부장으로 이전과 악진이라는 위나라에서도 내로라하는 맹장이 성의 병사들을 통솔하고 있었기 때문이다. 공격군은 쉴 새 없이 공격했으나 난공불락인 합비를 공격하는 데 지쳐 결국 성에서 50리 떨어진 곳에 포위망을 치고 "조만간 식량이 바닥날 것이다."라는 부질없는 기대를 하고 있는 상황이었다.

그러던 차에 노숙이 왔다.

손권이 그를 말에서 내려 몸소 진문으로 나가 맞이하자 병사들은 모두 놀랐다.

'노숙 공이 대단한 예우를 받고 있구나.'

진영 안으로 들어오자 손권은 노숙에게 의식적으로 말했다.

"오늘은 특별히 말에서 내려 맞이하는 예를 취했소. 이런 예우는 장군이 적벽에서 이룬 큰 공을 널리 알리기 위함이었소만, 충분했는지 모르겠소."

노숙은 고개를 저었다.

"부족합니다. 그 정도의 표창으로는."

손권은 눈을 크게 뜨며 말했다.

"그럼, 어느 정도면 만족하겠소?"

"그건 말입니다."

노숙이 말했다.

"주군께서 하루 빨리 9개 주를 모두 통치하시고 오의 제업帝業을 만대에 알리신 후 안거포륜安車蒲輪(수레바퀴를 부들 풀로 싸서 귀빈이나 인재를 편안하게 모셔온다는 뜻)으로 맞아주시는 것이 저의 바람입니다."

"그렇소? 하하하하."

두 사람은 손뼉을 치며 기분 좋게 웃었다.

그러나 노숙은 그 후에 모처럼 기분이 좋아진 손권에게 조금 유쾌하지 못한 보고를 해야만 했다.

그것은 주유가 금창이 터져 중태에 빠졌다는 것과 형주, 양양, 남군의 세 요지를 유비에게 빼앗겼다는 두 가지 소식이었다.

"음, 주유의 용태는 재기하기 힘든 정도요?"

"아니, 씩씩하고 호방한 사람이니 조만간 이전처럼 건강을 회복하리라 생각합니다만……."

이야기를 나누는 중에 지금 합비성에서 서신이 도착했다며 장수 한 명이 공손하게 손권의 손에 서신을 건네고 갔다. 펴서 보니 장료가 보낸 결전장決戰狀이었다.

오나라의 대군은 파리인가 모기인가. 대체 이 성을 둘러싸고 무엇을 하고 있는가!

무례하기 짝이 없는 글은 손권을 심하게 모욕했다.

"좋다. 이렇게 된 이상 우리의 진면목을 보여주마."

다음 날 아침 일찍 갑옷을 요란하게 갖춰 입은 손권이 몸소 선두에 서서 진문을 열고 아침 햇살을 받으며 나왔다.

성에서도 장료를 중심으로 이전, 악진 등 주요 무장이 총출동하여 공격해왔다.

"손권아, 덤벼라!"

장료는 창을 들고 손권을 향해 달려갔다. 그러자 흙먼지를 날리며 말을 달려와서 크게 외치며 막아서는 사람이 있었다.

"천한 것, 물러서라!"

오나라의 장수 태사자였다.

오나라의 태사자 하면 용맹하기로 이름이 널리 알려진 무장이었다. 오나라의 시조인 손견부터 보필해온 장수로 무용은 전혀 약해지지 않았다.

위나라의 장료와는 호적수라고 해도 좋았다. 쌍방 모두 긴 창을 부딪치며 싸우기를 80여 합에 이르렀으나 쉽게 승부가 나지 않았다.

이 틈에 악진과 이전 두 사람은 큰소리로 명령을 내렸다.

"저기 황금 갑옷을 입은 자가 바로 오후吳侯 손권이 틀림없다. 만약 저 머리를 가지고 온다면 적벽에서 목숨을 잃은 아군 83만의 원수를 갚고도 남을 것이다. 손권을 잡아라!"

그러고는 자신들도 쏜살같이 달려갔다.

손권은 몹시 위태로웠다. 전광석화와 같이 이전의 창이 날아왔을 때였다.

"어림도 없다!"

용감하게 옆에서 공격하는 사람이 있었다. 오군 장수 송겸宋謙이었다.

그 모습을 본 악진이 "방해하지 마라!"라며 가까운 곳에서 철궁을 쏘았다. 화살은 송겸이 걸치고 있는 갑옷의 흉판을 꿰뚫었다. 송겸이 땅바닥으로 털썩 떨어진 순간 손권이 흙먼지를 일으키며 달아나기 시작했다.

장료와 태사자는 아직 불꽃을 튀기며 싸우고 있었으나 중군이 무너지자 성난 파도와 같이 밀려오는 적과 아군에 휩쓸려 그만 그대로 갈라졌다.

손권은 도망가는 도중에 몇 번 위기를 겪었으나 정보의 도움으로 겨우 무사할 수 있었다.

그러나 이날의 패전이 그의 마음에 큰 상처를 준 것만은 부인할 수 없었다. 진영으로 돌아온 후 눈물을 흘리며 "송겸이 목숨을 잃었단 말인가?"라며 애통해했다.

장사長史 장굉張紘은 이번 패배가 좋은 기회라고 생각하고 손권에게 간했다.

"이런 실패는 좋은 교훈을 줍니다. 주군께서는 지금 나이가 젊기 때문에 자칫 혈기를 부리지 않을까 저희는 늘 마음을 졸이고 있습니다. 부디 필부의 용맹함은 자제하시고 왕패王霸(왕도와 패도를 아울러 이르는 말)의 큰 계책에 마음을 쏟으시기 바랍니다."

"이후로는 자중하겠소."

손권도 그 말에 동의했다. 다음 날, 의기소침해 있는 손권에게 태사자가 와서 말했다.

"제 부하 중에 과정戈定이라는 자가 있습니다. 그가 장료의 마사馬飼와 형제입니다. 그래서 은밀히 내통하여 성안에서 불을 질러 장료의 목을 베라고 말해놓았습니다. 그러니 오늘 밤 저에게 병사 5,000명을 내주십시오. 송겸의 복수를 하고 오겠습니다."

손권은 태사자의 제안을 좋게 여기고 물었다.

"과정은 어디 있소?"

태사자가 대답했다.

"이미 성안에 있습니다. 어제 싸우다가 적군에 섞여 어려움 없이 성안으로 들어갔습니다."

"그렇다면 일은 순조롭겠지요?"

"이번에야말로 성공할 것입니다."

태사자는 자신에 차 있었다.

손권이 이 모습을 보고 어제의 굴욕을 씻기에 좋은 기회라고 생각한 것은 말할 필요도 없다.

마사라는 것은 대장이 말을 탈 때 지근거리에서 경호하던 기마 병사를 말한다. 장료의 마사와 태사자의 부하 과정은 그날 밤 성안의 인적이 없는 어둠 속에서 서로 속삭이고 있었다.

"실수하지 마. ……축시丑時야."

"알았어. 내가 마구간을 비롯해 곳곳에 불을 지를 테니 너는 '모반자다! 배신자다!'라고 외치고 다녀."

"알았어. 나도 함께 불을 지르며 소리치고 다닐게."

"불길이 오르면 성 밖의 태사자께서 공격해오기로 되어 있으니까, 서문을 안에서 여는 것도 잊지 마."

"그래, 알았어. 잊을 리가 있겠어? 일생일대의 출세가 오늘 밤에 달려 있는데."

"……쉿! 누가 온다."

두 사람은 발걸음 소리에 황급히 좌우로 헤어졌다.

||| 三 |||

수비 대장 장료는 어제 성 밖의 전투로 큰 전과를 올렸음에도

아직 부하들에게 은상을 나눠주지 않았고, 자신도 갑옷 끈조차 풀지 않고 있었다.

다소 불만스러운 부장들은 뒤에서 그의 소심함을 비웃었다.

"적은 어제의 대패로 이미 멀리 진을 물렸는데 장군께서는 어째서 갑옷도 벗지 않고 병사들도 쉬지 못하게 하는 것입니까?"

장료가 대답했다.

"이긴 것은 어제 일이고 오늘은 아직 이긴 것이 아니다. 내일도 어찌될지 모를 일이고. 더군다나 전체적인 승패는 아직 알 수 없다. 무릇 대장 된 자는 일승일패에 기뻐하거나 슬퍼해서는 안 되는 법. 오늘 밤은 주야 4교대 그대로 유지한 채 특히 순찰을 철저하게 하고 결코 방비에 소홀함이 없도록 하라."

과연 그날 밤이 깊어지자 이상하게 성안이 술렁이는가 싶더니 갑자기 고함 소리가 들렸다.

"모반자가 있다!"

"배신자다, 배신자다!"

장료는 당황하지 않았다. 즉시 침실에서 나가 성안을 둘러보았다. 모락모락 연기가 피어오르고 곳곳에 불꽃이 보였다.

"오오, 장군이십니까?"

악진이 달려와서 당황한 듯 말했다.

"성안에 모반자가 있는 모양입니다. 경솔하게 밖으로 나가지 않는 편이 좋을 것 같습니다."

"악진인가? 뭘 그리 당황하나? 괜찮아, 진정하게."

"하지만 저 함성, 저 불길을 보십시오. 심상치가 않습니다."

"아니야. 나는 처음부터 자지 않고 듣고 있었네. 배신자라고 소리치는 목소리도, 불이네, 모반자네 소리치는 목소리도 두 사람 정도의 소리였네. 아마도 한두 명이 성안을 혼란에 빠뜨리기 위해 꾸민 짓일 거야. 거기에 속아 혼란에 빠지는 게 훨씬 더 위험하네. 자네는 즉시 성안의 병사들을 진정시키게. 쓸데없이 소란을 피우는 자는 목을 베겠다고 전해."

악진이 자리를 뜬 후 이전이 두 사내를 포박해서 데리고 왔다. 성안을 혼란에 빠뜨리기 위해 모의하던 과정과 장료의 마사였다.

"이놈들이냐? 목을 쳐라!"

두 사람의 목은 순식간에 잘리고 말았다. 그런 줄도 모르고 미리 두 사람과 짠 오나라의 공격군과 그 수장 태사자는 성문으로 쇄도했다.

"됐다. 불길이 올랐다!"

순간적으로 모든 일을 간파한 장료는 성의 병사들에게 일부러 "모반자가 있다!" "배신자다!"라고 소리치고 다니게 했다.

그러고는 서쪽에 있는 문 하나를 안에서 열게 했다.

태사자는 기뻐하며 용감하게 선두에 서서 다리를 건너 서문으로 들어갔다. 순간 철포 한 발이 굉음을 내며 사방의 벽과 돌담을 뒤흔들었고, 성루 뒤와 담장 위에서는 화살이 폭포처럼 쏟아져 내렸다.

"앗! 당했다."

태사자는 급히 말 머리를 돌리려 했으나 집중적인 화살 공격을 받아 마치 고슴도치처럼 되어버렸다.

이전과 악진은 그 기세를 타고 성안에서 반격에 나섰다. 결국 오군은 큰 피해를 입고 할 수 없이 남서南徐의 윤주潤州(강소성 진강시)까지 패퇴해갔다.

게다가 이 전투에서 태사자는 죽음을 맞이했다. 죽음이 다가온 것을 느낀 태사자는 이렇게 소리치고 숨을 거두었다고 한다.

"대장부 된 자, 3척의 검을 차고 인생의 중도에서 쓰러지는구나. 아아, 원통하다. 허나 41년의 생애 동안 세 분의 주군을 모시며 흡족한 일도 많았다. 하지만 여전히 미련이 남는구나."

버들눈썹과 칼 비녀

그 후 유비의 신변에 이변이 하나 생겼다. 바로 유기의 죽음이었다.

고 유표의 적자로서 유비는 그를 내세워 형주 땅의 지배를 정당화했지만, 태어날 때부터 병약한 유기는 결국 양양성 안에서 요절하고 말았다.

공명이 그 장의위원장으로서의 임무를 마치고 형주로 돌아오자마자 유비에게 말했다.

"유기를 대신하여 그곳을 지킬 자를 즉시 보내주십시오."

"누가 좋겠소?"

"역시 관우 장군이 좋겠습니다."

공명도 마음속으로는 관우를 인정하고 있었다.

유기가 죽은 후 유비는 불안해졌다. 오의 손권이 기다렸다는 듯이 형주를 돌려달라고 할 것이 분명했기 때문이다.

"머지않아 분명히 그렇게 말할 것입니다. 유기가 죽으면 형주를 돌려주겠다고 전에 약속했으니까. ……하지만 걱정하지 마십시오. 그때는 제가 잘 응대하겠습니다."

공명이 그렇게 위로한 지 20여 일이 지났을 때 아니나다를까 노숙이 사자로 왔다.

"유기 님의 상을 조문하기 위해 오후 손권을 대신해서 왔습니다."

노숙은 성안의 제당에 오후의 예물을 바치고 조의를 표한 후 유비가 베푼 주연 자리에 참석하여 이런저런 이야기로 시간을 보내다가 이윽고 이렇게 말을 꺼냈다.

"적벽대전 후 저희 오후께서 형주 땅을 접수하려 했을 때 유 황숙께서는 유기 님이 살아 있는 동안 형주는 유기 님의 것이라고 했습니다. 지금은 그 유기 님도 세상을 뜨고 없으니 이제 이 형주는 오나라에 돌려주는 것이 마땅합니다. 실은 조문을 겸해 그 일도 마무리지으라는 주군의 명령을 받고 온 것입니다만."

"아니, 그 일은 나중에 따로 이야기합시다."

"나중이라니, 언제 말입니까?"

"여기는 주연 자리이니 국사는 나중에 이야기합시다."

"나중에 이야기해도 되지만 약속을 어기지는 마십시오."

노숙이 끈질기게 다짐을 놓자 옆에 있던 공명이 불쑥 끼어들었다.

"노 공, 노 공만이 오의 군신 중에서도 뭔가를 아는 사람이라고 생각했는데, 지금 말씀하시는 것을 들어보니 세상의 본의와 사리에 대해 상식이 부족한 것 같소. 주군께서 귀공을 조문객으로 극진히 대접하느라 노골적으로 말하는 것을 피하고 있으니 내가 대신해서 도리에 대해 한 말씀 올리겠소. 마음을 가라앉히고 잘 들으시오."

공명이 정색하고 말하자 노숙은 공명에게 압도되어 기가 꺾인 것인지 그저 멍하니 그의 얼굴만 바라볼 뿐이었다.

"천하는 한 사람의 천하가 아니오. 즉, 천하는 모든 사람의 것이오. 고조께서 3척의 검을 차고 의義를 세상에 외치고 인仁을 펴서 400여 년의 기초를 다지셨소. 그런데도 지금에 이르러 중앙에는 역신이 판을 치고 지방은 난적의 소굴로 변하였소. 세상은 어지러울 대로 어지려워져 백성들은 도탄에 빠져 있소. 그런데 우리 주군께서는 한실의 피를 이어받았고 도탄에 빠진 백성을 구하겠다고 맹세한 분이시오. 다시 말해 중산정왕의 후손이시며 현 황제의 황숙이시오. 더군다나 형주의 옛 주인 유표는 우리 주군과 혈연관계로 형님뻘에 해당하오. 지금 그 혈연이 끊겨 형주에 주인이 없어 동생으로서 형님의 업을 계승하니 무엇이 불의하고, 안 될 이유가 무엇이겠소? 반면에 오후 손권의 태생을 따져보면 전당錢糖 지역의 말단 관리의 아들로, 조정에 아무 공도 없소. 그저 오조吳祖가 강동 6개 군 81개 주를 탈취해 얻은 것에 불과하오. 지금 손권은 그 유산을 물려받았을 뿐 어떤 능력도 없소. 그런데 형주를 취하려고 욕심을 내는 것은 분수를 몰라도 너무 모르는 것이오. 군신의 계통에 대해 논한다면 우리 주군의 성은 유, 공의 주군의 성은 손이오. 대한大漢은 지금 유씨의 천하인 것을 모르시오? 아무쪼록 100평의 전답을 우리 주군께 청하여 농부가 되어 몸을 낮추는 것이 손권의 안전을 위한 길일 것이오. 또 적벽의 대승이 누구의 공인가를 따지는 것은 여전히 논의할 거리가 많지만, 그것에 대해서는 군이 말하지 않기로 하겠소."

||| 二 |||

말은 물이 흐르는 듯하고 이치는 불꽃처럼 강렬했다.

그 진리와 웅변 앞에서는 노숙도 고개를 숙일 수밖에 없었다.

그러나 그는 원망스러운 듯 공명에게 대답했다.

"틀린 말은 아니오. 그렇게 말하니 나도 항변할 말이 없소. 그러나 선생, 너무도 이기적이군요."

"왜 내가 이기적입니까?"

"생각해보시오."

이번에는 노숙이 공격에 나섰다.

"이전에 유 황숙이 조조에게 당양에서 크게 패한 후, 선생을 배에 태우고 오나라로 데리고 가서 우리 주군 손권을 간절히 설득하고 주유를 움직이게 하여 당시 아직 보수적이었던 오를 결국 전면적으로 출병하게 만든 것이 누구였소?"

"그건 말할 필요도 없이 귀공이었지요."

"그 노숙이 지금에 이르러 주군에겐 면목을 잃고 군부에서는 불신을 당할 것이 분명하니 염치없이 오로 돌아갈 수도 없는 궁지에 빠졌소. 선생은 나의 입장을 전혀 고려하지 않는 것 같구려."

"……."

노숙의 온순한 항의를 듣고 공명도 조금은 그가 가엾다는 생각이 들었는지 잠시 생각에 잠겨 있다가 이윽고 이렇게 제의했다.

"그렇다면 공의 체면을 생각해서 형주를 잠시 우리 주군 유 황숙이 빌리는 것으로 합시다. 훗날, 적당한 영지를 공략하거든 그때 형주를 오에 내주는 것으로 증서를 써드린다면 공도 주군 앞에서 체면이 설 것이오."

"어디를 취하고 형주를 돌려주겠다는 말이오?"

"중국은 이미 어느 방면이든 위나 오에 접해 있소. 가만히 살펴보니 장강 천리의 물결이 일어나는 곳, 서북의 오지, 촉의 천지는 아직 시대의 물결에서 벗어나 있다고 할 수 있을 것이오."

"그렇다면 촉을 취할 생각이오?"

"그렇소. 촉을 얻은 후에 형주를 돌려드리겠소."

공명은 지필을 가져오게 하여 유비에게 증서를 쓰게 했다. 유비는 묵묵히 오후에게 주는 국제 증서를 쓰고는 인장을 찍었다.

"이것으로 됐소?"

유비가 공명에게 증서를 내밀었다.

공명도 붓을 들어 보증인으로 연서連書했다. 그러나 군신 간의 연대로는 공약이 되지 않으니 당신도 여기에 이름을 쓰는 것이 좋겠다는 요구에 응해 노숙도 결국 타협할 수밖에 없었다.

노숙은 그 증서를 가지고 오로 돌아갔다. 도중에 주유의 병문안을 겸해 시상에 들러 지금까지의 일을 자세히 이야기했다.

그러자 주유가 통탄하며 말했다.

"아아, 또 귀공은 공명에게 속았소. 어쩌면 그리도 어수룩합니까? 공명은 교활한 자이고, 유비는 간웅이오. 이런 증서가 무슨 힘이 있겠소? 아마도 이대로 오후에게 말씀드린다면 그 자리에서 귀공의 머리가 날아갈 것이오. 아니, 그 죄가 구족에 미칠 것이오."

그 말을 듣고 보니 손권의 화내는 모습이 눈에 보이는 듯했다. 노숙은 그 점이 심히 걱정되었다. 그러나 지금에 와서 어찌할 방법이 없었다. 그저 안절부절못할 뿐이었다.

주유도 화가 났지만, 마음속으로는 어수룩한 노숙에게 동정심을 품었다. 게다가 그가 예전에 곤궁했을 때 노숙의 시골집에서 쌀 3,000석을 빌려서 도움을 받은 적도 있다. 그때 일이 떠올라 팔짱을 끼고 어떻게 하면 좋을지를 진지하게 생각했다.

문득 주유의 머릿속에 주군 손견의 여동생 궁요희弓腰姬가 떠올랐다.

궁요희라는 것은 신하들이 붙인 별명으로 나이는 아직 열예닐곱이었다. 이 손권의 누이는 규방의 규수이면서도 성격이 강직하고 무예를 좋아하였으며 화장이나 의상에서도 여느 여자들과 달리 칼 비녀를 꽂고 허리에는 항상 작은 활을 차고 다녔다. 또 시녀들에게도 칼을 차고 시중을 들게 하는 참으로 별난 여성이었다.

||| 三 |||

갑자기 주유가 목소리를 낮추더니 노숙에게 물었다.

"귀공은 주군의 누이를 본 적이 있소?"

"한두 번 본 적이 있습니다만."

"그 누이를 유비에게 시집보낼 수 있게 귀공이 이 혼담의 중매인이 되어주시오. 이 일은 귀공이 저지른 실수를 만회하고 또 형주를 되찾는 데 좋은 계책으로 지금이 다시없는 기회요."

"네? 주군의 누이를 유비에게 시집보내자고요?"

앵무새처럼 주유의 말을 따라 중얼거리며 노숙은 어이없다는 표정을 지었다.

주유가 웃으며 말했다.

"아니, 내 말이 갑작스러워서 귀공이 놀랐는지 모르지만, 이것은 결코 엉뚱한 생각이 아니오. 지극히 합리적으로 이야기가 진행될 것이라 생각하오."

"어째서 그렇습니까? 유비에게는 정실인 감 부인이 있는데 설마 주군의 누이를 그의 측실로……. 무엇보다도 그런 혼담을 주군께 말하는 것조차 꺼려집니다."

"아니, 그렇지 않소. 귀공은 아직 모르는 모양인데, 유비의 정실 감 부인은 병으로 죽었소. 적벽대전과 그 후의 전투 등으로 장례식이 미뤄졌지만, 첩자의 보고에 따르면 형주성에 하얀 조기가 걸려 있다고 합니다."

"그것은 유기의 죽음을 애도하여 걸어놓은 것이 아닙니까?"

"마침 유기의 죽음이 이어졌기 때문에 그렇게 생각하는 사람도 있는 듯하지만 내가 듣기로는 그 이전부터였소. 유기가 죽기 전에 형주성 밖에는 새 분묘가 만들어졌다고 하니 유기의 묘는 아닐 것이오."

"그 사실은 전혀 몰랐습니다. 그렇다면 지금 유비에게는 정실이 없다는 말이군요. 그렇다고 해도 그의 나이가 올해로 쉰입니다. 한편 묘령의 아가씨는 열여섯인가 열일곱이지요. ……어떨까요? 그 둘이 신랑 신부로 맺어지는 것이."

"귀공은 무슨 일이든 곧이곧대로만 생각하기 때문에 융통성이 없는 것이오. 처음부터 이 혼례는 정략에 의한 것이오. 먼저 유비가 공명을 이용해 우릴 속였으니 이번에는 우리가 되갚아주는 것이지요. 즉, 표면적으로 오와의 우호를 친밀하게 한다는 이유를 앞세워 아가씨와의 혼담을 진행하는 것입니다."

"글쎄, 어떨까요?"

"뭘 그리 불안한 얼굴로 탄식하는 것이오?"

"누구보다도 주군께서 승낙하지 않을 것입니다. 몹시 아끼는 여동생이니까요."

"그러니까 혼례를 치러도 오에서 치르는 것으로 하면 됩니다. 식은 오에서 치르고 예식이 끝나면 형주로 데리고 가라고 하는 거지요. 유비는 거절하지 않을 겁니다. 요컨대 그를 오로 불러 신부의 얼굴만 보이고 끝내는 것입니다. 어차피 식을 전후로 기회를 봐서 찔러 죽일 테니까요."

"아하, 그러니까 그를 살해하기 위해서 혼례를 치른다는 말이군요?"

"그렇소. 그런 목적도 없이 어찌 이런 혼담을 꺼낼 수 있겠소?"

"그렇다 해도 제가 주군께 권하는 것은 아무래도 조금 꺼려집니다."

"좋소. 그럼, 귀공은 그저 옆에서 은근슬쩍 주군의 마음이 움직이도록 바람만 잡아주시오. 구체적인 내용과 계략은 따로 내가 주군께 서신을 쓰겠소."

"그렇게 해주시면 감사하겠습니다."

노숙은 그의 서신을 들고 힘을 얻어 오군으로 돌아갔다. 그리고 즉시 오후 손권을 알현하고 사실대로 보고한 뒤 주유에게 받아온 서신도 전했다.

||| 四 |||

처음 유비의 증서를 보았을 때는 예상대로 손권은 매우 언짢게 여기며 당장이라도 노숙의 머리에 큼지막한 철퇴를 내릴 듯했으나 다음에 주유가 쓴 서신을 펴서 한 번 읽더니 말했다.

"음. 과연 주유의 생각이 참으로 묘안이오. 이것이야말로 하늘에서 내려온 귀모鬼謀라고 할 수 있을 것이오."

그러더니 잠시 생각에 잠겨 있다가 노숙에게 조금 전과는 전혀 다른 표정을 지으며 위로의 말을 건넸다.

"수고했소. 긴 여행길로 피곤할 터이니 오늘은 우선 쉬도록 하시오."

며칠 후 노숙은 다시 불려갔다. 이번에는 중신 여범呂範도 함께였다. 주유의 헌책이 손권을 중심으로 은밀히 협의된 것은 말할 필요도 없다.

그 결과 여범이 형주에 사자로 가기로 결정되었다. 물론 표면적으로는 오의 수교 사절이었으나 목적은 누이의 혼담이었다.

형주에 도착하여 유비와 만난 여범은 우선 양국의 긴밀한 우의에 대해 역설한 후 천천히 혼담 이야기를 꺼냈다.

"실은 황숙의 부인께서 돌아가셔서 지금은 혼자라는 말씀을 듣고 조금 주제넘습니다만, 제가 중매를 서면 어떨까 해서 왔습니다. 어떻습니까? 자손을 위해, 두 나라를 위해, 젊은 정실을 맞이하시는 것이."

"친절한 배려는 감사합니다. 말씀하신 대로 아내를 잃고 저는 지금 가정적으로 고독합니다. 그러나 아내와 헤어진 지 얼마 되지도 않았는데 어찌 새장가를 들 수 있겠소? 솔직히 아직 그럴 마음이 없습니다."

"그야 그렇습니다만, 집안에 아내가 없는 것은 집에 대들보가 없는 것과 마찬가지입니다. 황숙의 전도는 아직 양양하신데 어째서 일가의 일을 중도에 포기하고 인륜을 저버리려 하십니까? 제가 권하는 것은 저희 주군의 누이동생으로 재색을 겸비한 분입니다. 만약 황숙께서 혼인하고자 하신다면 신속하게 오로 와주시기 바랍니다. 주군께선 기뻐하며 맞으실 것이고 저희 신하들도 양국의 평화를 위한 이 혼인이 성사되도록 어떤 수고도 감수할 것입니다."

"……."

유비는 잠시 말없이 생각에 잠겨 있다가 이렇게 물었다.

"그건 그대 혼자만의 생각입니까, 아니면 주유가 말한 것입니까? 혹은 오후의 뜻인가요?"

"오후의 명령 없이 어찌 저 혼자만의 생각으로 이런 대사를 추진할 수 있겠습니까? 단지 박정하게 거절당하면 누이동생분의 이름에도 누가 될 수 있기에 은밀히 의향을 여쭙는 것입니다."

"……아, 그러셨군요. 더 바랄 나위가 없는 혼담입니다만, 제 나이가 벌써 쉰으로 보시는 바와 같이 귀밑머리도 희끗희끗합니다. 오후의 누이동생은 묘령의 아가씨라고 들었습니다만, 저와는 전혀 어울리지 않는 상대가 아닙니까?"

"아닙니다. 전혀 그렇지 않습니다."

여범은 손을 크게 내저었다.

"나이가 비슷하다거나 적다는 그런 숫자의 문제가 아닙니다. 이건 혼사입니다. 게다가 두 나라의 평화에 관계되는 문제입니다. 오후도 실로 중대하게 생각하고 계시며 모당母黨의 생각도, 당사자의 바람도 진지하다는 것은 구구하게 말씀드릴 필요도 없을 것입니다. 사실 이 경사스러운 일을 성사시키고 싶은 까닭은 무엇보다도 이 혼담이 이루어지기를 아가씨가 바라고 계시기 때문입니다. 그분은 여성이지만 뜻은 사내보다 높고 평소 천하의 영웅이 아니면 남편으로 삼지 않겠다고 말씀하실 정도입니다. 짐작이 가지 않습니까? 지금 황숙과 그분이 혼례를 올린다면, 즉 군자에게 숙녀를 짝 지운다는 옛말처럼 된다고 생각합니다. 하여간 오에 한 번 와주시지 않으시겠습니까?"

여범의 언변은 과연 뛰어났다.

이날 공명은 그 자리에 참석하지 않고 옆방의 병풍 뒤에서 주객의 대화를 가만히 듣고 있었다. 그의 책상 위에는 지금 본 점괘가 나와 있었다.

여범은 일단 객관으로 돌아가서 유비의 대답을 기다리기로 했다.

그날 밤 유비는 공명을 비롯한 심복들을 모아놓고 손권의 누이와 혼례를 올리는 것과 오나라에 가는 것에 대해 기탄없는 의견을 들었다.

"꼭 수락하십시오. 그리고 오나라에 가십시오."

이렇게 권한 것은 공명이었다. 유비가 여범과 대면 중에 점을 본 결과 대길이라는 괘가 나왔다는 것이다.

"뿐만 아니라 지금은 그의 계책을 따르는 척하며 오히려 우리의 계책을 성사시킬 때입니다. 즉시 그의 제안을 받아들이고 오나라로 가서서 혼례를 올리시는 것이 좋습니다."

이런 공명의 말에 반대하는 의견이 나왔다.

"아니, 이것은 주유의 음모임이 틀림없습니다."

"자진해서 호랑이 굴에 들어가는 꼴입니다!"

오나라에 가서 혼례를 올리는 것에 대해 위험하다는 의견도 많았지만, 그 이상으로 유비가 중요하게 생각한 문제는 모처럼 얻은 이 형주 지방의 지반을 다음 약진에 들어갈 단계까지 무사히 지켜내려면 오나라와의 충돌을 피해야 한다는 것이었다.

"제 생각에 맡겨주십시오. 결코 장군들이 우려하는 일은 일어나지 않게 할 것이오."

공명의 말에 신뢰를 느낀 다른 장수들도 마침내 의견의 일치를 보았다.

"그렇다면 이견은 없습니다."

유비는 여전히 미심쩍어했으나 공명은 그런 그를 설득하여 우선 답례의 사자를 보내기로 했다. 여범과 함께 오나라로 내려간 사람은 손건이었다.

여러 날이 지나 오에 갔던 손건이 돌아와 보고했다.

"오후는 저를 보고 낙담하는 모습이었습니다. 여범과 함께 주군께서 오실 것이라고 기대했던 모양입니다. 그 정도로 오후는 이 혼담이 성사되기를 열망하고 있었습니다. 만약 이 혼담이 성사된다면 양국의 평화를 위해 이런 경사는 없을 것이다, 부디 하루라도 빨리 오실 수 있도록 유 황숙께 권해달라고 간곡히 부탁했습니다."

그의 말에도 유비는 여전히 망설이고 있는 듯했지만, 공명은 착착 준비했고, 수행원 대장으로는 조자룡을 임명했다.

그리고 조운에게 직접 비단 주머니 세 개를 주며 거듭 당부했다.

"오나라에 가서 위기의 순간이 찾아오거든 이 주머니를 열어보도록 하시오. 내가 심혈을 기울인 세 가지 계책이 이 비단 주머니 속에 들어 있소. 이것을 가지고 공명도 함께 주군을 수행하고 있는 것이라 생각하고 두려워하지 말고 다녀오시오."

건안 14년(209) 초겨울, 열 척의 화려한 범선은 유비와 조자룡을 비롯해 수행하는 병사 500명을 태우고 형주를 떠났다. 범선은 오를 향해 장강을 따라 유유히 천리를 남하해갔다.

오의 도문으로 들어서기 전에 조운은 공명이 건넨 비단 주머니가 떠올라 첫 번째 주머니를 열어보았다. 그 안에는 '우선 교 국로喬國老를 방문할 것.'이라고 쓰여 있었다.

교가喬家의 노주老主라면 오나라에서 유명한 명사였다. 일찍이 조조조차 마음에 품고 있었다는 미녀 자매 이교二喬의 아버지일 뿐만 아니라 자매의 언니는 오후의 선대先代인 손책의 아내였고, 동생은 현재 주유의 아내다. 때문에 지금은 자연스럽게 이 나라의 원로가 되었으나, 교만하지 않고 인품이 정직하고 의리가 있어 사람들의 신망이 두터웠다.

백성들까지 "교 국로, 교 국로."라고 부르며 존경하는 국보적인 인물이었다.

'우선 교 국로를 방문할 것.'

공명이 건넨 주머니 속의 말에 따라 유비와 조운은 서로 의논하여 배 안의 가보와 특산물을 들고, 또 병사들에게는 양을 끌고 술을 지게 하여 우선 교 국로의 집으로 갔다. 거리의 사람들은 이게 무슨 일인가 싶어 놀란 눈으로 그들을 쳐다보았다.

원앙진

||| 一 |||

생각지도 못한 귀한 손님의 갑작스러운 방문에 놀라 교 국로의 집은 순식간에 혼란에 빠졌다.

"뭐? 황숙과 손 아가씨의 혼담이 있었다고?"

처음 듣는 이야기인 듯 교 국로의 뺨은 복숭아처럼 붉게 물들었고, 눈은 휘둥그레졌다.

"어쨌거나 대단히 경사스러운 일이오. 그 여인이라면 황숙의 정실로 맞으셔도 결코 후회가 없을 것이오. ……그런데 오늘 오셨다는 것은 성에 알렸소?"

유비가 배에서 내리자마자 이리로 오는 바람에 아직 오성에는 연락하지 못했다고 했다.

"그래서는 안 되지요. 즉시 기별을 넣겠소."

그는 즉시 가신을 성으로 보내고 가족들에게는 유비 일행을 성심을 다해 대접하라고 명했다. 그러고는 자신도 일단 성에 다녀오겠다며 백마를 타고 성으로 갔다.

국로는 별궁이든 규방이든 출입이 자유로웠다. 오후의 노모, 오 부인을 만나 축하의 말을 전했다.

그러자 오 부인은 의아한 표정을 지으며 말했다.

"뭐라고요? 그 유비가 제 딸아이와 혼인하기 위해서 왔다고요? 참으로 뻔뻔하군요."

교 국로는 당황하여 손을 내저으며 말했다.

"아닙니다, 아니에요. 오후가 여범을 혼인 사절로 보내 간곡히 부탁해서 유비가 온 것입니다."

"거짓말 마세요. 국로는 장난으로 나를 속이려는 것이지요?"

"정말입니다. 거짓말 같거든 거리로 사람을 보내 알아보세요."

오 부인은 여전히 믿지 못하겠다는 표정으로 가신을 불러 거리에 나가 알아보고 오라고 명했다.

그는 금방 돌아와서 오 부인에게 고했다.

"거리가 온통 떠들썩합니다. 하구에는 열 척의 범선이 정박해 있고 유비의 수행원인 500명의 병사는 신기한 듯 거리를 다니며 돼지와 술, 토산물 등을 사고 있습니다. 그러면서 우리 주군 유 황숙께서 이번에 오후의 누이동생과 혼례를 올린다고 여기저기서 자랑삼아 떠드는 통에 성시에서는 이미 축하 분위기로 모이기만 하면 그 이야기입니다."

오 부인은 통곡하기 시작했다.

그러더니 얼굴을 소매로 감싼 채 손권에게 달려갔다.

"어머니, 무슨 일입니까?"

"오오, 권아. 아무리 늙어도 나는 너의 어미다."

"무슨 말씀입니까? 갑자기."

"부모를 부모라고 생각한다면 어째서 나와는 한마디 상의도 없이 여자에게는 일생일대의 중대사를 그렇게 멋대로 결정했단 말이냐?"

"무슨 말씀인지 도통 모르겠습니다. 대체 무슨 일입니까?"

"나를 속이려 드는구나. 너의 누이동생도 나의 자식, 난 네 누이를 유비와 혼인시킨다고 허락한 적이 없다."

"앗, 누가 그런 말을 했습니까?"

"국로에게 물어보거라."

오 부인은 눈으로 손권을 몹시 나무랐다.

그녀의 뒤에 와서 서 있던 교 국로는 가슴을 펴며 밝게 말했다.

"모자간에 싸울 일은 아닌 듯하구려. 이미 나라 안의 백성들도 다 알고 있어요. 이 늙은이도 그 일로 축하를 드리기 위해 왔소만."

손권이 난처한 표정을 지으며 말했다.

"아니, 그 일이라면 실은 모두 주유의 모략입니다. 지금 형주를 취하려면 또 엄청난 군비와 병력을 써야만 하지요. 혼례를 가장하여 유비를 이곳으로 불러 그를 죽이면 형주는 어려움 없이 오나라의 것이 됩니다. 그래서 여범을 보내……."

오 부인이 손권의 입을 틀어막으며 말했다.

"듣기 싫다!"

그녀는 전보다 더 화를 내며 주유의 계책을 비난했다.

"괘씸하구나. 대도독이나 되는 자가 필부보다 못한 생각을 하다니. 오의 대도독으로 81개 주의 병사들을 이끌고 주군의 녹을 먹으면서 형주를 공략하여 취할 생각은 하지 않고 나의 사랑하는 딸을 미끼로 삼아 유비를 유인하여 몰래 죽여서 일을 이루려고 한다고? 참으로 무능한 자로구나. 내가 살아 있는 한 내 딸을 그런 모략의 미끼로 사용하는 것은 절대로 허락할 수 없다."

오 부인에게는 손권보다 딸이 더 사랑스러운가 보다.

또 이 고집불통 노부인은 적국을 속인다는 일 따위엔 관심이 없었다. 오로지 딸자식에 대한 맹목적인 사랑이 훨씬 컸다.

그래서 나라를 위하는 일이든 아니든 간에 딸자식을 희생하여 이루려는 모략이라는 말을 듣고 분노한 것이다.

"안 된다, 절대로 안 돼. 누가 뭐래도 내 딸의 일생을 망치는 일은 내가 살아 있는 동안 절대 허락할 수 없다. 만약 주유가 그 일을 권했다면 주유는 자신의 공을 위해 주군의 여동생을 파는 못된 인간이 아니고 무엇이냐? 내가 명하겠다. 당장 주유의 목을 베어라!"

'참으로 난처하군.'

손권은 통탄하며 그저 노모를 바라보고 있을 뿐이었다.

게다가 교 국로마저 어머니와 같은 의견을 내며 주유의 계책에 반대했다.

"만약 오후와 아가씨가 혼례를 빙자하여 유비를 죽였다는 말이 퍼지면 비록 천하를 손에 넣는다 해도 민심을 얻을 수 없을 것이오. 오나라의 국사國史에 먹칠만 할 뿐이에요."

그보다는 차라리 유비를 사위로 삼아 황실의 혈통과 덕망을 품고 그 힘을 이용하는 편이 현명하다는 것이었다.

그러나 오 부인은 그것도 내키지 않는 듯했다.

"듣자 하니 유현덕이라는 자는 나이가 쉰이라고 하던데, 어찌 아직 세상의 풍파도 모르는 딸아이를 타국에, 그것도 후처로 보내라는 거죠?"

그러나 교 국로가 끈질기게 설득했다.

"아니, 잘 생각해보세요. 나이가 적은 자 중에도 늙은이가 있고 나이가 많아도 젊게 사는 이가 있습니다. 유 황숙은 당대의 영웅으로 그의 기개와 도량은 아직도 청춘입니다. 보통 사람처럼 그의 나이를 가지고 평가하는 것은 옳지 않아요."

교 국로의 말에 마음이 조금 누그러진 오 부인은 그렇다면 내일 유비를 한번 보고 만약 자신의 마음에 든다면 딸아이의 사위로 삼아도 좋다고 말했다.

손권은 원래 효자였기 때문에 마음속으로는 번민했으나 노모의 뜻에는 절대 거역하지 못했다. 그러는 사이에 오 부인과 교 국로는 내일 대면할 장소와 시간까지 정해버렸다.

장소는 성 서쪽에 있는 이름난 절인 감로사甘露寺. 부랴부랴 집으로 돌아온 교 국로는 즉시 유비의 객관으로 사람을 보내 뜻을 전했다.

일이 뜻과 다르게 진행되었기 때문에 손권은 밤새 번민하다가 은밀히 이 일에 대해 여범과 상의하자 그는 대수롭지 않다는 듯이 말했다.

"그렇다면 그것도 괜찮지 않습니까? 대장 가화賈華에게 명해 강한 무사들과 검객들을 뽑아 감로사의 회랑 뒤에 숨겨두면 될 것입니다. 그리고 기회를 봐서……."

"음, 음. 절호의 장소지. 그렇게 합시다. ……여범, 만약 어머니가 유비를 보고 마음에 들어 하지 않는 것 같으면 즉시 베도록 하시오."

"만약 모당께서 마음에 들어 하는 것 같으면 어떻게 할까요?"

"그럴 일은 없으리라 생각하지만. ……만약 그렇게 보인다면 시간을 두고 어머니의 마음이 바뀔 때까지 기다려야지."

다음 날 이른 아침, 여범은 중매인으로서 객관으로 유비를 마중하러 갔다.

유비는 갑옷 위에 비단 도포를 입고 말과 안장을 화려하게 장식하고 감로사로 향했다.

조운은 500명의 병사들을 이끌고 그를 수행했다. 감로사에서는 국주의 매제가 될 사람이라고 모든 승려와 수십 명의 장수가 마중을 나왔고, 오후 손권을 비롯해 오 부인, 교 국로 등이 본당에서 방장方丈까지 가득 메운 채 기다리고 있었다.

||| 三 |||

유비의 태도는 실로 당당했다. 온화하나 아첨하지 않고, 권위가 있으나 사납지 않았다. 그는 청풍이 흐르듯 감로사의 방장으로 들어갔다.

"과연."

오후 손권도 한 번 보고는 경외하는 마음을 금하기 어려웠다.

인간과 인간의 접촉에 의한 상호의 감정은 숨길 수 없다. 한눈에 손권 이상으로 그에게 마음이 간 사람은 오 부인이었다.

그녀의 기뻐하는 모습을 본 교 국로는 오 부인에게 속삭였다.

"어떻습니까? 인물이지요? 이렇게 훌륭한 사위는 구하기 어려울 것입니다."

오 부인은 기쁨을 감추지 못했다. 손권은 자신의 마음속에서부터 피어오르는 유비에 대한 존경과 경외를 억누르고 있었다.

"자, 편히 앉으세요. 분위기는 엄숙하지만, 집안사람들뿐이니 마음 놓고 잔을 드시지요. 교 국로, 그대도 귀한 손님께 술을 대접하도록 하세요."

오 부인은 기분이 이만저만 좋은 것이 아니었다. 어제의 그녀와는 전혀 다른 사람 같았다. 이윽고 대연회가 열렸다. 오나라의 바다와 산의 진미가 옥그릇과 은쟁반에 수북이 담겨 있고, 남국의 향기롭고 맛 좋은 술인 홍주, 청주, 미노주 등 일곱 개의 잔에 일곱 종류의 술을 따라 내왔다.

낭랑하고 맑은 주악은 연회장의 취흥을 한층 더했다. 오 부인이 유비 뒤에 우뚝 서 있는 무장을 보더니 누구냐고 물었다.

유비가 자신의 가신 상산의 조자룡이라고 대답하자 오 부인이 말했다.

"그렇다면 당양 장판파에서 아드님 아두를 구했다는 그 무장이로군요?"

"그렇습니다."

오 부인은 고개를 끄덕이더니 그에게 한 잔 주라고 권했다. 조운은 감사의 인사를 하고 잔을 받으며 유비의 귀에 살짝 속삭였다.

"방심은 금물입니다. 회랑 뒤에 복병들이 잔뜩 숨어 있습니다."

"……."

유비는 잠시 모르는 척하고 있다가 오 부인의 기분이 좋을 때 갑자기 잔을 놓더니 근심에 잠겼다.

오 부인이 이상히 여기며 이유를 묻자 유비는 가늘고 긴 눈에 슬픈 빛을 보이며 작은 소리로 호소했다.

"만약 저의 목숨을 취하실 생각이시라면 부디 당당하게 제 목을 치십시오. 회랑 밖과 마루 밑에 살기를 품은 병사들이 숨어 있다고 생각하니 무서워서 잔도 들 수 없을 지경입니다."

몹시 놀란 오 부인은 손권을 돌아보며 매몰차게 꾸짖었다.

"오후, 자네인가? 이런 일을 꾸미라고 지시한 사람이?"

손권은 당황하며 말했다.

"아닙니다. 모르는 일입니다. 아마도 여범일 것입니다."

"여범을 불러라."

"네."

그러나 여범도 끝까지 모르는 일이라고 잡아떼더니 이렇게 둘러 댔다.

"가화일지도 모릅니다."

가화도 오 부인 앞에 불려왔다. 그는 모른다고는 하지 않았으나 자신이 했다고도 말하지 않았다. 그저 아무 말 없이 고개를 숙이 고 있을 뿐이었다. 화가 머리끝까지 난 오 부인이 소리쳤다.

"교 국로, 병사들에게 명해 가화의 목을 베시오. 우리 사윗감으로 정한 유비 장군이 보는 앞에서."

유비는 당황하여 목숨을 살려줄 것을 청했다. 경사를 앞두고 있으니 여기서 피를 보아서는 불길하다며 말렸다. 손권은 즉시 가화를 쫓아버렸다. 교 국로는 회랑 밖과 마루 밑에 숨어 있던 병사들을 호되게 꾸짖었다. 꾸물꾸물 나온 병사들은 쥐새끼처럼 머리를 감싸 안고 사방으로 도망쳤다.

주연은 늦은 밤까지 이어졌고 유비는 만취해서 밖으로 나왔다. 문득 뜰 앞을 보니 커다란 바위가 있었다. 유비는 가만히 보고 있다가 무슨 생각을 했는지 하늘에 기원하고 검을 뽑아 머리 위로 들어올렸다.

"······?"

이런 그를 손권은 나무 뒤에서 지켜보고 있었다.

||| 四 |||

술자리에서 아무리 취해도 유비의 가슴속에는 내내 앞날에 대한 고민이 있었다. 그는 문득 인적 없는 뜰에 나와 취기를 달래면서 발작적으로 하늘을 우러르며 기원했던 것이다.

'제가 패업을 이룰 수 없다면 이 바위가 쪼개지지 않게 하시고, 저의 평생의 대업을 이룰 수 있다면 이 바위가 쪼개지게 하소서.'

내려친 검은 불꽃을 튀기며 멋지게 그 커다란 바위의 정중앙을 갈랐다.

그때 나무 뒤에서 누군가 걸어왔다.

"황숙, 무엇을 하셨습니까?"

"아, 오후가 아니십니까? ······실은 말입니다, 귀댁과 한 집안이 되어 함께 조조를 멸망시킬 수 있다면 이 바위가 쪼개지게 하고 그렇지 않다면 이 검이 부러지게 하라고 하늘에 염원하고 내려쳤더니 보시다시피 이렇게 쪼개졌습니다."

"오오, 그렇습니까? 그렇다면 저도 시험삼아 한번 해보겠습니다."

손권도 검을 빼서 유비가 한 것처럼 하늘에 염원한 뒤 기합 소리와 함께 내려쳤다.

"아······ 쪼개졌다."

"오오, 쪼개졌군요."

이 기적은 후세의 전설이 되어 감로사의 십자문석十字紋石이라고 불리며 절 안의 명물이 되었다고 한다.

"어떻습니까? 황숙, 방장으로 돌아가서 한잔 더 하시지요. 밤이 깁니다."

"아니, 자리에 앉아 있기가 힘드네요. 너무 많이 취해서."

"그렇다면 취기를 달랜 후에 다시."

두 사람은 나란히 문밖으로 산책에 나섰다.

웅장한 산 위에 작은 달이 떠 있었다. 유비는 눈앞에 보이는 장강의 절경에 저도 모르게 감탄했다.

"아아, 천하제일의 강산이로다."

훗날 감로사 문에 '천하제일 강산'이라는 현판이 걸린 것은 그의 감탄에서 나온 것이라고 전해진다.

유비는 또 달 아래 강을 빠르게 오가는 배들을 보고 말했다.

"과연, 북인은 말을 잘 타고 남인은 배를 잘 부린다고 하더니 오나라 사람들은 정말로 강 위를 평지처럼 다니는군요."

손권은 무슨 오해를 했는지 이렇게 말했다.

"오나라에도 좋은 말은 물론 솜씨 좋은 기수도 있습니다. 한번 달려볼까요?"

그는 즉시 준마 두 마리를 끌고 와서는 말 머리를 나란히 하고 강기슭의 둑까지 달렸다. 유비도 잘 달렸고, 손권 역시 뛰어났다. 그리고 서로 돌아보며 기분 좋게 웃었다.

오나라 백성들이 여기를 나중에 주마파駐馬坡라고 부른 것은 이런 연유에서라고 한다.

유비가 오나라에 온 지 10여 일이 지났다. 그동안 시험을 당하기도 하고 위험을 받기도 했다. 게다가 밤낮으로 연회와 의례, 구경, 초대 등이 이어지자 심신의 피로만 쌓여갈 뿐이었다.

조자룡도 걱정스러운 얼굴이었고, 교 국로도 염려했다. 교 국로는 그 때문에 종종 별당에 가서 오 부인에게 손권을 설득하게 하여 결국 길일을 택해 유현덕과의 혼례를 올리는 데까지 이르렀다.

결혼식 당일까지 조자룡은 유비의 곁을 한시도 떠나지 않았다. 교 국로에게 부탁하여 500명의 수행원까지 성안에 들어갈 수 있도록 허가를 받아 유비의 곁을 물샐틈없이 지켰다. 그러나 혼례를 치른 날 밤 새신랑 유비가 별당 안으로 들어갔을 때는 그 이상 들어갈 수 없었고, 들어가겠다는 말도 꺼낼 수 없었다.

여궁女宮의 내실로 안내된 유비는 전율했다.

왜냐하면 규방의 복도와 난간에 등불이 길게 줄지어 있고, 거기에 늘어서 있는 시녀부터 곳곳에 있는 여자들까지 모두 창과 칼을 지니고 있었기 때문이다.

"호호호호. 귀인, 그렇게 두려워하실 것 없어요. 아가씨는 어려서부터 검술을 즐기고 기마, 활쏘기를 좋아하셨답니다. 결코 귀인에게 위해를 가하기 위해서가 아니에요."

별당의 내외를 담당하는 관가파管家婆라는 직책의 늙은 여자가 이렇게 말하며 유비의 소심함을 비웃었다.

유비는 안심하고 늙은 여자와 시녀 등 1,000여 명의 하인들에게 막대한 금품과 비단을 내렸다.

아침 달

||| 一 |||

7일에 걸친 혼례 의식과 축하 잔치로 오궁의 안팎부터 나라 안까지 들썩들썩했다.

"경사스럽다, 경사스러워."

이 와중에 예상과는 전혀 다르게 일이 진행되어 계획이 어긋나자 울분에 찬 손권은 꾀병을 핑계로 방 안에 틀어박혀 귀를 막고 눈을 감고 있었다.

그때 시상의 주유로부터 서신이 도착했다.

소문을 듣고 주유도 무척 놀란 듯했다.

금창이 아직 낫지 않아 찾아뵙고 싶어도 찾아뵙지도 못하고 그저 이를 갈고 있을 뿐입니다. 그러나 스스로 마음을 가라앉히고 병중에 붓을 들어 계책 하나를 올립니다. 부디 현명하게 생각하시기 바랍니다.

이렇게 시작된 서신에는 앞으로의 방책이 자세히 쓰여 있었다.

"주유가 이런 계책을 쓰라고 하는데 어떻소? 또 실패로 끝나면 곤란한데……."

장소에게 의견을 구하자 장소는 서신의 내용을 검토한 후 책상을 치며 찬동했다.

"과연 도독이십니다. 도독의 원모遠謀에는 감탄할 뿐입니다. 원래 유현덕은 어려서부터 가난하고 천하게 자랐고, 청년기에는 각지를 떠돌아다닌 탓에 아직 부귀영화의 맛을 모릅니다. ……그러니 주 도독이 제시한 계책과 같이 그에게 실컷 사치를 누리게 하고 으리으리한 저택에 많은 미녀를 모아 비단으로 만든 아름다운 옷, 산해진미와 향기로운 술, 황홀한 음악과 음탕한 향료 등 악마가 좋아할 만한 것으로 그의 영기英氣를 약하게 하여 형주로 돌아가는 것을 잊어버리게 하는 것입니다. 그렇게 하면 형주에 있는 공명과 관우, 장비 등도 정나미가 떨어져서 원망하며 자연히 사방으로 흩어질 것이 분명합니다."

"그렇다면 유비의 뼈가 썩어 문드러질 때까지 실컷 사치를 누리게 합시다."

손권은 기뻐하며 은밀히 그 계책을 실행에 옮겼다.

곧 오나라의 동부東府라는 마을에 낙원을 만들었다. 누궁樓宮의 규모는 말로는 표현할 수 없을 정도로 웅장했고, 정원에는 꽃과 나무를 심었으며, 연못가에는 잔치를 벌이고 놀 수 있는 배를 매어놓았다. 복도에는 수백 개의 유리 등을 걸었으며, 주렴에는 금과 은을 박았고, 복도는 모두 대리석과 공작석으로 깔았다.

"오라버니도 역시 저를 사랑하시나 봅니다. 우리 두 사람을 위해 이렇게까지 해주시다니."

손권의 누이, 지금은 유비의 아내인 새색시는 이렇게 말하며 감사했다.

이 어린 새색시와 함께 유비는 이곳에서 살았다. 온갖 진귀한 보물, 없는 것이 없었다. 호화찬란하고 아름다운 옷, 부족한 것이 없었다.

맛있는 음식을 먹고 향기로운 술을 마셨다. 취하면 감미로운 음악, 술이 깨면 꽃과 새 또는 미녀들. 유비는 이렇게 세월 가는 줄 모르고 지냈다. 아니 세상의 가난함이나 고난, 정진이나 희망조차 어느 틈에 까맣게 잊었다.

'……아아, 큰일이구나.'

이 모습을 보고 매일 한숨을 짓고 있는 것은 그의 신하 조자룡이었다.

'그래…… 군사께서 어려울 때 주머니를 열어보라고 했지. 지금이 두 번째 주머니를 열어볼 때군.'

조운은 공명이 헤어질 때 주었던 비단 주머니 하나를 서둘러 열어보았다. 공명의 비책은 지금의 걱정거리와 딱 맞아떨어졌다. 그는 즉시 시녀를 통해 유비를 뵙기를 청했다.

"큰일입니다. 이러고 있을 때가 아닙니다."

갑작스러운 말에 유비는 놀라서 물었다.

"무슨 일이 일어났나?"

"적벽의 원한을 씻겠다며 조조가 직접 50만 대군을 이끌고 형주로 쳐들어왔다고 합니다."

"뭐, 형주로? ……누, 누가 그 보고를 하러 왔나?"

"공명 군사가 빠른 배를 타고 몸소 오나라 국경까지 알리러 왔습니다. 형주는 지금 위기에 처했습니다. 한시라도 빨리 형주로 돌아가서서 대책을 세우지 않으면 형주의 멸망은 피할 수 없을 것이라고……."

"참으로 큰일이군."

"자, 어서 돌아가시지요."

||| 二 |||

"으음, 그렇단 말이지……."

이 말만 하고 잠시 침묵하던 유비는 이윽고 결심이 선 듯 얼굴을 들고 조운에게 말했다.

"좋아. 돌아가세."

"그럼, 즉시?"

"아니, 잠시 시간을 좀 주게. 아내와도 이 일에 대해 상의해봐야 하니."

"안 됩니다. 부인과 상의하시면 붙잡을 것이 분명합니다."

"그러진 않을 걸세. 나에게도 생각이 있네."

유비는 안채로 사라졌다.

그리고 아내의 방으로 들어가자 그녀는 유비를 보자마자 대뜸 물었다.

"무슨 일이 있어도 이번에는 형주로 돌아가셔야만 하겠지요?"

"앗…… 누구에게 들었소?"

"호호호호, 당신의 아내입니다. 그 정도도 몰라서야 어떻게 하겠어요?"

"이미 알고 있으니 많은 말은 하지 않겠소. 나는 즉시 돌아가야만 하오. 형주는 멸망의 위기에 처해 있소. 당신과의 사랑에 빠져 나라를 잃기라도 한다면 세상의 웃음거리가 될 것이고 후세까지

욕받이가 되겠지."

"물론입니다. 무문武門에 몸을 둔 분이 그런 후회를 남겨서는 평생 얼굴을 들고 다닐 수 없겠지요."

"잘 말해주었소. 전장에 나가는 이상 언제 죽을지 모르오. 당신과도 재회를 기약하기 어렵소. 당신과 보낸 즐거운 시간이 짧은 꿈만 같구려."

"어째서 그런 불길한 말씀을 하세요? 부부의 인연이 그렇게 허무한 것은 아닐 거예요. 또 짧다고도 생각하지 않아요. 살아 있는 한, 아니 구천 땅속까지도……."

"그래도 헤어지지 않으면 안 되는 상황이오."

"저도 함께 가겠습니다."

"형주까지 말이오?"

"당연하죠."

"오후께서 허락하지 않을 것이오. 장모님도 결코 허락할 리가 없소."

"오라버니가 알면 보내주지 않겠죠. 그러나 어머니는 따로 설득할 방법이 있습니다. 걱정하지 않으셔도 돼요."

"성문은 어떻게 빠져나갈 생각이오?"

"올해도 벌써 다 갔네요. 설날 아침까지만 기다려주세요. 제가 그전에 어머니께 가서 고하겠어요. 설날 아침, 신년 인사를 위해 강 근처까지 가서 조상님께 제사를 올리고 오겠다고요. 어머니는 신심이 두터우시니 분명히 허락하실 거예요."

"과연 좋은 생각이오만, 가는 도중에 당신이 겪을 어려움이 걱정이구려. 또 전란 중인 타국에 가서 나중에 고국을 떠나온 것을 후회하거나 슬퍼하지는 않겠소?"

"남편과 헤어져서 홀로 고국에 남아 있다고 한들 무슨 즐거움이 있겠어요? 남편과 함께라면 불속이든 물속이든 어디라도 뛰어들겠습니다."

유비는 기쁨의 눈물을 흘렸다. 그는 다시 은밀히 조운을 불러 아내의 생각을 말하고 계책을 상의했다.

"설날 아침, 사람들 눈에 띄지 않게 장강의 강변으로 나가 기다리고 있게."

"공명 군사의 계획에 어긋남이 없도록 주의하십시오."

조운은 다짐을 놓고 떠났다.

날이 밝으면 건안 15년(210)이 된다. 정월 초하루, 새벽어둠이 깊어 아침 달이 남아 있었으나 동쪽 하늘의 구름에는 아침 햇살이 비치고 있었다.

오궁의 정전正殿에는 제야의 만등이 켜지고 문무백관이 늘어서서 오후 손권에게 신년 하례를 하고 만세를 부른 후 일출과 함께 술을 받는 것이 예로부터의 전례였다.

때도 좋았고 보는 사람도 적었다.

유비는 부인 오씨吳氏와 함께 오 부인의 궁방을 은밀히 찾아가 고했다.

"지금 강변에 나가 조상님께 제사를 올리고 오겠습니다."

유비의 부모와 조상의 묘는 모두 탁군에 있었기 때문에 오 부인은 사위의 효심을 기뻐했고, 거기에 따르는 것이 아내의 도리라고 흔쾌히 두 사람을 보내주었다.

궁문을 나오자 부인의 수레가 준비되어 있었다. 부인은 그 수레에 탔다. 유비는 화려한 안장을 얹은 말에 올라탔다.

중문을 지나고 성루문을 지났다.

누구도 수상히 여기지 않았다. 보초병들은 선망의 눈으로 바라볼 뿐이었다.

"오오, 사위님과 부인께서 나란히 어디로 가시는 걸까?"

정월 초하루의 이른 아침이었다. 사람들은 모두 취해 있었다. 아직 어두운 하늘에는 하얀 아침 달이 걸려 있었다.

외성문을 나오자 유비는 수레를 미는 사람들과 함께 온 무사들을 돌아보며 외쳤다.

"저 숲속에 있는 샘에서 모두 몸을 깨끗이 씻고 오너라. 오늘은 강가로 조상님께 제사를 지내러 가니 몸을 정결히 해야 한다."

그러고는 그들을 모두 쫓아 보냈다.

미리 짠 계획대로 부인은 벌써 수레 안에서 준비하고 있었다. 평소에도 늘 허리에 작은 검을 차고 다니던 부인이었다. 가벼운 복장에 작은 활을 차고 머리부터 상반신은 장옷으로 가렸다.

수레에서 내린 그녀는 종자들이 놓고 간 말에 나비처럼 가볍게 올라탔다. 유비도 즉시 채찍질을 했다.

"일이 잘 풀린 것 같아요."

"아니, 지금부터가 중요하오."

그러나 유비는 빙긋 웃었다.

부인도 미소를 지었다. 아침 달을 피해서 덮어쓴 장옷 아래에서도 그녀의 얼굴은 배꽃보다 희었다.

눈 깜빡할 사이에 장강의 부두까지 왔다. 이 무렵 해는 이미 떠올라 장강에는 눈부실 정도로 붉은 물결이 일렁이고 있었다.

"아아, 주군. 부인께서도 오셨군요."

"조운인가. 드디어 왔네. 여기까지는 수월하게 왔지만, 곧 추격군이 올 것이니 서두르세."

"처음부터 각오한 일입니다. 신이 있는 한 걱정하실 것 없습니다."

500명의 병사도 조운과 함께 기다리고 있다가 유비와 부인을 호위하여 오나라를 벗어나기 위해 육로를 택해 쏜살같이 달렸다.

다행히 이 일이 오후의 귀에 들어가기까지는 한나절 이상이 걸렸다. 원인은 외성문까지 부인의 수레를 밀고 간 사졸들과 무사들이 "어디까지 가신 거지?"라며 두 사람이 형주를 향해 간 사실도 모른 채 강변을 찾아 돌아다니다가 문책이 두려워 뒤늦게 보고했기 때문이다.

결국 진상이 밝혀진 것은 저녁 무렵이 다 되어서였다. 온종일 열린 연회로 만취해서 자고 있던 오후는 이 보고를 듣자마자 불같이 화를 냈다.

"짚신이나 팔던 놈이 은혜를 원수로 갚은 것도 모자라 여동생마저 꾀어내 달아나다니."

그는 옆에 있던 책상 위의 벼루를 집어 바닥에 던졌다.

그리고 서둘러 회의를 열었다. 얼마 후 500여 명의 정병이 설날 밤인데도 불구하고 검과 창을 번쩍이며 성문 밖으로 달려나갔다.

손권의 분노는 좀처럼 가라앉지 않았다. 밤이 되어도 그의 성난 목소리가 성안에 가득했다. 급변을 듣고 달려온 정보가 조심스럽게 물었다.

"추격군의 대장으로 누구와 누구를 보내셨습니까?"

"진무陳武와 반장潘璋을 보냈소."

"몇 명이나 보내셨습니까?"

"500명."

"아아, 그래서는 안 됩니다."

"왜 안 된다는 거요?"

"아가씨께서는 남편으로 인연을 맺은 유비와 의견을 같이하여 탈출한 것으로 보입니다. 그분은 여성이지만 평소부터 무예를 닦으시고 성격 또한 남성 이상으로 강하여 오의 장졸들조차 모두 두려워하고 있습니다. 진무와 반장으로는 상대가 되지 않을 것입니다."

손권은 이 말을 듣고 더욱더 분노하며 즉시 장흠蔣欽과 주태周泰 두 장수를 불렀다.

"너희는 이 검을 가지고 유비를 쫓아라. 반드시 놈을 두 동강 내고 내 대신 누이동생의 목을 베어오너라. 명령을 어긴다면 너희들의 죄도 묻겠다."

그는 자신이 차고 있던 검을 풀어 두 장수에게 내어주며 어서 가라고 재촉했다.

여장부의 칼

밤낮없이 말을 달렸다. 그러다 보니 어느새 시상柴桑 땅 부근이었다. 유비는 마음이 조금 놓였다. 그러나 여성의 몸으로 장시간 말을 타고 달린 부인이 걱정되었다.

다행히 도중에 한 부호의 집에서 마차를 구해 부인을 태웠다. 그리고 다시 길을 서둘렀다.

"게 섰거라. 오후의 명령이다. 오라를 받아라."

산 한쪽에서 큰소리가 들렸다. 약 500명의 병사가 두 패로 나뉘어 쫓아오고 있었다.

조운이 침착하게 말했다.

"뒤는 제가 맡겠으니 두 분은 어서 길을 재촉하십시오."

이날의 어려움은 일단 벗어난 듯 보였으나 다음 날, 또 그다음 날 유비의 길은 앞으로 나아갈수록 험난했다.

즉, 시상의 주유와 오의 손권이 내린 체포령이 이미 사방에 퍼져 있었던 것이다. 수로와 육로 모두 길목마다 엄중한 검문이 행해지고 있었고, 요소마다 서성과 정봉의 부하 3,000명이 지키고 있었다.

"아아, 큰일이다. 이 앞에는 오의 병사들이 진을 치고 있다. 진퇴양난이구나."

유비가 한탄했다.

"아니, 공명 군사가 미리 이런 일도 예상하고 주머니 속에 계책을 넣어주었습니다. 이렇게 하십시오."

조운이 공명의 계책을 유비의 귀에 속삭였다. 유비는 어느 정도 희망을 되찾은 듯 부인의 마차로 가서 울먹이며 말했다.

"아아, 부인. 여기까지는 함께 왔지만 난 결국 여기서 자결해야 할 것 같소. 그러니 나와의 인연은 여기서 끊고 오로 돌아가시오. 구천에서 다시 만날 날을 기다리겠소."

놀란 부인은 주렴을 올리고 눈물을 흘리며 말했다.

"다시 오로 돌아갈 생각이었으면 여기까지 오지도 않았을 거예요. 어째서 갑자기 그런 말씀을 하시는 거죠?"

"오후의 추격대가 앞뒤에서 추격해오고, 주유도 그들을 독려하며 길이란 길은 모두 막아버렸소. 어차피 잡혀서 끌려갈 것이라면 살아서 치욕을 당하기 전에 깨끗하게 자결하는 편이 낫다고 생각하기 때문이오."

그러는 사이에 벌써 서성과 정봉이 부하들을 이끌고 쇄도했다. 부인은 황급히 유비를 마차 뒤에 숨기고 마차에서 내렸다.

"누가 온 것이냐? 주군의 누이동생에게 손가락 하나라도 댄다면 너희의 목은 어머니께서 그냥 두지 않을 것이다."

그녀는 큰소리로 말했다.

"오오, 아가씨!"

서성과 정봉은 자신들도 모르게 땅바닥에 무릎을 꿇었다. 주군의 누이동생이고 보통 여성이 아니라는 것을 오나라의 신하들은 모두 알고 있었다. 아니 알고 있을 뿐만 아니라 남자 이상의 늠름한 기질과 어머니 오 부인과 오빠 손권을 움직이는 힘에는 두려움조차 품고 있었다.

"정봉과 서성 장군이 아닙니까?"

"네, 그렇습니다."

"활을 차고 사나운 병사들을 이끌고 주군의 마차를 뒤쫓는 것은 모반을 일으키는 자들이나 하는 짓입니다. 물러가세요."

"하지만 오후의 명령입니다. 또 주 도독의 지시이기도 합니다."

"주유가? 주유의 지시라면 그대들은 모반이라도 일으키겠다는 말인가요? 오후와 나는 오누이 지간입니다. 가신 따위가 주제넘게 나설 상황이 아니에요."

"아니, 아가씨께 위해를 가하고자 함이 아닙니다. 단지 유비를."

"입 다무세요. 유비 님은 대한의 황숙, 그리고 지금은 나의 남편입니다. 우리 두 사람은 어머님의 허락을 받아 당당하게 혼례를 올렸어요. 당신들 같은 필부가 손가락 하나라도 댔다간 용서치 않겠어요."

가늘고 예쁜 눈썹을 치켜세우고 붉은 눈초리를 추어올리며 부인은 그 가느다란 허리에 차고 있는 작은 칼로 손을 가져갔다. 서성과 정봉은 부들부들 떨면서 황급히 손을 저으며 말했다.

"잠시, 잠시만 노여움을 가라앉히십시오."

||| 二 |||

부인은 들은 척도 하지 않았다. 분노의 기색도 거두지 않고 더욱더 꾸짖으며 말했다.

"너희들은 오직 주유만을 두려워하는구나. 어서 돌아가서 지금 내가 말한 대로 주유에게 전하는 것이 좋을 것이다. 만약 주유가 너희가 명령에 따르지 않았다고 하여 벤다면 주유 따위의 필부는 그 자리에서 내가 이 칼로 목을 치겠다."

서성과 정봉은 부인의 거친 말에 완전히 굴복하고 말았다. 그 모습을 본 부인은 훌쩍 마차에 올라 "어서 출발하세요. 서둘러요." 라고 길을 재촉했다.

유비도 말 등에 엎드려서 달렸다. 500명의 병사도 걸음을 재촉했다. 정봉과 서성은 그 모습을 눈앞에서 뻔히 보면서도 조운이 눈을 번뜩이며 뒤를 지키고 있었기 때문에 허무하게 유비 일행을 보내줄 수밖에 없었다. 정봉과 서성이 2, 3리쯤 되돌아왔을 때였다.

"이보게, 어떻게 되었나?"

저쪽에서 말을 타고 온 두 장수가 두 사람을 보더니 물었다. 오후의 명을 받고 후발대로 대군을 이끌고 온 진무와 반장이었다.

"실은 이러이러합니다. 저쪽은 주군의 누이동생이고 우리는 신하, 보자마자 다짜고짜 호되게 야단치는 바람에 어떻게 할 수가 없었습니다."

"뭐, 뭐라고? 그럼 놓쳤단 말인가? 참으로 심약한 자들이로군. 자, 따라오너라. 부인의 질타 따위가 뭐가 무섭다고. 우리는 오후의 명령을 받고 왔다. 거부한다면 목을 쳐서라도 끌고 가야지!"

그들은 흙먼지를 일으키며 말을 달렸다.

앞서가는 부인의 마차와 유비 일행은 장강의 기슭을 따라 길을 서두르고 있었는데, 또 불러 세우는 소리에 멈출 수밖에 없었다.

부인은 다시 마차에서 내려 추격대의 대장을 기다렸다. 그 모습을 보고 진무를 비롯한 네 명의 대장이 채찍을 휘두르며 달려왔다.

"뭡니까? 그 무례한 태도는. 말에서 내리세요!"

늠름한 부인의 말 한마디에 네 명의 대장은 저도 모르게 말에서 뛰어내렸다. 그리고 예를 갖추고 서 있자 부인은 새하얀 손가락으로 네 사람을 가리키며 말했다.

"너희는 녹림의 무리인가, 강 위의 해적인가? 오후의 신하라면 이런 무례한 행동을 할 리가 없다. 주군의 누이동생에 대한 예를 모르느냐? 꿇어라. 무릎을 꿇고 배례하라!"

네 명의 대장은 그녀의 위엄과 아름다움, 그리고 논리에 눌려 땅바닥에 무릎을 꿇고 양손을 머리 위로 올려 최대한의 예를 취했다.

겨우 조금 표정이 풀린 부인이 물었다.

"대체 무엇 하러 또 여기까지 쫓아온 것이오?"

반장이 대답했다.

"모시러 왔습니다."

부인은 고개를 저었다.

"오에는 돌아가지 않겠소."

"그렇지만 오후의 명령입니다."

"우린 어머니의 허락을 받고 성을 나온 것이오. 효성이 지극한 오라버니가 어머니의 뜻을 거역할 리 없어요. 그대들이 뭔가 잘못 알고 온 것이 아닌가요?"

"아닙니다. 오후께서는 목을 베어서라도 데리고 오라고 엄명을 내리셨습니다."

"내 목을 벤다고?"

"……."

"목을 베어서라도?"

"아니, 그러니까…… 실언했습니다. 유비를 말한 것입니다."

"닥치시오!"

"네?"

"나에게 칼을 대는 것도 나의 남편에게 칼을 대는 것도 부부인 이상 주군의 혈족에게 칼을 대는 것과 마찬가지. 장난으로라도 그런 흉내를 내보시오. 설령 우리 부부는 여기서 죽을지라도 여기에 있는 조 장군이 그대들을 살려 보내지 않을 것이오. 또 무사히 돌아갔다 해도 오에 계신 내 어머니가 그대들을 살려둘 것 같소?"

"……."

"자, 일어나시오. 정녕 그럴 생각이라면 창이든지 칼이든지 들고 내 앞에서 일어나봐요!"

네 명의 대장은 아무도 일어서지 않았다. 게다가 유비는 보이지 않고 조운만이 눈을 부라리며 부인 옆에 서 있었다.

||| 三 |||

추격대의 대장 네 명은 부인의 마차가 떠나는 것을 허무하게 지켜보았다. 이때도 조운이 한 무리의 병사들과 함께 마지막까지 그들 앞에 버티고 서 있었기 때문에 어쩔 도리가 없었다.

"분하군."

"하지만 저 여장부에게는 당할 수가 없소."

어쩔 수 없이 네 사람은 발길을 돌렸다. 그리고 10여 리쯤 왔을 때였다. 한 무리의 군마와 장수가 맞은편에서 와서는 물었다.

"유비의 행방은 어찌되었는가?"

"부인은 어디에 계시느냐?"

오의 장흠과 주태였다.

면목 없다는 듯이 진무가 대답했다.

"할 수 없었습니다. ……아무리 해도."

"무슨 말이야?"

"뒤쫓아가서 잡으려고 했습니다만, 아가씨께서 말씀하시기를 모당의 허락을 받고 성을 나온 것이기 때문에 모당의 명령이 아니면 돌아가지 않겠다는 것입니다."

"뭐라고? 교활하구나. 어째서 말하지 않았느냐? 우린 오후의 엄명을 받았다고 말이다."

"오후는 자신의 오빠라며 오누이 사이의 일에 신하가 어디 주제넘게 나서느냐고 들은 척도 하지 않았습니다."

"이런, 그래서야 어찌 추격대의 임무를 완수할 수 있겠느냐? 이렇게 된 이상 유비는 물론 주군의 누이동생이라 해도 목을 벨 수밖에 없다. 인정사정 보지 말고 임무를 완수하라고 주군께서 손수 우리에게 검을 내리셨다!"

"앗, 주군의 검입니까?"

"그래. 생각건대 유비 일행이 대부분 도보로 가고 있으니 말을 달리면 금방 따라잡을 수 있을 것이다. 서성, 정봉 두 사람은 빨리 가서 주 도독에게 이 사실을 고하고 빠른 배로 강기슭과 강 위에서 막으라고 하게. 우리 넷은 육로로 추격하여 시상 부근에서는 무슨 일이 있어도 놈들을 모두 잡을 테니."

시시각각 다가오는 위험 속에서 유비와 부인의 마차는 여전히 길을 재촉하고 있었다.

어느새 시상성을 우회하여 강변 길을 따라가다가 유랑포劉郞浦
라고 불리는 어촌에 도착했다.

"배는 없는가?"

"배는? 배는?"

유비와 조운은 당황했다.

어촌 같은데 어찌된 일인지 배가 한 척도 보이지 않았다. 뿐만
아니라 한쪽은 넓고 끝없는 강이고 앞은 천연의 만이었는데 먼 산
기슭까지 이어져 있어서 어느 쪽으로 가더라도 배가 없으면 더는
어디로도 갈 수 없는 지형이었다.

"조운, 조운."

"네. 주군……."

"결국 호랑이 굴에 빠졌군. 이제 끝장이야."

"아니, 실망하기에는 아직 이릅니다. 지금 그 비단 주머니의 마
지막 하나를 열어보았습니다. 그랬더니 '유랑포구 갈대가 답하리.
거센 물살이 쫓아오더라도 당황할 것 없다. 부서진 마차와 지친
말이 여기서 일을 마치고 배 한 척을 만나리라.' 이런 문장이 나왔
습니다. 짐작건대 군사에게 필시 뭔가 좋은 계책이 있는 것이 틀
림없습니다. 어쨌든 너무 걱정하지 마십시오."

조운이 위로했다. 그러나 유비는 아무 말 없이 회색빛 하늘과
강을 둘러볼 뿐이었다. 마차 안의 부인에게도 아무 말 못 하고 절
망적인 기분에 휩싸여 서 있었다. 그때 산 근처의 구름이 움직이
고 북소리와 징 소리가 수면을 울렸다. 말할 필요도 없이 유비 일
행을 잡기 위해 쫓아온 추격대였다.

"아아, 어쩌면 좋단 말인가."

유비는 어쩔 줄을 몰랐다.

부인도 이런 상황이 되자 각오하고 마차에서 뛰어내렸다.

다가오는 함성, 날아오는 화살 소리. 유비의 얼마 안 되는 병사들은 이미 낯빛이 창백해져서 사방으로 달아나기 시작했다.

그때 갑자기 몇 리에 이르는 유랑포 물가의 갈대가 한꺼번에 흔들렸다. 살펴보니 갈대 사이에 돛을 세우고 빠르게 노를 저어오는 20여 척의 배가 있었다. 이쪽 기슭에 닿자마자 손뼉을 치며 부른다.

"타십시오. 빨리, 빨리!"

"황숙, 서두르십시오."

함께 외치고 있는 사람 중에 도포를 입고 머리에 윤건을 쓴 인물이 있었다. 바로 제갈공명이었다.

쓰러진 주유

||| 一 |||

공명이 데리고 온 형주의 병사들은 모두 상인으로 위장하고 있었다. 유비와 부인을 비롯해 수행 병사 500명을 각각의 배에 나누어 태우고는 즉시 돛을 올리고 노를 저어 만을 벗어났다.

"배를 돌려라!"

뒤늦게 달려온 오군 추격대는 강기슭에서 발을 동동 굴렀다.

공명은 배 위에서 그들을 손가락으로 가리키며 강기슭에 대고 소리쳤다.

"이미 우리 형주는 하나의 나라다. 한 나라가 다른 나라를 속이는 것도 좋고 공격하는 것도 좋지만 미인계로 사람을 낚으려는 하책은 너무 졸렬하구나. 너희들은 돌아가서 주유에게 고하라. 두 번 다시 이런 짓은 하지 말라고."

많은 배 안에서 와 하고 조소하는 웃음이 터졌다.

거기에 대답하듯 강기슭에서는 빗발치듯 화살이 날아왔지만, 모두 물에 떨어져 지푸라기처럼 흘러가 버렸다.

그러나 강 위를 한동안 달린 뒤 문득 하류 쪽을 바라보니 순풍에 돛을 단 병선이 약 100척 가까이 보였다. 중앙에 '수帥'라고 쓰인 깃발을 세운 배가 있었는데, 대도독 주유가 탄 배인 듯했다. 그리고 왼쪽에는 황개의 깃발이 보이고, 오른쪽에는 한당의 배가 늘어서 있었다. 마치 봉황의 날개를 편 듯한 진형이었다.

"아앗, 오의 대선대다."

유비를 비롯해서 사람들 모두 몹시 놀랐다. 그러자 공명이 노를 젓는 병사들에게 즉시 강기슭에 배를 대라고 명령했다.

"이미 예상했던 일이다. 놀랄 것 없다."

거기서부터는 육로로 도망쳤다.

당연히 오의 수군도 배를 버리고 육지로 올라왔다. 황개, 한당, 서성 등 모두 나는 듯이 말을 달려 쫓아왔다.

그들 사이에 있던 주유가 다른 장수들에게 물었다.

"여기가 어디요?"

"황주의 경계입니다."

서성이 대답했을 때였다. 갑자기 사방에서 북소리가 울리더니 한 무리의 군마가 산그늘에서 달려나왔다. 유비의 의제 관우였다. 82근의 청룡도가 순식간에 주유를 향해 돌진했다.

"앗, 적에게 뭔가 계책이 있는 모양이다."

퇴각하려 하자 왼쪽 골짜기에서도, 오른쪽 봉우리에서도 기다렸다는 듯이 맹장들이 튀어나와 당황한 그들의 허를 찔렀다.

"황충이 여기 있다."

"내가 바로 위연이다!"

오의 장졸들은 제대로 싸워보지도 못하고 죽음을 맞이했다. 주유는 상륙한 곳까지 말을 달려 서둘러 배에 올랐다. 그때였다. 이미 멀리 갔다고 생각한 공명이 갑자기 한 무리의 병사를 이끌고 강기슭에 모습을 드러내더니 큰소리로 말했다.

"주유의 묘계가 천하에 드높구나. 부인을 주더니 병사들을 죽음으로 몰아넣었다."

이 말을 두 번 반복한 후 일제히 와 하고 웃으며 놀려댔기 때문에 주유는 벌컥 성을 내며 말했다.

"이놈, 그 일이라면 뭍에 올라가서 한번 붙어보자. 제갈량, 거기에 꼼짝 말고 있어라."

주유는 발을 동동 구르며 배를 기슭에 대라고 소리쳤다. 그러나 황개와 한당 등은 아군은 대부분 죽고 남은 사졸도 전의를 잃은 것을 보고 "지금은 참아야 할 때입니다."라며 발버둥치는 주유를 뒤에서 끌어안으며 말렸다.

그리고 배를 조종하는 병사들에게 명령했다.

"돛을 펼쳐라. 어서 배를 강 한가운데로 몰고 가라."

주유는 피눈물을 흘리며 외쳤다.

"분하다. 참으로 분하다. 이런 수치를 당하고, 이런 패전을 당하고 어찌 대도독 주유가 다시 오나라로 돌아갈 수 있겠는가. 어찌 뻔뻔스럽게 오후를 뵐 수 있겠는가. ……나는 수치를 안다!"

그는 이를 갈더니 그 입에서 새빨간 피를 토하며 앞으로 푹 고꾸라졌다.

||| 二 |||

"도독, 주 도독!"

"정신 차리십시오."

오군 장수들은 주유의 몸을 안아 일으키며 비통하게 소리쳤다.

주유는 한참 후에 겨우 가늘게 눈을 뜨고 힘없는 목소리로 말했다.

"……배를, 배를 오로 돌리시오."

장흠과 주태는 아픈 도독을 데리고 시상으로 돌아왔다.

주유는 원통했지만 다시 병상에 누울 수밖에 없었다.

이윽고 자세한 이야기를 들은 오후 손권은 울분을 해소할 길이 없었다. 그는 유비를 증오하며 복수를 다짐했다.

그때 병상의 주유로부터 장문의 서신이 도착했다.

주군, 하루라도 빨리 병마를 강대하게 양성하여 형주를 치십시오.

그렇지 않아도 젊은 손권은, 그런 권유를 받지 않아도 울분이 치밀어 오르는 손권은, 즉시 형주를 칠 마음에 사로잡혀 군사 회의를 소집했다.

"갑자기 무슨 군사 회의입니까?"

중신 장소는 이 말을 듣고 즉시 손권 앞에 나아가 간언했다.

그는 원래 회의론자, 아니, 자중주의自重主義 문치파였다.

"지금 적벽의 수치를 씻고자 조조가 밤낮 재군비에 힘쓰고 있다는 사실을 잊으셨습니까? 조조가 대군을 이끌고 오지 않는 것은 힘이 없기 때문이 아닙니다. 우리나라를 두려워해서도 아닙니다. 우리와 유비가 연합할까 봐 두렵기 때문입니다. 그런데 만약 유비를 공격하여 두 나라 사이에 전쟁이 일어난다면 조조는 때가 왔다며 전군을 이끌고 쳐들어올 것입니다."

"그러면 어떻게 하면 좋겠소?"

"아니, 그보다 먼저 해결해야 할 현안이 있습니다."

"그게 무엇이오?"

"유비가 조조와 화친을 맺지 못하도록 어떻게 조치할지 강구해야 합니다."

손권의 낯빛이 조금 바뀌었다.

"유비가 과연 조조와 화친을 맺겠소?"

"당연히 있을 수 있는 일입니다. 있을 수 없는 일이라며 우리가 대수롭지 않게 여기고 있으면 그럴 가능성이 더욱 높습니다."

"그렇다면 미연에 방지해야지."

"그러니 그것이 무엇보다도 시급한 과제입니다. 소신이 생각하기로는 우리 영토에도 조조의 염탐꾼이 꽤 들어와 있으니 주군과 유비의 사이가 좋지 않다는 것은 이미 허도의 조조에게 알려졌을 것입니다. 조조는 누구보다 때를 아는 데 민감한 자이니 벌써 유비에게 사자를 보냈을지도 모릅니다. 어서 대책을 세우지 않으면 안 됩니다."

"음. 하루아침에 유비가 위와 동맹을 맺는다면 우리한테는 심각한 위협이 되겠군. 그걸 어떻게 막을지가 관건인데, 뭔가 좋은 계책이 있소?"

"지금 당장이라도 허도에 사자를 보내 조정에 표문을 올려 유비를 형주 태수로 봉하는 것입니다."

"……."

손권은 내키지 않는다는 표정을 지었다.

장소는 젊은 주군에게 타이르듯 말했다.

"모든 외교의 계책은 괴롭습니다. 또 분노는 드러내지 않고 참는 것입니다. 유비를 출세할 수 있도록 지원해주시죠. 물론 죽기

보다 싫겠지만, 그 효과는 클 것입니다. 왜냐하면 그렇게 함으로써 조조는 오와 유비가 파탄 났다는 것을 눈치채지 못할 것이기 때문입니다. 유비 또한 감사하며 오를 원망하지 않을 것입니다. ……이참에 일단 현재의 상황을 조금 수습하고 나서 우리는 첩자를 이용해 천천히 조조와 유비를 대립하게 만드는 것입니다. 유비가 조조와의 대립으로 피폐해질 때를 노려 형주를 취하면 될 것입니다."

"적지에 가서 그런 원모를 교묘하게 행할 수 있을 만한 사람이 있겠소?"

"있습니다. 평원 사람으로 이름은 화흠華歆, 자는 자어子魚라는 자입니다. 원래 조조의 신뢰를 받았던 자이니 그가 적임자일 것입니다."

"즉시 부르시오."

손권은 장소의 계책이 마음에 들었다.

문무를 겨루는 봄

기북冀北의 강국, 원소가 죽고 올해로 9년째, 인물과 문화는 모두 새로워졌지만, 가을이 가면 겨울이 오고, 겨울이 가면 봄이 오는 사계절의 변화만은 변함이 없었다.

때는 건안 15년(210) 봄이었다.

업성鄴城(하북성河北省)의 동작대銅雀臺는 8년에 걸친 대공사의 낙성식을 가졌다.

"성대하게 축하해야겠군."

조조는 허도를 출발했다.

동시에 각지의 장수와 문무백관 들도 축하 연회에 초대되어 업성의 봄은 수레와 가마, 말 등으로 메워졌다.

애초에 이 장하漳河의 강가에 있는 누대를 '동작대'라고 명명한 것은 9년 전에 조조가 북쪽을 정벌하여 이곳을 점령했을 때 청동 참새를 지하에서 발견한 것에서 유래한다.

성에서 바라봤을 때 왼쪽의 전각을 옥룡대라고 하고, 오른쪽의 높은 누각을 금봉대라고 한다.

모두 지상에서 10여 장丈 높이의 큰 건물이다. 그리고 그 사이에는 무지개 같은 흰 다리를 놓고 옥룡금봉을 담으로 둘렀는데, 거기에 있는 천문만호天門萬戶에도 각각 후한의 문화와 예술의 정수가 드러나 있었다. 금빛 벽과 은빛 모래는 눈이 아찔할 정도였고, 난간을 장식한 구슬이 햇빛에 비치는 것을 본 사람들은 탄성을 질렀다.

"여기가 정녕 이 세상이란 말인가? 사람이 사는 곳이 맞아?"

사람들은 멈춰 서서 황홀경에 빠져 이렇게 의심할 정도였다.

"마음에 드는구나."

예부터 영웅은 토목공사를 좋아한다고 한다.

이날 조조는 칠보 금관을 쓰고 초록 비단 도포에 황금 칼을 옥대에 차고 구슬 신발을 신고 있어서 한 걸음 내디딜 때마다 찬란하게 빛났다.

"장대한 규모와 화려한 윤곽이 구조도 외관도 말로 표현할 수 없을 정도입니다."

문무 대신들은 그가 앉아 있는 대 아래에 기립하여 만세를 부르고 모두가 잔을 들어 축하했다.

'이 좋은 날 뭔가 흥을 돋울 만한 일이 없을까?'

조조는 생각하고 있다가 이윽고 주위에 있는 부하들에게 비장의 붉은 비단 전포를 가져오게 하여 그것을 넓은 정원 건너편에 있는 버드나무 가지에 걸도록 했다.

그리고 무신들을 향해서 말했다.

"각자의 활 솜씨를 시험해보겠다. 버드나무에서 100보 떨어진 곳에서 저 전포의 가슴 부분을 맞히는 자에게는 저 전포를 상으로 주겠다. 자신 있는 자는 나와서 쏘아라."

"알겠습니다."

희망하여 나선 자들이 두 줄로 늘어섰다. 조씨 일족은 모두 홍포를 입고 그 외의 제장은 녹포를 입고 있었다.

선수들은 모두 말을 타고 손에 활을 든 채 신호를 기다렸다.

조조가 다시 외쳤다.

"맞히지 못한 자는 벌로 장하의 물을 한가득 마셔야 한다. 자신 없는 자는 지금 줄에서 나와 이쪽으로 와서 벌주를 마시도록 하라."

줄에서 나오는 자는 아무도 없었다.

그들은 모두 의기가 드높았다.

"좋다!"

조조의 말에 징과 북이 울렸다. 순간 한 사람이 말을 출발시키고 말 위에서 화살을 메겼다.

그는 조조의 조카로 이름은 조휴曹休, 자는 문열文烈이라는 젊은 무사였다. 채찍을 한 번 휘둘러서 넓은 잔디밭 정원을 세 바퀴 돌더니 버드나무의 100보 앞에서 말을 딱 세웠다. 그리고 힘껏 시위를 당겨 활을 쏘았다.

화살은 멋지게 표적에 맞았다.

"아아! 맞혔다. 맞혔어."

감탄의 목소리가 일제히 울리고 한참 동안 박수 소리가 멈추지 않았다.

그러는 사이에 신하 중 한 명이 버드나무로 달려가서 걸어놓은 붉은 전포를 내려 조휴에게 건네려고 했다.

"멈춰라. 승상의 상을 승상의 일족이 받아서야 되겠소? 내가 가져가리다."

이렇게 소리치며 말에 탄 채 잔디밭을 돌며 몸을 푸는 장수가 있었다. 그는 형주 사람으로 이름은 문빙文聘, 자는 중업仲業이었다.

문빙은 등자를 밟고 서서 활을 눈썹 옆에 대고 힘껏 잡아당겼다.

화살이 소리를 내며 날아갔다.

바로 다음 순간 북과 징이 울리고 사람들의 탄성이 들렸다.

"맞았다. 맞았어! 버드나무에 걸린 붉은 전포를 내게 주시오."

문빙이 큰소리로 말했다. 그때 말 한 마리가 달려나오며 외쳤다.

"꽃 도둑이 누구냐! 전포는 이미 앞에서 젊은 장수가 쏘아 맞혔다. 내 솜씨를 보고 큰소리쳐라."

조조의 사촌동생인 조홍이었다.

그는 손에 들고 있는 활의 시위를 당겨 화살을 쏘았다. 그 화살도 멋지게 전포의 가슴을 꿰뚫었다.

진영마다 징과 북을 치고 소리를 질러 칭찬했다. 지켜보는 자들도 쏜 자도 지금은 열광의 도가니였다.

그때 또 한 사람이 나섰다.

"우습구나. 어린애 장난 같은 문빙의 활 솜씨."

위풍당당하게 말을 달려 오는 장수가 있었다. 하후연이었다. 전광석화와 같이 말을 달려 뒤를 돌아보며 화살을 쏘았다. 그 화살은 앞서 세 사람이 쏜 화살의 한가운데를 꿰뚫었다.

하후연은 화살을 따라 버드나무 아래까지 달렸다.

"이 전포는 제가 감사히 받는 것으로 하겠소."

그가 말 위에서 손을 뻗어 전포를 취하려 하자 멀리서 "멈춰라!" 라고 소리치고 화살을 쏜 자가 있었다. 서황이었다.

"앗!"

사람들은 간담이 서늘해졌다. 그의 화살이 너무도 멋지게 버드나무 가지를 맞혔기 때문이다. 버들잎이 우수수 떨어져 흩어지고 붉은 비단 전포가 펄럭펄럭 떨어져 내렸다.

동시에 서황이 달려가 떨어지는 전포를 낚아채더니 자신의 등에 걸치고 말을 달려 돌아와 누대 위를 바라보며 소리쳤다.

"승상의 선물, 감사히 받겠습니다."

"너무하는군."

사람들이 모두 어이없다는 듯이 서로 한마디씩 하고 있자 누대 아래에 서 있던 장수들 사이에서 달려나온 허저가 아무 말 없이 서황의 활을 잡아 갑자기 말 위에서 그를 끌어내렸다.

"앗, 무슨 짓이냐!"

"무슨 짓이긴. 아직 승상의 허락이 떨어지지 않았다. 그 전포를 받을 자는 아직 정해지지 않았다!"

"무법자구나, 무법자야!"

"내놔라. 전포를 내놔."

결국 두 사람이 양팔을 붙잡고 함께 쓰러져 엎치락뒤치락하는 사이에 비단 전포도 갈기갈기 찢어지고 말았다.

"그만해라, 그만해."

조조는 누대 위에서 쓴웃음을 지으며 명령했다.

물러나라는 신호인 징을 치게 하고 조조는 두 사람을 비롯해 활 솜씨를 뽐낸 장수들을 일렬로 세운 후 말했다.

"홍포와 녹포 모두 우열을 가리기 어려웠다. 평소 무예 연마에 힘쓰는 그대들의 실력을 확인할 수 있었다. 어찌 그대들의 노력에 옷 한 벌을 아끼겠는가."

그는 기분 좋게 한 사람 한 사람에게 비단 한 필씩을 나누어주며 말했다.

"자, 위계位階에 따라 자리에 앉도록 하라. 술을 더 마시며 즐기
도록 하자."

||| 드 |||

그때 악부樂部의 악인樂人들이 일제히 음악을 연주하니 하늘에
선 구름이 열리고 땅에선 장하의 강물이 대답하는 듯했다.

산해진미가 앉아 있는 장수들 앞에 놓이고 잔마다 술이 넘쳤다.

"무부武府의 제장은 모두 활쏘기를 겨루어 평소의 실력을 보여
주었다. 강호의 박학들과 문부文部의 다식한 이들도 아름다운 문
장으로 시를 지어 오늘의 성회를 기념하도록 하라."

분위기가 무르익었을 때 조조가 말했다.

우레와 같은 박수가 울렸다. 이름은 왕랑王郞, 자는 경흥景興이
문관들 사이에서 일어나 말했다.

"엄명에 따라 동작대의 시 한 수를 지었습니다. 삼가 가창하도
록 하겠습니다."

동작대 높고 황제의 위업 번창하노라
물은 맑고 산은 수려하여 위광을 다투니
삼천의 검 황도를 달리고
백만의 용맹한 군대가 왕궁에 있노라

왕랑이 낭랑한 목소리로 읊었다.

조조는 크게 기뻐하며 자신이 아끼는 술잔에 술을 따라주었다.

"한잔하고 술잔은 갖도록 하게."

왕랑은 비운 술잔을 소매에 넣고 물러났다. 문무관들이 환호성을 질렀다.

그때 또 한 사람이 일어섰다. 동무정후東武亭侯 시중상서侍中尙書로 이름은 종요鍾繇, 자는 원상元常이었다.

이 사람은 당대에 예서隸書를 쓰는 데 일인자라는 평이 있었다. 그는 자신이 종이에 적어온 칠언절구의 시를 읊었다.

173

동작대는 높아 천상에 이르고
눈길을 모아 바라보니 옛 산천
난간의 굴곡에는 명월이 걸려 있고
창문은 영롱하여 보랏빛 안개를 압도한다
한조의 노래, 허무하게 축(중국의 고대 타악기)을 치고
정왕의 희마戲馬, 분별없이 채찍만 휘두른다
주군의 성덕은 요순과 같으니
바라건대 태평한 세월 만만년을 즐기세

"가작佳作이로다, 가작이야."

조조는 격찬했다. 그리고 그에게는 벼루 한 개를 상으로 주었다. 박수와 주악, 칭찬의 소리가 가득 넘쳤다.

"아아, 만민의 부귀, 지금이 그 절정이구나."

조조는 주위에 있는 신하들에게 말했다. 그러나 이 와중에도 반성하는 것을 잊지 않았다.

"그렇다 하나 만약 내가 없었다면 각지의 반란은 여전히 계속되

었을 것이고, 저 원술처럼 황제를 참칭하는 자도 여럿 나왔을 터. 다행히 나는 원소와 유표를 토벌하여 평정하고 승상이라는 높은 지위에 올랐다. 그런데 나에게도 천하를 찬탈하려는 야심이 있지 않을까 하고 의심하는 자가 있을지도 모르지만, 나는 소년 시절 〈악의전樂毅傳〉을 읽었는데 조왕이 병사를 일으켜 연나라를 치려고 했을 때 악의가 땅바닥에 엎드려 말하기를 '옛날 신은 연왕을 섬겼습니다. 연을 떠났지만 연왕을 생각 하는 마음은 지금 당신을 섬기는 마음과 다르지 않습니다. 죽을지언정 불의의 전쟁을 할 수 없습니다.'라고 통곡하며 말했다고 한다. 〈악의전〉의 한 문장이 머릿속에 깊이 박혀 아직까지도 나는 그것을 잊을 수가 없구나. 내가 사방에서 일어난 난을 평정하고 승상의 권력을 쥐며 군권을 잡은 것도 이렇게 하지 않으면 사방의 적이 모두 사사로이 권력을 행사하여 백성은 언제까지나 전쟁으로 고통받을 것이고 질서도 흐트러져 결국 무정부 상태에 빠질 것이며 당연히 한조는 멸망할 것이기 때문이다. 우리 문무의 제장은 모두 나의 뜻을 알아주길 바란다."

그는 중신들에게 그렇게 말한 후 연거푸 잔을 비웠다.

"붓과 벼루를 가져오너라."

그도 종이를 펴서 즉흥적으로 시를 지었다.

나 높은 대를 홀로 걷다가
몸을 굽혀 만리의 산천을 바라보네

이렇게 두 줄을 썼을 때 파발마를 타고 온 사자가 보고를 하려고 들어왔다.

연회 자리였으나 조조는 시무時務를 게을리할 수 없다며 사자를 즉시 계단 아래로 불렀다.

"무슨 일인가?"

그는 허도로부터 온 보고를 들었다.

"우선 상부相府의 문서를 받으십시오."

사자는 문서를 조조에게 바치고 나서 말로 보고했다.

"호북으로 행차하신 후 강남에 변이 생겼다는 정보가 끊임없이 전해졌습니다. 그에 따르면 오의 손권이 화흠이라는 자를 사자로 보내 유비를 형주 태수로 추천하는 표문을 천자께 올려 허락을 구하고 있습니다. 그것도 사후 승낙의 형식입니다. 뿐만 아니라 그 손권이 무슨 일인지 옛 원한을 잊고 자신의 여동생을 유비의 부인으로 주고 그 혼인 선물로 형주 9개 군의 대부분도 유비에게 내주었다고 합니다. 요컨대 유비와 손권의 결탁은 당연히 우리 위나라에 큰 영향을 미칠 것이라 생각하여 허도에서도 모두 걱정하고 있으며 승상께도 알려드리기 위해 급히 달려온 것입니다."

"뭐? 오후의 누이가 유비에게 시집갔다고?"

조조는 자신도 모르게 손에 들고 있던 붓을 떨어뜨렸다.

그 놀라움이 얼마나 컸고, 그의 마음에 얼마나 큰 충격을 주었는지는 순간 그가 팔다리를 늘어뜨리고 하늘의 구름을 쳐다보는 멍한 눈에서도 알 수 있었다.

정욱이 붓을 주우며 말했다.

"승상, 왜 그러십니까? 적군에게 포위되어 화살과 돌을 맞고도 쓰러진 적이 없는 승상께서."

"어찌 놀라지 않을 수 있겠나? 유비는 용과 같은 자다. 그는 평생 물을 만나지 못해 승천하지 못하고 깊은 늪 속에 있었으나 지금 형주를 얻었다면 이 용이 물을 만나 큰 바다로 나간 격이거늘 어찌 놀라지 않을 수 있겠나?"

"그야말로 청천벽력입니다. 그러나 그의 계책을 뒤집을 만한 계책이 있지 않겠습니까?"

"물과 용이 만났으니 떼어놓기는 어려울 것이네."

"저는 그렇게까지는 생각하지 않습니다. 원래 손권과 유비는 물과 용처럼 성질이 맞는 자들이 아닙니다. 오히려 손권은 유비를 몹시 미워하며 유비를 제거하려는 움직임마저 보입니다. 아마도 이번 혼인도 뭔가 사정이 있었을 것입니다. 고로 둘을 서로 싸우게 만드는 계책이 전혀 없지는 않을 것입니다."

"그 계책이 무엇인가?"

"부족하나마 저의 생각을 말씀드리면 누구보다 더 손권이 믿고 의지하는 사람은 주유와 중신 정보입니다. 그러니 승상께서는 즉시 허도로 돌아가셔서 우선 오나라의 사자 화흠을 만나시고 그를 당분간 오나라로 돌려보내지 않는 것입니다."

"그리고?"

"따로 칙령을 내려 주유를 남군 태수로 봉합니다. 또 정보를 강하 태수로 봉하는 것입니다. 강하와 남군은 지금 유비가 영유하고 있는 곳이므로 이것을 오의 사자 화흠에게 전하라 하면 아마도 받아들이지 않을 것입니다. 그러니 화흠에게는 관직을 내려 잠시 조정에 묶어두고 따로 칙사를 보내 이것을 주유와 정보에게 전합니다. 분명 칙령을 받아들고 감격할 것입니다."

"……으음, 그렇군."

조조는 정욱이 생각한 것을 이미 결과까지 읽어내고 있었다.

그날 저녁 그는 동작대의 연회 도중에 장하의 봄을 아쉬워하며 도성인 허창으로 돌아왔다.

그리고 오의 사자 화흠에게 대리사소경大理寺少卿이라는 관직을 주고 그를 도성에 잡아두는 한편, 칙명을 청하여 정욱의 헌책대로 칙사를 오나라로 보냈다.

형주를 오가다

주유는 그 후 시상에서 상처를 치료하고 있었는데, 칙사를 통해 생각지도 않은 칙명을 받고 즉각 병도 잊고 오후 손권에게 다음과 같은 서신을 써서 보냈다.

천자께서 지금 불초 주유를 남군 태수로 봉한다는 은명을 내리셨습니다. 그러나 남군에는 이미 유비가 있어서 신이 취할 땅은 한 치도 없습니다. 게다가 유비는 지금 주군의 매제입니다. 신이 조정의 명에 따르고자 하면 주가主家의 친족을 거역하는 죄를 짓게 되고 주가에 충성하고자 하면 조정의 명을 어기게 됩니다.

부디 신의 심사를 불쌍히 여기시어 주군의 현명한 판단을 청하옵니다.

손권은 최근 남서南徐(남경 부근)로 도성을 옮겨 그곳에 머물렀는데 즉시 노숙을 불러 말했다.

"곤란하게 되었소. 주유는 이렇게 말하고, 유비는 내 동생의 남편이라는 이유를 내세워 형주를 오에 돌려줄 마음이 손톱만큼도 없는 듯하고."

"아니, 촉나라를 취하면 형주를 돌려준다고 공명도 서명한 증서가 있지 않습니까?"

"입 다무시오. 그런 종잇조각을 믿고 그가 촉나라를 취할 때까지 기다릴 생각이었다면 이런 걱정은 하지도 않소. 만약 유비가 평생 촉나라를 취하지 못한다면 어쩔 셈이오?"

"송구합니다. 거기까지는 생각하지 못했습니다."

"그것 보시오. 그가 반드시 촉을 취한다는 보장이 없지 않소? 그리고 그에게는 공명이 붙어 있는 한 순순히 형주를 내주지 않을 것이오."

"제 책임입니다. 부디 한 번 더 저를 형주로 보내주십시오."

"반드시 결론을 짓고 오겠소?"

"네. 담판을 짓고 오겠습니다."

지금 각지의 전투는 조금 잦아든 듯했지만, 주변 정세는 여전히 좋지 않았다. 이대로 세상이 평화로워질 것이라는 조짐은 어디에도 없었다.

형주를 중심으로 지금 유비는 공명을 군사로 삼고 관우와 장비, 조운 등을 주축으로 밤낮 군마를 조련하고 있었다. 군사뿐만 아니라 정책, 경제, 교통 등 모든 분야에서 다음에 필연적으로 도래할 것에 대비하고 있었다.

"군사, 또 노숙이 오의 사자로 온 모양인데 만나서 뭐라고 하면 좋겠소?"

유비가 공명에게 물었다.

공명은 이렇게 대답했다.

"만약 노숙이 형주 문제를 꺼내거든 주군께서는 소리 높여 통곡하시면 됩니다."

"그다음은?"

"그다음은 제가 알아서 하겠습니다."

이윽고 도착한 노숙은 방으로 안내되어 상석을 권유받았다.

"송구합니다. 저 같은 사람에게 상석이라니요?"

"어찌 불편해하시오?"

"이전이라면 모르겠습니다만, 지금은 주군의 매제 되시는 분을 두고 신하인 제가 상석에 앉을 수는 없습니다."

"아니, 옛정을 생각해서이니 그렇게 겸양하실 것 없습니다."

"그러나 예의만은……."

성실하고 의리가 있는 노숙은 끝까지 사양하고 옆에 있는 자리에 앉았다.

그러나 인사가 끝나고 마침내 용건을 꺼낼 때가 되자 그는 그 겸허한 태도를 버리고 말했다.

"오후의 명령을 받고 재차 제가 이곳에 온 이유는 이미 알고 계시리라 생각합니다만, 오직 형주 양도의 일을 의논하기 위해서입니다. 이미 오가와 유가는 혼인에 의해 동족이 된 지금 여전히 형주를 돌려주지 않는 것은 세상의 평판에도 장래를 위해서도 좋지 않다고 생각합니다. 이번에는 저의 면목도 세워주실 겸 흔쾌히 반환해주시기를 청합니다."

노숙이 엄숙한 말투로 말을 꺼내자 유현덕은 그가 중간쯤 말했을 때부터 얼굴을 감싸고 흑흑 소리 내어 통곡하기 시작했다.

노숙은 놀라서 유비가 우는 모습을 지켜보고 있었다.

공명은 그때 칸막이 뒤에서 나와 노숙에게 말했다.

"노 공, 당신은 황숙이 어째서 슬피 우는지 모르시오?"

"모릅니다."

"촉의 유장劉璋은 한조의 골육, 즉 황숙과는 형제와 같습니다. 만약 이유 없이 군사를 일으켜 촉을 공격한다면 세상 사람들은 침을 뱉으며 그의 부덕을 욕할 것이오. 그렇다고 해서 만약 형주를 오후에게 돌려준다면 몸을 둘 기반이 사라지지요."

"알겠습니다."

노숙은 자리에서 일어나 여전히 통곡하며 괴로워하고 있는 유비의 어깨에 얼굴을 가까이 대고 위로했다.

"황숙, 황숙…… 그렇게 탄식하지 마십시오. 저와 공명이 뭔가 좋은 방법을 생각해보겠습니다."

정에 움직이는 노숙을 보고 공명도 함께 정을 담아 유비에게 말했다.

"주군, 그렇게 비탄에 빠져 계시면 결국 심신이 상합니다. 만사를 용감하고 의리 있는 노 공에게 맡기고 마음을 편히 가지십시오. ……또 노 공은 오후께 황숙이 이렇게 괴로워하고 있다는 사실을 전하면 화내지 않을 것이오."

노숙은 갑자기 정신이 든 듯 손을 크게 내저으며 말했다.

"잠시만. 또 허무하게 그런 대답을 가지고 돌아간다면 이번에야말로 오후께서도 무슨 말씀을 하실지 모릅니다."

"아니, 이미 자신의 여동생을 시집보낸 오후가 그 남편 되는 사람의 어려움을 어찌 남의 일처럼 여기겠소? 신하에게는 겉으로 엄격하게 약속의 이행을 말씀하시지만, 진심으로 화를 내지는 않을 것이오."

노숙은 결국 이번에도 아무 성과 없이 귀국길에 오를 수밖에 없었다. 돌아가는 도중에 시상에 배를 대고 하룻밤 묵어가는 김에 주유를 찾아가 형주에 다녀온 이야기를 하자 주유는 이번에도 공명에게 당했다며 노숙을 질책했다.

"공의 성격은 외교관으로서는 빵점이오."

그는 바보라고 대놓고 말하지는 않았지만 화를 내며 말을 이었다.

"생각해보시오. 유표에게 몸을 의탁하고 있을 무렵부터 항상 유표의 다음을 노렸던 유비요. 하물며 촉의 유장 따위에게 무슨 정이 있겠소? 모두가 그와 공명의 지연책일 뿐이오. 그리고 이런저런 이유를 붙여 형주를 우리에게 돌려주지 않으려는 속셈이 틀림없소."

노숙은 파랗게 질렸다.

오후에게 할 말이 없었기 때문이다.

"다시 한번 형주에 다녀오시오. 그런 회답을 가지고 오후 앞에서 뻔뻔스럽게 당연한 듯한 얼굴로 말했다가는 아마도 공의 목은 그 자리에서 날아갈 것이오."

주유는 한 가지 비책을 알려주었다.

'공의 성격은 외교관으로서는 빵점이오.'라는 말을 들은 노숙은 그것을 불명예라고 생각하지 않고 어디까지나 자신의 성격 탓이라고 여기며 주유의 비책대로 다시 형주로 발길을 돌렸다.

그리고 유비를 만나 이렇게 말했다.

"돌아가서 황숙의 고충과 비탄에 잠긴 모습을 주군께 사실대로 전했더니 주군께서도 깊이 동정하셨습니다. 그리고 군신들을 모아 평의회를 연 결과 이런 의견이 나왔습니다. 아마도 이 의견에 대해서는 황숙께서도 이견이 없으리라 생각합니다만……."

노숙은 주유의 지모에서 나온 거절할 수 없는 제안을 내놓았다. 그것은 유비의 이름으로 촉을 공격하는 것이 껄끄럽다면 오의 대군으로 오가 직접 촉을 취하겠다는 것이었다. 그러나 그때는 형주를 통과한다는 것과 다소의 군수품과 군량을 제공하겠다는 확약을 받고 싶다는 것이 조건이었다.

||| 三 |||

유비는 이의 없이 협력할 것을 맹세했다.

사전에 공명에게 들은 말이 있었기 때문에 오히려 기뻐하며 노숙의 은혜에 감사했다.

"오의 병력으로 촉을 공격해준다면 이보다 감사한 일이 어디 있겠소? 군대의 영내 통과는 당연한 것으로 허락하고 말 것도 없습니다. 이렇게 상황이 잘 풀린 것도 모두 귀공의 수고 덕분이오."

'이번에야말로 생각대로 되었구나.'

노숙도 마음속으로 기뻐하며 즉시 시상으로 돌아갔다. 유비는 노숙이 돌아간 후 공명에게 물었다.

"오의 병력으로 촉을 공격한 뒤 그것을 취해 이 유비에게 준다니 대체 오후는 무슨 속셈인 것 같소?"

"아니, 오후의 생각이 아닐 것입니다. 이번에도 주유의 계책입니다. 가엾게도 자신의 계책 때문에 그의 죽음이 앞당겨졌습니다."

"그게 무슨 말이오?"

"노숙은 오후가 있는 남서까지 다녀온 것이 아닙니다. 도중에 시상에 들러 주유를 만나 그의 계책을 그대로 가지고 다시 형주로 온 것입니다."

"그렇군. 그렇지 않아도 왕래한 날수를 따져보고 조금 빠르다고 생각했었소."

"촉을 공격한다는 명목하에 형주를 통과하겠다고 요구한 것은 분명히 주유가 생각함 직한 모략으로 실은 형주를 취할 속셈입니다."

"그걸 알면서도 어째서 군사는 그의 요구를 들어주라고 나에게 권한 것이오?"

"때가 왔기 때문입니다. 걱정하실 것 없습니다."

공명은 조운을 그 자리에 불러 뭔가 계책을 일러주고 달려가게 하는 한편, 스스로도 머잖아 올 것에 대비하여 만반의 준비를 했다.

한편 노숙의 대답을 듣고 시상의 주유는 손뼉을 치며 기뻐했다. 그리고 단호히 말했다.

"이번에야말로 해냈군. 처음으로 공명을 속였어!"

노숙은 서둘러 배를 저어 남서로 내려가 오후를 만나 자초지종을 보고했다.

"과연 주유로구나. 이만한 지모를 갖춘 인물은 오에는 물론 당대 어디에도 없을 것이오. 유비와 공명의 운명도 이제 끝장이다."

오후도 크게 공감했다. 즉시 파발을 보내 주유를 치하하고 또 정보를 대장으로 삼아 그를 돕게 했다.

이때 주유는 상처도 대부분 아물고 고름도 멎어 다니는 데 불편함이 없을 정도였기 때문에 용감히 일어나 갑옷을 입고 몸소 전장에 나가기로 결심했다.

감녕을 선봉으로 삼고 서성과 정봉이 중군, 능통과 여몽을 후진에 배치하여 총병력 5만을 수륙 양군으로 편제했다. 그리고 본인은 2만 5,000명을 이끌고 배로 시상을 출발했다.

당시의 기록을 보면 그의 심사를 이렇게 적고 있다.

마음속으로 이제 되었다며 기뻐하고 웃고 강을 거슬러 수백 리를 올라가 하구에 도착했다.

아마도 그의 심경이 그랬을 것이다. 하구에 도착하자 그는 그 지역 관리에게 물었다.

"형주에서 마중 나온 사람은 없는가?"

관리는 머리를 조아리며 대답했다.

"유 황숙의 명을 받아 미축이라는 대관大官이 오고 계십니다."

이윽고 미축이 작은 배를 저어 왔다.

"멀리까지 오시느라 참으로 수고가 많으셨습니다. 주군께서도 이미 군수품과 군량을 준비해놓고 기다리고 계시며 또 병사들을 위로하기 위해서는 어떻게 하면 좋을지 마음 쓰고 계십니다."

미축이 배에 올라 이렇게 엎드려 고하자 주유는 거만하게 물었다.

"유 황숙은 지금 어디에 계시오?"

이미 형주성을 나와 귀군이 도착하기를 기다리고 있다고 하자 주유는 이렇게 말했다.

"이번 출진은 촉을 취해 황숙에게 진상하기 위한 것이니 전적으로 귀국을 위해서 먼길을 온 장병들을 충분히 대접하고 예로서 맞이하시오."

미축은 명령을 받고 즉시 돌아갔다.

이윽고 주유는 상륙했다. 강 위에 병선을 남겨두고 육로로 형주를 향해 갔다.

그러나 공안公安까지 와도 유현덕은커녕 하급 관리조차 마중을 나오지 않았다.

"형주까지는 얼마나 남았나?"

마음속으로 수상히 여기며 주유가 물었다.

"이제 10리밖에 남지 않았습니다."

그의 부하들도 모두 눈살을 찌푸리고 있었다.

"그래? 수상하군."

어쨌든 휴식을 취하고 있는데 척후병이 급히 말을 타고 달려와 고했다.

"뭔가 이상합니다. 보이는 모든 곳에 사람이라곤 그림자조차 볼 수 없고 형주성을 보면 마치 장례식장처럼 두 줄의 백기만 휘날리고 있을 뿐입니다."

이 말을 듣자마자 주유는 감녕과 정봉을 불렀다. 그는 1,000명의 정병만을 이끌고 형주성 아래까지 달려갔다.

'공명도 바보는 아니니 우리의 계책을 눈치채고 이미 성을 비우고 달아났을지도 몰라.'

주유는 그렇게 생각하고 있었다. 그런데 성문에 이르러 성문을 열라고 소리치자 안에서 의외로 강한 어조의 목소리가 들렸다.

"누구냐!"

"오의 대도독 주유다. 어째서 유 황숙은 마중을 나오지 않는 것이냐!"

큰소리로 꾸짖자 순간 성벽 위의 백기가 쓰러졌다. 그리고 즉시 백기 대신에 불꽃처럼 붉은 기가 높이 세워졌다.

"주 도독, 뭐 하러 왔소?"

이렇게 말하는 사람이 있었다.

올려다보니 망루 위에 장수 한 사람의 모습이 작게 보였다.

"오오, 조운이 아닌가? 유비는 어찌되었나?"

"모른다!"

조운은 아래를 내려다보며 퉁명스럽게 대답했다.

"우리의 군사 공명은 이미 그대가 '가도멸곽假途滅虢(길을 빌려 괵 나라를 멸한다는 것을 이르는 말로 일찍부터 괵나라와 우나라를 정복하려는 야심을 가졌던 진나라가 우나라에 길을 빌려달라는 핑계로 괵나라를 무너뜨린 뒤 우나라까지 쳐들어가 멸망시켰다는 고사에서 유래한 말)'의 계책을 세운 것을 꿰뚫어 보고 나에게 이곳을 지키라고 하셨다. 다른 곳을 찾아보아라. 아니면 나에게 무슨 볼일이라도 있는 것인가?"

그는 창을 머리 위로 들어올려 당장이라도 던질 듯한 자세를 취했다.

주유는 놀라서 말을 돌렸다. 성시의 길모퉁이에서 '영令' 자를 쓴 깃발을 등에 꽂은 병사 한 명이 다가와서 말했다.

"점점 더 수상한 것뿐입니다. 지금 여러 방면으로 순찰을 나갔던 병사들의 소식에 의하면 관우는 강릉에서 공격해오고, 장비는 자귀에서 공격해오고, 또 황충은 공안의 산에 나타났으며 위연은 잔릉孱陵의 샛길에서 쇄도해오고 있다고 합니다. 병력 외에 다른 것은 아직 잘 모르겠습니다만, 어쨌거나 함성이 원근에 울려 원근

187

맹춘

50여 리가 마치 적으로 가득한 느낌입니다. 게다가 근처의 백성들까지 모두 유비와 공명의 흉내를 내며 '주유를 생포하라. 주유를 죽여라.'라고 큰소리로 떠들고 있습니다."

"으윽……."

주유가 갑자기 말갈기 위로 푹 고꾸라졌다.

겨우 아물기 시작한 금창이 모두 터지더니 피를 토하고 그대로 말 위에서 땅바닥으로 털썩 떨어지고 말았다.

놀란 제장은 주유의 몸을 안아 일으켜 응급처치와 약을 먹여 가까스로 소생시켰다. 그때 또 척후병이 와서 고했다.

"공명과 유비는 바로 이 앞산 꼭대기에서 자리를 펴고 장막을 치고 술을 마시며 느긋하게 놀고 있다고 합니다."

이 말을 들은 주유는 이를 갈며 원통한 듯 두 주먹을 불끈 쥐었다.

||| **五** |||

주유의 주치의와 시종들은 모두 안정을 취할 것을 권했다.

"노기를 품을수록 터진 상처의 고통만 심해질 뿐입니다. 부디 마음을 가라앉히시고 잠시 쉬시기 바랍니다."

대군을 이끌고 멀리 강을 거슬러 올라와 상륙하자마자 이런 흉한 일을 당했기 때문에 사람들이 낙담하고 당황한 빛을 보이는 것도 무리가 아니었다. 그때 오후 손권의 남동생 손유孫瑜가 원군을 이끌고 도착했다는 보고가 왔다. 주유가 만나고 싶다고 하자 즉시 말을 달려 맞이하러 보내니 손유도 바로 달려와 주유에게 위로의 말을 건넸다.

"도독, 너무 애태우지 마시오. 내가 이곳에 온 이상 오후를 대신하여 지휘를 맡겠으니 도독은 잠시 배 안에 머물며 무엇보다도 먼저 안정을 취하시오."

그러나 주유는 육체의 고통 따위는 안중에도 없는 듯 불같이 화가 나서 피눈물을 흘리며 말했다.

"형주를 취하고 유비와 공명의 목을 베지 않으면 무슨 면목으로 오후를 볼 수 있겠소?"

손유는 그가 흥분할 것을 우려하여 일부러 상대하지 않았다. 그리고 즉시 가마를 불러 그를 태우고 우선 하구의 선착장까지 후퇴하기로 했다.

그 도중이었다. 파구巴丘라는 곳에 도착하자 맞은편에 형주의 일개 부대가 선착장으로 가는 길을 막았다는 보고에 척후병을 보내 알아보니 관우의 양자 관평과 유봉 두 장수가 호랑이라도 사냥하듯 삼엄하게 진을 치고 있다는 것이었다.

이 말을 들은 주유는 가마 안에서 몸부림치며 외쳤다.

"멈춰라. 가마에서 나가 건방진 공명의 졸개들을 몰살시키고 지나가겠다."

그러나 가마는 길을 바꿔 다른 방향으로 달려갔다. 손유의 명령으로 하구에 있는 배 한 척을 다른 강기슭으로 불러 거기서 간신히 주유를 배에 태웠다. 그때 형주의 군사軍使라고 칭하는 자가 그곳으로 와서 서신 한 통을 주유에게 건네고 떠났다. 공명의 필적이었다.

그 서신에는 이렇게 적혀 있었다.

한의 군사 중랑장 제갈량. 대도독 공근(公瑾(주유)) 선생께 이 서

신을 보내오

　나 제갈량은 시상에서 헤어진 후 지금까지 잊은 적이 없소
도독이 서천西川(촉)을 취하고자 한다고 들었소 이 사람의 생각
으로는 불가능한 일이오 익주益州(촉)의 백성들은 강하고 지형
은 험준하오 유장이 어리석고 유약하지만 지켜낼 수 있소 지
금 군사를 이끌고 만리의 원정길에 올라 공을 세우려 하지만
이를 수 없을 것이오

　대체 얼마나 어리석은 것이오? 조조가 적벽에서 대패한 것
을 보고도 또 그 어리석은 전철을 밟으려는 것이오? 지금 천
하는 삼분되었고 조조는 그중 둘을 차지하고 오를 공격하려고
호시탐탐 기회를 노리고 있소 이러할 때 오의 병사들을 원정
길에 나서게 하면 방비가 허술해질 것이고 이것은 길게 바라
볼 때 좋지 않소 조조가 병사를 이끌고 밀고 내려온다면 강남
은 산산조각이 날 것이오

　더는 앉아서 두고 볼 수 없기에 알려드리는 것이니 잘 생각
하여 행동하길 바라겠소

　서신을 읽는 동안 주유는 가슴이 막히고 손이 부들부들 떨렸으
며 얼굴은 흙빛으로 변했다.

　"으윽……."

　괴로운 듯 굵은 목소리로 장탄식을 하고는 갑자기 "붓, 붓을 가
져와라. ……종이를, 벼루를!"이라고 소리치더니 그것들을 낚아채
듯 집어 필사적으로 뭔가를 적었다. 글씨는 흐트러지고 먹물은 튀
었으며 문장은 길었으나 결국 쓰기를 마치자 붓을 던지며 말했다.

"아아, 분하다. ……무정한 인생, 얄궂은 숙명……. 하늘은 이 주유를 지상에 태어나게 하고 어째서 또 공명을 태어나게 했단 말인가!"

말이 끝나자 혼절해서 일단 눈을 감았으나 다시 눈을 부릅뜨더니 말했다.

"제군, 불충한 주유는 여기서 끝나지만, 오후를 부탁하오. 충성을 다해……."

말을 채 끝내지도 못하고 주유는 그대로 숨을 거두었다. 향년 36세. 때는 건안 15년(210) 겨울 12월 3일이었다고 한다.

봉추, 떠나다

조기를 달고 관을 실은 배는 슬프게 조적弔笛을 불면서 밤에 파구를 출발하여 오나라를 향해 내려갔다.

"뭐, 주유가 죽었다고?"

손권은 그의 유서를 받을 때까지 믿지 않았다. 아니 믿고 싶지 않았다.

주유의 유서는 다음과 같은 문장으로 시작되었다.

신 주유, 죽음을 맞이하여 피눈물을 흘리며 머리를 조아리고 이 글을 주군께 바칩니다.

그리고 지금 쓰러진 원통함을 적고 오의 장래를 걱정하여 국책을 적고 마지막에는 다음과 같은 문장으로 끝을 맺었다.

신이 죽은 후에는 노숙을 대도독으로 임명한다면 그는 독실하고 충성스러운 인자이므로 밖으로는 실수가 없을 것이고, 안으로는 인심을 얻을 것입니다.

손권이 비탄에 잠긴 것은 말할 필요도 없다. 자신의 암담한 장래를 생각하며 통곡했다.

"주유와 같은 인재를 잃고 앞으로 누구를 의지한단 말인가."

그러나 언제까지나 탄식만 하고 있을 수는 없었다. 장소를 비롯해 그 외의 중신들에게 위로를 받고 주유의 유언을 지켜 노숙을 대도독으로 임명했다. 이후 오의 군사는 모두 그의 손에 맡겨졌다.

물론 주유의 장례는 국장으로 치러졌다. 나라 안의 모든 사람이 상복을 입고 애곡하는 소리가 아직 그치기도 전에 배 한 척이 강을 따라 내려왔다.

"주유 공이 돌아가셨다는 소식을 듣고 삼가 멀리서 조문하러 왔습니다."

그렇게 관문에 전하러 온 자는 조자룡이었으나 정사正使는 제갈공명으로 유비를 대신하여 시종 500여 명과 함께 상륙했다.

조문하러 온 자를 거절할 수도 없는 노릇이었다. 노숙이 맞아들여 대면했다. 그러나 주유의 부하들과 오의 제장은 입을 모아 말했다.

"목을 베어야 한다."

"마침 잘 왔다, 이놈. 놈의 머리를 영전에 바쳐 고인의 원한을 풀어주자."

그러나 공명의 곁에선 언제나 조운이 지키고 있었기 때문에 쉽게 손을 댈 수가 없었다.

게다가 공명은 눈곱만큼도 불안한 기색을 보이지 않았다.

살기로 가득한 분위기 속에서 물처럼 한 발짝 한 발짝 걸어 주유의 영전 앞에 이르자 공손히 절하고 한동안 말없이 배례한 뒤

가져온 술과 그 외의 여러 가지 물건을 바치고 영전을 향해 정중하게 자필의 조문을 읽었다.

　여기 대한 건안 15년. 남양의 제갈량 삼가 대도독 공근 주 부군의 영전에 바칩니다.
　아아, 불행히도 이리도 일찍 세상을 뜨시니 하늘과 사람 모두 슬퍼하지 않을 수 없습니다……

공명의 목소리는 구구절절 오나라 장수들의 심금을 울렸다. 조문은 길었으며 애절한 명문이어서 듣는 이는 울지 않으려 해도 울지 않고는 배길 수 없었다.

　량은 재주가 없어 계책을 묻고 책략을 구하였더니 모두 귀공이 신통한 답을 주셨습니다. 오를 도와 조조를 치고 유 황숙을 안전하게 한 것은 기각지세掎角之勢를 취했기 때문입니다.
　아아, 공근 이제는 영원히 이별이군요. 이제 누구에게 계책을 묻고 책략을 구하겠습니까? 넋이 있다면 내 마음을 살피소서. 이제 천하에 다시 나를 알아줄 사람이 없습니다.
　오호, 통재라.

읽기를 마친 공명은 다시 땅바닥에 엎드려 크게 통곡하고 애도하니 보는 이도 안타까워 늘어서 있던 오나라 장수들도 모두 덩달아 울며 마음속으로 이렇게 생각했다.
　'주유와 공명은 서로 사이가 좋지 않아 주유는 항상 공명을 죽이려 하고, 공명 역시 주유를 해하려 한다고 들었는데……. 이 모습을 보니 마치 골육을 잃은 것 같군. 혹시 주유의 죽음은 공명 탓이 아니라 오히려 주유가 속이 좁아 스스로 재촉한 것이 아닐까? 그렇다면 그의 죽음도 어쩔 수 없지.'

처음에 품었던 살의가 오히려 존경으로 바뀌어 노숙을 비롯해 오의 중신들은 모두 더 머물라며 붙잡았지만, 공명은 오래 있을 이유가 없다며 아쉬워하는 그들을 억지로 뿌리치고 그날 즉시 배로 돌아갔다.

그런데 이때 단 한 사람, 성문 그늘에 숨어 그의 뒤를 밟는 사람이 있었다. 그는 찢어진 옷과 대나무로 만든 관을 쓴 초라한 낭인이었다.

||| 二 |||

노숙은 강기슭까지 공명을 배웅했다.

노숙과 헤어진 공명이 배에 오르려 할 때였다. 대나무 관을 쓴 낭인이 불쑥 다가오며 소리쳤다.

"멈춰라."

그는 손을 뻗어 공명의 어깨를 잡았다. 그리고 큰소리로 말했다.

"주 도독을 죽여놓고도 모른 척하며 문상한답시고 오나라에 오다니. 오나라 사람들을 다 장님으로 여기는 것이냐? 오나라에도 눈 뜬 사람은 있다."

그는 한 손으로 칼을 빼서 당장이라도 공명을 찌르려고 했다.

공명과 헤어져서 열 걸음쯤 가던 노숙도 이 목소리에 놀라 달려오며 말했다.

"무슨 짓이냐! 무례한 놈."

노숙은 낭인의 팔을 잡아챘다.

그러자 낭인이 뒤로 물러서며 말했다.

"아하하하, 농담입니다."

이미 칼은 칼집에 들어가 있었다.

낭인의 키는 작고 코는 납작했다. 용모도 그렇고 풍채도 그렇고 참으로 볼품없는 사내였다.

공명은 빙긋이 웃으며 "이거, 누군가 했더니 방통이 아니오?"라고 정답게 다가가 그의 어깨를 두드렸다.

"뭐야, 귀공이었소?"

노숙도 안심한 듯 가슴을 쓸어내렸다.

"장난이 심하구려. 난 또 혈기 왕성한 주유의 부하가 행패를 부리는 줄 알고 깜짝 놀랐소."

한번 웃고 나서 노숙은 바로 성안으로 돌아갔다.

이름은 방통, 자는 사원士元, 양양의 명사 중 한 명으로 공명이 아직 양양의 교외인 융중에 있을 무렵부터 이미 지식인들 사이에서는 이런 말을 하며 그들의 앞날에 대한 기대가 컸다.

방통은 봉황의 새끼.
공명은 엎드린 용과 닮았구나.

형주 멸망 후 그 방통이 오나라에서 유랑하고 있는 것은 전부터 공명도 소문으로 들어 알고는 있었지만, 여기서 만난 것은 참으로 뜻밖이었다.

공명은 배를 매어둔 밧줄을 푸는 사이에 서신을 한 통 써서 그에게 건네며 말했다.

"아마도 그대의 큰 재주를 펼칠 만한 데가 오나라에는 없을 것이오. 그대도 일생을 이렇게 낭인으로만 보낼 수는 없지 않겠소? 만약 뜻을 얻고자 한다면 이 서신을 가지고 언제든지 형주로 오시오. 우리 주군 유 황숙은 마음이 너그럽고 어질며 도량이 크니 반드시 그대가 보필할 만할 것이고, 그대의 뜻도 함께 이룰 수 있을 것이오."

공명의 배는 강을 거슬러 올라가 멀리 보이지 않게 되었다.

방통은 배가 보이지 않을 때까지 강기슭에 서 있다가 이윽고 어디론가 사라졌다.

그 후 오나라에서는 주유의 관을 무호蕪湖(안휘성 무호)로 보냈다. 무호는 주유의 고향일 뿐만 아니라 고인의 적자와 딸도 있고 그의 죽음을 애도하는 사람들도 많았기 때문이다.

그러나 아무리 장례를 성대히 치러도 여전히 그를 그리워하며 고인의 재능이 아까워 밤낮으로 통탄하는 사람이 있었으니, 바로 손권이었다. 이제 막 대업을 시작하려던 참이었다. 아직 적벽의 일전에서 승리를 거둔 지 얼마 되지도 않았는데 의지하던 사람을 잃었으니 그 정신적 충격이 쉽게 가라앉지 않는 것도 무리는 아니었다.

게다가 주유를 대신해 노숙을 대도독에 임명하기는 했지만, 노숙의 온후하고 독실한 성격으로는 이 시대의 격랑을 헤치고 오의 국위를 떨칠 수 있을지 의심스러웠다. 그것은 누구보다도 노숙 자신이 잘 알고 있었다.

"저는 원래 하잘것없는 평범한 사람입니다. 주 도독의 유언도 있고, 주군의 명령을 거역할 수 없어서 일단 대도독의 자리를 받았지만, 결코 천하에 인재가 없는 것도 아닙니다. 부디 공명을 능가하는 인물에게 그 직책을 주시기 바랍니다."

그의 솔직한 말을 손권도 그대로 받아들였다. 그리고 대체 그런 인물이 어디 있는지 반문했다. 만약 있다면 추천하라는 듯이.

||| 드 |||

"딱 한 사람 있습니다."

노숙은 손권의 말에 한 사람을 추천했다.

"양양의 명망가로 이름은 방통, 자는 사원, 도호를 봉추 선생이라고 하는 사람입니다."

"오오, 봉추 선생 말이오? 전부터 이름은 들어서 알고 있소. 주유와 그를 비교하면?"

"고인을 제가 어찌 평가하겠습니까? 그러나 공명도 그의 지모에는 깊이 감탄하고 있습니다. 또 양양의 인사들 사이에서도 두 사람을 난형난제라고 합니다."

"그렇게 재주가 뛰어난 이요?"

"위로는 천문에 정통하고 아래로는 지리에 밝습니다. 모략은 관중, 악의에 뒤지지 않고 병법은 손자, 오자와 어깨를 나란히 한다고 해도 과언이 아닐 것입니다."

손권은 불현듯 그를 만나고 싶은 마음이 들어 당장 불러오라고 했다. 그는 노숙이 방통을 찾는 동안에도 "아직이오? 아직 못 찾았소?"라며 몇 번이나 재촉할 정도였다.

그러나 어렵게 노숙이 방통을 찾아내 손권에게 데리고 가자 한

번 보더니 몹시 실망하는 눈치였다.

방통의 행색이 너무나 초라했기 때문이다. 검은 얼굴은 얽어서 우둘투둘했고, 코는 납작했으며, 수염이라고 있는 것은 깎는 것이 귀찮아 자라는 대로 내버려둔 듯했다.

'이렇게 못생긴 사내도 드물 거야.'

손권은 기이한 사내라고 생각하면서도 몇 가지 질문을 해보았다.

"그대는 무슨 재주가 있는가?"

방통이 대답했다.

"밥을 먹고 언젠가는 죽는 것입니다."

"재능은?"

"임기응변할 뿐입니다."

손권은 더욱더 업신여기며 물었다.

"그대와 주유를 비교한다면?"

"진주와 진흙일 것입니다."

"어느 쪽이?"

"판단에 맡기겠습니다."

이 검고 얽은 얼굴의 추레한 사내가 진주임을 자처하는 표정을 짓자 손권은 성을 내며 안으로 들어가 버렸다. 그리고 노숙을 불러 말했다.

"즉시 돌려보내시오."

노숙은 손권의 감정에 흐려진 판단력을 바로잡아보려고 애썼다.

"처음 보기에는 그냥 미치광이처럼 보이고 볼품없는 사내입니다만, 그의 재능을 뒷받침하는 것이 있습니다. 적벽전이 있기 전에 주유에게 연환계를 권하여 하룻밤에 큰 공을 세울 수 있었던 이면에는 방통의 지략이 있었습니다. 고인의 공훈을 손상시키려는 것은 아닙니다만."

"아니, 어쩐지 내 마음에는 들지 않소."

"뜻에 맞지 않습니까?"

"천하에 인재가 없는 것도 아니라고 그대도 말하지 않았소? 뭐가 좋아서……."

"할 수 없군요."

밤이 되었다.

노숙은 안타까운 마음에 몸소 그를 성문까지 배웅했다. 그리고 인적이 없는 곳에 오자 목소리를 낮춰 위로의 말을 건넸다.

"오늘 일은 전적으로 선생을 추천한 저의 잘못입니다. 선생께서도 몹시 불쾌하셨지요?"

방통은 그저 웃기만 했다.

노숙은 거듭 말했다.

"선생은 이번 일을 계기로 오나라를 떠날 생각이신가요?"

"떠날지도 모르겠소."

"국외로 나가 주군을 섬긴다면 누구를 택하시겠습니까?"

"물론 위나라의 조조가 아니겠소?"

노숙은 만약 그가 조조에게 간다면 큰일이라고 생각했다. 그래서 서신 한 통을 소매에서 꺼내며 말했다.

"형주의 유비를 섬기도록 하십시오. 반드시 귀공을 중용할 것입니다."

노숙은 유비의 덕을 칭송하며 소개장을 건넸다.

"아하하하, 조조에게 간다는 것은 농담이었소. 노 공의 마음을 떠봤을 뿐이오."

"안심했습니다. 선생이 유비를 도와 조조를 치는 날이 빨리 온다면 우리에게도 큰 경사일 것입니다. 그럼, 조심해서 가십시오."

"그럼."

두 사람은 헤어지면서도 몇 번이나 뒤를 돌아보았다.

취한 현령

||| 一 |||

한동안 공명은 형주를 떠나 새로 다스리게 된 영토의 민정을 살피고 산물 등을 시찰하러 돌아다녔다.

봉추가 형주에 온 것은 공명이 자리를 비운 시기였다.

"나를 만나고 싶어 하는 사람이 있다고?"

"아무래도 관직을 얻으려고 온 것 같습니다."

"이름은?"

"양양의 봉추라고 했습니다."

"그렇다면 봉추 선생인가?"

유비는 놀라서 말을 전해준 가신에게 즉시 정중하게 모셔오라고 명했다.

전부터 공명에게 이야기를 듣고 있었기 때문이다. 이윽고 방통이 안내를 받아 들어왔다. 그러나 그는 들어와서도 손을 모아 인사도 하지 않고 무례하기 짝이 없는 모습으로 서 있었기 때문에 유비는 의심이 들었다.

'이런 자가 정녕 이름 높은 봉추란 말인가?'

뿐만 아니라 초라한 행색에 생긴 것도 추해서 유비도 완전히 정나미가 떨어진 듯 형식적인 질문만 했다.

"무슨 일로 멀리서 여기까지 오셨소?"

방통은 전에 공명에게 받은 서신도 있고, 노숙의 소개장도 가지고 있었지만, 일부러 그것들을 꺼내지 않았다.

"유 황숙께서 이 땅에 새로운 정치를 펼치고 널리 인재를 구하고 계신다기에 혹 인연이 될까 싶어 와보았습니다."

"참으로 공교롭소만 형주는 이미 치안 질서가 확립되고 관직도 다 차서 빈자리가 없소. 단 동북쪽에 있는 시골이지만 뇌양현耒陽縣의 현령 자리가 비어 있으니 만약 거기라도 좋다면 부임하도록 하시오."

"시골 현령으로 가라는 말이군요? 그 또한 마음은 편할 테니 좋을 것 같군."

방통은 유비의 제안을 흔쾌히 받아들이고 그날 바로 임지를 향해 떠났다. 형주의 동북방으로 약 130리 떨어져 있는 작은 마을이었다.

그러나 그는 그곳에 가서도 관청 일은 거의 돌보지 않았다. 지방 시무의 대부분은 백성들의 소송 문제였는데 소송 따위는 애당초 흥미가 없는 듯 거들떠보지도 않았기 때문에 서류는 쌓여서 먼지만 뒤집어쓰고 있었다.

당연히 백성들의 원성과 규탄의 목소리가 드높았다. 이윽고 형주에도 그를 비난하는 소리가 들리자 온후한 성품의 유비조차 그를 비난하기에 이르렀다.

"썩은 유학자 놈."

유비는 즉시 장비와 손건에게 뇌양현을 순찰하게 했다. 만약 관의 불법이나 태만함이 보이거든 철저하게 진상을 조사하여 밝히고 오라고 했다.

"알겠습니다."

두 사람은 수십 명의 병사를 이끌고 관리의 직무 감찰을 위해 떠났다. 백성들과 하급 관리들이 이 소식을 듣고 기다렸다는 듯이 마중나왔지만 현령의 얼굴은 보이지 않았다.

"관청에서 나온 자는 없는가?"

장비가 소리치자 관리 한 사람이 머리를 조아리며 대답했다.

"여기 있습니다만."

"너희를 말하는 것이 아니다. 현령은 어디 있느냐?"

"그게…… 그러니까."

"똑바로 말해라. 너희를 벌하려는 것이 아니다."

"현령께서는 임지에 오신 뒤로 오늘 같은 날뿐 아니라 지금까지 공무를 보신 적이 없기에."

"그럼, 매일 뭘 하고 있느냐?"

"대부분은 술을 마시고 계십니다."

"매일 술이라고?"

장비는 잠깐 부러운 듯한 표정을 지었으나 이내 "괘씸한 놈."이라고 욕을 하며 그길로 현청의 관사로 달려갔다.

"방통은 어디 있느냐?"

그러자 안에서 의관도 갖추지 않은 주정뱅이가 붉은 게 같은 얼굴을 하고 비틀비틀 걸어 나왔다.

"내가 방통이오만."

낮부터 술 냄새가 진동했다.

"현령 방통이라는 자가 네놈이냐?"

"응, 나요."

"뭐냐, 그 태도는?"

"일단 앉아. 시끄러워서 귓구멍에 벌이 들어온 줄 알았네. 그대가 장비라는 사내인가?"

방통은 놀라지 않았다. 자신의 눈빛을 보고도 놀라지 않는 사내를 장비는 본 기억이 없었다.

"한잔하겠나?"

"술이나 마시고 있을 때가 아니다. 난 주군의 명을 받고 직무 감찰을 나온 장비다. 부임 이래 거의 공무를 보지 않았다고 들었다."

"슬슬 시작해보려던 참이야."

"게으르기가 이를 데 없군. 공사와 소송이 산처럼 밀려 있건만."

"마음만 먹으면 일도 아니지. 정사는 사무가 아니네. 간단할수록 좋아. 백성들의 선한 마음을 높이고 사악한 마음을 억누른다. 억누를 뿐만 아니라 사악한 마음을 잊게 만든다. 어떤가? 그러면 되지 않겠나?"

"입만 살아 있군."

"술이야 잘 마시는 편이지."

"술 얘기가 아니다."

장비는 호랑이가 기지개를 켜듯 몸을 일으키며 호통쳤다.

"그렇다면 내일 중으로 그 결과를 보여라. 그 후에 네놈의 말을 듣도록 하겠다. 그렇지 않으면 네놈을 묶어서 문초하겠다."

"좋아."

방통은 혼자 술을 따라 마셨다.

장비와 손건은 일부러 민가에 묵었다. 그리고 다음 날 관청에 가보니 관청부터 거리까지 길게 행렬이 이어져 있었다.

"이게 대체 뭐야?"

물어보니 오늘은 새벽부터 현령 방통이 갑자기 밀렸던 송사를 듣고 일일이 판결을 내리기 시작했다는 것이었다.

방통은 전답 분쟁, 상품 거래 차이, 싸움, 가정 문제, 도난, 인사 등의 잡다한 문제를 듣자마자 "이렇게 하라." "이렇게 화해하라." "그것은 갑이 나쁘니 곤장을 쳐서 보내라." "이래서는 을이 불쌍하다. 병은 어느 정도의 손해 배상을 하라." 등등 물 흐르듯 술술 판결을 내려 산적해 있던 소송을 저녁까지 한 건도 남기지 않고 다 처리해버렸다.

"어떻소? 장비 선생."

방통이 웃으며 만찬을 함께하자고 권했다.

장비는 마룻바닥에 엎드려 전에 한 말에 대해 깊이 사죄했다.

"일찍이 형님 같은 명사는 본 적이 없수다."

방통은 장비가 돌아갈 때 서신 한 통을 건네며 말했다.

"주군께 전해주게."

노숙에게 받은 소개장이었다. 유비는 보고를 받고 또 서신을 보고 몹시 놀랐다.

"아아, 하마터면 큰 현인을 잃을 뻔했구나. 사람은 외모로 평가해서는 안 되는 법이거늘……."

그때 4개 군의 순시를 마치고 공명이 돌아왔다. 소문을 들었는지 방통에 대해서 물었다.

"방통은 별고 없지요?"

유비는 어색한 표정을 지으며 실은 뇌양현의 지사로 보냈다고 대답하자 공명이 말했다.

"그렇게 큰 그릇을 그런 시골의 작은 현에 보내놓았다면 시간이 남아 술만 마시고 있었을 텐데요?"

"정말로 그렇더군."

유비가 지금까지의 일을 얘기하자 공명이 말했다.

"저도 주군께 추천하는 추천서를 써주었는데 그것은 보여주지 않았습니까?"

"보여주지 않았소. 말도 꺼내지 않더군."

"어쨌거나 현령에는 누구든 대신할 사람을 보내고 즉시 불러들이도록 하십시오."

이윽고 방통은 형주로 돌아왔다. 유비는 자신의 어리석음을 사과하고 공명과 방통에게 술을 따라주며 진심으로 말했다.

"옛날에 사마휘, 서서 선생께서 만약 와룡과 봉추 두 사람 중에 한 사람만 얻어도 천하를 도모할 수 있다고 내게 말한 적이 있소. 이런 어리석은 유비를 그 두 사람이 함께 도와주게 되다니. 아아, 생각해보면 난 참으로 행운아요."

마등과 일족

방통은 그날부터 부군사중랑장副軍師中郞將에 임명되었다.

총군 사령을 겸해 최고 참모부에서 군사 공명의 오른팔 격인 중책을 맡게 된 것이다.

건안 16년(211) 초여름 무렵, 위나라의 도성을 향해 빠른 말을 타고 달려온 세작은 승상부에 방통의 일을 고하며 다음과 같이 덧붙였다.

"형주의 발흥 세력은 결코 무시할 수 없습니다. 공명 아래 관우, 장비, 조자룡이라는 세 호걸이 건재한 데다 이번에 부군사 방통까지 가세했습니다. 참모부에 용과 봉황이 쌍벽을 이루며 그 인적 진용은 완벽한 형태를 갖추었다고 볼 수 있습니다. 하여 최근에는 오직 병력 확충과 군수품 축적에 전력을 다하고 있습니다. 지금 형주는 매일 병마의 조련, 군수의 증산과 교통, 산업의 활성화 등 실로 눈부시게 발전하고 있습니다."

이 말은 즉시 조조의 귀에 들어갔고, 그는 이러한 사실에 적잖은 관심을 가졌다.

"역시 시간이 흐르면서 유비가 우리에게 가장 큰 화근이 되었구나. 순욱, 무슨 좋은 생각이 없는가?"

"내버려둘 수만은 없습니다만, 그렇다고 해서 지금 당장 대군을 일으키기에는 적벽의 상처가 아직 아물지 않았습니다. 갑자기 무리하게 출병할 수도 없는 노릇입니다."

과연 순욱은 늘 조조 곁에 있으면서도 군의 사정을 잘 파악하고 있었다.

조조도 고개를 끄덕이며 솔직하게 말했다.

"실은 나도 적국의 발흥 이상으로 걱정하는 점이네."

"그럼, 이렇게 하십시오."

순욱은 즉석에서 헌책했다.

"서량주西涼州(감숙성 섬서의 오지 일대)의 태수 마등을 불러 그가 이끌고 있는 흉노의 사나운 병사들과 지금까지 무상으로 가질 수 있게 해준 군수 물자로 유비를 공격하게 하는 것입니다. 그리고 대령大令을 발한다면 각지의 제후들도 모두 참전할 것입니다."

"그래, 변경의 오지에는 아직 병력도 충분하고 자원도 무한하니까."

조조는 즉시 사람을 뽑아 서량으로 보냈다. 첫 번째 사자를 보내고 바로 두 번째 사자를 보냈는데, 두 번째 사자로는 유력한 인물을 보내 출병을 재촉했다.

양주 땅은 중국 대륙에서 오지에 속한다. 황하의 상류 멀리 몽강蒙疆과 경계를 이루는 완원綏遠, 영하寧夏에 인접하고 아직 꽃을 피우지 못한 문화는 중원처럼 화려하지는 않았지만, 몽골족의 피가 섞여 병사는 강하고 용맹하였으며 활과 창을 잘 다루고 말을 잘 탔다. 게다가 북방 민족은 전통적으로 항상 남쪽으로 진출하려는 본능을 가지고 있었다.

태수 마등의 자는 수성壽成이라 하고 키는 8척이었으며 남자다운 외모를 갖고 있었으나 성격은 온순했다.

원래 한제漢帝를 섬겼던 복파장군伏波將軍의 자손으로 아버지 마숙馬肅 대에 관직에서 물러나 마등을 낳았다.

따라서 마등의 핏속에는 몽골인의 피가 섞여 있었다. 세 명의 아들이 있었는데 적자는 마초馬超, 차남은 마휴馬休, 삼남은 마철馬鐵이었다.

"칙명이니 가야지."

마등은 가족들과 작별을 고하고 도성으로 향했다. 세 아들은 고향에 남겨두고 조카 마대馬岱를 데리고 갔다.

허도에 와서 우선 조조를 만나 형주 정벌의 임무를 받고 다음 날 조정에 올라가 천자를 알현했다.

칙명으로 명이 내려왔지만, 실제로 명을 내린 것은 조조다. 조조의 뜻이 결코 천자의 어심은 아니었다.

"이번에 저에게 형주 토벌의 대명을 내리셔서……."

마등이 엎드려 삼가 명령을 받든다는 예를 올리자 황제는 아무 말 없이 그를 데리고 기린각麒麟閣으로 올라갔다.

그리고 아무도 없는 곳에서 황제가 비로소 입을 열었다.

"그대의 선조 마원馬援은 청사에 길이 남을 충신이었네. 그대도 그 선조의 이름을 부끄럽게 하지 않으리라 믿는데……. 생각해보게. 유비는 한실의 종친이네. 한실의 역신은 그가 아니라 바로 조조야. 조조야말로 과인을 괴롭히고 한실을 우습게 여기는 대역 죄인이네. 마등! 그대의 병사들은 그 둘 중에서 누구를 토벌하러 온 것인가?"

황제의 눈에는 눈물이 가득했다.

마등은 황송하여 넙죽 엎드린 채 황제의 마음을 헤아렸다.

아아, 몰락한 조정이여.

허도는 번성하고 조조의 위세는 드높으며 저 동작대의 봄놀이 등은 세상 사람들이 부러워할 정도라고 들었건만, 여기 한조의 궁정은 마치 100년도 더 된 빙실氷室 같았다. 누대에는 거미줄이 가득하고, 주렴은 찢어지고, 난간은 썩었으며 황제의 옷조차 추위를 막기에는 부족해 보였다.

"……마등, 잊지 않았겠지? 옛날 국구 동승과 그대에게 내린 과인의 의대에 쓴 밀조 말이네. 그때는 사전에 발각되었지만 이번에 그대가 도성으로 온다는 소식을 듣고 과인이 얼마나 기다렸는지 모르네."

"반드시 어심을 편케 해드리겠사오니, 부디 어심을 강하게 하시고 기다려주시옵소서."

마등은 울어서 부은 눈을 사람들이 의심하지 않도록 조심하면서 궁문을 나왔다.

집으로 돌아와 은밀히 일족을 불러서 황제의 뜻을 전하고, 황제께 충성하고 조조를 토벌하자는 기치를 내걸고 비밀회의를 열었다.

"그런 줄도 모르고 지금 조조는 이 마등에게 병마를 내주며 남방을 토벌하라고 명했네. 이것이야말로 하늘이 준 기회가 아니고 무엇이겠는가?"

그리고 사흘 후였다.

조조의 문하시랑門下侍郞 황규黃奎라는 자가 마등을 찾아왔다.

"승상께서는 남벌을 위해 하루라도 빨리 출병할 것을 원하고 계시오. 출병은 언제쯤 하실 생각이오? 저도 행군 참모로서 참가하오만."

"즉시 떠날 생각이오. 모레쯤에."

마등은 술을 내어 황규를 대접했다.

거나하게 취한 황규가 고시를 읊으며 시사를 논하다가 이런 말을 꺼냈다.

"장군은 진정으로 토벌해야 할 자가 천하의 어디에 있다고 생각하시오?"

마등은 경계심이 발동했다. 위험한 질문이라고 느꼈기 때문이다. 그때 황규가 비겁함을 꾸짖듯이 눈을 치켜뜨며 입술을 깨물었다.

"나의 선친 황완黃琬은 옛날 이각과 곽사가 난을 일으켰을 때 금문을 수호했던 충신이오. 그 충신의 아들이 지금은 마음에도 없이 주제넘고 간사한 도적의 권력에 굴복하여 그 녹을 먹고 있다니 참으로 한심하기 짝이 없구려. 그러나 장군은 서량주에 기반을 두고 용맹한 병사들을 많이 데리고 있으면서 어찌 불충한 간웅의 명령을 받는 것이오?"

그는 마치 마등을 책망하는 듯한 말투로 말했다.

마등은 더욱 시치미를 떼며 말했다.

"간사한 도적이라느니, 불충하다느니 하는데 대체 누구를 두고 하는 말이오?"

"물론 조조를 말하는 것이오."

"큰소리를 내지 마시오. 승상은 그대의 주군이 아니오?"

"나는 한나라 명장의 아들이고 장군도 한조의 충신 마원의 후예가 아니오? 그 두 사람이 한조의 종실인 유현덕을 치러 갈 수 있겠소? 게다가 역신의 명을 받고."

"그대는 그런 말을 제정신으로 하는 것이오?"

"아아, 원통하다. 장군은 나의 진심을 의심하고 있나보군요."

황규는 손가락을 깨물어 피를 내어 하늘에 맹세했다.

행군 참모라는 자가 같은 마음이라면 일을 성사시키기가 훨씬 더 수월해진다. 마등은 결국 본심을 드러냈다. 황규는 마등의 말을 듣자마자 무릎을 치며 기뻐했다.

"다른 사람도 아닌 장군이기 때문에 그러리라고 생각하고 있었소만 은밀히 칙령까지 받으셨소? 아아, 때가 왔구나."

두 사람은 우선 관서關西의 병사들을 촉구하는 격문의 초안을 잡고 도성을 출발하는 날 아침, 병사들이 모두 집결한다고 하여 조조에게 열병식을 청한 뒤 불시에 징을 치는 것을 신호로 조조를 죽이자고 모든 순서까지 미리 짰다.

황규는 밤늦게 집에 돌아와 곧장 침실로 들어갔다. 그는 아내가 없고 이춘향李春香이라는 조카딸이 수발을 들고 있었다.

이춘향에게는 혼인하고 싶은 사내가 있었는데, 심성이 좋지 않았기 때문에 숙부인 황규가 승낙하지 않고 있었다. 오늘 밤에도 그가 놀러온 모양인지 그녀는 어두컴컴한 복도에 서서 그와 이야기를 나누고 있었다.

||| 三 |||

남자는 이춘향의 귀에 대고 속삭였다.

"오늘 밤 대감 마님의 모습이 어딘지 수상하지 않소?"

"그렇지 않은데요."

"아니, 내 남동생이 마등의 집에서 오랫동안 일하고 있는데, 묘한 소식을 전해왔소. 춘향, 그대는 대감 마님이 아끼는 단 한 명의 조카딸이니 뭔가 말해줄 것이 틀림없소. 살짝 물어보고 오시오."

춘향은 아직 세상의 무서움도 복잡함도 몰랐다. 남자가 말한 대로 숙부의 마음을 슬쩍 떠보았다. 그러자 황규가 놀란 얼굴로 말했다.

"내 모습이 어딘지 모르게 이상하다는 것이 너 같은 계집아이에게도 보였느냐? 아, 숨길 수가 없구나."

그는 탄식하며 실은 대사를 계획하고 있고, 그 준비와 만일의 경우까지 염려하고 있기 때문이라며 상대가 혈육인 데다가 세상일엔 관심이 없는 계집아이라는 이유로 그만 마음속의 비밀을 모두 털어놓고 말았다.

"이 일이 성공한다면 나는 일약 제후의 반열에 오르지만, 만약 실패한다면 즉시 죽임을 당할 게다. 그렇게 될 경우에는 너도 모든 것을 버리고 고향으로 달아나서 당분간은 시집도 가지 못할 것이야."

그는 유언 비슷한 이야기도 덧붙였다.

방 밖에서 몰래 듣고 있던 남자는 춘향이 방에서 나왔을 때는 이미 그곳에 없었다. 그는 심야의 거리를 바람같이 달려 승상부의 문을 두드렸다.

"큰일났습니다. 눈앞에서 무서운 일을 계획하고 있는 모반자가 있습니다."

하급 관리에서 부장에게, 부장에서 중당사中堂司에게, 차례차례 전해져서 한밤중인데도 조조의 귀에까지 들어갔다.

"당장 그자를 청문각聽問閣으로 끌고 오너라."

조조는 벌떡 일어났다.

한번 잠이 든 것처럼 꺼졌던 승상부의 방과 복도의 수많은 등불이 다시 대낮처럼 휘황하게 잠에서 깨어났다.

마등의 격문으로 인해 관서의 병사들과 인근의 군마들은 속속 허도를 향해 움직이고 있었다. 마등은 조조에게도 다음과 같은 취지의 서신을 보냈다.

출병 준비도 되었으니 조만간 군사가 집결하면 도문都門에 말을 타고 나오셔서 친히 열병하시고 원정에 오르는 장졸들에게 격려의 말씀을 부탁드립니다.

조조는 쓴웃음을 지으며 속으로 욕했다.

'누가 그런 덫에 걸릴까 보냐?'

그리고 즉시 비밀군 2개 부대를 보내 한 부대는 황규를 포박하고 다른 한 부대는 마등의 집을 덮쳐 두 사람을 잡아오게 했다.

마등은 승상부의 법정에서 황규의 얼굴을 힐끔 보더니 입을 찢고 송곳니를 드러내며 말했다.

"이 썩어빠진 유생 놈아! 어찌 이런 대사를 입 밖에 내었느냐! 아아, 이젠 끝이구나. 하늘도 한조를 버리셨단 말인가. 두 번이나 계획했건만 두 번 모두 사전에 발각되다니."

조조는 울부짖는 그를 손가락질하며 비웃고는 무사에게 명하여 단칼에 목을 베어버렸다.

황규도 목이 잘렸다. 또 마등이 잡혀간 뒤 많은 비밀군이 포리와 함께 마등의 집에 불을 질러 안에서 도망쳐 나오는 가신들과 하인들을 잡아들이거나 목을 베어 거리에 내걸었다. 차마 눈 뜨고는 볼 수 없는 참상이었다.

그중에는 아버지가 그리워서 서량에서 찾아온 마등의 두 아들도 살해되었으나 조카 마대만은 어떻게 도망쳤는지 허도 밖으로 빠져나간 상태였다.

여기서 딱하게 된 것은 밀고하여 포상을 받으려고 했던 묘택苗澤이라는 사내였다. 사건 후 조조에게 이춘향을 아내로 맞고 싶다고 청하자 조조는 비웃으며 말했다.

"너에게는 따로 줄 것이 있다."

조조는 그를 길 한복판에 세워놓고 목을 친 후 불의하고 간사한 소인배는 이렇게 된다며 며칠 동안 그의 머리를 걸어 본보기로 삼았다.

불구대천

이때 형주에서 승상부로 중대한 첩보가 들어왔다.

"형주의 유비가 드디어 촉을 공격할 것 같습니다. 그의 영지에서는 전쟁 준비가 공공연히 이루어지고 있습니다."

조조는 이 말을 듣고 근심이 깊었다. 만약 유비가 촉을 얻는다면 늪의 용이 구름을 얻고, 강기슭의 물고기가 창해로 나가는 것과 다름없다. 다시 그를 굴복시킬 수는 없을 것이다. 위나라의 입장에서는 중대한 신흥 강국의 출현이다. 그는 며칠 동안 관청의 내실에 틀어박혀 대책을 강구하고 있었다.

승상부의 치서시어사참군사治書侍御史參軍事로 이름은 진군陳群, 자는 문장文長이라는 사람이 있었다. 그가 조조에게 이렇게 말했다.

"유비와 오의 손권은 지금 진심으로 화친한 것이 아니지만, 형식적으로는 입술과 이의 관계를 맺고 있습니다. 따라서 유비가 촉으로 진격하면 승상은 대군을 이끌고 반대로 오를 공격하는 것이 좋을 듯합니다. 왜냐하면 오는 즉시 유비에게 협력을 요구할 것이고, 지원을 강요할 것이기 때문입니다."

"음, 그렇게 하면 유비는 앞으로 나아가려 해도 나아갈 수 없고, 물러서려 해도 물러설 수 없는 진퇴양난에 빠지게 된다는 말이군.

아니, 그렇게는 되지 않을 걸세. 유비의 곁에는 공명이 있으니 가볍게 오를 지원하러 가거나 군의 방향을 결정하지 못하는 일은 없을 거야."

"그것이야말로 우리가 바라는 바가 아니겠습니까? 만약 유비가 촉으로 진격하는 것에 몰두하여 오를 돌아볼 여유가 없다면 절호의 기회일 것입니다. 더 많은 군대를 파견하여 일거에 오를 취하는 것이 어떻겠습니까? 유비가 빠진 위와 오의 대전이라면 승리는 명백합니다."

"과연 그렇겠군."

조조는 찌푸렸던 인상을 폈다.

"너무 어렵게만 생각할 필요가 없었어. 우리한텐 참으로 중차대한 문제여서 잘못 생각하고 있었군. 세상만사에는 언제나 타개책이 있는 법."

즉시 30만 대군이 남쪽으로 움직였다. 합비성에 있는 장료에게도 격문을 띄웠다.

그대가 선봉이 되어 오군을 무찔러라.

대군이 아직 도착하기도 전에 오의 국경에서는 큰 동요가 일어났다. 급변은 바로 오왕 손권에게 전해졌다.

손권은 즉시 신하들을 소집하여 대응책을 논의한 끝에 이런 결론을 내렸다.

"이런 때야말로 유비와의 교분을 이용할 때입니다. 사자를 보내그의 협력을 요구해야만 합니다."

즉시 사자가 노숙의 서신을 들고 형주로 떠났다.

유비는 그것을 한 번 보더니 우선 사자를 객관에서 대접하게 한 뒤 공명이 돌아오기를 기다렸다.

남군南郡 지역에 있던 공명은 부름을 받자마자 말을 달려 돌아왔다. 유비로부터 자세한 이야기를 들은 그는 노숙의 서신을 읽고 유비에게 물었다.

"대답은 하셨습니까?"

"아직 대답하지 않았소. 군사와 상의한 뒤 수락하든지 거절하든지 할 생각이었소."

"그렇다면 대답은 저에게 맡겨주십시오."

"좋소."

공명은 서신 한 통을 썼다. 서신의 내용은 이러했다.

부디 안심하시기 바랍니다. 오나라 사람들은 마음 편히 주무십시오. 만약 위군 30만이 쳐들어온다 해도 공명이 즉시 격퇴하겠습니다.

오나라의 사자는 공명의 서신을 가지고 돌아갔다. 그러나 유비는 마음이 편치 않았다.

"군사. 그렇게 큰소리를 쳐도 괜찮겠소?"

"괜찮습니다."

"허도의 위군 30만뿐 아니라 합비에 있는 장료도 함께 올 것이오."

"괜찮습니다."

"무슨 계책이 있소?"

"서량의 마등이 얼마 전에 허도에서 죽임을 당했습니다. 그의 두 아들도 화를 입은 모양입니다. 본국에는 마등의 적자 마초가 남아 있을 것입니다. 그에게 주군께서 밀사를 보내십시오. 지금 마초를 설득하는 일은 지극히 쉽습니다. 게다가 마초 한 사람을 움직이면 조조 이하 30만의 정병들도 위나라에 묶어둘 수 있습니다."

||| 二 |||

서량주西凉州의 마초는 어느 날 밤 이상한 꿈을 꾸었다.

"길몽인가, 흉몽인가?"

다음날, 팔기八旗의 장수들에게 꿈 이야기를 했다.

팔기의 장수란 그가 거느리고 있는 여덟 명의 뛰어난 호위 장수들로 후선侯選, 정은程銀, 이담李湛, 장횡張横, 양흥梁興, 성의成宜, 마완馬玩, 양추楊秋를 말한다.

"글쎄, 모르겠습니다. 길몽인지 흉몽인지."

모두 무장들이라 그의 꿈을 풀이할 만한 자는 없었다.

마초가 꾼 꿈은 천길이나 되는 눈 속을 가는 도중에 해가 저물어 누워 있는데, 많은 맹호가 덮쳐 물어뜯으려고 하는 찰나에 잠에서 깼다는 것이다. 길몽 같기도 하고 흉몽 같기도 했다. 그때 갑자기 "아니, 그것은 대흉몽이오."라고 말하며 장막을 걷고 들어오는 사람이 있었다. 남안南安 환도狟道 출신으로 이름은 방덕龐德, 자는 영명令明이라는 자였다.

"옛날부터 눈 속에서 호랑이를 만나는 꿈은 불상사가 있을 조짐이었소. 허도에 계신 마등 장군께 무슨 흉사라도 생긴 것이 아닐까요?"

방덕의 말에 마등의 적자 마초의 표정이 어두워졌다.

아니, 마초뿐만 아니라 서량을 지키며 멀리 있는 주군을 걱정하고 있는 팔기의 장수들도 모두 침통한 표정이었다.

"그러나 꿈은 반대라는 말도 있으니 젊은 대장께서는 너무 염려마시기 바랍니다. 꿈 따위에 연연하지 않는 것이 좋습니다."

일부러 주연을 권하며 마초의 마음을 다른 곳으로 돌리려 했다.

그러나 그 꿈은 단순한 꿈이 아니었다. 그날 밤, 처참한 몰골로 허도에서 도망쳐온 사촌 마대가 눈물을 흘리며 보고했다.

"숙부님께서는 조조의 칼에 목숨을 잃고 아드님 두 분과 일족, 가신들도 노소를 가리지 않고 800여 명이 한집에 있다가 대부분이 불에 타 죽거나 목이 잘렸습니다. 차마 눈 뜨고는 볼 수 없는 재난이었습니다. 저는 재빨리 담을 넘어 보시다시피 거지로 변장하고 도망쳐왔습니다. ……말하기도 분해서 견딜 수가 없습니다."

"뭐, 아버님이 죽임을 당했다고?"

마초는 너무 놀란 나머지 창백한 얼굴로 신음을 토하더니 뒤로 넘어져 혼절하고 말았다. 물론 전의를 비롯해 사람들의 간호를 받고 의식은 곧 회복했지만, 침실에서는 밤새도록 통한의 울음소리가 새어 나왔다.

이런 와중에 유비의 서신이 먼 형주에서 온 밀사에 의해 마초의 손에 전달되었다. 그 문장은 아마도 공명이 기초한 것이리라. 우선 한실의 쇠퇴함을 말하고 마등의 비참한 죽음을 절절히 애도한 뒤, 조조의 악행과 죄상을 준열히 밝히고 마초의 비분을 위로하고 또 격려했다. 그리고 이런 문장으로 끝을 맺었다.

귀군貴君에게는 불구대천의 원수, 백성들에게는 악정을 일삼고 멋대로 권력을 휘두르는 도적, 한조에는 나라를 어지럽히고 황제의 위엄을 모독하는 간당, 그를 치지 않고서 어찌 무인 가문의 대의명분이 서겠소? 바라건대 그대가 서량에서 쳐들어가시오 유비는 북상하며 공격하겠소

다음 날이었다.

아버지 마등의 친한 벗이었던 진서장군鎭西將軍 한수韓遂가 은밀히 부르기에 달려가 보니 사람이 없는 방으로 안내하더니 이렇게 말했다.

"실은 조조가 이런 서신을 보내왔네."

한수는 마초에게 조조의 서신을 보여주었다.

만약 마초를 생포하여 보내준다면 서량후西涼侯에 봉한다는 내용이었다.

마초는 스스로 검을 풀더니 얌전하게 말했다.

"장군의 손에 걸린 이상 방도가 없습니다. 저를 도성으로 보내십시오."

한수는 꾸짖으며 오히려 마초의 본심을 힐문했다.

"그럴 생각이었으면 일부러 자네를 부르지 않았을 걸세. 만약 자네가 아버지의 원수인 조조를 칠 마음이 있다면 나도 힘을 보태겠네. 자네의 생각은 어떤가?"

||| 三 |||

마초는 허리를 깊이 숙여 인사하고 대답은 나중에 집에 가서 하

겠다고 말하고 돌아왔다.

그는 즉시 조조가 보낸 사자의 목을 치고 그 머리를 한수에게 보냈다.

'역시 마등의 아들이구나. 자네의 결심이 그러하다면.'

한수는 그날로 달려와 마초 군에 합류했다.

서량의 수만 명에 달하는 사나운 병사들이 쇄도하여 동관潼關(섬서성)을 공격했다.

장안長安(섬서성, 서안)의 수비 대장 종요鍾繇는 기겁하여 조조에게 파발을 보내 위급을 고하는 한편 방어에 나섰지만 마초 군의 선봉 마대의 공격을 당해내지 못하고 장안성으로 도망쳐 들어가 나오지 않았다.

지금의 장안은 쇠락했지만, 옛날 한의 황조가 창업한 왕성의 땅이었다. 그런 만큼 요해로서 지리적 이점을 가지고 있었다.

"이 땅이 오래 번성하지 못한 이유는 두 가지 결점이 있기 때문입니다. 우선 토질이 거칠고 딱딱하며 물은 짜서 마실 수 없습니다. 또 한 가지의 결점은 산과 들에 나무가 적어 늘 땔감이 부족한 점입니다. 그러므로 이런 점을 살려 계책을 세운다면 어려움 없이 성을 함락시킬 수 있을 것입니다."

방덕이 말했다.

그 말을 받아들인 것인지 마초는 급히 포위를 풀고 수십 리 밖으로 진영을 물렸다.

수비 대장 종요가 군민軍民에게 명령을 내렸다.

"공격군이 포위를 풀었다고 해서 함부로 성 밖으로 나가면 안 된다. 적에게 어떤 계책이 있을지 모른다."

그러나 사흘이 지나고 나흘이 지나도록 아무 일이 없자 성문 하나가 열렸다. 잇달아 서쪽 문도 열리고, 동쪽 문도 열리면서 성 밖과의 왕래가 시작되었다.

모두 물을 뜨러 나가거나 땔감을 찾으러 갔다. 그 외에 식량 등도 이때라는 듯 앞다투어 성으로 옮겼다.

"아무 일도 없습니다."

"적은 저렇게 멀리 있으니까요."

"적이 보일 때 성안으로 도망쳐 들어와도 늦지 않을 것 같습니다."

평화로운 나날이었다.

이제는 떠돌이 광대나 잡상인까지 자유롭게 드나들기 시작했다.

그때 갑자기 마초 군이 공격해왔다. 군민은 소나기라도 만난 듯이 성안으로 도망쳐 들어갔다. 마초는 서문 아래까지 말을 타고 와서 소리쳤다.

"이 문을 열지 않으면 성안의 사졸과 인민 모두를 불태워 죽이겠다."

종요의 아우인 종진이 그곳을 지키고 있었는데, 껄껄 웃으며 망루에서 조롱했다.

"마초야, 성은 입으로 함락시키는 것이 아니다."

그런데 일몰 무렵 성의 서쪽 산에서 이상한 불길이 일기 시작했다. 종진이 앞장서서 불을 끄는 데 힘쓰자 땅거미가 깔린 한쪽에서 큰소리가 들렸다.

"서량의 방덕이 며칠 전부터 성안에서 오늘을 기다렸다."

적인지 아군인지 모르는 혼전 속에서 누군가 종진을 단칼에 두 동강 내버렸다.

방덕의 부하들이 재빨리 성안에서 서문을 열어 아군을 맞아들였다. 마초와 한수의 대군은 한 번에 밀고 들어가 밤사이에 장안성을 점령해버렸다.

동문으로 달아난 종요는 동관으로 가서 허도로 긴급을 요하는 파발마를 보냈다.

"급히 대군을 보내 지원해주지 않으시면 오래 버티지 못할 것입니다."

조조가 경악한 것은 말할 필요도 없다. 갑자기 방침을 바꿔 참모부에서 선언했다.

"오나라를 정벌하기 위한 출병은 일단 보류하기로 한다."

그러고는 즉시 조홍과 서황을 불러 병사 1만 명을 내주며 말했다.

"즉시 동관으로 가라."

이때 조인이 조조에게 주의를 주었다.

"조홍과 서황은 모두 너무 어립니다. 공을 세우기에 급급하여 대국을 그르칠 수도 있습니다."

그리고 자신도 그들과 함께 가겠다고 청했으나 조조는 그에게 다른 임무를 주었다.

"너는 나를 따라서 군량 운반을 맡도록 하라."

조조는 약 10일 후 충분한 군비를 갖추고 출발했다. 이것만 봐도 조조가 서량의 병사들에게는 상당히 신중을 기하고 있다는 것을 알 수 있었다.

||| 四 |||

1만 명의 병사들과 함께 동관에 도착한 조홍과 서황은 종요를

대신하여 철통같이 수비하며 조조가 도착하기를 기다렸다.

"우리가 온 이상 앞으로 적은 한 발짝도 이 땅을 밟을 수 없을 것이다."

서량의 병사들은 공격을 멈추었다. 매일 해자 건너편에서 크게 하품을 하거나 코를 풀거나 엉덩이를 두드리며 큰소리로 욕을 퍼붓곤 했다. 그러다 결국에는 풀밭에서 아무렇게나 드러눕거나 턱을 괴고 엎드려서는 욕설에 가락을 붙여 노래까지 불렀다.

적은 어디에 있는가
동관의 관문 안에 있다더라
성루에 있는 것은 까마귀가 아니냐
아니, 조홍과 서황이다
그러든 말든 별반 다를 건 없다
겁쟁이들과의 전쟁은 따분하구나
이제 곧 조조가 오려나
낮잠이라도 자면서 기다리기로 할까?
청컨대 전우여, 귀지라도 파주게

"기다려라. 따끔한 맛을 보여줄 테니."

조홍이 이를 갈며 성문을 나가려는 것을 보고 서황이 간했다.

"열흘간은 굳게 지키라고 한 승상의 말씀을 잊었소? 나가서 싸우지 말라고 하지 않았소?"

그러나 젊은 조홍은 서황을 뿌리치고 달려나갔다.

동관에 있던 대군은 한꺼번에 쏟아져 나가 울분을 풀었다. 당황하여 허둥거리는 마초 군을 쫓아가서 "맛 좀 봐라."라며 사방팔방에서 공격했다.

서황도 할 수 없이 뒤따라 나갔으나 "멀리까지 쫓아가지 마라."라며 크게 소리만 치고 있었다.

그때 길게 이어진 제방 너머에서 갑자기 북과 징이 천지를 뒤흔들며 울리더니 한 무리의 군마가 돌진해왔다.

"서량의 마대가 여기 있다."

당황해서 진용을 재정비할 틈도 없었다.

"큰일이다. 적 방덕이 퇴로를 끊었다."

"난처하게 됐군! 퇴각하라."

그러나 이미 때는 늦었다. 어떻게 우회해왔는지 서량의 마초와 한수가 관문을 공격하고 있었다.

서황과 조홍이 모두 나가고 없었기 때문에 수비가 약해진 데다 방심하고 있는 틈을 타서 서량의 병사들은 애벌레처럼 꿈틀꿈틀 성벽을 기어오르고 있었다.

성을 지키던 종요는 이미 도망치는 중이었기 때문에 서로 욕을 해보았자 아무 소용이 없었다. 조홍과 서황도 더는 버티지 못하고 동관을 버리고 달아났다.

마초와 방덕, 한수, 마대 그리고 1만여 명의 병사들은 동관을 돌파하자 동관 따위는 안중에도 없다는 듯 오직 패주하는 적을 섬멸하기 위해 밤낮으로 쉬지 않고 추격했다.

조홍과 서황은 도중에 많은 아군을 잃고 겨우 제 몸 하나만 건사하여 허도를 향해 도망가다가 허도에서 온 본군 조조의 선봉과 만나 간신히 목숨을 건질 수 있었다.

조조는 이 소식을 듣고 두 사람을 중군으로 불러 군법에 따라 패전의 책임을 엄하게 물었다.

"열흘간은 수비만 하고 함부로 싸우지 말라고 했거늘 어찌 경솔하게 행동하여 적의 계책에 넘어갔느냐? 조홍은 나이가 어려서 어쩔 수 없다 쳐도 서황마저 이 무슨 불찰인가?"

꾸지람을 들은 서황은 자기변명을 늘어놓았다.

"말씀하신 대로 소장이야 필사적으로 만류했지만, 조홍 장군이 완강하게 듣지 않았습니다."

조조는 화를 내며 말했다.

"군법으로 다스리겠다."

그러더니 검을 빼서 사촌 동생 조홍을 베려고 했다.

"아니, 저도 같은 죄이니 벌을 내리신다면 저도 함께 베어주십시오."

서황이 앞으로 나와 고개를 숙이며 이렇게 말하자 다른 사람들도 조홍의 목숨을 살려줄 것을 간청했기 때문에 조조도 다소 누그러져서 잠시 벌을 유예하기로 했다.

"공을 세우면 용서해주마."

위수를 사이에 두고

||| 一 |||

조조의 본군과 서량의 병사들은 다음 날 동관의 동쪽에서 접전을 벌였다.

조조 군은 3개 군단으로 나뉘어 있었는데, 조조는 그 중앙에 있었다.

그가 말을 몰고 가자 우익의 하후연과 좌익의 조인은 함께 경종을 치고 북을 울리며 그 위풍에 기세를 더했다.

"오랑캐 자식아, 조정의 위엄을 두려워하지 않고 어디로 가려는 것이냐! 자, 나오너라. 인간의 도리를 알려주마."

조조의 목소리가 바람을 타고 상대편 진영에 전달된 듯 쩌렁쩌렁 울리는 대답이 들려왔다.

"마등의 아들, 이름은 마초, 자는 맹기猛起. 아버지의 원수 조조야, 거기 꼼짝 말고 있어라."

북소리와 함께 흰 바탕에 반점이 있는 말을 타고 몸에는 은색 갑옷을 두르고 선홍색 전포를 입은 늠름한 젊은이가 들판을 가로질러 달려왔다.

"젊은 대장을 보호하라."

마초의 뒤를 이어 좌우의 대장인 방덕과 마대, 팔기의 장수들이 말 머리를 나란히 하고 달려왔다.

가까이 오기도 전에 조조는 내심 놀란 듯했다. 문명화가 덜 된 북쪽 변방의 오랑캐라고 얕잡아보고 있었으나 그들은 결코 미개한 야만인이 아니었다.

"이봐, 마초."

"어이, 조조인가?"

"네놈은 나라가 있고 나라 위에 천자가 계신 것을 모르느냐?"

"닥쳐라! 천자가 계신 것도 알고 천자를 모독하고 사사건건 조정을 등에 업고 폭정을 휘두르는 도적이 있는 것도 안다."

"중앙의 병마는 곧 조정의 병마. 난적亂賊이라는 이름을 얻고 싶은 것이냐?"

"적반하장도 유분수구나. 천자를 모독한 죄는 하늘이고 사람이고 모두 용서치 않을 것이다. 더군다나 너는 죄도 없는 아버지의 목숨까지 앗아갔다."

말하는 것도 논리 정연했다. 말로는 안 되겠다 싶었는지 조조는 말 머리를 돌리며 주위의 장수들에게 명령했다.

"저놈을 생포해와라."

우금과 장합이 동시에 마초에게 덤벼들었다. 마초는 좌우에서 공격해오는 적들을 보기 좋게 맞받아치고 말의 앞다리를 들어 한 바퀴 돌더니 뒤로 돌아온 이통李通을 창으로 찔러 떨어뜨렸다.

그리고 유유히 창을 들어 크게 한 번 소리를 지르자 구름처럼 떼 지어 모여 있던 서량의 대군이 한꺼번에 들판을 쓸며 밀고 나왔다.

그 중후한 진영과 끈질기고도 강한 전투력은 허도의 병사들과 비교가 되지 않았다.

순식간에 밀리기 시작한 조조 군은 뿔뿔이 흩어졌다. 마대와 방덕은 어지럽게 싸우는 병사들 사이를 뚫고 적의 중군까지 들어와 혈안이 되어 조조를 찾았다.

"이 손으로 조조의 멱살을 잡아서 끌고 가겠다."

그때 서량의 병사들이 저마다 외쳤다.

"붉은 전포를 입은 자가 적장 조조다."

이 말을 들은 조조는 '이게 표적이 되겠어.'라며 몸을 피해 달아나면서 급히 전포를 벗어 던졌다.

여전히 집요하게 추격해오는 서량의 병사들이 이번에는 이렇게 외쳤다.

"수염이 긴 자가 조조다. 조조의 수염은 특이하다."

조조는 자신의 칼로 자신의 수염을 잘라버렸다.

오늘이야말로 반드시 조조를 잡겠다며 아군의 마대와 방덕보다도 먼저 조조를 찾고 있는 것은 물론 마초였다. 아버지의 원수인 조조의 머리를 베기 전에는 물러서지 않겠다고 이리저리 뛰어다니고 있었는데 부하 한 명이 그에게 알려주었다.

"수염이 긴 자를 찾아도 찾지 못할 것입니다. 조조는 수염을 자르고 달아났습니다."

그때 조조는 어지럽게 싸우는 병사들 틈에 섞여 바로 옆에서 도망가다 이 말을 들었다.

'안 되겠다.'

그는 당황한 듯 깃발을 빼앗아 얼굴을 감싸고 필사적으로 채찍을 휘둘렀다.

"얼굴을 감싼 자가 조조다."

다시 사방에서 외치는 소리가 들렸다. 조조는 혼비백산해서 숲 속으로 달려 들어갔다. 그때 누군가 창을 내질러 조조를 찌르려고 했다. 그런데 운 좋게도 조조를 빗나간 창은 나무에 박혀 쉽게 빠지지 않았다. 그러는 사이에 조조는 멀리 도망칠 수 있었다.

||| 二 |||

"오늘 혼전 속에서도 계속 내 뒤를 지키며 마초의 추격을 막은 자가 누구냐?"

조조가 아군 진지로 돌아오자마자 이렇게 물었다.

하후연이 대답했다.

"조홍입니다."

조조는 짐작한 대로라는 표정으로 기뻐하며 말했다.

"그렇군. 혹시나 싶었는데 역시……. 오늘 공을 세웠으니 지난 죄는 용서해주겠다."

이윽고 조홍은 하후연과 함께 은혜에 감사하기 위해 조조 앞으로 갔다. 조조는 오늘의 위기를 생각하며 몇 번이나 죽음을 각오한 이야기 등을 하고는 이렇게 경고했다.

"나도 셀 수 없이 많은 전장에 임했고 참패를 당한 적도 많지만, 오늘 같은 격렬한 전투는 한 적이 없다. 마초라는 자는 적이지만 의외로 훌륭한 무장이었다. 결코 가볍게 여겨서는 안 된다."

패군을 정비한 조조는 강을 사이에 둔 기슭 일대에 가시나무 울타리를 두르고 방을 붙여 군령을 내렸다.

함부로 행동하는 자는 목을 베겠다.

건안 16년(211) 가을, 8월 말이었으나 조조 군은 가을바람 아래 진을 치고 수비에만 치중할 뿐 단 한 차례도 전투에 나서지 않았다.

"오랑캐 놈들. 또 건너편 강기슭에서 욕을 하고 있군. 지긋지긋한 놈들."

애가 단 조조 군의 장수들이 조조를 둘러싸고 진언했다.

"오랑캐 놈들은 긴 창술에 능하고 좋은 말을 타고 있기 때문에 접전하게 되면 날래고 사납습니다만, 활과 석화전石火箭(돌 또는 쇳덩이, 납덩이 등을 날려 보내 성을 공격하는 무기) 등의 기술은 잘 쓰지 못합니다. 오직 활만 이용해서 한번 싸워보는 것이 어떻겠습니까?"

그러자 조조가 매우 못마땅한 표정을 지으며 말했다.

"싸우는 것도 싸우지 않는 것도 내가 결정할 일이다. 적에게 달린 것이 아니란 말이다."

그리고 덧붙여 말했다.

"명령을 어기는 자는 군법에 따라 처벌할 것이다. 각자 위치를 지키며 수비에만 전념하라. 단 한 발자국도 진 밖으로 나가서는 안 된다."

조조의 속마음을 모르는 부장들은 서로 수군대며 고개를 갸웃거렸다.

"어찌된 일일까? 아무리 마초에게 쫓겨 죽을 고비를 넘겼다지만 이번엔 시종일관 너무 소극적이야."

"나이 탓인지도 모르지. 동작대의 연회 이후로는 머리카락에 희끗희끗한 것도 보이고……. 꽃도 인간도 성쇠가 있지 않나. 세월 앞에서는 장사가 없어."

과연 조조도 그럴 나이가 된 것일까?

범인의 객관과 영웅의 주관에는 자연스레 거리가 있고, 신념의 차이도 있다. 조조는 자신이 나이가 들었다는 생각은 꿈에도 하지 않았다. 아니, 그 육체와 정신의 피로도는 젊은 시절의 자신과 비교했을 때 꽤 차이가 난다는 것은 자각하고 있었으나, 그런 기분이 조금이라도 들면 그것을 강하게 억눌렀다.

난 아직 젊다!

며칠 후 아군의 척후가 보고했다.

"동관의 마초 군에 새롭게 2만 명의 병사들이 증강된 듯합니다. 게다가 이번 병사들도 마찬가지로 북방의 오랑캐들입니다."

이 말을 들은 조조는 무슨 이유에서인지 혼자서 크게 웃었다.

"승상께서는 적이 더 강력해졌다는 말을 듣고 어찌 웃으십니까?"

누군가 질문했다.

"우선 주연을 베풀어 축하하도록 하자."

그날 저녁 크게 축하하며 함께 술잔을 기울였다.

이번에는 휘하의 장수들이 킬킬 웃었다.

조조가 취한 얼굴을 들고 물었다.

"경들은 나에게 마초를 칠 계책이 없는 줄 알고 지금 그렇게 웃는 것인가?"

모두 두려워하며 입을 다물자 조조가 추궁하며 말했다.

"남을 비웃을 만한 계책이 있는 자는 주저 말고 나서서 말해보라. 들어볼 테니."

모두 얼굴을 마주 보았다.

서황이 나서더니 기탄없이 말하기 시작했다.

"이대로 동관의 적을 보고만 있다가는 1년이 지나도 승부가 나지 않을 것입니다. 제 생각으로는 위수渭水의 상류와 하류 지역은 적이 그리 많지 않으니 한 무리는 서쪽 포포蒲浦를 건너고 또 승상께서는 강의 북쪽으로 넘어갈 수 있다면 적은 앞뒤를 돌아보기에 급급하여 진은 무너지고 궤멸을 재촉할 것입니다."

"서황의 계책이 참으로 훌륭하군."

조조는 칭찬하며 즉석에서 할 일을 정했다.

"그렇다면 지금 그대에게 병사 4,000명을 내어줄 테니 주령朱寧을 대장으로 삼고 그를 보좌하여 먼저 강의 서쪽을 건너 맞은편 기슭의 계곡에 숨어서 나의 신호를 기다려라. 나도 즉시 위수의 북쪽을 건너서 호응할 기회를 엿보겠다."

그리고 얼마 지나지 않아 첩자가 서량의 마초에게 첩보를 가지고 왔다.

"조조 쪽에서는 뗏목을 만들며 꾸준히 도강 준비를 하고 있습니다."

한수는 손뼉을 치며 말했다.

"마 장군. 적이 드디어 절호의 기회를 만들어주었소. 병법에서 말하기를 병사들이 반쯤 건너거든 치라고 했소."

"제장은 방심하지 마라."

팔방으로 첩자를 보내 조조가 강을 건너는 지점을 감시했다.

조조는 그것도 모르고 대군을 3개 부대로 나누어 위수를 따라 일단 1개 부대를 상류의 북쪽에서 건너게 한 후 그들이 전부 건너

것을 지켜본 다음 말했다.

"일이 순조로운 것 같군."

그는 물가에 의자를 놓고 앉아서 시시각각 날아오는 전황을 듣고 있었다.

"상륙한 아군은 이미 강기슭의 요소요소에 진지를 구축하고 흙벽을 쌓기 시작했습니다."

그때 두 번째, 세 번째 전령이 잇따라 와서 보고했다.

"지금, 남쪽에서 적인지 아군인지 모를 한 부대가 흙먼지를 날리며 이쪽으로 오고 있습니다."

다섯 번째 전령은 "방심할 수 없습니다. 주의하십시오."라고 외치고는 "흰색 갑옷과 흰색 전포를 입은 대장을 선두로 2,000명가량의 적군이 어디로 건너왔는지 역습해왔습니다. ……아니, 뒤쪽에서 오고 있습니다."라고 당황한 표정으로 말했다.

그때 대군은 이미 강을 건너 조조의 주위에는 고작 100여 명밖에 남아 있지 않았다.

"마초가 아닐까?"

사람들은 기겁해서 소란을 떨었으나 자존심이 강한 조조는 "소란피우지 마라."라고 한마디 하고는 의자에서 일어나려고도 하지 않았다.

그런데 허저가 배를 되돌려 와서 이 광경을 보자마자 크게 외쳤다.

"승상, 승상. 적은 벌써 아군의 의표를 찔러 배후로 돌고 있습니다. 빨리 배에 타십시오."

조조는 여전히 태연하게 말했다.

"마초가 왔으면 왔지 그게 뭐 그리 대단하다고 호들갑인가? 일전을 겨룰 뿐이다."

그때는 이미 말들이 일으키는 먼지가 주위에 가득했고, 마초와 방덕을 비롯해 서량 팔기 등은 100보쯤 되는 곳까지 접근해 있었다.

"큰일이다."

허저는 육지에 올라 조조에게 달려가서 서두르라고 재촉하다가 급한 나머지 조조를 등에 업고 강기슭까지 단숨에 달렸다. 그러나 배는 물결로 인해 물가에서 한 길이나 멀어져 있었다. 허저는 조조를 업은 채 "얏!" 하고 기합을 넣더니 즉시 몸을 날려 간신히 배에 올라탔다.

100여 명의 병사는 첨벙첨벙 강으로 뛰어들었다. 물에 빠지기도 하고 헤엄치기도 하고 근처에 있는 작은 배나 뗏목에 매달리기도 하고 혹은 분별없이 조조가 탄 배에 달라붙기도 했다.

"매달리지 마라. 배가 기운다."

허저는 그들을 노로 떠밀면서 도망쳤지만, 물살이 급해서 순식간에 하류로 떠내려갔다.

"놓치지 마라."

"저자가 조조다."

서량의 병사들은 빗발치듯 화살을 쏘아댔다. 허저는 한 손에 안장을 들고 한 손에는 갑옷을 입은 소매를 들어 조조의 몸을 감쌌다.

||| 四 |||

조조조차 구사일생으로 목숨을 건졌을 정도이니 도처에서 조조 군의 피해가 엄청난 것은 말할 필요도 없다.

위수의 강물이 순식간에 붉게 변한 것으로도 알 수 있었다. 강물에 넘실대며 흘러 내려오는 인마는 대부분 위나라 병사였다.

그래도 이번 피해는 절반 정도에서 막을 수 있었다. 조조 군이 위기에 빠진 것을 보고 위남渭南의 현령 정비丁斐라는 자가 남산 위에서 목장의 말과 소를 한꺼번에 풀어 산 위에서 쫓아 내려보낸 덕분이었다. 말과 소는 멈출 줄을 모르고 마초 군의 한가운데로 뛰어들어 날뛰었다. 날뛰기만 했다면 전투력을 잃을 정도는 아니었을 테지만 근본이 북방의 오랑캐였기 때문에 "좋은 말이다. 아깝군."이라며 앞다퉈 말을 잡으려 하고 소를 보고는 "맛있겠다."라면서 군침을 흘리며 소를 쫓아다니기에 정신이 팔린 덕분이었다.

그 때문에 마초 군은 모처럼 잡은 승기를 놓치고 결국 전투 도중에 뿔피리를 불어 퇴각하고 말았다.

그 무렵 조조가 북쪽 기슭에 올라 한숨 돌리고 있다는 소식을 듣고 위나라의 장수들도 차츰차츰 모여들었다. 허저는 온몸에 화살을 맞아 도롱이를 입은 것 같았지만, 사람들의 간호를 거절하고 "승상은 괜찮으신가?"라는 말만 되풀이하고 있었다.

사람들은 승상에겐 아무 이상이 없다는 말로 간신히 그를 진정시키고 막사 안에 눕혔다.

조조는 부하들의 문안을 받으면서 지나치게 쾌활한 모습으로 시종 오늘의 위기를 웃으며 이야기하다가 "그렇지. 위남 현령을 불러라."라고 정비를 불러오라고 지시했다.

그리고 그에게 물었다.

"오늘, 남산의 목장을 열어 관아의 우마로 적들을 쫓아 보낸 것이 자네인가?"

정비는 당연히 벌을 받을 것으로 생각했지만, 주눅 들지 않고 대답했다.

"네. 접니다. 처벌을 달게 받겠습니다."

"그래, 처분을 내리겠다."

조조는 우필祐筆을 돌아보며 뭔가 말했다. 우필은 즉시 한 통의 글을 써와서 정비에게 주었다.

"정비, 열어봐라."

정비는 조심조심 펴보았다.

오늘부터 그대를 전군교위로 임명한다.

감동한 교위 정비는 목이 메 울면서 은혜에 감복하여 자신이 생각하고 있는 계책을 진언했다.

"오랫동안 여기 위남의 현령으로 있었기 때문에 이곳 지리에는 누구보다도 밝습니다. 부족한 저의 계책을 써주신다면 더없는 영광일 것입니다."

한편 서량의 마초는 "오늘은 참으로 아쉬웠소."라며 한수에게 분한 듯이 이야기하고 있었다.

"조조를 거의 잡을 뻔했는데 어떤 자가 조조를 등에 업고 배에 뛰어올랐소. 지금도 눈에 선합니다. 적이지만 그자의 활약은 보통이 아니었어요."

한수는 몇 번이나 고개를 끄덕이며 말했다.

"당연합니다. 그는 유명한 위나라의 장수 허저였으니까요."

"그자의 이름이 허저라고요?"

"아군에 팔기의 장수들이 있듯이 조조도 휘하에서 정예를 뽑아

이를 호위군虎衛軍이라 칭하고 늘 친위대로 곁에 두고 있습니다. 그 대장에 두 명의 장수를 두었는데 한 사람은 진陳나라 사람 전위로 무게가 80근이나 되는 창을 잘 쓰고 용맹을 사방에 떨쳤습니다. 다만 이미 전사하여 지금은 없지요. 남은 한 사람이 초譙나라 사람 허저이니, 강한 것이 당연합니다."

"그렇군요. 그렇다면……."

"그 힘은 사납게 날뛰는 소의 꼬리를 잡고 끌고 왔을 정도라고 합니다. 그래서 세상 사람들은 그를 호치虎痴라는 별명으로 부르고 있지요. 혹은 호후虎侯라고 부르기도 한다더군요."

그리고 한수는 마초에게 엄하게 충고했다.

"이후로는 그를 진두에서 봐도 일대일로 싸우지 않는 것이 좋습니다."

척후의 보고에 따르면 조조 군은 그 후 계속 강을 건너 서량의 배후를 칠 태세를 취하고 있다는 것이었다.

||| **五** |||

한수는 덧붙여 말했다.

"아군에 한 가지 문제가 있습니다. 이 전쟁이 길어지면 조조가 지금의 진지에 성채와 참호를 구축하여 난공불락의 견고한 성으로 만들어버릴 것입니다. 그렇게 되면 쉽게 위수를 공격할 수 없을 것입니다."

마초도 동감했다.

"그렇지요. 공격한다면 지금이지요."

"날랜 병사들을 이끌고 이 한수가 조조의 중군으로 돌격하겠습니다. 장군은 북쪽 기슭을 막고 적병이 강을 넘어오지 못하도록 이 본진을 철통같이 지키십시오."

"좋소. 막는 것은 저 혼자서도 충분합니다. 장군 혼자로는 염려가 되니 방덕 장군을 데리고 가는 것이 좋겠소."

한수와 방덕은 즉시 서량 병사 1,000여 명을 선발하여 한밤중부터 새벽녘에 걸쳐 조조의 진영을 기습했다.

그러나 조조는 이미 대비하고 있었다. 일찍이 이런 일이 있을 것이라고 예상한 조조는 위남의 현령이었던 교위 정비의 계책에 따라 물가의 제방을 따라 가짜 진지를 구축하고 거짓 병사와 거짓 깃발을 늘어세웠다. 진짜 본진은 이미 다른 곳으로 이동한 상태였다.

뿐만 아니라 부근 일대에 구덩이를 판 후 그 위에 나뭇가지를 얼기설기 걸쳐놓고 다시 그 위에 흙을 덮어 함정을 만들어놓았다.

마초 군은 그것도 모르고 함성을 지르며 쇄도한 것이다.

갑자기 땅이 한순간에 꺼지더니 인마가 굴러떨어졌고, 그 위로 계속해서 굴러떨어졌다.

아비규환, 도움을 청하는 소리, 마치 통 속의 미꾸라지를 보는 것 같았다.

"당했다."

방덕은 걸리적거리는 아군 병사들을 뿌리치고 겨우 구덩이 속에서 기어 나와 구덩이 위에서 창으로 공격하는 적병 10여 명을 단숨에 물리쳤다.

"한수 장군, 한수 장군!"

그리고 그는 이름을 부르며 주장의 모습을 찾다가 적 조인의 일가인 조영曹永이라는 자를 만났다.

방덕은 단칼에 조영을 베어버리고 그의 말을 취해 적진으로 돌진했다. 한수도 구덩이에 빠져 위험에 처했으나 방덕이 적을 무찌르고 있는 사이에 구덩이에서 나와 말을 빼앗아 타고 겨우 사지에서 빠져나올 수 있었다.

이번 기습은 대참사로 끝나고 말았다.

패군을 수습한 뒤 마초가 아군의 피해를 조사해보니 1,000여 명 중에서 3분의 1을 잃었다.

수적으로는 적다고 할 수 있지만, 마초 군의 사기는 크게 꺾였다. 왜냐하면 팔기의 장수들 중에서 정은과 장횡 두 사람이 허망하게 목숨을 잃었기 때문이다.

그러나 혈기가 뻗치는 마초는 이렇게 말하며 그날 중에 2차 습격을 계획했다.

"이렇게 된 이상 조조가 들판에서 진을 치고 있는 사이에 격파하지 않으면 아군이 이길 가망은 영원히 없어질 것이다."

이번에는 자신이 직접 선봉에 서고 마대, 방덕을 후군으로 삼아 다시 위군 진영으로 야습을 감행했다.

그러나 과연 조조는 많은 전쟁을 겪은 총수답게 이미 적의 기습을 예상하고 있었다.

"오늘 밤에 또 올 것이다."

마초의 성격과 적의 피해가 적었다는 점을 감안하여 이미 그렇게 판단하고 있었기 때문에 마초의 2차 기습도 아무 의미가 없었다.

6리의 길을 우회하여 간 마초의 야습 부대가 조조의 중군을 목표로 불시에 함성을 지르며 돌진했지만, 거기에는 사방에 늘어서 있는 깃발들뿐 막사 안에는 단 한 명의 병사도 없었던 것이다.

"아아, 텅 비었다."

"그렇다면."

속은 것을 알고 당황한 서량의 병사들이 허무하게 말 머리를 돌리려는 순간 한 발의 굉음을 신호로 사방에서 일제히 복병이 튀어나와 덤벼들었다.

"마초를 살려서 보내지 마라."

마초 군의 장수 중 한 사람인 성의成宜는 이때 위의 하후연에게 목숨을 잃었고, 그 외의 장수들도 부상을 입었다. 마초, 방덕, 마대 등은 불꽃을 튀기며 선전했지만 결국 패퇴할 수밖에 없었다.

이렇게 마초 군과 조조 군은 위수를 사이에 두고 일승일패를 반복하며 쉽게 승부를 내지 못했다.

화수목금토

위수는 대하이지만 수심이 얕고, 강줄기가 무수히 갈라져 있는데다 강변이 많고 물살이 빨랐다.

장소에 따라서는 깊은 곳도 있으나 얕은 곳은 말을 타거나 걸어서 건널 수 있다.

이곳을 사이에 두고 조조는 북쪽 평야에 진을 치고 마초 군과 대치했는데 기습에 대한 불안은 여전했다.

"조인, 서둘러라."

조조는 반영구적인 성채의 구축을 재촉하고 있었다.

축조 책임자가 된 조인은 위수에 배다리를 걸쳐놓고 2만 명의 인부에게 돌과 목재를 운반하게 하여 연안 세 곳에 임시 성을 만들기 위해 밤낮으로 바삐 움직이고 있었다.

서량의 마초는 이 사실을 알고 있었지만 개의치 않았다.

그러나 공사가 8, 9할가량 진척되자 불태워버리라며 강의 남과 북에서 건너와 염초와 마른 나무, 유탄油彈 등을 성채에 던지고 강에 기름을 흘린 후 불을 질렀다.

뗏목도 배다리도 형체도 없이 타버렸다. 무엇으로 만들었는지 배나 복숭아 크기의 공을 던졌는데 밟아 꺼려 해도 꺼지지 않고 갈라지면서 기름 연기가 피어오르며 큰 화상을 입혔다. 그리고 더욱 기세 좋게 타올랐다.

이런 골치 아픈 무기를 쓰는 마초 군 때문에 천하의 조조가 골머리를 앓고 있는 것을 보고 순유가 말했다.

"위수의 제방을 이용하여 흙으로 보루를 높게 쌓고 몇 리에 걸쳐 해자와 흙벽의 지하성을 만드는 것입니다."

"지하성이라, 과연. 흙으로 만든 지하성이라면 태우지 못하겠구나."

조조는 인부 3만 명을 더해서 부지런히 땅을 파게 했다.

파낸 흙으로 두꺼운 흙벽을 쌓고 몇 개의 제방과 단을 만들었다. 이런 공사가 약 한 달간 지속되었다.

마치 이집트의 피라미드를 연상케 하는 토성이 준공되고 있었다. 마초 군 쪽에서도 지켜보고 있었음이 틀림없다. 그러나 어찌된 일인지 한동안 야습도 화공도 없었다.

그 무렵 위수의 물이 하루하루 말라가고 있었다. 상당한 양의 비가 계속 내려도 물의 양은 늘지 않았다. 이상하다고 생각하던 어느 날 밤 폭우가 쏟아졌다. 그다음 날 아침이었다.

"물 폭탄이다."

"홍수다."

보초병이 절규했다.

인마를 높은 곳으로 대피시킬 틈도 없이 먼 상류 쪽에서 검은 물보라가 일더니 격랑이 밀려왔다.

먼 상류 쪽에서 이미 보름 전부터 마초 군이 제방을 쌓아 물을 가둬두었다가 일제히 흘려보낸 것이었다.

어찌 견디겠는가. 작은 돌이 섞인 강변의 흙이었기 때문에 토성은 하루아침에 흔적도 없이 무너져버렸다.

북쪽 지방이라 그런지 9월에 들어서자 벌써 눈이 내리기 시작했다. 회색빛의 빽빽한 구름이 하늘을 뒤덮고 있었다. 요 며칠 동안도 계속 눈이 내렸기 때문에 양군 모두 꼼짝 않고 상대 진영을 노려보기만 할 뿐이었다.

"서량의 오랑캐들은 추위에 강하고 또 동관에서 추위를 피할 수도 있지만, 아군은 들판에 있으니 겨우내 눈보라 속에서 지내야만 한다. 뭔가 좋은 방법이 없는가?"

조조와 장수들은 그날도 계속해서 회의를 하고 있었는데, 불쑥 진영으로 찾아온 자가 있었다.

"나는 종남산終南山에 은거하고 있으며 도호道號가 몽매夢梅라는 늙은이요."

용모도 범상치 않았다.

"용건이 무엇이냐?"

조조가 묻자 몽매가 대답했다.

"올여름부터 승상께서는 위수 북쪽에 성채를 쌓으려고 하는 것 같더니만 어째서 불과 물에도 절대로 무너지지 않을 성을 쌓지 않는 것이오?"

몽매 도인은 계속 말을 이었다.

"앞으로 반드시 북풍이 불 것입니다. 작은 돌이 섞인 강변의 흙이지만 급히 성을 쌓은 후 물을 뿌려놓으면 하룻밤 사이에 얼어붙습니다. 한 번 얼어붙으면 앞으로 봄까지는 녹지 않을 것입니다. 요컨대 얼음성이니 불에 탈 염려도 없고 강물에 쓸려갈 염려도 없지요."

말을 마치자 노옹은 홀연히 어디론가 사라져버렸다.

||| 二 |||

어느 날 북풍이 불기 시작했다. 조조는 몽매 거사의 가르침을 행할 때라고 여기고 낮부터 3만~4만 명의 인부를 동원해두었다가 날이 저물자 즉시 명령을 내렸다.

"날이 밝기 전까지 다시 한번 토성을 쌓아라."

이날 밤은 장졸 모두 총동원되어 토성을 쌓는 일에 매달렸다.

기초는 되어 있었기 때문에 새벽녘이 되자 거의 완성되었다.

"물을 뿌려라. 성 전체에 물을 뿌려."

수만 개의 비단 주머니, 가죽 주머니 등이 동원되었다. 강물을 퍼서 손에서 손으로 운반하여 토문, 토루, 토벽, 토방, 토창 등에 물을 뿌리고 또 뿌렸다.

날이 밝자 마초 군은 건너편 기슭을 보고 놀라움을 금치 못했다.

"성이 생겼다."

"언제?"

"단 하룻밤 사이에?"

"봐, 저건 이전 토성이 아니야. 얼음성이다. 빙성氷城이다!"

마초와 한수 등도 나와서 미심쩍어하면서 손그늘을 만들어 바라보았다.

"또 뭔가 조조의 간교한 계책임이 틀림없다. 저 성을 무너뜨려 저것의 정체가 무엇인지 보겠다."

마초는 갑자기 북을 쳐서 대군을 집결시켜 강을 건넜다.

"왔느냐? 이 오랑캐 놈아!"

조조는 말을 몰고 나가 기다리고 있었다.

마초는 늘 그렇듯 "이놈!" 하며 이를 악물고 조조를 죽이려 했으나 그 곁에 붉은 얼굴에 호랑이 수염, 안광이 무시무시한 장수가 이쪽을 노려보며 싸울 태세를 취하고 있어서 빈틈이 없었다.

'호치라는 별명을 가진 그 사내군.'

직감한 마초는 평소와는 다르게 자중하고는 일부러 시험삼아 말해보았다.

"서량의 대장 된 자는 말한 것은 반드시 행하고, 행하면 철저히 결과를 낸다. 조조는 입만 살아 있는 자로 도망치기의 명수라고 들었다. 그런데 이 마초와 일전을 겨룰 용기나 있느냐?"

그러자 조조가 대답했다.

"촌놈아, 모르겠느냐? 내 곁에는 항상 호치 허저라는 맹장이 있는 것을. 어찌 천하의 쥐새끼 같은 놈의 도전을 마다하겠는가?"

말이 채 끝나기도 전에 말을 몰아 달려나간 호치가 외쳤다.

"초군譙郡의 허저가 바로 나다. 나와 일전을 겨룰 용기가 있느냐?"

그의 맹렬한 기세는 백수의 왕과 같았다.

언젠가 한수에게 들은 말이 생각난 마초는 두려움을 느꼈는지 "또 만나자."라는 말을 남기고는 말 머리를 돌리고 병사들을 퇴각시켰다.

이 광경을 보고 있던 양군의 병사들은 놀라서 소름이 돋지 않은 자가 없었다고 한다.

'마초조차 두려워하는 허저라는 자는 대체 얼마나 강한 자일까?'

조조는 얼음성의 진영으로 들어가 제장을 모아놓고 "모두 오늘 호후를 보았는가. 실로 나의 수족과 같은 존재라 할 것이다."라며 허저를 칭찬했다.

칭찬을 들은 허저는 호언장담했다.

"내일은 반드시 마초를 생포하겠습니다."

그날 허저는 적에게 결투장을 보냈다.

내일 나오지 않으면 천하의 웃음거리가 될 것이다.

마초는 화를 내며 "반드시 나가겠다."고 답신을 보냈다.

날이 밝자 마초는 방덕과 마대, 한수 등의 어마어마한 진용을 갖추고 공격해 들어갔다.

허저는 기다렸다는 듯이 말을 몰고 가서 마초를 불렀다. 마초도 기합을 지르며 오늘은 용감히 나와 싸웠다.

그렇게 싸우기를 100여 합, 양쪽 모두 말이 지쳤기 때문에 일단 각자의 진영으로 돌아가 말을 갈아타고 나와 다시 싸우기 시작했다.

||| 三 |||

승부가 나지 않았다.

불꽃이 튀고 창이 부러졌다. 창을 바꿔 들고 싸우기를 또다시 100여 합.

"아아······."

양군은 손에 땀을 쥐고 숨을 죽인 채 그저 지켜보고만 있을 뿐이었다.

'호치 허저를 상대로 저 정도 싸우는 마초도 대단하다. 또 서량의 마초를 적으로 삼아 저만큼 싸울 수 있는 자도 허저 말고는 없

지 싶다. 호치도 과연 호치구나.'

모두 감탄을 금치 못했다.

싸우는 도중에 허저가 "아아, 덥다. 땀이 너무 나서 눈을 뜨기 어려워 싸울 수가 없구나. 마초, 잠시 기다려라."라는 말을 남기고 다시 아군 진영으로 들어가 버렸다.

'무슨 일이지?'

이상하게 생각하고 있는데 허저가 갑옷과 전포를 벗어 던지고 알몸이 되어 다시 큰 칼을 들고 나타났다.

"자, 덤벼라."

그러는 사이에 마초도 땀을 닦고 창도 새 창으로 바꾸고 한숨 돌리고 온 듯했다.

즉시 흙먼지를 일으키면서 천둥과도 같은 소리를 내지르며 맞붙은 용과 호랑이, 두 영웅의 세 번째 일대일 결투가 시작되었다.

"이얍!"

위진팔황威震八荒(온 세상에 그 위세를 떨침)의 허저가 기합을 지르며 말 위의 상대를 향해 돌진하자 마초 역시 화염을 뿜는 듯한 기세로 창을 찌르며 다가왔다.

깡, 창 자루가 울렸다. 마초가 가볍게 몸을 빼자 허저가 다시 내려쳤다.

"야얍!"

순간 마초는 적의 가슴팍을 겨냥해 창으로 맹렬히 찔렀다.

"젠장."

허저는 이를 악물고 몸을 피하며 들고 있던 창을 집어 던지자마자 마초의 창 자루를 잡아당겨 겨드랑이에 끼웠다.

빼앗기지 않겠다.

빼앗겠다.

두 사람의 호흡은 번개와 번개가 구름 속에서 서로 포효하고 있는 듯했다. 빼앗긴 쪽이 즉시 그 창에 찔리는 상황이었다. 빼앗겠다. 빼앗기지 않겠다.

창이 뚝 부러졌다. 두 사람이 창을 반쪽씩 들고 맹렬히 싸웠다.

"퇴각의 종을 쳐라."

조조가 소리쳤다. 만에 하나라도 호치가 잘못되기라도 하면 전군의 사기에 심각한 영향을 주기 때문이었다.

그런데 이처럼 미묘한 때에 방덕과 마대의 병사들이 한꺼번에 조조의 진으로 밀고 들어갔다.

이에 맞서 하후연과 조홍 등이 죽기 살기로 싸웠지만, 전반적으로 마초 군의 사기가 높았기 때문에 밀리기만 할 뿐이었다. 혼전 중에 허저도 팔뚝에 두 발의 화살을 맞았을 정도였다.

"지키기만 하고 나가지 마라."

조조는 얼음성의 문을 닫았다. 이런 상황이 되자 얼음으로 만든 성곽도 꽤 쓸모가 있었다. 이날 마초도 군을 수습한 후 혀를 내두르며 말했다.

"나도 어린 시절부터 내로라하는 강적들과 싸워보았지만 허저 같은 자는 본 적이 없다. 그는 진정 호치다."

그 후 조조 쪽에서도 딱히 이렇다 할 계책이 없었다. 조조는 서황과 주령朱靈 두 사람에게 4,000명의 병사를 내주고 위수의 서쪽에 숨어 있게 하고, 자신은 강을 건너 정면을 공격하려 했으나 사전에 마초가 날랜 병사 수백 명을 이끌고 얼음성 앞으로 돌격해와

안하무인으로 도처를 유린하고 갔다.

흙으로 된 누각의 창으로 이 모습을 지켜보던 조조는 쓰고 있던 투구를 벗어 던지며 말했다.

"마초라는 자는 정녕 보통내기가 아니구나. 그가 살아 있는 한 이 조조의 삶은 편치 않을 것이다."

이 말을 듣고 하후연이 말했다.

"저 정도의 인물은 아군 중에도 있습니다. 마초 한 명 때문에 그렇게까지 상심하시다니 어찌된 일입니까? 소장이 맹세코 마초를 죽이고 오겠습니다."

그날 밤 하후연은 조조의 만류에도 불구하고 부하 1,000여 명을 이끌고 마초를 공격하러 나갔다.

||| 四 |||

아니나다를까 얼마 지나지 않아 하후연이 고전하고 있다는 보고가 들어왔다.

내버려둘 수도 없어서 조조가 직접 즉시 지원하러 나갔으나 적군은 "조조가 왔다."며 오히려 사기가 높아졌다.

뿐만 아니라 마초는 조조의 중군을 헤치고 들어와 조조의 뒤를 추격하기 시작했다.

"천하의 도적. 달아나지 마라."

어차피 힘으로는 안 되겠다 싶었는지 조조는 다시 얼음성으로 도망쳐 들어갔다. 그러나 그러는 동안에 고전을 견디며 한편의 병력을 나누어 위수의 서쪽으로 대군을 건너가게 했다.

"조조는 나와라! 너는 도롱이 벌레냐, 환생한 오소리냐?"

마초는 얼음성 아래까지 육박해 들어가 욕설을 퍼부었다.

그때 후진의 한수로부터 전령이 와서 급보를 전했다.

"후방에 이상 사태가 벌어졌습니다."

마초는 새벽 일찍 모든 병사를 수습하여 진지로 돌아갔다. 그날 첩보에 의하면 다음과 같았다.

"어젯밤, 위수의 서쪽을 건넌 적군이 벌써 아군의 배후로 돌아가 진지를 구축하기 시작했습니다."

한수는 손바닥에서 물이 샌 것처럼 깜짝 놀라 외쳤다.

"뒤로 돌아갔구나. ……결국 뒤로."

그리고 이젠 다 틀렸다는 듯이 방침을 바꾸어 마초에게 의견을 제시했다. 지금까지 취한 땅을 일시적으로 조조에게 돌려주고 화친을 하여 이 겨울은 휴전하고 봄이 오면 다른 계획을 세우는 것이 상책이라는 것이었다. 과연 전쟁의 때를 아는 놀라운 판단력이었다.

양추와 후선 등의 장수들도 한수의 의견에 동의하며 모두 마초에게 간언했다.

며칠 후 양추는 서신 한 통을 들고 조조의 진영에 사자로 갔다. 화친의 제의였다.

조조는 내심 이게 웬 떡이냐 싶었지만 우선 사자를 돌려보낸 후 책사 가후와 상의했다.

"분명 거짓 항복입니다. 그러나 거절하는 것도 좋지 않습니다. 화친을 허락하고 우리는 우리 나름대로 대책을 강구하는 것이 좋겠습니다."

"대책을 강구한다 함은?"

"마초가 강한 것은 한수의 전략이 있기 때문입니다. 또 한수의 작전은 마초의 용맹함이 있기에 가능합니다. 두 사람이 서로 의심하게 하여 사이를 멀어지게 하면 마초 군을 쳐부수는 것은 낙엽을 쓸어 담는 일처럼 간단할 것입니다."

다음 날 마초의 손에 조조의 서신이 도착했다.

바라던 대답이었다. 그러나 마초는 며칠 동안 의심을 거두지 않았다.

"조조 군은 최근 며칠 동안 후방의 지류에 부교浮橋를 놓고 도성으로 돌아갈 길을 만들고 있으나 아무리 봐도 일부러 그러고 있는 것 같소. 조조의 부하인 서황과 주령의 군대는 여전히 위수의 서쪽에 있으면서 움직이지 않고 있소."

"괴이함과 올바름. 이 두 가지 형태는 군대의 성격으로 수상하게 여길 만한 것은 아닙니다만 조심할 필요는 있을 것입니다."

한수도 방심하지 않고 일진을 서쪽에 두고 일진은 조조의 정면을 향하게 하여 경계를 소홀히 하지 않았다.

적의 경계 태세를 보고받은 조조는 가후를 돌아보며 웃었다.

"일단 목적한 바를 이루었군."

이윽고 약속한 날 조조는 화려하게 꾸미고 어마어마하게 많은 장졸을 이끌고 몸소 조약을 맺기 위한 장소로 향했다.

아직 이런 호화찬란한 군대를 본 적도 없고 조조의 얼굴도 모르는 서량의 병사들은 길가에 늘어서서 신기한 듯 조조와 무장들을 구경하고 있었다.

"저건 뭐지?"

"저 사람이 조조인가?"

준마에 걸터앉은 조조는 비단 전포를 입고 금관을 쓴 눈부신 모습이었는데 몸을 좌우로 움직이며 서량의 병사들을 향해 농담을 던졌다.

　"서량의 병사들아. 내가 신기한가? 봐라, 나도 눈이 네 개가 아니며 입이 두 개도 아니다. 남들과 다른 것이 있다면 단 하나 지혜와 모략의 깊이뿐이다."

　농담이 분명한데 서량의 병사들은 조조의 웃는 얼굴에서 두려움을 느끼고 모두 입을 다물어버렸다.

적 속에 적을 만들다

한수의 막사로 조조의 사자가 불쑥 찾아왔다.

"뭐지?"

사자가 가지고 온 서신을 보니 조조의 친필이었고 이렇게 쓰여 있었다.

그대와 나는 애초에 원수지간이 아니오 그대의 아버지는 나의 선배이고 그대와 나는 오랫동안 알고 지낸 사이로 역사를 말하고 병법을 논하고 천하를 위해 일하자고 맹세한 친구였소

생각지도 못하게 얼마 전부터 서로 적이 되어 대치하고 있지만, 한시도 옛정을 잊은 적이 없소

다행히 화친을 맺고 지금 나는 위수의 진영에 있소

부디 옛 친구 한수로 방문해주었으면 하오

"아아, 그도 잊지 않고 있었구나."

한수는 옛정에 마음이 움직여 다음 날 갑옷도 입지 않고 부하도 거느리지 않은 채 홀쩍 조조를 찾아갔다.

"어서 오시오."

조조는 무슨 이유에서인지 안으로 들이지 않았다. 자신이 몸소 막사 밖으로 나와서 사뭇 친근하게 굴며 평소의 소원함을 사과했다.

　그리고 이어서 말했다.

　"잊지 않았을 것이오. 그대의 부친과는 함께 관리에 임용되어 젊은 시절 여러모로 신세를 졌소. 나중에 그대도 도성의 대학을 나와 함께 관직에 오른 이후로는 어느 사이에 관계가 소원해지고 말았구려. 그런데 지금 나이가 몇이오?"

　"저도 벌써 마흔입니다."

　"청년 시절 함께 도성에 있었을 때 자주 책에 대해 논하고 집을 나와서는 말을 타고 꽃구경을 하며 놀기도 했는데, 그랬던 그대도 벌써 중년이 되었단 말이오?"

　"승상도 변하셨습니다. 귀밑털이 희끗희끗해졌습니다."

　"하하하하. 언젠가 다시 태평한 때가 오거든 예전의 동심으로 돌아갑시다. 내가 서신을 보내놓고 실례인 줄 알지만, 오늘 하필 막사 안에서 제장이 모여 중요한 회의를 하는 중이라."

　"아니, 또 뵙겠습니다."

　한수는 흔쾌히 돌아갔다.

　이 모습을 본 자가 즉시 마초에게 사실대로 고했다.

　다음 날 마초는 불편한 낯빛으로 다른 용무를 이유로 한수를 불러 물었다.

　"장군이 어제 위수 근처에서 조조와 뭔가 친근하게 밀담을 나누었다던데……."

　"밀담?"

　한수는 눈을 크게 뜨고 얼굴 앞에서 손을 크게 내저었다.

"푸른 하늘 아래에서 선 채로 이야기를 나누었을 뿐 밀담 따위를 한 적은 없습니다. 또 군사軍事에 대해서는 손톱만큼도 이야기하지 않았고."

"아니, 장군은 말하지 않았더라도 조조가 뭔가."

"소년 시절 함께 도성에 있었을 때의 일을 두세 가지 이야기한 후 헤어진 게 다입니다."

"그렇군요. 그렇게 오래전부터 그와 친밀한 관계였소?"

마초는 질투하는 듯했다. 그러나 한수는 조금도 뒤가 켕기는 일이 없었기 때문에 가벼운 이야기를 나눈 후 돌아갔다.

그날 밤 조조는 조용히 진중의 한 방으로 가후를 불렀다.

"오늘 계책이 어땠나?"

"기상천외했습니다."

"마초 군의 눈에 띄었을까?"

"물론입니다. 이미 마초의 귀에 들어갔을 것입니다. 그러나 한 방이 부족합니다. 그것만으로는 아직 한수를 깊이 의심하게 만들 수 없습니다."

"그럼, 어떻게 하면 되겠나?"

"승상께서 다시 한번 한수에게 친서를 보내십시오."

"특별히 용건도 없는데 서신을 쓰는 것은 이상하지 않겠나?"

"상관없습니다. 문장으로 상대를 움직이는 것이 목적이 아닙니다. 글자는 일부러 흐릿하게 적고 중요한 부분은 잘못 쓴 것처럼 덧칠해서 지우고 다시 고쳐 쓰는 등 언뜻 봤을 때 뭔가 복잡하고 중요한 듯이 보이게 하면 됩니다."

"어렵군."

"병마에 들어가는 비용을 생각한다면 그 정도의 수고는 아무것도 아닐 것입니다. 분명 서신을 받은 한수도 대체 뭐지? 하고 놀라서 수상히 여기며 분명 그것을 마초에게 보이러 갈 것입니다. 이 단계까지 가면 계책은 성공한 것이나 다름없습니다."

||| 二 |||

그 후 마초는 심복을 몰래 한수의 진문에 세워두고 그의 출입을 감시하게 했다.

"오늘 저녁에 또 조조의 사자로 보이는 자가 한수의 진영에 서신을 전하고 돌아갔습니다만……."

심복으로부터 이런 보고가 들어오자 마초는 자신의 의심이 입증됐다는 듯 야식도 먹지 않고 한수를 찾아가 진문을 두드렸다.

"무슨 일입니까? 혼자서."

한수는 놀라며 맞아들였다. 휴전 중이기도 하고 어느 정도 여유도 생긴 그는 막 저녁을 들려던 참이었다.

"갑자기 휴전이 되어 왠지 무료해서 저녁 식사라도 같이할까 해서 왔습니다만."

"그럼, 미리 기별이라도 주셨으면 진중 요리라도 마련해놓고 기다렸을 것을."

"불시에 들이닥치는 것이 재미있는 법이지요. 한잔 주시오."

"죄송합니다. 이런 술상으로……."

"아니, 괜찮습니다."

마초는 한 잔 받고 나서 물었다.

"그런데 그 후로 조조에게서 뭔가 다른 소식은 없었소?"

"그 이후로 만난 적은 없습니다만, 조금 전에 묘한 서신을 보내왔습니다. 그래서 그 내용을 파악하느라 고심하고 있던 참이었습니다."

한수는 탁자 위에 펼쳐놓은 서신에 눈길을 주며 대답했다.

마초는 그제야 알아차린 듯한 표정을 지으며 즉시 손을 뻗어 집어 들었다.

"어디……."

"무슨 의미인지 이해가 가지 않을 텐데요. 저도 모르겠으니까요."

마초는 대답하는 것도 잊고 서신만 뚫어져라 보고 있었다.

글씨도 분명하지 않았고 여러 곳이 붓으로 지우거나 덧쓰여 있었다. 참으로 수상쩍은 서신이었다. 마초는 소매에 넣으며 말했다.

"내가 잠깐 빌려가겠소."

"그러시죠……."

한수는 대답하면서 묘한 표정을 지었다. 그런 것으로 뭘 할 생각이냐는 듯이.

다음 날 사자가 왔다. 마초로부터의 호출이었다. 물론 그는 즉시 마초에게 갔는데 그의 안색이 심상치 않았다.

"어제저녁에 돌아와서 조조의 서신을 불에 비춰보았더니 불온한 글자가 보였소. 장군은 설마 나를 조조에게 팔아넘길 생각은 아니겠지요?"

"말도 안 되는 의심입니다."

한수도 크게 화를 냈다.

"얼마 전부터 모습이 이상하다 싶었는데 이것으로 이해가 가는군요. 변명도 귀에 들어오지 않을 것입니다."

"아니, 변명할 게 있다면 해보시오."

"그보다는 사실로 증명해 보이겠습니다. 내일 제가 일부러 조조의 성채를 방문하여 얼마 전과 같이 진 밖에서 조조와 담소를 나누며 시간을 보내겠으니 장군께서는 부근에 숨어 있다가 조조를 죽이십시오. 조조의 목을 벤다면 저에 대한 의심 따위는 자연스럽게 풀릴 것입니다."

"장군이 분명 그렇게 하겠소?"

"걱정하지 마십시오."

한수는 다음 날 휘하의 이감과 마완, 양추, 후선 등을 데리고 조조의 성채로 불쑥 찾아갔다.

조조는 얼마 전부터 얼음성에 돌아와 있었다. 한수가 왔다는 말을 듣자 "조인, 대신 나가라."라고 말한 후 옆에 있는 조인의 귀에 뭔가 속삭였다.

조인은 장수들을 이끌고 진문으로 나가서는 말을 탄 채 한수 곁에 와서 이렇게 말했다.

"어젯밤의 서신은 감사했습니다. 승상께서도 매우 기뻐하고 계십니다. 그러나 사전에 발각되면 큰일이니 아무쪼록 방심하지 마시고 마초의 눈도 주의하시기 바랍니다."

말이 끝나자마자 조인은 자리를 떠나버렸다. 그리고 한수가 무슨 말을 하기도 전에 진문을 닫아버렸다.

숨어 있던 마초는 격노하여 한수가 돌아오자마자 그를 처벌하겠다고 사납게 날뛰었지만, 휘하의 장수들이 뜯어말리자 괴로워하며 잠시 검을 거두었다.

‖‖ 三 ‖‖

한수는 풀이 죽어서 자신의 진영으로 돌아왔다.

팔기 가운데 다섯 명이 그를 찾아와서 위로했다.

"우리는 장군께서 두마음을 품지 않은 충심을 알고 있습니다. 그런 만큼 이런 상황이 견딜 수 없습니다. 마초는 용맹하지만, 지모가 부족하여 어차피 조조의 적수가 되지 못합니다. 차라리 지금 조조에게 항복하셔서 몸을 편안히 하시고 영화를 누리시는 것이 어떻겠습니까?"

"말을 삼가시오. 경들은 무슨 말을 하는 것이오? 이 한수가 일어난 것은 마초의 아버지 마등의 생전 호의에 보답하려는 충심에서였소. 어찌 인제 와서 마초를 버리고 조조에게 항복할 수 있겠소?"

"아니, 그것은 장군 혼자만의 생각입니다. 마초는 오히려 장군을 의심의 눈으로 보고 있습니다. 그런데 그런 절의를 대체 누구에게 다할 생각입니까?"

양추와 이담, 후선 등이 번갈아가며 배반할 것을 권했다. 그들은 이미 마초를 가망 없다고 단념한 듯했다.

상황이 이렇게 되자 결국 한수도 마음이 변한 듯했다. 양추를 밀사로 보내 그날 밤 은밀히 조조와 내통했다.

'성공했구나.'

조조는 손뼉을 치며 기뻐했다. 친절하고 극진한 답신과 함께 매우 면밀한 계책을 적어 보냈다. 그 계책은 이렇다.

내일 연회를 열어 마초를 초대하시오 기름 장막 주변에 마른 잡목을 쌓고 불을 질러 우선 큰 쥐새끼부터 질식시키시오 불길이 오르는 것을 보면 나 조조가 몸소 병사들을 이끌고 가서 협력하겠소 북과 징을 울리고 함성을 지르며 마초를 생포할 것이오

한수는 다음 날 자신에게 배신을 권한 다섯 명을 불러 상의했다. 조조가 말한 계책이 완전하다고는 할 수 없었기 때문이다.

"지금 불러도 마초가 오지 않을 것이오."

한수는 그 점을 걱정하고 있었다.

"아니 의외로 올지도 모릅니다. 장군께서 사죄한다고 말씀하신다면."

양추가 말하자 후선도 거들었다.

"아무래도 나이가 어리니 말만 잘하면 올 것입니다."

"유창한 언변으로 마초를 데리고 오겠습니다. 그 부분은 저에게 맡겨주십시오."

이담이 자신 있게 말했다.

그들은 즉시 기름 장막을 치고 마른 가지를 쌓아 숨기고 연회를 준비하기 시작했다. 그리고 한수를 중심으로 일단 미리 축하하는 의미로 한 잔씩 마시면서 작전 순서에 대해 이야기를 나누었다. 그때 갑자기 욕설을 퍼부으며 들어오는 자가 있었다.

"반역자 놈들, 꼼짝 마라."

마초였다.

"앗, 이것은?"

허를 찔려 우왕좌왕하고 있는 사이에 마초는 검을 빼자마자 한수에게 달려들었다.

"이놈! 어젯밤부터 무슨 모의를 하고 있는 것이냐?"

한수는 창을 집어들 틈이 없었기 때문에 왼팔을 들어서 막았다. 마초의 검은 그의 왼손을 베어 떨어뜨렸다.

"어디로 도망가느냐?"

도망가는 한수를 따라가며 소리치자 다섯 명의 대장이 좌우에서 마초에게 덤벼들었다.

기름 장막 밖에서 불길이 치솟았다. 마초는 피 묻은 검을 들고 혈안이 되어 한수를 찾아다녔다.

"한수, 한수는 어디 있느냐?"

그의 앞을 막아선 마완은 그 자리에서 칼에 맞아 죽었고, 그를 따라왔던 방덕과 마대 등도 한수의 부하들을 닥치는 대로 주살했다. 그런데 쏜살같이 위수를 건너온 일진, 이진, 삼진의 기병 부대가 불길 속으로 뛰어들며 소리쳤다.

"마초를 생포하라."

"잡병들은 놔두고 마초를 공격하라."

호치 허저를 비롯해 하후연, 서황, 조홍 등 조조 군의 맹장들이 총출동했다. 마초는 깜짝 놀랐다.

"이미 준비하고 기다리고 있었구나."

그는 급히 진영 밖으로 달려 도망갔으나 방덕과 마대가 보이지 않았다.

그조차 그처럼 당황했으니 마초 군의 혼란은 말할 필요도 없을 것이다. 진영 곳곳에서 검은 연기가 뭉게뭉게 피어오르고 있었다.

날은 저물었지만, 불길은 하늘을 태우고 위수는 새빨갰다.

병법을 강의하다

같은 편끼리의 시기와 의심은 경계해야만 한다. 아군 사이에 자신도 모르게 적을 만들어버리는 무서운 것이기 때문이다.

그러나 그 반간고육反間苦肉(적군에 침입하여 적군을 갈라놓기 위해 일부러 포로가 되는 등 자기편을 고통스럽게 하는 행위)을 쓴 조조 쪽에서 보면 지금 조조 군은 서량의 마초 군에 대해 '적중작적敵中作敵'의 계책이 완벽히 성공했다고 할 수 있다.

같은 편끼리 패가 갈리고 화친은 결렬되었다. 마초는 자신이 붙인 불과 자신이 자초한 화에 쫓겨 겨우 임시로 만든 위수의 다리까지 도망쳐왔다.

돌아보니 방덕과 마대와도 헤어지고 따르는 병사라고는 100명이 채 되지 않았다.

"거기 오는 것은 이담이 아닌가."

서량을 나올 때부터 팔기의 한 사람으로 믿고 의지하던 그를 마초는 물론 아군으로 믿고 있었다. 그 이담이 병사들을 끌고 다가오자마자 "저기 있다. 놓치지 마라."라며 창을 꼬나 들고 앞장서서 달려와 마초에게 덤벼들었다.

마초는 깜짝 놀랐다.

"네놈도 반역자 떨거지였더냐?"

마초도 격노하여 덤벼들자 이담은 두려움을 느끼고 말 머리를 돌렸다.

그때 다른 한편에서 또다시 조조의 부하 우금의 병사들이 쫓아왔다. 우금은 병사들 사이에서 시위를 당겨 멀리서 마초를 겨냥했다.

활시위 소리와 함께 마초가 말 등에 엎드렸다. 화살은 마초를 맞히지 못하고 지나갔다.

그런데 그 화살이 어이없게도 이담의 등에 꽂혔고 이담은 말에서 떨어져 죽었다.

마초는 주변에 눈길도 주지 않고 곧장 우금의 병사들 사이로 파고들어 마음껏 적을 짓밟은 뒤 위수의 다리 위에 서서 크게 한숨을 내쉬었다.

이윽고 날이 밝았다.

마초는 다리 위에 진을 치고 아군이 모이기를 기다렸다. 그러나 들려오는 소리라고는 적병의 소리뿐이었고 날아오는 것이라곤 적병이 쏘는 화살뿐이었다.

적병들은 시시각각 수위가 높아지는 대하처럼 포위망만 두껍게 할 뿐이었다. 마초는 몇 번이나 맹렬한 기세로 적병들을 향해 돌격했으나 그때마다 상처를 입고 허무하게 다리 위로 돌아올 수밖에 없었다.

"여기서 오도 가도 못하고 죽을 바에는 한 번 더 최후의 돌파를 시도하여 보기 좋게 포위망을 뚫고 나가 재기를 꾀하도록 하자. 만약 성공하지 못해 쓰러져 죽는 한이 있더라도 여기서 온몸에 화살을 맞고 허무하게 죽느니보다는 나을 것이다."

남아 있는 병사들을 독려하고 사나운 소가 불을 뒤집어쓰고 미쳐 날뛰는 것처럼 마초는 다시 다리 위를 달렸다.

"나를 따르라."

"내 뒤에서 떨어지지 마라."

마초 군 40~50명도 죽을힘을 다해 포위망을 돌파했다. 사람이 사람을, 말이 말을 짓밟았다. 조조 군의 한쪽이 피 보라를 일으키며 갈라졌다.

그러나 마초를 따르는 병사들은 도처에서 공격을 받아 어느 틈에 마초는 혼자 남게 되었다.

"가까이 오기만 해봐라. 이 목숨이 붙어 있는 한 네놈들의 목숨도 없는 줄 알아라."

창이 부러져서 벌써 내던져버렸다. 적의 창을 빼앗아 후려쳐 죽이고 적의 활을 빼앗아 두들겨 팼다. 말도 사람도 마치 붉은색으로 그린 귀신 같았다.

그러나 아무리 마초라도 정력에는 한계가 있었다. 문득 이제 끝이라는 생각이 들었다.

'이젠 틀렸구나.'

그런 생각이 들 때 인생의 난관은 언제나 거기서 최후를 맞게 된다.

'제기랄, 아직 숨은 붙어 있어.'

마초는 약해지는 마음을 질타하며 적군에 맞서 반 시진가량 분전했다.

그때 서북쪽에서 한 무리의 병사들이 달려왔다. 뜻밖에도 아군인 마대와 방덕이었다. 그들은 조조 군의 측면을 공격하여 순식간에 흩어버리고 이때라는 듯이 방덕이 마초를 옆구리에 안고 멀리 달아났다.

||| 二 |||

적중작적의 계책이 보기 좋게 들어맞은 것을 보고 조조는 말을 전선으로 몰고 나왔다. 그는 마초가 도망갔다는 보고를 듣더니 "화룡점정이 빠졌군."이라며 아쉬워했다. 그리고 말 앞에 있는 사람들에게 물었다.

"마초를 따라 도망간 병력은 얼마나 되는가?"

장수 한 명이 대답했다.

"방덕과 마대 등 약 1,000명 정도입니다."

"뭐, 1,000명? 그럼 이미 무력화시킨 것이나 다름없다. 너희들은 밤낮을 가리지 말고 그들의 뒤를 쫓아가 공을 세워라. 마초의 머리를 가지고 온 자에게는 천금의 상을 내리겠다. 또 생포해온 자에게는 신분에 상관없이 만호후萬戶侯에 봉하여 일약 제후의 반열에 들게 해주겠다."

이건 정말로 파격적인 포상이었다. 졸병들까지 떨치고 일어나 앞다투어 마초 추격에 나섰다.

아무리 마초라도 이래서는 버티기가 어렵다. 쫓기고 쫓기다가 돌아서서 적을 공격하고 멈춰 서서 추격군과 싸우다 보니 결국 고작 30여 명의 병사밖에는 남지 않았다. 밤에도 자지 않고 낮에도 먹지 않고 오직 서량을 향해 달아났다.

방덕과 마대는 도중에 마초와도 헤어져 멀리 농서隴西 지방을 향해 패주했으나 그 사실을 안 조조는 화근을 뿌리 뽑을 생각으로 끝까지 추격하게 했다.

"지금 그들이 지방으로 숨어 들어가게 해서는 안 된다."

장안의 교외까지 오자 도성에서 순욱이 보낸 사자가 와서 서신을 전했다.

북쪽 구름이 급박해진 것을 보고 남강의 물이 제방을 무너뜨리려고 합니다. 조금이라도 빨리 병사들을 수습하여 허도로 돌아오시기 바랍니다.

조조는 전군을 수습하고 군령을 내렸다.

"일단 돌아가자."

왼팔이 잘린 한수를 서량후로 봉하고 그와 함께 항복한 양추, 후선 등도 열후에 봉하고 명령을 내렸다.

"위수 어귀를 철통같이 지켜라."

그런데 양주涼州에서 참전한 양부陽阜라는 자가 앞으로 나와 조조에게 간언했다.

"마초의 용맹은 옛날의 한신韓信, 영포英布에게도 뒤지지 않습니다. 오늘 그를 남겨두고 퇴각하는 것은 산불을 끄러 갔다가 불씨를 남겨놓고 돌아가는 것과 마찬가지로 위험하기 짝이 없는 일입니다."

"그렇지 않아도 그 부분은 걱정하던 참이네. 그의 목을 베고 여기서 반년쯤 머물면서 전후 경략經略까지 하고 돌아간다면 좋겠지만, 지금 도성의 사정과 남방의 정세가 그것을 허락지 않네."

"이전에 저와 함께 양주 자사刺史를 지낸 사람으로 위강韋康이라는 인물이 있습니다. 양주의 사정에도 밝고 민심도 얻고 있으니 그에게 기성冀城을 지키게 하고 군사를 맡겨두시면 비록 마초가 재기를 도모하더라도 얼마 못 가 자멸할 것으로 여겨집니다."

"그렇다면 그 임무를 그에게 맡기겠네. 그대가 위강과 협력하여 다시 마초의 세력이 뿌리내리지 못하도록 하게."

"그러시다면 아군 일부를 남겨 장안의 요해만은 충분히 지킬 수 있도록 해주십시오."

"물론이지. 장안 경계에 충분한 병력과 그에 걸맞은 용장을 남겨놓고 가겠네."

조조는 하후연에게 명령을 내렸다.

"옛 도성 장안에는 한수를 남겨두고 가겠으나 그는 왼팔을 잃어 움직임이 자유롭지 못하다. 나의 심복인 그대가 나를 대신해서 경계를 잘 지키도록 하라."

그러자 하후연이 말했다.

"이름이 장기張旣, 자가 덕용德容이라는 자가 있습니다. 고릉高陵 태생입니다. 그를 경조윤京兆尹으로 써주십시오. 장기와 힘을 합쳐 두 번 다시 승상께서 서량으로 인해 염려하는 일이 없도록 하겠습니다."

"좋다. 장기도 남아라."

조조는 하후연의 청을 수락했다.

||| 三 |||

도성으로 돌아가기 전날 밤, 조조는 장수들과 함께 주연 자리를 가졌다.

그 자리에서 한 장수가 조조에게 물었다.

"후학을 위해 묻겠습니다만, 전투 초기에 마초 군은 동관에 거점을 두고 있었기 때문에 위수의 북쪽이 차단된 상황이었습니다."

"그랬지."

"그래서 당연히 강의 동쪽을 공격하여 진격할 것이라고 생각했습니다만, 공연히 야진을 쳐서 위험을 자초하기도 하고 나중에는 북쪽 기슭에 진을 만들기도 하는 등 평소와는 다르게 전법이 갈팡질팡한다는 느낌을 받았습니다만⋯⋯."

"그건 어려운 곳을 공격하지 않고 쉬운 곳을 공격한다는 당연한 전법을 썼을 뿐이네."

"그 전법은 알고 있습니다만, 이번에는 그 반대로 움직인 듯이 보였습니다."

"그런 조건을 적이 만들도록 처음에는 일부러 적의 정면을 공격하는 것처럼 보여 적병들을 모두 아군의 전면에 집중하게 만든 후 서황과 주령 등의 별동대로 적 병력이 적은 강 서쪽에서 쉽게 넘어가게 한 것이네."

"그렇군요. 그럼 승상의 주목적은 오히려 별동대에 있었던 셈이군요."

"그렇다고 할 수 있지."

"나중에 우리의 주력군은 북쪽으로 건너 제방을 따라 실패를 거듭한 끝에 얼음성까지 구축했습니다만, 승상도 처음에는 이렇게 빨리 전쟁이 끝나리라고는 생각하지 않으셨지요?"

"아니, 난 일부러 아군의 약한 부분을 부각시켜서 적을 교만하게 만들었네. 또 한 가지는 서량의 병사들은 사나운 말처럼 성급하기에 일부러 침착하게 굴어 그들을 초조하게 만든 것이야."

"적중작적의 계책은 이전부터 생각하고 계셨던 것입니까?"

"전쟁에서 기회를 잡는 것은 감勘이 중요하네. 또 하늘에서 내려오는 소리에 귀를 기울여야 하지. 상도常道로는 말하기 어려운 부분이 있다는 말일세. 싸우기 전에는 신중을 기하기 때문에 오로지 패배하지 않기 위해 힘쓰지. 그러나 막상 전쟁이 시작되면 질풍신뢰疾風迅雷(사납게 부는 바람과 빠른 번개라는 뜻으로, 행동이 날쌔고 과격함이나 사태가 급변함을 비유해 이르는 말)를 요하게 되네. 또 서전에서는 적군도 아군도 모두 참모의 지략에 따라 상식선에서 대처하지. 그러나 그러는 사이에 하늘의 소리, 즉 감을 잡아서 어느 쪽이든 적의 상도를 뒤집어야 하네. 여기가 승패의 갈림길이네. 모든 용병의 신변묘기神變妙機를 한마디로 말하기는 어려워."

그의 설명은 제자에게 강의하듯 지극히 자상하고 친절했다. 장수들은 또 제각기 물었다.

"출진 초기에 마초 군의 병력이 시시각각 늘어났습니다. 그중에는 팔기의 대장들을 비롯해 맹장이 많다는 말을 승상께서 들으셨을 때 손뼉을 치며 기뻐하셨습니다만, 그때는 어떤 기분이셨습니까?"

"서량은 땅도 험하고 중앙에서 멀리 떨어져 있네. 황제의 덕이 미치지 않는 그 폭군들이 한꺼번에 몰려온다면 그것은 힘들여 부르지 않았는데도 사냥터로 온 사슴이나 멧돼지와 마찬가지가 아니겠나?"

"아하, 그렇군요."

"만약 서량을 나오지 않고 왕위에도 굴복하지 않으며 그저 변방에서 위세를 부리고 있는 그들을 원정한다면 막대한 군비와 병력과 시간이 필요할 것이네. 아마 한두 해가 걸려도 이번과 같은 전과를 올릴 수는 없었겠지. 그래서 나도 모르게 마초 군이 대거 몰려왔다는 말을 듣고는 기쁜 나머지 웃은 것인데, 그것을 이상히 여긴 자네들도 이제 병법을 논할 눈이 생겼다고 봐도 되겠군. 이후로도 실전에 임할 때는 평소의 작은 지식에 구애받지 말고 큰 지혜를 닦도록 하게."

말을 끝낸 조조는 술잔을 들었다. 장수들도 모두 감탄하며 축배를 들었다.

"승상은 여전히 청춘이십니다!"

도성으로 돌아오자 헌제는 그를 더욱더 두려워하며 몸소 가마를 타고 나가 개선군을 맞이했다. 그리고 조조를 한의 상국 소하蕭何처럼 대하라고 말했다. 이제 조조는 신발을 신은 채 대전에 들어갈 수 있고, 검을 찬 채 조정에 출입할 수 있게 된 것이다.

촉나라 사람 장송

||| 一 |||

근래 한중漢中(섬서성 한중)의 백성들 사이에선 일종의 도교가 유행하고 있었다.

오두미교五斗米敎.

임시로 이렇게 칭해두겠다. 이 종교에 들어가기 위해서는 신도가 된 증표로 쌀 다섯 말을 바치는 것이 규칙이었기 때문이다.

"우리 집은 무슨 일인지 병자가 끊이지 않아."

"이렇게 재난이 계속 일어나는 것은 분명 뭔가의 저주를 받은 거야."

따위로 말하는 사람이 있는 한편,

"우리 집 앉은뱅이가 일어섰어."

"오두미교의 부적을 문에 붙였더니 신기하게도 도둑이 들지 않아."

이런 미신과 뜬소문, 거짓말, 진실, 잡다한 말이 생기면서 어느 틈에 한중 안에서 이 요사스러운 종교인 도교와 그 전당이 국주의 권위를 능가하기 시작했다.

교주는 사군師君이라고 칭했다. 그의 출신을 살펴보면 촉의 곡명산鵠鳴山에서 마찬가지로 도교를 전파하던 장형張衡이라는 도사의 아들로 이름은 장로張魯, 자는 공기公棋라는 인물이었다.

그가 한중에 와서 이른바 오두미교를 창시하고 우민들에게 호소했다.

"불쌍한 자들이여. 모두 나에게 의지하라. 내가 너희를 고통에서 해방시켜주겠노라."

민중의 역경이 이때만큼 심했던 시대도 없었다. 온 집안 식구들이 모여 그날을 즐겁게 보내는 집은 눈을 씻고 찾아봐도 없었다. 게다가 몽매하고 내일의 희망도 없는 민중은 "이분이야말로 하늘이 내리신 도사님."이라며 즉시 쌀 다섯 말을 짊어지고 참배하러 오는 자가 문전성시를 이루었다.

사군 장로를 중심으로 치두治頭, 대제주大祭酒 등의 도자道者들이 있고 그 아래에 귀졸鬼卒이라고 부르는 제관祭官이 수백 명에 이르렀다.

장애인, 병자 등이 기도를 부탁하면 "참회하시오."라며 암실에 집어넣은 뒤 7일 후 이름을 적은 종이 세 통 중 한 통은 산 위에 묻으며 천신天神에게 아뢰는 것이라 하고, 한 통은 평지에 묻으며 지신地神에게 사죄하는 것이라고 하며, 또 한 통은 물에 가라앉히며 "너의 죄업은 수신水神에게 부탁하여 흘려보냈다."라고 말해주었다.

우매한 백성들은 곧이곧대로 믿었다. 그 맹목적인 신앙이 때때로 기적을 일으켰다. 그러면 크게 제사를 지냈다. 한중 거리는 요사스러운 종교색으로 물들어 묘문廟門에는 돼지, 닭, 곡식, 사금, 차, 각종 봉납품이 산처럼 쌓이고 다섯 말의 쌀을 담은 자루는 열동의 곳간에 가득 찼다.

이렇게 사교는 해마다 그 세력을 더해 올해로 벌써 30년이나 되었지만, 그 악폐가 들려와도 중앙에서 먼 파촉巴蜀 땅이어서 손쓸 도리가 없었다. 영을 내려 금지할 수도, 병사들을 보내 일소할 수도 없었다.

오히려 교주 장로에게는 비굴한 회유책을 취해왔다. 그에게 진남중랑장鎭南中郎將이라는 관직을 내려 한녕漢寧 태수로 봉하고 대신에 매년 공물을 바치게 한 것이다.

따라서 오두미교는 중앙 정부가 인정한 관허 도교로서 서민들에게 독을 뿌려놓아 지금 파촉 지방은 일종의 종교 국가가 된 상태였다.

그런데 최근 파촉의 한 백성이 자신의 밭에서 황금 옥새를 발견했다며 놀라서 관청으로 가지고 왔다.

장로의 신하들은 모두 입을 모아 그에게 왕위에 오를 것을 권했다.

"이것이야말로 하늘이 한녕 왕에 오르시라고 사군께 내리신 것입니다."

그러자 염포閻圃라는 자가 진지한 표정으로 진언했다.

"중앙의 조조는 지금 서량의 마초를 치고 더욱 기고만장하여 그 위세가 하늘을 찌를 듯합니다. 분명 지금이 공격할 때입니다만, 우선 우리가 촉 41개 주를 병합, 통일한 뒤 조조를 공격하는 것이 좋지 않을까 싶습니다. 사군의 생각은 어떠하십니까?"

||| 二 |||

사군 장로의 동생 장위張衛라는 자가 염포의 말을 듣고 말했다.

"옳은 말이오. 염포의 말이야말로 대계라는 것이오."

그는 앞으로 나와 염포의 헌책을 보증하듯이 이렇게 덧붙였다.

"얼마 전에 서량의 마초가 패한 후 영내는 혼란에 빠지고 서량주의 백성들은 한중으로 도망쳐오는데 이미 그 수가 수만 호에 이른다고 합니다. 그리고 기존 한천漢川의 백성은 가구 수가 수십만이 넘는데 재물은 풍족하고 식량은 충분합니다. 사방의 산과 계곡, 길은 험하여 한 사람이 이를 지키면 만 명의 병사가 통과하지 못한다는 말도 있습니다. 만약 여기에 촉을 더하여 무력과 어진 정치로 통치한 후 제왕을 정한다면 이야말로 천년의 기초를 여는 것이 아니겠습니까? 형님, 부디 불초 장위에게 촉을 칠 병마를 내어주십시오. 목숨을 걸고 이 큰 꿈을 실현하겠습니다."

두 사람의 말을 듣고 장로도 마음이 움직였다.

"좋다. 즉시 준비하도록 하라."

이렇게 해서 한중의 병마가 은밀히 촉을 노리고 있을 때 촉의 상황은 어땠을까?

파촉, 즉 사천성四川省.

장강(양자강) 천리의 상류 지역으로 삼협三峽의 험준함에 장강도 좁아지고 하늘 멀리 푸른 물살은 점점 급해진다. 풍광명미한 이곳을 며칠 동안 배를 타고 가면 눈앞이 탁 트이며 광활한 고원 지대가 펼쳐진다.

아시아의 지붕, 파미르고원에서 시작되는 곤륜崑崙 산계山系의 기복이 심한 지형이 중국 서부에 들어서면서 민산산맥岷山山脈이 되고 이 여러 개의 봉우리를 돌며 흐르는 강은 민강岷江, 금타강金沱江, 부강涪江, 가릉강嘉陵江 등으로 갈라졌다가 다시 장강의 대동맥으로 흘러 들어간다.

사천四川이라는 이름은 여기서 기인한다. 하천 유역의 분지는 쌀과 밀, 동유桐油, 목재 등의 천연 산물이 풍부하고 기후는 온후하다.

인종은 한대 초기부터 이미 많은 한민족漢民族이 들어와 소위 파촉 문화를 번성케 하고 있었다. 그 도부都府, 중심지는 성도成都였다.

다만 이 지방은 교통이 말할 수 없이 불편했다. 북쪽, 섬서성으로 나가기 위해서는 유명한 검각劍閣의 험로를 넘어야만 하고 남쪽은 파산산맥巴山山脈에 가로막혀서 관중關中으로 나가는 네 개의 길, 파촉으로 통하는 세 개의 길도 험준한 골짜기 사이에 교량을 놓아서 겨우 인마가 통과할 정도였기 때문에 세상 사람들은 이것을 '촉의 잔도棧道'라고 불렀다.

이러한 촉도 언제까지나 세상 밖의 별천지로 있을 수만은 없었다.

촉의 유장은 한의 노공왕魯恭王의 후손으로 아버지 유언劉焉의 뒤를 이었지만, 무사안일에 젖어 게으르고 유약하며 사리에 어두운 군주였다.

"한중의 장로가 공격해온다고? 어이해야 할꼬. 아아, 어찌하면 좋단 말이냐?"

그는 태어나서 처음으로 적이라는 것이 바로 옆에 있다는 것을 알았다.

촉의 제장도 모두 두려움에 떨었다. 그때 한 사람이 자리에서 일어나 말했다.

"불초, 세 치의 혀를 놀려 장로의 군사를 물러가게 하겠습니다. 염려치 마십시오."

그는 키가 5척에 불과한 단신에 팔이 길고 코는 찌부러졌으며 뻐드렁니에 이마는 청룡도처럼 넓고 번들번들했다.

큰 것이라고는 목소리뿐이었다. 목소리는 종소리처럼 여운이 있었다.

"장송, 얼마나 자신이 있기에 그리도 호언장담하는가?"

유장을 비롯한 여러 장수가 믿지 못하겠다는 듯이 물었다.

"100만의 병사도 마음 하나에 움직입니다. 그 마음을 가진 자를 제 혀로 설득하겠습니다. 능히 움직일 수 있습니다."

그는 이렇게 대답하며 허도로 가서 조조를 만나 앞으로 위나라가 얻을 이익을 말하여 이 화禍를 촉의 큰 행운으로 바꾸도록 하겠다고 했다. 그는 사람들이 알아듣기 쉽게 찬찬히 가슴속에 있는 큰 방책을 피력했다.

어쨌거나 장송의 헌책은 받아들여졌고, 그는 즉시 사자로서 먼 도성으로 가게 되었다.

그는 여행 준비를 하는 한편 자신의 집에 화공을 불러 서촉 41개 주의 대조감도를 한 폭의 두루마리에 정밀하게 그리게 했다.

||| 三 |||

화공은 50일에 걸쳐 겨우 조감도를 완성했다. 41개 주에 걸친 촉의 산천 계곡과 도시, 촌락, 7도 3도의 도로, 배와 말의 수송 수단, 산물의 집산까지 거대한 한 폭의 그림 속에 그려져 있었다.

"이 두루마리를 보면 앉아서 촉을 유람하는 것과 같겠구나. 아주 잘 그렸네."

장송은 화공을 칭찬했다.

그는 즉시 유장을 알현하여 출발 준비가 되었다며 조조를 만나러 가겠다고 했다.

유장은 전부터 준비해두었던 금구슬과 비단 등의 산물을 백마 일곱 마리에 실어서 장송에게 주었다. 물론 조조에게 보내는 예물이었다.

험준한 천산만협千山萬峽을 넘어 사자 장송은 도성으로 향했다.

마침 조조는 동작대로 놀러갔다가 도성으로 막 돌아온 참이었다.

강남의 풍운은 아직 예측하기 어려웠지만 서량의 맹위를 일격에 분쇄한 그는 더욱 기고만장해졌고, 그의 신하들은 더욱 자만해져서 조조 일문이 아니면 사람이 아닌 듯 자신들의 봄을 구가하고 있었다.

'과연 도성의 봄이군.'

장송은 눈이 휘둥그레졌다. 위의 눈부신 문화 수준에 백마 일곱 마리에 실고 온 예물도 조조 앞에 내놓기가 부끄러울 정도였다.

우선 객사에 짐을 풀고 상부에 입국 신고를 하고 영사부의 관리를 통해 배알부拜謁簿에 성씨와 관직 등을 적었다.

"승상께서 연락을 주실 때까지 기다리시오."

관리의 말에 따라 연락이 오기를 기다렸지만, 며칠이 지나도 상부로부터 아무 연락이 없어서 이상하게 여기고 있는데 객사의 주인이 귀띔해주었다.

"그것은 이름을 명부에 적을 때 관리에게 뇌물을 주지 않았기 때문일 것입니다."

이에 객사의 주인을 통해 막대한 뇌물을 상부의 관리에게 보내니 닷새가 지났을 무렵 연락이 와서 장송은 조조를 만날 수 있게 되었다.

조조는 한 번 힐끗 보더니 문책했다.

"촉은 어째서 매년 공물을 바치지 않는가?"

장송이 대답했다.

"촉의 길은 험준한 데다가 도중에 도적이 많아 도저히 공물을 바칠 길이 없습니다."

조조는 자신의 위엄이 심각하게 손상된 듯한 표정을 지으며 말했다.

"중국의 위세는 사방에 미치고 여러 주의 폐해를 일소하여 나는 지금 도성에 있으면서 천하를 다스리고 있다. 어찌 교통의 요지에 도적이 출몰하겠는가?"

"천하가 완벽하게 평정된 것은 결코 아닙니다. 한중에 장로가 있고 형주에 유비가 있고 강남에 손권이 존재합니다. 게다가 녹림 산야에 여전히 무뢰한들의 소굴로 적합한 지역이 얼마나 많은지 알지 못합니다."

조조는 갑자기 자리를 박차고 일어나 방으로 들어가 버렸다. 격노한 듯한 모습이었다. 장송은 멍하니 조조의 뒷모습을 쳐다보고 있었다.

계단 아래에 늘어서 있던 신하들도 장송의 어리석음을 비웃었다.

"외국의 사신으로 멀리서 와서는 감히 승상을 언짢게 하다니 참으로 버릇이 없군. 승상이 다시 화를 내기 전에 어서 촉으로 돌아가시오."

그때 장송은 코웃음을 쳤다.

"위나라 사람들은 거짓말이 입에 붙은 모양이오. 우리 촉에는 그렇게 아첨하는 사람이 없습니다."

"닥쳐라. 그럼 위나라 사람들이 전부 아첨꾼이라는 말이냐?"

"어이, 누구냐?"

갑작스러운 목소리에 놀라서 장송이 뒤돌아보자 서 있는 신하들 사이에서 젊은 청년 한 명이 성큼성큼 걸어 나와 장송 앞에 섰다.

나이는 스물네댓 살 정도로 얼굴이 희고 눈썹이 가늘었으며 눈매가 시원했다. 그는 홍농弘農 사람으로 일문一門에서 여섯 명의 재상과 세 명의 정승을 낸 명문가 양진楊震의 손자로 이름은 양수楊修, 자는 덕조德祖라는 자였다. 지금은 조조를 섬기고 있었는데, 양랑중楊郎中이라고 불리며 내외창고의 주부主簿로 일하고 있었다.

"외국의 사신이라고 해서 잠자코 듣고 있었더니 괘씸한 발언을 서슴지 않는군. 잠시 그대에게 할 말이 있으니 나를 따라 이쪽으로 오시오."

양수는 이렇게 말하고 장송을 누각의 서원으로 데리고 갔다. 장송은 이 청년의 매력에 왠지 마음이 끌려서 말없이 그의 뒤를 따라갔다.

맹덕신서

||| 一 |||

"여기는 안쪽에 있는 서원이어서 관리들이 드나들지 않으니 잠시 이야기를 나눕시다. 자, 앉으시지요."

양수는 장송에게 자리를 권하고 몸소 차를 끓여 내와서는 먼길을 온 그의 노고를 위로했다.

"촉도는 험하기로 유명하다고 들었습니다. 도성에 오기까지 고생이 많으셨지요?"

장송이 고개를 가로저으며 대답했다.

"주군의 명을 받아 사자로 오는데 어찌 만리를 멀다 하겠습니까? 불을 밟고 칼날 위를 건넌다 해도 마다하지 않을 것입니다."

양수는 재차 물었다.

"촉의 국정과 지리는 노인들의 이야기나 책으로 알 뿐, 직접 촉나라 사람에게 들은 적이 없습니다. 부디 촉나라의 이야기를 들려주십시오."

"알겠습니다. 촉은 대륙의 서부에 위치하며 금강錦江의 험지가 앞길에 놓여 있고, 지세는 날카로운 수많은 봉우리로 둘러싸여 있습니다. 바깥 둘레가 208정程, 종횡 3만여 리, 닭 우는 소리와 개 짖는 소리가 낮에도 들리고 곳곳에 마을이 있습니다. 토양은 비옥하고 나무가 우거져서 가뭄과 홍수의 걱정이 적습니다. 나라는 부유하고 백성들은 풍요로워 집마다 관악기와 현악기가 있고 사람들의 교류는 화평하고 즐겁습니다. 인정이 있고 文문을 좋아하고 武무를 존중하여 지금껏 환란을 모르는 곳입니다."

"이야기만으로도 한번 놀러가고 싶어지는군요. 그런데 귀공은 그 촉에서 어떤 직무를 맡고 계십니까?"

"부끄럽습니다만 미천합니다. 유장 집안의 별가別駕 직에 있습니다. 실례지만 그쪽은?"

"승상부의 주부입니다."

"명문가인 양가는 누대에 걸쳐 명성이 자자하고 부친과 조부께서는 모두 재상과 대신의 관직에 계시지 않았습니까? 그 아들 되시는 분이 어째서 승상부의 일개 관리가 되어 비열한 조조의 신하에 만족하고 계십니까? 어째서 조정에서 천자를 보필하며 사해의 정사에 신명身命을 바치려 하지 않으십니까?"

"……."

양수는 부끄러운 듯 얼굴을 붉힌 채 잠시 고개를 떨구고 있다가 입을 열었다.

"아닙니다. 승상의 문하에서 군사의 실무를 배우고 또 평소에는 서고를 맡아 자유롭게 많은 책을 볼 수 있어서 큰 공부가 되기 때문입니다."

"하하하하, 조조에게도 배울 것이 있습니까? 조 승상은 글을 읽어도 공자의 도도 분명히 알지 못하고, 무에 있어서도 손자, 오자에 미치지 못하여 요컨대 문무 어느 쪽도 어중간하고 그저 장점이라면 패도강권을 철저하게 행하는 신념뿐이라고 들었습니다."

"장 공. 그것은 공의 인식이 잘못된 것입니다. 촉이라는 변경에 계셔서 사회관도 인물관도 조금 좁은 듯합니다. 승상의 대재는 헤아리기 어려울 정도입니다."

"아닙니다. 저의 편견보다는 오히려 도부의 문화에 심취하여 그것을 만능으로 여기며 세상을 보는 주관적인 눈이야말로 왕왕 병적인 독선이 있습니다. 조조의 대재라는 것은 대체 어느 정도입니까? 뭔가 단적으로 보여주는 예가 있다면 보고 싶습니다만."

"좋습니다. 예를 들면 이것입니다."

양수는 일어서서 서고의 선반에서 책 한 권을 꺼내 장송의 손에 건넸다.

책 표지에는 《맹덕신서孟德新書》라고 적혀 있었다.

장송은 일단 내용을 쭉 훑어보았다. 전권 13편으로 모두 병법에 관한 내용인 듯했다.

"이 책의 저자는 누구입니까?"

"조 승상께서 군무 중에 짬을 내어 쓰신 것으로 후세의 병법가를 위해 쓴 책입니다."

"아하, 솜씨가 좋군요."

"고학古學을 깊이 이해한 후에 근대 전술을 논하고,《손자》13편을 모방하여 《맹덕신서》라고 제목을 붙인 것입니다. 이 책 한 권만 봐도 승상의 지식 정도를 알 수 있을 것입니다."

장송은 웃으며 양수의 손에 책을 돌려주고 말했다.

"우리 촉에서는 이 정도의 내용은 삼척동자도 알고 서당에서도 읽고 있습니다. 그런 것을 《맹덕신서》라고……. 아하하하, 사람을 너무 바보 취급하는군."

"그냥 듣고 넘길 수 없는 말씀을 하시는군요. 그렇다면 이 책과 비슷한 책이 있다는 말씀입니까?"

"춘추전국시대에 이미 이 책과 똑같은 저서가 나왔습니다. 작자 미상인 책이라 승상이 그대로 베껴 쓴 후 자신의 머리에서 나온 것처럼 무학의 자제子弟들에게 자랑하고 있는 것입니다. 거참 얼토당토않은 책이 다 있군요."

웃고 또 웃고…… 장송은 웃음을 멈추지 않았다.

||| 二 |||

장송에게 다소 호의를 갖고 있던 양수도 그의 거리낌 없는 웃음과 말에 반감을 느낀 듯 눈에 멸시의 빛을 띠며 말했다.

"아무리 그래도 삼척동자가 이렇게 난해한 책을 암송한다는 것은 언어도단입니다. 허풍도 적당히 하시지요. 그저 가소로운 기분만 들게 할 뿐이니까요."

"거짓말이라고 생각하십니까?"

"누구도 진짜라고는 생각지 않을 것입니다. 시험삼아 한번 암송해보시지요. 가능합니까?"

"삼척동자도 가능한 일을 어째서 나에게 시험해보는 것이오?"

"사실을 증명한 후 이야기를 듣기로 하지요."

"좋습니다. 들어보시오."

장송은 가슴을 펴고 무릎에 손을 올렸다. 그리고 동자가 책을 낭독하듯 《맹덕신서》를 처음부터 끝까지 한 줄, 한 글자도 틀리지 않고 암송했다.

양수는 소스라치게 놀랐다.

갑자기 자리에서 일어나 장송에게 공손히 인사를 하고 말했다.

"참으로 알아뵙지 못했습니다. 저도 매우 많은 저명한 학자와 현자를 만났습니다만, 귀공과 같은 인물을 만난 것은 처음입니다. ……잠시 여기서 기다려주십시오. 조 승상께 당신을 다시 한번 만나보도록 권하겠습니다."

양수는 청년다운 흥분을 드러내며 즉시 조조에게 갔다. 그리고 어째서 촉의 사자에게 그토록 냉담한 태도를 보였는지 그 이유를 따져 물었다.

조조가 대답했다.

"한 번 보면 알지 않느냐? 작은 키에 긴 팔, 딱 긴팔원숭이더구나. 나는 싫다."

"외모로 판단하여 사람을 고른다면 진정한 인재를 놓칠 것입니다. 예전에 예형禰衡이라는 기인도 있었습니다만, 승상께서는 그런 사람조차 쓰시지 않았습니까?"

"예형에게는 일대의 문재文才와 그 힘으로 민심을 얻는 재주가 있었기 때문이다. 대체 장송 따위에게 무슨 재주가 있단 말이냐?"

"장송의 재주는 가히 짐작하기 어렵습니다. 바다를 뒤엎고 강을 뒤집을 만큼 언변이 뛰어납니다. 승상께서 저술하신 《맹덕신서》를 단 한 번 보고 경을 외듯이 암송해버렸습니다. 뿐만 아니라 두루 책을 읽고 이를 잘 기억합니다. 《맹덕신서》는 전국시대에 쓰인 작자 미상의 저서로 아마도 승상께서 쓰신 책이 아니다, 촉나라에서는 삼척동자도 알고 있다고도 했습니다."

양수는 과할 정도로 칭찬했다. 청년이기 때문에 어쩔 수 없는 부분도 있지만, 조조가 어떤 표정으로 마지막 말을 들었는지 알지 못한 채 장송을 칭찬하기에 여념이 없었다.

"중원의 문화에 어두운 먼 나라의 사자로 우리 대국의 기상도 진정한 무위武威도 모르기 때문에 그런 허튼소리를 하는 것으로 보이는군. 양수."

"예."

"내일 위부衛府의 서교장西敎場에서 군사 조련을 위한 열병식이 있으니 너는 장송을 데리고 보러 오너라. 그에게 위의 군대가 어떤 것인지 보여주겠다."

다음 날 양수는 장송을 데리고 연병장으로 향했다.

이날, 조조는 휘황찬란한 갑옷을 입고 명마에 걸터앉아 5만의 군대를 위부의 연병장에서 열병하고 있었다.

호위군虎衛軍 5만, 창기대槍騎隊 3,000, 의장儀仗 1,000, 전차, 석포, 노궁수, 고수鼓手, 나수螺手, 간과대干戈隊, 철궁대鐵弓隊 등이 4단 8열에서 학의 날개처럼 펼쳤다가 다섯 줄을 만들고 또 흩어졌다가 조운진을 만드는 등 장엄한 훈련이 실시된 후에 조조는 관람석 아래로 말을 몰고 갔다.

그리고 땀이 난 얼굴을 붉히며 득의만만하게 장송을 불렀다.

"어떤가, 촉객. 촉에는 이런 군대가 있는가?"

장송은 조금 전부터 삐딱한 시선으로 구경하고 있었는데 조조의 물음에 빙긋 웃으며 대답했다.

"없습니다. 촉은 문치와 도의로서 다스리기 때문에 귀국처럼 병혁兵革이 필요치 않습니다."

또 조조의 마음이 상하지나 않았을까 싶어 옆에 있던 양수는 안절부절못하고 있었다.

서촉 41개 주의 지도

||| 一 |||

패자霸者는 자신을 능가하는 자를 꺼린다.

조조는 처음부터 장송의 눈빛이나 태도가 마음에 들지 않았다.

게다가 그가 자랑스럽게 여기고 있는 호위군 5만의 교련을 관람하는 데 있어서 장송은 참으로 냉소적이었다. 조조는 화가 나서 견딜 수 없었다.

"장송, 지금 넌 촉은 문치와 도의로 다스리기 때문에 병마가 필요 없다고 했으나 만약 내가 서촉을 취하기 위해 이 병마로 쳐들어간다면 어쩔 셈이냐? 촉나라 사람들은 모두 쥐새끼처럼 도망쳐 숨는 재주라도 있단 말이냐?"

"하하하하, 무슨 말씀을 하시는 겁니까?"

장송은 입을 실룩거리며 대답했다.

"듣자 하니 위나라 승상 조조는 옛날 복양에서 여포를 공격하다가 여포에게 희롱당하고, 완성에서 장수와 싸우다가 패주했으며, 적벽에서는 주유가 두려워 달아나고, 화용에서는 관우를 만나 읍소하여 목숨을 구걸하고, 또 가까운 위수 동관의 전투에서는 수염을 자르고 전포를 내던지고서야 겨우 달아났다지요. 그런 불명예를 안고 있는 막하의 장졸들이라면 비록 100만, 200만이 서촉을 공격해온다 하더라도 촉의 천험天險, 촉병의 용맹함이 이를 물리치는 데 무슨 수고와 시간이 필요하겠습니까? 승상, 만약 촉의 산천 풍광의 아름다움을 아직 보지 못하셨다면 언제든지 놀러오십시오. 아마도 두 번 다시 동작대에 가는 일은 없을 것입니다."

어느 쪽이 위협당하고 있는지 몰랐다. 꽤 많은 타국의 사신을 만났지만, 조조 앞에서 이토록 과감하게 말하는 자는 일찍이 한 명도 없었다.

당연히 조조는 격노했다. 양수를 향해 몸을 떨며 소리쳤다.

"말도 안 되는 소리나 지껄이는 괘씸한 놈이구나. 그 목을 소금에 절여서 촉으로 보내라!"

양수는 최선을 다해 변호했다.

"말은 불손하지만 장송의 재주는 실로 헤아리기 어려우니 부디 관대한 조치를 내려주십시오. 제가 대신 벌을 받겠습니다."

"안 된다. 절대로 안 돼!"

조조는 듣지 않았다. 그러나 순욱까지 나서서 이런 재능 있는 자를 죽인 것이 세상에 알려지면 부덕의 요인 중 하나가 될 것이라며 죽이지는 말라고 간언했다.

"그렇다면 곤장 100대를 쳐서 쫓아버려라."

이번에는 병사들에게 명령했다.

장송은 즉시 병사들에 의해 연병장 밖으로 끌려나갔다. 그리고 주먹질, 발길질을 당해 반송장이 되어 내쫓겼다.

"분하다."

장송은 즉시 본국으로 돌아가려고 생각했다. 그러나 다시 곰곰이 생각해보니 자신이 위나라에 온 것은 어리석은 유장이 도저히 촉을 다스릴 수 없기 때문이다. 조만간 한중의 침략을 받을 운명이다. 그래서 만약 조조가 괜찮은 인물이면 위나라에 촉을 병합시키든지 속국이 되든지 어느 쪽이든 촉을 조조에게 내줄 생각이었던 것이다.

'좋다. 반드시 그가 후회하게 만들어주마. 나도 촉을 나올 때 사람들 앞에서 큰소리를 치고 나온 이상 허무하게 이런 굴욕을 안고 돌아갈 수 없다.'

그는 부어오른 얼굴을 치료하고 다음 날 상부에도 알리지 않고 종자를 데리고 허도를 떠났다.

"촉의 난쟁이가 더 작아져서 촉으로 돌아갔다."

도성 사람들은 웃었다. 그러나 그는 도중에 길을 바꿔서 형주로 서둘러 갔다. 영주郢州 근처에 왔을 때 맞은편에서 한 무리의 군마가 다가오더니 선두의 장수 한 명이 물었다.

"거기 오시는 분은 촉의 별가 장송 님이 아니십니까?"

장송이 그렇다고 대답하자, 그는 말에서 훌쩍 뛰어내리더니 인사를 하고 말했다.

"저는 형주의 신하, 조자룡입니다. 주군 유비의 명을 받아 여기까지 마중 나왔습니다. 멀고 험한 길을 오시느라 많이 피곤하시지요? 자, 저기서 잠깐 쉬시지요."

안내된 정자에는 술과 차가 준비되어 있고 목욕물까지 마련되어 있었다.

||| 二 |||

위나라에 사자로 갔다가 목적한 바를 이루지 못하고 실의와 굴

욕을 안고 돌아가는 객을 이렇게 정중하게 맞아주리라고는 장송도 생각지 못한 듯했다.

"유 황숙께서는 어째서 나를 이처럼 정중하게 맞아주십니까?"

장송이 묻자 조운이 대답했다.

"아니, 귀공께만 이러는 것이 아닙니다. 저희 주군은 손님 대접이 후한 분이십니다."

거기서부터는 조운의 안내로 아무런 불편함과 불안함을 느끼지 않고 길을 갈 수 있었다. 여러 날이 지나 형주의 경계에 들어섰다. 그리고 황혼 무렵 역관에 도착했다.

문밖에 100여 명의 병사가 두 줄로 나뉘어 정렬해 있었다.

그들이 장송을 보자 일제히 북을 치고 징을 울리며 환영했기 때문에 장송이 놀라서 그 자리에 서자 긴 수염을 가진 거구의 장수가 그의 앞으로 나와 정중히 인사했다.

"빈객을 환영합니다."

그러고는 직접 말 고삐를 잡고 인도했다.

장송은 당황하여 말에서 내려 물었다.

"당신은 관우 장군이 아닙니까?"

"그렇습니다. 제가 관우입니다. 잘 부탁합니다."

"죄송합니다. 몰랐다고는 하지만, 그만 말 위에서 인사를 받고 말았습니다. 용서하십시오."

"아닙니다. 저는 귀공을 마중하라고 명령받은 일개 신하에 지나지 않습니다. 국빈이신 귀공께 그런 염려를 끼쳤다니 제 역할을 잘못한 것 같습니다. 분부하실 것이 있다면 뭐든 말씀해주십시오."

역관 안으로 들어온 관우는 손님을 밤새 극진히 대접했다.

다음 날, 드디어 형주성에 들어갔다. 성문까지 가는 길은 먼지 한 톨 없이 깨끗이 청소되어 있었다.

그때 맞은편에서 비단 오색기를 휘날리며 한 무리의 인마가 다가오고 있었다.

나팔 연주와 함께 말을 타고 선두에서 오는 사람은 바로 유현덕이었다. 좌우에 있는 사람은 와룡 공명과 봉추 방통 두 중신인 듯했다.

장송이 놀라서 말에서 내려 급히 길바닥에 무릎을 꿇고 예를 취하려 하자 유비도 어느새 말에서 내려 그의 손을 잡았다.

"일찍부터 대부의 고명은 천둥처럼 듣고 있었습니다만, 첩첩이 산이 가로막고 있어 가르침을 청할 수 없었습니다. 그런데 오늘 촉으로 돌아가신다는 말을 듣고 어머니를 기다리는 심정으로 기다리고 있었습니다. 잠시 성에 들르셔서 가르침을 주십시오."

"누추한 일개 객을 위해 가신을 보내시고 오늘은 또 과분하게 친히 맞아주시니 저는 그저 황송할 따름입니다."

조조 앞에서는 그처럼 불손하던 장송도 유비 앞에서는 한없이 겸허할 뿐이었다.

사람과 사람의 응대는 요컨대 거울과 같은 것이다. 교만은 교만을 반영反映하고 겸손은 겸손을 반영한다. 다른 사람의 무례에 화를 내는 것은 자신을 반영한 것에 화를 내는 것이라고 할 수 있다.

성안의 환영은 호사스럽지는 않았지만 운산雲山 만리를 여행한 객에게는 따뜻함을 느끼게 했다.

또 유비는 세상의 일반적인 이야기만 할 뿐 촉의 사정에 대해서는 전혀 묻지 않았다.

오히려 장송이 먼저 이런 질문을 했다.

"지금 황숙이 다스리는 땅은 형주를 중심으로 몇 주나 됩니까?"

공명이 옆에서 대답했다.

"주도州都는 모두 빌린 것입니다. 우리는 주군께 그 땅들을 빼앗아 영유하여도 전혀 불의하지 않다고 설득하고 있습니다만, 저희 주군은 의리가 있으셔서 오나라 손권의 여동생을 부인으로 삼은 것에 의를 내세워 아직 자신의 나라라는 것을 가지고 계시지 않습니다."

방통도 옆에서 거들었다.

"저희 주군은 사람들이 모두 아는 대로 한조의 종친이면서도 전혀 자신을 강하게 내세우지 않으십니다. 지금, 그 한조의 최고 신하 자리에 있으면서 정치를 마음대로 주무르는 자는 원래 필부나 다름없지요."

그는 참으로 답답하다는 듯이 말하고 장송에게 잔을 내밀었다.

||| 三 |||

"그렇습니다. 옳은 말씀입니다."

장송은 몇 번이나 고개를 끄덕이며 잔을 받았다.

"덕이 있는 자에 의해 천하는 유지됩니다. 다시 말해 백성들이 안심하고 살 수 있는 행복한 나라도 거기에 있습니다. 불초가 생각하기에 유 황숙은 한실의 종친, 인덕은 이미 갖춰져 있고 사민四民도 저절로 그 고풍高風을 알고 있으므로 형주 하나를 취하는 것에 그치지 마시고 정통을 이어받아 황위에 오르신다 해도 아무도 비난할 수 없을 것입니다."

유비는 듣고 있는 것인지 안 듣고 있는 것인지 그저 손을 모으고 조용히 고개를 가로젓다가 이렇게 말하고는 웃었다.

"과찬이 지나치십니다. 어찌 저에게 그런 자격과 덕망이 있겠습니까?"

체류 사흘째, 장송은 이 성안에서 참으로 융숭한 대접을 받았다. 게다가 불쾌한 경험이라곤 한 번도 한 적이 없었다.

나흘째 되는 날 장송은 작별을 고하고 촉으로 떠났다. 유비는 아쉬워하며 십리정十里亭까지 몸소 배웅하러 나왔다. 그리고 여기서 잠시 쉬었다 가자며 작별 연회를 베풀어 함께 술잔을 들고 가는 길의 무사함을 빌었다. 유비는 눈물을 글썽이며 말했다.

"선생과 교제한 지 불과 사흘, 또 언제 가르침을 받을 수 있겠습니까? 인생다사人生多事, 촉에 돌아가시거든 바쁘시겠지만 때때로 형주에 유비가 있다는 것을 생각해주십시오. 기러기가 서쪽으로 날아갈 때는 저도 그것을 보며 서촉에 선생이 계신 것을 가슴속에 떠올리겠습니다."

장송은 이때 가슴에 맹세했다. 촉을 취하여 촉의 신천지를 창조할 사람은 바로 이 사람밖에 없다고.

"아닙니다. 지난 사흘 동안 아침저녁으로 은혜를 받으며 어떤 보답도 해드리지 못하고 헤어지려니 참으로 부끄럽습니다. 단, 황숙을 위해 한마디 드린다면 형주 땅은 황숙께서 영주하시기에 결코 적합한 땅이 아닙니다. 남쪽에 손권이 있어 집어삼키려 하고, 북쪽에는 조조가 있어서 범이 먹이를 노리듯 호시탐탐 노리고 있습니다."

"선생, 저도 그것을 모르는 바가 아닙니다만, 어찌하겠습니까?

몸을 둘 만한 다른 곳이 없으니."

"부디 눈을 돌려 서촉 땅을 보십시오. 거기는 사방이 모두 험하다고는 하지만 일단 협수峽水만 넘으면 비옥한 들판이 천리에 펼쳐져 있고 백성들은 인내심이 강하며 나라는 풍요롭습니다. 지금 만약 형주의 병사를 이끌고 그곳을 점령하신다면 대사의 성취는 이미 눈앞에 있는 것이나 다름없습니다."

"그런 말씀 마십시오, 선생. 그것을 모르는 바는 아니나, 촉의 유장 또한 한실의 피를 이은 가문으로 혈통으로 보아 나와 동족입니다. 어찌 그런 나라를 범할 수 있겠습니까?"

"아닙니다. 그런 생각은 소의는 알고 대의에 어두운 것이라고 할 수 있습니다. 원래 유장은 세상 물정에 어둡고 유약한 태수, 무능한 선인善人으로 이 대변혁기를 헤쳐나갈 수 없을 것입니다. 이 상태로 가다가는 내일이라도 당장 한중의 장로에게 침략당하여 오두미교라는 사악한 종교의 군사들에게 유린당할 수밖에 없습니다. 그래서 위의 조조에게 촉을 취하게 하여 장로의 침략을 막고 촉의 백성을 지키자는 결의가 마음속에 있었습니다. 말하자면 촉나라를 일부러 조조에게 바치러 간 것입니다."

"……."

"그런데 말입니다. 허도에 들어서자마자 저는 눈살을 찌푸리고 말았습니다. 그곳의 도시 문화는 너무도 빠르게 무르익어 사람들은 교만하고 관리들은 뇌물을 밝히는 등 한마디로 유물적 풍조로 가득했습니다. 아니나다를까 조조라는 인물도 그가 군대를 조련하는 모습을 보고 저는 반감만 생겼을 뿐입니다. 생각이 너무나 사대주의적이었고 위압적이었기 때문이지요. 장래에 머지않아 그 조조는 반드시 한조에 큰 화를 초래할 것입니다. 황숙, 결코 치켜세우는 것이 아닙니다. 아부하는 것도 아닙니다. 부디 자중하시고 또 큰 뜻을 품으시고 천하 만민을 위해 소의에 얽매이지 말아주십시오."

장송은 종자를 불렀다.

그리고 말 등에 실은 짐 속에서 상자 하나를 꺼내게 했다.

뚜껑을 열어 그것을 펼치자 천산 만수와 험한 산길, 비옥한 들판, 도시와 부락 등을 한눈에 볼 수 있었다. 즉, 그가 촉을 떠날 때부터 지니고 다녔던 '서촉 41개 주의 지도'를 그린 두루마리였다.

||| 四 |||

"보십시오. 촉의 지도입니다."

"아아, 참으로 정밀하군요. 거리의 원근, 지형의 고저, 산천의 험준함, 관청의 창고, 재정과 식량, 호수에 이르기까지……. 마치 촉이 한눈에 보이는 듯합니다."

유비는 눈을 떼지 못했다.

"황숙, 어서 뜻을 이곳에 세우십시오."

장송은 옆에서 그가 뜻을 정하기를 간곡하게 청했다.

"저에게는 마음 깊이 신뢰하며 사귀는 벗이 두 사람 있습니다. 이름은 법정法正, 자는 효직孝直, 다른 한 사람은 맹달孟達, 자는 자경子慶이라고 합니다. 훗날 그 두 사람이 찾아왔을 때는 저라고 여기시고 여러 가지 일을 상의하셔도 괜찮은 인물들입니다. 부디 잘 기억해두시기 바랍니다."

"청산은 늙지 않고 녹수는 멈추지 않으니 언젠가 선생의 뜻에 보답하겠소."

"이 서촉 41개 주의 두루마리는 훗날 서촉에 들어오실 때의 길잡이가 될 것입니다. 또 오늘의 사례로서 황숙께 헌상합니다. 부디 받아주십시오."

그리고 장송은 촉으로 돌아갔다.

유비는 십리정에서 돌아왔지만, 관우와 조운 등은 수십 리 밖까지 장송과 함께 가며 배웅했다.

익주는 파촉 지방의 총칭이다. 한대漢代부터 촉은 익주, 혹은 파촉이라고 불렸다.

실로 먼 여행이었다. 장송은 며칠이 지나 겨우 고향 익주에 돌아왔다.

수도인 성도에 다 왔을 무렵 길가에 두 친구가 벌써 마중 나와 있었는데 그의 모습을 보자마자 다가왔다.

"이야, 어서 오게."

"무사해서 다행이야."

"오오, 맹달인가. 법정도 나와주었군."

장송은 말에서 내려 번갈아 손을 잡았다.

"오랫동안 촉의 차 향기가 그리웠지? 저쪽 소나무 아래 작은 화로를 놓고 우리 둘이 차를 끓여놓고 기다리고 있었네. 조금 쉬었다 가게."

친구들은 그를 데리고 소나무 아래로 갔다. 차를 음미하며 그동안의 이야기를 나누다가 갑자기 장송이 두 사람에게 물었다.

"자네들도 지금 상태로는 반드시 촉이 멸망할 수밖에 없다는 것을 알고 있겠지만, 만약 그렇게 된다면 이 촉에 누구를 기사회생의 주군으로 맞이하고 싶은가?"

법정이 의아한 얼굴로 말했다.

"자네는 그 때문에 사자로 멀리 가서 조조와 만나고 온 것이 아닌가? 조조와의 교섭이 잘 안 되었나?"

"좋지 않았네. 참으로 결과가 좋지 않았어. 그래서 실은 자네들한테만 털어놓네만, 도중에 마음이 바뀌었네. 촉을 조조에게 넘기는 것은 촉의 파멸을 의미할 뿐, 촉나라 백성의 행복과는 거리가 멀어."

"그렇다면 누구를 맞이하자는 말인가?"

"그래서 지금 자네들에게 의중을 물은 것이 아닌가? 기탄없이 말해보게."

"진심인가?"

"자네들을 속여서 뭐 하게?"

"음……"

법정은 신음하다가 입을 열었다.

"나라면 형주의 유현덕이 좋을 것 같네."

맹달의 얼굴을 보자 맹달도 눈빛을 반짝이며 말했다.

"맞아. 조조에게 촉을 바치느니 유비를 주군으로 모시는 편이 훨씬 낫지. 처음부터 유비에게 사자로 갔으면 좋았을 것을."

이 말을 들은 장송은 빙그레 웃으며 주위를 둘러보았다.

"실은……."

그리고 두 사람의 얼굴에 자신의 얼굴을 가까이 대고 허도를 떠난 후 형주에 들른 사정이라든지 유비와 묵계默契를 맺고 온 사실

등을 털어놓았다.

"그렇군. 그럼 우연히 세 사람의 생각이 일치했다는 말이군. 좋아, 그리되면 크게 보람도 있지. 장형, 실수하지 말게."

"만사는 이 가슴속에 있네. 만약 이 일에 대해서 유장이 자네들을 부르거든 자네들이야말로 실수 없도록 하게."

"물론이지."

세 사람은 피로 맹세한 후 헤어졌다.

다음 날 장송은 성도에 들어가 유장을 알현하여 사자로 다녀온 결과를 자세히 보고했다.

물론 조조에 대해서는 매우 좋지 않게 말했다. 그는 일찍부터 촉을 빼앗을 속셈이 있었기 때문에 이쪽의 말은 들을 생각도 하지 않았을 뿐만 아니라 오히려 장로보다 앞서 촉을 공격할 낌새조차 보였다고 말했다.

진군

||| 一 |||

유장은 얼굴에 당황한 빛이 역력했다.

"조조에게 그런 야심이 있었다니, 장로가 촉을 노리는 늑대라면 조조는 촉을 엿보는 호랑이. 대체 어찌하면 좋단 말인가."

우유부단한 유장은 마땅한 대책을 세우지 못했다. 그저 불안에 떨며 말했다.

"염려하실 것 없습니다."

장송이 힘주어 말했다.

"이렇게 된 이상 형주의 유비에게 부탁하십시오. 주군과는 같은 집안일뿐만 아니라 이번 여행 중에 각 주의 소문을 들었는데, 그는 인자하고 관대하며 세상에 드문 장자長者라고 인망을 얻고 있었습니다."

"하지만 유현덕과는 지금까지 어떤 교류도 없었네. 그도 경제의 피를 이어받은 동족이라는 말이야 전부터 듣고 있었지만."

"그러니 이번에 정중히 서신을 보내면 유비도 기꺼이 우호국의 친교를 맺을 것입니다."

"그렇다면 그 사자로 누구를 보내면 좋겠나?"

"맹달, 법정. 이 두 사람이 적합합니다."

그때 장막 밖에서 큰 소리로 외치는 자가 있었다.

"주군. 귀를 막으십시오. 장송이 하는 말 따위에 휘둘린다면 이 나라 41개 주는 다른 이의 손에 넘어가고 맙니다."

놀라서 돌아보니 이름은 황권黃權, 자는 공형公衡이라는 자가 이 마에 땀을 흘리며 들어왔다.

유장이 눈살을 찌푸리며 큰소리로 꾸짖었다.

"어째서 그런 말을 하는가? 주의하라."

황권은 개의치 않고 말했다.

"주군 모르시겠습니까? 유비는 조조도 두려워하는 인물. 너그 럽고 관대하게 대하여 사람을 따르게 하고 좌우에 와룡과 봉추 두 군사가 있으며 막하에 관우, 장비, 조운 등이 있습니다. 만약 그를 촉에 불러들인다면 민심은 즉시 그에게 갈 것입니다. 한 나라에 두 주인은 없으니 누란지위累卵之危(여러 개의 알을 쌓아놓은 것처럼 위 태위태한 형편이라는 뜻)를 초래할 것은 불을 보듯 뻔한 일입니다. 게 다가 장송은 위에 사자로 갔으면서 돌아오는 길에 형주에 들렀다 는 소문도 있습니다. 부디 현명하게 생각하시기 바랍니다."

이렇게 되자 장송도 가만히 있을 수 없었다.

"국가의 위기는 먼 미래의 일이 아니오. 이미 지금 촉은 그 위기 에 놓여 있소. 만약 한중의 장로와 위의 조조가 결탁하여 지금이라 도 당장 국내로 진격해 들어온다면 어쩔 셈이오? 단지 강한 체하 는 것만이 애국이 아니오. 다른 좋은 계책이 있으면 말해보시오."

장송은 따져 물었다.

그러자 다시 장막 밖에서 성큼성큼 걸어 들어와 주군 앞에 선 인물이 있었다.

"안 됩니다, 주군. 장송의 언변에 넘어가서는 안 됩니다."

종사관 왕루王累였다. 왕루는 고개를 숙여 인사하고 나서 말을 이었다.

"비록 한중의 장로가 쳐들어온다 해도 그것은 개선疥癬(피부병)에 지나지 않습니다. 그러나 유비를 끌어들이면 가슴과 배의 중병이 될 것입니다. 불치병을 끌어들이는 것과 마찬가지입니다. 부디 그런 일은 없도록 하십시오."

그러나 유장의 머리에는 앞서 들었던 장송의 말이 강하게 박혀 있었다. 장송은 직접 각 주의 정세를 보고 온 사람이기도 하고 왕루나 황권은 국외의 실정에 어둡다고 생각했기 때문이다. 몹시 기분이 상한 유장은 나무라기 시작했다.

"시끄럽다. 인망도 없고 실력도 없는 유비라면 일부러 청하여 제휴할 필요도 없는 것이 아닌가? 우리 집안과는 혈연관계이기도 하고 조조조차 한 수 위라고 여기는 자라는 말을 들으니 나도 든든한 생각이 들어 그의 힘을 빌리고자 하는 것이다. 너희들이야말로 두 번 다시 쓸데없는 소리를 하지 마라."

이렇게 해서 장송의 권유는 유장에게 받아들여졌다. 사자로 부름을 받은 법정은 전에 피로 맹세한 일도 있고, 장송과는 어디까지나 생각이 같았다. 그는 유장의 서신을 받아 들고 즉시 형주로 떠났다.

"뭐, 촉의 법정이라고?"

유비는 사자의 이름을 듣자 장송이 헤어질 때 한 말이 떠올랐다.

즉시 법정을 맞아들였다. 그리고 서신을 받자마자 그 자리에서 열어보았다.

족제族弟 유장, 인사드립니다. 이 글을 종형宗兄 되시는 장군의 휘하에 보냅니다.

서면의 첫 줄은 이렇게 쓰여 있었다.

||| 二 |||

그날 밤, 유비는 방에서 홀로 생각에 잠겨 있었다.

방통이 와서 물었다.

"공명은 어디에 있습니까?"

"촉에서 사자 법정을 객관까지 배웅하러 가서 아직 돌아오지 않았소."

"그렇습니까? 그렇다면 주군께서는 법정에게 이미 답변을 주신 것입니까?"

"아직 생각 중이오."

"장송이 떠날 때 그렇게 신신당부했는데 아직도 의심하고 계시는군요."

"의심하는 건 아니오만."

"그렇다면 뭘 그렇게 번민하고 계십니까?"

"생각해보시오. 지금 나와 싸우고 있는 자가 누구인지를."

"조조야말로 최대의 적이지요."

"그 조조를 상대로 싸우는 데 지금까지는 모두 그와는 반대되는 것들을 취하여 나의 계략으로 삼았었소. 그가 급함을 취하면 나는 느림을 취하고, 그가 폭暴을 취하면 나는 인仁을 취하고, 그가 거짓을 취하면 나는 진실함을 취해왔소. 그것을 스스로 깨는 것이

304

삼국지 4

괴로울 뿐이오."

"네? 무슨 말씀이신지 이해가 가지 않는군요."

"장송과 법정, 맹달이 권한 대로 촉에 쳐들어가면 당연히 유장은 멸망할 것이오. 그는 언제나 말했듯이 나의 족제요. 내가 동족을 속이고 촉을 취한다면 내가 지금까지 지켜온 인의는 없어지게 되지요. 작은 이익을 취하려고 천하의 대의를 잃는 것이 괴로운 것이오."

방통은 일소에 부치며 말했다.

"불난 곳에서 평소의 예법을 차리고 있다가는 조금도 나아갈 수 없는 법입니다. 주군의 말씀은 천리天理와 인륜에 부합되는 말씀이지만 세상은 지금 난국, 말하자면 불천지입니다. 어둠을 공격하고 약한 것을 병합하고 어지러움을 진정시키고 역을 취해 순을 따르게 하는 것은 병가兵家의 임무. 또 백성들의 안식을 지키는 일입니다. 촉의 백성들은 지금 불안한 상태입니다. 하늘을 대신해 일을 결정하고 일을 결정한 이상 뜻을 이루어 의로서 보답하면 될 것입니다. 오늘 만약 주군께서 촉에 들어가기를 꺼리신다면 내일은 다른 사람이 촉을 취할지도 모릅니다. 족제의 인연을 지나치게 신경 쓰시는 듯한데 유장에게는 지금 말씀드린 대로 다른 방법으로 인애를 보이시면 신의에 거스름이 없을 것입니다. 오히려 그런 작은 의에 구애되는 것이야말로 병가의 비굴이라고 할 수 있습니다."

방통은 찬찬히 알아듣기 쉽게 설명했다. 길을 분명히 하는 것, 이는 큰 행동을 하기에 앞서 중요한 것임이 틀림없다.

유비도 마침내 고개를 끄덕였다. 촉에 들어가고 싶은 마음은 그도 간절했다. 형주는 전화로 피폐해져 있었고 지리적으로는 동남쪽에 손권, 북방에 조조가 있어서 끊임없이 두려움에 떨며 수비에 신경 써야만 했다. 문이 열려 있는 곳은 서촉이 유일하다. 게다가 장송이 주고 간 지도만 보더라도 나라의 부와 지리적인 이점이 형주와는 도저히 비교가 되지 않았다.

"잘 알았소. 선생의 가르침은 그야말로 금과옥조라고 생각하오. 게다가 장송 등이 이렇게까지 손을 써서 나를 맞으려고 하는 것도 말하자면 하늘의 뜻이라고 할 수 있겠지요."

"그렇다면 결심하셨습니까?"

"공명이 돌아오면 즉시 그 일에 대해 상의하도록 합시다."

이윽고 공명이 돌아왔고 세 사람은 머리를 맞대고 회의에 여념이 없었다.

다음날 법정에게도 이 뜻을 전함과 동시에 촉에 들어가기 위한 군세를 갖출 것을 각 진영에 명령했다.

유비는 물론 중군에 있었다.

방통에게 군 내의 상담역을 맡기고, 관평과 유봉은 중군에 남겼으며, 또 황충을 선봉으로 삼고 위연에게 후방을 맡겼다. 원정군의 총병력은 정예 5만 명 정도였다.

그러나 무엇보다도 중요한 것은 형주의 수비였다. 만일 이 원정군이 실패했을 경우 혹은 남쪽의 손권이 움직이거나 북쪽의 조조가 빈틈을 노려 쳐들어오는 등 예상치 못한 사태가 발생했을 때를 대비해두지 않으면 안 된다. 또 원정에 오르는 유비가 안심하고 촉에 들어가기 위해서도 꼭 필요한 일이었다.

그래서 형주에 공명이 남기로 했다.

그 배치는 다음과 같다.

양양의 경계에 관우.

강릉성에 조운.

강변 4개 군郡에는 장비.

쟁쟁한 장수들을 요소요소에 배치하고 공명이 그 중앙인 형주에 머물며 사방을 철통같이 지켰다.

홍문의 모임이 아니다

||| 一 |||

건안 16년(211) 겨울 12월, 유비가 마침내 촉에 들어갔다. 국경에 다다르자 4,000여 명의 기마대가 마중 나와 있었다.

"주군의 명을 받고 유 황숙을 모시러 왔습니다."

그의 이름을 묻자 짧게 대답했다.

"맹달이라고 합니다."

유비는 빙긋이 웃으며 맹달의 눈을 보았다. 맹달도 눈으로 의미심장하게 인사했다.

유비가 원군을 보내기로 했다는 사실을 전에 법정이 가지고 온 답장으로 알게 된 태수 유장은 각 마을의 촌장들에게 영을 내려 극진히 환대하라고 했다.

그리고 본인은 성도를 나와 부성涪城(사천성 중경의 동쪽)까지 마중 나가려고 거마, 무구, 장막 등을 준비해놓았다.

"위험합니다. 보지도 듣지도 못한 나라에서 온 5만의 군대를 몸소 마중하러 가시는 것은."

황권이 또 간언했다.

신하들 사이에 있던 장송은 유장이 말을 꺼내기 전에 나무랐다.

"황권, 그대는 무슨 근거로 함부로 동맹국의 병사를 의심하고 주군과 종친을 이간하려고 하시오?"

유장도 거들고 나섰다.

"그렇고말고. 유비와 나는 종친이네. 그래서 우리의 국난을 돕기 위해 일부러 먼 곳에서 온 것이거늘, 바보 같은 소리는 집어치우게."

황권은 슬퍼하며 탄식했다.

"평소에 은록을 먹으면서 오늘 주군의 은혜에 보답할 수 없다니 이게 무슨 일인가."

그는 머리를 땅바닥에 찧어 얼굴에 피를 흘리면서도 간언을 멈추지 않았다.

"시끄럽다!"

유장은 소매를 뿌리쳤다. 황권은 끝까지 매달릴 생각으로 주군의 소맷자락을 물고 있었기 때문에 앞니가 두 개 부러졌다.

성문에서 나오자 또 소리를 높이며 그의 수레에 매달리는 가신이 있었다. 이회李恢라는 자로 금방이라도 울 것처럼 호소했다.

"옛날부터 천자에게 간하는 충신 일곱 명이 있으면 천하를 잃지 않는다 했고, 제후에게 간하는 충신 다섯 명이 있으면 나라가 어지러워져도 나라를 잃지 않는다고 했습니다. 지금 황권의 간언을 듣지 않고 유비를 촉에 들이시면 스스로 화를 자초하는 것입니다."

유장은 귀를 막았다.

"수레를 끌어라. 수레에서 떨어지지 않는다면 그대로 밟아 죽이고 가라."

그때 또 한 하인이 미친 듯이 호소했다. 울부짖으며 하는 말을 들으니 다음과 같았다.

"저의 주인 나리 왕루가 어떻게든지 주군의 마음을 돌리기 위해서 스스로 몸에 줄을 묶고 유교문楡橋門 위에 거꾸로 매달렸습니다. 부탁입니다. 제발 살려주십시오."

장송은 수레를 호위하는 자들을 향해서 질타했다.

"뭘 꾸물거리고 있느냐! 어서 가자."

그리고 수레에 다가가 유장에게 속삭였다.

"저들은 모두 충의한 척하거나 미친 척하며 주군을 위협하려고 합니다만, 본심은 한중과의 전쟁을 피하여 하루라도 더 안일한 삶을 누리고자 하는 자들입니다. 처자식과 애첩의 사사로운 정에 얽매인 것이 틀림없습니다."

그러는 사이에 유교문에 접어들었다. 그곳에는 무서우리만치 강한 결의를 보인 인간이 공중에 매달려 있었다. 조금 전에 하인이 울부짖으며 호소했던 왕루였다. 그 왕루가 틀림없었다.

오른손에 칼을 들고 왼손에는 간하는 글을 쥐고 있었다. 거꾸로 줄에 매달려 양다리를 하늘로 향하고 머리는 땅을 향한 채 눈을 부릅뜨고 있었다.

놀라서 수레가 서자 왕루가 입을 크게 벌리고 말했다.

"주군, 기다려주십시오."

그러고는 간언문을 통곡하듯이, 호소하듯이, 화를 내듯이 읽기 시작했다. 만약 듣지 않으면 오른손에 든 칼로 스스로 줄을 끊어 땅바닥에 머리를 박고 죽겠다고 외쳤다.

유장은 조금 전에 장송에게 비겁한 가신들이 모두 자신을 위협하는 것이라고 들었기 때문에 큰 소리로 꾸짖었다.

"닥쳐라. 네놈들의 간언은 듣지 않겠다."

"아, 안타깝구나, 촉이여."

왕루는 큰 소리로 탄식하고는 오른손에 든 칼을 휘둘러 스스로 밧줄을 끊었다. 그는 수레 앞의 땅바닥에 떨어져 머리가 완전히 박살 나서 죽었다.

ⅠⅠⅠ 　二　ⅠⅠⅠ

호위하는 인원수는 3만, 금은과 군량을 실은 수레는 1,000여 대, 마침내 성도로부터 360리 떨어진 부성까지 마중 나왔다.

한편 유비는 가는 도중에 길가에 늘어선 관민들의 열렬한 환영을 받으며 이미 100리 가까이까지 와 있었다.

그때 그 안내를 맡고 있는 법정에게 장송이 보낸 파발마가 와서 밀서를 전했다. 법정은 그것을 은밀히 방통에게 보여주었다.

"이때를 놓치지 말라고 장송에게서 연락이 왔습니다. 소홀함이 없도록 하십시오."

방통도 지금이야말로 대사를 이룰 때라며 법정에게 주의를 주었다.

"때를 얻을 때까지 그대도 부하들이 눈치채지 못하게 하시오."

이리하여 부성에서 유장과 유비가 대면하는 날이 왔다.

양자의 회견은 화기애애한 분위기 속에서 진행되었다.

"세상은 변하고 달라져도 혈족의 피는 이렇게 세상에 남아 만나게 되니 참으로 기쁘기 그지없습니다. 한조의 번영을 위해 형제가 하나 되어 힘을 합칩시다."

이렇게 말하며 유비가 눈물을 흘리자 유장도 힘을 얻어 그의 손을 잡고 몹시 기뻐했다.

"이것으로 촉도 외부에서 침략을 받을 걱정이 사라졌습니다."

연회가 끝나고 얼마 후에 유비는 돌아갔다. 그가 데리고 온 5만 명의 병사들을 성 밖의 부강 강변에 두고 왔기 때문이다.

유비가 돌아가자 유장은 주위에 있는 자들에게 말했다.

"어떤가? 듣던 것보다 더 훌륭한 인물이 아닌가? 왕루, 황권 등은 사람을 보는 눈이 없고 세상의 소문만 믿고 나에게 간하다가 스스로 죽어서 다행이지 살아 있었다면 나를 볼 면목도 없었을 것이다."

촉의 문무 대신들은 이 말을 듣고 더욱 걱정되었다. 등현鄧賢, 장임張任, 냉포冷苞 등이 번갈아 넌지시 조심할 것을 촉구했다.

"사람은 겉모습과는 다르다는 말도 있지 않습니까? 더군다나 겉이 유한 사람은 속이 강합니다. 만일 변고가 있을 때는 돌이킬 수 없을 것입니다."

"그렇게 일일이 사람을 의심하다가는 사람들 사이에서 어떻게 살겠나?"

유장은 웃으며 말했다. 그는 어수룩한 사람이었다. 만약 백성들 사이에서 태어났다면 가산을 탕진하고 다른 사람들에게 끊임없이 사기를 당했겠지만, 그 대신 '착한 사람'이라며 사랑도 받았을 것이다.

그러나 촉의 주권자이자 만민의 태수로서는 거의 자격이 없다고 할 수 있었다.

"어땠습니까? 유장과 만나본 소감은."

유비가 돌아오자마자 방통이 물었다.

유비는 한마디로 말했다.

"진실한 사람이었소."

그러나 방통은 그 말의 속뜻을 읽고 "어수룩한 인물이라고도 할 수 있겠군요."라고 대답했다.

유비는 아무 말 없이 눈을 깜박였다. 유장에게 연민을 느끼는 눈빛이었다.

"아아, 마음이 약하시기는."

방통은 그의 마음을 즉시 간파했다. 그리고 직언했다.

"주군, 무엇 때문에 험한 산천을 넘어 이 먼 곳까지 장졸들을 데리고 오셨습니까?"

그는 계속해서 간곡히 말했다.

"내일 답례의 주연을 핑계로 유장을 부르십시오. 결단이 중요합니다. 사소한 정에 얽매여 있을 때가 아닙니다."

그때 법정도 와서 거듭 독려했다.

"성도에 있는 장송도 벌써 서신을 보내 이 기회를 놓치지 말고 일을 진행하라 합니다. ……황숙께서 촉을 취하지 않는다면 결국 이 촉은 한중의 장로나 위의 조조에게 빼앗길 것입니다. 인제 와서 뭘 망설이십니까?"

처음부터 촉에 온 이유가 그것이었다. 유비도 여기에 와서 단념한 것은 아니었다. 그는 단지 마음속의 정념과 싸우고 있을 뿐이었다. 건안 17년(212) 봄 정월, 이번에는 그가 주인이 되어 유장을 초대할 결심을 했다.

||| 드 |||

'긴 밤의 연회'라든가 '주국장춘酒國長春'이라는 말은 모두 중국에서 나온 말이다. 이 민족의 역사만큼 연락宴樂으로 시작해서 연락으로 끝나는 역사를 지닌 민족도 드물 것이다. 평화로울 때는

물론 전쟁 중에도 연회를 연다. 이별, 환영, 식전장제式典葬祭, 권모술수, 생활 병법, 모두 연회 자리에서 이루어진다.

올해 임진년 초봄, 전에 초대받은 답례로 이번에는 유비가 자리를 마련해서 태수 유장을 초대한 연회는 서촉이 건국한 이래 아마 가장 성대하다고 해도 과언이 아닐 것이다.

멀리 형주에서 가지고 온 남쪽의 술, 양양의 맛있는 안주, 촉의 진수성찬을 준비했다. 회장에는 깃발을 즐비하게 세워 꾸미고 참석한 유장 이하 촉의 문무관들을 극진히 대접했다.

이윽고 연회의 분위기가 무르익었을 때 방통이 법정에게 눈짓을 하고 밖으로 나갔다.

사람이 없는 곳에 가서 두 사람은 목소리를 낮춰 이야기를 주고받았다.

"일이 잘 풀리고 있소. 대사는 이미 이루어진 것이나 다름없소. 귀찮게 이것저것 할 것 없이 그냥 연회 자리에서 단칼에 베어버리면 끝이오."

"미리 지시하신 것은 위연 장군에게 말해두었습니다. 분명 잘 처리할 것입니다."

"연회장 내에서 피를 보면 유장의 병사들이 밖에서 소란을 일으킬 것이 분명하오. 그 부분도 빈틈없이 처리하시오."

"알겠습니다."

두 사람은 아무렇지도 않은 얼굴로 자신들의 자리로 돌아왔다.

연회석은 환호성과 웃음소리로 시끌벅적했고, 주빈 유장의 만족스런 얼굴도 취기가 올라 붉어져 있었다.

그때 형주에서 온 장수들의 자리에서 갑자기 위연이 일어나 술에 취해 비틀거리는 걸음으로 연회장 가운데로 나오며 말했다.

"모처럼의 귀한 손님을 모신 자리에 풍악이 빠진 듯하옵니다. 소장이 검무를 추어 태수를 즐겁게 해드리겠습니다."

그는 허리에서 장검을 빼 들고 검무를 추기 시작했다.

"아, 위험하다."

심상치 않은 분위기를 깨닫고 유장의 주위에 있던 문무 대신들은 모두 낯빛이 달라졌으나 제지할 방도가 없었다.

그때 종사관 장임이라는 촉의 장수 한 명이 느닷없이 검을 빼 들고 위연 앞으로 뛰어나가며 말했다.

"예전부터 검무를 출 때는 반드시 상대가 있다고 들었소. 무사라서 풍류를 모르지만, 그대를 상대하여 추어보겠소."

그는 위연을 따라 같이 춤추기 시작했다.

번쩍번쩍 서로 하얀 무지개를 그리며 칼을 부딪쳤다. 그리고 위연이 유장에게 다가가려고 하면 장임의 눈과 칼이 유비를 향해 살기를 뿜었다.

'검무 상대여. 네가 만약 우리 주인에게 위해를 가한다면 나는 즉시 너의 주인 유비를 찌를 것이다.'

장임은 검무를 추며 무언중에 위연을 견제하고 있었다.

방통은 그 모습을 보고 "쳇!" 하고 이 예상치 못한 방해자를 향해 혀를 차며 옆에 있는 유봉에게 눈짓했다.

알겠다는 듯이 유봉도 즉시 몸을 일으켜 검을 빼 들고 "거참, 재미있겠어."라며 두 사람 사이로 파고들어 춤추기 시작했다.

순간 유장의 주위에 있던 장수들이 일제히 일어났다. 냉포, 유괴, 등현 등의 막장들로 손에 검을 빼 들었다.

"자, 춤을 춥시다."

"그래, 춤을 추자."

"춤추자, 춤춰."

"어서들 나와."

연회장 안이 검으로 가득 찬 듯했다.

유비는 놀라서 자신도 검을 빼 들고 높이 올리며 꾸짖었다.

"무례하다! 위연, 유봉, 여기는 홍문의 모임이 아니다. 우리 종친의 회동에 이 무슨 살벌한 짓이냐? 썩 물렀거라, 어서 물러서!"

유장도 가신들의 무례를 꾸짖고 유비와 자신은 동종同宗의 골육인데 쓸데없이 시기하고 의심하는 너희야말로 형제 사이를 멀어지게 하는 자들이라며 나무랐다.

그렇게 이날 밤의 연회는 실패한 듯 보였지만 오히려 성공이었다. 유장의 유비에 대한 신뢰가 더욱 깊어졌기 때문이다.

주옥

||| 一 |||

그 후에도 촉의 문무관은 유장에게 때때로 간언했다.

"유비에게는 두마음이 없을지도 모릅니다만, 유비의 막하는 모두 우리 촉을 호시탐탐 노리고 있습니다. 뭔가 구실을 만들어 지금 유비의 군대를 돌려보내는 것이 어떻겠습니까?"

유장은 여전히 수긍하지 않았다.

"그렇게까지 의심할 것 없네. 무리한 말로 종친 간에 풍파를 일으킬 셈인가?"

이 말을 들은 신하들은 더 이상 아무 말도 할 수 없었다. 그저 가신들이 결속하여 유비 군의 움직임을 예의주시하고 있을 뿐이었다.

그러는 사이에 국경의 가맹관葭萌關에서 비보가 날아왔다.

한중의 장로가 결국 대군을 일으켜 공격해왔다!

"그것 보게. 화는 거기에 있네."

유장은 오히려 득의만만했다. 즉시 유비에게 전해서 협력을 구하자 유비는 일말의 망설임도 없이 즉시 병사들을 이끌고 국경으로 달려갔다.

촉의 장수들은 안심했다.

"이 기회에 우리는 수비를 철통같이 해야 합니다. 내외에 있어서 만반의 준비를 하십시오."

장수들은 여러 차례 간언했다.

유장도 신하들이 지나치게 걱정하자 그들의 뜻에 따라 즉시 촉의 명장들인 백수白水 도독 양회楊懷와 고패高沛 두 사람에게 부수관의 수비를 명하고 자신은 성도로 돌아갔다.

촉나라 국경의 전란은 즉시 장강의 천리 남쪽에 있는 오에도 전해졌다.

"유비가 드디어 야심을 드러냈군. 경들은 어떻게 생각하시오?"

손권은 중신들을 모아놓고 언짢은 얼굴로 물었다.

고옹顧雍이 대답했다.

"그는 결국 불 속의 밤을 꺼내러 간 것과 다름없습니다. 분명 손에 화상을 입을 것입니다. 첩보를 통해서는 아직 자세한 건 알 수 없지만, 형주의 병력을 두 패로 나누어 그중 하나를 이끌고 촉에 들어갔습니다. 먼길을 가느라 지친 병사들을 지세가 험한 국경에 두고 지금은 한중의 장로와 혈전을 벌이고 있다고 들었습니다. 오의 군사들을 이끌고 형주의 허점을 공격하면 단번에 그의 지반을 무너뜨릴 수 있을 것입니다."

"나도 그렇게 생각하고 있었소. 모두 출병 준비를 하시오."

그때 병풍 뒤에서 누군가 앞으로 나와 날카로운 소리로 말했다.

"누구냐? 내 딸에게 위해를 가하려는 자가."

놀라서 보니 손권의 어머니, 오 부인이었다.

오 부인은 몹시 흥분해서 말했다.

"그대들은 강동 81개 주의 땅을 어떤 노력도 없이 물려받아 지금 조상의 은혜로 풍요롭게 지내면서 형주를 바라다니 욕심이 너무 지나치군. 형주에는 사랑하는 딸을 시집보냈소. 유비는 이 늙은이의 사위야."

손권이 침묵으로 일관하며 노모 앞에서 꾸지람을 듣고 있기만 하자 회의는 결정을 내리지 못한 채 끝나고 말았다.

지금 형주를 취하지 못하면 언제 기회가 있을까 하며 손권은 손톱을 물어뜯으며 방 안에서 생각에 잠겨 있었다.

그때 장소가 은밀히 와서 그에게 속삭였다.

"따로 계책을 세우면 될 것입니다. 모당의 꾸지람은 그저 먼 나라에 있는 주군의 누이를 안쓰럽고 사랑스럽게 여기는 마음 때문입니다."

"그렇다면 어떻게 하면 좋겠소?"

"장수 한 명에게 500명 정도를 내주고 형주로 보내 유비의 아내인 아가씨께 모당께서 병으로 위독하시니 당장 돌아오라는 밀서를 건네는 것입니다."

"음, 음."

"그때 유비의 아들 아두를 데리고 오로 오게만 할 수 있다면 나중 일은 일사천리로 진행될 것입니다. 아두를 인질로 형주를 돌려달라고 하면……."

"참으로 신묘한 계책이군. 그럼 누구를 보내면 좋겠소?"

"주선周善이라면 실수 없이 처리할 것입니다. 그는 힘이 세고 담력이 있으며 충성스러운 장수입니다."

"그를 즉시 부르시오."

손권은 필묵을 가져오게 하여 누이에게 보내는 밀서를 쓰기 시작했다.

||| 二 |||

그날 손권의 부름을 받은 주선은 장소와 만나 자세한 밀계를 받고 그날 밤 용맹하게 장강을 출발했다.

500여 명의 병사는 모두 상류로 무역하러 가는 상선의 상인으로 위장하고 배 밑바닥에는 무기를 숨겨두었다.

이윽고 목적지인 형주에 도착했다.

주선은 연줄을 찾아 형주성 깊숙이 잠입하는 데 순조롭게 성공했다. 그리고 많은 뇌물을 준 끝에 마침내 유비의 부인을 만날 수 있었다.

부인은 아닌 밤중에 홍두깨라는 표정으로 "뭐, 어머니께서 오늘내일할 정도로 위독하시다고?"라며 오빠의 서신을 읽는 동안 눈에서는 눈물을 떨어뜨리고 손은 부들부들 떨었으며 얼굴도 상아처럼 창백해졌다.

"한시라도 빨리 돌아가셔야 합니다. 적어도 살아 계시는 동안에 한번 보고 싶다고 괴로운 숨을 몰아쉬면서도 밤낮없이 부인의 이름만 부르고 계십니다."

주선의 말을 듣자 부인은 더욱 괴로워하며 눈물을 흘렸다.

"만나고 싶어요. 가고 싶어요. 주선, 어찌하면 좋겠소?"

때를 놓치지 않고 주선이 말했다.

"날개가 있다면 지금이라도 당장 날아가 만나보실 수 있겠지만,

장강의 물살이 아무리 빠르다 해도 배로는 여러 날이 걸립니다. 바로 준비해서 가지 않으면 임종을 지킬 수 없을지도 모릅니다."

"……그렇긴 하지만 지금 남편은 촉에 가서서 성안에 안 계세요."

"그 일은 오라버니인 손 장군께서 나중에 말씀드리면 될 일입니다. 부모에 대한 효를 다하기 위해 가는 일인데 탓할 수 없을 것입니다."

"그래도 공명이 뭐라고 할지 모르겠어요. 출입에 대해서는 그가 엄격하게 통제하고 있으니까요."

"그는 오에 가는 것을 절대로 허락하지 않을 것입니다. 자신의 책임만 중하게 여기고 있으니까요."

"날아서라도 가고 싶은 심정이네요. ……주선, 무슨 좋은 생각이 없을까요?"

"이런 일은 일반적인 방법으로는 어려울 것이라 생각하여 장소의 지시에 따라 빠른 배 한 척을 강기슭에 대기시켜놓았습니다. 결심이 서시면 바로 안내하겠습니다."

아무것도 필요 없는 심정이었다. 결국 그녀는 떠나기로 결심하고 준비하기 시작했다. 주선은 사방의 문을 경계하면서 빠르게 말했다.

"아, 참. 아드님을 데리고 가십시오. 어머님께서 평소에 황숙의 집에 사랑스러운 아들이 있다는 말을 듣고 한번 보고 싶다고 입버릇처럼 말씀하셨습니다. 아드님을 품에 안으십시오."

그녀의 마음은 벌써 고국의 하늘로 날아가고 있었다. 무슨 말을 해도 고분고분 들으며 그대로 움직였다. 씩씩하고 남자 이상으로 강인한 여장부라 불리며 무예 또한 뛰어난 그녀였지만, 먼 타지로 시집와서 어머니가 위독하다는 말에 눈물을 흘리는 그녀는 역시 연약한 여자에 지나지 않았다.

황혼 무렵 올해 다섯 살인 아두를 품에 안고 부인은 수레를 타고 몰래 성을 빠져나갔다.

고향에서부터 지금껏 곁에서 시중을 들고 있는 30여 명의 시녀는 모두 작은 칼을 허리에 차고 활을 멘 채 밤길을 서둘렀다.

사두진沙頭鎭 부두에 수레가 도착했다. 배의 등불은 어두웠고 파도에 흔들리고 있었다.

바람에 웅성거리는 갈대 사이에서 배는 벌써 떠나려 하고 있었다. 돛이 올라가는 소리가 났다. 괴조怪鳥의 날개처럼 돛이 바람을 품었다.

"멈춰라. 그 배를 멈춰라."

어두운 기슭에서 말 울음소리와 창검이 부딪치는 소리가 들렸다. 주선은 고물에 서서 뱃사람들에게 소리쳤다.

"서둘러라. 뒤돌아보지 마라."

강기슭에 사람의 그림자가 시시각각 늘어나고 있었다. 그중에 눈에 띄는 사람이 한 명 있었으니 상산의 조자룡, 즉 강변의 수비대장이었다.

||| 三 |||

"멈춰라."

배를 쫓으며 조운은 기슭을 따라 말을 달렸다. 부하들도 저마다 한마디씩 하며 10리를 따라왔다.

"저 배를 놓치지 마라!"

한 어촌에 다다랐다.

조운은 말을 버리고 어부의 배에 올라타더니 말했다.

"저 배를 따라가라."

오나라의 배는 바람을 가르며 강을 따라 내려갔다. 조운이 탄 작은 배가 다가가려 하자 배 위의 주선이 긴 창을 들고 서서 필사적으로 명령을 내렸다.

"쏴 죽여라. 찔러 죽여라!"

뱃전에 늘어선 오나라 병사들은 활을 당기고 창을 날리며 배가 가까이 오지 못하도록 막았다. 그러는 사이에 오나라의 배는 더욱 속도를 내어 물살을 가르며 나아갔다.

"절대 놓쳐서는 안 된다."

조운은 창을 내던졌다.

허리에 찬 청공靑釭의 검은 즉시 비처럼 쏟아지는 화살을 베어 떨어뜨렸다. 그리고 작은 배의 뱃머리가 적선의 옆구리를 강하게 들이받는 순간 "이놈들!" 하고 고함치며 뱃전으로 몸을 날려 죽기 살기로 기어올라 결국 배 안으로 들어갔다.

오나라 병사들은 그가 두려워서 도망쳐 숨었다. 조운은 곁눈으로 주위를 보면서 성큼성큼 선실로 들어가 거울 같은 눈을 부라리며 책망했다.

"부인, 어딜 가십니까?"

그 소리에 부인의 품에서 자고 있던 어린 공자 아두가 울기 시작했다. 시녀들은 한쪽 구석에서 두려움에 떨고 있었다. 그러나 과연 부인은 용기가 있었다.

"무례하오, 조 장군. 그 예사롭지 않은 안색은 무엇이오?"

"성을 지키는 공명 군사에게 아무런 말도 없이 성을 나갔을 뿐
아니라 오나라 배를 타고 강을 내려가다니 부인이야말로 유 황숙
의 부인으로서 온당치 않은 행동이 아닙니까?"

"고향에 계신 어머니가 오늘내일할 정도로 중태에 빠졌다는 연
락을 받고 군사와 상의할 겨를도 없이 서둘러 오의 배를 탔을 뿐이
에요. 위독한 어머니에게 가는 것이 어째서 옳지 않다는 말이죠?"

"그렇다면 어째서 공자님을 데려가는 것입니까? 황숙께도 이
나라에도 단 한 분뿐인 소중한 주옥, 일찍이 당양 전투에서는 제
가 목숨을 걸고 장판에 떼 지어 모여 있는 적군 사이에서 구해낸
적도 있습니다. 자, 돌려주십시오, 공자님을."

"닥쳐라!"

부인이 난초꽃 같은 눈꼬리를 치켜뜨며 소리쳤다.

"진중의 일개 무사가 유씨 집안의 일에 간섭하다니 참람하구나."

"아니, 부인이 오로 돌아가는 것을 막는 것이 아닙니다. 단지 어
린 공자님은 무슨 일이 있어도 나라 밖으로 보낼 수 없습니다."

"나라 밖이라니. 오와 형주는 국경은 있지만 나와 황숙에 의해
맺어진 사이가 아니냐?"

"무슨 말씀을 하시든 공자님은 데리고 가실 수 없습니다. 이리
주십시오."

"이게 무슨 짓이냐!"

부인은 비명을 지르고 시녀들을 돌아보며 외쳤다.

"이 무례한 자를 쫓아버려라."

그러나 조운은 쉽게 부인의 품에서 아두를 빼앗아 자신의 팔로
감싸 안았다.

그리고 선실에서 나와 뱃머리까지 달려갔지만 작은 배는 이미 떠내려가고 없었다. 부인과 시녀들이 병사들과 함께 비명을 지르며 뒤쫓아왔다.

그러는 사이에도 돛은 바람을 가득 받아 빠르게 강을 내려가고 있었다.

"다가오는 자는 단칼에 두 동강을 내주겠다. 목숨이 아깝지 않은 자는 오너라."

한 손으로는 청공 검을 휘두르고 다른 한 손에는 아두를 안은 채 조운은 거기에 버티고 섰다.

멀리서 활과 창 등 온갖 무기가 그를 향하고 있었지만, 그의 무시무시한 모습에 감히 누구 하나 다가가려는 자가 없었다.

그때 어느 틈에 가까워져 있던 시골 마을의 부두에서 10여 척의 배가 부채처럼 펼쳐진 채 다가왔다.

||| 四 |||

배들이 다가오면 다가올수록 북소리와 함성이 커졌다.

'오의 수군인가?'

깜짝 놀란 조운은 낯빛을 잃었다.

어린 공자를 안은 채 물속으로 뛰어들지, 아니면 베고, 베고, 또 베고 죽을지, 갈등이 끊이지 않았다.

그때 갑자기 귀에 익은 목소리가 들렸다.

"오나라 배는 멈춰라. 우리 주군께서 성을 비운 틈을 노려 어린 공자님을 어디로 빼돌리려는 것이냐? 연인 장비가 여기에 있다. 배를 세워라."

흡사 용신龍神이 부르짖는 듯한 소리로 들렸다.

"오오, 장 장군이시오?"

조운이 부르자 한 척의 배 안에서 대답하는 소리가 들렸다.

"조 장군, 거기에 있었소?"

장비를 비롯한 형주의 병사들은 즉시 사방팔방에서 끝에 갈고리를 단 밧줄을 던져 오의 배를 끌어당겼다.

장비가 막 배로 올라가려는 순간 주선이 창을 휘두르며 찌르려 했으나 달걀로 바위를 치는 격이었다. 장비가 기합을 내지르는 순간 그의 장팔사모는 주선의 목을 쳐서 멀리 날려버렸다.

"벌레 같은 놈들!"

장비의 눈에 띈 자들은 그 자리에서 목숨을 잃었다. 오나라 병사들은 사람의 발소리에 놀란 메뚜기처럼 배 안에서 이리저리 달아나기에 바빴다.

"한 마리도 놓치지 마라."

장비는 가는 곳마다 붉은 피를 남기며 배 안 곳곳을 활보했다.

그때 배 한구석에서 시녀들에게 둘러싸인 채 서 있는 부인의 모습이 보였다.

"……."

"……."

부인은 필사적으로 품위를 지키며 그를 노려보았다.

그러나 장비의 이글거리며 타오르는 눈은 결코 부인의 눈길을 피하지 않았다.

이윽고 장비가 입을 열었다.

"아내 된 자는 남편의 빈자리를 지키는 것이 도리이거늘 지금 형주를 떠나다니 이게 무슨 일입니까? 그것이 아내 된 자의 도리란 말이오?"

"……신하 된 자가 주인에게 그런 말을 해도 되는가? 그것이 너희들 신하 된 자의 도리인가?"

"……주군의 집안을 지키는 것은 말할 필요도 없이 신하 된 자의 도리 중 하나. 비록 주군의 부인이라 하더라도 나는 감히 말하겠소. 형주성으로 돌아가시오. 돌아가지 않으면 묶어서라도 형주성으로 끌고 가겠소."

부인은 하얗게 질려서 부들부들 떨며 말했다.

"……요, 용서해주세요. 이유 없이 성을 나온 것이 아니에요. 어머니가 위독하시다는 말에 앞뒤 생각할 겨를도 없이 나서고 말았어요. 만약 장군이 나를 억지로 형주로 끌고 간다면 장강에 몸을 던져 이 슬픔에서 벗어날 거예요."

"뭐, 강에 몸을 던진다고요?"

장비도 이 말에는 흠칫했다.

"어이, 조 장군. 잠깐만 와보시게."

"왜 그러시오?"

"사정이 이러한데 어떻게 처리하면 좋겠소? 만약 부인이 강에 몸을 던져 목숨을 잃는다면 우리 역시 신하 된 도리를 어기는 것이 될까?"

"물론이오. 어쨌거나 주군의 부인. 또 황숙이 슬퍼할 것을 생각해서라도 부인을 죽게 할 수는 없지요."

"그렇다면 공자님만 데리고 가고 부인은 이대로 오로 가게 하는 것이 맞겠소?"

"그렇게 할 수밖에 없지요."

"좋아. 그럼 한마디 덧붙이기로 하지."

장비는 부인 앞으로 돌아왔다.

"부인의 남편은 대한의 황숙이오. 때문에 우리는 신하의 도리를 지켜 부인의 품위를 손상시키지 않고 여기서 작별하기로 했소. 단 볼일을 마치거든 즉시 남편의 나라로 돌아오시오."

말을 마친 장비는 자신이 타고 온 배로 옮겨 탔다.

"어이, 조 장군. 갑시다."

조운도 아두를 안고 장비의 뒤를 따라 뛰어내렸다.

그리고 나머지 배들을 이끌고 가까운 유강구油江口에 상륙하여 말을 타고 형주로 돌아갔다.

"다행입니다. 정말로 다행이오. 공자님이 무사한 것은 두 분의 활약 덕분이오."

공명이 사건의 전말을 서신에 자세히 적어 즉시 촉의 가맹관에 있는 유비에게 파발마를 보내 보고했다.

八 도 남

태양

오후吳侯의 누이, 유비의 부인은 이윽고 오나라의 도성에 도착했다.

손권은 즉시 누이에게 물었다.

"주선은 어떻게 됐느냐?"

"오는 도중에 강 위에서 장비와 조운에게 목숨을 잃었어요."

"어째서 너는 아두를 데리고 오지 않았느냐?"

"아두도 빼앗겼어요. ……그보다 어머니는 어떠세요? 지금 바로 어머니를 뵙게 해주세요."

"어머니는 후궁에 계시니 가서 뵙도록 해라."

"그렇다면 아직…… 용태는?"

"지극히 건강하시다."

"건강하시다고요?"

"어서 가봐."

의아해하는 누이를 쌀쌀맞게 후궁으로 쫓아버린 후 손권은 즉시 정각政閣으로 걸음을 옮겼다. 그리고 신하들에게 선언했다.

"내 누이는 유비가 없는 틈에 몰래 빠져나와 그의 신하들에게 쫓기다 방금 오로 돌아왔소. 이제 오와 형주는 아무 연고도 없게 되었소. 즉시 대군을 일으켜 형주를 취하고 다년간의 현안을 한 번에 해결할 생각인데, 그와 관련해서 계책이 있거든 말해보시오."

그때 강북에서 첩보가 도착했다.

"조조가 40만 대군을 이끌고 적벽의 원수를 갚겠다며 시시각각 남하하고 있습니다."

일순 회의장이 긴장에 휩싸였다. 그때 또 내무를 보는 관리가 와서 보고했다.

"중신 장굉이 얼마 전부터 중병을 앓다가 오늘 아침에 숨을 거두었습니다. 그리고 그전에 주군께 한 통의 유서를 남겼습니다."

"뭐? 장굉이 죽었다고?"

하필이면 이럴 때. 그는 오의 건업 이래의 공신이었다. 손권은 눈물을 흘리며 유서를 읽었다.

장굉은 유서에서 평생에 걸친 주군의 큰 은혜에 감사하고 있었다. 그리고 자신은 평소부터 오의 도성은 지금보다 더 중앙에 위치하여 지리적 이점을 취해야 한다고 생각하여 여러 주에 걸쳐 지세를 살폈는데 말릉秣陵(남경 부근)의 산천이야말로 도성에 적합하다, 만세의 기초를 굳건히 다지기 위해서는 반드시 천도를 단행해야 한다, 이것이야말로 임종 전에 하는 마지막 보은이라고 끝맺었다.

"충직한 사람이었소. 이 충직한 신하의 유언을 어찌 따르지 않겠소?"

손권은 한편으로는 시시각각 다가오는 전쟁의 시기를 가늠하면서 한편으로는 즉시 도성을 건업建業(강소성 남경)으로 천도했다. 그리고 그 땅에 백두성을 쌓아 옛 도성의 백성들을 모두 옮겨오게 했다.

또 여몽의 의견을 수용하여 유수濡須(안휘성 소호와 장강의 중간)의 강어귀부터 그 일대에 둑을 쌓았다. 이 일에 동원된 인부는 날마다 수만 명에 이르렀다. 오의 국력이 강대한 것은 이런 토목공사에서도 유감없이 나타났다.

물론 이것은 조만간 닥칠 일에 대한 방비의 일환이었다. 조만간 닥칠 일, 그것은 조조의 남하였다.

조조는 그보다 훨씬 전부터 숙원이었던 남벌과 오나라에 대한 보복을 준비하며 군비 확충을 꾀했다. 그리고 어느새 40만 대군이 언제 출병해도 될 정도로 준비가 되어 마침내 출병하려고 하자 장사長史 동소董昭가 아첨하며 조조에게 권했다.

"예로부터 신하의 위치에서 승상과 같이 큰 공을 세운 분은 역사를 살펴보아도 찾을 수 없을 것입니다. 주공周公과 여망呂望도 비할 바가 못 될 것입니다. 난세에 일어나 도적 떼와 역적들을 평정하고 즐풍목우櫛風沐雨(오랜 세월 풍우에 시달리며 많은 고생을 함)한 지 30여 년, 만민을 위해 또 한조를 위해 몸을 아끼지 않은 것은 하늘도 알고 사람도 압니다. 지금 부디 위공魏公의 자리에 오르시어 구석九錫(천자가 공이 큰 제후와 대신에게 하사하던 아홉 가지 물품)을 더해 그 위용과 공덕을 천하에 보이셔야 합니다."

||| 二 |||

어떤 영걸이든 나이가 들고 환경이 바뀌면 인간이 가지는 평범한 약점에 빠지는 것은 어쩔 수 없는 모양이다.

옛날 청년이었을 때 아직 궁문의 일개 경관에 지나지 않았던 시절의 조조는 가슴 가득 품은 대의는 훨훨 타오르고 있었지만 지위가 낮고 가난했다. 그는 우연히 동료가 상관의 비위를 맞추거나 아첨하여 출세를 꾀하는 것을 보면 '이런 비열한 놈 같으니.'라며 그 심사를 불쌍히 여겼고, 또 부하가 아첨하는 것을 즐기는 상관에게는 모멸감을 느끼며 그 어리석음을 비웃고 그 병폐에 침을 뱉었다. 젊은 시절의 조조는 실로 강직하고 호쾌한 기개를 지닌 청년이었다.

그러나 근래의 그는 어떠한가. 적벽대전 전에는 선상에서 달구경을 하며 자신의 나이를 헤아려보기도 했지만, 나이가 든 조조는 청춘 시절의 역경을 돌아보는 모습은 없고 그저 귀에 듣기 좋은 말만 하는 측근의 소리에 움직이는 경향이 있었다.

그도 어느새 옛날에는 자신이 모멸하고 침을 뱉고 또 그 어리석음을 비웃던 상관이 되어 있었다. 게다가 지금 그는 신하로서는 가장 높은 지위에 있기에 그 교언영색에 대한 기쁨도, 그것을 받아들이는 태도도 도저히 예전의 궁문 경관의 상관과는 비교가 되지 않았다.

지금 중신 동소에게 '위공의 자리에 올라 구석을 더해야 한다.'는 권유를 받고 조조는 아무 거리낌 없이 즉시 그래야겠다는 생각이 들었다.

'그래. 어째서 난 지금까지 구석을 갖지 않았던가.'

그는 즉시 조정에 구석을 허락할 것을 요청했다. 물론 조조의 뜻대로 되었다. 그는 이후 위공이라 불리고 들고날 때 구석의 의장儀仗에 보호받는 신분이 되었다.

구석의 예禮라는 것은 다음과 같다.

一. 거마車馬. 대로大輅, 융로戎輅. 대로는 황금 수레이고 융로는 병거兵車를 말하는데 황마黃馬 여덟 마리가 끈다.

二. 의복. 왕의 옷. 곤룡포를 입고 면류관을 쓰며 붉은 신을 신는다.

三. 악현樂縣. 헌현軒縣의 음악, 당하堂下의 음악. 들고 날 때 반드시 음악을 연주한다.

四. 주호朱戶. 출입구에 붉은 칠을 한다.

五. 납폐納陛. 조정의 계단을 자유롭게 오를 수 있다.

六. 호분虎賁. 상시 문을 지키는 병사 300명을 두는데 이를 호분군虎賁軍이라고 한다.

七. 부월鈇鉞. 부월을 각각 하나씩 갖는다. 부는 금도끼, 은도끼이다.

八. 궁시弓矢. 붉은 활 하나, 붉은 화살 100개, 검은 활 10개, 검은 화살 1,000개를 갖는다.

九. 거창秬鬯. 제사를 지내기 위한 술을 갖는다.

이 모습을 본 순욱은 슬펐다. 이전의 조조와는 점점 다르게 변해가는 것을 그의 곁에서 냉정하게 지켜보고 있는 것은 그보다 나이 어린 이 순욱이라는 충성스러운 신하였다.

"승상, 승상께서도 너무 나이가 드신 듯하옵니다."

"무슨 말인가?"

"망령기가 보입니다."

"내가 구석의 예를 갖춘 것을 말하는 것인가?"

조조의 낯빛이 달라졌다. 순욱이 나직이 말했다.

"그렇습니다. 공이 높아질수록 겸손해지셔야 합니다. 그렇지 않으면 30여 년간 한실에 대한 충성을 내세우고 입으로 만민을 위한다고 한 것이 결국에는 자신의 욕망에 지나지 않은 것이 됩니다. 젊었을 때부터 생사를 돌보지 않고 백전 고투하며 지금에 이르기까지의 그 정신과 절조를 문 장식이나 허례허식과 바꾼다는 것은 너무 시시하지 않습니까?"

순욱이 눈물을 글썽이며 간하자 조조는 자리에서 일어나 시종에게 말했다.

"여봐라. 동소를 불러라."

그러고는 성큼성큼 걸어서 나가 버렸다.

이후 순욱은 병을 핑계로 집에 틀어박혔다. 건안 17년(212) 겨울 10월 드디어 남하를 위한 대군이 도성을 떠나게 되어 조조가 그를 부르러 와도 "이번에는 같이 갈 수 없습니다."라며 거절했다.

결국 사자가 와서 음식이 들어 있는 그릇 하나를 그의 앞에 내밀었다.

"위공께서 내리신 것입니다."

그릇 위에는 '조조가 친히 이를 봉하다.'라는 종이가 붙어 있었다. 나중에 열어보니 그릇 안에는 아무것도 들어 있지 않았다.

"위공의 뜻을 알겠구나. ……아아."

그날 밤 순욱은 독약을 먹고 자결했다.

||| 三 |||

이미 남벌을 위한 대군은 수륙 양방향에서 속속 오나라로 내려가고 있었다.

도중에 도성에서 소식이 왔다.

"순욱이 독약을 먹었습니다."

"⋯⋯자결했는가."

조조는 눈을 감았다. 씁쓸한 듯 미간을 찌푸리고. 그는 잠시 침묵하고 있다가 이윽고 입을 열었다.

"순욱이 올해로 딱 쉰이었지. 가엾은 짓을 했구나. 경후敬侯라는 시호를 내린다."

그러고는 아무 말도 하지 않았다. 조금은 후회하는 기색이었다.

여러 날을 행군하여 안휘성安徽省에 들어간 조조는 유수의 제방을 앞에 두고 100여 리에 걸쳐 진을 쳤다.

"일단 적의 형세를 보도록 하자."

조조는 산에 올라갔다. 그리고 멀리 오나라의 진영을 바라보니 장강의 지류가 수많은 창자처럼 황야를 구불구불 종횡하고 있고, 그중 하나의 커다란 강에는 수백 척의 병선이 떠 있었다.

적군은 그 일대를 중심으로 육지와 강 위에 가득했다. 배마다 깃발이 펄럭이고 창검이 번쩍이는 곳마다 병마의 소리가 진동했다. 초목조차 나라를 지키기 위해 떨고 있는 듯했다.

"아아, 과연 오는 남방의 강국이로구나. 이런 사기라면 방심할 수 없다. 너희들도 다시는 적벽의 수치를 되풀이하지 않도록 전력을 다하도록 하라."

주위의 장수들을 둘러보며 경계심을 일깨우면서 산을 내려갈 때였다. 쾅, 어디선가 석포 소리가 울렸다. 그 포성으로 미루어 짐작건대 북국에는 없는 강력한 화약이 이미 있는 듯했다.

"이런!"

허둥대고 있을 겨를도 없었다. 산기슭 근처의 강에서 갑자기 함성이 일어났다. 어느 틈에 부근의 갈대 뒤에서 작은 배가 무수히 나타나더니 오나라 정병이 연기처럼 제방을 넘어 돌격해와서는 위의 중군을 둘로 갈라놓았다.

"물러서지 마라. 기습해온 적은 분명 소수일 것이다."

조조는 산을 내려가 용감하게 진두에 서서 흩어지는 아군을 수습했다. 그때 저편의 제방 위에 푸른 비단의 산개傘蓋를 쓰고 별처럼 장수들의 호위를 받고 있던 오후 손권이 조조를 확인하자 말을 달려 돌격했다.

"적벽의 패장아, 아직도 살아 있었느냐!"

그 소리에 조조는 돌아보았다.

푸른 눈, 자줏빛 수염, 짧은 다리, 게다가 남인 특유의 날쌔고 사나운 기운이 가득한 손권이 창을 휘두르며 석탄石彈처럼 돌진해 왔다.

"누구냐!"

조조는 일부러 큰 소리로 외쳤다. 자신보다 한참 나이가 어린 손권과 창검을 들고 맞서 싸울 생각은 없었다. 위엄만을 보인 후 달아날 속셈이었다.

"도망갈 생각 마라. 위나라의 도적 놈아!"

조조의 속셈을 눈치채고 손권의 좌우에서 한당과 주태가 조조의 뒤로 돌아가 공격했다.

조조가 위기에 빠져서 어려워하고 있을 때 그의 병사들도 북을 울리며 손권의 뒤를 공격했다. 양편의 병사들이 어지럽게 뒤섞여 싸우는 난전을 틈타 위의 허저는 칼을 휘둘러 주태와 한당을 물리치고 겨우 조조를 구해내서 중군으로 돌아왔다.

이날 밤, 일단 후퇴한 듯 보였던 오군이 사면의 들과 임시 막사에 불을 지르며 기습해왔다. 원정으로 지친 위나라 병사들은 생각지도 못한 오군의 습격을 받고 엄청난 수의 사상자를 남겨둔 채 50리 밖으로 후퇴할 수밖에 없었다.

"너무도 참담하게 당했구나……."

조조는 괴로워하며 자신을 책망했다. 며칠 동안 덧없이 막사에 틀어박혀 병서만을 들여다보고 있었다.

하늘에서 내려주는 묘책을 책 속에서 얻고자 몸부림치고 있는 듯했다. 발소리를 죽이며 은밀히 들어온 정욱이 낮은 목소리로 위로의 말을 건넸다.

"승상, 피곤하지 않으십니까?"

"……오오, 정욱인가. 오군의 견고한 진영을 깨트릴 방법이 없네. 첫 번째 전투도 그들의 공격을 겨우 막아냈을 뿐이야."

"처음부터 이번 출진은 생각과는 달리 자꾸만 지연되어 너무 늦어졌습니다. 그동안 오나라는 국방에 전력을 다해 유수에 제방까지 쌓았을 정도입니다. 일단 군대를 철수시킨 후 다시 출정을 도모하는 것이 어떻겠습니까?"

그날 밤 조조는 이상한 꿈을 꾸었다. 붉게 타는 태양이 구름을 휘감고 하늘에서 강물 속으로 떨어지는 것을 보고 잠에서 깼다.

||| 四 |||

이튿날, 조조는 50~60명의 병사를 거느리고 진중을 돌아보다가 별생각 없이 강변까지 말을 몰고 나갔다. 마침 붉은 석양이 강 상류의 산을 넘어가고 있었기 때문에 조조는 어젯밤의 꿈이 생각

나 주위의 장수들에게 물었다.

"어젯밤에 이상한 꿈을 꾸었는데 길몽인 것 같나, 흉몽인 것 같나?"

그때 석양빛이 물결에 반사되어 눈부시게 빛나고 있던 맞은편의 붉은 안개 속에서 무수한 깃발이 보이기 시작했다.

"적인가?"

말할 필요도 없었다.

황금 투구에 붉은 전포를 입고 선두에 서서 달려온 장수가 채찍을 들어 조조를 가리키면서 야유했다.

"나라를 욕보이는 도적이 누구냐?"

"손권인가? 내가 조조다. 우리는 왕실의 명에 따르지 않는 자를 치라는 칙명을 받은 천자의 군대다."

"가소롭기 짝이 없구나."

손권은 큰소리로 웃었다.

"천자의 존엄함은 누구나 안다. 고로 천자의 어명을 사칭하는 자는 사람이 용서치 않을 것이고 땅이 용서치 않을 것이고 하늘이 용서치 않을 것이다. 또 이 손권도 용서치 않을 것이다. 천하제일의 악당 조조는 목을 내놓아라."

이 말을 들은 조조는 화내지 않으려 했으나 참을 수가 없었다. 그는 또 적이 걸어온 싸움에 말려들어 싸웠다. 그날의 전투도 더없이 끔찍하고 치열했으나 결과는 위나라의 대패로 끝났다.

"왠지 이번 원정에서는 승상다운 영민함이 보이지 않는군."

장수들은 의아하게 생각했다.

허도를 떠날 때 순욱이 독을 먹고 죽은 것이 승상의 마음에 영향을 끼친 것이 아닐까 하며 수군대는 자도 있었다. 어쨌거나 연전연패를 거듭하는 사이에 그해가 저물어가고 있다는 것은 현실이었다.

다음 해인 건안 18년(213), 정월이 되어도 전황의 전개는 만족스럽지 않았다. 2월이 되자 매일 큰비가 내려 싸울 상황이 아니었다.

인류가 이 지상에서 만난 큰비의 기록을 깨지 않았나 싶을 정도의 강우량이었다. 비는 밤이고 낮이고 멎을 줄을 몰랐고, 막사와 마구간도 모두 떠내려가려고 조조의 중군조차 뗏목을 만들어 먼 북방의 산 위로 옮길 지경이었다. 또 이어서 식량난을 겪게 되자 병사들은 모두 원망하며 고향 생각에 잠겼다.

장수들의 의견도 가지각색이었다. 강경론을 주장하는 자는 봄이 가까웠으니 죽은 말 고기를 먹으며 버티다가 일전을 겨루자고 했다. 그렇지 않으면 멀리 남하한 보람이 없다는 것이었다.

이런 상황에서 조조 앞으로 한 통의 서신이 왔다.

그대와 나는 모두 한조의 신하이자, 백성을 평안케 하는 것을 덕으로 삼는 무가의 사람이오 인자가 서로 다투는 것을 비웃는지 하늘은 큰비를 내려 세상을 물로 가득 채워서 그대의 철수를 재촉하고 있소 현명하게 생각하시오 다시는 적벽의 수치를 되풀이하지 않기를 바라겠소

건안 18년 봄 2월 오후 손권

조조가 문득 서신의 뒷면을 보니 이렇게 쓰여 있었다.

그대가 죽기 전까지는

나도 편치 않을 것이오

그는 쓴웃음을 지었다. 그리고 다음 날 철수를 명령했다.

"돌아가자."

오군도 이 모습을 보고 모두 말릉의 건업(남경)으로 돌아갔다.

손권은 자신감이 충만해져서 신하들에게 물었다.

"조조조차 두려워서 돌아갔소. 지금 유비는 촉의 국경에 있소. 이때를 놓치지 않고 형주로 진격해야 하지 않겠소?"

숙장 장소는 젊은 손권에게 늘 제동을 거는 역할을 했는데 이때도 다음과 같이 말했다.

"우선 촉의 유장에게 '유비가 오에 원군을 청해왔다. 촉을 강탈할 속셈임이 틀림없다.'는 내용의 서신을 보내십시오. 이렇게 유장에게 의심을 품게 한 후 한중의 장로에게도 군수물자를 원조하겠다고 하여 잠시 유비를 괴롭히게 하고, 그 후 천천히 형주를 취하는 것이 가장 좋은 방법일 것입니다."

상중하

||| 一 |||

가맹관은 사천과 섬서의 접경에 있었는데 이곳에선 지금 한중의 장로 군과 촉을 대신해 촉을 지키러 온 유비 군이 대치하고 있었다.

공격하는 것도 어렵고 막는 것도 어려웠다. 양군은 악전고투하며 서로 양보하지 않는 상태에서 벌써 여러 달이 흘렀다.

"조조가 오를 공격했다는 보고가 들어왔소. 유수의 제방을 사이에 두고 위와 오가 사투를 벌이고 있다고 하오. ⋯⋯방통, 어찌하면 좋겠소?"

유비가 방통에게 물었다. 방통은 공명을 대신해 따라온 유일한 군사軍師였다.

"멀고 먼 강남에서의 대전. 이곳의 전투와는 아무 상관이 없을 것입니다."

"아니, 그렇지 않소."

"어째서입니까?"

"만약 조조가 이긴다면 형주도 삼키려 들 것이고, 또 오의 손권이 승리한다면 그 여세를 몰아 형주도 점령하려 할 것은 불 보듯뻔한 일이오. 어느 쪽이 이기든 형주는 위기에 놓이게 돼요."

"공명 군사가 있지 않습니까? 이곳에서 그런 걱정을 하고 있다는 것을 군사가 알면 탄식할 것입니다. 자신이 아직도 주군에게 힘이 되지 못하는 존재인가 해서요."

"그럴까요……?"

"오히려 지금 그 소식을 이용하여 촉의 유장에게 서신을 보내십시오. 지금 조조 군이 남하하고 있는 상황이어서 오의 손권이 형주에 원군을 청해왔다. 오와 형주는 입술과 이 같은 사이이고, 인척 관계이기도 하다. 따라서 즉시 달려가지 않으면 안 되는데 병력과 군량이 부족하다. 그러니 병사 3만~4만 명과 군량 10만 석을 원조해주기를 바란다……. 이렇게 말해보십시오."

"요구사항이 너무 지나치지 않소?"

"종친이라는 점과 이번에 촉을 대신해 출병하여 촉을 지키고 있는 점을 들어 요구하십시오. 어쨌거나 이 정도의 요구를 통해 유장의 마음도 헤아려볼 수 있을 것이고, 또 요구를 들어준다면 그 이후에는 저에게도 따로 계책이 있습니다."

"그것도 좋겠군."

사자가 성도를 향해 떠났다.

도중에 부수관涪水關(중경重慶의 동쪽)에 다다르자 그날도 산 위의 관문에서 손그늘을 만들어 산길을 감시하던 파수병이 촉의 두 장수인 양회楊懷와 고패高沛에게 고했다.

"작은 깃발을 든 유비의 부하로 보이는 형주의 사자가 지금 이쪽으로 오고 있습니다. 통과시킬까요, 돌려보낼까요?"

두 사람은 산중에서 무료함을 달래기 위해 장기를 두고 있었는데 유비의 사자라는 말을 듣자마자 눈을 부라리며 파수병에게 말했다.

"함부로 통과시키지 마라."

그러고 나서 두 사람은 머리를 맞대고 뭔가 의논했다.

성도를 향해 가는 사자는 유비의 서신을 관문의 관리에게 보여주었다. 보여주지 않으면 통과시키지 않겠다고 하는 통에 어쩔 수 없이 증거로 보여준 것이다. 이렇게 해서 양회와 고패는 편지를 읽을 수 있었다.

"통과하시오."

통과를 허락받고 서신을 돌려받았지만, 양회가 병사를 이끌고 성도까지 안내하겠다며 따라왔다.

지금 촉의 내부에는 반反 유비의 기세가 높아지고 있었다. 양회도 그중 한 명으로 즉시 유장 앞으로 나아가 이렇게 진언했다.

"유비가 막대한 병사와 군량을 빌려줄 것을 요구하고 있는 듯합니다만 절대 빌려주어서는 안 됩니다. 그의 야심이란 불에 일부러 마른 장작을 던져 넣는 것이나 다름없기 때문입니다."

유장은 여전히 미온적인 태도를 보였다. "은의도 있고 종친이기도 한데."라는 말을 입속에서 몇 번이나 중얼거렸다. 그런 그의 모습을 본 호위 장수 중 한 명인 유파劉巴, 자는 자초子初라는 자가 말했다.

"주군, 사사로운 정에 사로잡혀 나라를 잃어서는 안 됩니다. 그에게 군량을 내어주고 병사를 빌려준다면 호랑이에게 날개를 달아주어 이 나라를 유린하라는 것과 같은 일입니다."

옆에 있던 황권도 앞으로 나와 입이 닳도록 간언했다.

"양회와 유파의 말이야말로 진실로 나라를 걱정하는 충성스러운 간언입니다. 부디 현명하게 판단하시기 바랍니다."

이렇게 중신들이 모두 반대하고 나서자 유장도 거기에 따를 수밖에 없었다. 그러나 이유 없이 거절하는 것이 미안했는지 싸울 수 없는 늙은 병사 4,000명과 곡물 1만 석, 그리고 못 쓰는 무구와 마구 등을 수레에 실어 사자와 함께 유비에게 보냈다.

유비는 유장의 냉담한 반응에 전에 없이 화를 냈다.

||| 二 |||

그가 화를 내는 것은 드문 일이었다.

유장의 답장을 사자 앞에서 찢더니 내던져버렸다.

"우리 병사들은 이 먼 촉의 국경까지 와서 촉을 위해 싸우며 많은 인명과 물자의 손실도 감수하고 있는데, 약간의 요구에도 아까워하며 이런 쓰지도 못할 것들을 보내다니 너무하는군. 우리 병사들에게 무슨 말로 잘 싸우라고 독려할 수 있겠나? 당장 돌아가서 유장에게 내 말을 똑똑히 전하라."

수송을 담당한 관리들은 도망치듯 성도로 돌아갔다.

그들이 돌아간 후 방통이 물었다.

"본래 황숙은 인애가 넘쳐서 화낼 줄 모르는 분이라고 들었습니다만, 오늘 화내시는 모습을 보고 의외라는 생각이 들었습니다. 기분이 어떠십니까?"

"가끔은 화낼 필요도 있는 것 같소. 그러나 선생, 나에게는 이 이후의 계책이 없소. 뭔가 좋은 생각이 없겠소?"

"세 가지 계책이 있습니다. 주군의 마음에 드는 계책을 취하면 될 것입니다. 첫 번째는 지금 즉시 밤낮을 가리지 않고 길을 서둘러 성도를 급습하는 것입니다. 이 계책은 반드시 성공할 것입니다. 고로 이것은 상책입니다."

"음, 음."

"두 번째는 거짓으로 형주로 돌아간다고 하고 진지의 병사들을 정리하기 시작합니다. 그러면 양회와 고패 등은 전부터 바라던 바이기 때문에 반드시 기쁨을 감추고 작별 인사를 하러 올 것입니다. 이때 그 둘을 한 자리에서 죽이고 즉시 병마를 움직여 부수관을 점령하는 것입니다. 이것은 중책이라고 생각합니다."

"음, 나머지 하나는?"

"일단 병사들을 물려 백제성으로 가서 형주의 수비를 견고히 하며 차분히 다음 단계를 심사숙고하는 것입니다. ······그러나 이것은 하책에 지나지 않습니다."

"······하책은 취하고 싶지 않소. 또 첫 번째 계책은 너무 급하오. 자칫 일이 잘못되면 크게 패하고 말 것이오."

"그렇다면 중책을 취하시겠습니까?"

"그렇소. 그것은 나의 생활신조이기도 하오."

며칠 후 성도의 유장에게 유비의 서신이 전해졌다. 서신에는 오나라와 인접한 국경의 전란이 더욱 확대되어가고 있다, 형주가 위급한 상황이니 지원하러 가지 않으면 안 된다, 본의는 아니지만 가맹관에는 다른 훌륭한 촉의 장수를 보내주기 바란다, 나는 급히 형주로 돌아가야 한다, 고 적혀 있었다.

"이걸 보게. 유비가 돌아간다고 하지 않나?"

유장은 슬퍼했다.

그러나 반 유비 세력은 마음속으로 쾌재를 불렀다.

혼자서 전전긍긍하고 있는 사람은 유비 군을 불러들인 장송이었다. 그는 몹시 난처한 입장에 처했다.

"그래."

집으로 돌아온 장송은 붓을 들어 유비에게 서신을 썼다.

일이 이렇게까지 진행되었는데 지금 형주로 돌아가면 지금까지의 일은 물거품이 될 것입니다. 부디 다시 한번 힘을 내어 이 성도로 오시지 않겠습니까? 참으로 유감입니다. 성도에 있는 동지들이 황숙의 병마가 오기를 학수고대하고 있습니다.

서신을 쓰고 있는데 하인이 알리러 왔다.

"손님이 오셨습니다."

장송은 당황하여 황급히 편지를 소매 속에 감추고 객실로 나가보았다. 술을 좋아하는 형 장숙張肅이 벌써 술 단지를 열어 마시고 있었다.

"누가 왔나 했더니 형님이었군요."

"안색이 좋지 않구나."

"피곤해서 그래요. 공부하느라 바빠서."

"피곤하면 약을 먹어야지. 자, 한잔 받아."

장송도 마주 앉아 술을 마셨는데, 형은 좀처럼 돌아갈 생각을 하지 않았다. 그런 형을 상대하며 마시느라 장송도 술에 취하고 말았다. 그러는 동안 두 번 화장실에 다녀왔는데 갑자기 형 장숙이 돌아간다며 나갔다. 형이 돌아가자마자 성도의 병사들이 우르르 몰려오더니 다짜고짜 장송을 포박하고 가족과 하인들을 한 명도 남기지 않고 끌고 갔다.

다음 날, 거리에서 참수형이 집행되었다. 모두 장송의 일가였다. 높이 내건 죄상서罪狀書에는 매국노의 행태가 조목조목 적혀 있었다. 밀고한 사람은 그의 형이라는 소문이 거리에 파다했다. 형과 술을 마시고 있는 사이에 취한 장송의 소매에서 떨어진 자필 편지가 증거가 되었다는 것이었다.

술에 취해 다른 사람이 되다

가맹관에서 철수한 유비는 우선 부성涪城의 성시에 모든 병사를 집결시킨 후 부수관을 굳게 지키고 있는 고패와 양회 두 장수에게 사자를 보내 문을 열어줄 것을 촉구했다.

"이미 들은 바와 같이 갑자기 형주로 돌아가게 되었소. 내일 관문을 통과하겠소."

고패는 손뼉을 치며 말했다.

"양회, 절호의 기회가 왔네. 내일 유비가 이곳을 통과할 때 행군의 노고를 위로한다는 명목으로 주연을 열어 그 자리에서 유비를 베어 죽이세. 촉의 근심을 제거하기 위해서야. 실수가 없도록 해야 하네."

두 사람은 단단히 벼르며 날이 새기를 기다렸다.

다음 날, 유비는 방통과 말 머리를 나란히 하고 뭔가 이야기를 나누면서 부수관으로 가고 있었다. 그때 산에서 광풍이 불어와 깃대를 부러뜨렸다. 유비는 눈살을 찌푸리며 말을 세웠다.

"아, 이게 무슨 흉조란 말인가."

방통은 빙그레 웃으며 말했다.

"이것은 하늘이 미리 흉조를 알려준 것입니다. 그러니 흉조가 아닙니다. 오히려 길조라고 해야 할 것입니다. 아마도 양회와 고패가 오늘 주군을 암살하기 위해 준비하며 기다리고 있을 것입니다. 주군, 방심은 금물입니다."

"그렇다면."

유비는 갑옷 위에 옷을 입고 보검을 찼다. 그리고 악귀, 나찰이라도 올 테면 오라는 각오를 하고 다시 말을 몰았다.

방통은 위연과 황충 등에게 뭔가 속삭였다. 그리고 전투태세를 갖추고 한 걸음 한 걸음 전진했다. 어느새 관문이 맞은편 산골짜기에서 보이기 시작했을 때였다.

풍악을 울리며 화려한 비단 깃발을 들고 맞은편에서 오는 한 무리의 병사들이 있었다.

선두에 선 장수가 말했다.

"오늘 형주로 돌아가신다는 유 황숙이십니까? 행군의 노고를 위로하고자 약간의 술과 음식을 대접하고 싶어서 여기까지 나왔습니다. 부디 받아주십시오."

방통이 나서서 인사했다.

"참으로 과분한 대접이군요. 황숙께서 무척 기뻐하실 것입니다. 고패와 양회 두 장군께도 부디 감사의 말씀을 전해주십시오."

"두 분께서도 인사하러 오실 것입니다. 일단 술과 음식을 드리라고 하여 그것들을 가지고 왔습니다."

그리고 엄청난 양의 술 단지와 새끼 양, 닭 통구이 등을 그 앞에 늘어놓고 돌아갔다.

일행은 그 자리에 막사를 치고 술 단지를 열었다. 주위의 풍경을 둘러보며 쉬면서 한잔하고 있는데 고패와 양회가 병사 300명을 이끌고 진중에 인사를 하러 왔다.

"떠나신다니 무척 아쉽습니다. 오늘 한잔 받고 싶어서 왔습니다."

"자, 이리로 앉으시지요."

그들을 안으로 맞아들이자 주연 자리는 한층 더 흥겨워졌다. 유비가 평소와는 달리 과음하자 방통은 걱정되었다. 그러나 그러는 동안에 미리 말해둔 대로 관평과 유봉 두 사람이 자리를 빠져나와 밖에 있는 300여 명의 병사들을 멀리 물러나게 했다.

그리고 돌아온 두 사람은 장막 뒤에서 뛰어나오며 소리쳤다.

"자객아, 꼼짝 마라."

그들은 느닷없이 양회를 걷어차고 고패에게 덤벼들어 뒤로 손을 묶어버렸다.

"손님에게 이게 무슨 짓이냐!"

양회가 위압적인 태도로 소리치자 관평은 그의 품을 뒤져 숨기고 있던 단검을 빼앗았다. 고패의 품에서도 단검이 나왔다.

"이건 무엇에 쓰려고 했느냐?"

관평은 단검을 들이대며 물었다.

"검은 무인의 필수품이다."

그들도 굴하지 않고 대답했다.

관평과 유봉은 허리에 차고 있던 장검을 빼 들고 말했다.

"무인의 필수품이란 이렇게 정정당당한 검을 말하는 것이다. 비열한 너희들에게 천벌을 내리기 위해 검을 갈아두었다. 잘 드는지 직접 느껴봐라."

그들은 양회와 고패를 막사 밖으로 끌어낸 후 다짜고짜 목을 베어버렸다.

"주군, 어찌하여 아무 말씀도 없이 침울해하십니까?"

"지금 여기서 함께 술을 마시고 있던 고패와 양회가 목이 잘렸다고 생각하니 그다지 기분이 좋지 않소."

"이토록 마음이 약하신 분이 어떻게 수많은 전투를 이겨내고 여기까지 오셨습니까?"

"전장과는 별개의 문제요."

"여기도 전장입니다. 아직 부수관을 점령하지 못했습니다."

"고패와 양회가 데리고 온 300명의 병사들은 어떻게 했소?"

"모두 포로로 잡아두었습니다. 지금 한곳에 모아 술과 안주를 주었더니 무척 기뻐하고 있습니다."

"어째서 포로에게 그런 대접을 하는 것이오?"

"황혼까지 즐기게 두십시오. 그 후 그들을 이용할 계책이 하나 있습니다."

방통이 작은 목소리로 뭔가를 속삭이자 유비는 고개를 끄덕이며 묘안이라고 중얼거렸다.

날이 저물 때까지 막사 주위는 노랫소리로 가득했으며 때때로 함성도 들렸다. 주연은 계속되었다.

"별이 떴다."

뿔피리 소리와 함께 방통은 일군을 모아 천천히 부수관 아래로 접근해갔다. 선두에는 포로로 잡은 관문병 300명을 세웠다. 이자들은 이제 완전히 방통의 손아귀에 있는 듯했다. 절벽 같은 철문 아래에 서서 이렇게 외쳤다.

"양 장군과 고 장군이 돌아오셨다. 문을 열어라, 문을!"

관문을 지키는 측의 병사들은 낮에 있었던 일은 꿈에도 모르고 그 소리에 응해 철문을 팔자 모양으로 열었다.

"돌격!"

병사들은 함성을 지르며 성난 파도처럼 관문으로 돌격했다. 그리고 칼날에 거의 피를 묻히지 않고 부수관을 점령했다.

유비는 즉시 병사들을 나누어 곳곳에 배치하고는 촉은 이미 우리 손에 들어왔다며 개가를 올렸다. 산골짜기에 개가가 울려 퍼지는 가운데 장졸들은 창고의 술 단지를 열고 축배를 들었다.

유비도 낮에 이미 술을 마신 데다가 한밤중부터 새벽에 걸쳐 장수들과 또다시 술잔을 기울였기 때문에 곤드레만드레 취해버렸다. 유비는 큰 술 단지 옆에 기대어 잠이 들고 말았다. 문득 눈을 떠보니 방통이 아직도 혼자서 술을 마시고 있었다.

"아직 날이 밝지 않았소?"

방통은 웃으며 대답했다.

"벌써 새들이 지저귀고 있습니다. 어떻습니까, 한잔 더?"

"아니, 날이 밝았으니 술은 이제 그만."

"하지만 인생의 즐거움은 이런 때가 아니겠습니까?"

"그렇지. 어젯밤엔 참으로 유쾌했소. 술을 마시면서 성 하나를 빼앗았으니."

"그리도 유쾌하셨습니까?"

방통은 납작한 코에 주름을 모으며 빈정거리듯이 말했다.

"남의 나라를 빼앗고 즐거워하는 것은 인자에게는 어울리지 않습니다. 주군답지 않군요."

유비는 발끈해서 즉각 대구했다.

"옛날 무왕은 주왕을 치고 처음에는 노래하고 나중에는 춤을 추었소. 그렇다면 무왕은 인의로운 자가 아니었단 말이오? 괘씸하군. 썩 물러가시오!"

방통은 두려움을 느끼고 즉시 물러갔다. 유비는 아직 술이 덜 깬 듯했다. 주위에 있는 자들의 부축을 받아 겨우 별당의 침소에 들었다.

잠을 푹 잔 후 일어나 옷을 갈아입는데 시종이 말했다.

"오늘 아침에 무섭게 노하셔서 천하의 방통도 두려워하며 물러갔습니다."

"뭐? 내가 그렇게 그에게 화를 냈단 말인가?"

유비는 급히 옷을 입고 방통을 불렀다. 그리고 겸손하게 말했다.

"선생, 오늘 아침의 무례는 취중의 소행이니 용서하시오."

방통은 못 들은 척 잠자코 있다가 유비가 거듭 사과하자 비로소 입을 열었다.

"주군이나 저나 몹시 취한 상태였습니다. 모두 취중에 한 말입니다. 취하면 다른 사람이 됩니다. 저의 빈정거림도 마음에 두지 마십시오."

두 사람은 손뼉을 치며 기분 좋게 웃었다.

위연과 황충

유비가 부성을 취해 거기에 기거하고 있다는 말이 전해지자 촉나라는 발칵 뒤집혔다. 특히 성도의 혼란은 이루 말할 수 없었고, 태수 유장은 경악을 금치 못했다.

"오늘 이런 일이 일어날 줄 어찌 알았으랴!"

이렇게 통탄하는 일부 신하들을 보며 유괴劉璝와 냉포冷苞, 장임張任, 등현鄧賢 등은 그것 보라며 자신들의 선견지명을 자랑했다. 그러나 지금은 같은 편끼리 싸우고 있을 때가 아니었다.

"염려 마십시오. 우리 네 사람이 성도의 정예 5만 명을 이끌고 즉각 달려가 낙현雒縣의 험지에서 그들을 막아내겠습니다."

유장도 지금은 미몽迷夢에서 깨어난 듯 그들에게 방어를 일임할 수밖에 없었다.

"좋도록 하라."

대군이 떠나는 날이었다. 네 장수 중 한 명인 유괴가 다른 세 사람에게 말했다.

"전부터 들은 말인데 금병산錦屛山의 암굴에 한 도사가 살고 있다고 하네. 자허상인紫虛上人이라고 불리며 점을 잘 치는데 미래의 길흉화복에 대해 물으면 기가 막히게 잘 맞힌다더군. 유비를 치기 위해 성도의 대군을 이끌고 가려 하는 이 시점에 승패를 점쳐보는 것도 나쁘지 않을 것이네. 또 역학으로 큰 이득을 볼지도 모르고. 어떤가?"

장임은 웃으며 말했다.

"어리석은 소리 말게. 일국의 흥망을 짊어지고 그 군대를 지휘하는 자가 어찌 산야에 사는 일개 도사의 말에 의지한단 말인가? 싸울 자신이 없는 모습을 보이면 아군의 사기만 떨어뜨릴 뿐이네."

"아니, 싸우는 것이 겁나서 길흉을 점쳐보자는 것이 아니네. 이번 전투야말로 촉의 운명을 좌우하는 일전이기 때문에 만전을 기하기 위해 흉을 부르는 일은 조금이라도 피하고자 함일세. 이 또한 나라를 염려하기 때문이지 갈피를 잡지 못하거나 두려워서가 결코 아니네."

"그렇게까지 말한다면 말리지는 않겠네만, 자네 혼자서 다녀오게."

"좋아. 나 혼자 다녀오지."

유괴는 수십 명의 부하를 이끌고 즉시 금병산을 올랐다.

안개가 자욱한 가운데 자허상인은 굴 앞에서 명상을 하고 있었다. 유괴가 무릎을 꿇고 물었다.

"상인, 뭐가 보이십니까?"

자허상인은 퉁명스럽게 대답했다.

"촉나라가 보이는군."

유괴가 물었다.

"서촉 41개 주뿐입니까? 천하는 보이지 않습니까?"

그러자 자허상인이 말했다.

"쓸데없는 것은 묻지 않아도 될 텐데? 그대가 알고 싶어서 온 것에만 답해주겠네. 동자야."

자허상인은 뒤에 있는 동자에게 명하여 종이와 붓을 가지고 오게 하여 뭐라고 쓰더니 유괴에게 건넸다.

읽어보니 다음과 같았다.

왼쪽에는 용, 오른쪽에는 봉황

서천西川으로 날아드니

봉추 땅에 떨어지고

와룡 승천하도다.

하나를 얻으면 하나를 잃는 것이

하늘의 이치이니

마땅히 가야 할 정도로 돌아가서

구천에서 몸을 잃는 일이 없도록 하라.

"상인. ……촉이 승리할까요?"

"정업定業(과거에 지은 업에 따라 현세에서 받게 되는 과보果報)에서 벗어나기 어렵네."

"우리 네 장수의 운명은 어떻습니까?"

"정업에서 벗어날 수 없어."

"정업에서 벗어날 수 없다 함은?"

"말 그대로네."

"그렇다면 유비 군은 촉에서 성공할까요, 실패할까요?"

"하나를 얻으면 하나를 잃는다. 거기에 쓰여 있지 않나? 귀찮군. 더는 묻지 말게."

자허상인은 눈을 감더니 돌처럼 무슨 말을 물어도 대답하지 않았다. 산에서 내려온 유괴는 세 장수에게 말했다.

"방심은 금물이네. 촉에는 좋은 예언이 아닌 것 같아."

그러나 장임은 수긍하지 않았다.

"참나, 자네가 이렇게 미신을 잘 믿는 줄은 몰랐군. 산야의 광인이 한 헛소리를 그렇게 존중한다면 말 울음소리나 개 짖는 소리에도 일일이 진퇴를 물어야 하지 않겠나? 외적과 맞붙기 전에 우선 마음속의 적부터 퇴치하는 것이 중요하네. 자, 이러고 망설이고 있을 시간이 없네."

그들은 그날로 병사들을 진군시켰다.

||| 二 |||

낙현雒縣의 산맥과 왕래하는 길목을 장악하고 있는 낙성의 요해는 성도와 부성 사이에 있다. 부성에서 유비가 보낸 척후 부대가 급히 돌아와서는 이렇게 보고했다.

"촉의 네 장수가 병사 5만 명을 두 부대로 나누어 한 부대는 낙성을 지키고 다른 한 부대는 낙산의 봉우리들을 등지고 견고한 진지를 구축하고 있습니다."

유비는 즉시 회의를 열었다.

"적의 선봉은 촉의 명장인 냉포와 등현 두 장수라고 들었소. 이들을 격파하는 것이야말로 성도로 들어가기 위해 통과해야 할 가장 큰 관문이라 할 것이오. 누가 나서서 저들을 격파하겠소?"

그러자 장수 중에서도 가장 나이가 많아 보이는 노장 황충이 몸을 흔들며 말했다.

"저를 보내주십시오."

황충의 말이 끝나기도 전에 그와는 목소리부터 다른 젊은이가 옆에서 나서며 말했다.

"안 됩니다. 연로하신 황충 장군이 감당하기에는 적이 너무 강합니다. 선봉은 저에게 맡겨주십시오."

위연이었다. 위연은 서전의 승패는 대국에 영향을 미치는데 어찌 노장의 손을 빌리겠냐고 역설하며 자신을 선봉에 세워줄 것을 강력하게 청했다.

"참으로 이상한 말을 하는군."

노장 황충도 가만히 있지 않았다.

"그대가 남보다 먼저 공을 세우고 싶어 하는 마음은 알겠는데, 이 황충을 쓸모없는 존재로 취급하는 것은 그냥 들어 넘길 수 없네. 어째서 내가 감당할 수 없다는 말인가?"

황충이 따지자 위연이 대답했다.

"다시 말할 필요도 없습니다. 나이가 들면 혈기가 쇠약해져서 장군뿐만 아니라 누구라도 강적을 상대하기에는 어려울 것이오."

"닥쳐라! 노장이라고 꼭 젊은 사람을 이기지 못하리란 법은 없다. 오히려 자네처럼 그저 젊은 혈기만을 내세우는 자야말로 위험한 법."

"나이가 든 것을 감안하여 상대해드렸더니 점점 더 거침없이 말씀하시는군요. 그렇다면 지금 주군 앞에서 누구의 완력이 더 센지 승부를 겨뤄봅시다. 황충 장군, 일어서시오."

"좋다, 겨뤄보자."

황충도 계단을 내려가고 위연도 아래로 내려갔다. 젊은 호랑이

와 늙은 용이 창을 들고 싸우려는 모습에 유비는 놀라 호통을 쳐서 제지했다.

"두 사람 모두 당장 그만두시오. 여기서 사사로운 싸움을 벌인다면 우리 군에 무슨 득이 되겠소? 적을 코앞에 두고 두 사람 모두 뭐 하는 짓이오? 두 사람에게는 절대 선봉을 맡기지 않겠소."

꾸중을 들은 황충과 위연은 모두 땅바닥에 무릎을 꿇고 면목 없다는 듯이 고개를 숙였다.

그때 방통이 유비의 기색을 살피며 중재에 나섰다. 저렇게까지 선봉에 서고자 열망하는 두 사람을 두고 다른 이들을 선봉에 세운다면 모처럼의 용맹한 기상이 꺾일 것이라며 이렇게 하는 것이 어떻겠냐고 계책 하나를 내어 유비의 허락을 구했다.

유비도 처음부터 진심으로 화를 낸 것은 아니었다. 오히려 막하의 장수들이 그렇게까지 전의를 불태우고 있는 것이 기쁠 정도였기 때문에 "방통, 그대에게 맡기겠소. 알아서 잘 처리하시오."라고 말하며 방통에게 일임했다.

방통이 황충과 위연에게 말했다.

"지금 촉의 냉포와 등현 두 장수가 낙산雒山 산맥을 등지고 좌우로 나뉘어 진을 치고 있소. 두 분도 좌우로 나뉘어 각각 한 편씩 맡으시오. 누구든 먼저 적진을 분쇄하고 아군의 깃발을 꽂는 분이 먼저 공을 세운 것이오."

황충과 위연은 일어나자마자 즉시 출격했다. 방통은 다시 유비에게 말했다.

"저 두 사람은 도중에 반드시 다툴 것입니다. 주군께서는 즉각 병사를 이끌고 저들의 후진을 맡으시기 바랍니다."

"부성의 수비는?"

"제가 맡겠습니다."

"좋소."

유비도 준비하고 관우의 양자 관평과 유봉을 데리고 그날로 즉시 낙현으로 서둘러 떠났다.

적군 앞에 다다른 황충의 부대와 위연의 부대는 모두 선봉에 설 준비를 했다.

위연은 척후병에게 물었다.

"어떤가. 황 장군의 부대도 포진이 끝났는가?"

"끝났습니다. 저녁때가 지나서 밥 짓는 연기가 피어오르는 것을 보니 한밤중에 왼쪽 산길로 돌아가 새벽녘에 적을 기습하려는 것이 아닌가 싶습니다."

"방심해서는 안 되겠다. 우물쭈물하다가는 황 장군에게 선수를 빼앗기겠어."

위연의 안중에 적은 없었다. 오직 황충에게 뒤처져 면목이 서지 않는 것만을 걱정하고 있었다. 아니 황충을 제치고 혼자서 공을 세우려는 마음만이 가득했다.

"우리 부대는 이경二更에 밥을 지어 먹고 삼경三更에 여기서 출발한다."

위연의 명령은 사졸들의 예상과는 달리 너무도 급작스러운 것이었기 때문에 일동은 크게 당황했다. 원래 부성을 출발할 때 두 장수는 유비 앞에서 미리 작전 방침을 듣고 "황충은 적 냉포를 맡고, 위연은 등현의 진지를 돌파한다."라고 약속하고 왔지만, 여기에 오고 나서 위연의 생각이 바뀐 것이었다.

'그렇게 해서는 공을 세울 수 없다. 내 손으로 냉포의 진을 부순후 등현의 병사들도 분쇄하여 노장 황충의 코를 납작하게 해줘야한다.'

그래서 그는 급작스럽게 공격 시간을 앞당기고 길도 바꿔서 황충의 진로인 왼쪽 산으로 진로를 잡았다. 밤을 새워 산을 넘어가자 새벽 무렵에 적진이 보였다.

"보아라. 적은 안개 속에서 아직 잠들어 있다. 단숨에 쳐부수어라."

산을 우르르 내려가 적진으로 돌격했다.

"위연, 왔느냐!"

그런데 뜻밖에도 적은 영문을 활짝 열어놓고 당당하게 그의 병사들을 맞았다. 그리고 일제히 활과 철포를 쏘기 시작했다.

냉포는 그 속에서 말을 타고 달려나와 위연에게 싸움을 걸었다. 바라던 바라며 위연도 맞서 싸웠지만, 그러는 사이에 후방이 무너지기 시작했다.

무슨 일인가 싶어 뒤쪽을 보니 산길 쪽에서 적의 복병이 나타난 것이었다. 어느새 위연의 부대는 앞뒤로 오도 가도 못하는 상태에 빠져버렸다.

"당했다!"

위연은 냉포를 버려두고 들판 쪽으로 5, 6리나 달아났다.

그러나 들판 끝의 숲과 산기슭에서 떼 지어 나타난 한 부대가 위연을 뒤쫓았다.

"위연, 위연. 어디를 가느냐?"

"깨끗이 항복해라."

적군은 저마다 한마디씩 하며 북을 치고 함성을 지르며 포위망을 좁혀왔다.

"아아, 등현의 병사들인가?"

위연은 당황하여 다시 길을 바꿔 달아났다.

"비겁한 놈!"

누군가 다가왔다. 돌아보니 촉의 맹장 등현이었다.

"게 섰거라. 위연!"

등현은 큰 창을 머리 위로 들어올리며 말 등에서 일어났다.

등현이 위연을 향해 창을 던지려는 순간이었다.

백우전白羽箭(새의 흰 깃을 단 화살) 한 발이 바람을 가르며 어디선가 날아왔다. 으악! 허공을 향해 비명을 지른 것은 등현이었다. 흰 화살이 그의 목 깊숙이 꽂힌 것이다. 등현의 몸은 창을 쥔 채 땅바닥으로 털썩 떨어졌다. 등현의 전우 냉포는 이 모습을 보고 등현을 대신하여 위연을 추격해왔다. 위연의 주위에는 이미 아군은 한 명도 없었다.

그때 징과 북이 울리며 수많은 깃발과 함께 한 무리의 군마가 들판을 가로질러 냉포의 병사들을 측면에서 공격했다.

"황충이 여기 있다. 겁먹지 마라, 위연."

선두에 있는 사람은 노장 황충이었다. 그는 활을 들고 있었다. 화살을 쏘아 조금 전에 그를 위기에서 구해준 이도 그였다.

이 기습으로 인해 승세를 타고 있던 냉포는 상황이 역전되어 패색이 짙어졌다. 이윽고 뿔뿔이 흩어져 유괴의 진지로 퇴각했으나 놀랍게도 그곳에도 어느새 낯선 깃발이 휘날리고 있었다.

먼저 돌아가서 이곳을 점령한 것은 유비의 명령을 받은 관평의 병사들이었다.

"아아, 어느 틈에."

냉포는 돌아갈 진영이 없어져 허둥대다가 말 머리를 돌려 산속으로 달아났다.

"그물에 걸려들었다."

즉시 갈퀴와 올가미 줄이 팔방의 숲속에서 날아와 그를 말 등에서 떨어뜨렸다.

"대어를 낚았다."

여기서 냉포를 기다리고 있다가 뜻밖의 공을 세운 것은 위연이었다. 위연이 득의양양해진 것은 말할 필요도 없었다.

군법을 어기면서까지 황충을 앞질러 공격했으나 서전에서 대패를 당하고 많은 병사를 죽음으로 내몰았기 때문에 '뭔가 큰 공을 세우지 않으면 아군을 볼 면목이 없다.'며 혼자 초조해하고 있을 때 적장 한 명을 포로로 잡았으니 그의 만족감은 더욱 컸다.

촉군 포로는 이 외에도 엄청나게 많은 수가 유비가 있는 후진으로 속속 보내졌다. 여하튼 첫 번째 전투는 우선 아군의 대승으로 끝났기 때문에 유비는 장졸들에게 은상을 내리고 항복병들은 모두 받아들여 각각의 부대에 배치했다.

그때 노장 황충이 유비 앞으로 나와 호소했다.

"몰래 남을 앞질러 적진으로 쳐들어가는 것은 군법에서 크게 금하고 있는 것입니다. 위연은 그야말로 공공연히 군법을 어겼습니다. 처분을 내리시지 않으면 군기가 흐트러질 것입니다."

"위연을 불러라."

유비의 명령에 위연은 즉시 포로로 잡은 적장 냉포를 직접 끌고 나왔다. 그 모습을 본 유비는 이 젊은 용장을 군법으로 다스릴 마음이 들지 않았지만, 그런 마음을 숨기고 위연을 꾸짖었다.

"듣자 하니 그대가 위험에 처했을 때 황 장군의 화살에 목숨을 건졌다는데, 내 앞에서 황 장군에게 감사의 뜻을 표하라."

위연은 황 장군을 향해 무릎을 꿇고 머리를 조아렸다.

"장군이 화살을 쏘아 구해주지 않았다면 등현에게 죽임을 당했을지도 모릅니다. 삼가 높은 은혜에 감사를 드립니다."

유비는 다시 한번 사죄할 것을 명했다. 위연은 자신이 선수를 쳐서 공격한 것에 대한 사죄임을 알아채고 말했다.

"소장이 젊은 혈기로 마음이 급해져서 시각과 진로를 지키지 않아 스스로 위험에 빠졌습니다. 참으로 면목 없습니다. 그러나 이 또한 모두 오직 주군의 은혜에 보답하고자 함이었습니다. 부디 용서해주십시오."

황충은 더 이상 아무 말도 할 수 없었다. 유비는 적지 않은 나이에도 불구하고 큰 활약을 펼친 노장 황충을 칭찬하며 약속했다.

"목표로 한 성도에 입성하거든 반드시 큰 상을 내리겠소."

유비는 또 생포한 적장 냉포를 설득했다.

"그대에게 말과 안장을 주겠다. 낙성에 돌아가서 그대의 동료들을 설득하여 성문을 열어 우리가 피 흘리는 일 없이 통과할 수 있게 하라. 그 후에는 반드시 그대들을 중용할 것이며 그 일문도 이전보다 더욱 번영토록 할 것을 약속하겠다."

포박이 풀린 데다 친절하게도 진영 밖으로 놓아주자 냉포는 매우 기뻐하며 낙성으로 날아가듯 달려갔다. 위연은 그런 그를 바라보며 부아가 치미는 듯 중얼거렸다.

"저놈은 분명 돌아오지 않을 거야."

이 말을 듣고 유비가 말했다.

"돌아오지 않는다면 그는 신의를 잃을 것이고 나의 인애는 손상되지 않네."

예상대로 냉포는 돌아오지 않았다. 낙성에 돌아온 그는 유괴와 장임을 만나 거짓말로 둘러댔다.

"적에게 생포되었으나 파수병을 베어 죽이고 도망쳐왔네. 서전에서는 패했지만, 유비도 별것 아니더군."

패하고 돌아온 주제에 기세는 더 등등했다.

세 장수는 지금 가장 시급한 것이 더 많은 병력이라며 성도에 원군을 청했다.

얼마 지나지 않아 유장의 적자 유순劉循과 유순의 외조부 오의吳懿가 2만여 명의 병사를 이끌고 이들을 지원하러 낙성에 왔다. 지원군 중에는 촉군의 상승왕常勝王이라 불리는 오란장군吳蘭將軍과 뇌동장군雷同將軍 등도 있었다.

그러나 군의 총수는 나이를 보아도 그렇고 태수 유장의 장인이라는 점도 그렇고 당연히 오의였다.

"지금 부강의 수위가 높아졌다. 적 진지를 강물로 쓸어버려라."

오의는 낙성에 도착하자마자 이런 명령을 내렸다. 5,000명의 병사가 가래와 괭이를 들고 제방을 무너뜨리기 위해 밤이 되기를 기다렸다.

짧은 머리의 장사

||| 一 |||

빼앗은 두 개의 진지에는 황충 군과 위연 군을 배치하여 부수涪水의 경계를 수비하게 하고 유비는 일단 부성으로 돌아갔다. 마침 그때 멀리 나갔던 척후병이 돌아와서 촉 밖에서 일어난 이변을 보고했다.

"오의 손권이 한중의 장로에게 병력과 군수물자의 원조를 아끼지 않겠다는 내용의 밀서를 보냈습니다. 선동에 넘어간 장로는 힘을 얻고 전부터 갖고 있던 야망을 이루기 위해 즉시 군을 일으켜 가맹관을 공격하기 시작했습니다."

깜짝 놀란 유비는 낯빛이 변했다. 그는 즉시 방통을 불렀다.

"만약 가맹관이 장로의 손에 넘어간다면 촉과 형주가 연락할 길이 끊겨서 진퇴양난에 빠지게 됩니다. 가맹관 수비를 위해 누구를 보내면 좋겠소?"

"맹달孟達이 적임자입니다."

즉시 맹달이 불려왔다. 그러나 그는 다음과 같이 말하며 장수한 명을 더 요구했다.

"일찍이 형주에 있을 때 유표의 중랑장이었던 곽준霍峻이라는 자가 진중에 있습니다. 눈에 띄지 않는 인물로 지금까지도 이렇다

할 공훈은 없습니다만, 그와 함께 간다면 만전을 기할 수 있으리라 생각합니다."

"좋도록 하게."

맹달의 의견이 받아들여져 곽준에게도 동일한 명령이 내려왔다. 그날로 두 사람은 가맹관을 수비하기 위해 서둘러 떠났다.

방통이 그들의 출진을 격려하고 임시 숙소로 돌아온 날이었다. 방에서 쉬고 있으려니 보초병이 부랴부랴 와서 보고했다.

"이상한 손님이 왔습니다."

"이상한 손님?……도대체 어떤 손님이기에?"

"키가 7척은 됨직한데 이상한 것은 머리를 짧게 잘라 옷깃 근처에 늘어뜨리고 있는 점입니다. 용모는 우선 우람하다고 할까요, 아무튼 한마디로 말하면 장사입니다."

"어디 한번 만나봐야겠군."

수수하고 털털한 방통은 직접 나가 보았다.

안에 들어와 마룻바닥 위에 벌렁 드러누워서 자고 있는 사내가 보였다. 방랑 생활을 오래한 방통도 이런 무례한 자는 처음 보았다는 듯이 눈을 동그랗게 떴다.

"어이, 선생."

"네가 주인이냐?"

"주인이고 뭐고 넌 대체 어디의 누구냐?"

"넌 손님을 존중할 줄도 모르나? 우선 예를 갖춰라. 그런 후에 천하의 대사에 대해 논해보자."

"사람을 놀래키는군."

"뭘 놀라냐? 천하의 방통이."

"하하하하. 우선 일어나게."

"먼저 술상이나 대령해."

"이미 준비되어 있네."

"그럼 가자. 어디야?"

"이쪽으로 오게."

방으로 안내하고 상좌를 내주며 술과 음식을 권했다. 그는 사양하지 않고 정말이지 잘 먹고 잘 마셨다. 그러나 천하의 대사에 대해서는 좀처럼 입을 열지 않았다. 그는 마실 만큼 마시고는 벌렁 눕더니 잠들어버렸다.

"별 희한한 놈도 다 있군."

그의 대담함에 혀를 내두르고 있는데 법정이 급한 걸음으로 들어왔다. 법정은 촉의 사정에 대해서도, 인물에 대해서도 모르는 게 없었기 때문에 손님이 술을 마시고 있는 사이에 사자를 보내 부른 것이다.

"오시느라 수고 많았소. 실은 저기서 취해 잠들어 있는 인간 때문인데 대체 저 사람이 누구요?"

법정은 자고 있는 사내의 얼굴을 들여다보더니 손뼉을 치며 말했다.

"영년永年이군. 이 사람은 영년이라는 유쾌한 사내입니다."

그 목소리에 잠이 깬 영년은 부스스 몸을 일으켰다. 그리고 서로 마주 보더니 두 사람은 또 손뼉을 치며 웃었다.

"누군가 했더니 법정이었군."

방통은 어리둥절하여 물었다.

"두 사람이 친한 사이요?"

"그렇습니다."

법정은 자랑스러운 듯 고개를 끄덕이며 영년을 소개했다.

"이 사람의 이름은 팽의彭羨, 자는 영년이라고 하는 촉의 명사입니다. 주군 유장에게 직언했다가 관직을 박탈당하고 머리카락까지 짧게 잘려 노복으로 전락했습니다. 아하하하."

"하하하하."

다른 사람 이야기를 하듯 영년도 함께 웃었다.

||| 二 |||

촉에 오기 전에는 촉이 약하다고 들었다. 나라에 인물이 없다는 평도 믿고 있었다. 그러나 의외로 병사들이 강하고 인재가 많았다.

진정한 국력은 그 나라에 위기가 닥치기 전까지는 알 수 없다.

방통은 문득 그런 생각을 하며 영년에게 새삼스레 예를 갖추었다. 그리고 법정에게 말했다.

"어렵게 걸음 하셨는데, 유 황숙께 소개해드려야 하지 않겠소?"

그러자 법정이 영년에게 물었다.

"어떤가, 영년. 부성까지 갈 텐가?"

영년이 딱 잘라 말했다.

"가고말고. 난 내 의견을 말하러 온 것이네. 유비와 만날 수 있다니 더욱 의욕이 생기는군."

세 사람은 즉시 부성으로 들어갔다. 유비를 만나자 영년은 가슴을 펴며 말했다.

"소생이 보기에는 부수의 전선에 있는 병사들이 실로 위험한 사지에 놓여 있소. 그 사실을 알고 계셨소?"

"황충과 위연의 두 진영을 말하는 것이오?"

"물론이오."

"위험하다니 어째서요?"

"그 일대의 평지는 끝없이 넓어서 한눈에 보기에는 알 수 없지만, 지세를 자세히 살펴보면 호수 밑바닥에 있는 것과 같다는 것을 알 수 있을 것이오."

"호수 밑바닥?"

"부강의 강물을 수십 리의 긴 제방으로 막아놓기는 했지만, 그 제방을 무너뜨린다면 물은 낮은 곳으로 흘러 일대는 깊이가 한 길이나 되는 호수로 변해 한 사람도 살아남지 못할 것이오."

유비는 깜짝 놀랐다. 방통은 과연 그답게 즉시 깨달았다.

"잘 말해주었소."

유비는 영년을 존중하여 막빈으로 삼았다. 그리고 즉시 위연과 황충의 진영에 파발마를 띄웠다.

제방을 주의하라.

유비의 주의에 위연과 황충의 진영에서는 서로 긴밀히 연락을 취하며 밤이고 낮이고 순찰을 게을리하지 않았다.

그 때문에 낙성에서 가래와 괭이를 들고 기다리는 부대는 매일 밤 제방을 무너뜨릴 기회를 엿보고 있었지만, 좀처럼 기회를 잡을 수가 없었다.

그러던 어느 날 밤, 심한 비바람이 휘몰아쳤다.

"오늘 밤이야말로."

5,000명의 가래와 괭이 부대는 칠흑 같은 밤을 틈타 은밀히 나와서 부강의 제방으로 다가갔다. 제방을 무너뜨려 땅을 물로 가득 채우기 위해 죽기 살기로 작업에 매달렸다. 그러나 갑자기 뒤에서 생각지도 못한 복병이 나타났다. 사방이 칠흑같이 어두웠기 때문에 적의 움직임도, 적의 규모도 알 수 없었다. 가래와 괭이 부대 5,000명은 자기들끼리 싸우고 방향을 잘못 잡아 갈팡질팡하며 큰 혼란에 빠졌다. 그 와중에 이날 밤 작전의 대장인 냉포마저 종적이 묘연했다.

냉포는 도망치는 도중에 기다리고 있던 위연의 손에 또다시 생포되었다.

촉의 오란과 뇌동 두 장수는 그 사실을 알고 그를 구출하기 위해 낙성을 나와서 뒤쫓았지만, 도중에 황충이 기다리고 있었기 때문에 그들 또한 호되게 당하고 후퇴할 수밖에 없었다.

유비는 그의 불신을 책망했다.

"난 너에게 무인으로서의 예를 다하고 인의로서 대했거늘 너는 은혜를 원수로 갚았다. 지금 너의 목을 베어도 파리 한 마리 죽이는 정도의 연민도 느끼지 못할 것이다."

말을 마치기가 무섭게 무사들을 불러 즉시 성 밖으로 끌어내 목을 치게 했다. 위연과 황충에게는 상을 보내고 막빈 영년에게는 결과를 보고하고 감사의 인사를 했다.

"선생의 한마디로 인해 우리 군이 큰 환란에서 벗어났소."

얼마 후 형주에서 마량馬良이 사자로 왔다. 마량은 형주의 수비를 맡은 공명의 명을 받고 그의 서신을 가지고 먼길을 온 것이었다.

낙봉파

||| 一 |||

"아아, 그리운 필체."

유비는 공명이 보낸 서신을 펴서 우선 그 묵향과 글자의 모양을 음미한 뒤 읽기 시작했다.

방통은 그 옆에 있었다.

옆에 사람이 있는 것도 잊고 유비는 공명의 서신을 반복해 읽으며 거기에 온통 마음이 가 있었다. 그 깊은 정, 멀리 떨어져 있는 탓도 있겠지만 참으로 아름다운 군신지간이었다.

"……"

방통은 마음속으로 한숨을 쉬었다. 이상한 한숨이었다. 그조차 자신의 내면에 이런 성격이 있었나 의심이 들 정도로 감정을 억누르기가 어려웠다. 그것은 질투에 가까운 감정이었다.

"선생, 공명은 멀리 떨어져 있으면서도 끊임없이 나를 걱정하고 있는 모양이오. 형주는 지극히 무사하다고 쓰여 있소. 그러나 최근 천문을 살펴보면 서쪽에 여전히 항성이 빛나고 객성客星의 빛이 약하여 올해는 원정군에게 득될 것이 없고 대장의 신상에 흉사의 조짐조차 있으니 부디 몸조심하라고 하는군요."

"아아, 그렇습니까?"

방통은 건성으로 대답했다.

"그래서 곰곰이 생각해보니 대사는 서둘러서는 안 될 것이오. 우선 사자 마량을 돌려보내고, 나도 일단 형주로 돌아가서 공명과 상의해볼 생각이오. 그렇게 하는 것이 최선이라고 생각하는데 어떻게 생각하시오?"

"글쎄요……?"

방통은 한동안 대답하지 않았다.

그는 마음속에서 자신과 싸우고 있었다. 마음 깊숙한 곳에서 솟아오르는 억누를 수 없는 이상한 질투심을 스스로 부끄러워하며 떨쳐내려 노력했으나 결국은 자신도 모르게 이성과는 반대되는 감정적인 말이 입 밖으로 튀어나오고 말았다.

"참으로 의외의 말씀이군요. 목숨은 하늘에 있는 것입니다. 어찌 사람에게 있겠습니까? 지금 여기까지 와서 공명의 서신 한 통에 마음이 흔들리다니 이게 무슨 일입니까?"

이렇게 말하고 나니 방통은 이미 정면으로 공명의 의견에 반대하는 자가 되어 있었다. 필시 공명은 촉에서 방통이 큰 공을 세울 것 같자 은근히 그것을 시기하고 있는 것이리라. 그래서 이러니저러니 의견을 내서 멀리 떨어져 있으면서도 유비의 마음을 사로잡아 서촉 정벌의 공을 가로채려는 속셈일 것이다.

이렇게 생각한 방통은 평소와는 다르게 열을 올리며 유비에게 말했다.

"불초한 저도 역시 조금은 천문을 볼 줄 압니다. 역수曆數를 생각해보건대 황숙에게 있어서 올해가 대길은 아니지만, 그렇다고 결코 악년惡年도 아닙니다. 또 항성이 서쪽에 있는 것도 알고 있지만, 그것은 이윽고 황숙께서 성도에 들어갈 전조입니다. 오히려 신속하게 병사들을 진격시키십시오. 위연과 황충을 하염없이 부수의 전선에 놔두는 것은 하책下策입니다."

방통의 독려에 유비는 다음 날 부성에서 나와 전선으로 향했다.

"낙성의 요해는 그야말로 촉에서 제일가는 험지, 어떻게 하면 이 난공불락을 깨뜨릴 수 있겠소?"

이전에 장송이 준 서촉 41개 주의 지도를 펼쳐놓고 유비는 그것을 들여다보고 있었다. 법정이 지도 한 장을 가지고 와서 말했다.

"낙산의 북쪽에 비밀 통로가 하나 있습니다. 그곳을 지나면 낙성의 동문에 도달하게 됩니다. 또 저 산맥의 남쪽에도 샛길이 하나 있는데 그쪽으로 가면 마찬가지로 낙성의 서문 쪽으로 나가게 됩니다. 이 지도와 장송의 지도를 비교해보십시오."

자세히 비교해보니 법정이 말한 대로였다.

유비는 확신에 차서 말했다.

"군을 두 개로 나눠서 방통 선생이 한 부대를 맡아 북쪽 길로 진군하시오. 나는 다른 한 부대를 이끌고 남쪽에서 산을 넘어가겠소. 그 후 목표로 삼은 낙성에서 만납시다."

방통은 뭔가 불만스러운 표정을 지었다. 왜냐하면 북산의 길은 넓어서 넘기 쉽지만, 남산의 길은 좁고 험했기 때문이다. 그의 표정을 보고 유비가 이렇게 덧붙였다.

"어젯밤 꿈에 괴신怪神이 나타나 나의 오른쪽 팔뚝을 쇠몽둥이로 때렸는데 오늘 아침까지 아픈 것 같소. 그 때문에 군사의 신상이 염려되는구려. 군사는 차라리 부성으로 돌아가서 후방을 지켜주지 않겠소?"

물론 방통은 유비의 말을 웃어넘기고 출진 준비에 돌입했다. 그런데 출진하는 날 아침 그의 말이 이상하게 날뛰더니 오른쪽 앞다리가 부러졌다. 그 때문에 불길하게도 방통이 낙마하고 말았다.

||| 二 |||

방통이 낙마한 것을 보고 유비는 말에서 내려 그를 부축해 일으켰다.

"군사, 어째서 이렇게 성질이 고약한 말을 타는 것이오? 말을 바꾸는 것이 어떻겠소?"

방통은 허리를 문지르며 일어났다.

"오랫동안 타온 말입니다. 전에는 이런 적이 없었습니다만."

그는 고개를 갸웃거리며 말했다.

유비의 얼굴에는 걱정하는 빛이 역력했다. 출진을 앞두고 이런 일이 일어난 것은 결코 길조가 아니었기 때문이다. 그는 자신이 타던 성격이 온순한 백마의 고삐를 방통에게 건네며 말했다.

"군사, 이 말을 타고 가시오."

주군의 은혜에 방통도 이때만은 눈시울이 뜨거워졌다. 엎드려 감사하고 백마로 갈아탔다. 그리고 유비에게 작별 인사를 하고 북쪽의 대로로 접어들었다.

나중에 생각해보니 진격하기에 쉬운 대로로 간 것이 오히려 방통에게는 일생일대의 큰 재앙이었다. 촉군 유일의 명장 장임, 촉나라 제일의 용장 오의, 유괴 등의 장수들은 얼마 전에 냉포를 잃고 원한을 풀 길이 없어서 낙성 안에서 이마를 맞대고 어떻게 보복하면 좋을지 논의하고 있었다. 그때 전방의 척후 부대로부터 유비의 대군이 남과 북 두 부대로 나뉘어 진격해온다는 보고를 받았다.

"이럴 때일수록 침착하시오."

장임은 다른 장수들과 작전을 짜고 자신은 무슨 생각을 했는지 명사수 3,000명을 뽑아 산길에 숨어 기다리며 척후의 두 번째 보고를 기다리고 있었다.

"적이 보입니다."

이윽고 척후 대장이 숨을 헐떡이며 달려와서 장임에게 고했다.

"예상대로 이곳을 향해 오는 적군의 대장인 듯싶은 자가 백마를 타고 있습니다. 지금도 그 대장의 지휘하에 전군은 더위를 무릅쓰고 이쪽으로 올라오고 있습니다……."

이 보고를 들은 장임은 무릎을 치며 기뻐했다.

"옳거니!"

그리고 3,000명의 사수에게 명령했다.

"그 백마에 탄 자가 바로 유현덕이다. 이쪽으로 접어들면 백마를 겨냥하여 화살과 석탄石彈을 있는 대로 퍼부어라."

사수들은 노궁과 철궁을 들고 이제나저제나 하며 기다리고 있었다.

때는 늦여름.

풀도 나무도 찜통 같은 더위에 축 늘어져 있었다. 등에와 벌 들이 윙윙거리는 가운데 방통의 군대는 타는 듯이 붉어진 얼굴로 열 걸음 기어 올라와서는 한 번 쉬고, 스무 걸음 기어 올라와서는 땀을 닦으며 산길을 올라왔다.

그렇게 진격하다 전방을 올려다보니 양측에 절벽이 솟아 있고 수목의 가지가 서로 교차하여 하늘도 가릴 듯이 울창하고도 험한 길이 나타났다.

그늘에 들어간 방통은 한숨을 돌리고 땀을 식히며 도중에 포로로 잡은 적병에게 물었다.

"아마도 이런 험한 산길은 촉 외에는 없을 것이다. 이곳의 지명이 무엇이냐?"

항복한 적병은 즉시 대답했다.

"낙봉파落鳳坡라고 부릅니다."

"뭐, 낙봉파?"

봉추는 무슨 일인지 안색을 바꾸더니 갑자기 말을 세웠다.

"내 도호道號가 봉추鳳雛인데 낙봉파라니, 참으로 불길하구나."

그는 말 머리를 돌리고 전군을 향해 채찍을 들어 흔들며 외쳤다.

"말 머리를 돌려라. 길을 바꿔 다른 길로 넘어간다."

그런데 그 채찍이야말로 자신의 죽음을 부르는 신호가 되어버렸다.

갑자기 골짜기가 무너질 듯이 석포와 불화살이 날아오는 소리가 메아리쳤다.

"앗!"

몸을 숨길 겨를도 없이 날아오는 화살에 울부짖던 그의 백마는 즉시 붉게 물들었고 빗발치듯 쏟아지는 화살 아래 희대의 웅재雄才인 방통 선생 봉추도 허무하게 백마와 함께 쓰러져 숨이 끊어졌다. 그의 나이 불과 36세로 아직 한창 젊을 때였다.

||| 三 |||

촉의 장임은 백마에 타고 있는 자가 유비라고 확신하고 있었기

때문에 절벽 위에서 방통이 죽은 것을 보고 기뻐하며 호령했다.

"적의 총수가 화살에 맞아 죽었다. 수장을 잃은 형주의 잔병들을 한 놈도 놓치지 말고 골짜기에 묻어버려라."

산도 흔들릴 정도의 함성을 지르며 촉군들은 허둥지둥 어찌할 바를 모르는 방통 군에게 달려들었다. 어찌 당하겠는가. 형주의 병사들은 솥 안의 물고기처럼 그저 달아날 뿐 촉군에 대항할 의지도 없었다. 산을 기어올라 골짜기로 도망가는 병사들도 원숭이처럼 민첩한 촉군에게 쫓겨 그들의 창검을 피할 수 없었다.

이때 위연은 방통의 중군을 앞질러 한참 떨어진 전방에 있었다.

"후속 부대에서 전투가 일어났습니다."

전령의 보고를 받은 위연은 '이것은 선봉과 주력부대의 연락을 끊으려는 적의 작전일 것이다.'쯤으로 생각하고 진로를 뒤로 돌려 되돌아왔다.

그러나 도중에 우뚝 솟은 바위산을 뚫어서 만든 동굴 입구까지 오자 장임의 병사들이 위에서 암석과 화살을 한꺼번에 퍼붓기 시작했다.

"안 되겠다. 복병이 있다."

"인마의 시체와 암석 때문에 동굴 입구도 막혀버려 어차피 뒤로 돌아갈 수도 없습니다."

앞서가던 병사들이 돌아와 하는 말을 들으니 위연도 이제는 진퇴양난이었다.

'좋아. 이렇게 된 이상 단독으로 낙성까지 밀고 들어가 남쪽 길로 넘어가고 있는 황숙의 본군과 연락을 취할 수밖에 없다.'

이렇게 생각한 위연은 말 머리를 돌려 다시 예정대로 전진하기 시작했다.

겨우 낙산을 넘어 사방의 산기슭을 향해 내려가니 바로 아래에 낙성의 서쪽 성채가 보이고 아미문蛾眉門, 사월문斜月門, 철귀문鐵鬼門, 극관문棘冠門 등의 날카롭게 솟은 지붕들이 산을 등지고 늘어서 있었다.

당연히 그 문들을 지키는 파수병들은 적이 보이자 북과 징을 치며 적병이 왔음을 알렸고, 그 문들에서는 연기처럼 군병들이 쏟아져 나와 위연을 둘러쌌다.

"한 놈도 살려 보내지 마라."

지휘하는 자는 촉의 이름 높은 장수인 오란과 뇌동이었다. 중군을 뒤에 남기고 선봉만으로 적지에 뛰어든 위연은 처음부터 죽음을 각오하고 있었다. 그저 '저승길의 선물'이라는 생각으로 닥치는 대로 죽이며 전력을 다해 싸웠다.

그때 갑자기 등 뒤의 산에서 징과 북을 울리고 함성을 지르며 피가 강처럼 흐르는 이 전쟁터로 검과 창을 든 병사들이 노도처럼 밀려 들어왔다.

'유 황숙인가? 이제 살았다.'

그러나 생각과는 달리 그들은 장임의 군대였다.

'이제 전멸은 피할 수 없겠구나.'

결국 위연도 체념하고 말았다.

그때 남쪽의 산길에서 소리가 들렸다.

"황충이 왔다. 위연, 안심하게."

유비의 선봉이 먼저 들이닥치고 이어서 중군도 왔다. 양쪽의 전력이 비슷해지자 마침내 대격전이 벌어졌다. 유비는 방통이 보이지 않는 것을 이상하게 여기며 명령했다.

"부성으로 후퇴하라."

돌아가는 길에 가도의 관문을 돌파하며 썰물처럼 퇴각했다.

관평, 유봉 등의 수비대는 부성에서 나와 유비를 맞이했다.

"군사 방통은 산중 낙봉파라고 불리는 곳에서 무참한 죽음을 맞이했습니다."

벌써 이런 사실이 도망쳐온 잔병들의 입을 통해 전해졌다. 유비가 슬퍼한 것은 말할 필요도 없다.

"불길한 예감이 틀리지 않았구나."

그제야 여러 가지 조짐이 생각났다.

해질녘 금성이 하얗게 뜬 하늘 아래 제단을 쌓고 죽은 방통의 혼백을 부르니 원정 온 장졸들이 모두 이마를 땅에 대고 절하며 눈물을 흘렸다.

위연, 유봉 등의 젊은 무장들은 분통을 터뜨리며 설욕하려고 했으나 유비가 염려하며 성문을 닫고 그저 수비에만 힘쓸 것을 명했다.

"절대 밖으로 나가지 마라."

그리고 관평에게 서신을 들려 형주로 보냈다. 공명에게 일각이라도 빨리 촉으로 오라는 서신이었다.

파군성

||| 一 |||

칠월 칠석 날 저녁이었다. 성안 거리는 청등과 홍등으로 수놓아져 있었다. 형주성에서도 공명은 유비가 자리를 비웠음에도 제를 올리고 주연을 베풀어 장수들을 위로했다.

밤이 이슥해졌을 때 큰 별 하나가 이상한 빛을 내며 서쪽 하늘로 날아가 하얀 빛을 남기며 부서지듯 지평선 너머로 빨려 들어갔다.

"아아, 파군성破軍星인가."

공명은 술잔을 떨어뜨리며 저도 모르게 "슬프구나." 하고 탄식했다. 그 자리에 있던 사람들은 놀라서 술잔을 놓고 물었다.

"군사, 뭘 그리 슬퍼하십니까?"

"여러분, 지금 이 시간부터 어디 멀리 나가지 말고 성안에 머무르시오. 며칠 내로 흉보가 날아들 테니."

공명이 예언했다.

과연 그로부터 이레 후 유비의 사자로 관우의 양자 관평이 원정지에서 돌아왔다.

"군사 방통이 전사하고 주군을 비롯한 모든 병사가 부성에 머물러 있습니다. 사면이 모두 적으로 둘러싸여 진퇴양난에 빠졌습니다."

그리고 유비의 서신을 건넸다.

공명은 그것을 읽고 울었다. 그리고 즉시 주군을 구하러 가기 위해 준비하라고 명했다. 그러나 자신이 떠난 후의 형주가 걱정되었다.

"관 장군, 귀공과 관평은 동쪽으로는 오를 대비하고 북쪽으로는 조조를 막으며 주군이 없는 이곳을 단단히 지켜주시오. 이번 임무는 촉에 들어가 싸우는 것 이상으로 큰 역할이오. 귀공 외에는 부탁할 사람이 없소. 지난날 주군과 맺은 도원결의를 생각하며 이 어려운 임무에 최선을 다해주시오."

공명의 부탁을 받은 관우는 대답했다.

"도원결의까지 말씀하시는데 어찌 거절할 수 있겠습니까? 안심하고 다녀오시오. 형주성은 소장이 잘 지키겠습니다."

공명은 유비에게 받은 형주 총대장의 인수印綬를 그에게 건넸다. 관우는 감사히 받고 감격해서 말했다.

"대장부 된 자로서 신임을 받고 잠시 동안이지만 일국의 대사를 맡게 되었으니 비록 목숨을 잃는다 해도 후회는 없습니다."

공명의 표정은 밝지 않았다. 관우가 죽음을 가볍게 여기는 투로 말했기 때문이다. 한 나라를 맡는 자가 이처럼 죽음을 가볍게 여겨서는 뒷일을 맡기기가 걱정된다. 그래서 그는 관우에게 시험삼아 물어보았다.

"장군이기에 실수가 없겠으나 만약 오의 손권과 북쪽의 조조가 동시에 형주를 공격해온다면 어떻게 막을 생각이오?"

"물론 병력을 둘로 나누어 하나를 격파하고 또 하나를 칠 생각입니다."

"참으로 위험한 생각이군. 내가 여덟 글자로 장군에게 가르쳐드리리다."

"여덟 글자……?"

"북거조조北拒曹操(북쪽의 조조는 막고), 동화손권東和孫權(동쪽의 손권과는 화친하라). 명심하시오."

"과연…… 가슴에 새기고 잊지 않겠습니다."

"부탁합니다."

인수 전달식이 끝났다.

관우를 보좌하는 문관으로는 이적, 미축, 향랑向郞, 마량 등을 남기고 무장으로는 관평, 주창, 요화, 미방 등을 남기기로 했다.

공명이 이끌고 떠난 형주의 정병은 1만 명이 채 되지 않았다.

장비를 그 대장으로 삼고 협수峽水의 수로와 험산險山의 육로 두 패로 나누어 진군했다.

"우선 장 장군은 파군巴郡을 지나 낙성의 서쪽으로 나오시오. 나는 조 장군을 선봉으로 삼아 배를 타고 낙성 앞으로 가겠소."

양쪽으로 군을 나누고 떠나는 날 들판에서 주연을 베풀었다.

"누가 먼저 낙성에 도착할지 내기합시다. 다들 건승하시오."

두 사람은 잔을 들어 서로의 전도를 축복했다.

||| 二 |||

공명은 헤어지기 전에 장비에게 충고했다.

"촉에는 용맹한 무장들이 많소. 장군과 같은 호걸들도 여럿 있소. 게다가 지형은 험하기 그지없소. 경솔하게 나서거나 물러서서는 안 됩니다. 또 부하들을 잘 단속하여 조금이라도 백성들에게 해가 되거나 그들의 재산을 약탈하는 일이 없도록 하시오. 가는 곳마다 백성들을 불쌍히 여기고 노약자를 돌보며 덕으로 대하시오. 그리고 군율을 엄히 하되 사사로운 분노로 인해 사졸들에게 폭력을 가하는 행위는 절대 금물이오. 마지막으로 신속히 낙성에 도착하여 공을 세우시오."

장비는 공손히 인사하고 용기백배하여 먼저 출발했다.

그가 이끄는 1만 명의 병사들은 한천漢川을 지났다. 그러나 군령을 잘 지켜 약탈과 살육 등의 행위는 일절 하지 않았기 때문에 가는 곳마다 군민들은 그 깃발을 보고 모두 순순히 항복했다.

이윽고 파군(중경) 근처에 다다랐다.

촉의 명장 엄안嚴顔은 나이가 들었다고는 하지만 활과 칼을 잘 다루고 지조가 있으며 늠름했다.

장비는 성 밖 10리에 다다르자 사자를 보내 말을 전했다.

"엄안, 이 늙은 필부야. 우리 깃발을 보거든 성을 나와 항복하라. 그렇지 않을 시에는 성곽을 깨부수고 성 전체를 피바다로 만들어버리겠다."

"가소롭구나. 떠돌이 개 주제에."

엄안은 사자의 귀와 코를 잘라 성 밖으로 쫓아버렸다. 장비가 격노한 것은 말할 필요도 없다.

"두고 봐라. 오늘 중에라도 파성을 산산조각 내버릴 테니."

장비는 곧장 말을 달려 물이 없는 해자까지 다가갔다.

그러나 성문을 굳게 닫아건 엄안 군은 방루를 견고히 하고 단 한 명도 나와서 싸우려고 하지 않았다. 그뿐만 아니라 성루에서 머리를 내밀고 장비에게 심한 욕설을 퍼부었다.

"너희들이 한 말은 꼭 기억해두겠다."

장비는 해가 질 때까지 줄기차게 공격을 퍼부었으나 성은 함락되지 않았다. 죽기를 각오하고 성벽에 매달려 기어오르던 병사들도 한 명도 남김없이 화살과 돌에 맞아 물이 없는 해자로 떨어졌다.

장비는 그 자리에서 바로 야영하고 다음 날도 새벽부터 공격하기 시작했다. 그러자 성루 위에서 노장 엄안이 비로소 모습을 나타내더니 조롱했다.

"얼마 전에 사자를 보내 성 전체를 피바다로 만들겠다고 한 것은 너희들의 피로 그러겠다는 말이었구나? 참으로 훌륭하다. 수고가 많다."

장비의 얼굴은 붉은 옻칠을 한 것처럼 붉게 타올랐다. 그 호랑이 수염 속에 파묻힌 입을 벌려 맞대응했다.

"좋다. 네놈을 사로잡아 살을 씹고야 말겠다."

그 순간이었다. 엄안의 활시위 소리가 아침 공기를 뒤흔들더니 슝 하고 화살 하나가 날아왔다.

"앗!"

장비가 말갈기 쪽으로 몸을 숙였기 때문에 화살은 그의 투구에 맞고 튀었다. 다행히 투구를 뚫지는 못했지만 쇠가 울리는 격렬한 진동은 뇌수에서 콧대를 지나 눈에서 불이 되어 튀어나오는 것 같았다.

천하의 장비도 심한 현기증을 느꼈다.

'오늘은 안 되겠다.'

그는 황급히 뒤로 물러나 몸을 숨겼다.

"과연 촉에도 대단한 장수가 있구나."

장비가 적에게 감탄한 것은 드문 일이었다. 그러나 적을 인정하게 됨으로써 그도 그저 힘으로만 성을 공격하는 것이 수고에 비해 얼마나 효과가 적은지를 배울 수 있었다.

성 한쪽에는 꽤 높은 구릉이 있었다. 그곳에 올라가 성안을 살폈다. 성안 병사들의 조직과 대오가 정연한 것이 매우 훌륭했다. 장비는 목소리가 큰 부하를 골라 구릉 위에서 성안으로 온갖 욕설을 퍼붓게 했다. 그러나 성안에 있는 자들은 한 명도 나오지 않았고 상대조차 하지 않았다.

병사들을 조금 접근시켜서 성안의 병사들이 나오면 거짓으로 도망치고, 성에서 나온 병사들을 사로잡은 뒤 그들이 나온 문으로 단숨에 돌입하려는 계획도 세워보았다.

"장비의 전법은 마치 아이들 장난 같아서 포복절도하겠구나."

엄안은 일소에 부치며 장비가 몸부림치는 모습만 지켜볼 뿐 그의 계책에 걸려들지 않았다.

풀을 베다

||| 一 |||

수많은 계책을 다 소진하고 더는 쓸 계책이 없을 때, 고심 끝에 한 가지 계책을 얻는다. 인생도 이와 마찬가지다.

장비도 한 가지 계책을 생각해냈다.

"모두 모여라."

그는 병사들을 모아놓고 명령했다.

"너희들은 지금부터 낫을 들고 산으로 가서 말에게 먹일 풀을 베어오너라. 되도록 파성의 뒷산 깊숙이 들어가서 베어오도록."

낫을 든 병사들은 성의 뒷산으로 각각 흩어져 올라갔다.

다음 날도 그다음 날도 병사들은 열심히 풀을 베어 본진으로 옮겼다. 성안의 엄안은 이 사실을 알고 의아하게 생각했다.

'장비 이놈이 무슨 속셈으로 갑자기 산의 풀을 베는 걸까?'

아무리 성 밖에서 공격해도 성문을 굳게 닫고 상대하지 않자 장비도 이 성을 무너뜨릴 수 없어서 얼마 전부터 어쩔 줄을 모르고 있는 상태인 것은 잘 알고 있었다. 그런데 갑자기 공격을 늦추더니 산에 병사들을 보내 풀을 베게 하는 것은 무슨 속셈인지 엄안도 도통 알 수 없었다.

"낫을 들고 성의 뒷문에 모여라."

엄안은 열 명의 밀정을 뽑아 이렇게 명령했다.

밀정들은 낫을 손에 들고 저녁 무렵 성의 뒷문에 모였다. 엄안이 나와서 밀명을 내렸다.

"밤에 뒷산에 올라가 있다가 날이 밝아 장비의 병사들이 오거든 은밀히 그들 사이에 섞여 들어가라. 온종일 풀을 베어 말에 실으면 그대로 장비의 병사인 양 적의 본진으로 가서 그들이 무슨 속셈으로 풀을 베고 있는지 알아내면 된다. 빨리 정확한 정보를 가지고 돌아온 자의 순서로 은상을 내리겠다."

풀을 베는 병사로 위장한 엄안의 밀정들은 각각 그날 밤에 산으로 올라가 숨어 있었다.

다음 날 저녁, 장비의 병사들이 말 등에 풀을 싣고 줄줄이 본진으로 돌아갔는데 그중 조장 한 명이 장비의 얼굴을 보자 물었다.

"장군, 절대로 일하기 싫어서 드리는 말씀은 아닙니다만, 낙성으로 가려면 굳이 길도 없는 저런 곳에 길을 만들지 않더라도 파성의 뒤쪽에서 파군의 서쪽으로 나가는 샛길이 있습니다. 어째서 그 길로 가지 않는 것입니까?"

그러자 장비는 처음 알았다는 듯이 눈을 크게 뜨며 말했다.

"뭐라고? 그런 샛길이 있었단 말이냐? 멍청한 놈. 그런 길이 있는 것을 알면서도 왜 이제야 말하는 것이냐?"

장비의 꾸짖음은 사자가 포효하는 듯하여 풀을 베던 병사들뿐 아니라 전군을 움츠러들게 했다.

"지체할 시간이 없다. 즉시 출격 준비를 하라. 이곳 파성 따위는 내버려두고 곧장 낙성으로 가는 것이야말로 내가 목표하는 바다. 밥을 짓고 짐을 실어라."

갑작스러운 군령으로 순간 큰 혼란이 일어났다.

이경二更, 밥을 지어 먹는다.

삼경三更, 병마의 대오를 갖춘다.

사경四更, 달빛 아래 하무를 물고 말은 방울을 떼고 내리는 이슬을 맞으며 조용히 산의 샛길을 따라 진군한다.

엄안의 밀정들은 이런 사실을 알고 즉시 장비의 진영에서 빠져나와 모두 성안으로 달려 돌아갔다.

가장 먼저 돌아온 자도 두 번째로 돌아온 자도 그다음으로 돌아온 자들도 모두 똑같은 내용의 보고를 하자 엄안은 손뼉을 치며 말했다.

"성에서 나가 싸우지 않았더니 결국 여기를 떠나 샛길을 통해 낙성으로 가겠다는 속셈이었구나. 어리석은 장비. 내가 바라던 대로 되었다."

엄안은 성안의 병사들을 모두 나눠서 샛길의 요소요소에 매복시켜놓고 기다렸다.

"아마도 장비의 선봉인 중군이 산을 넘을 무렵 치중 부대(군수품을 지원하는 전투 근무 지원 부대)는 후진에 있을 것이다. 그때 북소리를 신호로 일제히 달려들어 적진을 초토화하라."

그는 이미 아군 무장들에게 이런 명령을 내려놓았다.

이윽고 나무가 우거진 숲속을 적의 선봉인 중군이 지나갔다. 틀림없이 장비도 보였다. 그들을 통과시킨 후 치중 부대가 보일 무렵 엄안은 북을 울려 신호를 보내게 했다.

"지금이다!"

사면에서 복병들이 함성을 지르며 우선 행군하는 적을 둘로 나눈 후 후미의 치중 부대를 포위했다. 그때 놀랍게도 이미 지나갔어야 할 장비가 그 치중 부대에서 뛰어나오며 큰 소리로 외쳤다.

"엄안, 이 늙은 필부야, 잘 왔다!"

엄안은 너무 놀라서 말에서 하마터면 떨어질 뻔했다. 돌아보니 표두거안豹頭炬眼(표범 머리에 불꽃이 이글거리는 눈), 그 호랑이 수염의 장비였다.

"오오, 장비, 잘 만났다. 꼼짝 마라."

부하들이 보고 있어서 어쩔 수 없이 그는 용감하게 장비의 장팔사모 앞으로 말을 달려 돌격했다.

"나이에 걸맞게 굴어야지."

장비는 그런 그의 행동을 비웃으며 장팔사모도 쓰지 않고 한 손을 뻗어 엄안의 허리띠를 붙잡았다. 그리고 아군 병사들 쪽으로 던져버렸다.

"자, 받아라."

엄안은 과연 무예가 출중한 노장답게 적병들 사이로 던져졌음에도 쓰러지지 않았다. 비틀거리는 다리로 버티고 서서 주위의 잡병들과 싸웠다. 그러나 노령의 그는 힘이 다하여 결국 손이 뒤로 묶이고 말았다.

조금 전에 중군을 이끌고 지나간 장비인 듯한 자는 장비와 닮은 장비의 부하였다. 선봉도 즉시 돌아와 엄안의 병사들을 포위했다.

"엄안은 이미 우리 군에 생포되었다. 항복하는 자는 용서하겠지만, 저항하는 자는 갈갈이 찢어 짐승의 먹이가 되게 해주마."

장비의 말에 엄안의 병사들은 앞다투어 갑옷과 창을 내던지고 대부분이 항복했다. 이렇게 해서 장비는 마침내 파성에 들어갔고, 즉시 다음과 같은 세 가지 법 조항을 내걸었다.

　　백성을 해하지 마라.
　　성의 문물을 파괴하지 마라.
　　성의 신하들과 백성들을 자비로운 마음으로 대하라.

　'장비라는 대장은 소문에 듣던 것과는 전혀 다르구나.'
　파성의 백성들은 모두 장비를 잘 따랐다.
　장비는 엄안을 끌고 오게 하여 청상廳上에서 그를 내려다보았다. 엄안은 무릎을 꿇지 않았다. 장비는 눈을 부라리며 질타했다.
　"너는 예의도 모르느냐?"
　엄안은 비웃으며 차갑게 말했다.
　"너는 적장에 대한 예의도 모르느냐!"
　장비는 계단을 내려갔다. 그리고 검을 잡으며 말했다.
　"늙은 필부. 허튼소리는 하지 마라. 지금 항복한다고 하지 않으면 그 머리가 앞에 떨어질 것이다."
　"그런가? ……머리여. 오랫동안 내 몸에 붙어 있던 내 머리여. 잘 가거라. 장비, 지체하지 말고 당장 베어라."
　그는 목을 길게 내밀었다.
　그런데 장비가 갑자기 그의 뒤로 돌아가더니 밧줄을 풀어주며 손을 잡고 계단 위로 이끌어 올라가게 한 후 그의 앞에 무릎을 꿇고 절했다.

"엄안, 귀공은 진정한 무장이오. 다른 사람의 절의를 욕보이는 것은 나의 절의를 욕보이는 것. 조금 전의 무례를 용서하시오."

"그대가 절의를 아는가?"

"듣지 못했소? 황숙과 관우 그리고 이 장비의 도원결의를."

"아아, 물론 들었지. 그대조차 이러할진대 관우와 유비는 얼마나 더 훌륭할까?"

"부디 그런 사람들과 더불어 촉의 백성들을 편안케 해주시오."

"그대도 제법 신통한 말을 할 줄 아는군."

엄안은 장비의 마음에 감동하여 결국 항복을 맹세하고 성도에 들어갈 계책을 가르쳐주었다.

"여기서 낙성까지 가는 도중에만 크고 작은 관문이 37개소가 있소. 완력으로 통과하려 한다면 100만 명의 병사로 3년이 걸려도 어려울 것이오. 그러나 내가 앞장서서, 나조차 이렇게 되었는데 하물며 너희들이야, 라고 타이른다면 그들은 순순히 돌아설 것이오."

그의 말대로 그를 선봉에 세우고 가니 관소의 병사들은 문을 열고 성안 사람들은 길을 쓸어 피를 보지 않고 요해를 통과할 수 있었다.

금안교

||| 一 |||

공명이 형주를 떠날 때 보낸 7월 10일 날짜의 답장을 가진 사자가 이윽고 유비의 손에 답장을 전했다.

"오오, 본진이 두 패로 나눠서 촉으로 서둘러 올 것이라고 하는군. 언제쯤 공명과 장비의 얼굴을 볼 수 있을까?"

유비는 부성에 틀어박혀 하늘만 바라보고 있었다.

"황숙, 요즘 촉군의 상태를 보니 아군이 부성을 나가지 않아 공격하는 데 싫증을 느꼈는지 장기전에 지쳐서 태만한 모습을 보이고 있습니다. 이럴 때 군사의 원군이 온다면 오히려 적은 사기가 올라 즉각 진용을 재정비할지도 모릅니다. 헛되이 원군이 오기만을 기다리고 있을 것이 아니라 그들의 허를 찔러 승리를 거둔다면 성도에 입성하는 시기를 앞당길 수 있을 것입니다."

어느 날 황충이 유비에게 와서 이렇게 말했다. 사려 깊은 유비도 황충의 말에 마음이 움직였다.

"일리 있는 말이오."

척후병들도 황충의 말을 뒷받침했다. 부성의 병사들은 과감하게 100일의 칩거를 깨고 성을 나왔다.

물론 야음을 틈타 기습을 감행한 것이다. 예상대로 들판에 진을 치고 있던 촉군은 극심한 혼란에 빠지며 도망치기에 급급했다. 재미있을 정도로 기분 좋은 대승이었다. 도중에 막대한 병량과 병장기를 노획하면서 마침내 낙성 아래까지 육박해 들어갔다.

패주한 촉군들은 성안에 숨어서 성문을 모두 단단히 닫아걸었다. 촉의 명장 장임의 명령이 충실히 이행되는 듯했다.

이 성의 남쪽에는 두 갈래의 산길이 있고 북쪽은 부수라는 큰 강과 접해 있다. 유비는 서문을 공격하고 황충과 위연의 두 부대는 동문을 공격했다. 그러나 좀처럼 함락되지 않았다. 적군은 미동도 하지 않았다. 나흘 동안 쉬지 않고 공격하다 보니 목도 쉬고 몸도 지쳤다. 동서 양쪽에서 전력을 다해 공격했으나 이렇다 할 성과가 없었다.

"이젠 됐겠지?"

촉의 장임이 오란과 뇌동 두 장수에게 물었다. 두 장수도 그렇다고 했다.

즉, 지금까지는 진짜로 싸운 것이 아니었다. 요컨대 유인지계誘引之計로 유비 군을 끌어낸 뒤 지칠 때까지 기다린 것이었다.

촉군은 남산의 샛길로 속속 산을 올라 멀리 들판으로 내려가서 우회했다. 또 북문에서는 강에 배를 띄워 밤중에 건너편 기슭으로 올라갔다. 이들도 유비의 퇴로를 끊기 위해 하무를 물고 기다리고 있었다.

"성안 수비는 백성들만으로도 충분하다. 일부 장졸들 외에는 모두 성을 나가 이번에야말로 유비 군을 남김없이 섬멸하라."

장임의 용단에 이윽고 한 발의 신호탄이 올라가자 촉군들은 징과 북을 울리고 천지도 진동시킬 함성을 지르며 일시에 성문을 열었다.

황혼 무렵이었다. 지난 며칠 동안의 공격에 지친 유비의 군마는 쉬면서 저녁을 짓고 있었다. 당연히 아무런 방비도 없었다.

마치 황하의 제방이 터져서 인마가 탁류에 쓸려가는 듯했다. 붙잡을 것이라곤 아무것도 없이 팔방으로 도망가기에 바빴다.

"쏴라."

"공격하라!"

앞에는 산과 강에서 우회해온 촉군이 잔뜩 벼르며 진을 치고 있었다. 오란과 뇌동 두 장수와 그의 병사들은 피에 굶주린 듯 공격해댔다.

'아아, 비참하구나. 이런 일이 있을 줄 어째서 알아채지 못했단 말인가.'

유비는 비통한 얼굴을 말갈기에 숨긴 채 정신없이 도망쳤다. 돌아보니 자신의 주위에는 아무도 없었다.

가을바람이 불고 별빛이 하얗게 반짝이고 있었다. 다행히 밤이었다. 그러나 등 뒤에서 촉군의 목소리가 멈출 줄을 모르고 다가왔다.

골짜기며 봉우리에서도 촉군의 목소리가 들렸다.

'하늘도 나를 버렸는가.'

유비는 통곡했다. 그러나 한 무리의 병사들이 산 위에서 달려내려오는 것을 보자 황급히 눈물을 닦았다. 그리고 조용히 최후를 맞을 마음의 준비를 했다.

||| 二 |||

"이름 있는 적장인 듯하다. 생포하라."

쇄도한 군마 사이에서 이런 소리가 유비의 귀에 들려왔다.

그런데 귀에 익은 목소리도 들렸다.

"여봐라. 난폭하게 다루지 마라."

병사들을 제어하며 유비에게 말을 타고 다가오는 자가 있었다. 바로 장비였다.

"오오, 아우인가?"

"앗, 황숙이셨습니까?"

장비는 말에서 뛰어내렸다. 그리고 유비의 손을 잡고 이 우연한 만남에 눈물을 흘렸다.

촉군은 산기슭에서 거리를 좁혀오고 있었다. 사태가 급박하여 자세한 이야기는 나중에 하기로 하고 장비는 즉각 전군에 공격 태세를 갖추게 한 후 촉군에 반격을 가하며 몰아붙였다.

촉장 장임은 정체불명의 병사들이 갑자기 나타나 엄청난 기세로 성 아래까지 추격해오자 전군을 성안으로 들인 후 조용히 상황을 지켜보았다. 훗날 사람들은 이렇게 말했다.

"그날의 패전으로 유 황숙은 목숨을 잃을 판이었지만, 엄안의 안내로 파군을 넘어 산, 또 산을 타고 낙성을 향해서 달려온 장비의 원군과 약속이라도 한 것처럼 만나 구사일생으로 목숨을 건졌다는 것은 단순한 기적이나 우연이 아니다. 나중에 천자가 될 만한 홍복洪福을 타고났기 때문이다."

어쨌거나 유비는 무사히 부성으로 돌아가 장비에게 엄안의 공로를 듣고 금사슬 갑옷을 벗어 주며 말했다.

"노장군. 이것은 임시로 먼저 드리는 작은 성의입니다. 장군의 도움이 없었다면 아우가 이렇게 빨리 도중에 있는 30여 개의 성을 답파하고 오지는 못했을 것입니다."

실제로 엄안의 설득으로 도중에 있는 30여 개의 성을 피 한 방울 흘리지 않고 항복시켰기 때문에 장비의 병력이 여기까지 오는 동안에 새로 병사들이 가세하여 몇 배로 불어나 있었다.

부성의 병력은 하루아침에 막강해졌다. 그 사실도 모른 채 그로부터 며칠 후 낙성을 나와 공격해온 촉의 오란과 뇌동 두 장수는 그날의 일전에서 장비와 황충, 위연 등이 계획한 교묘한 포획 작전에 보기 좋게 걸려들어 두 사람 모두 포로가 되었다. 상황은 역전되어 결국 두 사람은 유비 앞에 항복을 맹세했다.

낙성 안에서는 동료인 오의, 유괴 등이 이를 갈며 외쳤다.

"한심한 놈들! 이렇게 된 이상 성공하든 실패하든 결전을 벌이고 한편으로는 성도에 급히 원군을 요청할 수밖에."

그러나 명장 장임은 침통하게 말했다.

"그렇게 하는 것도 좋지만 우선 이렇게 하는 것이 어떻겠나?"

그는 붓을 들어 작전도를 그리면서 뭐라고 속삭였다.

다음 날, 장임은 일개 부대의 선두에 서서 성문에서 나왔다. 장비가 장임을 보더니 외쳤다.

"네놈이 장임이냐?"

그는 장팔사모를 휘두르며 덤벼들었다. 싸우기를 수십 합.

"아아, 안 되겠다."

이윽고 장임이 소리치면서 달아나기 시작했다.

성의 북쪽은 산기슭에서 골짜기로, 또 부수 기슭으로도 연결되어 지형이 매우 복잡했다. 장비는 어느 틈에 장임을 놓치고 몇 안되는 아군과 함께 산속을 헤매고 있었는데, 그러는 사이에 사면의 산이 깃발로 변하고, 사면의 골짜기에서 북을 울리며 포위한 촉군이 장비의 부하들을 모두 몰살해버렸다.

"저 호랑이 수염을 생포하라."

장비만 간신히 살아남아 피로 뒤덮인 아군의 시체를 넘어 부수 쪽으로 도망쳤다. 비겁하다고 욕을 퍼부으며 쫓아오는 촉군 장수 오의는 마침 한쪽 제방을 넘어 달려온 부대가 측면에서 공격하기에 맞서 싸웠으나 결국 무기를 빼앗기고 생포되고 말았다.

"어이, 장 장군. 나요. 돌아와서 함께 적병들을 물리칩시다."

그 목소리에 누군가 하고 의아해하면서 돌아보니 형주에서 함께 떠났다가 도중에 공명과 같이 간 상산의 조자룡이었다.

||| 三 |||

장강에서 협수로 들어가 배로 천리를 거슬러 올라온 공명의 군사가 그제야 부수 근방에 도착한 것이다.

적군 잡병들을 물리친 후 조운이 그렇게 말하자 장비가 물었다.

"그럼, 군사께서는 이미 부성으로 들어가셨소?"

조운이 그렇다고 대답하자 장비가 말했다.

"그럼, 서두릅시다."

두 사람은 서둘러 부성으로 돌아갔다. 조운은 입성 선물로 도중에 생포한 촉장 오의를 끌고 갔다.

유비가 인자하게 말했다.

"나를 따르지 않겠는가?"

오의는 그의 범상한 인품에 감복하여 진심으로 항복했다.

공명도 그 자리에 있었는데 그는 이 항장에게 상빈의 예를 취하며 이런저런 질문을 했다.

"낙성 안의 병력은 어느 정도요? 유장의 적자 유순을 돕고 있는 장임은 어떤 인물이오?"

오의가 대답했다.

"유괴는 그냥 그런 인물입니다만 장임은 지모와 지략이 뛰어난 명장입니다. 낙성은 쉽게 함락되지 않을 것입니다."

"그렇다면 우선 그 장임을 생포하고 나서 낙성을 공격하는 것이 낫겠군."

공명이 마치 탁자 위에 있는 그릇이라도 들어올리듯이 쉽게 말하자 오의는 의심하는 눈으로 그의 얼굴을 쳐다보았다.

'이 사람은 큰소리치는 버릇이 있는가, 아니면 정신이 이상한 것인가?'

다음 날, 오의를 안내자로 삼아 공명은 부근의 지세를 시찰했다. 돌아온 그는 위연과 황충을 불러 마치 장기판의 말이라도 움직이듯이 말했다.

"금안교金雁橋 근처 5, 6리 사이에 갈대가 우거져 있으니 병사들을 매복시키기에 좋소. 전투를 벌이는 날, 위 장군은 철창 부대 1,000명을 그 왼쪽에 매복시키고 적이 오면 일제히 공격하시오. 또 황 장군은 언월도 부대를 오른쪽에 매복시키고 기다리고 있다가 적이 오거든 오직 말과 사람의 다리만 베시오. 장임이 불리하다고 여기면 반드시 동쪽 산지를 향해 도망칠 것이오."

그는 장비와 조운에게도 계책을 주었다.

낙성 앞에서 징과 북이 울렸다. 성안에 있는 병사들에 대한 도발이었다. 망루에서 싸울 시기를 가늠하고 있던 장임이 공격군의 후방에 지원군이 없는 것을 보고 생각했다.

'공명은 병법에 어둡군.'

그는 되도록 공격군을 가까이 끌어들인 후 섬멸하려는 작전을 세웠다. 공격군은 해자를 지나 성벽으로 모여들기 시작했다.

"좋다! 출격하라."

여덟 개의 문을 열고 성 밖으로 나왔다. 동시에 남과 북의 산기슭에 매복해 있던 성의 병사들도 붕새의 날개 모양으로 대형을 이루고 공격군 쪽으로 접근했다.

유비 군은 계속되는 공격에 뒤로 물러나기 시작했다.

"이때다."

장임은 마침내 진 앞에 모습을 드러냈다. 오늘이야말로 유비 군을 섬멸하는 날이라는 듯이 몸소 지휘하고 직접 싸우며 금안교를 넘어 2리 밖까지 맹렬하게 추격했다.

"아차!"

그때 뒤를 돌아보니 한 무리의 적군이 보였다. 게다가 금안교는 어느새 완전히 파괴되어 있었다.

"방심하지 마라. 적장 조자룡이 뒤에 있다."

당황해서 돌아가려고 하자 좌우의 갈대숲에서 창을 든 병사들이 튀어나와 사정없이 찔러댔다. 우왕좌왕하며 피하려고 하는데 이번에는 언월도를 든 병사들이 말과 사람의 다리를 베기 시작했다.

"분하다. 남쪽으로 후퇴하라!"

그러나 그곳도 이미 유비 군이 점령하고 있었다. 어쩔 수 없이 부수의 지류를 따라 동쪽의 산지로 달아났다.

여울을 건너 겨우 건너편 기슭의 광야에 도착했다. 그러나 거기에도 수상한 한 무리의 병사들이 깃발을 들고 사륜거 한 대를 호위하고 있었다.

"저 수레 위에 앉아 우선羽扇을 들고 나를 부르고 있는 자가 누구냐?"

장임이 부하들에게 묻자 저 사람이야말로 새롭게 유비의 진영에 가세한 군사 공명이라고 누군가가 대답했다.

"아하하하, 저자가 공명이냐?"

장임은 어깨를 들썩이면서 웃었다.

||| 四 |||

공명의 사륜거를 둘러싸고 있는 병사들이 모두 노병들이었고, 그 외의 병사들도 모두 퉁퉁하게 살이 쪄서 무르고 약해 보였기 때문이다.

"아니, 눈앞에 있는 공명과 일찍이 소문으로 듣던 공명이 너무 다르구나. 손자 이래 최고의 용병술을 자랑하는 사람이라고 소문이 자자하더니 저 진용과 병사들은 뭐란 말이냐? 저들을 처치하는 것은 식은 죽 먹기일 것이다. 밟아버려라, 저 티끌 같은 자들을."

장임의 명령에 남아 있던 수천의 병사들이 함성을 지르며 공명에게 달려들었다. 사륜거는 정신없이 도망치기 시작했다.

"수레 위의 앉은뱅이야, 게 섰거라!"

맨손으로도 간단히 생포할 것 같다며 잡병들에게는 눈도 주지 않고 장임은 말을 달렸다. 그리고 수레의 덮개 위로 큼지막한 손을 막 뻗으려던 찰나였다.

"잡았다!"

발밑에서 나는 소리였다. 그 소리와 함께 누군가가 갑자기 말

다리를 휙 낚아챘다.

장임은 쿵 소리와 함께 말에서 보기 좋게 떨어졌다. 즉시 또 한 사람이 달려들었다. 그도 잡병치고는 엄청난 괴력을 지닌 자였다. 그도 그럴 것이 이 두 사람은 잡병 속에 숨어 있던 위연과 장비였다.

파괴된 것으로 보였던 금안교도 실은 완전히 파괴한 것이 아니었다. 장임이 포기하고 상류의 지천으로 피해 얕은 여울을 건너 성 쪽으로 우회한 것을 보자마자 갈대밭에 숨어 있던 모든 병력이 사륜거를 호위하며 맞은편 기슭을 넘어 이곳에 먼저 와서 기다리고 있었던 것이다.

산으로, 골짜기로 뿔뿔이 흩어져 달아난 촉군들도 대부분이 토벌되거나 항복했다.

그중에는 불과 며칠 전에 성도에서 원군으로 온 탁응卓膺이라는 장수도 섞여 있었다.

장비와 황충, 위연 등의 장수들도 각각 공을 세우고 이곳으로 달려왔다. 피었던 꽃이 오므라드는 것처럼 전군이 한 부대가 된 진용과 행군은 참으로 멋졌다.

"아아, 촉이 패망할 날이 머지않았구나!"

포로로 잡혀 이송되는 도중에 장임이 하늘을 우러르며 장탄식을 했다. 부성에 도착한 후 유비가 말했다.

"촉의 장수들은 모두 항복했소. 귀공 혼자만 항복하지 말란 법도 없을 것이오."

그러나 장임은 완강히 거부했다.

"불초는 스스로 촉의 충신임을 자처하는 자요. 그런데 어찌 두 주군을 섬길 수 있단 말이오?"

유비는 그 인물이 아까워서 여러모로 설득했지만 듣지 않았다. 단지 목소리를 높여서 빨리 목을 치라고 할 뿐이었다. 공명이 보다 못해서 유비에게 권했다.

"너무 집요하게 강요하는 것은 진정한 충신을 대하는 예의가 아닙니다. 자비로운 마음으로 빨리 목을 쳐서 그 충절을 다하게 해주십시오."

유비는 장임의 목을 쳐서 그의 시신을 거두고 금안교 옆에 충혼비 하나를 세워주었다. 늦은 밤, 기러기가 떼 지어 비석 주위를 돌며 울었다.

이렇게 해서 낙성은 유비의 군사들에 의해 본격적으로 포위되기 시작했다. 항복한 오의와 엄안 등은 진두에 서서 성안에 있는 자들을 설득했다.

"무익한 농성은 쓸데없이 성안의 백성들만 고통스럽게 할 뿐이다. 우리조차 항복했는데 너희들이 어찌 당하겠느냐? 개죽음을 당하지 마라."

그때 성루 위에 유괴가 나타나 소리쳤다.

"촉의 은혜를 저버린 자들이 무슨 소리를 지껄이는 것이냐!"

그 순간 그가 성루의 창에서 아래로 떨어졌다. 누군가가 뒤에서 떠민 듯했다. 동시에 성문이 안에서 열렸다.

즉시 성벽에 유비의 깃발이 휘날렸다. 성안에 있는 자들 중 약 7할이 항복했다. 유장의 적자 유순은 이 급변에 놀라 북문에서 몇 안 되는 병사들과 함께 성도를 향해 쏜살같이 도망쳤다.

"유괴를 성루에서 밀어 떨어뜨린 이가 누구인가?"

성을 점령한 유비가 물었다.

"무양武揚 출신으로 이름은 장익張翼, 자는 백공伯恭이라는 자입니다."

옆에 있던 신하가 대답했다. 유비는 즉시 장익을 불러 큰 상을 내렸다.

낙성의 시가는 평온을 되찾았다. 피난한 백성들도 성시로 속속 돌아왔다.

"아, 감사한 포고령이 내려왔다."

그들은 포고문을 둘러싸고 새로운 정치를 찬양했다.

공명은 성시를 한 바퀴 돌며 민심을 살피고 돌아와서 유비에게 보고했다.

"주군의 덕이 아래까지 널리 퍼진 듯하옵니다. 이제 남은 일은 성도를 공략하는 것뿐입니다만, 서두르면 일을 그르치게 됩니다. 일단 낙성을 중심으로 부근에 반감을 품고 있는 자들의 마음을 돌린 후 천천히 성도를 공격해도 늦지 않을 것입니다."

"옳은 말이오."

유비도 같은 생각인 듯 즉시 병사를 나누어 각 지방에 민심을 안정시키기 위해 보냈다.

즉 엄안, 탁응은 장비와 함께 파서巴西부터 덕양德陽 지방까지, 또 장익과 오의는 조운과 함께 정강定江에서 건위犍爲 지방까지 돌아보게 했다.

그들이 지방의 민심을 안정시키고 있는 사이에 공명은 항복한 장수 한 명을 불러 성도를 공략할 방법을 궁리하고 있었다.

"여기 낙성에서 성도까지는 어떤 요해가 있는가?"

항복한 장수가 말했다.

"우선 요해라고 한다면 면죽관綿竹關이 제일의 요해일 것입니다. 그 외에는 왕래하는 자들을 검문하는 관소 정도에 불과합니다."

그때 법정이 왔다. 법정은 일찌감치 내응하여 유비의 유막에 참여한 자여서 촉의 사정에 정통했다.

"성도의 백성들은 머지않아 유 황숙께서 돌보셔야 할 백성들입니다. 그 백성들을 놀라게 하고 가혹한 전쟁에 떨게 하는 것은 바람직하지 않습니다. 먼저 사방에 어진 정치를 베푸시고 서서히 은덕으로 민심을 얻는 것이 우선일 것입니다. 제가 서신을 보내 성도의 유장을 잘 설득해보겠습니다. 유장도 민심이 떠난 것을 깨달으면 분명 스스로 와서 항복할 것입니다."

"옳은 말이오."

공명은 법정을 크게 칭찬하며 그의 생각에 따르기로 했다.

한편 성도에서는 지금 당장 유비가 공격해오지 않을까 싶어 민심은 동요하고 관리들도 전전긍긍하며 대책 마련에 고심하고 있었다.

태수 유장을 중심으로 그들을 어떻게 막을까 하는 문제가 오늘도 회의의 중심 의제였다. 이 자리에서 종사 정도鄭度는 열변을 토했다.

"국가가 위기에 빠졌을 때는 자연히 방어력도 몇 배로 올라갑니다. 관민이 일치단결하여 국난을 헤쳐나갈 결의를 다진다면 먼길을 온 유비 군 따위를 두려워할 필요가 없습니다. 지금까지는 그의 침략이 성공했을지 몰라도 점령지의 촉나라 백성들은 아직 진심으로 유비에게 복종한 것이 아닙니다. 지금, 파서의 모든 백성을 부수의 서쪽으로 옮기십시오. 그리고 마을에는 닭 한 마리 남기지 않고 모든 가축을 없애고, 곡물은 태워버리고, 전답은 갈아 엎고, 물에는 독을 풀어 그들이 여기서 단 한 끼도 구하지 못하게 한다면 아마도 그들은 100일 안에 기아에 고통받을 수밖에 없을 것입니다. 그리고 성도와 면죽관 두 곳을 철통같이 지키며 밤이고 낮이고 가리지 않고 기습하여 괴롭히면 아마도 겨울이 오면서 유비를 비롯한 그의 대군은 전멸할 것이라고 생각합니다. 아니, 그렇게 믿고 있습니다. 공들의 생각은 어떻습니까?"

모두 아무 말이 없었다. 그러자 태수 유장이 평소와는 다르게 사리에 맞는 말을 하며 정도의 계책을 부정했다.

"옛날부터 국왕은 나라를 지키고 백성을 평안케 한다는 말은 들었지만, 백성을 떠돌게 하고 적을 막는다는 말은 들은 적이 없네. 그것은 이미 패전을 위한 계책이야. 바람직하지 않아."

그때 법정이 보낸 서신이 도착했다. 서신에서 법정은 대세를 논하고 이번 기회에 유비와 강화하는 것이 이득이라는 것을 설명하고 또 그렇게 해서 명가를 존속시키는 것이 현명하다고 권하고 있었다.

"나라를 팔고 적에게 달려간 놈이 무슨 염치로 나에게 이런 것을 보냈단 말인가!"

유장은 화를 내며 법정이 보낸 사자의 목을 베어버렸다.

그리고 즉시 면죽관 방어를 위해 증병을 결정함과 동시에 가신 동화董和의 권유에 따라 한중의 장로에게 급사를 파견했다. 대를 위해서는 소를 희생할 수밖에 없다며 침략주의라는 위험한 사상을 가진 나라에 읍소하고 그 원조를 청하는 하책을 택한 것이다.

서량, 다시 타오르다

||| 一 |||

몽골고원에 홀연히 나타나서 사나운 오랑캐 병사들을 이끌고 농서隴西(감숙성)의 주州와 군郡을 순식간에 제압하며 날마다 세력을 넓혀가는 군대가 있었다.

건안 18년(213) 가을 8월이었다. 이 몽골군의 대장은 얼마 전에 조조에게 패하여 어디론가 달아난 마등의 아들 마초였다.

"아버지의 원수, 조조의 숨통을 끊어놓기 전에는."

마초는 그 이후 몽골족 부락 깊숙이 몸을 숨기고 와신상담臥薪嘗膽하며 오늘 이처럼 다시 일어나기 위해 힘써왔던 것이다.

'몇 번이든 재기할 것이다. 조조의 머리를 취하기 전에는 결코 쓰러질 수 없다.'

이런 결의가 있었기 때문에 마초의 군단은 가는 곳마다 풀을 베듯이 적을 쓰러뜨리고 강대해졌다.

그런데 여기 기현冀縣의 성 하나만은 좀처럼 함락시킬 수 없었다.

성의 대장은 위강韋康이라는 자였다. 위강은 장안의 하후연에게 사자를 보내 원군을 요청했지만, "조 승상의 허락을 얻기 전에는 병사를 움직일 수 없다."는 하후연의 답장에 몹시 낙담했다.

'그럼, 도저히…… 이 소수의 병력으로는 성을 지키기 어렵다.

우리의 곤경을 못 본 체하는 아군을 의지할 바에는 차라리.'

위강은 결국 항복하기로 결심했다. 동료 중에 참군 양부楊阜라는 장교가 있었는데, 그의 적극적인 반대에도 위강은 끝내 문을 열어 공격군 마초에게 무릎을 꿇고 말았다.

"좋다."

마초는 항복을 받아들이고 성안으로 들어가 위강을 비롯해 그의 휘하 40여 명을 줄줄이 묶어 목을 쳤다.

"이런 상황에서 항복하는 인간은 의義가 결핍된 자다. 아군으로 삼는다 해도 도움이 되지 않을 것이다."

그의 부하 한 명이 물었다.

"양부의 목은 왜 치지 않으십니까? 그는 위강에게 간하여 항복을 반대한 놈입니다."

"그것이 의다. 무사의 도다. 양부는 살려둔다."

마초는 양부를 살려주었을 뿐만 아니라 참사參事로 삼고 기성의 수비를 맡겼다. 양부는 마음속으로 깊이 생각한 것이 있었기 때문에 겉으로는 따르는 척했다. 그러던 어느 날, 그가 마초에게 며칠간의 휴가를 청했다.

"제 아내가 벌써 두 달도 전에 고향 임조臨兆에서 죽었습니다만, 이번 전란으로 장례식에도 참석하지 못했습니다. 고향의 친척과 친구들에 대한 체면도 있고 하니 한번 다녀오겠습니다."

마초는 바로 허락했다.

"좋아. 다녀오게."

양부는 고향으로 돌아갔다. 그러나 목적은 역성歷城의 숙모를 방문하는 것에 있었다. 그녀는 이웃 나라에도 '정숙하고 어진 명부名婦'라고 소문난 여인이었다.

"면목 없습니다."

숙모와 만난 양부는 마루에 엎드려 절하며 통곡했다.

"분합니다. 저는 지금 어쩔 수 없이 적을 섬기고 있습니다. 그러나 진심으로 마초를 섬기고 있는 것이 아닙니다. 오늘 여기에 온 것은 유감스러운 일이 있기 때문입니다."

"사내답지 못하게 어째서 그렇게 통곡하는 것이냐? 인간은 최후에 그 진심을 보이면 되는 것이다. 훼예포폄毁譽褒貶(칭찬하고 비방하는 말과 행동) 따위는 마음에 두지 말거라."

"감사합니다. 그러나 제가 통곡하는 것은 수치가 부끄러워서가 아니라 숙모님의 아들에게 분개를 금할 수 없기 때문입니다."

"무슨 말이냐?"

"이 역성에서 난적 마초의 유린을 방관하며 한 주州의 사대부들이 모두 치욕을 당하는 동안 어찌 그리도 편안하게 있을 수 있습니까? 그렇게 젊은 사람이……. 저는 그것에 분개하여 온 것입니다. 그러고도 정숙하고 어진 숙모님의 아들이라고 할 수 있습니까?"

"……누구 없느냐? 강서姜叙를 불러오너라, 강서를."

그녀가 몸종의 방에 대고 이렇게 소리치자 한쪽 장막을 젖히고 청년 한 명이 들어왔다.

"어머님. 소자 부르셨습니까?"

그가 바로 역성의 무이장군撫夷將軍 강서였다.

||| 二 |||

말할 필요도 없이 강서와 양부는 사촌지간이었고 또 강서와 위

강은 주종 관계였다. 당연히 역성의 병사들을 이끌고 위강을 지원하러 가야 했지만, 너무 빨리 성이 함락되는 바람에 지원하러 가지 못했던 것이다.

"조금 전부터 장막 뒤에서 이야기를 듣고 있자니 형님께서는 이 강서가 편안하게 있는 것이 매우 언짢으신 모양입니다만, 그런 형님이야말로 한 번 싸워보지도 않고 마초에게 기성을 내주지 않았습니까? 그런데 지금에 와서 세상 돌아가는 것을 모르는 어머니께 내가 태만하다느니 비겁하다느니 하며 비난하는데 이런 것이야말로 비열한 행위가 아니고 뭐겠습니까?"

젊은 강서는 어머니 앞이라는 것도 잊은 채 사촌 형을 매도했다. 그러자 양부는 오히려 그의 의기를 기뻐하며 자신의 항복은 한때의 치욕을 무릅쓰고 주군의 원수를 갚기 위한 것이라고 해명했다.

"만약 네가 향당鄕黨의 병사들을 이끌고 기성을 공격한다면 내가 성안에서 내응하겠다. 무엇을 숨기겠느냐? 아내의 장례를 핑계로 마초에게 말미를 청해 너를 찾아온 것은 그 때문이다."

강서는 원래 다감한 청년이었다. 의를 위해서는 몸을 사리지 않겠다고 그 자리에서 의맹을 맺고 은밀히 병사를 일으킬 준비를 하기 시작했다.

역성 안에는 강서가 신뢰하는 두 장수가 있었다. 통병교위統兵校尉 윤봉尹奉과 조앙趙昻이었다.

조앙의 아들 조월趙月은 기성이 함락된 이후 마초의 수하가 되었다. 조앙은 집에 돌아와 아내에게 탄식했다.

"오늘 주군에게 마초를 칠 준비를 하라고 명령받았는데 어찌하면 좋겠소? 우리 아들은 적군의 성에 있소. 만약 그 아비가 강서의 편이라는 사실이 알려지면 즉시 우리 아이는 죽임을 당할 것이오. 대체 어찌하면 좋겠소? 무슨 좋은 방법이 없겠소?"

조앙의 아내는 이 말을 듣고 눈물을 보였으나 그 눈물을 스스로 꾸짖듯이 목소리를 높여 남편에게 말했다.

"자식 하나 때문에 주군의 명을 거스르고 향당을 배신한다면 당신은 무인으로서의 면목이 서지 않을 뿐만 아니라 선조의 이름에 먹칠을 하고 자손에게도 수치스러운 일이 아니겠습니까? 무엇을 망설이고 계십니까? 만약 당신이 대의를 버리고 불의를 행한다면 저는 세상을 버리겠습니다."

오래 함께 살아온 아내이지만 남편은 아내의 말에 새삼 놀랐다.

"그래요. 더는 망설이지 않으리다."

강서와 양부는 역성에 주둔하고 윤봉과 조앙은 향당의 병사들을 이끌고 기산祁山으로 출격했다. 그때 조앙의 아내는 옷과 머리 장식을 모두 팔아 마련한 술을 가지고 기산의 진영으로 갔다.

"출진을 축하하기 위해 가지고 왔습니다. 부디 이것을 사졸의 말단에 이르기까지 한 잔씩 골고루 나눠주세요."

"이것은 조 교위의 부인께서 머리 장식과 옷을 팔아 출진을 축하하기 위해 주신 술이다."

이렇게 설명하고 병사들에게 술을 나누어주자 모두 감격하여 눈물과 함께 마셨다. 그들의 사기는 하늘을 찌를 듯이 높아졌다.

한편 이 일은 즉시 기성에도 알려졌다. 마초가 분노한 것은 말할 필요도 없다.

"조앙의 아들, 조월의 목을 쳐서 피의 제사를 지내라."

이 명령으로 전군의 피가 뜨거워졌다.

방덕과 마대는 즉시 출격했다. 마초도 물론 지체하지 않았다. 살기등등하게 역성으로 달려갔다.

그때 마치 백로의 무리와 같이 새하얀 군대가 길을 막고 기다리고 있었다. 강서와 양부를 비롯한 모든 병사가 하얀 전포에 하얀 깃발을 휘날리며 비장한 각오로 진을 치고 있었던 것이다.

"죽은 주군의 원수, 마초를 쳐서 황천의 넋을 달래자."

전투를 결의한 향병은 비장한 각오로 진을 치고 있었다.

"시건방진 촌놈들이."

마초는 일소에 부치고 눈을 걷어차듯이 백색의 군대를 짓밟기 시작했다.

||| 三 |||

마초의 용맹함은 만부부당이었다. 당연히 역성의 병사들은 모두 짓밟히고 말았다. 강서와 양부도 그의 적수가 되지 못하고 완전히 패배하여 달아났다.

그러나 기산에 진을 치고 있던 윤봉과 조앙은 이때를 위해서 여기에 있었다는 듯이 갑자기 북을 울리며 마초의 측면을 공격했다. 강서와 양부도 급히 돌아와서 "마초가 함정에 빠졌다!"고 향병의 사기를 올리며 측면을 공격하는 아군과 협공하는 형세를 취했다.

마초 군도 일시적으로 곤경에 빠졌다. 그러나 장비가 좋지 않은 시골 병사들과 완벽한 장비를 갖춘 사나운 오랑캐 군은 도저히 비교가 되지 않았다.

마초 군은 순식간에 불리한 형세를 만회하고 반격하기 시작했다. 강서 군은 다시 엄청난 사상자를 내며 뿔뿔이 흩어져서 궤멸할 지경에 이르렀다.

그때 생각지도 못한 대군이 산을 넘어 마초 군의 뒤에서 거칠게 밀어붙이며 공격해왔다. 바로 장안의 하후연이었다.

"지금 조 승상의 허락을 받아 난적 마초 군을 정벌하러 왔다. 목숨이 아깝거든 중앙 정부의 기치 아래 무릎을 꿇어라."

하후연은 제장의 입을 통해 진두에서 소리치게 했다.

애초에 훈련도 잘되어 있고 뛰어난 무기를 갖춘 중앙군이다. 천하의 마초 군은 점점 밀리기 시작했고 대장 마초도 "좋다. 그렇다면 일단 후퇴하고 나중에 다시 오자."라며 도망칠 수밖에 없었다.

마초는 업성까지 후퇴했다. 그런데 성에 접근하자 아군이 있어야 할 성안에서 빗발치듯 화살이 날아왔다.

"바보 같은 놈들! 당황하지 말고 두 눈 크게 뜨고 나를 봐라."

호통을 치면서 성문 앞까지 갔을 때 그의 눈앞에 몇 구의 시체가 떨어졌다.

"아, 앗?"

시체 중 한 구는 자신의 아내 양씨였다. 또 다른 세 구는 마초의 세 자식이었다. 여전히 성 위에서 시체가 떨어지고 있었다. 그들 모두가 마초의 친척과 일족 들이었다.

"으흑……."

마초는 큰 충격을 받고 하마터면 말에서 굴러떨어질 뻔했다. 그때 마대와 방덕이 쫓아와 재촉했다.

"성안의 양관梁寬과 조구趙衢 두 놈이 성을 비운 사이에 반기를 들고 하후연에게 협력한 것으로 보입니다. 여기에 있으면 위험합니다. 어서 몸을 피하십시오."

그들은 길목마다 모여 있는 적군을 물리치면서 밤새 달렸다. 아침 안개 사이로 성 하나가 보였다. 마초는 두려움에 떨며 물었다.

"여기가 어디인가?"

그러자 방덕이 대답했다.

"적의 성인 역성입니다."

"뭐, 역성?"

덜컥 겁이 났다. 아군은 모두 뿔뿔이 흩어지고 불과 50~60명뿐. 아무리 잘 싸운다 해도 승산이 없다고 생각했기 때문이다.

방덕은 이러한 위기 상황을 타개할 계책을 가지고 있는 듯했다. 그는 마초와 마대를 독려하며 앞장섰다.

"강서의 깃발이다."

그는 소리 높여 외치며 성문 안으로 들어갔다.

밤새 잇따른 승전보를 받고 자만심에 빠져 있던 성안의 병사들은 큰 혼란에 빠졌다.

성안으로 들어온 마초 일당은 강서의 집을 기습하여 그의 어머니를 죽였다. 또 윤봉, 조앙의 집을 포위하고 그들의 처자식과 하인들까지 모두 목숨을 빼앗았다. 단지 조앙의 아내만이 기산의 진영에 가 있었기 때문에 목숨을 건질 수 있었다.

얼마 되지 않는 성안의 병사들은 모두 도망가거나 토벌되어 역성은 불과 50~60명의 마초 군에 의해 점령되었다. 그러나 그것은 단지 하룻밤 천하에 지나지 않았다.

다음 날이 되자 하후연, 강서, 양부의 연합군이 마초 군을 공격해 순식간에 역성을 탈환했고, 마초는 혼전 속에서 적군을 상대로 분전하면서 일족인 마대, 방덕 등과 함께 국외로 멀리 달아났다.

마초와 장비

||| 一 |||

혜성과 같이 나타났다가 혜성과 같이 사라진 마초는 대체 어디로 달아났을까?

어쨌거나 농서의 주와 군은 금세 안정을 되찾고 예전의 모습으로 돌아갔다. 하후연은 농서의 치안을 강서에게 맡기면서 "그대는 이번 난리에 중앙의 위세와 권위를 지킨 일등 공신이네."라며 양부를 치하하고 몸 여기저기에 부상을 입은 그를 수레에 태워 도성으로 올려보냈다.

이윽고 수레가 허도에 도착하자 조조는 그의 충의를 칭찬하며 관내후關內侯로 봉한다고 했으나 양부는 극구 사양하며 은작을 받지 않았다.

"기성에서 주군을 잃고 역성에서 일족을 잃은 데다가 여전히 마초가 살아 있는 지금 무슨 면목으로 영작榮爵을 받겠습니까? 그저 부끄러울 따름입니다."

그러나 조조가 "그대의 진퇴, 그 겸양은 서쪽 사람들 모두의 미담이 되고 있네. 만약 그 충절을 널리 알리지 않는다면 나를 보고 사람들은 어리석다고 할 것이야. 영작은 그대 혼자만을 빛나게 하는 것이 아니라 만인에게 충의와 선행의 마음을 장려한다는 점을 헤아려주게.”라며 거듭 부탁하자 양부도 결국 은혜에 감사하며 영작을 받아 일약 관내후라는 고관이 되었다.

한편 마초는 마대와 방덕 등 예닐곱 명의 부하들과 흘러 흘러서 한중에 도착해 오두미교의 종문대장군宗門大將軍 장로에게 몸을 의탁했다.

장로에게는 혼기가 찬 딸이 있었다. 장로는 생각했다.

'마초는 천하의 영웅이라고 할 수 있는 자. 나이도 젊고 딸아이를 마초와 혼인시켜서 사위로 삼으면 한중의 기업基業은 그야말로 확고해질 것이다. 그리고 장래의 대촉 정책에도 든든한 지원군이 되겠지.'

이런 생각을 일족인 양백楊栢과 상의하자 양백은 난색을 표하며 말했다.

“글쎄, 어떨까 싶습니다.”

“별로인가?”

“생각해볼 문제입니다.”

“어째서?”

“용맹하지만 재략才略이 없는 인물이니까요. 게다가 마초의 성품과 행실을 보면 부모와 처자식을 돌아보지 않고 그저 세상의 공명만을 좇고 있지 않습니까? 자신의 부모와 처자식에게조차 그런 인간이 어찌 다른 사람을 사랑할 수 있겠습니까?”

이것으로 혼담은 더 이상 거론하지 않게 되었다. 그런데 이 사실을 마초가 듣고 양백에게 앙심을 품게 되었다.

'쓸데없는 말을 해서 내 앞날을 망치는 놈이군.'

양백은 그의 손에 죽임을 당할지도 모른다는 생각에 두려움을 느꼈다. 그래서 형 양송楊松을 찾아가 읍소했다.

"도와주세요, 형님. 부디 저 좀 살려주십시오."

그때 촉의 태수 유장의 밀사 황권이 한중에 왔다. 마침 그날 양송은 황권과 밀담을 나누기로 약속이 되어 있었기 때문에 동생을 집에서 기다리게 하고 그가 머무는 객관을 찾아갔다.

황권이 말했다.

"얼마 전부터 정식으로 사자를 보내 장로 장군께 원군을 청했건만, 쉽게 촉을 돕겠다고 나서지 않으시더군요. 지금 만약 유비에게 촉이 패한다면 그다음은 당연히 한중이 위기에 놓일 것은 입술과 이의 관계인 양국의 지세와 역사를 보더라도 너무나 분명한 사실입니다."

그리고 황권은 만약 한중이 원군을 보내 유비를 퇴치해준다면 촉의 20개 주를 한중의 영토에 편입시킬 의향이 있다고 열변을 토했다.

"좋소. 다시 한번 장로 장군과 회의를 해보리다."

양송은 최선을 다할 것을 약속하고 장로가 있는 법성으로 들어갔다. 그리고 이 현안을 다시 의논하고 있을 때 마침 그 자리에 나타난 마초가 단언했다.

"저에게 병사를 내어주신다면 가맹관을 깨부수고 그길로 촉에 들어가 유비를 쳐서 은혜를 갚도록 하겠습니다."

마초가 간다면 틀림없이 성공할 것이라고 생각한 장로는 마음을 정하고 일군을 그에게 내어주었다. 그리고 양백을 총사령관으로 삼아 마침내 대촉 지원 정책을 실행에 옮겼다.

날이 저물어도 전운戰雲은 붉고, 날이 밝아도 전진戰塵으로 어두 웠다.

지금 성도는 면죽관을 경계로 유비 군과 촉군이 지호지간指呼之 間(손짓해 부를 만큼 가까운 거리)이었다.

이곳이 무너지면 촉은 유비의 손아귀에 들어가고 여기서 패한 다면 유비 군은 마른 잎처럼 흩어져 허무하게 적지의 귀신이 될 수밖에 없다.

"아아, 저것은?"

유비는 지금 본진에서 귀가 먹먹할 정도로 요란하게 울리는 북 과 징 소리를 들었다. 그때 산기슭에서 사자가 달려와서 큰소리로 고했다.

"면죽관 제일의 용장 이엄李嚴을 위연 장군이 잡았습니다."

"오오, 그 환호성인가?"

유비는 목을 빼고 기다렸다.

위연이 포로 이엄을 끌고 왔다. 유비는 위연의 공을 치하하면서 이엄의 결박을 풀어주며 정중히 말했다.

"평시라면 다른 사람의 본보기가 되는 사대부를 아무리 전쟁 중 이라 해도 욕보일 수는 없지요."

이엄은 은혜에 감동하여 유비의 수하가 될 것을 맹세함과 동시 에 말미를 청하여 잠시 면죽관으로 돌아갔다. 면죽관의 대장 비관 費觀과 그는 막역한 친구 사이였다. 이엄은 이 친구에게 유비의 높 은 덕을 힘주어 말하며 설득했다.

"자네가 그렇게까지 칭찬할 정도라면 유비는 진정한 인자일지도 모르겠군. 자네와 나는 생사를 함께하기로 한 사이가 아닌가. 자네 말대로 성을 내어주도록 하겠네."

비관은 이엄과 함께 성을 나왔다. 이렇게 해서 면죽관도 결국 유비의 입성을 허락했다.

그로부터 얼마 후의 일이었다. 지리적으로 먼 변방의 영웅으로만 여겼던 서량의 마초라는 이름이 갑자기 대두했다. 게다가 빈번하게 오가는 파발마의 급보에 따르면 그 마초가 한중의 병마를 이끌고 가맹관으로 쇄도하고 있다는 것이었다.

"성도의 유장이 궁지에 몰린 나머지 한중에 영지를 쪼개준다며 장로에게 무릎을 꿇은 결과로 보이는구려."

유비는 공명에게 대책을 물었다. 공명은 유비의 요구에 따라 장비를 불러 말했다.

"상의할 것이 있소."

"무엇입니까?"

"관우 장군의 일이오만."

"관우 형님께 무슨 일이라도 생겼습니까? 지금 형주를 지키고 있을 텐데요."

"아니, 아무 일도 없소. 단지 관우 장군을 불러야만 할 일이 생겨서 장군이 형주 수비를 교대해주었으면 하오."

"내게 형주 수비를 맡기고 관우 형님을 부른다니 이게 도대체 무슨 경우입니까?"

장비는 이미 불만에 가득 찬 표정이었다. 공명은 분명하게 말했다.

"가맹관으로 새롭게 쳐들어온 적은 마초라는 서량 제일의 호걸이오. 관우 장군이 아니면 그를 대적할 사람이 없소. 하여 장군과 형주 수비를 교대하는 것이 어떨까 생각 중이오."

"아니, 군사께서는 참으로 이상한 말씀을 하시는군요. 어째서 이 장비를 하찮게 여기는 것입니까? 필부 마초가 뭐 대수라고! 예전에 장판교에서 조조의 100만 대군을 두 눈으로 노려보기만 하고도 물리친 것이 누구인지 모른단 말씀입니까?"

장비는 눈꼬리를 올리며 열변을 토했다.

공명은 미소를 지으며 고개를 갸웃했다.

"그러나 마초의 용기는 아마도 그 장판교의 호걸 이상일 것으로 생각되오만."

장비는 손가락을 물어뜯어 혈서를 쓰고 분노의 눈물을 흘리며 공명과 유비 앞에 그것을 내밀었다.

"만약 이 장비가 마초에게 패한다면 어떤 벌이든 달게 받겠소."

"그렇게까지 말한다면야."

공명은 즉시 장비의 출전을 허락하고 선봉에 위연을 세우고 후진은 유비에게 맡겼다. 이 편제만 봐도 그가 얼마나 가맹관 방어를 중시했는지 알 수 있었다.

||| 三 |||

가맹관은 사천과 섬서의 경계에 해당하는 험요險要로 만약 이곳에 유비의 원군이 들어온다면 더욱 격퇴하기 어려울 것이라 판단한 마초는 '유비의 새로운 원군이 도착하기 전에.'라는 생각으로 연일 맹공격을 퍼부었다. 그러나 유비 군의 선봉과 중군은 이미 관 내에 도착해 있었다. 이날 성벽 위에는 새로운 깃발이 보란 듯이 추가되어 있었다.

"급변에 당황해서 먼길을 달려온 자들이다. 뭐가 두렵겠느냐!"

마초의 병사들은 공세를 늦추지 않고 더욱 맹렬하게 관문으로 쇄도했다. 그때 관문 위에서 한 무리의 병사들이 나타났는데 그들의 맨 앞에 선 대장이 마초 군의 선봉에 결전을 걸어왔다.

"모르는가! 유비의 휘하에 위연이 있다는 것을."

위연이라는 말을 들은 한중의 양백은 호적수를 만났다며 달려들어 10여 합을 싸웠으나 맥없이 패하고 부하들과 함께 달아났다.

"비겁하다, 비겁해."

승기를 잡고 쫓던 위연은 결국 멈추는 것을 잊고 적진 깊숙이 들어가고 말았다. 이미 서량의 마대가 진을 치고 있는 곳이었다. 마대를 본 위연은 '이자야말로 마초일 것이다.'라고 생각하고 칼을 휘두르며 덤벼들었다.

마대는 붉은색의 창을 꼬나 들고 위연을 상대로 잠시 맞서 싸우다가 적의 역량을 헤아리고 '강적이다. 방심할 수 없다.'고 생각했는지 순간 말 머리를 돌려 달아나려 했다.

"멈춰라!"

위연의 말에 뒤돌아보면서 마대는 "받아라!"라고 소리치며 붉은색 창을 획 던졌다.

위연은 몸을 숙였다.

그 틈에 마대는 허리에 차고 있던 활을 들어 화살을 한 발 쐈다.

화살은 위연의 오른쪽 팔뚝에 맞았고, 위연은 간신히 말안장을 붙잡아 낙마하지는 않았으나 선혈은 등자를 붉게 물들였다.

위연은 말을 돌려 가맹관 안으로 도망쳐 들어갔다. 마대는 잠시나마 무너질 뻔했던 아군을 수습하여 다시 관문 아래로 밀물처럼 공격해 들어갔다.

그때 관문에서 또 다른 맹장이 달려나오며 큰 소리로 외쳤다.

"도원결의를 한 연인 장비다!"

이 말을 들은 마대는 칼을 휘두르며 달려들었다.

"오랫동안 만나고 싶었던 장비란 놈이 너로구나. 잘 만났다."

그러자 장비가 물었다.

"네놈이 마초냐!"

"아니다. 나는 마초의 일족, 마대다."

"뭐, 마대? 그런 자는 내 상대가 되지 못한다. 마초를 불러라."

"닥쳐라. 나의 실력을 보고 나서 지껄여라."

마대는 즉각 장비에게 덤벼들었다. 그러나 장팔사모는 눈 깜빡할 사이에 마대의 칼을 쳐서 떨어뜨렸다. 마대가 겁을 먹고 달아나기 시작했다.

"이놈, 마대야! 그 머리는 놓고 가거라."

장비가 놀리듯이 소리치며 쫓아가려고 할 때 관문 위에서 그를 부르는 사람이 있었다. 유비였다.

"적을 너무 얕봐서는 안 된다. 오늘은 여기에 막 도착했으니 병마도 지쳐 있다. 관문을 닫고 병사와 말을 쉬게 하라."

그러고 나서 유비는 망루에 올라 적진을 살펴보았다. 산기슭 근처에 숲처럼 조용한 군대의 깃발이 보였다. 이윽고 그 진영 앞에서 병사들의 사기를 북돋우며 천천히 달리고 있는 장수 한 명이 보였다. 그는 사자 투구에 은색 갑옷을 입고 긴 창을 비껴들고 있었는데 그 모습이 자못 위풍당당했다.

"아아, 마초다. 지금 세상 사람들이 마초를 칭송하며 서량의 은 마초라고 한다니 저기 보이는 자가 마초임이 틀림없다. 훌륭한 무장의 모습이구나."

유비가 칭찬하는 소리를 들은 장비는 부아가 치밀고 몸이 근질거렸다.

||| 四 |||

마초가 관문 아래로 와서 외쳤다.

"장비는 어디에 숨었느냐! 나를 보고 두려워 달아났느냐? 벌집 속의 벌아, 문을 열고 나오지 못할까!"

장비는 망루 위에서 이를 악물고 보고 있다가 당장이라도 뛰어나가려고 했다.

"저놈의 입을."

그러나 유비는 허락하지 않았다.

"오늘은 나가지 마라."

다음 날도 마초 군은 같은 곳에 와서 전날처럼 성문에 침을 뱉었다.

"지금은 나가거라."

마침내 유비의 허락을 받은 장비는 성문을 열자마자 장팔사모를 휘두르며 달려나갔다.

"내가 연인 장비다. 나를 아느냐!"

마초는 큰소리로 웃었다.

"우리 가문은 대대로 공후公侯를 지낸 명문가다. 그런데 어찌 너같은 시골뜨기 촌놈을 알겠느냐?"

드디어 두 영웅의 무시무시한 결전이 시작되었다. 얼마나 격렬하게 싸우는지 보는 이들의 간담이 서늘해질 정도였다. 마치 두 마리의 독수리가 서로의 살을 물어뜯으며 구름 속에서 싸우는 것 같았다.

100합 정도를 겨룬 뒤에 말을 바꿔 타고 나와 50~60합을 더 불꽃을 튀기며 싸웠다. 그리고 물을 마신 뒤 다시 나와 싸웠다.

그러는 동안 양군은 멀리 물러나서 그저 징을 울리고 북을 치며 자신들의 대장을 응원하기 위해 때때로 와, 와 함성만 지를 뿐이었다.

중천의 해가 서쪽 하늘로 기울 때까지 여전히 승부가 나지 않았다. 마초와 장비도 더욱 온힘을 다해 싸웠다. 슬슬 어두워지기 시작했다. 양군은 서로 사자를 교환하여 합의했다.

"화톳불을 피울 동안 잠시 병사들을 수습하고 적과 아군의 두 장군에게도 휴식을 취하게 한 뒤 결전을 벌이는 것으로 합시다."

그리하여 쌍방은 동시에 퇴각의 징을 쳤다. 마초와 장비도 만면에 모락모락 김을 피우며 각자의 진영으로 돌아갔다.

얼마 후 장비가 다시 진문을 나서려고 하자 유비가 그를 저지하며 말했다.

"밤이 되었다. 싸움은 내일 하도록 해라."

오늘의 결투를 보며 만에 하나 장비가 패해 마초에게 목숨을 잃을 수도 있겠구나 하는 생각이 들어 걱정되었던 것이다.

그러나 공격군은 밤이 되어도 물러가지 않았다. 횃불을 밝히고 화톳불을 피우고는 마음껏 조롱했다.

"장비야, 이제 나올 힘이 없는 것이냐!"

"뭐라고?"

결국 장비는 유비의 명을 어기고 무단으로 관문을 열고 마초를 향해 달려나갔다.

마초는 맥없이 도망치기 시작했다. 물론 사술詐術이었다. 장비는 이 사실을 알면서도 성격상 계속 쫓다가 결국 적진 깊숙이 들어가고 말았다.

"비겁하구나, 마초. 조금 전에 큰소리친 것은 다 뭐냐?"

마초는 갑자기 말을 세우더니 돌아보며 화살을 쏘았다. 장비는 몸을 숙인 채 돌격했다.

마초는 활을 버리고 동으로 만든 팔각봉을 들고 장비를 기다렸다. 장비가 긴 팔을 뻗어 장팔사모를 앞으로 휘둘렀을 때였다.

"멈춰라, 장비."

뒤에서 소리가 들렸다. 유비가 쫓아온 것이다. 유비는 마초를 향해 말했다.

"나는 천하를 향해 인의仁義를 내세우며 지금까지 한 번도 어긴 적이 없다. 나를 믿고 오늘은 돌아가라. 나도 물러가겠다."

온종일 싸운 터라 그렇지 않아도 지쳐 있던 마초는 유비에게 예를 취하고 깨끗이 진을 물렸다.

그날 밤, 군사 공명이 도착했다.

전황이 걱정되어 온 것이었다. 그날의 상황을 자세히 들은 그는 이윽고 유비 앞으로 나와 충언했다.

||| 五 |||

"마초와 장비를 이대로 싸우게 두면 반드시 한쪽이 목숨을 잃을 것입니다. 두 사람 모두 희대의 영걸. 이들을 죽이는 것은 송구한

말씀입니다만, 주군의 덕망에 손상을 입힐 것입니다."

공명은 우선 어리석은 싸움을 말렸다. 유비도 처음부터 같은 마음이었다. 그러나 적을 살리기 위해서는 그 사람을 같은 편으로 만드는 것 외에는 방법이 없었다. 그렇지 않으면 아군에게 재앙이기 때문이다. 어떤 수단을 써서라도 그를 같은 편으로 끌어들일 궁리를 해야 했다.

"하늘이 내려주신 은혜입니다. 제게 한 가지 계책이 있습니다. 반드시 마초를 우리 편으로 만들겠습니다. 제가 불쑥 찾아온 것도 바로 그 때문입니다."

공명이 말했다. 그리고 미심쩍어하는 유비를 향해 그 근거를 설명했다.

"최근 마초가 평소보다 더욱 강해진 것은 지금 그의 입장이 나아가도 적, 물러나도 적, 즉 진퇴양난에 빠졌기 때문입니다. 다시 말해서 목숨을 버릴 각오로 싸우고 있기 때문입니다."

먼저 이렇게 화두를 꺼내고 말을 이었다.

"마초가 그렇게 괴로운 처지가 된 이유는, 실은 제가 미리 손을 써두었기 때문입니다. 원래 한중의 장로라는 야심가는 어떻게든 한녕왕漢寧王이라는 칭호를 얻으려고 애쓰고 있습니다. 그래서 그의 심복 양송에게 제가 밀서를 보내두었습니다. 물론 양송은 물욕이 심한 자여서 상당한 금품을 뇌물로 준 것은 말할 필요도 없습니다. 그건 그렇고 제가 보낸 밀서의 내용은 이렇습니다. '우리 주군 유비가 촉을 취하게 되면 천자에게 상주하여 장로를 반드시 한녕왕으로 봉하도록 하겠다. 이것은 확약할 수 있다. ……그러나 그 대신 마초를 가맹관에서 철수시켜라.' 이렇게 써서 보낸 것입니다."

"음."

유비는 공명의 원모遠謀에 새삼 놀라움을 금치 못했다.

"여러 번의 교섭이 있었습니다. 장로는 처음부터 야망이 있었고 양송에게도 여러 가지 좋은 조건을 제시했기 때문에 저와 한중의 비밀외교가 성립한 것입니다. 그래서 한중의 방침이 백팔십도로 바뀌어 우리를 공격하고 있는 마초에게 즉각 철수하라는 장로의 파발이 몇 번이나 왔을 것입니다."

"오, 그렇소?"

"그런데 말입니다. 마초가 얌전히 그 명령에 따르지는 않을 것입니다. 그는 나라가 없는 자입니다. 이번 기회에 자신의 군대를 갖지 못한다면 평생의 기회를 놓치는 것이라고 생각하고 있음이 분명합니다. 또 이런 소문도 들려오고 있습니다. 한중의 명령을 듣지 않고 오히려 더 급하게 우리를 공격하고 있다고 말입니다."

"음, 음."

"마초에 대한 장로의 감정은 악화되고 있습니다. 동생 장위張衛 역시 양송과 친하기 때문에 마초를 헐뜯기 시작했습니다. 마초가 한중의 병사를 빌린 것을 기회로 사사로이 촉을 공격해서 차지한 후 한중에 맞설 생각이라고 말하기 시작한 것입니다."

"장로의 심정은?"

"마찬가지로 화가 머리끝까지 나서 결국 장위에게 병사를 내주며 국경을 지키게 하고 설령 마초가 돌아와도 한중에 들이지 말라고 명령하는 한편, 사자를 마초의 진영에 보내 명령을 거역하고 이곳에서 철수하지 않는다면 한 달 안에 세 가지 공을 세워라. 첫째, 촉을 취한다. 둘째, 유장의 목을 친다. 셋째, 유비를 비롯한 유비 군을 전부 촉 밖으로 몰아낸다. 이렇게 명령했다고 합니다. 이상이 지금 마초가 처해 있는 상황입니다. 그 궁지에서 제가 구해 주려고 합니다. 부디 저의 세 치 혀에 맡겨주십시오."

"군사가 직접 가서 마초를 설득하겠다는 말이오?"

"그렇습니다. 그 정도의 성의를 이쪽에서 보이지 않으면······."

"위험합니다. 만에 하나 불상사가 생긴다면 어찌하겠소?"

"아닙니다. 걱정하실 필요 없습니다. 내일 아침 해가 뜨는 대로 즉시 가서 마초에게 면담을 청하겠습니다."

"오늘 하룻밤 심사숙고한 뒤에 결정하시오."

유비는 쉽게 허락하지 않았다. 그런데 다음 날이 되자 생각지도 못한 한 남자가 마치 하늘이 선악에 대해 그에 상응하는 보답을 내린 것처럼 유비를 찾아왔다.

||| 六 |||

그의 이름은 이회李恢, 자는 덕앙德昻이었다. 촉의 현인이라 불리며 백성들의 존경을 받고 있었기 때문에 면죽관에 있는 조운이 일부러 자신이 쓴 소개장을 들려 유비에게 소개하기 위해 보낸 것이었다.

이회가 유비에게 말했다.

"공명 군사가 여기에 와 계시지요?"

"어젯밤에 도착했소."

"마초를 항복시키기 위해서가 아닙니까?"

"어떻게 아셨소?"

"바둑을 두는 사람보다 훈수를 두는 사람이 판을 더 잘 본다는 말도 있지 않습니까? 제삼자로 옆에서 보니 공명 군사가 지금까지 한중의 장로에게 어떤 조치를 취했는지 분장실에서 무대를 보듯 잘 알 수 있었습니다."

"그건 그렇고 그대는 여기에 무슨 일로 왔소?"

"마초를 설득하기 위해 왔습니다."

"음, 그렇다면 마초를 설득해 내 휘하로 데리고 올 자신이 있소?"

"있습니다. 공명 군사를 제외하고는 아마도 사자의 임무를 완수할 수 있는 자는 저밖에 없을 것입니다."

"그렇지만 그대는 얼마 전에 유장에게 간언했던 이라고 들었소. 지금은 날 위해 일하겠다고 하는데, 대체 그대는 유장에게 충성하려는 것이오, 나를 섬기려는 것이오?"

"좋은 새는 나무를 가려 앉는다고 했는데, 그런 질문을 하는 것은 어리석지 않습니까? 황숙은 촉을 짓밟기 위해서 온 것이 아니라 촉에 인을 펴기 위해 온 것이 아닙니까?"

그때 공명이 칸막이 뒤에서 조용히 듣고 있다가 모습을 드러내며 말했다.

"이회, 나를 대신해서 마초의 진영으로 가주시오. 그대라면 반드시 사명을 완수할 수 있을 것이오."

공명은 유비의 허락을 구하는 한편 서신을 써줄 것을 부탁했다. 이회는 유비의 서신을 가지고 마초를 찾아갔다.

마초는 그를 보자마자 말했다.

"너는 유비의 부탁을 받고 온 세객일 것이다."

"그렇다."

이회는 주눅 들지 않고 대답했다.

"그런데 부탁한 사람은 유비가 아니다."

"그렇다면 누구냐?"

"그대의 돌아가신 아버지다."

"뭐라고?"

"불효자를 잘 타이르라고. ……꿈에서."

"어디서 굴러먹던 놈이냐? 닥치지 못할까! 저 상자 속에는 불과 얼마 전에 잘 갈아놓은 보검이 들어 있다."

"다행히 그 검이 그대의 목을 베는 일이 없으면 좋으련만."

"아직도 나불대느냐?"

"앞날이 창창한 청년 마초를 아끼는 마음에서 하는 말이다. 잘 들어라, 마초! 대체 너의 부친은 누구에게 죽임을 당했느냐? 원래 서량의 병마를 일으켜 치기로 한 자는 불구대천의 원수, 조조가 아니냐!"

"……."

"그 조조에게 패해서 한중으로 달려와 장로에게 도구로 이용된 끝에 일족 양송의 중상모략에 빠져 화를 당하고, 명분도 없는 싸움을 하여 아깝게 의미 없이 목숨을 버리려 하다니. ……참으로 어리석고 수치를 모르는 자로구나. 부친 마등도 저세상에서 통곡하고 있을 것이다."

"……으음."

"뭐가 으음이냐? 황천에 계시는 부친의 원통함을 생각해보아라. 만약 네가 유비를 이긴다면 가장 기뻐할 자가 누굴까? 바로 조조가 아닐까?"

"현사賢士. 이제 깨달았소. 용서하시오. 아아, 내가 틀렸소."

마초는 털썩 주저앉아 이회 앞에 엎드려 통곡했다. 이때 이회가 주위를 노려보며 힘주어 말했다.

"자신의 잘못을 깨달았다면 어째서 장막 뒤의 병사를 거두지 않는 것이냐?"

숨어 있던 병사들은 간담이 서늘해져서 슬금슬금 도망갔다. 이회는 마초의 팔을 잡아 일으켜서 팔짱을 끼며 말했다.

"자, 갑시다. 유현덕이 그대를 기다리고 있소. 결코 수치스럽게 하지 않을 것이오. 내가 보장하리다. 나에게 맡기시오."

성도 함락

||| 一 |||

마초는 결코 강하기만 한 인간은 아니었다. 논리에 약하고 정에 약했다.

이회는 더 열심히 설득했다.

"유비는 인의가 두텁고 덕이 많을 뿐만 아니라 현자를 존중하고 선비를 등용한다오. 그는 반드시 크게 될 인물이오. 이런 공명한 주군을 선택하는 데 무슨 거리낌이 있겠소? 유비를 도와 조조를 치는 것은 크게는 백성들을 위하는 길이고, 사사롭게는 아버지의 원수를 갚는 효가 아니겠소?"

그는 어느새 이회와 말 머리를 나란히 하고 가맹관으로 향하고 있었다.

이회의 안내로 마초는 유비와 만났다. 이 영기英氣가 넘치는 청년의 양심적인 항복에 유비는 크게 기뻐하며 말했다.

"함께 큰일을 이루어보지 않겠나?"

유비는 상빈의 예로 마초를 대했다. 청년 마초가 감격한 것은 말할 필요도 없었다. 은혜에 감사하며 그는 진심으로 이렇게 말했다.

"이제야 비로소 구름과 안개가 걷히고 진정한 맹주를 만난 기분이 듭니다."

그때 심복 마대가 수급 하나를 가지고 왔다. 바로 군감으로 따라온 양백의 머리였다.

"이것이 제 마음의 표시입니다."

마초는 그것을 유비에게 바쳤다.

이렇게 해서 가맹관의 수비에 대한 우려가 사라지자 유비는 원래대로 곽준과 맹달 두 장수에게 수비를 맡긴 후 나머지 병사들을 이끌고 다시 면죽관으로 돌아갔다.

면죽관에 도착한 날에도 전투가 벌어져서 촉의 유준劉晙과 마한馬漢 두 장수가 맹공격을 퍼붓는 중이었다.

그런데도 수비를 맡은 황충과 조운은 평소와 다름없이 마중을 나왔을 뿐만 아니라 성안에서 성대한 연회를 베풀어 유비의 개선을 축하했다.

"축하드립니다."

잠시 뒤 조운이 술잔을 놓고 성 밖으로 나갔다.

"잠시 다녀오겠습니다."

이윽고 그는 적장 마한과 유준의 목을 들고 와서 말했다.

"축하연의 안주입니다."

사람들은 모두 박수를 쳤다. 그중에 마초도 있었는데, 그는 '아아, 과연 영걸이구나.'라고 속으로 감탄했다. 또 이런 영걸들 속에 끼게 된 것을 큰 영광으로 생각했다.

마초가 유비에게 진언했다.

"저의 첫 임무로 저와 제 사촌 동생 마대가 성도에 가서 유장을 만나 장로의 야심을 말하고, 또 한중의 내정을 고하고 유 황숙의 병사들과 싸우는 것은 어리석은 일이라고 설득하겠습니다. 허락하시겠습니까?"

유비는 공명과 상의하라고 했다. 공명은 찬성했다.

"만약 유장이 그대의 말을 듣지 않을 때는 이렇게 하게."

그로부터 열흘 후 마초와 마대는 촉의 도성인 성도문成都門의 해자 옆에 말을 세우고 큰소리로 말했다.

"태수 유장에게 한마디 하겠다."

성루에 유장이 나타났다. 마초는 목소리를 높여 말했다.

"공은 한중의 원군을 기다리며 농성하고 있는 듯한데, 백 년을 기다려도 장로의 원군은 오지 않을 것이오."

그리고 이렇게 말을 이었다.

"설사 왔다고 해도 그것은 촉을 구하러 온 것이 아니라 촉을 집어삼키기 위해서 온 것이오. 한중의 내정과 장로의 야망은 공이 생각하고 있는 것과는 다르오. 이 마초조차 그들에게 정나미가 떨어져서 양백을 죽이고 유현덕을 따랐을 정도요."

그는 유비를 따르게 된 경위를 자세히 설명했다.

유장은 낙담한 나머지 혼절할 지경이었다. 근신의 부축을 받으며 누대 안으로 사라지는 모습이 마초와 마대에게도 보였다. 두 사람은 말 머리를 돌려 성 밖에 진을 치고 유장의 대답을 기다렸다.

성안에서는 주전파, 농성파, 또 평화파 등으로 나뉘어 이틀 밤낮에 걸쳐 논쟁을 벌였다. 그러나 결국 싸울 것인지 항복할 것인지 결론이 나지 않았다.

||| 二 |||

그러는 사이에도 유장에게 더는 희망이 없다고 보고 성을 빠져

나가는 투항자가 속출했다. 촉군蜀郡의 허정許靖조차 성을 나갔다
는 말을 들은 유장은 밤새 통곡했다.

"성도도 이제 끝이구나."

다음 날, 간옹이라는 자가 수레를 타고 성에 왔다. 유장이 문을
열어 맞이한 후 안내했다. 간옹은 수레에 탄 채 성안으로 들어왔
을 뿐만 아니라 매우 거만하게 굴며 자신을 마중 나온 장졸들을
업신여겼다. 이에 기개가 있는 한 대장이 검을 빼 들고 수레에 앉
은 간옹의 코 밑에 들이대며 말했다.

"이놈, 여기가 어딘 줄 아느냐? 촉의 본성에는 사람이 없는 줄
아느냐?"

간옹은 황급히 수레에서 뛰어내려 자신의 무례를 사죄하더니
갑자기 공손해졌다. 그러나 유장은 그를 공손히 대하며 대빈大賓
의 예를 취했다.

"선생, 이곳에는 무슨 일로 오셨습니까?"

"삼가 태수의 현려를 청하여 촉의 백성들을 구하기 위해서입니다."

간옹은 유비의 됨됨이를 칭송하며 그는 마음이 넓고 성품이 온
화하니 진심으로 그에게 협력한다면 결코 해가 되지 않을 것이라
고 말했다.

유장은 하룻밤 간옹을 대접한 뒤 다음 날 아침 불현듯이 깨달은
듯 간옹에게 인수 문서를 건네고 함께 성을 나와 항복의 뜻을 표
했다.

유비는 직접 나와 유장의 손을 잡고 말했다.

"사적인 교류라면 인정에 따라 움직였겠지만 시세時勢와 공적
인 입장으로 인해 어제까지 성도를 공격하고 오늘 태수의 항복을

받아들이게 되었소. 개인적인 정과 공인적인 대의를 혼동하여 이 유비를 원망하지 않기를 바라겠소."

유비의 눈에는 뜨거운 눈물조차 글썽이고 있었기 때문에 유장은 오히려 너무 늦게 항복한 것을 미안하게 여길 정도였다.

성도의 백성들은 평화를 구가했다. 향을 피우고 꽃을 장식하고 길을 청소했다. 유비와 유장은 말 머리를 나란히 하고 성안으로 들어갔다.

"촉은 새로운 통치하에 놓이게 되었다. 오늘을 갱생의 첫날로 삼겠다. 나의 통치에 불만이 있는 자들은 떠나도록 하라."

유비는 촉의 문무 대신들 앞에서 이렇게 선언했다.

촉의 문무 대신들은 대부분 계단 아래 모여 충성을 맹세했으나 황권과 유파劉巴만이 자신의 집에 틀어박혀 문을 닫아건 채 모습을 보이지 않았다.

"괘씸한 놈들."

"분명히 다른 마음을 품고 있을 거야."

그 두 사람을 비난하는 목소리가 일었으나 유비가 엄격하게 경거망동을 금했다.

"만약 사적으로 두 사람에게 위해를 가하기라도 한다면 그자에게 큰 벌을 내리고 삼족을 멸하겠다."

식이 끝나자 그는 몸소 유파의 집을 찾았다. 또 황권의 집에도 갔다. 그리고 잘 알아듣도록 찬찬히 시대의 변화와 새로운 정치의 의의를 말한 후 이에 역행하려는 사사로운 저항은 아집에 지나지 않는다고 했다.

"아아, 제가 잘못 생각했습니다."

먼저 황권이 문밖으로 나와 머리를 땅바닥에 조아렸고 이어서 유파도 충성을 맹세했다. 성도는 유비의 손에 넘어갔다. 이렇게 해서 촉은 평정되었다.

공명은 유비에게 권했다.

"지금이 적기입니다. 유장을 형주로 보내십시오."

"유장에게 이미 촉의 실권이 없는데 굳이 멀리 보낼 필요가 있겠소? 가엾다는 생각이 드는구려."

"한 나라에 두 주인은 없습니다. 그런 아녀자 같은 생각에 사로잡혀서는 안 됩니다."

"……과연, 그것도 그렇군."

유비는 고개를 끄덕였다. 그러나 그로서는 용기가 필요한 일이었다.

공명이 모든 것을 처리했다. 즉시 유장을 진위장군振威將軍에 봉하고 처자식과 일족을 데리고 형주로 부임할 것을 명했다.

이렇게 유장은 촉을 떠나 형주의 남군으로 옮겨갔다. 지금까지와는 전혀 다른 지위와 장소에서 여생을 보내게 된 것이다.

다음으로 유비는 은작 수여의 영을 내렸다. 기존의 대장, 부장, 막빈은 물론 항복한 제장에게까지 관직과 상을 고루 내렸다.

||| 三 |||

관직을 받고 진급의 은혜를 입은 장수들의 이름은 일일이 열거할 수 없을 정도로 많았다. 물론 유비는 형주성의 방비를 맡은 관우도 잊지 않았다.

관우뿐만 아니라 그의 아래에서 후방을 잘 지킨 장수부터 졸병에 이르기까지 은전을 베풀었다. 그 때문에 성도에서 황금 500근, 돈 5,000만 냥, 비단 1만 필을 형주로 보냈다.

또 생활이 어려운 촉의 백성들에게는 창고를 열어 백성들 중에서 효자와 열녀의 공덕을 기리고 노인에게는 쌀을 내리는 등 선정을 베풀었기 때문에 유장의 악정惡政에 시달리던 촉의 백성들은 신정부의 덕을 칭송하고 기뻐하는 소리가 집집이 넘쳐났다.

무엇보다도 촉나라가 시작된 이래 가장 활기가 넘쳤다. 새로운 문화의 빛, 인문의 주입도 한몫 거들었다.

"내가 비로소 나의 나라를 갖게 되었구나."

유비도 만감이 교차했으리라. 나라뿐만 아니라 이때만큼 그의 주위에 인재가 모인 적도 없었다.

군사 공명.

탕구장군盪寇將軍 수정후壽亭侯 관우.

정로장군征虜將軍 신정후新亭侯 장비.

진원장군鎭遠將軍 조운.

정서장군征西將軍 황충.

양무장군揚武將軍 위연.

평서장군平西將軍 도정후都亭侯 마초.

이 밖에도 손건, 간옹, 미축, 유봉, 오반, 관평, 주창, 요화, 마량, 마속, 장완, 이적 등과 같은 중견中堅의 장수들이 있었다. 또 새롭게 유비에게 협력하거나 전쟁 후 항복하고 충성을 맹세한 자들은 다음과 같다.

전장군前將軍 엄안.

촉군 태수 법정.

장군중랑장掌軍中郎將 동화董和.

장사長史 허정.

영중사마營中司馬 방의.

좌장군左將軍 유파.

우장군右將軍 황권.

이런 쟁쟁한 인물들이 있었으며 또 오의, 비간, 팽의, 탁응, 비시, 이엄, 오란, 뇌동, 장익, 이회, 여의, 곽준, 등지, 맹달, 양홍 등의 유능한 인재들이 있었다. 그야말로 다사제제多士濟濟(훌륭한 인재가 많음)의 장관을 이루었다.

"내가 나라를 얻게 된 이상 장군들에게도 집과 땅을 주어 그 처자식들까지 편히 살게 해주고 싶소만."

어느 날 유비가 이런 뜻을 비치자 조운이 반대하고 나섰다.

"안 됩니다. 절대 안 됩니다. 예전 진나라의 어진 신하들은 흉노를 멸망시키기 전에는 집을 짓지 않겠다고 했습니다. 촉 밖으로 한 발짝만 나가도 여전히 악행을 획책하는 무리가 널려 있습니다. 그런데 어찌 작은 공에 만족하여 지금 집과 땅을 바라겠습니까? 온 세상이 안정된 후 그때 비로소 고향에 집을 마련하고 백성들과 함께 농사를 짓는 것을 낙으로 삼겠습니다."

"옳은 말입니다."

공명도 옆에서 거들었다.

"촉의 백성들은 오랜 악정과 전쟁으로 매우 지친 상태입니다. 지금 집과 땅을 그들에게 돌려주고 생업에 힘쓰게 하면 세금 내는 것이 부담되지 않을 것이며 나라를 위해서 아니, 나라를 위해서라고 생각하지 않고 그저 열심히 일하는 것을 더없는 안락으로 삼을 것입니다. 이것이야말로 나라를 부강하게 만드는 길입니다."

얼마 후 공명은 정당政堂에 틀어박혀 새로운 촉의 헌법과 민법, 형법을 만들고 있었다. 그 조문이 매우 엄했기 때문에 법정이 조심스럽게 충고했다.

"촉의 백성들은 지금 어진 정치를 기뻐하고 있으니 한고조처럼 법을 3장으로 줄여 관대하게 하는 것이 어떻겠습니까?"

공명은 웃으며 말했다.

"한고조는 그 전 시대의 진나라 상앙商鞅이 악정과 폭정을 펼쳐 백성들을 괴롭게 한 뒤에서 3장의 관대한 법으로 우선 민심을 얻고자 한 것이오. 전 촉의 유장은 유약하고 어지러운 정치를 폈소. 위엄도 없고, 법도 없고, 도리도 없어 백성들은 오히려 국가의 엄격한 법령과 위엄이 없는 것을 걱정하였소. 백성들이 준엄함을 요구할 때 위정자가 감언으로 백성들을 달래는 것만큼 어리석은 정치는 없지요. 어진 정치라고 생각하는 것은 잘못된 것이오."

||| 四 |||

공명은 계속해서 말을 이었다.

"백성에게 은혜를 베푸는 것이 정치의 핵심이지만, 은혜에 익숙해지면 백성들의 마음은 교만해지죠. 백성들에게 교만과 방종이 몸에 배었을 때 이것을 바로잡기 위해 법령을 갑자기 엄하게 하면 탄압이라고 여기고 가혹하다고 비난하며 서로 의견이 맞지 않게 됩니다. 즉, 상극相剋하여 나라가 어지러워지게 되는 것이오. 지금은 전란이 끝난 뒤, 촉의 백성들은 활기를 되찾고 이제야 생업으로 돌아갔소. 그 갱생의 시작점에서 준엄한 법령을 세우는 것은 인자의 정치가 아닌 것 같지만, 사실은 그 반대요. 즉, 지금이라면 백성들의 마음은 법령이야 어떻든 안심하고 생업에 종사할 수 있다면 감사하다고 생각할 것이오. 유장 시대와는 달리 상벌 제도가 분명해진 것을 안다면 국가의 위엄이 더해진 것으로 알고 오히려 안정을 느낄 것이오. 이것을 백성들이 은혜를 안다고 하는 것이오. 집에 자애로운 어머니가 있어도 엄한 아버지가 없어서 가정의 기강이 바로 서지 않는 것을 보는 아이는 슬플 것이오. 집에 엄한 아버지가 앞에 나와 있고 자애로운 어머니가 뒤로 물러나 있어서 제멋대로 굴 수 없을지라도 가훈이 잘 행해지고 집이 번창한다면 그 아이들은 모두 행복할 것이오. ……한 나라의 법령도 한 가정의 가훈도 비슷한 것 아니겠소?"

"죄송합니다. 깊은 생각을 헤아리지 못하고 쓸데없는 충고를 한 것이 부끄럽습니다."

법정은 진심으로 감복했다. 그리고 그 이후 공명에 대한 존경심은 더욱더 깊어졌다.

며칠 후 국가의 법령과 군법, 형법 등의 조령이 포고되고 서촉 41개 주에 병부兵部가 설치되었다. 안으로는 백성을 지키고 밖으로는 나라를 지키니 '촉蜀'은 비로소 국가의 모습을 갖추게 되었다.

한중과 서촉 일대의 정보가 상류에서 천리의 강을 따라 내려가 순식간에 오나라에 전해졌다.

"유비가 이미 서촉을 점령했다."

"치안을 정비하고 촉에 새로운 정치를 펴고 있다더군."

"원래 있던 태수 유장은 후방의 형주로 보내졌대."

오의 신하들은 정당에 모이기만 하면 서로 들은 이야기를 교환했다.

하루는 손권이 신하들에게 말했다.

"촉나라를 취하면 형주를 반드시 오에 돌려주겠다, 유비는 이전부터 우리 오를 향해 이렇게 입버릇처럼 말해왔소. 그런데 촉나라 41개 주를 취했으면서 아직 어떤 성의도 표하지 않았소. 나의 인내심에도 한계가 있소. 차라리 대군을 일으켜 형주를 빼앗을까 생각하는데 경들의 생각은 어떻소?"

그러자 숙장 장소가 고개를 가로저으며 말했다.

"아직 때가 아닙니다."

손권이 물었다.

"장 장군은 내 말에 동의하지 않는 것이오?"

장소가 고개를 끄덕였다.

"촉, 위, 오의 삼국 중에서 지금 가장 상황이 좋은 나라는 오입니다. 나라는 평안하고 백성들은 풍요로우며 병사들은 강합니다. 굳이 대군을 일으킬 필요가 없을 것입니다."

"그러나 이대로 두었다가는 형주를 영영 잃게 될 것이오."

"아무 일도 하지 않고 형주를 돌려받도록 하겠습니다."

"그런 명안이 있소?"

"있습니다. 유비가 의지하고 있는 인물은 제갈량 한 명이라고 해도 과언이 아닙니다. 그 공명의 형 제갈근은 오랫동안 주군을 보필하며 오에 있지 않습니까? 지금 그에게 죄를 덮어씌우고 그를 촉에 사자로 보내 만약 형주를 반환하지 않으면 공명의 형 제갈근을 비롯해 그의 처자식과 일족을 남김없이 참형에 처한다고 말하십시오."

"과연 공명은 정에 괴로워하고, 유비는 의리에 고민하겠군. 계책이 참으로 좋소. 그러나 근은 나를 섬긴 이래 아직 한 번도 잘못한 적이 없는 성실한 사람이오. 어찌 그 처자식을 감옥에 넣을 수 있겠소?"

"아니, 주군의 뜻을 잘 설명하고 계책 때문이라고 납득시킨 후에 가짜 감옥에 넣어둔다면 아무 문제 없을 것입니다."

다음 날, 제갈근은 명을 받고 오궁으로 갔다.

임강정 회담

||| 一 |||

하루는 유비가 다소 당황한 기색을 보이며 공명을 불러 말했다.

"선생의 형님이 촉에 왔다고 들었소만."

"어제 객관에 도착했다고 합니다."

"아직 만나지 못했소?"

"형이라고 해도 오의 국사로 온 사람입니다. 저도 촉의 신하, 사사로이 만날 수는 없지요."

"무슨 일로 왔을까요?"

"형주 때문일 것입니다."

공명은 유비에게 다가가 그의 귀에 대고 뭐라고 속삭였다.

"음, 음, 알겠소."

유비의 표정이 다소 밝아졌다.

그날 밤 공명은 객관에 있는 형을 불쑥 찾아갔다. 제갈근은 공명을 만나자 소리 높여 통곡했다.

"형님, 대체 무슨 일입니까?"

"네 형수랑 조카들을 비롯해서 일족이 모두 투옥되었다."

"형주를 돌려주지 않은 것을 트집 잡은 것입니까?"

"그래. 량아…… 도와다오."

"걱정하실 필요 없습니다. 형주만 돌려준다면 모두 옥에서 풀려나는 것이지요? 형수님과 조카들까지 화를 당하는 것을 어찌 제가 좌시할 수 있겠습니까? 주군께 말씀드려서 반드시 형주를 오에 반환하도록 하겠습니다."

"오오…… 그렇게 해주겠느냐?"

제갈근은 눈물을 거두고 희색을 띠며 동생에게 감사했다. 그리고 다음 날 은밀히 유비를 만나 손권이 보낸 서신 한 통을 건넸다.

"이것은 오후께서 보내신 서신입니다."

유비는 그것을 한 번 읽어보고는 화가 나서 낯빛이 달라졌다.

제갈근은 깜짝 놀랐다. 옆에 있던 공명도 눈이 휘둥그레졌다. 유비는 손에 들고 있던 서신을 찢어버렸다. 그는 하늘을 올려다보며 혼잣말로 소리쳤다.

"참으로 무례한 자로다. ……애초에 형주를 오에 돌려주려고 했건만 얕은 계책으로 내 아내를 속이고 오로 불러들여 내 체면을 무시하고 부부의 정을 끊어놓더니 이번에는 또 뭐? 언젠가 이 원한을 갚기 위해 벼르고 있는 내 마음을 모른단 말인가. ……지난날 형주에 있을 때도 손권 같은 자를 대수롭지 않게 여겼다. 지금난 촉의 41개 주를 병합하고 정병 수십만에 살진 말이 수두룩하고 마초 또한 풍부하게 비축해두었다. 손권이 아무리 교활한 계책을 쓸지라도 힘으로는 형주를 취할 수 없을 것이다."

가슴속의 분노를 일시에 쏟아놓은 듯한 유비의 격한 낯빛에 두 사람은 무언가에 맞은 듯 순간 침묵했다. 갑자기 공명이 얼굴을 감싸고 통곡하며 슬퍼했다.

"만약 형님을 비롯해 형수님, 조카들과 일족까지 모두 오후에게 목숨을 잃는다면 저는 무슨 얼굴로 혼자 세상에 남아 살아갈 수 있겠습니까? 슬프구나. 혈육의 정, 아아, 괴롭구나. 이 일을 어쩌면 좋단 말인가."

하늘을 올려다보며 눈물을 삼키고 엎드려서는 어깨를 들썩이며 울었다. 유비는 여전히 노기가 가득한 얼굴이었지만 점차 감정을 억누르고 공명을 가엾게 여기듯이 말했다.

"그렇게 비통해하면 내 마음도 아프오. 그렇다 해도 형주는 돌려주기 어렵고, 군사의 비탄을 못 본 척할 수도 없고…… 그래. 그럼 이렇게 합시다. 형주 내의 장사, 영릉, 계양 3개 군만을 오에 반환하는 것이오. 그러면 오의 체면도 서고 근의 처자식도 풀려날 것이오."

"그리 해주시겠습니까? 감사합니다."

공명은 감사하고 또 감격했다.

"그렇다면 주군께서는 그런 취지를 서신에 적어 형님께 주십시오. 형님께서는 그것을 가지고 형주로 가서 관우 장군과 상의한 후 이양 절차를 밟으시면 됩니다."

유비는 즉시 서신을 적어 근에게 건네며 주의를 주었다.

"내 의제 관우는 성격이 강직하고 불같아서 나조차 두려워하는 사내이니 충돌이 생기지 않도록 주의하시오."

제갈근은 성도를 떠나 산길과 뱃길로 수십 일을 간 끝에 형주에 도착했다. 그리고 즉시 성으로 찾아가 관우를 만났다.

||| 二 |||

관우 옆에는 양자 관평이 시립해 있었다.

제갈근은 유비의 서신을 보여주며 말했다.

"이번에 형주의 3개 군만을 오에 반환하기로 했으니 속히 그 절차를 밟아주십시오"

관우는 가타부타 말없이 근을 노려보기만 했다. 제갈근은 눈물을 흘리며 거듭 말했다.

"만약 장군이 그 3개 군조차 반환하지 않으면 제 처자식은 그 자리에서 죽임을 당하고 저도 오로 돌아갈 수 없습니다. 부디 저의 고충을 헤아려주십시오."

관우는 칼자루를 두드리며 큰소리로 말했다.

"안 돼. 절대로 돌려줄 수 없다. 그게 다 오의 계략. 한 번만 더 쓸데없이 헛바닥을 놀렸다간 이 검이 대신 대답해줄 것이다."

관평이 아버지를 진정시켰다.

"이분은 공명 군사의 형님입니다. 고정하십시오."

"안다. 군사의 형이 아니었다면 벌써 죽였을 것이다."

관우는 여전히 무서운 표정이었다.

제갈근은 더 이상 어쩌지 못하고 다시 촉으로 돌아가서 유비에게 호소하려 했으나 마침 유비는 병중이라며 전의가 면회를 허락하지 않았다. 이번에는 동생 공명을 만나려 했으나 공명은 지방을 순찰하러 출장을 가서 한동안 성도에 돌아오지 않는다는 것이었다.

천릿길을 오간 여행도 헛수고가 되고 만 제갈근은 어쩔 수 없이 일단 오로 돌아왔다. 손권은 이 모든 것이 공명의 계책임이 틀림없다며 발을 동동 구르며 화를 냈다.

"그렇다 해도 공과 공의 처자식에게 죄가 있는 것은 아니오."

손권은 가짜 감옥에 가둔 제갈근의 가족들을 모두 집으로 돌려

보냈다.

　손권은 또 관리들을 형주로 파견하며 엄명을 내렸다.

　"유비가 반환하기로 한 장사와 영릉, 계양 3개 군은 관우가 아무리 못 주겠다고 버텨도 오가 접수해야만 한다. 강경하게 교섭하여 관우 밑의 지방 관리들을 쫓아내고 너희들의 손으로 군의 관아를 빼앗도록 하라."

　물론 군대도 따라갔다. 그러나 얼마 후 그 관리들은 모두 도망쳐 돌아왔다. 관우의 부하들에게 쫓겨왔다는 것이었다. 게다가 같이 간 병사들은 살아 돌아온 자가 3분의 1밖에 되지 않았다.

　"보통 수단으로는 형주를 되찾기 어려울 것 같습니다. 저에게 일임해주시면 강을 거슬러 올라가 육구陸口(한구漢口의 상류)의 요새 밖 임강정臨江亭에서 연회를 열어 관우를 초대해 알아듣도록 이야기하겠습니다. 만약 듣지 않는다면 그 자리에서 그를 죽일 생각입니다만…… 어떻습니까, 맡겨주시겠습니까?"

　노숙이 진언했다.

　그는 오에서 두 번째라면 서러워할 현명한 신하였다. 반대하는 사람도 있었으나 손권은 그의 계책을 채용하기로 하고 격려했다.

　"지금이 아니면 언제 형주가 우리 손에 들어오겠소? 어서 가시오."

　배에 병사들을 싣고 겉으로는 친선을 위한 사자라고 내세우며 노숙은 장강을 멀리 거슬러 올라갔다. 그리고 육구 성시의 항구에 가까운 풍광명미風光明媚의 땅 임강정에 성대한 연회를 준비하는 한편, 여몽과 감녕 등의 장수들에게 관우가 나타나면 어떻게 해야 할지 계책을 일러주었다.

　형주는 호북성에 있는 임강정 건너편 기슭에 있었다. 노숙의 사자는 배로 강을 건넜다. 사자는 화려한 옷을 입고 따르는 자들에게 아름다운 일산日傘을 들게 하고 제법 연회에 초대하러 가는 사자답게 천천히 노를 저어 갔다.

얼마 후 그는 형주의 강어귀를 통해 성시로 들어가 관우에게 서신을 바쳤다. 노숙이 쓴 서신의 내용은 꿀과 같은 교제를 말하고 있었고, 예를 다하고 있어서 도저히 초대를 거절할 수 없었다.

||| 三 |||

"가겠다고 전해주시오."

간단히 수락하고 관우는 사자를 돌려보냈다. 관평은 놀람과 동시에 걱정하며 아버지에게 간했다.

"노숙은 오에서도 장자의 풍모를 지닌 인물이라고 들었습니다만, 시국이 이러한데 어떤 함정이 있을지 모릅니다. 천금보다 중한 몸을 그렇게 가벼이 움직이는 것이 걱정됩니다."

"걱정 마라."

관우는 짧게 대답했다.

"주창을 데리고 가겠다. 너는 정병 500명과 빠른 배 20척을 준비하여 이쪽 기슭에서 대기하고 있거라. 그리고 만일 내가 저쪽 기슭에서 깃발을 들어 신호를 보내면 즉각 달려와야 한다."

"알겠습니다."

관평은 아버지의 명령에 따를 수밖에 없었다.

그날이 되자 관우는 녹색 전포를 입고 화려한 관을 쓰고 수염을 정리했다. 그는 한껏 치장하고 작은 배에 올랐다. 함께 가는 주창의 얼굴은 교룡처럼 푸르고 이가 튀어나왔으며 팔은 천근도 들어

올릴 수 있을 것 같았다. 그 주창이 도원결의 이래 관우가 늘 지니고 다니는 82근의 청룡도를 들고 주인 뒤에 서 있었다.

또 작은 배에는 붉은 깃발이 걸려 있는데 '관關'이라는 글씨가 쓰여 있었다. 강바람은 부드럽고 물결은 잔잔하여 배 안의 관우는 졸린 듯한 눈을 하고 있었다.

"……아, 혼자서 온다."

"저 사람이 관우인가?"

맞은편 기슭에서는 오나라 사람들이 눈부신 듯 손그늘을 만들어 바라보고 있었다. 그들은 관우가 많은 병사를 이끌고 올 것이라고 생각하고 있었던 모양이다. 노숙은 만약 관우가 많은 병사를 이끌고 온다면 철포를 신호로 여몽과 감녕의 두 부대로 포위해버리려고 했다. 이것이 그가 생각한 1단계 계책이었다.

그러나 예상과는 다르게 관우가 평소와는 달리 화려하게 몸치장을 하고 한 명의 시종만을 데리고 왔기에 2단계 계책으로 넘어가자며 서로 눈짓을 주고받았다.

연회장인 임강정의 정원 뒤에 강한 무사로만 50명을 뽑아 매복시켜두고 이곳에 관우를 맞아들인 것이다. 물론 길옆의 수풀 사이와 정원 안의 숲과 샘 뒤에도 잡병들을 잔뜩 매복시켜놓았다. 일단 이곳에 발을 들이면 천마귀신도 살아서는 나갈 수 없도록 만들어놓은 것이다. 물론 손님의 눈에는 이들이 전혀 보이지 않게 해놓았다.

정자는 꽃과 진귀한 그릇으로 꾸며져 있었고, 녹음 속에서 끊임없이 아름다운 새가 지저귀고 있었다. 멀리 오에서 배로 실어온 남방의 맛있고 향기로운 술은 어떤 귀한 손님에게 내놓아도 부족하지 않았다.

노숙은 엎드려 절한 뒤 관우를 상빈의 자리로 청하여 술을 권하고 노래하고 악기를 연주하는 기녀들로 하여금 환대하게 했으나 정작 이야기가 시작되자 눈을 내리깔았다. 도저히 관우의 눈을 똑바로 쳐다볼 수 없었던 것이다.

노숙은 분위기가 무르익었을 무렵 간신히 긴장을 풀고 말했다.

"장군도 잘 알고 계시리라 생각합니다. 예전에 형주 문제로 오후의 명을 받고 이따금 유 황숙 앞에 교섭의 사자로 갔을 때, 참 나, 망신도 그런 망신이 없었습니다. 잊을 수가 없군요."

"무엇 때문에요?"

"완전히 우롱당한 꼴이었으니까요."

"무슨 말씀입니까? 유 황숙께선 절대 신의를 거스르지 않는 분입니다."

"그렇지만 지금도 형주를 반환하지 않고 있지 않습니까?"

"아하하하."

"웃어넘길 일이 아닙니다. 오후께서 이 문제로 사자를 보냈지만 모두 빈손으로 돌아오고 말았습니다. 촉 41개 주를 취하게 되면 돌려주겠다고 선언하더니 지금 촉을 손에 넣었는데도 반환하지 않고 있습니다. 그리고 최근엔 겨우 형주 내의 3개 군만을 돌려준다고 해놓고 관우 장군이 방해하며 고의로 그마저도 돌려주지 않고 있습니다."

"생각해보시오. 유 황숙 이하 우리 신하들이 저 오림烏林의 격전에서 모두 목숨을 걸고 피를 흘리며 빼앗은 땅이 아닙니까? 황천에 있는 자들을 생각해서도 그렇게 쉽게 다른 나라에 넘겨줄 수 있는 땅이 아닙니다. 만약 공이 우리 입장이라면 어떻게 하시겠소?"

"잠깐만요. ……과거에 대해서 말한다면 당양當陽 전투에서 장군을 비롯해 유 황숙의 일족도 참패를 당하여 돌아갈 나라도 없고 의지할 곳도 없었습니다. 그런 위기에서 도와준 것은 대체 누구입니까? 바로 우리 오가 아닙니까?"

||| 四 |||

노숙도 오의 대재大才다. 이 회담의 목적인 형주 반환에 대한 이야기가 나오자 그의 혀는 상대방의 급소를 잡고 놓지 않았다.

"생색을 내는 것 같아 불쾌하실지도 모르겠습니다만, 그때 패망하여 도망 다니며 몸 둘 곳도 없던 황숙을 가엾게 여긴 분은 우리 주군뿐이었습니다. 또 나중에 막대한 국비와 군마를 들여 조조를 적벽에서 박살 내었기 때문에 황숙도 재기할 수 있었던 것이 아닙니까? 그런데도 촉을 취했으면서 아직 형주를 돌려주지 않은 것은 다시 말하면 만족을 모르는 탐욕으로, 필부라 해도 수치스러운 행위입니다. 하물며 황숙은 세상 사람들의 사표가 되는 분이 아닙니까? 장군은 어떻게 생각하십니까?"

"……."

논리 정연한 질문에 관우는 대답할 말이 없어 고개를 떨구고 있다가 이렇게 말했다.

"황숙께도 정당한 이유가 있겠지요. 내가 관여할 바가 아닙니다."

노숙은 여지를 주지 않겠다는 듯 더욱 공격적으로 말했다.

"황숙과 장군은 예전에 도원결의를 맺고 한마음으로 생사를 함께하기로 맹세한 사이가 아닙니까? 어찌 관여할 바가 아니라는 말로 넘어가려 하시오?"

그때 관우 옆에 서 있던 주창이 주인이 불리한 상황이라고 판단하고 갑자기 집이 울릴 만큼 큰 소리로 외쳤다.

"세상은 오직 덕이 있는 자가 차지하고 다스리는 것은 당연한 일. 너의 주군 손권만이 형주를 차지하라는 법이 어디에 있느냐!"

그러자 관우가 갑자기 안색을 바꾸며 자리에서 일어나 주창에게 맡긴 청룡언월도를 낚아채듯 잡더니 호통쳤다.

"주창은 그 입 다물라! 이것은 국가의 중대사다. 너 같은 놈이 함부로 입을 놀릴 일이 아니다!"

임강정 안이 술렁거렸다. 관우가 갑자기 굵은 팔을 뻗어 노숙의 팔을 잡고 걷기 시작했을 뿐만 아니라, 주창이 임강정의 난간까지 달려가 거기에서 강을 향해 붉은 깃발을 흔드는 것을 보았기 때문이다.

"자, 갑시다."

관우는 크게 취한 것처럼 행동하며 성큼성큼 걸었다.

"적어도 일국의 대사를 가볍게 술자리에서 이야기하는 것은 좋지 않습니다. 또 관계를 악화시키고 모처럼의 취흥을 깹니다. 나중에 제가 답례로 호남에 연회를 열어 초대하겠지만 오늘은 이만 헤어집시다. 취객을 위해 강기슭에 있는 배까지 배웅해주시지요."

사람들이 어쩔 줄을 모르고 우왕좌왕하는 사이에 관우는 이미 임강정을 내려가 정원을 가로질러 문밖으로 나와 있었다. 커다란 관우의 손에 끌려가는 살진 노숙의 몸은 마치 어린아이 같았다.

노숙은 술도 완전히 깨고 제정신이 아니었다. 귓전에 바람 소리가 들린다고 생각한 순간 강기슭에 파도가 밀려오는 곳이 보였다.

이곳에는 여몽과 감녕이 많은 병사를 매복시켜놓고 관우를 처치하기 위해 대기하고 있었으나 관우의 오른손에는 현기증이 날 정도로 큰 청룡언월도가, 다른 한 손에는 노숙이 잡혀 있는 것을 보고 나서지 못하고 있었다.

"기다려라."

"함부로 나가지 마라."

그러는 사이에 관우는 주창이 끌고 온 작은 배에 훌쩍 몸을 날려 올라탔다. 그리고 그제야 노숙을 강기슭에 놓아주며 "안녕히 계시오."라고 한마디를 남기고는 떠나버렸다.

감녕과 여몽의 병사들이 활을 쏘았지만 배는 유유히 돛을 펴고 순풍을 받으며 맞은편 기슭에서 마중 나온 수십 척의 배와 함께 멀어져갔다.

교섭은 결렬되었고, 국교 단절은 더 이상 피할 수 없습니다.

노숙은 지금까지의 일을 자세히 적어서 오의 말릉秣陵으로 급히 파발마를 보냈다.

오나라의 도성에는 이와 동시에 다른 방면에서 위나라의 조조가 30만 대군을 이끌고 남하하고 있다는 비보가 전해졌다.

겨울 잎의 울음

||| 一 |||

조조의 대군이 오나라로 쇄도한다는 비보는 소문으로 끝났다.
거짓은 아니었지만 성급한 오보였다.

이해 겨울을 기해 조조가 오랫동안 염원해온 오나라 정벌을 이
루려 한 것은 사실이었다. 이미 남하하기 위해 대부대를 편제하고
각 부의 대장들도 내정되어 있었으나 참군參軍 부간傅幹이라는 자
가 장문의 상서上書를 올려 다음과 같은 항목을 들며 간언했다.

하나, 지금은 때가 아닌 점.
하나, 한중의 장로, 촉의 유비 등의 동향의 중대성.
하나, 오의 신성新城 말릉의 견고함과 장강 전투의 지난至難.
하나, 위의 내정 확충과 임전 태세의 정비.

조조도 생각을 바꿔 출진을 보류하고 한동안은 내정에 힘을 쏟
기로 했다. 새롭게 문부제文部制를 마련하여 여러 곳에 학교를 세
우고 교학敎學의 진흥을 꾀했다.

그가 이렇게 약간의 선정을 펼치자 곧바로 그것을 지나치게 칭
송하며 비위를 맞추는 무리도 생겨났다. 그들 중에서 궁중의 시랑

侍郎인 왕찬王粲과 화흡和洽, 두습杜襲 등의 경박한 무리는 이런 소리까지 나불댔다.

"조 승상은 진작 위의 왕위에 올랐어야 했어. 위왕이 되신다고 해도 이상할 것이 전혀 없잖아?"

소문을 듣고 순유가 강하게 반대했다. 과연 그는 오랫동안 조조를 보필해온 현명한 신하다웠다. 그는 아첨꾼들을 꾸짖고 이렇게 말했다.

"전에 구석九錫의 예우를 받고 위공의 금도장을 갖게 된 것은 신하로서는 최고의 위치에 오른 것이오. 위왕의 자리에 오른다면 민심이 떠나 결코 조 승상에게 이로울 것이 없소. 그대들의 지나친 칭송이 도리어 조 승상을 불리하게 만들 거요."

이 말이 조조의 귀에 들어갔다. 물론 이 말이 전해질 때 의도적으로 순유를 매도하는 말도 덧붙여졌기 때문에 조조는 매우 불쾌했다.

"순유도 순욱을 따라하겠다는 건가? 바보 같은 놈."

조조가 격하게 화를 내며 그렇게 욕했다는 말을 전해 들은 순유는 낙심하여 문을 걸어 잠근 채 근신하다가 결국 그해 겨울 병사하고 말았다.

"쉰여섯의 나이로 세상을 떠났단 말인가…… 그도 공신 중 한 명이었는데."

그가 죽었다는 보고에 조조는 몹시 애석해하며 성대하게 장례를 치러주었다.

이 일로 인해 조조가 위왕에 오르는 문제는 잠시 중단되었지만, 이 일은 궁정의 간의랑諫議郎 조엄趙儼을 통해 황제의 귀에도 들어갔다.

그리고 곧이어 옥좌로 이런 보고가 들어왔다.

"……조엄이 거리로 끌려나가 참수되었다고 합니다. 조조야말로 참으로 무서운 자입니다."

황제도 옥체를 떨며 말했다.

"바로 오늘 아침까지도 궁중에서 일하던 자가 저녁에는 거리에서 목숨을 잃다니. 과인과 황후도 언젠가는 같은 운명이 되겠구려. 조조가 자신의 교만이 극에 달한 것을 알지 못하는 한."

두 사람의 눈에서는 눈물이 마를 날이 없었다. 실제로 조조의 위세가 높아질수록, 허도가 강대해질수록 반대로 조정은 점점 더 존재감을 잃어갔다. 궁궐에 헌제가 있는 것조차 위의 관민들은 잊은 듯했다.

"이렇게 조석으로 바늘방석에 앉은 것처럼 사느니보다는 친정 아버님 복완伏完에게 결의를 알리면 아버님은 분명 조조를 제거할 계책을 세울 것입니다………. 목순穆順이라면 믿을 만합니다. 그를 보내세요."

복 황후는 마침내 과감히 황제에게 말했다.

헌제는 오랫동안 조조의 만행을 참고 견디고 있었기 때문에 가슴속에 타다 남은 불씨가 즉시 이성을 제거해버렸다. 헌제는 엄격한 감시의 눈을 피해 비밀 칙령을 썼다.

이것을 목순이라는 조정의 신하에게 맡기며 복 황후의 친정아버지인 복완에게 전하게 했다. 충성스러운 목순은 칙서를 상투의 밑동에 감추고 목숨을 건 사명을 완수하기 위해 어느 날 밤 궁궐을 빠져나왔다.

조정의 신하 중에도 조조의 첩자가 많았다. 즉시 조조에게 이 사실을 밀고한 자가 있었다.

"무슨 일인지 목순이 허둥지둥 궁궐을 빠져나가 복완의 집에 사자로 간 듯합니다."

감이 좋은 조조에게는 뭔가 짚이는 것이 있었다. 그는 소수의 무사를 이끌고 궁궐 문에 서서 목순이 돌아오기를 기다렸다.

벌써 깊은 밤이었다. 아무것도 모르는 목순이 돌아왔다. 문을 지키는 보초병에게는 나갈 때 뇌물을 먹여두었다. 주위에 인적은 없었다. 빠른 걸음으로 궁궐 문으로 들어가려고 했다.

"멈춰라."

갑자기 그를 불러 세우는 소리가 들렸다. 무심코 옆을 보니 조조가 서 있는 것이 아닌가. 목순은 온몸에 소름이 돋았다.

"어딜 다녀오느냐?"

"네. ……네에."

"네가 아니라 대답을 하란 말이다. 이 늦은 시간에 어디에 다녀오는 길이냐?"

"실은 황후께서 저녁때 갑자기 복통을 일으켰다고 저에게 의원을 불러오라고 하셔서 의원을 찾으러 갔었습니다."

"거짓말하지 마라."

"아닙니다. 저, 정말입니다."

"궁중에는 전의가 있다. 뭐 하러 굳이 궁궐 밖으로 의원을 찾으러 간단 말이냐? 다른 의원이겠지, 네가 찾으러 간 것은."

조조는 어둠 속을 향해 손짓하여 무사들을 불러 명했다.

"이놈의 몸을 샅샅이 수색하라."

무사들은 목순의 옷을 벗기고 머리부터 발끝까지 살폈지만, 아무것도 나오지 않았기 때문에 그를 놓아줄 수밖에 없었다.

호랑이 아가리에서 벗어난 듯 목순은 옷을 입자마자 달리기 시작했다. 그때 머리에 쓰고 있던 모자가 밤바람에 떨어졌다. 그는 당황하여 집어 들려고 했다.

"이놈, 멈춰라."

조조는 그 모자를 집어 자세히 살펴보았다.

모자 속에서도 아무것도 나오지 않았다. 그는 더러운 것을 버리듯 모자를 던져서 돌려주며 말했다.

"가거라."

목순은 창백한 얼굴로 모자를 받아 머리에 썼다.

"아니, 아직 가지 마라."

조조는 다시 불러 세웠다. 그리고 이번에는 목순이 쓴 모자를 잡아 찢고는 그의 상투를 헤집었다.

"역시!"

조조는 혀를 찼다. 상투 속에서 종잇조각 하나가 나왔던 것이다. 작은 글씨로 뭔가 빼곡히 쓰여 있었다. 복완의 필적으로 딸 복황후에게 쓴 것이었다.

오늘 밤 밀서를 받고 눈물을 멈출 수 없었습니다. 어떤 일이든 때가 있는 법이니 좀 더 기다리는 것이 좋겠습니다. 아비에게도 계책이 있습니다. 촉의 유비와 한중의 장로에게 위를 침략하라고 권하면 조조는 반드시 국외로 나갈 것이고 군사 정책도 모두 한편으로

기을 것입니다. 그 틈을 노려 은밀히 동지를 규합하여 일거에 대의를 외치며 대사를 치르면 반드시 성공할 것입니다. 황제 폐하의 어심도 그때는 편안하게 해드릴 수 있을 것이니 그때까지는 절대 다른 사람이 눈치채지 못하게 하십시오

대충 이런 내용이었다. 분노가 극에 달하면 오히려 얼음장처럼 차가워진다. 조조는 한바탕 웃은 뒤 복완의 답장을 소매에 넣었다.

"저놈을 고문해라."

조조는 이렇게 명령하고 승상부로 가버렸다.

날이 밝을 무렵 옥리가 계단 아래에 무릎을 꿇고 매우 피곤한 모습으로 말했다.

"목순을 밤새 고문했지만, 한마디도 하지 않았습니다."

한편 복완의 집을 덮친 병사들은 황제의 조서를 찾아내어 가지고 왔다. 조조는 무장들에게 차갑게 명령을 내렸다.

"복완 이하 그의 삼족을 잡아 옥에 가두어라. 그와 연고가 있는 자는 한 명도 남겨두지 마라."

또 어림장군 극려郗慮에게 명하여 궁으로 가서 황후의 인수를 빼앗아 평민으로 떨어뜨린 뒤 죄를 명백히 밝히라고 말했다.

||| 三 |||

"위공의 명이오."

이 말은 가히 절대적이었다. 세상이 거꾸로 돌아가고 있었다. 무장한 어림의 병사(근위군)들은 대장 극려를 선두로 들어가서는 안 되는 금원禁園까지 함부로 들어갔다.

마침 황제는 외전外殿에 나와 있었는데 심상치 않은 소리에 놀라 시종侍從들을 돌아보며 물었다.

"무슨 일이냐?"

극려가 성큼성큼 다가왔다. 그리고 무례하기 짝이 없는 태도로 말했다.

"위공의 뜻에 의해 황후의 인수를 거두겠소. 그렇게 아시오."

깜짝 놀란 황제는 얼굴이 창백해졌다.

'그렇다면.' 하고 마음속으로 목순이 체포된 것을 알았기 때문이다.

내전 쪽에서는 이미 예사롭지 않은 소동이 벌어지는 가운데 궁녀들의 비명이 들려왔다. 난폭한 병사들이 신발을 신은 채 후궁을 돌아다니고 있었다.

"황후는 어디에 숨었느냐?"

그들은 소리치며 후궁을 이 잡듯이 뒤졌다.

복 황후는 발 빠르게 궁녀의 도움으로 후궁의 창고 안에 숨어 있었다. 이곳에는 이중벽이 있어서 벽 안에 숨을 수 있는 장치가 되어 있었다.

"이 안이 수상하다. 상서령尙書令 화흠을 불러오너라."

극려가 화흠을 불러 함께 창고 문을 부수고 안으로 들어갔다.

그러나 황후는 어디에도 보이지 않았다. 극려가 밖으로 나가려고 했지만 상서령은 그의 직무상 창고의 구조를 알고 있었기 때문에 검을 뽑아 벽을 찔렀다. 즉시 벽에서 선혈이 뿜어져 나오고 그 안에서 복 황후가 비명을 지르며 굴러 나왔다.

차마 눈 뜨고는 볼 수 없는 끔찍한 광경이었다. 조정朝廷이니 신도臣道니 따위의 문자는 있어도, 스스로 '도道의 나라'라고 칭해도, 한번 패자의 자아가 발동하니 나라에 이런 비도非道가 태연히 자행되었던 것이다. 화흠이 황후의 머리채를 잡아 끌어내자 황후가 애걸했다.

"살려주시오."

화흠은 "위공을 직접 만나 사정해보시오."라며 상대하지 않았다.

그리고 맨발의 황후를 조조 앞으로 끌고 갔다. 조조는 황후를 매섭게 쏘아보며 말했다.

"내가 일찍이 너를 죽이려 했는데 오히려 네가 나를 죽이려고 음모를 꾸미는구나. 그 결과는 이제 곧 뼈저리게 느끼게 해주마."

그는 무사들에게 명해 채찍과 몽둥이로 내려치게 했다. 황후는 고통에 몸부림치다가 결국 숨을 거두고 말았다.

그 비명과 조조가 욕설을 퍼붓는 소리는 외전의 복도까지 들릴 정도였다. 황제는 머리카락을 움켜쥐고 몸을 떨며 "이런 일이 하늘 아래에서 일어날 수 있단 말인가? 이 지상은 인간들의 세상인가, 짐승들의 세상인가?"라고 절규하다가 혼절했다.

피를 토한 듯했다. 극려는 무사들의 손을 빌려 억지로 황제를 안아 일으키게 하여 비궁祕宮에 가두었다.

조조는 독에 취한 사람처럼 이제는 어떤 일이든 태연히 해치웠다. 복완의 일문에서 목순의 일족까지 총 200명이 넘는 남녀노소를 단 한나절 동안에 빠짐없이 잡아들여 궁아문宮衙門 거리에서 참수해버렸다.

때는 건안 19년(214) 11월 겨울, 하늘도 슬픈지 먹구름이 허도를 덮고 마른 잎이 처량하고 구슬프게 울었으며 며칠 동안 아문의 찬 서리는 녹지 않았다.

"폐하, 음식도 며칠 동안 드시지 않았다고 하는데 부디 마음을 편히 가지시기 바랍니다. 신도 이 이상 비정한 짓은 하지 않겠습니다. 본래 소신은 비정한 짓을 하고 싶지 않았습니다만, 그런 문제가 표면화되면 그냥 둘 수 없지 않겠습니까?"

어느 날 조조가 조정에 나와 깊은 근심에 잠겨 있는 황제에게 말했다. 그리고 또 자신의 딸을 강제로 황후로 삼게 했다. 황제는 거절할 힘도 없이 그의 말에 따랐다. 이듬해 정월 조조의 장녀는 궁중에 들어가 황후의 자리에 올랐다. 그와 함께 조조도 국구國舅라는 신분이 되었다.

한중 병탄

||| 一 |||

갑자기 위공께서 그대와 하후돈 두 사람에게 은밀히 상의할
일이 있다고 하오 즉시 청사로 오시오

가후에게서 이런 서신이 왔다. 이 서신을 받은 것은 조조의 일
족 조인이었다.

"무슨 일이지?"

조인은 집에서 나와 곧장 청사로 갔다. 이곳 정청政廳에서도 조
인은 위공의 일족이라는 이유로 어느 문이든 자못 당당하게 통과
했다.

조조가 있는 중당中堂의 입구까지 오자 누군가 그를 불러 세웠다.

"멈추시오."

허저가 검을 들고 그곳을 지키고 서 있었다. 물론 허저의 목소
리였다.

"무슨 일이냐?"

"무슨 일이 아니라, 각하는 지금 어딜 가려는 것입니까?"

"위공을 만나러 왔다. 내 얼굴을 모르는 것도 아닌데 어째서 불
러 세웠느냐?"

"위공께서는 지금 낮잠을 주무시고 계십니다. 들어가서는 안 됩니다."

"다른 사람이라면 몰라도 내가 들어가는데 무슨 문제가 되겠느냐? 낮잠 중이라도 상관없다."

"아니, 안 됩니다."

"상관에게 이게 무슨 짓이냐! 나는 위공의 일족이다."

"아무리 일족 간이라도 위공의 허락을 얻기 전에는 들여보낼 수 없습니다. 저의 직책이 낮다 하더라도 위공의 경호를 맡은 이상 그 직권으로 단호히 불허하겠습니다. 위공이 잠에서 깨시면 뜻을 여쭤본 후 안내하도록 하겠습니다. 그때까지는 밖에서 기다리십시오."

허저는 완강했다.

할 수 없이 기다리고 있는데 드디어 조조가 낮잠에서 깼다. 조인은 그제야 들어가 조조를 보며 허저에게 당했던 일을 사실대로 이야기했다.

"오늘은 참으로 심한 꼴을 당했습니다. 허저라는 자는 정말이지 고집이 세더군요."

조조는 조인의 말을 듣더니 오히려 그의 충심을 크게 칭찬했다.

"참으로 호치(허저)답구나. 그런 사내가 있으니 내가 마음 푹 놓고 잘 수 있는 것이 아니겠느냐?"

곧이어 하후돈과 가후가 왔다.

"다름이 아니라."

조조는 세 사람이 모두 모이자 오늘 부른 이유를 말하기 시작했다.

"요즘에 가만히 생각해보니 촉을 저대로 놔뒀다간 아무래도 장래에 큰 근심거리가 될 것 같더군. 뭐든 조만간 유비를 촉에서 쫓아낼 방법이 없겠나?"

하후돈이 즉시 대답했다.

"그 일을 행하기에 앞서 문제가 되는 것이 한중입니다. 한중은 서촉의 관문과 같은 곳이니까요."

"일리 있는 말이네. 그런데 한중의 상황은 어떤가?"

"지금이라면 단번에 박살 낼 수 있을 것입니다. 한중을 지지하는 곳은 어디에도 없습니다."

"그렇다면 서쪽을 정벌할 군대를 급히 편제하여 우선 장로를 치는 것이 낫겠나?"

"한중을 취하면 촉군은 문을 봉쇄당한 곳간의 쥐와 같은 꼴이 될 것입니다. 안에서야 잘 먹고 지내겠지만 그 운명은 명약관화明若觀火(불을 보듯 뻔하고 분명한 일)한 것이 아니겠습니까?"

가후가 말했다.

얼마 지나지 않아 한중은 동요했다. 특히 장로와 그 일족은 연일 군사 회의를 열었다.

"위나라가 대군을 3개 부대로 나눠서 쳐들어온다고 합니다. 하후돈과 조인이 각각 한 부대씩 맡고, 남은 한 부대는 하후연과 장합이, 그리고 조조는 그 중군에 있다는군요."

"어떻게 막을까?"

"우선 한중 제일의 요새, 양평관을 중심으로 지킬 수밖에 없습니다."

장위張衛를 대장으로 양앙楊昻, 양임楊任 등이 속속 한중에서 전선을 향해 떠났다.

양평관은 좌우의 산맥에 산림이 무성하고 길게 뻗은 벌판에는 곳곳에 험지도 있어 전쟁터로 적합했다.

양평관에서 15리 떨어진 곳에서는 이미 위나라 서정군西征軍의 선봉이 진지를 구축하기 시작했다.

||| 二 |||

이 양평관의 서전에서는 위군 선봉이 대패를 맛보았다.

패인은 위군이 지형에 어두웠던 것과 한중군이 기습을 감행하여 위군 선봉을 곳곳에서 끊고 그렇게 고립시킨 위군을 섬멸하는 전법을 편 것이 성공한 데 있었다.

"너희들의 공격은 마치 애들 장난과 다를 것이 없었다."

조조는 자신이 있는 중군으로 우르르 도망쳐온 선봉의 추태에 화를 내며 그 대장 하후연과 장합에게 말했다. 그리고 직접 선진先陣을 편제하고 허저와 서황을 데리고 고지대에 올랐다.

양평관에 진을 친 적들이 보였다. 조조는 채찍으로 가리키며 말했다.

"저것이 장위의 진영인가? 참으로 별 볼 일 없는 뻔한 진법이로구나."

그 말이 끝나자마자 등 뒤의 한 산에서 화살이 빗발치듯 날아왔다. 놀라서 돌아보니 양앙과 양임 등의 깃발이 공격의 북소리와 함께 산기슭의 퇴로를 끊고 몰려오고 있었다.

"그물에 갇힌 대어를 놓치지 마라."

이날부터 다음 날까지의 전투로 위군은 다시 막대한 병력을 잃었다. 사흘째 되는 날에도 만회하지 못했다. 조조조차 고전을 면치 못하다가 겨우 목숨만 건져 달아날 정도였다.

진을 70리 정도 물리고 대치하기를 50여 일. 조조도 쉽게는 함락시키기 어렵다고 생각했는지 부하들에게 명령을 내렸다.

"일단 허도로 돌아가서 재정비한 후 공격하도록 한다."

하룻밤 사이에 위군의 깃발이 모두 사라졌다. 한중군의 유막에서는 "지금이야말로 퇴각하는 위군을 추격하여 철저히 섬멸할 때입니다."라고 주장하는 양앙과 "아닙니다. 조조는 계책이 뛰어난 자입니다. 섣불리 추격할 수 없습니다."라는 양임의 주장이 대립하고 있었다. 그러나 결국 양앙이 절대 물러서지 않겠다고 고집을 피워 군마를 이끌고 추격하러 나갔다.

이것이 한중이 파멸하는 중대한 원인 중 하나가 되었다. 지금까지 힘들게 이겨왔는데 조조의 계책에 걸려 순식간에 헛수고가 되어버린 것이다.

양앙의 군대가 추격전에 나선 그날 안개 바람이라는 대륙적 기류가 심한 가운데, 지척도 분간하기 어려운 짙은 안개가 끼어 있었다. 저녁 무렵 문을 열라고 외치는 소리가 양평관 아래에서 들리며 군마가 북적거리자 당연히 아군이 돌아온 것이라고 생각하고 문을 여는 동시에 위의 하후연이 5,000명의 정병을 이끌고 우르르 몰려들었다.

기습을 좋아하는 한중군이 이번에는 반대로 기습을 당한 것이었다. 위군은 성에 들어가기가 무섭게 팔방에 불을 질렀다. 밤이 되어 어두운 데다 수비하는 병사의 수가 적었기 때문에 위군은 쉽게 한중군을 제압하고 성벽 높이 위의 깃발을 꽂았다.

총사령관 장위는 재빨리 남정南鄭(섬서성 한중의 일부)으로 도망쳤다. 양앙은 후방에서 불길이 솟는 것을 보고 놀라 추격을 멈추고 급히 돌아갔는데 도중에 기다리고 있었다는 듯이 숨어 있던 허저의 병사들에 포위되어 철저히 궤멸되었다. 양앙도 허망하게 목숨을 잃고 말았다.

남은 양임도 장위를 따라 남정관으로 도망쳤는데 이 비참한 패전에 한중의 장로는 격노하며 엄하게 말했다.

"이 이상 후퇴하는 자는 그 자리에서 목을 베겠다."

그 때문에 양임은 싸우기 위해 양평관으로 돌아갔으나 도중에 맹렬히 전진해오는 하후연과 만나 그도 역시 허망하게 길에서 전사하고 말았다.

조조의 대군은 선봉이 열어놓은 길을 따라 양평관을 함락시키고 단숨에 남정관까지 진격했다.

한중의 중앙 청사와는 지호지간이었다. 장로는 사태의 심각함에 온몸을 부르르 떨며 문무백관에게 크게 소리쳤다.

"지금 한중은 존망의 갈림길에 서 있다. 이 위기에서 한중을 구해낼 자는 없는가!"

"그 일을 할 자는 방덕밖에 없습니다. 마초가 이 나라에 데리고 온 방덕, 자를 영명令名이라고 하는 그 인물밖에 없습니다."

한중의 장군 염포閻圃가 소리쳤다.

||| 三 |||

'마초는 이미 이 나라에 없는데 어째서 마초의 일족인 방덕만이 혼자 한중에 남아 있는 걸까?'

개중에는 의아해하는 사람도 있었으나 물론 장로는 그 이유를 알고 있었다. 마초가 촉의 가맹관을 공격할 때 방덕은 병 때문에 함께 가지 못했기 때문이다. 그 후 병도 낫고 지금은 건강하다는 것이었다.

"과연 그라면!"

장로는 무릎을 치며 염포의 진언을 받아들이고 즉시 방덕을 불렀다.

방덕은 중대한 명령을 받고 대답했다.

"이 나라에 와서 하루라도 은혜를 입은 이상 이 나라의 어려움을 방관하는 것은 의義가 아닙니다."

그는 장로에게 깃발과 병사 1만여 명을 받아 즉시 전선으로 향했다.

"방덕이 온다."는 말을 들은 조조는 전군의 제장에게 은밀히 지시했다.

"그는 서량의 용맹한 무장이자 마초의 오른팔이었던 자다. 어떻게든 사로잡아 우리 편으로 만들고 싶다. 모두 명심하라."

이에 조조 군은 그를 정신적으로 피곤하게 만들어야겠다며 신경전을 펼치기로 하고 전군을 1번, 2번, 3번, 4번 등으로 순번을 정했다. 순번에 따라 1번 부대가 방덕 군과 접전을 벌이다가 후퇴하고 다시 2번 부대가 나와 즉시 교대하여 방덕을 지치게 만드는 전법이었다.

그러나 방덕은 지치지 않았다. 특히 그 와중에도 허저를 상대로 말 위에서 일대일 결투를 벌여 불꽃을 튀기며 50여 합을 싸우고 승부가 나지 않아 헤어질 때도 여전히 여유롭게 물러나 다음 전투를 준비할 정도였다.

"과연 서량의 방덕이군. 근래에 보기 드문 명장 중의 명장이다."

위나라 병사들 사이에서는 적이지만 정말 훌륭하다고 평판이 자자했다.

"당연히 그렇겠지."

조조는 만족스럽게 웃었다. 그리고 마치 숲에서 아름다운 새를 쫓고 있는 소년의 심정으로 '어떻게든 생포해야 한다.'며 손톱을 물어뜯었다.

가후가 계책을 하나 냈다. 그 때문인지 다음 날 전투에서 위군은 힘없이 무너지며 10여 리를 후퇴했다.

방덕은 위군 진영을 점령했으나 평소와는 다르게 적의 대응이 신통치 않자 수상히 여기며 절대 방심하지 않았다.

과연 그날 한밤중에 위의 대군이 사방에서 들고일어났다. 방덕은 '그런 수법에는 넘어가지 않겠다.'는 듯이 발 빠르게 남정성 안으로 물러났다.

점령한 적진에는 많은 군량과 군수품이 있었기 때문에 그런 노획품은 모두 먼저 성안으로 반입시키고 한중의 장로에게는 "막대한 전리품을 획득하는 한편 조조의 진영 하나를 점령했습니다."라는 소식을 알렸다. 그러나 이 전리품을 반입하는 잡군 중에는 위군 첩자가 변장하고 섞여 있었다. 그는 성안에 사는 양송의 집을 은밀히 찾아갔다.

"저는 위공 조조의 심복입니다만."

사내는 전혀 두려워하는 기색 없이 자신의 가슴에 두르고 있던 황금 흉갑과 조조의 친필 서신을 내밀며 말했다.

"우선 이 서신부터 읽어보십시오."

양송은 한중의 중신이지만, 평소 뇌물을 좋아하고 악랄한 탐욕가로 유명한 자였기 때문에 황금 흉갑을 보자 바로 만면에 희색을 띠며 '오오, 대단한 물건이군.' 하고 몹시 가지고 싶어 하는 기색을 보였다.

　그뿐만 아니라 조조의 서신에는 그가 꿈에도 생각지 못했던 은작이라는 미끼로 배신을 권하는 내용이 있었다.

　"좋소. 명령대로 하리다."

　두말없이 양송은 내응할 것을 약속했다.

　그는 한중에 가자마자 장로에게 방덕의 처신에 대해 비방하기 시작했다.

　"마초의 일족은 역시 마초의 일족일 뿐이었습니다. 그는 진심으로 싸우지 않았습니다. 위군 진영을 점령해놓고도 그것을 바로 적에게 돌려주고 남정성에 들어앉아 있는 상황입니다. 조조와 내통하고 있을지도 모르니 그를 불러서 한번 조사해볼 필요가 있을 것입니다."

　장로는 이 말에 넘어가 즉시 방덕을 불러들였다.

||| 四 |||

　무슨 일인가 싶어 일단 돌아와보니 장로는 방덕을 보자마자 불같이 화를 내며 말했다.

　"이 은혜도 모르는 놈아! 조조와 내통해서 감히 내 군대를 팔아먹어?"

　장로는 끝내 방덕의 목을 치겠다며 욕을 퍼부었다.

　"그렇게 다짜고짜 화부터 내시면 무슨 일인지 모르지 않습니까? 일단 방덕의 말을 들어보고 그가 결백을 주장한다면 다시 한 번 공을 세울 기회를 주시는 것이 어떻겠습니까?"

옆에 있던 염포가 중재에 나섰다. 결국 장로는 염포의 간언에 따라 일단 용서해주었다.

"그렇다면 너의 목숨은 잠시 맡아두겠으니 다시 전선으로 나가 큰 공을 세우도록 하라. 그렇지 않을 시엔 군율에 따라 그 목을 쳐서 진문에 걸 테니 명심하라."

방덕은 석연치 않은 심정으로 할 수 없이 다시 전장으로 향했다.

"작은 은혜를 입은 것이 나를 괴롭히는구나."

그는 무모한 전투에 돌입했다. 비장하게 목숨을 바칠 각오인 듯했다. 홀로 적진 깊숙이 들어가 돌아가려 하지 않았다.

그때 언덕 위에 조조가 나타나 방덕에게 말했다.

"어이, 방덕! 어째서 갑자기 개죽음을 재촉하는가? 왜 나에게 항복하여 대장부의 한목숨을 완성하려 하지 않는가?"

"뭐라고?"

방덕은 언덕을 향해 말을 달렸다. 다시없는 저승길의 길동무로 삼으려는 생각이었다. 그러나 언덕 기슭까지 올라온 그의 모습이 갑자기 사라졌다. 깊이 20척이나 되는 함정 아래로 말과 함께 떨어져버린 것이었다.

아름다운 새는 마침내 조조의 새장으로 들어갔다. 방덕은 항복하고 그날부터 바로 조조의 신하가 되었다.

이 사실을 전해 들은 장로는 양송을 더욱 신뢰했다.

"양송이 말한 대로군."

장로는 모든 일을 그와 상의했으나 남정도 이미 함락당하고 한중의 시가는 조조 군에게 점령당한 뒤였다.

외곽 방어도 벌써 포기하고 아군이 사방으로 흩어진 것을 알자 장로의 동생 장위는 "모든 시가지와 모든 성을 불태웁시다."라며 초토전술을 주장했다. 그러나 양송이 반대하며 "빨리 항복하십시오."라고 무혈 양도를 권했다.

장로는 당황한 와중에도 사리 분별이 확실했다.

"국가의 재물은 백성의 고혈에서 나온 것이다. 이것을 사사로이 불태우는 것은 하늘을 두려워하지 않는 것이야."

그는 성안의 창고를 모두 봉인한 후 일문을 이끌고 그날 밤 이경二更 무렵 남문으로 도망쳤다.

점령 후 조조가 말했다.

"국고의 재물을 봉인하여 전쟁으로 인한 화재와 약탈에서 구해내 다음 통치자에게 그대로 넘겨준 장로의 행위는 생각건대 장로의 생애에서 가장 큰 선행이라고 할 수 있을 것이다. 참으로 기특하구나."

파중巴中으로 사람을 보내 만약 항복하면 일족을 보호해줄 것이라고 전했다.

양송은 항복을 권했지만, 장위는 무슨 말을 해도 소용이 없었다. 결국 승산이 없는 항전을 계속하다가 죽고 말았다.

남은 적들을 소탕하며 조조가 파중에 갔을 때 장로가 성을 나와 그의 말 앞에 엎드려 절했다. 물론 양송이 옆에 붙어 있었다. 그는 내심 자신의 공을 매우 자랑스러워하는 얼굴이었다.

그러나 조조는 그에게는 눈길도 주지 않고 말에서 내려 장로의 손을 잡고 위로하며 말했다.

"창고를 봉하여 전화戰火에서 그 많은 재물과 식량을 지켜낸 것은 참으로 가상하오. 나는 그 보답으로 그대를 진남장군鎭南將軍에 봉할 것이오."

또 구신舊臣들 중에 다섯 명을 선발하여 열후에 봉했다. 그중에는 염포의 이름은 있었으나 양송의 이름은 없었다.

양송은 속으로 자부하고 있었다.

'난 더 큰 은작을 받을 거야.'

한중을 평정한 것을 축하하는 날 거리에서는 참수형이 행해졌다. 죄인의 목은 가늘고 야위어 있었다. 구경꾼들은 음식을 먹으며 재미있다는 듯이 빨리 목을 치라고 떠들어대고 있었다. 죄인은 원망스러운 듯 구경꾼들을 둘러보았다. 바로 양송이었다.

검과 창과 방패

사마의司馬懿 중달仲達은 중군의 주부主簿로 일하며 한중 공략 때도 조조의 곁에서 종군했다.

전후 경영의 시정施政 등에는 적극적으로 참여하여 그 재능과 특기가 조금씩 드러나고 있었는데, 그가 하루는 조조에게 진언했다.

"위의 한중 진출은 서촉을 공포에 떨게 했고 유비를 당황하게 한 모양입니다. 그는 느리고 둔하니 만약 승상이 이때 질풍신뢰疾風迅雷와 같이 촉을 공격하신다면 유비가 이뤄놓은 것들이 기왓장 무너지듯 무너져 내릴 것이 틀림없습니다."

중신 유엽劉曄도 옆에서 거들었다.

"중달의 의견은 저희의 생각을 대표하고 있습니다. 문치文治에 공명이 있고 무문武門에 관우, 장비, 조운, 황충, 마초 등의 오호五虎가 있어 이전과는 다르게 쟁쟁한 용장을 거느리고 있습니다. 시간이 지나면 쉽사리 유비를 무너뜨리기 어려울 것이라 사료됩니다. 바로 지금이 유비를 칠 적기입니다."

이전의 조조였다면 당장 허락했겠지만, 적벽대전 무렵부터 이미 그도 노령에 접어든 듯했다.

"농隴을 얻고, 또 당장 촉을 바라지는 않네. 우리 군의 인마도 지쳤을 텐데 좀 더 휴식을 취하도록 해주게."

그는 전혀 움직일 기미를 보이지 않았다.

한편, 촉의 실정은 위군의 눈부신 진출에 대해 확실히 심각한 위협을 느끼고 있었다. 지금이라도 당장 조조가 촉의 경계를 넘어 공격해온다는 유언비어조차 돌고 있었다.

다시 시작하는 촉은 유비에 의해 새로운 질서가 잡혔다고는 하나 아직 얼마 지나지 않았기 때문에 유비 자신도 걱정이 많았다.

그 대책에 대해 상의할 때 공명은 명확하게 방침을 제시했다.

"위의 팽창욕은 예를 들면 생물이 성장하려는 욕구와 같은 것이니 그 욕구를 다른 곳으로 향하게 하여 다른 곳에 정기를 쏟게 하면 당분간 촉은 무사할 것입니다. 그동안 국방에 힘을 쏟으십시오."

이렇게 전제하고 나서 말을 이었다.

"그러기 위해서는 변설에 능한 자를 오나라에 사자로 보내 전에 약속한 형주의 3개 군을 확실히 오나라에 돌려주는 한편, 시국의 험악함과 이해利害를 설명하고 손권으로 하여금 합비성을 공격하게 만들어야 합니다. 합비성은 위나라엔 요충지로 전에 조조가 장료를 보내 지키게 할 정도였으니 위나라는 즉시 그곳에 모든 신경을 집중시키고 분명 촉보다는 남방으로 먼저 뻗어가려고 할 것입니다."

"계획은 참으로 훌륭하오. 그런데 그런 막중한 외교적 사명을 띠고 누가 가면 좋겠소?"

유비는 좌중을 둘러보다가 한 사람과 눈이 마주쳤다. 그는 즉시 일어나서 말했다.

"제가 가겠습니다."

이적李籍이었다.

"이적이라면 믿을 만합니다."

공명도 고개를 끄덕이고 그 자리에 있는 다른 사람들도 모두 찬성했다. 이적은 즉시 유비의 서신을 가지고 장강을 내려갔다.

오나라에 도착하기 전에 이적은 형주에 상륙하여 은밀히 관우를 만났다. 물론 유비의 비밀 지시와 공명의 원모를 말하고 상의하기 위해서였다.

오나라에서는 이 교섭을 받고 의견이 나뉘었다. 어떤 자들은 지난날 관우의 무례에 대해 여전히 분개하며 "절대로 받아들여서는 안 된다."고 반대했고, "그것을 거절하면 형주 전체까지 오가 포기하는 것이 될 것이다. 3개 군만이라도 받아두어야 한다."고 주장하는 자들도 많았다.

사자 이적이 다시 이렇게 말했다.

"그와 함께 오가 합비를 공격하면 조조는 한중에 더는 있지 못하고 급히 도성으로 철수할 것입니다. 그러면 저희 주군은 즉시 한중을 취할 것입니다. 그리고 관우 장군을 소환하여 한중을 맡기고 형주 전토는 고스란히 오에 반환할 생각입니다."

즉, 3개 군을 받는 것에 조건이 붙은 것이다. 결국 장소와 고옹 등의 의견도 찬성 쪽으로 기울자 손권도 마침내 결심을 굳혔다. 즉, 이적이 제시한 교섭 내용을 전부 수용하고 다시 노숙을 형주 접수를 위해 현지로 파견했다.

||| 二 |||

형주의 영토 대차貸借 문제는 양국의 국교에 있어서 다년간 암적인 존재와 같았으나 이제야 겨우 그 전부까지는 아니어도 일부

는 해결할 수 있었다.

3개 군의 영토 접수가 무사히 끝나자 오와 촉은 비로소 수교적인 관계가 성립되었다. 이에 오나라는 대군을 육구陸口(한구 상류) 부근에 주둔시키고 대략적인 작전 방침을 정했다.

"우선 위나라의 환성晥城을 취하고 이어서 합비를 공격한다."

그러나 환성 공략은 결코 쉽지 않았다.

오는 여몽과 감녕 두 대장을 선봉으로 삼고 장흠과 반장의 두 부대를 후미에, 중군에는 손권과 함께 주태, 진무, 서성, 동습 등의 웅장과 지장을 망라한 유능한 장수들이 총동원되어 환성을 함락시키기 위해 분투했으나 성 하나를 함락시키기 위해 치른 희생이 너무 컸다.

성안의 피가 마르기도 전에 손권은 환성을 점령한 날 성대한 연회를 열어 사기를 북돋웠다.

"전쟁은 이제부터다. 게다가 시작이 좋다."

그때 여항餘抗 땅에서 뒤늦게 능통이 도착해서 연회 도중에 참석했다.

"유감스럽군요. 이틀만 빨리 도착했어도 이 일전에 참가할 수 있었을 텐데."

능통이 주위 사람들에게 말하자 상좌上座에서 위로하는 얼굴로 이렇게 말하는 자가 있었다.

"아니, 아직 합비성이 남아 있소. 합비를 공격할 때는 나처럼 제일 먼저 공을 세우도록 하시오."

그는 감녕이었다. 감녕은 이번 환성 함락에서 제일 먼저 공을 세웠기 때문에 오늘 축하연에서 오후 손권에게 비단 전포를 받아

의기양양한 얼굴로 잔뜩 취해 있었다.

"……흐흠, 감녕이군."

능통은 코웃음을 쳤다. 조금 전부터 한껏 상기되어 있는 감녕의 모습은 누가 봐도 무공을 자랑하고 있는 것으로 보였다. 뿐만 아니라 능통은 그와 눈이 마주친 순간 돌아가신 아버지가 떠올랐다. 예전에 감녕의 손에 죽임을 당한 아버지가 문득 스치듯 지나간 것이다.

'……이놈.'

능통이 속으로 이렇게 생각한 탓인지 감녕도 '이 풋내기가.'라는 듯한 눈빛을 보냈다.

"능통, 지금 날 비웃은 것인가?"

감녕이 안색을 바꾸며 물었다. ……아니, 능통이 무심코 잡은 칼자루를 비난하듯 노려보았다.

능통은 소스라치게 놀랐다. 때와 장소도 가리지 못하고 자신이 검을 잡고 있다는 것을 깨달았기 때문이다.

"여러분, 소장만 아직 무훈을 세우지 못했으니 좌흥이라도 돋우어볼 요량으로 검무를 추어 여러분들의 노고를 위로해드리고자 합니다."

이렇게 말하며 그는 즉시 일어나서 검무를 추기 시작했다. 감녕도 뒤에 있는 창을 집어 들고 말했다.

"참으로 재미있군. 그대가 검을 들고 춤을 춘다면 나는 창을 들고 흥을 돋우겠소."

두 사람은 검과 창을 번쩍이며 춤을 추기 시작했다. 그러나 한 사람은 마음속에 남아 있는 한을 칼날에 담아 기회가 되면 아버지의 원수를 갚으려고 했고, 다른 한 사람은 틈만 보이면 먼저 없애 버리겠다고 벼르고 있었다.

"참으로 재미있군. 마치 불꽃과 불꽃이 춤추는 듯하구나. 나도 거들겠소."

이크, 큰일났구나 싶어 여몽은 방패를 들고 두 사람 사이에 끼어들었다. 이렇게 교묘하게 검과 창을 중재하며 춤을 추어 겨우 아무 일 없이 그 자리가 수습되었다.

처음에는 아무 생각 없이 보고 있던 손권도 중도에 뭔가 이상하다는 것을 눈치채고 취기가 가신 얼굴을 하고 있었다. 그러나 여몽의 기지로 두 사람이 피를 보지 않고 자리로 돌아가자 그는 안심하며 말했다.

"멋진 춤이었소. 두 사람 모두 훌륭하오. 한 잔 주겠으니 두 사람 모두 내 앞으로 오시오."

손권은 두 사람을 불러 양손에 들고 있던 술잔을 동시에 주며 타이르듯 말했다.

"우리는 지금 막 적지를 밟았소. 오나라의 흥망을 짊어지고 있는 그대들에게는 털끝만큼의 사심도 없다고 생각하지만, 개인적인 원한 따위는 서로 잊도록 하시오. 아니, 생각조차 하지 마시오."

장료가 온다

합비성을 맡은 이래로 장료는 자면서도 합비성 방비를 게을리하지 않았다. 이곳은 위의 국경이자 국방의 제일선으로 자신이 중대한 책임을 맡고 있다는 사실을 잘 알고 있었기 때문이다.

그러나 오군 10만의 공격으로 전위를 맡은 환성이 함락되었다. 적이 벌써 홍수와 같이 합비로 쳐들어온다는 위급을 고하는 파발이 잇달아 도착했다.

한중에서 변고를 들은 조조도 설제薛悌라는 자를 합비성으로 급파했다. 그는 조조의 작전 지령을 상자에 봉해서 가지고 왔다.

"승상의 작전은 수비일까, 농성일까? 어서 상자를 열어봅시다."

합비성에 함께 있는 부장 악진과 이전은 마른침을 삼키며 장료가 여는 상자를 보고 있었다.

"그럼, 들어보게. 읽을 테니. ……오나라가 적극적으로 공세를 펴는 것은 내가 먼 한중에 있기 때문이다. 그래서 오나라는 우리의 성을 가볍게 보고 있다. 싸우지 않고 오직 지키기만 하면 그들은 더욱 자만해질 것이다. 그렇다고 나가서 10만의 군사와 싸우는 것은 현명하지 못하다. 그러니 적이 접근하면 첫 전투에서 그들의 예기를 단번에 꺾어 아군의 사기를 높인 뒤 성문을 굳게 닫아걸고 방비를 가장 우선시하도록 하라. 절대 나가서 싸워서는 안 된다. 알겠는가? ……이런 지령이네."

"……."

이전은 평소 장료와 사이가 좋지 않았다. 그 때문인지 침묵한 채 대답도 하지 않았다.

한편 악진은 즉시 대답했다. 그는 반대 의견을 냈다.

"예전부터 수비만 해서는 이기지 못합니다. 하물며 이런 소수의 병력으로는……."

장료는 그의 말을 중간에 끊었다. 이런 상황에서 논쟁을 벌이는 것은 불필요하다고 생각했기 때문이다.

"논쟁을 벌이고 싶으면 혼자서 하게. 다른 사람이라면 몰라도 나는 사심을 가지고 주군의 지시를 거역할 수 없네. 한중에서 보내온 지령대로 우선 성을 나가 일전을 치러 적의 코를 납작하게 해준 뒤 조용히 농성에 들어갈 것이네."

말을 마친 그는 벌써 전장으로 달려나가려고 했다.

그때 침묵을 지키고 있던 이전이 벌떡 일어나며 결연히 말했다.

"그래! 이는 국가의 대사. 어찌 사사로운 감정에 얽매일 수 있단 말인가."

그가 장료를 따라 성문을 빠져나가는 것을 보고 악진도 혼자서 논쟁할 수도 없는 노릇이라 뒤따라 성 밖으로 말을 달렸다.

오의 대군은 이미 소요진逍遙津(안휘성 합비 부근)까지 와 있었다. 선봉인 감녕 군과 위군인 악진 사이에 작은 전투가 벌어졌으나 위군은 즉시 패주했다. 이를 본 오주 손권은 "나의 앞길을 막아설 자가 누구냐!"라며 득의만만하게 전진했다.

그런데 오의 병사들이 막 소요진을 떠나기 시작했을 때 갑자기 갈대 사이에서 연주포連珠砲의 요란한 소리와 함께 오른쪽에서 이전, 왼쪽에서 장료의 깃발이 나타나 손권의 중군을 기습했다.

선봉인 여몽과 감녕의 군사들은 적을 급히 추격하느라 중군과는 상당히 떨어져 있었다. 후진의 능통은 아직 소요진을 다 건너지 못한 듯했다. 그러나 멀리 중군의 깃발이 찢어질 듯 흐트러진 것을 보고 능통은 "앗, 무슨 일이지? 안 좋은 일인가?"라며 부하들을 버려두고 홀로 달려갔다.

가서 보니 손권을 비롯해 중군의 병사 700명 정도가 적의 기습에 포위되어 완전히 섬멸 직전의 위기에 빠져 있었다.

능통은 어지럽게 싸우는 병사들 사이에서 목소리를 높여 손권을 불렀다.

"주군, 주군! 잡병들 상대는 그만하시고 우선 소사교小師橋를 건너 퇴각하십시오."

이 말이 들렸는지 손권이 돌아보며 말했다.

"오오, 능통 장군. 안내하시오."

손권이 능통을 향해 쏜살같이 달려왔다.

그러나 두 사람이 소사교까지 달아난 것은 좋았지만 이미 다리의 남쪽은 한 길 정도가 적의 손에 파괴되어 있었다.

||| 二 |||

"앗, 큰일났다."

말은 강물에 놀라 앞다리를 번쩍 치켜들며 울었다. 뒤에서는 장료의 병사 3,000명 정도가 두 사람을 발견하고 화살을 빗발처럼 쏘아댔다.

"능통, 어찌하면 좋겠소?"

손권은 안장 위에서 어쩔 줄을 몰랐다.

"아니, 당황하시면 안 됩니다. 제 뒤를 따라오십시오."

능통은 강가에서 일단 멀리 말을 물러나게 했다가 다시 힘차게 달렸다. 그리고 부서진 다리의 물가에 다가가자마자 채찍이 부러져라 말 엉덩이를 때렸다.

말은 높이 뛰어올라 강물을 뛰어넘어 맞은편 다리에 섰다. 손권도 같은 방법으로 어려움 없이 뛰어넘었다.

강 위에 후진의 서성과 동습의 배가 보였다. 능통은 반만 남아 있는 다리 위에서 소리 높여 외쳤다.

"주군을 여기에 두고 갈 테니 잘 지켜드리시오."

능통은 다시 왔던 길로 되돌아가 적의 화살이 쏟아지는 곳을 향해 쏜살같이 달려갔다.

앞서나갔던 감녕과 여몽도 급히 돌아와 위군과 접전을 벌였다. 그러나 아무래도 허를 찔린 터라 중군이나 후군과 손발이 맞지 않아 여기저기서 위군에 포위되어 엄청난 사상자를 내고 말았다.

특히 처참하게 궤멸당한 것은 능통의 부대였다.

위기에 처한 손권을 구하기 위해 대장이 없어진 사이에 완전히 대형이 무너진 데다 이전의 병사들에 포위되어 생존자가 한 사람도 없을 정도였다. 대장 능통이 되돌아왔을 때는 이미 부하의 대부분이 죽거나 다쳤으므로 이 악전고투는 말로 표현하기가 어려울 정도였다. 결국 능통은 온몸에 무수한 상처를 입고 피투성이가 된 채 비틀비틀 소사교 부근까지 도망쳐왔다.

그러나 그에게는 말에 채찍을 가해 다시 그 다리를 뛰어넘을 만한 기력 따위는 전혀 없었고 흘러내리는 피에 눈도 침침해져서 강도 물도 보이지 않을 지경이었다.

　강 가운데의 배에서 손권이 그를 발견하고 뱃전을 두드리며 목이 쉬도록 외쳤다.

　"저 사람을 구하라. 능통이 틀림없다."

　겨우 배 하나가 기슭으로 다가가 그를 태웠다. 그 밖의 패잔병도 차례차례 강의 북쪽으로 모여들었다. 그러나 적에게 쫓겨 배를 기다릴 틈도 없이 무참히 죽임을 당하는 자나 강에 뛰어들어 익사하는 자를 보고도 손쓸 방도가 없는 상황이었다.

　"내 불찰이다. 이 무슨 참담한 패배란 말인가."

　손권은 패군을 수습하고 너무나 막대한 피해에 분한 듯이 되뇌었다.

　중상을 입은 능통은 온몸의 상처를 싸매고 자신의 생각을 솔직히 말했다.

　"생각해보면 환성의 승리가 오늘의 패인인 듯합니다. 졸병에 이르기까지 승리에 도취되어 적을 지나치게 얕본 결과일 것입니다. 특히 이 기회가 주군에게는 좋은 교훈이 됐을 것이라고 생각합니다. 주군은 오나라 만백성의 주인임을 부디 마음에 새겨두시기 바랍니다. 오늘 몸만이라도 무사했던 것은 그야말로 천지신명의 가호였습니다. 오히려 기뻐할 일이라고 생각합니다."

　"부끄럽기 짝이 없소. 평생의 교훈으로 삼겠소."

　손권도 눈물을 흘리며 중얼거렸다.

　그러나 대업은 여기서 일단 기세가 꺾였다. 오군은 병력을 충원하고 재장비의 필요에 쫓겨 결국 강을 내려가 오의 영토인 유수濡須까지 물러갔다.

"장료가 온다, 장료가 온다."

오나라에서는 어린아이에게까지도 그 명성이 알려져 아이가 울면 엄마는 그렇게 말해서 우는 아이를 얼렀다. 이것으로 장료의 용맹과 지혜가 오군의 간담에 얼마나 깊이 새겨졌는지 알 수 있다.

장료도 "이것은 기대 이상의 생각지도 못한 승리다."라고 자인했다.

그는 즉시 한중에 급사를 보내 일단 전황을 보고하고 또 후일을 대비하여 대군의 증파增派를 요청했다.

조조도 이대로 촉으로 진군할지, 일단 돌아가서 오를 공격하는 것이 좋은지, 이 두 갈림길에 서서 망설이고 있었다.

거위 깃털 병사

||| 一 |||

지금 한중을 수중에 넣기는 했지만, 조조의 마음이 오랫동안 남쪽을 향해 있었던 것은 말할 필요도 없다. 더군다나 오나라를 생각하면 적벽의 원한이 울컥 치밀어 올랐다.

"한중 수비는 장합과 하후연 두 명이면 충분할 것이다. 나는 즉시 오의 유수로 가겠다."

조조는 결단을 내렸다. 그는 원대한 포부를 가지고 있었다. 강을 내려가는 수백 척의 병선, 육지로 가는 수많은 수레와 병마들, 이미 강남을 집어삼킨 듯한 기세를 보이며 장강을 따라 오나라 말릉의 서쪽, 유수의 제방으로 육박해갔다.

"덤벼라! 먼길을 온 병마들아."

오군은 기다리고 있었다. 먼길을 오느라 지친 위군을 토벌하기 위해서.

그 선봉에 서기를 원하며 다툰 자들은 이번에도 숙원이 있는 감녕과 능통이었다.

"두 사람 모두 출격하라. 능통은 제1진, 감녕은 제2진으로."

손권과 다른 대장들은 윤진輪陣을 만들어 뒤따라갔다.

유수 일대는 전장으로 바뀌었다. 조조의 선봉은 우는 아이도 그 이름만 들으면 눈물을 뚝 그친다는 장료인 듯했다. 공을 세우기에 급급한 능통은 앞뒤 가리지 않고 그들에게 달려들었다. 바위에 부서지는 파도처럼 달려든 쪽의 진형이 산산이 부서지는 것이 멀리 손권의 본진에서도 보였다.

"능통이 위험하다. 여몽, 즉시 가서 능통을 구하시오."

"옛."

여몽은 병사들을 이끌고 달려갔다. 그 후에 감녕이 와서 말했다.

"적진이 의외로 견고합니다. 총병력 약 40만, 먼길을 왔음에도 불구하고 적군 모두 지친 기색이 없습니다. 그러니 정면에서 공격하는 것은 큰 오산입니다. 저에게 강병 100명만 주십시오. 오늘 밤, 조조의 본진을 치겠습니다."

"고작 100명으로?"

"실패하거든 마음껏 비웃으셔도 좋습니다."

"재미있군."

손권은 그의 요구를 들어주었다. 특별히 직속 정예에서 100명을 뽑아 그에게 보냈다.

감녕은 저녁에 그 100명의 용사를 자신의 진영으로 불러 일렬로 둥글게 앉히고 술 10통과 양고기 50근을 내주며 말했다.

"이것은 오후께서 내리신 것이니 실컷 먹고 마셔라."

감녕이 먼저 은으로 만든 그릇에 술을 따라 단숨에 마시고 차례로 돌렸다. 100명의 용사는 고기와 술을 배불리 먹었다. 그때 감녕이 말했다.

"더 마셔라. 더 먹어. 오늘 밤 이 자리에 있는 너희들이 조조의 중군을 기습한다. 나중에 후회가 남지 않도록 실컷 먹고 마셔라."

일동은 얼굴을 마주 보았다. 취한 눈빛에 당혹감을 감추지 못하고 있었다. 고작 100명으로 어떻게? 그런 표정이었다.

감녕은 검을 빼 들고 일어나 분연히 질타했다.

"일국의 대장군인 나조차 나라를 위해 목숨을 아끼지 않는데 너희들은 목숨이 아까워 나의 명령을 거스를 참이냐?"

명령을 듣지 않는 자는 목을 치겠다는 말이었다. 여기서 죽는 것보다 싸우는 것이 낫다고 생각한 100명의 용사는 모두 검 아래 무릎을 꿇었다.

"바라옵건대 장군을 따라 죽음을 함께하고자 합니다."

모두 어쩔 수 없이 맹세했다.

"좋다. 그러면 각자 이것을 투구 앞에 꽂아라."

이렇게 말하며 감녕은 흰 거위 깃털 한 개씩을 나눠주었다.

이경二更(21시~23시)이 지나자 그들은 뗏목을 타고 수로를 우회하여 제방을 따라 들판을 지나서 마침내 조조의 본진 뒤로 갔다.

"징을 치고 함성을 질러라."

방책에 접근하자마자 보초병을 베고 일제히 함성을 지르며 진중으로 들어갔다.

순식간에 진영 곳곳에서 불길이 올랐다. 어두웠기 때문에 조조의 부하들은 우왕좌왕하며 서로를 공격했다.

감녕은 진중을 마음껏 짓밟고 돌아다녔다. 이 정도면 됐다 싶어서 100명을 한 자리로 불러모아 단 한 명의 사상자도 없이 바람처럼 돌아왔다.

"장군의 담력은 분명 조조의 혼을 빼놓았을 것이오. 통쾌하다, 통쾌해."

손권은 칼 100자루와 비단 1,000필을 감녕에게 상으로 내렸다. 감녕은 그것을 모두 100명의 용사에게 나누어주었다.

위나라에 장료가 있다면 오나라에는 감녕이 있다며 오군의 사기는 감녕 덕분에 크게 올랐다.

||| 二 |||

장료는 지난밤에 당한 패배를 설욕하기 위해 날이 밝음과 동시에 병사들을 이끌고 오군 진영을 공격하러 나섰다.

"오늘 기필코 어제의 치욕을 갚아주겠다!"

오의 능통이 벼르고 있다가 그들과 맞섰다. 감녕이 어젯밤 멋진 공적을 세워 주군에게 크게 칭찬받은 사실을 들었던 것이다. 그리고 '너 같은 것에게 질 수 없다.'는 평소의 생각도 한몫 거들었다. 지독한 흙먼지 속에 앞장선 자는 장료. 그의 좌우에 있는 이전과 악진 등이 오의 병사들을 짓밟으며 달려왔다.

능통은 질풍처럼 달려나와 검을 휘두르며 외쳤다.

"네놈이 장료냐?"

"나는 악진이다."

그는 창을 비껴들고 즉시 응전해왔다.

'사람을 잘못 봤군.'

능통은 혀를 찼지만 이미 다른 곳을 둘러볼 겨를이 없었다. 악진을 상대로 50여 합을 싸웠다.

그때 맞은편에 있는 장료의 뒤에서 조조의 아들 조비曹丕가 철궁을 쏘았다. 능통을 겨냥했으나 조금 빗나가 그가 타고 있는 말에 맞았다.

"됐다!"

능통이 낙마한 것을 보고 악진은 창을 거꾸로 들고 능통을 찔렀다.

그러나 그때 또 어디선가 화살 한 발이 날아왔다. 화살은 악진의 미간에 꽂혔고 악진은 창을 떨어뜨리고 말에서 굴러떨어졌다.

오의 대장도 쓰러지고 위의 대장도 상처를 입었기에 양군은 동시에 자신들의 대장을 구해서 후퇴했다.

"또다시 실수를 저질렀습니다. 참으로 분합니다."

손권 앞으로 나와 능통이 면목 없다는 듯이 사죄하자 손권은 "전쟁을 하다 보면 늘 있는 일이오."라고 위로하며 "오늘 그대를 구한 사람이 누구라고 생각하시오?"라고 물었다.

능통은 좌중을 둘러보았다. 감녕이 묵묵히 앉아 있었다. '혹시?' 하고 생각한 순간 손권이 다시 말했다.

"악진의 미간에 화살을 쏜 것은 바로 감녕 장군이오. 평소의 우의가 더욱 깊이 느껴지지 않소?"

능통은 눈물을 흘리며 감녕에게 고개를 숙여 감사했다. 그 후 두 사람은 과거의 원한을 잊고 생사를 함께하는 사이가 되었다고 한다.

다음 날 위군은 전날의 두 배가 되는 병력으로 수륙 양쪽에서 오군 진영으로 진격해왔다.

"조조도 초조해져서 총공격에 나선 모양이군."

오군도 위군에 상응하는 병력으로 맞서며 병선으로 유수에 울타리를 만들었다.

이날 눈부신 활약을 펼친 것은 서성과 동습 등의 오군이었다. 그 때문에 위군 진영의 일부인 이전의 병사들이 궤멸되었다. 그대로 조조의 중군까지 위험에 빠지는 것이 아닌가 싶었지만, 생각지도 못한 일로 전세가 역전되었다.

갑자기 큰바람이 불기 시작하면서 하얀 물결이 하늘로 솟구치고 강기슭의 자갈이 날아와 얼굴을 때리고 아직 한낮인데도 천지가 온통 어두워졌다. 그 바람에 동습의 병선은 침몰하고 나머지 병선도 돛이 찢어져서 이 기슭에 부딪히고 저 기슭에 부딪히며 그야말로 엉망진창이 된 상황에서 새로 가세한 위군이 서성의 병사들을 포위하고 그 절반을 섬멸해버린 것이었다.

"저들을 구하라."

손권의 명령을 받은 진무가 오군 진영에서 달려나오자 위군들이 제방의 어둠 속에서 벌떡 일어나 "한 놈도 남기지 마라!"라며 즉시 포위하고 섬멸전을 펼쳤다. 이 일군의 대장은 한중에서 온, 위군 중에서도 신참인 방덕이었다.

이런 악천후 탓에 오의 전황은 갑자기 불리해져서 퇴각할 수밖에 없었다. 그러나 젊은 손권은 "이런 것쯤이야 아무것도 아니다."라며 직접 중군을 이끌고 유수의 기슭으로 다시 진격했다. 그런데 그곳에선 장료와 서황의 두 부대가 기다리고 있었다.

휴전

||| 一 |||

조조는 수많은 전장에서 잔뼈가 굵은 사람인 데 비해 손권은 경험이 적은 데다가 쉽게 흥분하는 편이었다.

이윽고 유수 유역을 경계로 위군 40만과 오군 60만이 총동원되어 전면전을 펼치기 시작했다. 지금의 이 기후가 오군에 불리하다고는 하나 오군의 주장主將인 손권의 경솔한 움직임 때문에 그 중추를 먼저 잃고 손권마저 기다리고 있던 장료와 서황 두 부대의 포위망에 걸려들고 말았다.

조조는 조금 높은 언덕에서 만족스러운 표정으로 바라보고 있었다.

"지금이야말로 손권을 사로잡을 때다."

이 말이 자신을 독려하는 소리라고 생각한 허저는 말을 갈아타고 함성을 한 번 지른 뒤 자욱한 핏빛 연기 속으로 달려 들어갔다.

오군의 시체는 계속 쌓여만 갔다. 유수의 강물도 붉게 물든 참혹한 상황 속에서 주장 손권은 어디에 있는지, 누가 누구인지 구별조차 되지 않았다.

오군의 대장 중 한 명인 주태는 이 와중에 분전하여 한쪽에 혈로를 뚫고 하류의 기슭까지 달아났으나 돌아보니 손권이 여전히 포위되어 싸우고 있었다.

"주태가 여기 있습니다. 여깁니다. 어서 이쪽으로 오십시오."

주태는 계속 부르면서 적의 배후로 돌아가 그 포위망의 한쪽을 무너뜨리고 말했다.

"서두르십시오. 먼저 몸을 피하십시오."

주태와 손권은 말 머리를 나란히 하고 장대비처럼 쏟아지는 화살을 뚫고 달렸다. 마침 여몽의 병사들이 중군이 걱정되어 되돌아왔다. 주태는 "배! 배를 대라!"라고 소리치며 강으로 뛰어가 어쨌든 손권을 배에 태웠다.

그러나 전장에서는 여전히 흙먼지와 피 보라가 일고 있었다. 손권은 비통한 목소리로 외쳤다.

"서성은 어찌되었느냐, 서성은……?"

"보고 오겠습니다."

주태는 적군 속으로 다시 돌아갔다. 손권은 자신도 모르게 "아아!" 하고 탄성을 질렀다.

"나를 구하기 위해 혈로를 뚫고 다시 돌아오기를 세 번. 그런데도 또 서성을 구하러 용감히 사지로 뛰어들다니……. 하늘이시여, 저 충성스러운 용사를 지켜주소서."

눈을 감고 기도하듯 잠시 기다리고 있는데 주태가 서성을 부축해서 돌아왔다.

두 사람 모두 온몸이 피투성이가 된 채 강가까지 오자 "원통하다."라고 말하며 걸을 힘도 없는지 주저앉아버렸다.

그러는 사이에 여몽은 사수 100명으로 궁진弓陣을 펴서 쫓아오는 적을 막고 그 궁진을 배 위로 옮겨 손권을 지키게 하면서 서서히 하류로 퇴각했다.

　이때 비장한 죽음을 맞은 것은 오의 진무였다. 그는 방덕의 부대에 포위되어 퇴로를 잃고 산간의 구석으로 몰린 끝에 결국 방덕과 싸우다 목이 잘리고 말았다. 그것도 갑옷 소매가 나뭇가지에 걸리는 바람에 당황해서 제대로 싸워보지도 못한 채 방덕의 일격에 나가떨어졌다.

　조조는 전날 밤 자신의 중군이 짓밟힌 원통함을 오늘 몇 배로 되갚아주었다. 손권이 얼마 안 되는 장졸들의 보호를 받으며 위수의 하류로 도망가는 것을 보고 "저놈을 놓치지 마라!"라고 외쳤다. 그리고 자신도 강기슭을 따라 달리며 병사들을 독려하여 수천 명의 사수에게 손권을 겨냥해 쏘게 했지만, 이날의 풍랑은 손권에게 유리하게 작용하여 그에게까지 도달하는 화살은 한 발도 없었다.

　게다가 점점 넓어지는 강의 합류 지점까지 오자 본류인 장강 쪽에서 오의 병선 수백 척이 거슬러 올라오고 있었다. 그들은 손권의 일족인 육손陸遜이 이끌고 온 10만 대군이었다.

　손권은 그제야 비로소 살았다는 생각이 들었다.

||| 二 |||

　손권을 비롯한 장수들은 모두 중경상을 입었기 때문에 10만 아군을 눈앞에 두고도 '오늘 전투는 여기까지.'라며 퇴각할 생각밖에는 하지 못했다.

　그러나 육손이 그런 신음에 활력을 불어넣었다.

　"이대로 전부 퇴각한다면 조조는 오군에 필승의 신념을 갖게 될 것입니다. 또 아군 병사들에게도 위군이 강하다는 인상을 주어 그들을 두려워하며 이길 생각을 하지 않게 될 것입니다. 퇴각할 때 하더라도 우리에게도 뒷심이 있다는 것을 보여주어야만 합니다."

육손은 지신있게 말했다. 그리고 손권과 중상자를 배에 남기고 잔병들에게 그들을 지키게 한 후 새로 가세한 10만 병사들을 모두 강기슭에 상륙시키고 오나라를 위해 목숨을 아끼지 말 것을 당부했다.

조조는 이 새로운 적군의 견고한 진영에서 쏘는 수많은 화살에 "이게 어떻게 된 일인가?"라며 갑작스럽게 악화된 전세에 당황하지 않을 수 없었다.

"적이 무너지기 시작했다."

육손은 조조의 기세가 꺾인 순간 총공격을 단행했다. 10만 병사들은 등을 보이며 도망가는 위군에 달려들었다. 찌르고 차고 베고 때리고 짓밟으니 그들은 줄줄이 강물에 빠져 죽었다.

병력으로나 사기로나 육손 군이 압도적으로 우세했다. 장수들의 수급만 해도 700여 개였고 잡병들은 셀 수 없을 정도였다. 노획물인 말만 해도 1,000여 필이나 되었다.

이렇게 육손은 위군을 멀리 쫓아버리고 완벽한 승리를 거두었을 뿐만 아니라 오늘 손권이 대패한 전장까지 가서 아군의 시체와 깃발, 엄청난 무구까지 전부 수습해서 돌아왔다.

그 결과 부하 진무는 칼에 죽고 동습은 물에 빠져 죽고 이들 외에도 평소 아끼던 부하들이 무수히 목숨을 잃은 것을 알고 손권은 소리 높여 통곡했다.

"적어도 동습의 시체만이라도 찾도록 하라."

수영을 잘하는 자들에게 그의 시체를 찾게 하여 배 안에서 극진히 장사를 지내고 돌아갔다고 한다.

그는 유수성에 돌아오자 진중에서 연회를 베풀어 직접 잔을 들어 주태에게 건네며 말했다.

"주 장군, 그대는 오의 공신이오. 오늘 이후 나는 그대와 영욕을 함께하며 목숨이 붙어 있는 한 이번 공을 잊지 않겠소."

그리고 또 "저번에 입은 상처는 어떻소?"라며 그에게 옷을 벗어 상처를 보여달라고 했다.

주태는 많은 사람들 앞이어서 처음에는 망설였으나 주군의 명령이라 어쩔 수 없이 옷을 벗었다. 그의 온몸 곳곳에 난 상처는 아직 열이 나고 부어 있어서 참혹하기 그지없었다.

"아아, 이 상처 하나하나는 모두 그대의 충혼과 의로운 마음을 말하고 있소. 모두 보시오, 무인의 귀감을."

손권은 주태의 등을 쓰다듬으며 거듭 칭찬했다. 그는 주태의 공을 평소에도 기리기 위해 그에게 푸른 비단 산개傘蓋를 씌워주며 진중에서 사용하라고 말했다.

물론 육손을 비롯한 다른 장수들에게도 각각 은상을 내리고 여전히 유수의 견고한 보루를 자랑했다.

"오나라는 이처럼 강하다. 북국의 위나라가 다 무엇이란 말이냐."

오군은 졸병에 이르기까지 사기가 더욱 높아졌다.

대진한 지 한 달여가 흘렀다. 조조는 그동안 함부로 움직이지 않았으나 묵묵히 전쟁 준비를 하며 병력을 충원하고 다음의 대규모 작전을 구상하고 있는 듯했다.

오의 노신 장소가 말했다.

"결코 낙관할 수 없습니다. 누가 뭐라 해도 조조는 조조입니다.

유리할 때 화의를 맺는 것이 상책입니다."

이윽고 손권 쪽에서 보척步隲이 사자로 가게 되었다. 조조도 이쪽에서 화의를 맺는 것이 좋다고 생각했는지 "중앙 정부에 매년 공물을 바친다면."이라고 의외로 받아들이기 쉬운 조건을 내걸었기 때문에 즉시 화의가 성립되었다.

그러나 진정한 평화의 도래가 아닌 것은 양국 모두 알고 있었다. 조조는 전군을 이끌고 도성으로 돌아가고 손권은 말릉으로 돌아갔다. 그러나 오나라는 전선인 유수의 어귀를, 위나라는 위의 경계 합비의 수비를 양쪽 모두 더욱 견고히 했다.

밀감과 모란

오나라에서 매년 공물을 받기로 한 것은 원정을 나간 위군으로서는 어쨌거나 혁혁한 전과라 할 수 있었다. 하물며 한중 땅이 새롭게 위의 판도에 더해졌기 때문에 도성의 백관들은 조조가 위왕의 자리에 올라야 하지 않느냐며 수시로 회의를 열었다.

시중 왕찬은 조조의 덕을 칭송하는 긴 시를 지었고, 이것이 근신의 손을 거쳐 조조에게 전달되었다.

"모든 사람이 그리도 원한다면……."

조조도 왕위의 오르려는 기색을 보였다. 그러나 여러 사람이 회의하는 자리에서 상서尙書 최염崔琰이 아첨하는 사람들에게 충고했다.

"그런 바보 같은 권유는 삼가시오."

대신들은 화를 내며 말했다.

"바보 같은 권유라니? 너도 승상의 눈 밖에 나서 순욱이나 순유처럼 되고 싶은 것이냐?"

최염도 지지 않고 말했다.

"무릇 아첨하는 자들만큼 주군께 해가 되는 자는 없소. 예전부터 주군을 망하게 하는 자는 적이 아니라……."

"뭐라고?"

큰 싸움이 벌어졌다. 곧 조조의 귀에도 들어갔다. 물론 아첨하는 간신을 통해서였다. 머리끝까지 화가 난 조조는 "혀라도 깨물라고 해라."라며 최염을 옥에 가두게 했다.

최염은 끌려가면서도 큰 소리로 외쳤다.

"한의 천하를 빼앗은 역적은 결국 조조임이 밝혀졌다!"

이 말을 들은 조조는 즉시 정위廷尉(진나라 때 처음 설치된 형옥을 관장하는 벼슬의 이름)에게 명했다.

"시끄러우니 조용히 시켜라."

최염의 목소리는 더 이상 들리지 않았다. 정위가 몽둥이로 옥 안에서 때려 입을 막아버렸기 때문이다.

건안 21년(216) 5월 모든 관리와 신하 들이 황제에게 주청했다.

"위공 조조는 높은 공과 넓은 덕이 하늘에 닿고 땅에 가득하옵니다. 이윤伊尹, 주공周公도 미치지 못하옵니다. 부디 왕위에 오르도록 위왕의 자리를 내려주시옵소서."

황제는 어쩔 수 없이 종요鍾繇에게 조서의 기초를 작성하라고 명했다. 즉, 조조를 책립冊立하여 위왕으로 봉한다는 조서였다.

조서를 본 조조는 고사하고 사퇴의 뜻을 적어 올렸다. 황제는 다시 다른 조서를 내렸다. 그제야 비로소 조조는 천자의 명령을 거절하기 어렵다며 수락했다.

열두 줄의 끈이 달린 왕관을 쓰고 금은으로 장식한 수레를 탔다. 모두 천자의 의례를 따랐으며 출입할 때는 경호를 위해 다른 사람들이 통행을 삼가니 조조의 기쁨은 이루 말할 수 없었다. 업도에는 즉시 위 왕궁이 건설되었다. 이곳엔 이미 현무지玄武池가 있었는데, 조조의 친위대는 이곳에서 배 다루는 기술을 연마하고 궁마를 조련했다. 현무지의 수면에 비친 웅대한 위 왕궁은 이 세상의 것이 아닌가 싶었다.

조조에게는 네 명의 아들이 있었다. 맏이부터 차례로 조비, 조창曹彰, 조식曹植, 조웅曹熊이 그들이었는데, 정부인의 소생이 아니라 측실에서 나온 자식들이었다.

이들 중에서 조조가 자신의 뒤를 이을 사람으로 은밀히 생각하고 있는 아들은 셋째 조식이었다. 조식의 자는 자건子建으로 어린 시절부터 시문을 짓는 데 뛰어난 재능을 보이고 두뇌가 명석하였으며 기품이 있었다.

적자 조비는 속으로 불만스럽게 생각했다. 조조의 후사는 자신이 이어야만 한다고 생각하고 있었기 때문에 태중대부太中大夫 가후를 불러 상의했다.

"……이렇게 하십시오."

가후가 속삭였다. 그 후 조조가 멀리 원정에 나갈 일이 생겼다. 셋째 아들 조식은 시를 지어 아버지와의 헤어짐을 안타까워했다.

그러나 조비는 가후가 말한 대로 성 밖까지 배웅하러 나가 눈물을 글썽이며 아무 말 없이 아버지가 자기 앞을 지나갈 때 그저 가만히 바라보며 전송했다.

조조는 나중에 생각했다.

'주옥같은 문장으로 멋진 시를 짓는 조식의 재능보다는 조비의 무언에 더 큰 정이 담겨 있는 것이 아닐까?'

아들을 보는 조조의 눈이 조금 바뀌었다.

조비는 그 후에도 아버지의 측근들을 특별히 신경 쓰며 금과 은을 주거나 덕을 베풀면서 환심을 사기 위해 노력했기 때문에 "적자께서는 이미 인군의 덕을 갖추셨어."라고 평판이 매우 좋았다.

이윽고 조조도 왕위에 오르자 후계자에 대해 생각하게 되었다. 그래서 어느 날 고심 끝에 가후를 불렀다.

"조비를 후계자로 삼아야 하겠나, 아니면 조식이 좋겠나?"

가후는 침묵한 채 일부러 명쾌한 대답을 피하는 듯한 표정이었다. 조조가 몇 번을 물으니 그제야 단지 이렇게 답할 뿐이었다.

"그것은 저에게 묻기보다는 전에 패망한 원소나 유표 등이 좋은 본보기가 아니겠습니까?"

유표와 원소는 모두 후계자 문제로 내정에 큰 문제를 일으켰다. 어느 쪽도 정통 적자를 세우지 않았다.

"아아, 그런가. 인간이라는 것은 의외로 잘 알고 있는 것을 분별하지 못하는 법이네. 하하하하, 좋군, 좋아."

조조는 크게 웃으며 마음을 정했다. 그리고 얼마 지나지 않아 이렇게 발표했다.

"적자 조비를 나의 후계자로 삼는다."

겨울, 10월. 위 왕궁의 토목 공사도 끝났다. 완공을 축하하는 연회를 열기 위해 각 주에 사람을 보내 다음과 같이 전달했다.

"각 주는 특색 있는 토산 명물, 과일, 진미 등을 헌상하여 축하의 마음을 표하라."

오나라의 복건福建은 열대 과일인 여지荔枝와 용안龍眼을 산출하고 온주溫州는 밀감이 맛있기로 유명했다. 위왕의 명령이라 오에서는 온주의 밀감 40짐을 인부들에게 지게 하여 도성으로 보냈다.

밀감 40짐은 배와 말을 이용해, 또 사람이 지고 겨우 목적지의 중간 지점에 도착했다. 그리고 어느 산중에서 그 인부들이 짐을 풀고 쉬고 있는데, 그곳으로 애꾸눈에 한쪽 발을 저는 기이한 노인이 홀연히 와서 말을 걸었다.

"수고하는군. 모두 지쳤을 텐데."

불구의 노인은 흰 등나무꽃을 관冠에 꽂고 푸른색 옷을 입고 있었다. 인부 한 사람이 농담 삼아 말했다.

"노인장 도와주시오. 앞으로 아직 천리나 남았소."

"좋지, 좋아."

노인은 정말로 한 인부의 짐을 대신 멨다. 그리고 다른 수백 명의 인부에게 말했다.

"너희들의 짐은 모두 내가 대신 져주겠다. 내가 있는 한 맨몸이나 다름없으니 서둘러 가자."

그는 바람처럼 달리기 시작했다.

짐을 하나라도 잃어버리면 큰일이라 남은 자들도 서둘렀다. 그런데 노인이 말한 대로 짐을 져도 전혀 무게가 느껴지지 않아서 괴이하게 여기지 않는 자가 없었다.

헤어질 때쯤 인부의 우두머리가 노인에게 출신을 물었다. 노인은 이렇게 대답했다.

"나는 위왕 조조와는 고향이 같은 친구로 이름은 좌자左慈, 자는 현방玄放이라 하고 도호는 오각烏角 선생이라 불리고 있네. 조조를 만나거든 말해보게. 기억하고 있을지도 모르니."

이윽고 업도의 위 왕궁에 도착했다. 온주의 밀감이 도착했다는 말을 듣고 조조는 오랫동안 그 단맛을 잊고 있었기에 기뻐하며 즉시 쟁반 위에 놓인 것 중에서도 큰 것 하나를 집어 반으로 쪼갰으나 속이 텅 비어 있었다.

이상하게 여기며 세 개, 네 개를 집어 반으로 쪼개보았으나 죄다 껍질뿐 알맹이가 없었다.

"오의 인부들에게 물어보아라. 이것이 대체 어떻게 된 일인지."

조사를 받는 인부들은 두려워 떨 뿐 그 이유를 아는 사람은 아무도 없었다. 다만 짐작이 가는 것이라곤 도중에 좌자라는 기이한 노인과 만난 것뿐이었다는 것이다.

조조는 그 얘기를 듣고 "글쎄."라며 고개를 갸웃거렸다. 고향 친구라면 소년 시절의 친구일 것이다. 너무 오래전 일이라 생각해내기도 힘든 듯했다.

그런데 왕궁 문에 대왕을 만나고 싶다며 한 노인이 찾아왔다는 보고가 올라왔다. 안으로 불러서 보니 그 좌자였다. 조조는 그를 보자마자 밀감의 일을 책망했다. 그러자 좌자는 한두 개밖에 없는 앞니를 드러내며 웃었다.

"그럴 리가 없소. 어디, 봅시다."

그는 그렇게 말하며 밀감을 집어서 쪼개 보였다. 향기가 진한 과육이 그의 손바닥에서 달콤한 과즙을 흘렸다.

"대왕, 이 밀감을 하나 드셔보시오. 지금 막 나무에서 딴 것처럼 싱싱합니다."

조조는 놀랐으나 방심할 수 없다고 생각했는지 좌자를 향해 말했다.

"먼저 먹어보아라. 독이 없는지."

좌자는 웃으며 대답했다.

"밀감의 맛을 만끽하려면 나는 산 하나만큼의 밀감을 전부 먹지 않으면 알지 못하오. 바라건대 술과 고기를 내주시오. 밀감은 입가심으로 먹겠소."

술 다섯 말에 큰 양고기 통구이를 그대로 은쟁반에 담아 내왔다. 좌자는 순식간에 먹어치운 후 아직 부족하다는 얼굴을 하고 있었다.

'이자는 평범한 사람이 아니다.'

이렇게 생각했는지 조조는 상냥한 목소리로 혹여 선술仙術이라도 부리느냐고 물었다.

좌자가 대답했다.

"고향을 떠나 서천 가릉嘉陵을 유랑하다가 아미산峨眉山으로 들어가 도를 닦은 지 30년, 약간의 운체풍신술雲體風身術을 깨닫고 몸을 바꾸고 검을 날려 사람의 목을 취하는 일 등을 지금은 너무도 쉽게 할 수 있게 되었소이다. 그런데 오늘 대왕을 보니 신하로서는 최고의 자리에 올라 이 이상 바랄 것이 없어 보입니다. 어떻소? 여기서 심기일전하여 관직에서 물러나 이 좌자의 제자가 되어 함께 아미산에 들어가 불로장생의 수행을 하지 않겠소?"

"……음, 그것도 일리가 있는 말이군. 그러나 아직 천하는 혼란 속에 있고 조정에서도 나를 대신하여 천자를 보필할 자가 없다. 조야朝野의 안위를 돌보지 않고 혼자만 한가로이 즐기는 것이 내키지 않는구나."

"그 점은 걱정하지 않아도 될 것이오. 유현덕이 천자의 종친이니 그에게 맡기면 대왕께서 계실 때보다 더 만백성은 편안할 것이고 조정도 마음을 놓을 것이오."

조조의 얼굴이 순식간에 분노로 붉어졌다. 지금까지 이렇게 노골적으로 화를 낸 적이 없었다.

"터진 입이라고 잘도 지껄이는구나. 좌자, 네놈이 바로 유현덕의 첩자로구나."

무사들은 다짜고짜 좌자를 묶어 옥에 가뒀다. 수십 명의 옥졸은 교대로 좌자를 고문했다. 심한 고문을 가할 때마다 들려오는 것은 좌자의 웃음소리였다.

"한숨도 재우지 마라."

쇠로 만든 칼을 씌우고 두 발목을 쇠사슬로 묶고 감옥 기둥에 세워서 묶어놓았다.

그런데 잠시 시간이 지나자 기분 좋게 소리 높여 코를 골기 시작했다. 괴이하게 여기며 살펴보니 쇠사슬도 쇠로 만든 칼도 모두 풀어버리고 좌자는 태평하게 누워서 자고 있었다.

조조는 이 소식을 듣고 "먹을 것과 물을 주지 마라."라며 모든 음식을 금지시켰다. 그러나 이레가 지나고 열흘이 지나도 좌자의 혈색은 나빠지기는커녕 오히려 날마다 좋아져만 갔다.

"대체, 너는 사람이냐 귀신이냐?"

결국 옥에서 끌어내 조조가 묻자 좌자는 껄껄 웃으며 대답했다.

"하루에 천 마리의 양을 먹어도 질리는 줄 모르고 10년을 굶어도 결코 배고픈 줄 모르오. 그런 인간을 잡아다가 대왕이 하는 일이란 하늘에 대고 침을 뱉는 것과 다를 바 없소이다."

위 왕궁의 낙성을 축하하기 위해 대연회를 여는 날이 왔다. 각 지방의 맛있는 음식, 산해진미, 없는 것이 없었다. 연회에 온 무인과 백관들이 위 왕궁을 구름처럼 메우고 있었다.

그때 높은 나막신을 신고 등꽃을 관에 꽂은 거지꼴의 노인이 연회 중에 갑자기 나타나 대신들을 둘러보며 거리낌 없이 말했다.

"다들 모였군."

조조는 오늘이야말로 이 수상한 놈을 혼내줌과 동시에 손님들의 좌흥을 돋우어주려는 생각으로 물었다.

"불청객 이놈, 네놈은 오늘 연회에 무엇을 바쳤느냐?"

좌자는 즉시 대답했다.

"계절은 겨울, 진수성찬이 있지만 꽃향기가 없으니 허전하지 않소이까? 좌자는 식탁의 꽃을 바치겠소."

"꽃이라면 모란이 좋겠구나. 당장 거기에 있는 큰 꽃병에 모란을 피워보아라."

"나도 그럴 생각이었소."

좌자는 입에서 물을 뿜었다. 순간 아름다운 모란꽃이 꽃병에 피어났다.

등나무 꽃 관

왕궁의 하객들은 모두 눈을 비볐다. 눈이 잘못된 것인지, 기분 탓인지 의심스러웠던 것이리라. 그때 손님들의 식탁에 요리사가 생선 요리를 올렸다. 좌자가 한번 쳐다보더니 안하무인한 태도로 말했다.

"위왕에게는 일생일대의 대연회라고 해도 좋을 이 자리에 이름도 모를 생선 요리를 내다니 너무 빈약한 것이 아니오? 대왕, 어째서 송강松江의 농어를 대접하지 않는 것이오?"

조조는 얼굴이 붉어져서 손님들에게 변명을 늘어놓았다.

"온주의 밀감이라면 몰라도 농어는 살아 있지 않으면 그 가치가 없다. 어찌 천리나 떨어져 있는 송강에서 농어를 산 채로 가져올 수 있겠나?"

"간단한 일인데."

"좌자, 지나친 농담으로 좌흥을 깨지 마라."

"아니, 정말이오. 낚싯대나 빌려주시오."

좌자는 낚싯대 하나를 들고 난간 밖으로 줄을 늘어뜨렸다. 현무지의 물이 넘칠 듯 일렁이더니 그의 소매가 펄럭일 때마다 커다란 농어가 몇 마리씩 낚여 올라왔다.

"대왕, 송강의 농어가 몇 마리나 필요하시오?"

"좌자, 네놈이 낚은 것은 모두 내가 연못에 풀어놓은 농어다. 그 농어라면 요리사라도 낚을 수 있다."

"거짓말하지 마시오. 송강의 농어는 반드시 아가미가 네 개 있소. 다른 농어는 두 개밖에 없지요. 보시오."

시험삼아 손님이 농어의 아가미를 살펴보니 모두 아가미가 네 개였다. 조조도 손님들도 놀라지 않을 수 없었다. 그러나 조조는 여전히 좌자를 혼내주고 싶었다.

"예로부터 송강의 농어 요리를 먹을 때는 반드시 자아紫芽의 생강을 곁들인다고 했다. 생강은 있느냐?"

좌자는 왼쪽 소매에 손을 넣었다. 그리고 생강을 황금 쟁반에 수북이 쌓았다.

"수상한데?"

조조는 신하에게 쟁반을 가지고 오라고 명했다. 신하가 쟁반을 가지고 왔다. 그러나 어느 틈에 생강은 한 권의 책으로 바뀌어 있었다.

책에는 《맹덕신서孟德新書》라는 제목이 붙어 있었다. 조조는 좌자가 빈정거리고 있다는 것을 깨닫고 화가 치밀었지만, 결국엔 죽이려는 마음을 먹고 있었기 때문에 시치미를 떼고 물어보았다.

"좌자, 이것은 누가 쓴 책이냐?"

"하하하하, 누가 쓴 책일까요? 어차피 대단한 책도 아닐 텐데 뭘."

시험삼아 손에 들고 펼쳐서 보니 자신이 쓴 것과 한 글자, 한 구절도 틀리지 않았기 때문에 마음속으로 이 괴이한 놈을 살려둘 수 없다는 결심이 더욱 굳어졌다.

좌자는 곁으로 다가와 관 위에 있는 구슬을 떼어 술잔 가운데쯤에 선을 긋더니 그 반을 우선 자신이 마신 뒤 조조에게 바쳤다.

조조가 그 술을 한 모금 마셔보고는 마치 맹물 같아서 더는 마시지 못하고 자신도 모르게 잔을 내려놓았다. 울화통이 터지려는 순간 좌자가 손을 내밀어 술잔을 집더니 천장을 향해 내던졌다.

사람들은 눈을 들어 술잔을 보았다. 그런데 놀랍게도 술잔은 한 마리의 흰 비둘기로 변하더니 날개를 퍼덕이며 연회장 안을 날아다니고 있었다. 낮게 날면서 술잔을 쓰러뜨리고 꽃을 넘어뜨리고 손님들의 어깨와 얼굴에 부딪히는 등 연회장 안을 난장판으로 만들었다.

"저거 봐! 저것 좀 봐!"

그 자리에 있는 모든 사람이 이상히 여기며 허둥지둥하는 사이에 좌자는 어느새 사라지고 없었다. 이 사실을 안 조조는 급히 신하들에게 명령했다.

"아뿔싸! 궁문을 닫아라."

그때 외문을 지키는 장수가 보고했다.

"푸른 옷을 입고 등꽃을 관에 꽂은 괴이한 노인은 이미 성 밖 거리를 활보하고 있습니다."

"잡아오너라. 어떤 희생을 치르더라도."

조조는 허저에게 엄하게 명령했다. 허저는 만일의 사태를 대비하여 친위군 중에서도 강병들로 500명을 추려서 좌자를 추격했다.

앞에서 태평스럽게 절뚝거리며 걸어가는 좌자가 보였다. 그런데 아무리 말에 채찍을 가해도 좌자와의 거리는 전혀 좁혀지지 않았다.

이윽고 산기슭에 도착했다.

도저히 따라잡을 수 없을 것 같아 허저는 500명의 부하에게 땀을 비 오듯 쏟으며 명했다.

"화살을 쏴라."

500개의 활시위가 일제히 울었다. 그러나 좌자는 이미 어디론가 사라지고 지상에서 놀고 있는 흰 구름 같은 양 떼만이 있을 뿐이었다.

"분명히 양 떼 사이에 있을 것이다."

허저는 수백 마리의 양을 한 마리도 남기지 않고 때려죽였다.

그리고 돌아오는 도중에 엉엉 울고 있는 동자와 만났다.

"어이, 꼬마야. 왜 그리 슬피 우느냐?"

허저가 묻자 동자는 원망스러운 듯 쳐다보았다.

"내가 기르고 있는 양을 부하들에게 명해서 모두 죽여놓고 뭘 그리 슬퍼하냐고? 멍청한 놈!"

동자는 욕을 하더니 달아나기 시작했다. 한 부하가 동자를 수상히 여겨 뒤에서 화살을 쏘았다. 그러나 아무리 쏘아도 화살은 도중에 힘없이 땅에 떨어졌다. 그러는 사이에 동자는 자신의 집으로 뛰어 들어가 더 큰소리로 울었다.

다음 날 동자의 부모가 왕궁에 사죄하러 왔다.

"어제 저희 집 애가 성에서 나오신 대장께서 양을 죽인 것을 분히 여겨 욕을 하고 달아났다고 들었습니다. 그런데 오늘 아침에 일어나 보니 하룻밤 사이에 죽었던 양이 모두 살아나 평소처럼 목장에서 풀을 뜯고 있었습니다. 신기하기 그지없습니다만 사실이니 철없는 자식의 죄를 사죄하고자 합니다."

오늘 아침에 허저의 보고를 들었는데 또 이런 기괴한 이야기를 들은 것이다. 조조는 오싹해졌다.

"무슨 수를 써서라도 찾아내라. 무슨 수를 써서라도 그놈을 없애야 한다."

왕궁의 화공을 불러 좌자의 초상을 그리게 했다. 그것을 원본으로 삼아 똑같이 베껴 그린 수천 장의 그림이 각지에 배포되었다.

"체포했습니다."

"잡았습니다."

그로부터 사흘도 지나지 않아 각 현과 군에서 400~500명의 좌자가 호송되어 왔다. 왕궁의 감옥은 좌자로 가득 차버렸다. 그중 누구를 봐도 절름발이에다 사시였다. 그리고 등꽃을 관에 꽂고 푸른 옷을 입고 있었다.

"좋다. 일일이 조사하는 것도 귀찮구나."

조조는 남성南城의 연병장에 사악한 것을 타파하기 위한 제단을 만들게 했다. 그리고 양과 멧돼지의 피를 뿌리고 400~500명의 좌자를 줄줄이 묶어서 끌어낸 후 일제히 목을 베어버렸다.

그러자 산처럼 높다랗게 쌓인 시체들 속에서 한 줄기 푸른 기운이 하늘로 올라가더니 허공에 안개처럼 좌자의 모습이 보였다. 좌자는 흰 학을 타고 있었다. 그리고 왕궁 위를 유유히 날다가 손뼉을 치며 외쳤다.

"옥서玉鼠가 금호金虎를 따르면 간웅은 즉시 죽으리라."

조조는 제장에게 구름을 찢으라고 명령하며 활과 철포를 쏘게 했다. 그러자 즉시 광풍이 불기 시작하며 모래가 날리고 돌이 굴렀다. 사람들은 땅에 얼굴을 박고 눈을 가렸다.

이날 태양은 이상하게 새하얗고 구름은 술 취한 자의 눈처럼 붉은빛을 띠고 있었다. 시민들도, 밭을 가는 농부들도 괴이하게 여기며 멍하니 하늘을 바라보고 있었다.

"이것이 대체 무슨 징조란 말이냐?"

그러는 사이에 성 남쪽의 연병장에서 한 줄기 누런 모래 먼지가 일더니 왕궁의 문으로 들어간 것을 본 자가 있다는 것이었다.

나중에 들으니 다음과 같았다.

연병장에 쌓아놓은 400~500구의 시체가 순식간에 모두 벌떡 일어나더니 그것이 한 줄기의 몽기濛氣가 되어 왕궁 안으로 흘러들어갔다고. 이윽고 연못가의 연무당演武堂으로 달려 올라간 수백 명의 좌자와 똑같은 모습을 한 요괴가 괴상한 소리를 지르고 기이한 손짓, 발짓을 하며 약 한 시진 동안이나 미친 듯이 춤을 추었다는 것이다.

대담하기로는 누구도 따라올 수 없다는 위나라의 장수들도 이 모습에는 모두 두려워 떨었고 조조 역시 여러 사람의 부축을 받으며 광풍을 피해 후각後閣으로 갔으나 그날 밤부터 그는 신하에게 이렇게 말하기 시작했다.

"왠지 오한이 난다. 감기 기운 탓인지 입맛이 없구나."

신점

태사승太史丞 허지許芝는 조조가 누워 있는 병실로 불려갔다. 조조는 일어나 있었지만, 왠지 용태가 좋지 않은 듯했다.

"허도에 용한 점쟁이가 없을까? 아무래도 이번 병은 심상치 않군. 점쟁이에게 한번 점을 쳐보고 싶은데."

"대왕, 점을 잘 보는 자라면 허도에서 찾을 것까지 없이 이 근방에도 있습니다만."

"그것참 잘됐군. 이름이 무엇인가?"

"관로管輅라고 하면 신점의 달인으로 세상에 모르는 사람이 없습니다."

"대체 그 점쟁이가 얼마나 신통하기에? 뭔가 들은 것이 없나?"

"많습니다."

허지가 이야기하기 시작했다.

"우선 태생부터 말씀드리겠습니다. 이름은 관로, 자는 공명公明이라 하고 평원平原 사람입니다. 용모는 추하고 풍채도 보잘것없습니다. 술을 좋아하고 성격이 거칠어 특별히 내세울 것이 없는 인간입니다만, 어린 시절부터 신동이라는 말을 들었습니다."

"신동이라. 신동치고 성장해서까지 신동인 사람은 없는데."

"그런데 말입니다. 관로는 지금도 그 명성을 욕되게 하지 않고 있습니다. 여덟아홉 살 무렵부터 천문을 좋아하여 밤에도 별을 보며 생각하고 바람 소리를 듣고 궁리하며 조금 정신이 나간 사람처럼 보였기 때문에 부모의 걱정이 이만저만이 아니었습니다. 급기야 그런 일만 하고 있으니 대체 너는 무엇이 될 생각이냐고 물었더니 관로가 즉각 '집에서 기르는 닭과 들에 사는 백조조차 스스로 때를 알고 비바람을 알고 하늘의 변화를 깨닫습니다. 하물며 만물의 영장이라는 인간이 어찌 천문을 모르고서 인간이라 할 수 있겠습니까?'라고 대답했다고 합니다. 자라면서는 주역을 연구했는데, 열다섯 살이 되자 이미 사방의 학자들도 상대가 되지 않았다고 합니다."

"그런 일은 세상에 얼마든지 있지 않은가. 바로 학구學究(학문을 깊이 연구함)라는 것이네. 게다가 이 학구라는 것은 의외로 학구 외에는 쓸모가 없는 법."

"아니, 관로는 일찍부터 천하를 주유하고 하루에 고서 100권을 읽고 하루에 천 마디 신어新語를 말한다는 사람입니다."

"조금은 학자다운 구석이 있군. 그런데 점은 잘 보나?"

"그것이 참으로 신통합니다. 어느 날 여행 중에 숙소를 구했는데 집주인이 점쟁이인 걸 알아보고 조금 전에 지붕에 산비둘기가 와서 평소와는 다르게 구슬픈 소리로 울고 갔으니 점을 봐달라고 청했습니다. 관로가 점을 본 후 '오시午時에 주인과 친한 사람이 멧돼지 고기와 술을 가지고 올 것이다. 그 사람은 동쪽에서 오는데 이 집에 슬픔을 가져올 것이다.'라고 예언했다고 합니다. 과연 그 시간이 되자 주인의 숙모의 사위 되는 사람이 고기와 술을 선물로 가지고 와서 주인과 마시고 있는 사이에 밤이 되었습니다. 안주가 부족하여 하인에게 닭을 쏘아 잡으라고 명령했습니다. 그런데 노복이 쏜 화살이 이웃집 딸에게 맞는 바람에 큰 소동이 일어났다고 합니다."

조조는 아직 별로 감흥이 이는 얼굴이 아니었다.

허지는 개의치 않고 말을 이었다.

"안평安平 태수 왕기王基가 그 소문을 듣고 자신의 처자식들 중에 아픈 사람이 많다며 그에게 점을 치게 하여 화를 없앤 적도 있습니다. 또 관도館陶의 영令, 제갈원諸葛原은 일부러 그를 초대하여 중신들과 함께 점이 잘 맞는지 시험해본 적도 있었다고 합니다."

"음, 어떤 식으로?"

"우선 제비 알과 벌집과 거미를 세 개의 상자에 넣어 숨기고 점을 치게 한 것입니다. 관로는 점을 쳐서 각각의 상자 위에 답을 썼습니다. '첫 번째는 기를 지니고 있으니 반드시 변할 것이다. 추녀에 의존한다. 자웅이 용모가 비슷하고 날개를 편다. 이것은 제비 알이다. 두 번째는 집이 거꾸로 매달려 있다. 문이 많고 정기를 지니고 있으며 독을 길러 가을에 변한다. 이것은 벌집이다. 세 번째는 다리가 길고 실을 토하며 그물을 짠다. 그물로 먹이를 잡고 이익은 밤에 있다. 이것은 거미다.'라고 하나도 틀림이 없었습니다. 이에 모두 놀라움을 금치 못했다고 합니다."

"……그리고?"

조조는 예화를 계속 듣고 싶어 했다. 병중에 무료했는지 무척 흥미로워했다.

"관로의 고향에 소를 키우는 여자가 있었습니다. 어느 날 소를 도둑맞고 관로를 찾아가 울면서 점을 쳐달라 청했다고 합니다. 그리하여 관로가 점을 친 후 이렇게 말했습니다. '북계北溪의 서쪽으로 가보시오. 도둑이 일곱 명 있을 것이오. 가죽과 고기는 아직 남아 있을 것이오.' 그래서 여자가 가보니 과연 한 채의 초가집에 일곱 남자가 둥글게 앉아 소를 삶아 먹으며 술을 마시고 있었다고 합니다. 즉시 관아의 관리에게 신고하여 일곱 명의 도둑놈은 잡히고 가죽과 고기는 되찾았다고 합니다."

"재미있군. 점이라는 것이 그렇게 잘 맞는단 말인가?"

"지금 말씀드린 소 키우는 여자의 이야기가 태수의 귀에 들어갔습니다. 그래서 관로를 불러 꿩의 깃털과 인장 주머니를 따로따로 상자에 감추고 점을 치게 했더니 이번에도 역시 맞혔다고 합니다."

"으음……."

"그리고 조안趙顏의 이야기는 더 유명합니다. 어느 봄날 저녁 관로가 길을 걷고 있는데 한 미소년이 지나갔습니다. 관로는 사람을 보면 즉시 관상을 보는 버릇이 있었기 때문에 저도 모르게 말하고 말았습니다. '아아, 소년이여. 안타깝도다, 사흘 안에 죽다니.' 일반 사람이 말했다면 장난으로 여겼겠지만, 평판이 자자한 점쟁이의 말이었기 때문에 소년은 울면서 달려가 부친에게 고했습니다. 부친도 창백해져서는 사흘 안에 죽는 일이 없도록 화를 면할 방법이 없는지 관로의 집에 찾아가 울며 매달렸습니다."

"그것이네."

조조는 기다렸다는 듯이 말했다.

"지나간 일이나 상자 안에 숨긴 물건을 맞힌들 사람들에게 무슨 도움이 되겠나? 화를 미연에 막을 수 있는지 없는지, 나는 조금 전부터 그것을 묻고 싶었던 것이네. 그래서 관로는 뭐라고 했나?"

"인명은 즉 천명, 사람이 어찌할 수 없다며 거절했습니다. 그러나 아비와 아들이 울음을 그치지 않자 가엾게 여긴 관로는 결국 가르쳐주고 말았습니다. '좋은 술 한 통과 사슴 고기 말린 것을 가지고 내일 남산南山에 가거라. 그러면 남산의 큰 나무 아래에서 바둑을 두고 있는 두 사람이 있을 것이다. 한 사람은 북쪽을 향해 앉아 있는데 붉은색 옷을 입고 있고 용모도 출중할 것이다. 또 한 사람은 추한 얼굴을 하고 있을 것이나 그 역시 귀인이니 조심스럽게 다가가 술을 바치며 소원을 빌도록 하여라. 단, 관로가 가르쳐줬다는 말은 입 밖에 내서는 안 된다.' 그렇게 단단히 일렀습니다. 다음 날 아비와 미소년은 술과 고기를 가지고 남산으로 갔습니다. 계곡을 5, 6리 헤맨 끝에 나무 아래 바둑을 두고 있는 두 신선을 발견했습니다. 바로 이 사람들이라고 생각하고 조용히 곁으로 다가갔습니다. 두 사람이 바둑에 열을 올리고 있을 때 술을 권했습니다. 두 사람도 기분 좋게 마시며 바둑을 두었습니다. 바둑이 끝날 때쯤 비로소 아비가 원하는 바를 울면서 호소했습니다. 그러자 붉은 옷을 입은 신선도 흰 옷을 입은 신선도 갑자기 소스라치게 놀랐습니다. 이것은 분명 관로의 소행임이 틀림없다며 곤란하다고 중얼거리기는 했지만, 결국 각자 품에서 명부를 꺼내 살펴보며 말했습니다. '이미 인간의 사적인 시주를 받았으니 어쩔 수 없다. 이 소년은 올해 생이 끝나기로 되어 있었지만, 십구十九라는 글자 앞에 구九라는 한 글자를 더 쓰려 하는데 어떤가?' 하고 묻자 다른 한 사람도 웃으며 고개를 끄덕이고 구九라는 글자를 썼습니다. 그러고는 즉시 하늘에서 학을 불러 그것을 타고 날아가 버렸다고 합니다. 나중에 소년의 아비가 관로에게 감사하며 대체 바둑을 두던 두 사람이 누구냐고 묻자 관로가 대답하기를 붉은 옷을 입은 사람은 남두南斗, 흰 옷을 입고 용모가 추한 사람은 북두北斗라고 했다고 합니다. ……어쨌거나 그 덕분에 십구十九세에 죽을 운명이었던 소년이 구십구九十九세까지 수명이 연장되었기 때문에 사람들이 부러워했습니다만, 이 일이 있고 나서 관로는 천기를 인간 세상에 누설한 것은 큰 죄라며 스스로 깊이 뉘우치더니 그 후로는 누가 뭐라고 하든 절대로 점을 치지 않는다고 합니다."

누가 뭐라고 하든 지금은 점을 치지 않는다는 말을 듣자 조조는 갑자기 눈을 반짝이며 말했다.

"불러오너라. 반드시 관로를 위궁으로 데려오너라. 어디에 있는가, 지금은?"

"고향 평원에서 숨어 지내고 있습니다."

"그대가 가서 데리고 오라."

"알겠습니다."

허지는 총총히 물러갔다.

||| 三 |||

관로는 조조의 부름을 단호히 거절했다. 그러나 허지가 여러 차례에 걸쳐 간곡히 부탁하고 위왕의 명령이라는 말에 결국 따라나섰다.

조조는 자기 앞에 불려온 관로를 보고 우선 부탁했다.

"나의 관상을 봐주지 않겠나?"

관로가 웃으며 대답했다.

"대왕께서는 이미 신하로서는 가장 높은 자리에 계시는데 인제 와서 관상을 봐서 무엇하겠습니까?"

"그렇다면 나의 병에 대해 점쳐주게. 혹여 요망한 자의 기운이 나를 감싸고 있지는 않은가?"

조조는 최근에 있었던 좌자의 사건에 대해 자세히 들려주었다. 그러자 관로가 웃으며 말했다.

"그것은 모두 세상에서 말하는 환술이라는 것입니다. 환어幻語를 내뱉고 환기幻氣를 뿜으며 교묘하게 사람들의 마음과 눈을 미혹하며 묘한 거동을 보이지만 실상이 아니니 대왕께서는 마음 쓰실 것 없습니다. 기묘하다고 하기에도 부족하지 않습니까?"

마음이 편안해졌는지 조조의 표정이 밝아졌다. 그가 원래 가지고 있던 지식도 그를 깨우쳤다.

"그런가. 듣고 보니 답답한 기운이 걷히는 기분이 드는군. 그렇다면 잡다한 개인적인 문제를 떠나 더욱 큰 문제에 대해서 묻고 싶네만 대체 앞으로 천하는 어떻게 되겠나?"

"망망한 하늘의 도를 어찌 작은 인간의 지혜로 헤아릴 수 있겠습니까? 묻는 것 자체가 어리석습니다."

관로는 자신의 능력을 과시하지 않았다. 오히려 평범한 사람인 양 그런 대사에 대해 이야기하는 것을 피했다.

그러나 조조는 잡담하듯이 허물없는 태도로 각 주의 형세를 이야기했다. 유비, 손권 등의 화제에 이르러서는 슬쩍 촉과 오의 군비와 병력, 문화의 진전 등에 대해서 묻자 관로도 거기에 이끌려 자신의 견해를 말하며 모든 일을 하늘의 도와 운행의 이치로 판단했다.

조조는 완전히 마음을 빼앗겨버렸다. 그도 천문과 음양학에는 상당한 흥미를 가지고 있었기 때문이다. 관로가 세상의 일반적인 점쟁이가 아님을 알았지만 그럼에도 제안했다.

"그대를 태사관太史官에 임명하여 위궁에 두고 싶은데 어떤가? 나를 위해 일해주지 않겠나?"

관로는 고개를 가로저으며 말했다.

"고맙습니다만 저는 관리가 될 관상이 아닙니다. 이마에 경골眶骨이 없고 눈에 수정守睛이 없고 코에 양주梁柱가 없고 또 다리에 천근天根이 없고 배에는 삼임三壬이 없습니다. 만약 제가 관리가 되면 몸을 망칠 뿐입니다. 차라리 태산에 가서 귀신을 다스리는 편이 나을 것입니다. 살아 있는 사람을 다스릴 그릇이 아닙니다."

"과연 자기 자신을 잘 아는 자다."

조조는 그를 더욱 신뢰하며 물었다.

"사람을 다스릴 만한 자는 어떤 자인가. 예를 들면 내 신하들 중에는 누구와 누가 있는가?"

그러나 관로는 명확하게 대답하지 않았다.

"그것에 대해서는 대왕의 판단이 훨씬 정확할 것입니다."

조조는 또 물었다.

"최근 오의 길흉은?"

"오에서는 유능한 중신이 죽을 것입니다."

"촉은?"

"촉은 병기兵氣가 왕성합니다. 머지않아 다른 나라를 침략할 것이 틀림없습니다."

그리고 얼마 지나지 않아 합비성에서 파발이 도착했다.

"오의 공신 노숙이 병에 걸려 얼마 전에 병사했다고 합니다."

그런데 한중에서 온 사자로부터 들은 첩보에 조조는 더욱 놀랐다.

"촉의 유비가 이미 내치를 튼튼히 하고 드디어 마초와 장비, 두 장수를 선봉으로 삼아 한중으로 진격할 태세를 보이고 있습니다."

관로의 예언은 두 개 다 적중했다. 조조는 즉시 출정 준비를 했다. 그러나 관로가 다시 예언했다.

"내년 이른 봄에 도성 안에서 반드시 화재가 일어날 것입니다. 대왕은 멀리 나가시면 안 됩니다."

조조는 조홍에게 5만 명의 군사를 내주며 출정하게 하고 자신은 업도에 남았다.

정월 보름날 밤

||| 一 |||

한중의 경계를 방비하기 위해 대군을 보낸 후에도 조조는 왠지 마음이 편치 않았다.

관로의 '내년 이른 봄 도성 내에 화재가 일어날 것이다.'라는 예언 때문이었다.

'도성이라고 했으니 물론 업도는 아닐 것이다.'

하후돈을 불러 병사 3만을 내주며 명했다.

"허도로 들어가지 말고 허도의 교외에 주둔하면서 뜻밖의 재난에 대비하라. 또 장사長史 왕필王必을 도성에 머무르게 하고 어림의 병마를 모두 그의 손에 맡기도록 하라."

사마의 중달이 옆에서 눈살을 찌푸렸다.

"왕필을 어림군의 사단장으로 임명하는 것은 좋은 생각이 아닌 듯합니다. 그는 술을 좋아하고 해이하여 자칫 군 통솔에 문제가 생길지도 모릅니다."

"아니, 왕필의 단점은 나도 알고 있으나 그도 오랫동안 내 휘하에서 나와 어려움을 함께하며 충실히 일해온 사람이네. 오늘 어림군의 사단장에 임명해 파견하는 것도 그리 파격적인 인사는 아니라고 보는데."

조조는 이 사람에게도 이런 면이 있나 싶게 관용과 인정을 베풀 줄 아는 일면을 갖추고 있었다. 그의 장점 중 하나였다.

아무튼 명령을 받은 하후돈은 병사들을 이끌고 허도의 교외에 주둔했고, 왕필은 그런 연유로 어림군의 사단장이 되어 날마다 금문과 시가를 경비하며 동화문東華門 밖에 주둔했다.

이는 조조의 입장에서 보면 미연에 재앙을 막는 소극적인 공작에 지나지 않았지만, 황성을 중심으로 그가 위왕을 참칭한 이래 급속도로 격화하던 순수한 조신들에게는 꽤 큰 자극을 주었다.

"근위대의 사령관을 왕필로 바꾸고 도성 외곽에 3만의 병사를 대기시켜놓은 것은 뭔가 꿍꿍이가 있는 게 틀림없어."

"아마도 조조가 바라고 있는 것은 위왕 이상의 자리일지도 몰라. 가까운 시일 안에 불온한 소행으로 한조를 이어 황제가 되겠다는 저의가 틀림없네."

한조의 충신들 사이에서는 벌써 이런 이야기가 돌고 있었다. 그렇지 않아도 조조가 위왕을 칭하고 천자와 같은 거복의장車服儀仗을 사용하는 것을 바라보며 절치액완切齒扼腕(이를 갈고, 팔을 걷어 올리고, 주먹을 쥔다는 뜻으로, 매우 분憤하여 벼르는 모습을 이르는 말)하던 일파의 무리는 좌시할 수 없는 일이라며 서로 은밀히 연락을 주고받고 있었다.

이름은 경기耿紀, 자는 계행季行으로 시중소부侍中少府에서 일하는 사람이 있었다. 그는 늘 조정의 쇠락을 한탄하며 동지 위황韋晃과 피를 나누어 마시고 '언젠가는'이라는 생각으로 때를 기다리고 있었는데 당연히 큰 충격을 받고 은밀히 위황에게 속내를 털어놓았다.

"우리 한조의 구신들이 어찌 조조와 함께 대악大惡을 저지를 수 있겠나."

위황도 말했다.

"앉아서 그 대악을 보고 있을 수만은 없지. 오히려 이번에 그들의 기선을 제압하여 전에 말했던 대사를 도모하는 것이 낫겠네. 그러기 위해 또 한 사람 유력한 동지를 찾았네."

"그거야 잘된 일이네만, 위왕에게 아첨하지 않으면 사람이 아닌 이런 분위기에 그런 사람이 있던가?"

"한나라 김일제金日磾의 후손인 김위金禕라네. 실은 그 김위와 나는 벗 이상의 정으로 교제하고 있네."

"그런 자는 믿을 수 없어."

경기는 실망했을 뿐만 아니라 오히려 동지의 한 사람이 그런 자와 친한 것을 매우 불안해하는 얼굴이었다.

"김위라면 왕필과 친구 사이가 아닌가? 그 왕필은 조조의 심복이네. 자네 혼자 김위를 둘도 없는 친구라고 여기다가는 큰코다칠지도 몰라."

||| 二 |||

"아니, 그 교제라는 것이 의미가 전혀 다르네."

위황은 딱 잘라 말하고는 자신 있게 덧붙였다.

"시험삼아 자네와 내가 김위를 찾아가 그의 마음을 떠보는 것이 가장 좋겠군."

"그렇다면 김위의 뜻을 먼저 시험해보세."

두 사람은 즉시 그의 집으로 갔다. 교외의 한적한 곳에 있는 그의 집은 주인의 풍류와 청초한 생활을 엿볼 수 있는 곳이었다.

"이게 웬일이오? 모처럼 오셨는데 대접할 것이 아무것도 없군. 천천히 차라도 한잔하면서 이야기를 나누지요."

"아니, 오늘은 친구인 경기와 함께 조금 속된 부탁이 있어 온 것이니 시화詩畫 이야기는 나중에 합시다."

"나에게 부탁이라니요?"

"다름이 아니라, 가까운 시일 안에 위왕 조조가 결국 한조의 대통을 스스로 이으려고 하지 않겠소?"

"음…… 그런가요?"

"그렇게 되면 분명 당신도 영직榮職이 올라 고관이 될 것이오. 그때 부디 평소의 친분을 고려하여 우리 두 사람의 자리도 부탁드리겠소."

두 사람이 머리를 숙이자 김위는 아무 말 없이 일어나더니 마침 그때 하인이 내온 차를 쟁반째 들어 정원에 내던져버렸다.

"이런 손님에게는 차를 대접할 필요가 없다."

위황은 화난 기색을 보이며 일어섰고, 경기도 자리를 박차고 일어났다.

"이런 손님이란 무슨 뜻인가? 이런 손님이라니?"

"손님이라고 하기도 역겹다. 어서 돌아가라! 사람이라고 생각해서 손님으로 맞아들였건만, 네놈들은 사람도 아니다!"

"말이 심하군. 아아, 알았다. 자신의 출세가 약속되었으니 이미 고관이 된 양 거드름을 피우며 우리같이 하찮은 자들과는 동석할 수 없다는 말인가? 거참 평소의 친분 따위는 의지할 게 못 되는군. 이보게, 경기. 이런 자에게 자리를 부탁하러 온 것이 잘못이네. 돌아가세."

그러자 이번에는 주인 김위가 나가는 문을 막아섰다.

"멈춰라. 이 벌레 같은 놈들아!"

"벌레 같은 놈들이라니? 이자가 보자 보자 하니까! 너야말로 평소의 친구도 몰라보는 짐승만도 못한 놈이다. 붙잡아도 가야겠으니 비켜라."

"누가 붙잡는다는 것이냐? 그러나 한마디 해둘 말이 있다. 잘 들어라. 애초에 너 같은 자를 심우心友로 여기고 교제한 것은 우리가 서로 한조의 구신이고 또 황제의 오랜 고민과 한조의 쇠락을 한탄하며 언젠가 이 한심한 세상을 다시 세우고 다시 회천回天(형세나 국면을 크게 바꾸어 쇠퇴한 세력을 회복함)의 날을 보기 위한 동지라고 생각했기 때문이다. 그런데 지금 잠자코 듣자 하니 위왕이 조만간 한조의 대통을 빼앗을 날이 가까우니 그때는 좋은 자리를 추천해달라고? ……한조의 신하라는 자가 그런 말을 잘도 지껄이는구나. 듣는 것조차 역겹다. 너희들의 선조는 조조의 부하였느냐? 적어도 역대 한조를 섬겨온 사람들의 후예가 아니냐? 구천의 선조들이 아마도 통곡하고 있을 것이다. 그리고 내가 이렇게 말하는 것에 위로를 받고 있을 것이다. 아아, 할 말을 다 하니 속이 시원하군. 더는 볼일이 없다. 절교다. 뒷문으로 냉큼 꺼지거라."

"……."

경기와 위황 두 사람은 무심코 서로 마주 보았다.

그리고 고개를 끄덕이더니 김위의 좌우로 다가갔다.

"지금 한 말이 진심이오?"

김위는 여전히 분이 가라앉지 않은 듯 비켜서더니 문을 가리켰다.

"당연하지. 진심이 아니고서야 어찌 이런 말을 할 수 있단 말이냐? 자, 딴소리 말고 썩 꺼져라."

||| 드 |||

"조금 전의 무례를 용서하시오. 실은 당신의 마음을 시험해본 것이오. 철석같은 충담忠膽, 변하지 않는 의심義心을 확인했소."

위황과 경기는 이렇게 말하고 그의 발아래 무릎을 꿇었다. 김위는 어안이 벙벙했다.

그때 비로소 두 사람은 의중을 털어놓았다. 지금 평소 품은 뜻을 관철시키지 않으면 결국 조조의 야망은 어려움 없이 실현될 것이라며 앞으로의 형세부터 추론했다.

"우선 조조에 앞서 왕필을 죽여 어림의 병권을 우리가 장악한 후에 촉으로 급사를 보내 유비에게 천자를 도우라는 천자의 말씀을 전한다면 조조를 치는 것도 결코 어려운 일이 아닐 것이오. 모쪼록 당신이 우리 위에 서서 지휘해주시오."

그들은 눈물을 흘리며 진심을 토했다.

김위는 애초에 그들보다 더 깊이 걱정하고 있었기 때문에 서로 손을 잡고 조정을 위해 통곡했다.

"맹세코 국적을 제거합시다."

그들의 분노는 하늘을 찌를 듯했다.

그 후 사람들의 눈을 피해 날마다 김위의 집에 모였다. 어느 날 김위가 두 사람에게 의견을 물었다.

"경들도 알고 있겠지만, 돌아가신 태의 길평에게는 두 아들이 있소. 형을 길막吉邈이라 하고 동생은 길목吉穆이라고 하지요. 아버지 길평은 잘 아시다시피 국구 동승과 도모하여 조조를 제거하려 했으나 오히려 발각되어 조조에게 죽임을 당한 사람이오. 지금 그 형제를 불러 우리의 계획을 이야기한다면 아마도 그들은 분연히 떨치고 일어나 아버지의 원수를 갚으려고 할 것이오. 그리고 반드시 우리 편이 되어 큰 힘이 되어줄 텐데 경들은 어떻게 생각하시오?"

"그렇다면 반드시 불러야지요."

"그럼, 이의가 없는 것으로 알고……."

김위는 즉시 사자를 보냈다.

밤이 되자 젊고 늠름한 두 사내가 찾아왔다. 태의 길평의 두 아들이었다. 조조에게 아버지를 잃고 세상에도 나가지 못한 채 다른 사람들의 도움으로 성장한 이 감수성이 예민한 두 젊은이가 김위와 위황 등으로부터 대사에 대해 듣고 "드디어 때가 왔다."며 감분感奮한 것은 말할 필요도 없다.

그러는 사이에 그해도 저물었다. 정월 보름날 밤은 매년 상원上元의 절기로서 집마다 문에 붉은 등과 푸른 등을 걸고 노인들은 물론 아이들도 놀면서 즐기는 것이 관례였다.

일동은 그날 밤을 결행의 날로 정하고 빈틈없이 준비했다.

순서는 다음과 같다.

동화문에 있는 왕필의 진중에서 불길이 오르는 것을 신호로 안팎에서 일어나 우선 그를 죽이고, 즉시 모여서 궁궐 안으로 달려가 황제를 오봉루五鳳樓로 나가게 한 뒤 그곳으로 백관을 모아 획기적인 선언을 한다. 동시에 황제의 윤지綸旨를 청한다.

한편 길막 형제는 성 밖에서 불을 지르고 다음과 같이 소리친다.

"천자의 칙명에 의해 오늘 밤 국적을 친다. 백성들은 안심하고 오직 조정을 보호하라. 젊은이들은 비단 깃발 아래 모여 하나가 되어 업도로 전진하라. 업도에는 악역무도惡逆無道, 오랫동안 천자를 농락하고 백성들을 괴롭힌 조조가 있다. 촉의 유비도 이미 조조를 치기 위해 서쪽에서 대군을 이끌고 오고 있다. 전진하라. 전진하라. 때를 놓치지 마라."

어림군 외에 민병도 대거 모아 기세를 올리려는 계획이었다.

각자 비밀을 지킬 것을 맹세하고 하늘과 땅에 기도를 드리고 피를 나누어 마셨다. 그날이 왔다. 정월 보름의 황혼 무렵이었다.

경기와 위황은 전날부터 휴가를 받아 각자의 집에 있었다. 집에서 기른 사병에 하인들까지 더하니 400여 명이 되었다. 또 길막 형제도 친족과 일족을 급히 그러모으니 300여 명이 되었다.

"교외로 사냥하러 가겠다."

이렇게 말한 뒤 은밀히 무기를 갖추고 말을 끌어냈다. 그리고 척후를 보내 마을의 분위기를 살피게 했다.

한편 또 한 명, 왕필과 친한 사이인 김위는 그의 초대를 받아 저녁부터 동화문 진영에 나가 있었다.

어림의 불

||| 一 |||

거리는 집집이 걸어놓은 등불과 진마다 피워놓은 화톳불에 물들었고, 사람이 모인 곳, 집이 있는 곳은 오색 빛으로 가득했기 때문에 오늘 정월 대보름 밤, 하늘 위의 달은 더욱 아름다워 보였다.

왕필의 영내에서는 초저녁부터 주연이 열려 장졸은 물론 마구간지기에 이르기까지 악기를 두드리거나 노래를 부르고 춤을 추며 지위의 고하를 막론하고 어울려 즐기고 있었다.

"더는…… 못 마시겠습니다. 이제 슬슬 일어나봐야 할 것 같습니다."

김위는 일부러 취한 척하며 술자리에서 물러나려 했다. 왕필이 눈치 빠르게 그런 그를 보고 말했다.

"평소와는 다르게 너무 이른 것 아닌가? 주연은 이제부터네. 자, 자리로 돌아오게. 여봐라. 김위를 돌려보내서는 아니 될 것이다."

술잔을 잡은 손을 높이 쳐들고 멀리서 소리치고 있는데 그때 영내 두 곳에서 불이 났다는 소식이 전해졌다. 술자리의 분위기는 순식간에 어두워졌다.

"어디냐?"

"무슨 일이야?"

"실화냐? 방화냐?"

"싸움이 난 거겠지."

"아니, 모반자다!"

소란스럽게 떠들던 목소리도 어느새 자욱한 연기에 둘러싸이기 시작했다. 불은 분명히 영내의 뒤쪽과 남문 옆에서 타오르고 있었다.

김위는 언제 사라졌는지 보이지 않았다. 왕필은 필시 적의 계략일 것이라 생각하고 허둥지둥 말에 올라 남문의 불길을 향해 달려가다가 어깨에 화살을 맞고 말에서 굴러떨어졌다. 말은 그대로 연기 속으로 달려가 버렸다.

그때 남문과 서문에서 한 무리의 반란군이 영내로 달려왔다. 왕필을 쏜 것은 그 선두에 선 경기였다. 그런데 경기는 자신이 쏜 적이 설마 왕필이라고는 생각하지 못했다. 왕필은 영내의 더 깊숙한 곳에 있을 줄 알았던 것이다.

"잡병들은 상관 말고 왕필을 잡아라."

경기는 낙마하여 눈앞에 있는 왕필에게는 눈길조차 주지 않고 앞으로 달려가 버렸다.

그 덕분에 왕필은 목숨을 건질 수 있었다. 혼란한 와중에 말을 주워 타고 화염에 휩싸인 남문을 지나 시가로 달아났다. 그는 몇만 명이나 되는 적이 공격해온 것이라고 느낀 것이 틀림없다.

뒤에서 사람들의 검은 그림자가 따라왔다. 그의 부하들이었다. 그러나 그는 그들조차 적으로 의심할 정도로 정신이 없었다.

교외에 있는 하후돈의 진지까지 위급을 고하러 갈 생각이었으나, 길을 잘못 들어 헤매는 동안 어깨에서 많은 피를 흘린 탓에 현기증을 느끼며 더는 말을 타지 못하게 되었다.

'그래. 분명 이 근처에 김위의 집이 있었어…… 김위의 집에서 상처를 치료한 후에 가자.'

비틀거리며 찾아가서 황망히 문을 두드렸다.

그러나 집 안에는 문지기도 없고 하인들도 없는 것 같았다. 잠시 후 대답이 들리더니 안쪽에서 촛불을 든 사람이 다가왔다. 김위의 아내가 직접 문을 열어주러 오고 있는 듯했다.

김위의 아내는 마음속으로 남편이 돌아와 문을 두드리고 있는 것이라고 생각했다. 그녀는 안쪽에서 문의 빗장을 풀며 말했다.

"아, 돌아오셨어요? 금방 열게요……. 왕필의 목은 치셨나요?"

'뭐라고?'

왕필은 소스라치게 놀랐다. 그제야 오늘 밤 반란의 주동자가 김위였다는 사실을 깨달았다.

"아니, 집을 잘못 찾았습니다. 죄송합니다."

그는 말을 마치자마자 급히 달려 이번에는 조휴曹休의 집으로 갔다.

조휴의 부하들은 모두 무장한 채 문밖에 정렬하여 불길을 보면서 주인의 명령을 기다리고 있었다.

"왕필 영감이 피투성이가 되어서 찾아왔습니다."

하인의 말에 조휴는 즉시 그를 만나 자세한 이야기를 듣더니 부하들에게 명했다.

"이번 일은 치밀한 계획하에 벌어진 일이 틀림없다. 즉시 궁중으로 가서 황제의 어좌를 보호하라."

조휴는 그 자리에 있는 일족과 부하들을 이끌고 날아오는 불똥을 뚫고 금문을 향해 달려갔다.

도성 안이건 금문 안이건 불길이 날뛰는 곳에서는 "역적 조조를 죽이고 한실의 복고復古를 도와라."라는 목소리가 들렸다.

또 비장한 외침도 들렸다.

"죽자, 목숨을 버리자. 한조를 위해서."

그러나 조휴를 비롯한 조씨 일족 역시 시가와 금문에서 목숨을 걸고 반란군을 진압하며 궁중을 지키고 있었다.

그러는 사이에 불길이 동화문에서 오봉루로 번지자 황제는 어좌御座를 깊은 궁궐 안으로 옮기고 추이를 관망하고 있었다.

한편 성 밖 5리 지점에 주둔하고 있던 하후돈의 3만 병사들도 "심상치 않은 불길이다. 도성 안에 변고가 생긴 것이 분명하다."라며 벌써 출격해서 속속 도성 안으로 들어왔다.

이렇게 되면 김위, 위황, 경기 등의 계획도 성공을 기대하기는 어려웠다. 무엇보다도 황제를 모셔오기 위해 금문으로 들어가려 했으나 이미 조휴가 지키고 있었고, 왕필을 죽이고 이곳으로 합류하기로 한 김위와 경기 등은 아무리 기다려도 오지 않았다.

당연히 위황은 고전할 수밖에 없었고 이런 실태와 지지부진한 전황을 본 탓에 많은 어림군은 망설이며 비단 깃발 아래 모여 반위왕反魏王, 반조조 일족의 성명聲明을 천명하는 것조차 피했다.

태의 길평의 두 아들, 길막 형제는 민중들에게 격문을 돌리고 거리에서 의병을 규합할 생각으로 종횡무진 활약했으나 순식간에 이곳으로 쇄도한 하후돈의 대군을 만나 잠시도 버티지 못하고 길막과 길목 모두 목숨을 잃고 말았다.

소요는 새벽까지 계속되었다. 그러나 연기가 자욱한 거리에 아침 해가 뜰 무렵에는 하후돈이 보낸 급사와 전황을 고하러 가는 파발마 등이 업도를 향해 잇따라 달려갔다.

"어젯밤 도성을 소란스럽게 한 반란자들은 주모자 이하 대부분을 체포했습니다. 이제 마음 놓으셔도 됩니다."

보고를 들은 조조는 생각했다.

'그렇다면 관로의 예언이 이 일을 말한 것이었구나.'

그와 동시에 조정 내에 깊숙이 숨어 있는 한조 구신파의 뿌리 깊은 결속에 전율을 느끼며 엄히 명했다.

"이참에 뿌리를 뽑아야 한다. 한조의 구신이라는 이름이 붙은 자들은 그 지위 고하를 막론하고 한데 묶어서 업도로 보내라."

물론 그들은 이번 위왕 전복 계획에 실제로 가담하지 않은 자들이었다. 김위를 비롯한 경기 무리와 조금이라도 교류가 있거나 평소의 언행이 수상하다 싶은 자들은 모두 거리로 끌려 나와 목이 잘리고 말았다.

경기는 뒤로 손이 결박당한 채 거리로 끌려가면서 하늘을 노려보며 욕을 퍼부었다고 한다.

"조조야, 조조야. 오늘 살아서 네놈을 죽이지 못했지만 죽어 귀신이 되어서 반드시 수년 안에 네놈을 저승으로 부를 테니 기다리고 있거라."

형장으로 끌려간 위황은 칼로 목을 치려는 순간 "잠깐!" 하고 외치더니 형리를 노려보며 껄껄껄 자조하듯 웃고 나서 말했다.

"원통하다, 원통해. 나의 충심이 하늘에 닿지 못했구나."

그러고는 목에 칼날이 떨어지기도 전에 스스로 머리를 땅바닥에 찧어 이도 두개골도 박살이 나서 죽고 말았다.

김위의 삼족도 모두 죽임을 당했다. 등불 축제가 끝나고 나자 낮에도 어두웠고, 불에 타 연기가 나는 궁문과 궁중의 겨울나무에 모여든 까마귀 소리도 구슬프게 들렸다.

조금이나마 백성들의 마음을 위로한 것은 어림군 대장 왕필이 화살에 맞은 상처로 인해 얼마 후 죽었다는 것뿐이었다.

||| 三 |||

대대로 한조의 신하이며 누대에 걸쳐 조정을 섬겨온 공경公卿이라는 이유만으로 수많은 관료가 수레에 실리고 말에 태워져 마치 유랑민처럼 허도에서 업도로 보내졌다.

업도에 와서 그들은 처음으로 조조의 위 왕궁을 보고 그 화려함과 장대함에 입이 떡 벌어졌다. 그리고 마음속으로 생각했다.

'아아, 이제 도성은 허도가 아니라 업도구나……'

조조는 이런 지저분한 백관들을 그 화려한 위궁의 정원에 세워 놓고 명령했다.

"얼마 전 난이 일어났을 때 너희들 중에는 문을 닫아걸고 그저 벌벌 떨고 있던 자도 있을 것이고 용감하게 나가서 불을 끄기 위해 애쓴 자도 있을 것이다. 일일이 조사하는 것도 귀찮다. 저기에 붉은 깃발과 흰 깃발이 서 있으니 불을 끄러 나간 자는 붉은 깃발 아래 서고, 문을 닫아걸고 나가지 않은 자는 흰 깃발 아래 모여라."

마치 아이들을 다루는 듯했다. 아아, 슬프구나. 아무리 힘이 약해졌다고 해도 조정의 관료들을 이런 식으로 취급하다니, 라고 슬픔의 눈물을 삼키며 분노를 억누르고 있는 자도 있었으나 조금이라도 그런 기색을 보였다가는 당장이라도 목이 날아갈 판이었다.

"······?"

관료들은 모두 좌우를 살피며 어느 쪽으로 갈까 망설이는가 싶더니 뜻밖에도 전체의 8할 정도가 붉은 깃발 아래로 달려가 모였다. 이것은 저마다 이런 심리가 작용했기 때문이리라.

'만약 문을 닫아걸고 나오지 않았다고 하면 태만하다고 책망받을 것이 분명하다. 시내가 소란스러워지는 것과 동시에 불을 끄러 나갔다고 하면 아무 죄도 묻지 않겠지.'

그러나 그 모습을 지켜보던 조조는 무장들에게 큰소리로 명했다.

"좋다. 붉은 깃발 아래 모인 자들은 딴마음이 있는 것으로 봐도 무방하다. 한 명도 남기지 말고 모두 묶어서 장하漳河 기슭으로 끌고 가 목을 쳐라!"

하늘이 무너진 것처럼 놀란 것은 400여 명의 관료였다. 그들은 조조가 있는 곳을 올려다보며 비명을 질렀다.

"저희는 죄가 없습니다. 저희에게 무슨 죄가 있다고 이러십니까?"

"이런 법이 어디 있습니까?"

"무정합니다, 위왕."

그러나 조조는 귀가 없는 사람처럼, 아니 눈물조차 없는 거대한 조각상처럼 장하 쪽을 보고 있을 뿐이었다.

남아 있는 얼마 안 되는 관료, 즉 흰 깃발 아래 서 있던 자들은 허도로 돌려보냈다.

동시에 궁정의 시측侍側, 각원閣員, 내외의 여러 관료 등을 대대적으로 경질했다.

그리고 종요를 상국으로, 화흠을 어사대부로, 조휴를 죽은 왕필 대신 어림군 총독으로 임명했다. 또 후위훈작侯位勳爵 제도를 6등

18급으로 정하고 금인金印, 은인銀印, 귀뉴龜紐, 환뉴鐶紐, 자수紫綬 등의 대법大法을 마음대로 고치거나 그것을 수여하며 거의 모든 일을 조정을 무시하고 위왕의 뜻대로 했다.

따라서 조조 일족이라든가 그 일족에 붙어먹는 사람들의 전횡과 독선, 불공평, 교만함 등은 굳이 말할 필요도 없을 것이다. 조씨와 연줄이 없으면 사람으로 태어나도 사람이 아니라고 모든 사람이 개탄했다.

한편 조조는 관로의 점괘에 깊이 경도되어 있을 뿐만 아니라 감사함조차 느끼는 듯했다.

"정말 잘 맞는군. 그대의 의견을 따르지 않고 내가 한중으로 원정을 갔다면 화는 더 큰 화가 되어 그야말로 하룻밤 사이에는 끌수 없는 대형 화재가 되었을 걸세. 상을 내리겠네. 관로, 무엇이든 원하는 것을 말해보게."

그러나 관로는 이렇게 말하며 아무리 권해도 받지 않았다.

"저에게는 불을 막을 힘도 물을 막을 힘도 없습니다. 대왕이 업도에 머문 것도 하늘이 정한 것입니다. 이렇게 생각하면 제가 대왕께 은작을 받을 이유가 전혀 없습니다. 감사합니다만 사양하겠습니다."

적진 앞에서 맛 좋은 술을 마시다

||| 一 |||

지금 사천의 파서巴西와 하변下弁 지방은 전쟁의 기운이 팽배한 가운데 구름은 바람을 안고 짐승들도 숨을 죽이고 있었다.

위군 5만 명은 한중에서 촉과의 접경으로 나가 그 주변의 험지에 안개처럼 밀집해서 "한 치의 땅도 내줄 수 없다!"며 으르렁거리고 있었다.

정면에 있는 적은 마초였다. 마초는 하변 방면에서, 장비는 파서에서 한중을 치기 위해 와 있었다.

위군의 총대장은 조홍이었고 그 아래가 장합이었는데, 병력과 장비에서는 위군이 압도적으로 우세해 보였다.

서전은 위의 주력과 마초의 부하인 오란吳蘭, 임쌍任雙의 병사들 사이에서 시작되었는데 임쌍은 죽고 오란은 패주했다.

"어째서 적을 가볍게 보았느냐! 이후로는 지키기만 하고 함부로 움직이지 마라."

마초는 오란의 경솔함을 호되게 나무랐다. 그는 위군이 강하다는 것을 뼈에 사무칠 정도로 잘 알고 있었다.

조홍은 수상히 여겼다.

"무슨 일이지? 아무리 공격해도 마초가 움직이질 않는군. 저 날쌔고 사나운 자가 움직이지 않는 것은 무슨 꿍꿍이가 있는 게 틀림없다."

조홍은 서전의 승리로 인해 자만에 빠져 나중에 실수하는 일이 없도록 신중을 기해 일단 남정南鄭까지 병력을 후퇴시켰다.

장합은 불만스러운 표정을 지었다.

"장군, 어째서 승리의 여세를 몰아 공격하지 않으시고 후퇴하는 것입니까?"

"도성을 떠나올 때 관로에게 점을 보았는데 그가 말하기를 이번 전장에서 대장 한 명을 잃을 것이라고 했네. 그래서 신중을 기해 작전을 펴는 걸세."

"아하하하. 참으로 의외의 말씀을 하시는군요. 각하의 연세도 쉰에 가까운데 점괘 따위에 마음을 빼앗기다니. 게다가 귀신도 피한다는 장군이 아니십니까? 아하하하. 개개인마다 약한 부분이 있나봅니다."

그러고 나서 잠시 후 장합이 다시 말했다.

"저에게 병사 3만 명만 내어주십시오. 파촉 방면에서 뻔뻔스럽게 대가리를 처든 장비의 군대를 제가 일격에 깨부수어 후환을 없애겠습니다."

조홍은 그가 장비를 업신여기는 모습을 보고 오히려 위험하다는 생각이 들어 허락하지 않았다.

"쉽게 볼 일이 아니네."

그러나 장합은 자신만만해서 비아냥거리는 말투를 섞어가며 끈질기게 요청했다.

"사람들이 모두 장비를 몹시 두려워하고 있습니다만, 제게는 어린아이 정도로밖에는 보이지 않습니다. 만약 장군께서 조금이라도 그를 두려워하는 모습을 보이면 사졸들까지도 장비의 이름만 듣고도 진다고 단정해버릴 것입니다. 그래도 되겠습니까?"

장합이 그렇게까지 말하니 조홍도 자신이 직접 나가서 싸우지 않는 한 그의 요청을 들어줄 수밖에 없었다.

"말은 그렇게 하지만 만약 귀공이 진다면 어쩔 셈인가?"

"걱정하지 마십시오. 만약 장비를 생포해오지 못한다면 군법에 따라 어떤 벌이든 달게 받겠습니다."

"좋아. 그렇다면 군서장軍誓狀을 쓰게."

"물론입니다. 어떤 서약서라도 쓰겠습니다."

결국 장합은 3만 명의 병사를 받았다. 자신이 총지휘관이 되어 뜻대로 작전을 펴서 싸워보고 싶었던 것이다. 그는 의기양양하게 파서로 향했다.

파서 방면에서 낭중閬中(중경의 북방) 일대는 산세가 모두 험하고 골짜기가 깊다. 험준한 봉우리는 하늘을 찌를 듯이 늘어서 있고, 수림樹林은 천길 아래에 매몰되어 대체 어디에 진을 치고 어디로 병마가 나아가야 할지 분별하기 어려운 지세뿐이었다.

장합은 이곳에 세 군데로 나눠 진지를 구축했다. 아니, 이 천혜의 험지에 둥지를 틀듯이 깊숙이 틀어박혔다. 제1진을 탕거채宕渠寨라 부르고, 제2진을 몽두채蒙頭寨라고 칭했으며, 제3진을 탕석채蕩石寨라고 했다.

"자, 어떠냐? 적들도 보아라."

우선 자신의 포진을 뽐내며 병력을 반으로 나누어 절반인 1만 5,000명을 이끌고 몸소 파서 부근까지 나아갔다.

장비는 부하의 의견을 구했다.

"어떤가, 뇌동雷同. 적군이 온 모양인데."

"장합이라는 자가 왔다고 합니다."

"1만 5,000명. 개미처럼 짓밟아버리고 싶구나. 지키며 싸우는 것이 낫겠나, 아니면 나가서 싸우는 것이 낫겠나?"

"지세가 험한 곳이니 나가서 허를 찌르는 편이 재미있을지도 모릅니다."

"좋다. 출진이다."

장비와 뇌동은 각각 5,000명의 병사를 이끌고 파서를 떠났다. 이 두 부대와 장합의 병사들은 낭중의 북쪽 30리 지점의 산간에서 약속이나 한 듯이 만났다.

"장합이 저기 있다."

장비는 사자를 몰듯이 말을 몰아 계곡과 산간에 있는 적들을 짓밟기 시작했다.

예상치 못한 적들과 부딪친 장합은 봉우리와 계곡에서 들리는 엄청난 함성에 걱정되기 시작했다. 돌아보니 뒤쪽 산에도 촉의 깃발이 서 있고, 맞은편 아래에도 촉의 깃발이 보였다. 그는 퇴로에 위험을 느꼈다.

그러나 이런 생각이 들었을 때 전군은 이미 지리멸렬支離滅裂 상태였다. 아니, 장합조차 "이놈, 게 섰거라!"라고 소리치며 쫓아오는 장비를 피해 달아나고 있었다. 불과 얼마 전에 조홍 앞에서 큰 소리를 쳤던 일은 까맣게 잊은 듯했다. 게다가 장비가 술친구라도 부르듯이 느긋하게 부르는 소리가 오히려 기분 나쁘게 들렸다.

"퇴각, 퇴각하라. 일단 퇴각하라."

부하들에게도 후퇴하라는 말밖에는 할 말이 없었다. 그리고 촉의 깃발이 보이는 산은 피해 돌아갔지만, 그것은 모두 속임수에 지나지 않았다는 것을 나중에야 알았다. 앞서 간 뇌동이 부하들을 산으로 올려보내 곳곳에 깃발만 꽂도록 했던 것이다.

그러나 그 사실을 알았을 때는 이미 늦었다. 한번 무너진 진형은 바로 다시 세울 수가 없었다. 특히 험한 산악 지대에서는.

"진채의 문을 닫아라."

간신히 당도한 제1진의 탕거채 안으로 아군을 들여보낸 후 그는 암굴 문을 굳게 닫고 계곡의 책문을 철통같이 지키며 절벽의 성에 깊숙이 숨어 "싸우지 말 것."을 명했다.

장비도 건너편 산까지 와서 산진山陣을 펴고 언제든지 덤비라는 태세를 취했다.

그러나 장합은 절대로 싸우려 하지 않았다. 이쪽 산진에서 손그늘을 만들어 건너다보니 매일 탕거채의 높은 곳에 올라 멍석을 펴고 유막의 부하들과 피리를 불고 북을 치며 술판을 벌이고 있을 뿐이었다.

"무슨 짓거리야?"

장비는 어이없는 표정으로 그들의 행태를 멀리서 보고 있었다.

"이봐, 뇌동. 보았는가?"

"분통이 터지는군요, 대장."

"한번 혼내주고 와라. 그러나 저런 모습을 과시할 때는 적에게도 분명 계책이 있을 것이니 신중을 기하도록."

"명심하겠습니다."

뇌동은 한 무리의 병사들을 이끌고 맞은편 산 아래로 돌격했다. 그리고 소리 높여 장합과 위군들에게 욕을 퍼붓기 시작했다.

"안 되겠다. 아무 반응도 보이지 않는구나. 나중에 다시 오자."

쓸데없이 입만 아팠다. 적은 싸우지 않겠다는 철칙을 굳게 지키고 있었다.

다음 날도 가서 욕을 퍼부었다.

전날보다 더 심하게 장합을 모욕했다. 그러나 벙어리처럼 탕거채에서는 이렇다 저렇다 아무 대꾸도 없었다.

"공격하라! 올라가서 공격하라!"

끝내 부아가 치민 뇌동은 우선 계곡을 건너 바깥 책문에 도착해서 그곳을 짓밟아 부수고는 함성을 지르며 산을 오르기 시작했다.

그때 산이 무너질 듯한 엄청난 굉음이 들리더니 통나무와 바위, 화살, 석철포 등이 기다렸다는 듯이 쏟아져 내렸다. 촉군 수백 명이 목숨을 잃었다. 전날의 승리가 이날의 패배로 상쇄되자 전투는 소강상태에 들어갔고, 양군은 다시 산과 산에서 대치하게 되었다.

||| 三 |||

장비는 마음이 몹시 불편했다. 이렇게 된 이상 자신이 직접 나서야겠다고 생각하고 다음 날 부하들을 이끌고 맞은편 산 아래로 갔다. 그리고 뇌동에게 명했던 것처럼 자신 역시 소리 높여 온갖 욕설을 퍼부었다.

장비의 욕설은 뇌동과는 비교가 되지 않을 정도로 신랄하기 그지없었으나 여전히 적은 침묵으로 일관했다.

"적도 보통이 아니다. 잘도 참는군. 이래서는 담벼락에 침 뱉기고, 소귀에 경 읽기야. ……아무 소용이 없겠어. 좀 더 상황을 지켜보자."

장비는 맥이 빠져 산채로 돌아왔다.

며칠 뒤 무슨 일인지 이번에는 장합의 진영에서 장비 쪽 산을 향해 욕설을 퍼붓기 시작했다. 뇌동은 이 모습을 보며 이를 갈았다.

"참으로 얄미운 놈들이군. 이렇게 된 이상 단번에……."

붉으락푸르락 씩씩거리는 뇌동을 장비가 제지했다.

"지금 우리가 움직이면 보기 좋게 적의 술수에 빠지게 될 것이다. 잠시 기다려라."

그러나 이런 상태가 50여 일 이상 계속되자 부하 병사들도 편하지 않았다. 불온한 조짐조차 보이기 시작했기 때문에 장비는 한 가지 계책을 생각해내고 산을 내려가 적진 앞에 진을 쳤다. 그리고 거기로 술을 가져오게 하여 부하들과 함께 잔치를 벌였다. 장비는 만취해서 산 위에 대고 전보다 더 심하게 욕을 퍼부었다. 기분이 좋아진 부하들도 큰소리로 장비의 목소리에 맞춰 욕을 퍼부었다.

장합은 이런 모습을 보고 명령을 내렸다.

"장비가 마침내 자포자기한 모양이구나. 절대 공격하지 마라."

그리하여 산중은 오히려 더 조용해졌다.

성도에 있는 유비는 상황이 어찌됐는지 걱정되어 장비에게 사자를 보냈다.

이윽고 돌아온 사자가 다음과 같이 보고했다.

"장비 군은 낭중의 북방에서 장합의 군대와 대치한 지 50여 일이 지났습니다만 아무리 싸움을 걸어도 장합은 나와서 싸우지를 않고 있습니다. 그래서 장 장군은 적을 속인다는 핑계로 산을 내려가 적 앞에 진을 치고 매일 술을 마시며 적에게 욕을 퍼붓고 있습니다."

유비는 놀라서 즉시 공명을 불러 물었다.

"장비의 나쁜 버릇이 또 나온 모양인데 어찌하면 좋겠소?"

자세한 이야기를 들은 공명은 껄껄 웃으며 대답했다.

"낭중에는 아마도 맛있는 술이 없을 것입니다. 성도에 있는 미주美酒를 모아 50통 정도 수레에 실어서 즉시 장 장군에게 보내심이 어떻겠습니까?"

"당치도 않소. 장비는 지금까지 술 때문에 이런저런 실수를 저질렀소. 그런데 성도의 미주를 보내라니 이해하기 어렵군요. 그는 미주에 취해 결국 장합에게 당하고 말 것이오."

유비는 흥분을 감추지 못했다.

공명은 다시 웃으며 말했다.

"주군께서는 장 장군과 꽤 오랫동안 형제처럼 지내시면서도 그의 진정한 마음을 아직 모르시는 듯합니다. 장 장군이 촉에 들어오기 전에 엄안을 우리 편으로 만든 일을 기억하고 계실 것입니다. 당시의 계략은 단순한 용맹함만으로는 생각할 수 없는 일이었습니다. 지금 탕거채 앞에서 장합과 50여 일 동안 대치하다가 최근 들어 술을 마시며 장합에게 욕을 퍼붓고 있습니다만 이런 방약무인한 모습은 그의 본심이 아닐 것입니다."

공명은 유비를 응시하며 힘주어 말했다.

"반드시 장합을 속이기 위한 심오한 계책이 있다고 믿습니다. 즉시 미주를 보내시는 것이 좋을 듯합니다."

유비는 고개를 끄덕이며 "그렇게는 생각하지만 아무래도 불안

해서 원. 군사의 말에 따라 위연을 파견하여 미주를 보냅시다."라
고 공명의 의견에 따랐다.

공명은 유비의 명령을 받고 위연을 불러 명했다.

"성도의 명주 50통을 즉시 조달하시오."

위연은 무슨 일인가 싶어 의아하게 여기면서도 즉시 술을 모아
공명에게 보이니 공명은 황색 깃발에 '진전공용미주陣前公用美酒'
라고 쓰게 한 후 명했다.

"이 술을 석 대의 수레에 싣고 즉시 탕거의 진에 있는 장 장군에
게 전하시오. 어서 가시오."

위연은 즉시 출발했다.

길가의 주민들은 이 이상한 수레를 보고 눈이 휘둥그레져서는
무슨 경사스러운 일이 있는 것이 아니냐며 수군댔다.

탕거의 진에 도착한 위연으로부터 이 선물을 받은 장비는 크게
기뻐하며 술통을 받았다.

"우리 작전이 이것으로 틀림없이 성공할 것이다."

장비는 위연과 뇌동을 불러 명했다.

"위연은 나의 우익에 뇌동은 좌익에 진을 쳐라. 붉은 깃발을 흔
드는 것을 신호로 전력을 다해 공격하러 나가라."

술을 받은 장비는 안주를 모아 전보다 더 성대한 잔치를 열었
다. 오랜 원정으로 마시고 싶어도 마시지 못했던 성도의 명주. 잔
치는 활기를 띠고 웃음소리는 산간을 울렸다.

이 광경을 빠짐없이 본 장합의 파수병은 즉시 이 사실을 장합에

게 보고했다.

"별일도 다 있구나. 어디 한번 볼까?"

장합은 산 위로 올라가 멀리 떨어진 장비의 진영을 보니 장비가 중군에 진을 치고 앉아 술을 마시고 있는 모습이 보였다. 그리고 두 명의 동자에게 씨름을 시켜놓고는 구경하며 즐거워하고 있었다.

적과의 대치가 길어지고 있고, 마음도 슬슬 불안해지기 시작한 장합은 생각했다.

'장비 이놈이 우쭐해져서 우리를 깔보고 있구나. 좋다. 오늘 밤 산을 내려가 단숨에 적진을 짓밟아 따끔한 맛을 보여주마.'

장합은 몽두채와 탕석채에 있는 두 장수에게 전투 준비를 하라고 명했다. 그리고 이 두 사람을 좌익과 우익으로 삼고 밝은 달빛을 이용해 산을 내려가 장비의 진영으로 돌진했다.

적진에 가까이 가서 바라보니 장비는 여전히 술을 마시고 있었다.

"돌격하라!"

명령과 함께 두 편으로 나뉘어 있던 병력은 함성을 지르고 북과 징을 치며 돌격했다.

장합은 장비를 향해 오늘 밤에는 반드시 없애고 말겠다는 각오로 말을 달려 돌진했지만, 곤드레만드레 정신이 없는지 장비는 꼼짝도 하지 않았다.

"이얍!"

장합은 달려들어 창으로 장비의 몸을 꿰뚫었다. 그러나 창을 통해 느껴지는 감촉에 깜짝 놀랐다. 분명 장비라고 생각했던 것은 사람이 아니라 풀로 만든 인형이었다.

"아뿔싸!"

초조해하는 기색을 보이며 뒤로 물러나려 하자 갑자기 철포가 울렸다. 그와 동시에 대장 한 명을 선두로 한 무리의 병사들이 길을 막아섰다.

선두의 대장을 보니 호랑이 수염을 곤두세우고 눈은 거울에 붉은색을 쏟아부은 것 같았으며 목소리는 천둥과도 같았다.

"야, 장합. 그 유명한 연인 장비가 여기 있다. 덤벼라."

장비는 장팔사모를 휘두르며 놀란 장합에게 덤벼들었다.

장합도 순간적으로 이를 받아내고 필사적으로 겨루기를 40~50합. 그러는 사이에 좌우에 있던 뇌동과 위연의 병사들도 각각 몽두와 탕석의 두 부대와 싸워 순식간에 이들을 쫓아버렸다.

아군이 무너지는 것을 보며 장합은 여전히 장비를 상대로 싸우고 있었지만, 그러는 사이에 산 위에서는 불길이 치솟고 기세가 오른 촉군은 점점 병력이 늘어나서 주위가 모두 적으로 둘러싸이는 것을 알 수 있었다.

게다가 이미 퇴로도 끊긴 듯 이대로 가다가는 목숨이 위태롭다고 느꼈다. 그는 빈틈을 노려 말에 채찍을 가해 달아났다.

장비는 여세를 몰아 전군에게 추격하라고 명령하면서 자신도 온 힘을 다해 돌진했다.

패장

||| 一 |||

장비의 병사들은 무시무시한 기세로 진격했다. 위연과 뇌동을 양날개로 삼은 태세도 좋았다. 도망치는 적을 추격하여 베고 짓밟으며 곳곳에서 개가를 올렸다.

장합이 자신만만하게 여긴 세 곳의 진영은 순식간에 무너졌고, 3만여 명의 병력도 결국 1만여 명으로 줄었다. 장합은 간신히 와구관瓦口關까지 달아났다.

통쾌하기 그지없는 전투는 장비의 울적함을 단번에 날려버렸다. 그는 즉시 성도에 있는 유비에게 사자를 보냈다.

유비는 뛸 듯이 기뻐하며 말했다.

"공명의 지혜와 깊은 헤아림이 정말 대단하군. 생각지도 못한 낭중의 승전보가 참으로 기쁘기 그지없구나."

와구관까지 달아난 장합은 비명을 지르며 조홍에게 도움을 청했다. 조홍은 보고를 받고 불같이 화를 내며 준열하게 명령을 내렸다.

"장합이 나의 명령을 듣지 않고 경솔하게 전투를 벌여 요해를 빼앗겼다. 지금 우리에게는 보낼 병사가 없으니 무슨 수를 쓰든 역습을 감행하여 원래의 본진을 되찾아라."

조홍이 화를 냈다는 소식을 들은 장합은 몹시 놀랐다. 그리고 동시에 두려움도 느끼며 새로운 작전을 세웠다. 우선 잔병을 모아 두 부대로 나누어 와구관 앞에 매복시키고 본진은 퇴각한 것처럼 꾸미면 장비가 반드시 쫓아올 테니 그때 일제히 공격해서 적의 퇴로를 차단한다는 계획이었다. 작전 대로만 되면 지난번의 패배를 만회할 수 있을 것이다.

"모두들 방심하지 마라."

장합은 엄명을 내린 후 직접 일개 부대를 이끌고 적군 앞으로 나아갔다. 이것을 본 측의 대장 뇌동이 말을 타고 장합에게 달려들었다.

장합은 뇌동과 2, 3합 싸우다가 작전대로 도망치기 시작했다. 뇌동이 사납게 날뛰며 놓치지 않겠다는 듯 쫓아오는 모습에 장합은 속으로 쾌재를 부르며 때를 헤아려 신호하자 복병이 일제히 일어나 뇌동의 퇴로를 끊었다.

"속았구나!"

뇌동은 눈치채고 말을 돌리려 했으나 느닷없이 덤벼든 장합에게 목숨을 잃고 말았다.

이 모습을 본 장비는 불같이 화를 내며 말을 달려 장합에게 다가갔다. 계략에 성공한 장합은 장비와 잠시 싸우다가 도망치는 척하며 장비를 유인하려 했으나 이번에는 이 계략이 먹히지 않았다. 장비가 쫓아오지 않았던 것이다. 할 수 없이 장합은 돌아가서 장비와 맞서 싸우며 조금이라도 유인하려고 애썼지만, 장비는 끝까지 선을 넘어 쫓아오지 않고 결국 말 머리를 돌려 본진으로 돌아가 버렸다.

본진으로 돌아온 장비는 즉시 위연을 불러 말했다.

"장합이 계책을 써서 복병을 숨겨놓고 뇌동을 끌어들여 죽이고 말았네. 지금 뇌동의 원수를 갚기 위해 싸웠으나 적에게 계략이 있는 것을 알고 돌아왔네. 적의 계책에는 계책으로 대응해야 한다고 생각하는데."

"그렇다면 그 계책이란 무엇입니까?"

동지를 잃은 위연은 노기를 띠며 물었다.

"음, 나는 일군을 이끌고 내일 또 정면에서 장합에게 싸움을 걸겠으니 그대는 정예병을 뽑아 두 패로 나눠서 산간에 매복시켜놓게. 적의 복병이 내가 적진 깊숙이 들어간 틈을 노려 나의 퇴로를 끊으려 할 때 한 패는 적의 복병을 공격하고 나머지 한 패는 수레에 건초를 산처럼 쌓아 길을 막고 불을 지르게. 장합을 사로잡아 무슨 일이 있어도 뇌동의 원수를 갚아줘야지."

위연은 기뻐하며 즉시 정예병을 뽑아 준비하기 시작했다.

다음 날 장비는 당당하게 군대를 진격시켜 위군의 정면을 공격했다.

장합은 이 모습을 보고 혼나고 싶어서 왔냐는 듯이 몸소 말을 타고 나가 10합 정도를 싸우다 달아났다. 그런데 쫓아오지 않을 것이라고 생각했던 장비가 병사들과 함께 쫓아오기 시작했다. 장합은 속으로 쾌재를 부르며 복병을 배치해놓은 산허리까지 도망쳤다. 이곳은 외길이었다. 퇴로를 끊으면 적의 목덜미를 잡은 것이나 다름없었다.

"됐어."

장합은 가쁜 숨을 몰아쉬며 말 머리를 돌려 쫓아오는 장비 군을 향해 단번에 역습 태세를 취했다.

||| 二 |||

뇌동을 죽인 후라 전군은 사기가 높았다. 오늘의 목표는 장비였다. 장합의 명령은 전군에 하달되었다.

복병들도 본군과 의기투합해서 즉시 좌우 양쪽에서 일어나 장비의 후방을 차단하려 했으나 난데없이 눈앞에 촉나라 병사들이 나타났다. 거꾸로 허를 찔린 장합의 병사들은 순식간에 혼란에 빠졌고, 적의 무자비한 공격에 골짜기 안으로 쫓겨 들어갔다.

게다가 건초를 쌓아놓은 수레로 좁은 길을 막고 그것에 일제히 불을 붙였기 때문에 하늘로 치솟은 불길은 풀과 나무로 옮겨붙었고 검은 연기는 땅을 덮었다. 장합의 병사들은 산속으로 도망쳤지만, 산림지대였기 때문에 결국 한 사람도 남지 않고 불에 타죽고 말았다.

이 전투는 시종일관 장비 군의 압도적인 우세 속에서 진행되었다. 장합은 얼마 남지 않은 패잔병을 모아 간신히 와구관으로 도망가 황급히 문을 걸어 잠그고 그곳만이라도 사수하기 위해 총력을 다했다.

위연을 이끌고 추격해온 장비는 와구관도 무너뜨리기 위해 수일에 걸쳐 공격했으나 과연 와구관이었다. 요해는 견고했고, 또 지세가 너무 거칠고 험해서 그 어떤 공격도 먹히지 않았다.

장비는 정면 공격을 포기하고 20리 후방으로 물러나 진을 치고 직접 병사들을 뽑아 그들을 이끌고 산길 정찰에 나섰다.

어느 날 장비는 농부로 보이는 남녀 몇 명이 등에 짐을 지고 덩굴에 매달려 산을 넘는 모습을 보았다.

장비는 그 모습을 보고 위연을 불러 말 위에서 채찍을 들어 가리키며 확신에 차서 말했다.

"위연, 저들을 보았나? 와구관을 깨뜨릴 계책을 저 농부들이 가르쳐주었네. 저 방법 외에는 없을 거야."

위연은 장비의 말이 이해되지 않는 듯했다.

"……."

그는 멀리 산 위로 사라져가는 사람들을 바라볼 뿐이었다.

"누가 즉시 저 농부들을 쫓아가서 놀라게 하지 말고 이곳으로 데리고 오너라."

장비가 명령했다.

이윽고 병사들이 여섯 명의 농부들을 데리고 왔다. 젊은이도 있고 노인도 있었는데, 그들은 두려움에 머리를 조아렸다.

장비는 조용히 그리고 되도록 상냥하게 물었다.

"너희들은 어째서 이런 험한 길로 산을 넘으려 하는 것이냐?"

나이가 들어 보이는 농부가 약간 주저하는 기색을 보이며 대답했다.

"네. 저희는 모두 한중 사람들입니다. 지금 고향으로 돌아가려고 여기까지 왔습니다. 그런데 큰길에서 격렬한 전투가 벌어졌다고 들었기 때문에 창계蒼溪를 지나 재동산梓潼山의 회근천檜釿川에서 한중으로 갈 생각으로 이 산길을 가고 있었던 것입니다."

"음."

장비는 고개를 크게 끄덕이며 다시 물었다.

"이 길은 와구관과 얼마나 떨어져 있느냐?"

"그렇게 멀지 않습니다. 재동산의 샛길은 와구관 뒤로 연결됩니다."

노인은 분명히 대답했다. 이 대답을 듣고 장비는 몹시 기뻐하며 백성들을 본진으로 데리고 가 각각 상을 내리고 술을 대접했다.

장비는 위연을 불러 말했다.

"즉시 병사를 이끌고 와구관의 정면을 공격하라. 나는 저 농부들을 길잡이로 삼아 정병 500명을 이끌고 샛길로 가서 적의 배후로 돌아 단번에 장합 군의 잔병들을 몰살시키겠다."

장비는 위연과 와구관에서 만나기로 약속하고 즉시 병사들을 이끌고 좌우로 헤어졌다.

여러 번에 걸친 적의 공격에도 견고한 와구관은 꿈쩍도 하지 않았다. 장합은 이 와구관에서 무사히 지내고 있었지만, 원군이 오지 않는 한 여기에서 한 발짝도 움직일 수 없었기 때문에 오직 원군이 오기만을 학수고대했다.

그러나 아무리 기다려도 원군은 올 기색이 보이지 않았다.

날이 지날수록 마음만 더욱 불안해질 뿐이었다. 사방으로 척후병을 보내 원군이 온다는 보고만을 기다리고 있었다.

"지금 와구관의 정면으로 군마가 다가오고 있습니다."

척후병이 보고했다.

"뭐? 원군인가?"

"확실히는 모르겠습니다만 위연의 병사들인 듯합니다."

"뭐라고?"

장합은 안색이 변했으나 위연 군이 아무리 공격해도 지난날의 후회를 다시 맛볼 뿐이라며 애써 침착하게 말했다.

"다가오는 것이 적이라면 와구관의 방비를 더욱 철저히 하라. 그리고 병사들 일부는 나와 함께 간다. 견고한 누대를 방패 삼아 다시 한번 일격을 가한다."

위연의 병사들과 일전을 치르기 위해 몸소 와구관을 나가 공격하려 했다. 그때 와구관의 배후에서 불길이 오르더니 순식간에 번져 나갔다.

그 연기를 헤치고 사자가 달려와 장합에게 보고했다.

"소속이 불분명한 병사들이 갑자기 불을 지르며 배후에서 공격해와 와구관의 병사들이 갈팡질팡하고 있습니다."

장합은 말 머리를 돌려 와구관으로 돌아가 적이 누구인지 보니 깃발과 함께 말 위에 앉아 있는 자는 바로 장비였다.

장합의 안색이 순식간에 창백해졌다. 싸우고자 하는 마음은 이미 사라지고 없었다. 그가 할 수 있는 일이라고는 도망치는 것뿐이었다.

와구관 옆의 좁은 샛길을 향해 말을 달렸다. 간신히 걸어서 통과할 수 있는 좁은 길에는 바위와 돌이 많아 말은 말굽을 다치고 미끄러져서 생각대로 움직일 수 없었다. 초조해진 장합은 연신 채찍을 휘둘렀다.

장비는 그런 그를 놓치지 않겠다는 듯이 뒤쫓아왔다.

장합은 결국 말을 버리고 나무뿌리에 매달리고 바위에 달라붙으며 상처투성이가 되어 죽을 둥 살 둥 달아났다.

겨우 추격권에서 벗어나 주위를 둘러보니 목숨을 건진 자는 불과 열네댓 명 정도였다. 간신히 남정에 도착했을 때는 자신이 생각하기에도 딱한 모습이었다.

조홍은 장합이 패전했다는 소식을 듣고 불같이 화를 내며 말했다.

"내가 몇 번이나 나가지 말라고 명령을 내렸건만 네놈은 마음대로 군령장을 쓰고 불필요한 전투를 했을 뿐만 아니라 패전을 거듭하여 귀중한 병사 3만을 잃었다. 게다가 혼자서만 살아서 돌아오다니 그러고도 네가 장수라 할 수 있느냐? 이놈을 당장 끌어내어 목을 베어 그 죗값을 치르게 하라."

조홍의 말에 태원太原 양흥陽興 출신으로 행군사마行軍司馬의 관직에 있는 이름은 곽회郭淮, 자는 백제伯濟라는 자가 간언했다.

"예로부터 삼군을 얻기는 쉬워도 한 명의 장수를 얻는 것은 어렵다고 했습니다. 장합의 이번 죄는 정말이지 용서하기 어렵습니다만, 위왕께서 아끼는 장수입니다. 잠시 살려두고 다시 한번 관대한 마음으로 병사 5,000명을 그에게 내주어 가맹관을 공격하게하면 촉군은 중요한 가맹관을 지키기 위해 모두 돌아갈 것이 틀림없습니다. 그러면 한중은 저절로 평안해질 것입니다."

곽회의 논리적인 말에 조홍의 화는 어느 정도 누그러진 듯했다. 그는 말을 이었다.

"만약, 이번 임무에도 실패한다면 그때는 어쩔 수 없으니 두 가지 죄를 물어 그의 목을 치면 될 것입니다."

조홍은 이 말을 받아들여 장합을 살려주고 5,000명의 병사를 내주며 촉의 가맹관을 공격하라고 명령했다.

노장의 공

||| 一 |||

곽회의 진언으로 목숨을 건진 장합은 이번 일전으로 모든 오명을 씻기 위해 의기를 새롭게 하고 5,000여 명의 병사들을 이끌고 가맹관으로 말을 달렸다.

가맹관은 촉의 맹달과 곽준霍峻 두 장수가 지키고 있었다.

장합 군이 다시 공격해온다는 보고에 군사 회의가 열렸다.

곽준이 말했다.

“굳이 천연의 요해인 가맹관에서 나가 싸우는 것은 어리석은 일이오. 가맹관을 믿고 지키는 것이 상책이라고 생각하는데.”

맹달은 이에 반대하며 적의 공격을 기다리는 것은 하책이라고 했다. 마땅히 가맹관을 나가 즉시 적의 진격을 막아야 한다고 주장하며 물러서지 않았다.

몇 차례 회의한 끝에 결국 맹달의 주장대로 촉군은 가맹관에서 나와 장합 군과 일전을 벌였다. 맹달도 장합과 일대일로 겨루었으나 무참히 패하고 말았다.

맹달이 패하여 돌아온 것을 보고 곽준은 놀라서 성도에 원군을 요청하는 파발마를 보냈다.

유비는 이 소식을 듣고 공명을 불러 계책을 물었다.

공명은 전군의 장수들을 모아놓고 입을 열었다.

"지금 가맹관에서 급사가 왔소. 한시바삐 누가 낭중으로 달려가 장 장군에게 이 사실을 알리고 군을 가맹관으로 가게 하는 것이 어떻겠소?"

이에 대해 법정法正이 일어나 의견을 말했다.

"장 장군은 지금 와구관에 병사들을 주둔시키고 낭중을 지키고 있습니다. 낭중은 물론 중요한 곳입니다. 만약 장 장군을 불러들인다면 반드시 무슨 변고가 생길 것입니다. 낭중은 지금처럼 그대로 엄중하게 지키게 하고 다른 장수를 가맹관으로 보내 장합을 막는 것이 좋을 것이라 생각합니다."

공명은 이 말을 듣고 웃음을 지으며 말했다.

"장합이 장 장군에게 패했다고는 하지만 위나라의 명장으로 보통내기가 아니오. 장 장군 외에는 그를 대적할 자가 없다고 생각하는데."

이 말이 끝나기도 전에 노기를 띠며 노장 한 사람이 벌떡 일어나 거친 목소리로 말했다.

"군사, 군사께서는 어째서 사람을 먼지처럼 가볍게 여기는 것이오? 우리가 능력이 없다고는 하지만 명령만 내리면 나가서 기필코 장합의 목을 베어 올 각오가 되어 있소이다. 군사의 말씀, 참으로 서운합니다."

그 자리에 모인 사람들은 모두 그를 쳐다보았다. 노장은 황충이었다.

공명은 천천히 고개를 끄덕이고는 말했다.

"장군의 말은 참으로 용감하오. 그러나 장군은 나이가 있어서 도저히 장합의 상대가 되지 못할 것이오."

황충은 화가 나서 백발을 곤두세우며 말했다.

"소장이 나이를 먹었다고는 하나 완력은 아직 약해지지 않았소. 세 개의 활을 한 번에 당길 수 있고, 몸에는 천근의 힘이 있소. 어째서 늙었다는 것을 이유로 쓰지 않으려 하시오?"

"아니, 장군은 이미 일흔에 가깝소. 누가 장군의 나이를 듣고 늙지 않았다고 할 수 있겠소?"

완고한 공명의 대답에 황충은 화가 나서 어쩔 줄을 몰랐다. 이내 그는 성큼성큼 계단을 내려가 장검을 들고 풍차처럼 좌우와 위아래로 멋지게 돌리더니 벽에 걸어놓은 강궁 두 개를 떼어내 단숨에 꺾어버렸다.

황충의 이런 모습을 보고 패기를 인정한 공명이 말했다.

"좋소. 그렇다면 장군을 원군으로 보내겠소. 그러나 반드시 부장을 데리고 가시오."

황충은 뛸 듯이 기뻐하며 각오를 말했다.

"고맙소. 엄안嚴顔은 나와 마찬가지로 나이가 들었지만 함께 가서 반드시 적들을 깨부수겠소. 만약 실패한다면 목숨에는 미련이 없으니 두 노장의 백발이 성성한 머리를 바치리다."

내내 공명과 황충의 논쟁을 듣고 있던 유비는 노장의 말에 크게 기뻐하며 황충이 가는 것을 허락했다.

||| 二 |||

늘어서 있던 제장은 유비의 과감한 결단에 의외라는 반응을 보였다. 특히 조운은 탐탁지 않게 여기며 자신의 의견을 말했다.

"지금 장합은 병사들을 모아 가맹관을 공격하려 하고 있습니다. 참으로 위험한 때입니다. 그런데 어찌 노인들을 보내려고 하십니까? 만약 가맹관에 무슨 일이라도 생기면 촉에 화가 미칠 것이고, 또 행여 운 좋게 장합을 물리쳤다고 해도 저들은 우쭐해져서 필히 한중을 공격할 것입니다. 위험한 일입니다. 군사, 부디 다시 한번 생각해주시기 바랍니다."

그러나 공명의 생각은 이미 정해져 있었다.

"그대들은 모두 이 두 노장을 가볍게 여기고 있는 듯한데 좋지 못한 태도요. 장합을 물리치고 한중을 취하는 일은 이 두 장군의 생각에 맡기는 것이 좋을 듯하오."

장수들은 공명의 말에 할 말을 잃고 냉소하며 물러가 버렸다.

황충과 엄안은 병사들을 이끌고 가맹관에 도착했다. 이들을 본 맹달과 곽준은 연로한 두 장수가 이끌고 오는 지원군을 보고 크게 웃으며 말했다.

"공명 군사가 사람 보는 눈이 참 없군. 이런 늙은이들은 전장에 내보내지 않아도 곧 죽을 텐데."

맹달과 곽준은 냉소하며 가맹관 수비의 인장을 황충에게 건넸다.

황충과 엄안은 두 사람의 깃발을 산 위에 세워 적에게 그 이름을 알렸다. 그리고 황충이 엄안에게 은밀히 말했다.

"사방에서 우리 두 사람이 늙었다고 깔보고 있소. 우리 한번 힘을 합쳐서 큰 공을 세워 그들을 놀라게 해줍시다."

두 사람은 굳게 맹세하고 병사들을 이끌고 출정했다.

이 모습을 보고 장합은 황충의 진 앞으로 말을 달려가 외쳤다.

"이놈, 그 나이가 되어서까지 부끄러운 줄도 모르고 전쟁터에 나와서 싸우려 드느냐? 참으로 가소롭구나."

황충이 크게 화를 내며 대답했다.

"네놈이 내가 늙었다고 비웃는데 손안의 검은 아직 나이를 먹지 않았다. 큰소리치고 싶거든 나와 겨뤄본 후에 해라."

그는 말을 달려 장합에게 덤벼들었고, 장합도 칼을 휘두르며 맞섰다. 두 사람이 20합 정도 싸웠을 때쯤 샛길로 우회한 엄안의 병사들이 장합 군의 배후를 공격했다. 그 때문에 장합 군은 급격하게 무너졌고 함성에 쫓겨 결국 80~90리를 퇴각하고 말았다.

조홍은 이번에도 장합이 패했다는 소식을 듣고 당장 죄를 묻겠다며 화를 냈다. 이때 곽회가 간언했다.

"지금 죄를 물으면 장합은 분명 촉에 항복해버릴 것입니다. 그리되면 아군의 큰 손실일 테니, 다른 장수를 파견하여 장합을 도와 함께 적을 막게 하는 것이 상책일 듯합니다."

그리하여 조홍은 하후돈의 조카뻘인 하후상夏侯尙에게 한현韓玄의 동생 한호韓浩를 붙여주고 병사 5,000명을 내주며 장합을 지원하도록 했다.

장합은 원군을 보고 매우 기뻐하며 장수들을 모아 군사 회의를 열었다.

"황충은 나이가 들었다고는 하나 사려가 깊고 용맹하기도 하다. 게다가 엄안이 필사의 각오로 협력하고 있으니 가볍게 나가서 싸울 수 없다."

그러자 한호가 입을 열었다.

"소장이 장사長沙에 있을 때 황충과 자주 만났소. 그는 위연과 함께 나의 형님을 죽인 가문의 원수요. 오늘 여기서 만난 것은 하늘의 뜻이니 반드시 원수를 갚겠소."

그의 각오가 얼굴에 드러났다.

한호는 하후상과 함께 새로 가세한 병사들을 통솔하여 진을 치고 적을 기다렸다.

황충은 매일 주변의 지리를 살피고 있었다. 오늘도 지세를 조사하기 위해 걷고 있는데 엄안이 생각난 듯 말했다.

"이 근처에 천탕산天蕩山이라는 산이 있습니다. 그곳은 조조가 군량을 비축하여 원대한 계획을 세운 곳입니다. 만약 그 산을 공격하여 취한다면 위군은 식량 보급로가 끊겨 한중에 머무를 수 없게 될 것입니다."

그는 천탕산 공략 계획에 대해 황충에게 자세히 이야기했다.

||| 三 |||

엄안은 황충과 상의한 후 일군을 이끌고 어디론가 떠났다.

남은 황충은 하후상의 군대가 공격해온다는 말을 듣고 진용을 정비하고 기다렸다. 이윽고 나타난 위군의 선두에 선 한호가 창을 휘두르며 달려나왔다.

"역적 황충은 어디 있느냐? 어서 나오너라!"

황충이 검을 휘두르며 앞으로 나오자 하후상이 그의 배후로 돌아가려고 했다. 정세가 불리하다고 판단한 황충은 틈을 봐서 달아났다가 다시 돌아와 싸웠다. 그러다가 다시 20리 정도를 물러났다.

그의 유도 작전이었다.

하후상은 추격하여 황충의 진영을 탈취했다.

다음 날도 전날과 비슷하게 전투가 전개되었다. 20리 정도를 더 전진한 하후상의 의기는 하늘을 찌를 듯했다. 한호도 기세를 올리며 어제 빼앗은 황충의 진영에 도착했다. 그리고 즉시 장합을 불러 진영을 지키게 하고 다시 전진하려 했다.

장합은 이 두 장군이 우쭐해져서 전진하는 것이 위험하다고 판단하고 주의를 주었다.

"황충 같은 자존심이 센 자가 이렇게 쉽게 이틀 연속으로 패한 것이 이해할 수 없네. 그에게 무슨 계책이 있는 것이 틀림없어. 경솔하게 너무 깊이 추격하지 말게."

그러나 하후상은 오히려 화를 내며 말했다.

"장군 같은 겁쟁이가 적을 두려워하기 때문에 탕거채를 격파당하고 많은 인마를 잃어 치욕을 당한 것이오. 잠자코 우리가 공을 세우는 것이나 보고 있으시오."

부끄러움에 장합의 얼굴이 붉어진 것을 기분 좋게 바라보면서 그들은 전진했다.

다음 날도 적은 20리를 후퇴했다. 이렇게 계속 패주하는 형태로 마침내 가맹관으로 도망쳐 들어간 채 꼼짝도 하지 않았다.

하후상은 가맹관 앞에 진을 쳤다.

이런 모습을 본 맹달은 큰일났다며 유비에게 파발마를 보내 황충이 싸울 때마다 패배하여 다섯 곳의 진영을 적에게 빼앗겼다고 보고했다. 유비도 놀라서 공명에게 알리니 그는 태연하게 대답했다.

"놀라실 것 없습니다. 이건 황 장군의 교병지계驕兵之計(적을 우쭐하게 만든 후 격파시키는 계책)임이 틀림없습니다."

그러나 조운 등도 공명의 말을 믿지 못하고 유비도 불안하여 은밀히 유봉劉封에게 일군을 내주며 황충을 지원하라고 보냈다.

유봉의 병사들이 가맹관에 도착했다는 말에 황충은 의아하게 여기며 물었다.

"병사들을 이끌고 무슨 일로 왔는가?"

유봉이 대답했다.

"아버님께서 장군이 고전한다는 소식을 들으시고 저에게 가서 지원하라고 명하셨습니다."

황충은 웃으며 말했다.

"이것은 나의 교병지계네. 오늘 밤 일전을 치러 보기 좋게 물리치겠네. 다섯 곳의 진영은 빼앗긴 것이 아니라 적에게 잠시 빌려준 걸세. 며칠간의 패배를 하루 만에 만회할 테니 잘 보도록 하게."

그는 전군에 전투 준비를 하라고 명령했다.

그날 밤, 황충은 몸소 5,000여 명의 병사들을 이끌고 진영을 나가 적진으로 진격했다.

이때 위나라 병사들은 며칠 동안 적군이 쥐죽은 듯 조용했기 때문에 완전히 마음을 놓고 모두 잠들어 있었다. 그런데 생각지도 못한 함성과 함께 5,000명의 병사들이 공격해오자 무기를 어디에 두었는지 몰라 서로 빼앗고 말을 바꿔 타는 등 큰 혼란을 일으키며 황충의 병사들에게 철저히 짓밟히고 말았다.

하후상과 한호도 모두 말조차 어디 있는지 찾지 못하고 뛰어서 겨우 달아났다. 그리고 모처럼 취한 다섯 곳의 진영 중에서 세 곳의 진영을 빼앗겼고 엄청난 사상자를 냈다.

||| 四 |||

황충은 적이 버리고 간 군량과 무기 등을 맹달에게 운반하라고

명하고 자신은 공격을 멈추지 않았다. 이에 유봉이 진언했다.

"병사들이 매우 지친 듯합니다. 잠시 여기서 쉬게 하는 것이 어떻겠습니까?"

황충은 고개를 저으며 대답했다.

"예로부터 호랑이를 잡으려면 호랑이 굴에 들어가라고 했네. 몸을 바쳐야만 공을 세울 수 있는 법. 여유를 부려서는 안 돼. ……모두 전진하라."

그는 선두에 서서 병사들을 독려했다.

5,000명의 정병이 그야말로 날듯이 적군을 추격했다. 기세가 오른 촉군의 날카로움은 흩어져버린 위군의 기세로는 감당할 수 없었다. 제대로 버티는 곳은 단 한 지점도 없었고, 패주하기에 급급한 위군은 아군의 움직임에도 흠칫흠칫 놀라며 결국 한수漢水 근처까지 퇴각할 수밖에 없었다.

한수에 들어가 겨우 정신을 차린 장합은 문득 생각이 나서 하후상과 한호에게 물었다.

"천탕산은 아군의 군량을 저장해놓은 곳으로 미창산米倉山과 이어져 있네. 그곳은 한중에 있는 병사들의 생명줄이야. 만일 그곳이 적군의 손에 들어간다면 큰일이네. 한중은 즉시 격파될 터인데 참으로 걱정이군."

하후상이 대답했다.

"미창산에는 하후연 숙부님이 대군을 이끌고 진을 치고 계시니 조금도 걱정할 필요가 없습니다. 또 천탕산에는 하후덕 형님이 전부터 지키고 계십니다. 우리도 가서 힘을 합쳐 그곳을 지키는 것이 좋을 것 같습니다."

그는 장합, 한호와 함께 천탕산에 가서 하후덕을 만났다.

　"……황충이 교병지계를 써서 우리를 가맹관 앞으로 유인하여 역습을 가했습니다. 한밤중에 쫓겨왔기 때문에 군량과 무기를 버리고 올 수밖에 없었습니다."

　패전의 원인을 안 하후덕은 고개를 끄덕이며 말했다.

　"좋아. 여기에 10만의 병사가 있으니 너는 병사들을 일부 이끌고 가서 다시 진영을 탈환해라."

　장합이 걱정하며 말했다.

　"아니, 공격해서는 안 되네. 이곳을 지키면서 적의 행동을 감시하는 것이 더 나아."

　이 말이 끝나기도 전에 멀리서 북소리와 함성이 들리기 시작했다. 진중은 즉각 혼란에 빠졌다.

　"황충 군이 공격해왔다."

　저마다 외치는 소리가 들렸다.

　하후덕은 침착하게 웃으며 말했다.

　"황충이 여기로 공격해온다는 것은 병법을 몰라도 너무 모른다는 뜻이오. 여세를 몰아 부리는 만용일 뿐……."

　장합은 경계하며 말했다.

　"아니 그렇지 않아. 절대로 가볍게 봐서는 안 되네. 그는 지략과 용맹을 겸비한 무장이야."

　"말도 안 되는 소리. 촉군은 먼길을 와서 전투를 치르고 밤새 추격해왔으니 극도로 피로할 것이오. 게다가 경솔하게 이 험지를 공격하려 하다니 병법을 몰라도 너무 모르는 행태요."

　장합은 다시 강경한 태도로 말했다.

"성급히 그렇게 결정하는 것은 좋지 않네. 적에게는 반드시 큰 계책이 있을 것이니 수비를 굳게 하고 출진하지 않는 것이 상책이야."

그러나 한호에게는 이 말도 소용없었다.

"저에게 병사 3,000명을 내주시면 즉시 달려가 저 늙은이의 머리를 가지고 오겠습니다."

하후덕은 장하다고 기뻐하며 병사를 내주었다.

한호는 3,000명의 병사를 이끌고 용감하게 산을 내려갔다.

한편 황충은 쉬지 않고 말을 몰아 전진 또 전진했다. 해도 이미 서산으로 지고 천탕산의 험준함만이 전진을 방해할 뿐이었다. 유봉이 황충에게 권고했다.

"날도 이미 저물고 병사들도 많이 지쳤습니다. 더는 추격하지 말고 이 근방에서 일단 병사들을 쉬게 하는 것이 어떻겠습니까?"

||| 五 |||

황충은 유봉의 권고에 코웃음을 치며 말했다.

"예로부터 철인哲人은 때의 흐름에 따라 움직이고 지자智者는 기회를 보고 움직인다고 했네. 지금 하늘이 나를 도와 불가사의한 공功을 내리시는데 받지 않는 것은 하늘을 거역하는 것일세."

그는 북을 치고 함성을 지르며 쏜살같이 달려 올라갔다.

한호는 그들을 맞이하여 언덕길 중간을 막고 몸소 말을 몰고 가서 황충에게 덤벼들었지만, 오히려 황충의 물레방아처럼 휘두르는 칼에 맞아 단칼에 목숨을 잃고 말았다.

한호가 목숨을 잃었다는 소식을 들은 하후상은 급히 병사들을 이끌고 황충 군을 향해 달려갔다. 그때 갑자기 산 위에서 천지를 부숴버릴 듯한 함성과 함께 진영 여기저기에서 불길이 치솟고 한 무리의 병사들이 나타났다. 진중에 있던 하후덕은 몹시 놀라 병사들에게 불을 끄게 했다. 이 모습을 본 엄안은 검을 휘두르며 달려들어 하후덕을 베어 말에서 떨어뜨렸다.

그동안 곳곳에서 오른 불길은 봉우리를 태우고 골짜기로 번져 처참하기가 그지없었다.

작전이 착착 들어맞는 것을 보고 황충과 엄안은 마음을 모아 앞뒤에서 공격했다. 장합과 하후상은 이들을 막지 못했다. 특히 하후덕과 한호가 목숨을 잃은 것을 보고 사기가 꺾인 이들은 천탕산을 버리고 앞다투어 정군산으로 도망가 하후연과 합세했다.

황충과 엄안은 대승을 기뻐하며 즉시 성도로 승전보를 전했다. 유비는 이 소식을 듣고 뛸듯이 기뻐하며 장수들을 불러 승리를 축하하는 연회를 베풀었다.

이 자리에서 법정이 앞으로 나와 말했다.

"예전에 조조가 장로를 무찌르고 한중을 평정했을 때 그 여세를 몰아 촉을 공격하지 않고 하후연과 장합을 그곳에 두어 한중을 지키게 하고 자신은 도성으로 돌아간 적이 있습니다. 이것은 뜻이 없어서가 아니라 능력이 없다는 걸 깨닫고 자제했을 뿐입니다."

목소리는 연회장에 퍼져 그 자리에 모인 장성들도 그의 말에 귀를 기울였다.

"……지금 조조는 도성에 있습니다. 그는 내부의 변고 때문에 자리를 비울 수 없고 하후연과 장합은 일국의 장수로서 기량이 부족합니다. 만약 주군께서 대군을 일으켜 직접 공격하신다면 한중을 손에 넣는 것은 손바닥을 뒤집기보다 쉬울 것입니다."

그 자리에 있던 사람들은 이 말에 조금은 동요했다.

"한중을 공격한 후에는 병량을 비축하고 사졸들의 정비와 훈련에 중점을 둡니다. 또 왕실을 존중하고 촉의 험지를 단단히 지키며 조조를 타도할 계획을 세워야 합니다. 지금 하늘이 우리에게 주신 기회를 놓치지 말아야 합니다."

법정은 열을 올리며 말했다. 유비는 법정의 말이 옳다고 생각했다. 즉각 10만의 병사를 동원할 것을 명령하고 출격 준비에 들어갔다. 때는 건안 23년(218) 가을 7월.

유비의 10만 대군은 조운을 선봉으로 삼아 가맹관을 나와 진을 치고 사자를 보내 황충과 엄안을 천탕산으로 불러 큰 상을 내렸다.

"많은 사람이 두 장군을 늙은 무장이라고 업신여겼지만, 공명은 장군들의 능력을 알고 적과 싸우게 했소. 기대했던 대로 큰 공훈을 세워주어서 참으로 기뻤소. 한중의 정군산은 남정의 요해이자 병참 기지요. 만약 그곳을 빼앗는다면 양평陽平까지 가는 길은 근심이 없을 것이오. 두 분 장군이 가서 그곳을 공략해보겠소? 어떻소?"

유비가 물었다.

황충이 기꺼이 명령을 받들고 즉시 병사들을 이끌고 출발하려하자 공명이 저지하며 말했다.

"장군이 용맹한 것은 사실이오만 하후연의 상대는 되지 못합니다. 그는 육도삼략에 통달했고 병사들을 부리는 데 뛰어나며 때를 아는 자요. 조조는 그의 능력을 잘 알기에 한중을 맡긴 것이오. 장군은 장합에게는 이겼지만 하후연에게는 미치지 못하니 어서 형주로 돌아가시오. 관우 장군을 불러 하후연과 맞서게 하겠소."

절묘호사

||| 一 |||

뜻하지 않은 공명의 말에 노장 황충은 격분하여 얼굴빛이 달라졌다. 그는 공명에게 따지듯이 말했다.

"옛날에 염파廉頗는 여든에 가까운 나이에도 쌀 한 말, 고기 열근을 먹으니 천하의 제후들이 이를 두려워하여 감히 조趙나라의 국경을 넘지 못했다고 합니다. 하물며 나는 아직 일흔도 되지 않았소. 어째서 늙었다고 하여 이리도 가벼이 취급하시는 거요? 나에게 3,000명의 병사를 내준다면 반드시 하후연의 머리를 취해 가지고 오겠소."

공명은 허락하지 않았다. 그러나 황충이 계속해서 끈질기게 허락을 구하자 결국 공명도 조건을 붙여 허락했다.

"굳이 가겠다면 법정을 감군監軍으로 삼아 함께 가시오. 그리고 모든 일을 그와 협의하고 신중을 기하시오. 결코 경솔히 행동해서는 안 됩니다. 나도 병사들을 이끌고 가서 지원하겠소."

황충은 병사들을 이끌고 분연히 출격했다. 그 후 공명은 유비에게 은밀히 말했다.

"노장 황충의 요구를 쉽게 허락해서는 안 됩니다. 저렇게 말로 자극을 주고 독려해야 책임감도 한층 강해지고 상대에 대한 인식도 새로워질 것입니다. 지금 출격했습니다만, 따로 원군을 보내야 할 것입니다."

공명은 유비의 허락을 받고 즉시 조운을 불러 명했다.

"조 장군은 병사들을 이끌고 샛길에서 기습하여 황 장군에게 힘을 보태시오. 그러나 황충 군이 이기면 절대로 나서지 말고 그의 패색이 짙어질 때쯤 돕도록 하시오."

또 유봉과 맹달 두 사람에게 3,000여 명의 병사를 내주며 말했다.

"산중의 험지에 깃발을 세워 아군의 기세가 왕성함을 보여주시오. 그러면 적이 혼란스러워할 것이오."

그리고 엄안에게는 파서, 낭중으로 가서 장비, 위연과 교대하여 굳게 지키라고 명했고, 장비와 위연에게는 돌아와서 한중 공략에 합세할 것을 명했다. 또 하변下弁에 사람을 보내 마초에게 자신의 계책을 전달했다.

공명이 일단 결단을 내리자 모든 일이 일사천리로 진행되었다.

한편 천탕산에서 쫓겨 정군산으로 도망간 장합과 하후상 두 사람은 하후연을 만나 진언했다.

"아군 장수 두 명이 목숨을 잃고 병력 손실도 적지 않습니다. 게다가 유비가 직접 촉의 대군을 이끌고 한중으로 쳐들어온다는 말이 있으니 즉각 위왕께 원군을 청하십시오."

깜짝 놀란 하후연은 이 사실을 조홍에게 보고했고, 조홍은 즉시 조조에게 파발마를 보냈다. 조조는 보고를 받고 급히 문무 대신들을 소집하여 회의를 열었다.

회의 석상에서 장사 유엽劉曄이 조조에게 결의를 촉구했다.

"한중은 땅이 비옥하고 생산물이 많으며 백성들이 부유합니다.

실로 나라의 울타리와 같은 곳이라 할 수 있을 것입니다. 만일 패하여 이곳이 적의 수중에 넘어간다면 만백성이 동요할 것입니다. 그러니 대왕께서 몸소 나가셔서 전군을 지휘해주시기 바랍니다."

조조는 일리 있는 말이라고 고개를 끄덕였다.

"지난번에도 그대의 말을 듣지 않아서 후회가 막심했지."

조조는 즉시 40만 대군을 이끌고 7월에 도성을 출발하여 9월에 장안으로 들어갔다.

여기서 진용을 정비하고 우선 전군을 세 개로 나누었다.

즉, 주력군인 중군에는 조조, 선봉진에는 하후돈, 후진에는 조휴.

조조는 옥으로 만든 재갈을 물리고 황금 안장을 얹은 백마를 탔다. 그의 주위에는 비단 전포를 입은 무사들이 붉은 비단으로 만든 산개를 손에 들고 따르고, 좌우에는 시종들이 금과金瓜와 은월銀鉞, 과모戈矛를 받들고 있어 그 위용이 마치 천자와 같았다.

또 용과 호랑이를 모방한 근위병 2만 5,000명을 다섯 부대로 나눠 각각의 부대에 오색의 깃발을 들게 하고 용봉일월기龍鳳日月旗를 중심으로 둘러 세웠다. 그 모습은 눈부시게 아름다웠고 천하를 내려다보는 위용을 만들어 그야말로 장관이었다.

||| 二 |||

조조 군은 현란한 군용을 자랑하며 동관까지 진격했다.

조조는 저 멀리 나무가 울창한 곳을 바라보며 시종에게 물었다.

"저곳은 어디냐?"

"남전藍田이라는 곳입니다. 저 숲속에 채옹蔡邕의 산장이 있습니다."

시종의 대답에 조조는 지난날 채옹과의 교분이 떠올라 산장을 방문하겠다고 했다.

예전에 채옹과 친하게 지낼 때의 이야기다. 채옹에게는 채염蔡琰이라는 딸이 있었다. 그녀는 위도개衛道玠와 결혼했으나 타타르족에게 생포되어 어쩔 수 없이 오랑캐의 아내가 되었다. 채염은 오랑캐의 아이를 둘이나 낳았다. 그러나 불모지 사막에 갇힌 몸이 된 그녀는 밤낮으로 눈물을 흘리며 고향을 그리워했다.

특히 오랑캐들이 즐겨 부는 가笳라는 피리의 연주 소리를 들을 때마다 향수에 젖었다. 마침내 그녀는 고향을 그리워하는 마음에서 스스로 열여덟 곡을 지었다.

이 곡은 전해지고 전해져서 중국까지 흘러들어와 우연히 조조가 듣게 되었다. 이에 채염을 가엾게 여긴 조조는 타타르에 사람을 보내 천 냥의 황금을 주며 채염을 보내달라고 교섭했다.

오랑캐 좌현왕左賢王도 조조가 강하다는 것을 알고 있었기 때문에 할 수 없이 채염을 돌려보냈다.

조조는 기뻐하며 동기董紀와 채염을 결혼시켰다.

지금 우연히 채옹의 산장이라는 말을 듣고 군사들을 먼저 보낸 후 자신은 100여 명 정도의 부하들만 이끌고 동기의 집을 방문했다.

마침 주인 동기는 집에 없었다. 채염은 조조가 일부러 찾아왔다는 말을 듣고 놀랐지만 정중히 맞이했다.

조조는 대청에 앉아 건강하게 잘 지내는 것을 기뻐하며 둘러보다가 벽에 비문 하나가 걸려 있는 것을 보고 물었다.

"이것이 무엇이냐?"

채염이 황공해하며 대답했다.

"이것은 조아曹娥라는 사람의 비문입니다. 옛날 화제和帝 시대에 회계會稽의 상우上虞라는 곳에 조우曹盱라는 무당이 있었습니다. 이 사람은 굿을 잘했는데 어느 해 5월 5일 술에 잔뜩 취해 배 위에서 춤을 추다가 잘못하여 강에 빠져 목숨을 잃고 말았습니다. 그 사람에게는 열네 살짜리 딸이 있었는데 그녀는 아버지의 죽음을 몹시 슬퍼했습니다. 딸은 매일 밤낮으로 강 주위를 헤매다가 이레째 되는 날 밤에 끝내 강에 몸을 던졌습니다."

조조는 감동한 듯 눈도 깜박이지 않고 채염이 하는 말에 귀를 기울이고 있었다.

"……그로부터 닷새째 되는 날, 그 딸이 아버지의 시체를 등에 지고 수면 위로 떠올랐기 때문에 마을 사람들은 아버지를 그리는 딸의 일념에 놀라는 한편 그 마음을 가엾게 여겼습니다. 그래서 강기슭에 정성껏 묻어주었지요. 얼마 후 이 일을 상우의 영승으로 있던 도상度尙이라는 사람이 황제께 아뢨더니 황제는 그 딸을 효녀라 하며 한단순邯鄲淳에게 문장을 쓰라고 명을 내려 돌에 그 문장을 새기게 했습니다. 이때 한단순의 나이는 불과 13세로, 붓을 들어 이 문장을 지었는데 한 자도 정정하지 않았다고 합니다. 제 아버지 채옹이 이 소식을 듣고 비석에 가서 그 문장을 보려고 했습니다만, 이미 날이 저물어 읽을 수 없었기 때문에 손가락으로 돌을 더듬어 필획을 알고 감동하여 비석 뒤에 여덟 글자를 적었습니다. 나중에 마을 사람들이 그 여덟 글자를 새겼는데, 저기 있는 것이 아버지께서 붓으로 쓴 것입니다."

채염이 손가락으로 가리킨 족자를 보니 '황견유부黃絹幼婦, 외손제구外孫虀臼'라는 여덟 글자가 쓰여 있었다. 조조는 이 문장을 읽더니 채염에게 물었다.

"이 여덟 글자의 의미를 아느냐?"

채염이 얼굴을 붉히며 대답했다.

"아버지가 쓰신 글자의 의미를 알고 싶지만, 아직 그 의미를 풀지 못했습니다."

||| 三 |||

조조는 그 자리에 있던 대장들을 향해 물었다.

"누가 이 의미를 풀 수 있겠는가?"

그러나 그 뜻을 풀 수 있는 자가 아무도 없는 듯 모두 고개를 숙인 채 대답하는 사람이 없었다.

그때 그중 한 사람이 일어서며 말했다.

"소신이 푼 것 같습니다."

그는 주부主簿 양수楊修였다. 조조는 양수가 그 문장의 의미를 말하려 하자 그를 제지했다.

"그런가. 그러나 잠시 말하지 말게. 나도 한번 생각해보겠으니."

조조는 말을 타고 산장을 떠났다.

잠시 후 미소 띤 얼굴로 나타난 조조가 양수에게 말했다.

"그대의 생각을 말해보라."

양수가 거침없이 설명했다.

"이것은 숨은 뜻이 있는 글이 틀림없습니다. 황견黃絹이라 함은 색色이 있는 실〔糸〕이니 절絶 자에 해당합니다. 유부幼婦는 어린〔少〕여자〔女〕, 즉 묘妙 자입니다. 외손外孫은 딸〔女〕의 아들〔子〕, 즉 호好자입니다. 제구韲臼는 즉 매운 것〔辛〕을 담는〔受〕그릇이니, 사辭 자에 해당합니다. 이를 이으면 '절묘호사絶妙好辭'로, 다시 말해서 한 단순의 문장을 절묘하고 좋은 글이라고 칭찬한 것입니다."

조조는 몹시 놀라며 자신의 생각과 일치한다고 양수를 칭찬했다. 산장을 나와 본군을 쫓아간 조조는 얼마 지나지 않아 한중에 도착했다.

한중에 있던 조홍은 공손히 맞이하며 우선 장합이 번번이 전투에 패한 사실을 알렸다. 그러자 조조는 따뜻하게 대답했다.

"그것은 장합에게만 잘못이 있는 것이 아니다. 무인에게 승패는 늘 있는 일이니 그를 비난할 일이 아니야."

조홍은 현재의 상황에 대해 보고했다.

"유비가 직접 대군을 지휘하고 있습니다. 황충에게 정군산을 공격하게 한 모양입니다만 하후연은 무슨 일인지 대왕께서 오신다는 소식을 듣고도 굳게 지키기만 할 뿐 나가서 싸울 생각을 하지 않고 있습니다."

보고를 들은 조조는 즉시 명령을 내렸다.

"그래서는 안 된다. 도전을 받았으면 나가서 싸워야지. 그렇지 않으면 두려워하고 있다고 여길 것이다. 즉시 사자를 보내 용감하게 나가서 싸우라는 나의 명령을 전하라."

옆에 있던 유엽이 간언했다.

"하후연은 성격이 급한 데다가 강직하여 아마도 적의 계책에 걸려 당할 것입니다. 나가 싸우지 않는 것이 좋을 듯합니다."

조조는 이 말을 듣지 않고 직접 왕명을 적어 정군산에 있는 하후연에게 사자를 보냈다.

하후연은 왕명을 기다리고 있던 참이었기 때문에 기뻐하며 친서를 열었다. 거기에는 이렇게 쓰여 있었다.

조서로 하후연에게 알린다. 무릇 무장 된 자는 마땅히 강함과 부드러움을 겸비해야 하며 공연히 그 용맹함만을 의지해서는 안 된다. 그러나 무장 된 자는 용맹함을 그 근본으로 삼을지니 이에 지혜로운 계책을 더할지라. 단지 용맹함만으로 임하면 이는 어리석은 자의 적수밖에는 되지 못할 것이다. 내가 지금 대군을 남정南鄭(한중)에 주둔시키고 경의 묘재妙才를 보고자 하니 이 두 자를 부끄럽지 않게 하라.

※묘재는 하후연의 자.

그는 분연히 떨치고 일어나 즉시 병사들을 수습하고 장합을 불러 말했다.

"지금 위왕의 대군이 한중에 도착했소. 나는 위왕의 명령을 받들어 적을 토벌하려고 하오. 오랫동안 이곳을 지키며 한 번도 마음껏 싸워보지 못하여 비육지탄髀肉之嘆하고 있었는데 내일 직접 나가 마음껏 싸워 황충을 생포하겠소."

장합은 위험하다고 판단하여 그를 말리며 말했다.

"부디 경솔하게 출격하지 마십시오. 황충은 지혜와 용맹을 겸비한 자이고 법정은 전략에 능한 자입니다. 이곳은 다행히 지세가 험한 요해이니 나가지 말고 굳게 지키는 것이 현명합니다."

한 팔을 잃다

||| 一 |||

장합의 말을 불만스럽게 듣고 있던 하후연은 자신의 결심을 굽힐 수 없다는 듯이 분명히 말했다.

"나는 오랫동안 이곳을 지켜왔소. 만일 이번 결전에서 다른 장수에게 공을 빼앗긴다면 위왕을 볼 면목이 없소. 그대는 부디 이곳을 잘 지켜주시오. 나는 산을 내려가 싸우겠소."

그리고 명령을 내렸다.

"누가 선봉이 되어 적군의 상태를 살피고 오너라."

하후상이 용감히 나서며 말했다.

"제가 선봉으로 가겠습니다."

"음, 네가 선봉에 서겠느냐? 그렇다면 황충과 싸우다가 거짓으로 패하여 퇴각하라. 나에게 황충을 잡을 계책이 있으니."

하후연이 용기를 북돋우며 말했다.

하후상은 명령대로 3,000여 명의 병사들을 이끌고 산을 내려갔다.

한편 황충은 병사들을 이끌고 법정과 함께 정군산 기슭까지 진격해서 여러 차례 공격을 감행했으나 위군은 수비만 할 뿐 나오지 않았기 때문에 산길도 험하고 적에게 생각지도 못한 계책이 있을지도 모른다는 경계심에 일단 산기슭에 진을 치고 여러 곳에 척후병을 보냈다.

이윽고 그 척후병으로부터 산 위에서 위군이 내려온다는 보고를 받고 황충이 몸소 출진하려 하자 대장 진식陳式이 이를 말리며 말했다.

"노장군께서 어찌 몸소 적군과 맞서려 하십니까? 저에게 1,000명의 병사를 내주신다면 배후의 샛길을 통해 산 위로 올라가 양쪽에서 협공하여 무찌르겠습니다."

황충은 일리 있는 말이라며 허락했다.

진식이 산 뒤쪽으로 돌아가 함성을 지르며 공격하자 하후상도 "오냐, 어서 오너라."라며 그들을 맞았다.

잠시 후 하후상은 계략대로 거짓으로 패한 척하며 도망쳤다. 진식은 이 모습을 보고 더욱 기세를 올리며 놓치지 않겠다고 추격해갔다.

황충은 그 모습을 보고 적에게 계책이 있는 것을 눈치채고 진식을 구하기 위해 군을 움직였으나 산 위에서 통나무를 굴리고 철포를 쏘기 시작했기 때문에 앞으로 나아갈 수가 없었다.

진식도 눈치채고 말 머리를 돌리려 했으나 이때를 노리고 있던 하후연이 맹렬하게 진격해오는 바람에 결국 생포되고 말았다. 진식의 부하들도 무기력하게 항복해버렸다.

이 소식을 듣고 경악한 황충은 즉각 법정과 의논했다.

"하후연은 성미가 급하고 만용을 부리는 자입니다. 사기가 저하된 아군을 위로하고 차례차례 진을 만들어가며 천천히 산 위로 밀고 올라가면 하후연은 반드시 산을 내려와 공격할 것입니다. 이것은 반객위주反客爲主(손님이 도리어 주인 노릇을 한다는 뜻) 병법입니다. 즉, 앉아서 적을 막는 것은 힘이 넘치는 병사들로 지친 적을 치는 것이고, 공격하는 쪽은 약하고 막는 힘은 강하다고 합니다. 만약 하후연이 공격해온다면 반드시 생포하겠습니다."

황충은 이 말에 따라 즉시 병사들에게 은상을 내리며 위로하고 진을 만들어 며칠 그곳에 주둔했다가 다시 전진하여 진을 구축하고 또 전진하여 진을 구축하는 방식으로 산기슭으로 다가갔다.

하후연이 이것을 보고 적이 접근한 것을 알고 그대로 있을 수 없다며 즉시 출격하려 하는 것을 장합이 말리며 말했다.

"이것은 반객위주의 계책이 틀림없으니 경솔하게 나가서는 안 됩니다. 나가면 반드시 패할 것입니다."

그러나 하후연은 들은 척도 하지 않고 하후상을 불러 적을 공격하라고 명했다.

하후상은 즉시 수천 명의 병사들을 이끌고 어둠을 틈타 황충의 진영을 공격했다. 그러나 장합이 말한 대로 보기 좋게 적의 계책에 걸려들어 하후상은 황충과의 싸움에서 바로 생포되고 말았다.

위나라 병사들은 어지럽게 흩어져서 본진으로 도망쳐와 하후연에게 보고했다.

"대장 하후상이 적의 포로가 되었습니다."

"뭐라고?"

하후연의 안색이 창백해졌다.

||| 二 |||

하후연으로서는 적에게 잡힌 조카 하후상을 모른 척할 수가 없었다. 그렇다고 단숨에 쳐들어갔다가는 오히려 하후상이 죽임을 당할 수가 있기 때문에 그는 밤에도 잠을 이루지 못하고 고심했다.

하후연은 고심 끝에 진식과 하후상을 교환하자는 안을 생각해 내고는 우선 황충에게 자신의 생각을 전했다.

진식이 아직 살아서 우리 진영에 있으니 하후상과 교환하기를 원한다.

황충도 즉시 답장을 보냈다.

나 역시 바라는 바다. 내일 진영 앞에서 교환하도록 하자.

타협이 성사되었다.

다음 날 양군 모두 산간의 넓은 곳으로 나와 각각 진을 쳤다. 황충과 하후연은 말을 타고 나가 만났다.

"위의 장수, 하후상을 데리고 왔소."

"촉의 장수, 진식을 돌려보내겠소."

황충과 하후연은 무장 해제된 두 사람을 재빨리 교환하고 각자의 진영으로 돌아갔지만, 하후상이 자신의 진영으로 막 들어서려고 할 때 어디선가 화살 하나가 날아와 그의 등에 꽂혔고 하후상은 그대로 땅바닥에 쓰러졌다.

황충이 쏜 화살이었다.

하후연은 분노하여 황충을 향해 말을 달려와서 공격을 가하였다. 10여 합 정도를 싸우는데 위군 진영에서 갑자기 퇴각의 징이 울렸다. 위의 병사들은 일제히 퇴각하기 시작했다.

무슨 일인가 싶어 놀란 하후연도 황충과 싸우며 틈을 보아 돌아가려 했지만 황충은 그런 적의 동요를 눈치채고 더욱 기세를 올리며 덤벼들어서 위군은 더 심하게 당한 뒤에야 본진으로 돌아올 수 있었다.

본진에 겨우 도착한 하후연은 화난 목소리로 따져 물었다.

"멍청한 놈들, 어째서 징을 울린 것이냐?"

"사방의 산에서 갑자기 촉군들이 나타나고 촉의 깃발이 무수히 보이기에 복병이 나타났다고 판단하여 병사들을 거둔 것입니다."

이런 대답이 돌아오자 그는 화를 낼 수도 없었다. 이후로 하후연은 수비를 견고히 하고 나가서 싸우려 하지 않았다.

황충은 천천히 정군산으로 육박해가며 법정과 의논을 거듭했다.

오늘도 법정과 함께 지형을 조사하고 있는데 그가 멀리 떨어져 있는 산을 가리키며 말했다.

"정군산의 서쪽에 높이 솟아 있는 산이 보이십니까? 저 위용을 보니 사방이 모두 험준하여 쉽게 올라갈 수 없을 듯합니다. 만약 저 산을 공격하여 취한다면 정군산의 적진을 한눈에 볼 수 있어 그 배치와 진용을 잘 알 수 있을 것입니다. 그러면 정군산을 공략하는 데도 쉬울 것입니다."

황충도 이 말을 들으며 그 산을 바라보니 상당히 높은 산으로 정상은 다소 평평한 듯 보이고, 정상 부근에는 소수의 병사들이 지키고 있는 듯했다.

그날 밤 이경二更, 황충은 병사들을 이끌고 징과 북을 치고 함성을 질러 기세를 올리며 그 산으로 공격해 올라갔다.

그 산은 위의 부장 두습杜襲이 수백 명의 병사들과 함께 지키고 있었는데 갑자기 촉의 대군이 공격해오는 것을 알고는 싸울 생각도 않고 달아나버렸다.

간단히 공격을 마친 황충은 정군산과 나란한 위치에서 적정敵情을 살피기에 여념이 없었다. 법정은 그 자료에 따라 병략을 세웠다.

"적이 만약 공격해온다면 아군 병사를 움직이지 마십시오. 그리고 그들이 물러간 것을 확인한 후에 백기를 들겠으니 이를 신호로 장군께서 직접 산을 내려가 적의 진용이 무너질 때를 노려 공격하십시오. 이는 이일대로지계以逸待勞之計(상대가 지치기를 기다렸다가 공격하는 계책)입니다. 필시 적장의 목숨을 빼앗을 수 있을 것입니다."

황충도 이 말에 수긍하고 내일이라도 당장 적군이 내습하도록 산중 여기저기에 깃발을 세우고 병사들을 움직이는 등 유도 작전을 펴기 시작했다.

||| 三 |||

산을 도망쳐 내려간 두습은 패군의 상황을 하후연에게 보고했다. 하후연은 마주 보고 있는 산에 적이 진을 친 이상 즉각 그들을 공격하지 않으면 아군이 불리하다며 출병 준비를 명했다.

장합이 이 사실을 알고 간언했다.

"저 산을 적이 공략한 것은 분명 법정의 계책입니다. 장군, 출진해서는 안 됩니다."

하후연은 이 말에 반박했다.

"무슨 말을 하는 것이오? 황충이 지금 맞은편 산꼭대기에서 날마다 우리 진영의 허실을 살피고 있소. 그것을 쳐부수지 않고 허송세월하고 있으면 우리 군의 사기만 저하될 것이오."

장합은 더욱 간절히 만류했지만 아무 보람이 없었다. 하후연은 결국 절반의 병사를 본진에 남겨 수비를 명하고 직접 나머지 절반의 병사들을 지휘하여 황충이 진을 치고 있는 산을 향해 출발했다.

산기슭에 도착한 하후연 군은 적진을 향해 있는 대로 욕을 퍼부었다. 그러나 황충 군은 꿈쩍도 하지 않았다.

법정은 이 모습을 산 위에서 조용히 지켜보고 있다가 위군의 태반이 피로를 못 이기고 말 위에서 졸고 있는 모습을 보고 이때다 싶어서 백기를 들어 신호를 보냈다. 그 신호에 대기하고 있던 황충 군이 산 위에서 일제히 북을 울리고 피리를 불고 함성을 지르며 밀물처럼 밀고 내려왔다.

황충도 이번 일전이야말로 승패의 갈림길이라고 판단했다.

두 눈을 부릅뜨고 선두에 서서 거센 기세로 달려가니 위나라 병사들은 어지럽게 흩어져서 한 놈도 덤벼들지 않아 그대로 곧장 하후연에게 달려들어 단칼에 머리에서 어깨에 걸쳐 두 동강을 내버렸다.

위나라 병사들은 이 모습을 보고 급격하게 무너지며 뿔뿔이 흩어져 도망치기 시작했다. 황충은 승세를 몰아 공격의 기세를 늦추지 않고 정군산까지 공격해 올라갔다.

장합은 진언이 받아들여지지 않은 것을 안타깝게 생각했지만, 이렇게 된 이상 후회해도 소용없다고 생각하고 병사들을 수습하여 맞서 싸웠다. 그러나 황충이 진식을 배후로 돌려 두 패로 나눠서 공격해왔기 때문에 결국 버티지 못하고 본진으로 도망치려고 했다.

그때 갑자기 산 옆에서 한 무리의 병사들이 나타났다. 장합이 놀라 선두에 내건 깃발을 보니 조운이라고 큼지막하게 쓰여 있었다.

'조운까지 가세했으니 퇴로를 잃을지도 모른다. 일각이라도 빨리 정군산에 있는 본진으로 돌아가 진용을 수습하고 새로운 작전

을 펴야겠구나.'

이렇게 생각한 장합이 다른 길로 퇴각하려 할 때 두습이 패군을 이끌고 도망쳐 와서 보고했다.

"정군산의 본진이 지금 촉군 대장 유봉과 맹달 등에게 함락되었습니다."

장합은 넋이 나갈 정도로 낙담하고 이제 끝이라는 심정으로 두습과 함께 한수까지 겨우 달아나 진을 쳤다. 패장 두 사람은 보기에도 처량한 모습이었다.

두습이 장합에게 충언했다.

"하후연이 목숨을 잃었으니 이 진영은 대장군이 없어졌습니다. 이 상태라면 병사들이 동요할 우려가 있습니다. 장군께서 임시 도독이 되셔서 병사들을 안정시키는 것이 좋을 듯합니다."

장합도 찬성하고 즉시 파발을 띄워 조조에게 보고했다.

보고를 받은 조조는 하후연의 죽음에 목 놓아 통곡하며 슬퍼했다.

전투를 개시하기 전에 관로가 한 말이 생각났다.

"삼팔종횡三八縱橫이라 함은 삼과 팔이 종횡으로 엇갈리니 이십사 즉 건안 24년에 해당하고, 황저우호黃猪遇虎, 즉 누런 돼지가 호랑이를 만난 것은 기해己亥에 해당한다. 정군산 남쪽에서 한 팔을 잃는다는 것은 조조와 하후연은 형제처럼 지냈는데 하후연을 잃는다는 말이다."

조조는 깊이 감탄했다.

"참으로 신의 점괘로구나. 관로에게 사람을 보내 다시 불러오너라."

그러나 관로는 이미 어디로 떠났는지 행방을 알 수 없었다.

조자룡

||| 一 |||

하후연의 머리를 취한 것은 노장 황충에게는 평생의 영광이라고 할 수 있을 것이다.

그는 기뻐하며 가맹관으로 가서 유비 앞에 하후연의 머리를 바쳤다. 유비는 그의 공을 치하한 것은 물론 그 자리에서 그를 정서대장군征西大將軍에 봉했다.

"노장 황충을 위해 축하 자리를 마련해야겠다."

그날 밤 유비는 큰 연회를 베풀었다.

그때 전선前線의 대장 장저張著로부터 급보가 들어왔다.

"하후연이 목숨을 잃었다는 소식에 조조가 격분하여 직접 병사 20만을 이끌고 서황을 선봉으로 살기등등하게 한수까지 진격해 왔습니다. 그런데 무슨 생각을 했는지 거기서 병마를 멈추고 미창산의 군량을 북산北山 쪽으로 옮기고 있습니다."

공명은 이내 정세를 판단하고 유비에게 대책을 제시했다.

"보아하니 조조는 20만이라는 대군을 이끌고 온 탓에 군량이 부족해질 것을 우려하여 미리 군량을 확보할 생각인 것 같습니다. 요컨대 그의 약점이 거기에 있다는 것을 스스로 폭로한 셈입니다. 지금 아군 병사들을 국경 밖으로 보내 그 군량을 빼앗는다면 앞으로의 전투에서 가장 큰 공훈이 될 것입니다."

옆에서 듣고 있던 황충이 나서며 말했다.

"군사, 나를 보내주시오. 내가 다시 한번 출격하여 그 일을 완수하겠소."

공명은 냉정하게 고개를 옆으로 저으며 말했다.

"노장군. 이번 적인 장합은 하후연과는 격이 다릅니다. 하후연은 단순한 용장이었지만 장합은 그렇게 단순하지 않아요."

노장 황충은 눈을 번뜩이며 강한 어조로 자신에게 그 임무를 맡겨달라고 주장했다. 공명은 그가 실컷 큰소리치게 한 후 겨우 허락하며 말했다.

"그럼, 부장으로 조운 장군을 데리고 가시오. 무슨 일을 하든 조장군과 협의한 후에 하시고요."

공명은 여전히 황충이 걱정된다는 투로 말했다.

그런데도 황충은 용감하게 출격했다. 조운은 한수에 당도하자 황충에게 물었다.

"장군은 이번 일을 선뜻 맡았는데 가슴속에 무슨 묘책이라도 있습니까?"

"묘책? 그런 것은 없네. 그저 죽을 각오로 싸울 뿐이지. 이번뿐만 아니라 그것이 내가 전투에 임할 때의 마음가짐이네."

"아니, 장군을 그런 위험한 곳에 보낼 수는 없습니다. 선봉은 제가 맡겠습니다."

"무슨 말인가? 막무가내로 요청한 내가 앞장서는 것이 당연하네. 그대는 부장이니 후진에 서게."

"같은 주군을 섬기며 같이 충의를 다하려는 데 무슨 주장과 부장의 차별이 있겠습니까? 그렇다면 누가 선봉에 설지 제비를 뽑아 결정하기로 하시죠."

"제비뽑기로? 재미있겠군."

두 사람은 동시에 제비를 뽑았다. 황충이 '선'을 뽑고, 조운이 '후'를 뽑았다.

"만약 내가 오시午時까지 적지에서 돌아오지 않으면 그때는 원군을 보내주게."

이 말을 남기고 황충은 일군을 이끌고 적경敵境 깊숙이 들어갔다. 조운은 그를 배웅한 뒤 마음이 놓이지 않은 듯 부하인 장익張翼에게 말했다.

"노장군이 오시까지 돌아오지 않으면 난 즉시 한수를 건너 죽기살기로 적진 깊숙이 달려갈 것이다. 그때는 네가 본진을 지키면서 특별한 경우를 제외하고는 움직여서는 안 된다."

한편 노장 황충은 불과 500여 명의 부하를 이끌고 미명에 한수를 건너 날이 밝을 무렵에는 적의 군량 본부인 북산 기슭으로 은밀히 다가가 산 위의 상황을 살폈다.

"목책은 견고하나 수비하는 병사들이 적구나. 자, 달려가서 적의 군량에 불을 질러라."

황충은 힘차게 명령을 내렸다. 명령을 듣자마자 촉의 병사들은 아침 안개를 뚫고 달려가 곳곳의 목책을 부수고 아직 자고 있는 위군을 공격했다.

||| 二 |||

한수 동쪽에 진을 치고 있던 장합은 이날 아침 북산의 연기를

보고 소스라치게 놀랐다.

"앗, 큰일났다!"

즉시 병사들을 준비시키고 자신이 직접 앞장서서 북산으로 달려갔다. 그러나 북산에 도착했을 무렵에는 이미 산에 있는 모든 군량이 불길에 휩싸인 뒤였고, 곳곳의 산길과 언덕길에서는 황충의 부하들과 이곳을 수비하는 병사들이 어지럽게 뒤엉켜서 싸우고 있었다.

"이런!"

장합은 발을 동동 구르며 부하들에게 명령했다.

"이렇게 된 이상 촉군의 잡병들을 모조리 짓밟아버리고 그 수장인 황충의 목이라도 베지 않으면 주군을 뵐 면목이 없다. 게다가 황충은 하후연의 원수, 절대 살려두어서는 안 된다."

온 산의 초목이 활활 타는 가운데 양군의 백병전은 해가 중천에 오를 때까지 계속되었다.

이 소식은 조조가 있는 본진에도 전해졌다. 그곳에서도 북산에서 오르는 검은 연기가 똑똑히 보였다.

"서황, 출진하라."

조조는 원군을 보냈다.

이때 이미 사시巳時(09시~11시)를 지나고 있었다. 한수의 건너편에서 조운은 아침부터 마른침을 삼키고 있었다.

'아직 오시는 되지 않았지만, 꽤 오래전부터 저 검은 연기가 오르고 있다. 이제 황 장군의 안부를 알아보도록 하자.'

이렇게 결심한 그는 부하인 장익에게 명령했다.

"조금 전에 말한 대로 넌 요새 곳곳에 궁수를 배치하고 적이 다가올 때까지 함부로 움직이지 마라."

그리고 즉시 3,000여 명의 병사들을 인솔해 들판을 가로지르고 여러 줄기의 시내를 건너 검은 연기가 피어오르는 북산으로 갔다.

"어딜 가느냐?"

문빙의 부하 모용렬慕容烈이라는 자가 그의 앞길을 가로막으며 소리쳤다.

"기특한 놈이군. 마중하러 왔느냐?"

조운은 단칼에 그를 베어버렸다.

"아군인 줄 알았는데 적병이었군. 대장은 앞으로 나와라."

북산의 기슭 가까이에 한 무리의 병사들을 거느리고 이렇게 말하며 조운의 앞길을 막는 자가 있었다.

"나는 위의 대장 초병焦炳이다."

조운은 앞으로 나오며 말했다.

"앞서 온 측의 병사들은 어디에 있느냐?"

초병은 껄껄 웃으며 대답했다.

"무슨 잠꼬대 같은 소리냐? 황충을 비롯해 촉군들은 이미 한 놈도 남지 않고 다 죽었다. 너도 죽고 싶어서 여기까지 찾아왔느냐?"

그는 말하면서 말 위에서 날카로운 삼첨도三尖刀를 내뻗었다.

"정말이냐? 그럼 죽음의 결투를 시작하자."

조운은 목청껏 고함을 지르며 초병에게 달려들어 그의 가슴을 창으로 꿰뚫어서 하늘 높이 들어올렸다.

"조자룡이 여기 있다!"

이렇게 소리 지르며 위군들 사이로 말을 몰아 돌진했다.

그는 병사들과 연기로 소용돌이치는 곳으로 달려들어 적들을 베고 찌르고 짓밟으며 종횡무진 활약했다. 그러면서 의식하지 못한 사이에 장합과 서황의 포위망을 돌파했지만 아무도 조운의 앞길을 가로막지 못했다.

"조 장군이다. 조 장군이다!"

북산 여기저기에서 적에게 포위되어 있던 전멸 직전의 황충 군은 그가 자신들을 구하러 왔다는 사실을 알고 엉겁결에 함성을 지르며 모여들었다.

500명이었던 병사들은 3분의 1로 줄어 있었다. 그래도 그들 중에 다행히 황충의 얼굴이 보였다. 조운은 황충의 몸을 안아 안장에 태웠다.

"모시러 왔습니다. 이제 안심하십시오."

황충은 뒤돌아보면서 부하인 장저가 보이지 않는다고 한탄했다. 조운은 이 말을 듣고 즉시 되돌아가서 포위되어 있던 장저를 구해내 다시 달리기 시작했다.

조조는 높은 곳에 올라가 이날의 전투를 보고 있다가 깜짝 놀라 말했다.

"저자는 상산의 조자룡이 아닌가? 자룡 외에는 저렇게 싸울 수 있는 자가 없다. 그의 앞을 경솔하게 가로막지 마라."

그는 급하게 북을 치게 하여 아군 장졸들에게 쓸데없이 목숨을 버리지 말라고 경고했다.

||| 三 |||

조조는 당황해서 어쩔 줄을 모르는 아군을 수습하여 한수 이편에서 진용을 새롭게 정비하고 직접 앞장섰다. 부하들의 패배를 자

신의 지휘로 만회하려는 듯했다.

황충과 장저를 무사히 구출하여 아군 성채로 돌아온 조운은 서로의 무사함을 기뻐하며 오늘의 승리를 축하하는 축배를 들 준비를 하라고 명했다.

"다시 생각하니 위험한 일전이었소."

그때 후방의 장익과 병사들이 먼지를 날리며 도망쳐왔다. 그들은 몹시 당황한 듯했는데, 앞다투어 도망쳐와서는 마치 천둥소리에 놀라 귀를 막고 벌벌 떠는 부녀자처럼 말했다.

"큰일났습니다. 성문을 닫으십시오. 다리를 올리십시오."

조운이 아직 잔도 들기 전이었다.

"무슨 일이냐?"

장익은 축배를 들 때가 아니라는 표정으로 고했다.

"큰일났습니다. 조조가 왔습니다. 직접 대군을 이끌고 곧 이쪽으로 들이닥칠 것입니다. 어마어마한 대군이 한수를 건너고 있습니다."

그러자 조운은 횃불 같은 눈을 하고 장익의 나약함을 꾸짖었다.

"예전 장판교에서 조조 군 80만을 초개처럼 짓밟은 자가 누구였는지 모르느냐?"

그리고 장익과 그의 부하들을 독려했다.

"모든 진문을 활짝 열어라. 사수들은 모두 해자 안에 몸을 숨기고 있어라. 깃발을 내리고 북은 치지 마라. 그리고 조용히 있어라. 적이 코앞까지 다가와도 절대 움직이지 마라."

이윽고 조용해진 성안에서 해자의 다리 쪽으로 다그닥 다그닥 달려가는 말발굽 소리가 이상하리만치 크게 들렸다.

조운이 홀로 창을 비껴들고 다리 위에 서 있었다. 손그늘을 만들어 맞은편을 바라보니 누런 흙먼지를 일으키며 위의 대군이 이쪽으로 물밀 듯이 밀려오고 있었다.

그러나 구름처럼 밀려오던 그 대군도 성 근처까지 오더니 갑자기 딱 멈추었다. 단지 멀리서 파도 소리 같은 함성만이 들려올 뿐이었다.

"적의 성에 수상한 것이 있다."

"문이 활짝 열린 채 사람이 없는 것처럼 조용하다."

"뭔가 계책이 있는 게 틀림없다. 함부로 다가가지 마라."

위군의 선봉은 의심암귀疑心暗鬼(의심이 생기면 귀신이 생긴다는 뜻으로 의심하는 마음이 있으면 대수롭지 않은 일까지 두려워서 불안해함)에 사로잡혀서 그 자리에서 앞으로 단 한 발짝도 나아갈 수 없었다.

중군에 있던 조조는 무엇을 주저하고 있느냐며 진영 앞으로 나와 돌진하라고 명령했다.

날이 저물고 있었다. 저녁 안개를 뚫고 서황의 부대와 장합의 부대가 돌진했다. 그러나 다리 위의 조운은 미동도 하지 않았다. 그런 그의 모습을 보고 서황과 장합은 으스스한 기분이 들어 도중에 말머리를 돌리려고 했다.

그러자 비로소 조운이 입을 열었다.

"어이, 위군들아! 여기까지 와서 그냥 돌아가는 법이 어디 있느냐? 멈춰라, 멈춰!"

장합과 서황도 조조가 이미 뒤에서 따라오고 있었기 때문에 다시 용기를 내어 해자 근처까지 달려왔다. 바로 지금이라고 생각했는지 조운이 다리 아래를 향해 뭐라고 소리치자, 즉각 해자에서 무수한 화살이 날아왔다.

　위나라의 병사들과 말들이 거짓말처럼 픽픽 쓰러졌다. 조조는 간담이 서늘해져서 도망치기 시작했다. 그러나 이미 때는 늦었다. 촉의 별동부대가 미창산의 샛길로 우회했고, 또 다른 부대는 북산의 기슭으로 나갔다. 돌아보니 위군 진영 곳곳에서 불길이 오르고 있었다. 조조는 더욱 퇴각을 서둘렀고 성안에서는 조운을 비롯해 전군이 추격해왔다. 한수에 다다르자 물에 빠져 죽는 자, 창칼에 쓰러지는 자가 속출하여 그 수를 헤아릴 수 없었다.

차남 조창

||| 一 |||

샛길로 해서 미창산의 한쪽으로 나와 위군에 더 큰 피해를 입힌 것은 촉의 유봉과 맹달이었다.

이 별동대는 물론 공명의 지시에 의해 먼길을 우회하여 적과 아군도 예측하지 못한 지점에서 황충과 조운을 지원한 것이었다.

그렇다 해도 두 사람의 공은 컸다. 특히 조운이 이번에 보인 활약에는 평소 그를 잘 알고 있는 유비조차 "정말 배짱이 두둑하구나."라고 새삼스레 감탄하며 칭찬했다.

한편 조조는 예상외의 패배를 당하고 먼 남정 부근까지 퇴각해 '이 치욕을 반드시 설욕하고야 말겠다.'며 오로지 병력 증강만을 서둘렀다.

조조 군에 파서 탕거宕渠 사람으로 이름이 왕평王平, 자가 자균子均이라는 자가 있었다. 그는 이 부근의 지리에 밝았는데 이 때문에 조조에게 뽑혀 아문장군牙門將軍으로 등용되어 지금 서황의 부장으로 한수의 기슭에서 다음 결전을 계획하고 있었다.

서황이 말했다.

"강을 건너서 적진을 공격한다."

왕평이 반대했다.

"강을 등지는 것은 불리합니다."

두 사람은 의견이 맞지 않았다.

"한신韓信이 배수진을 친 것을 모르는가? 손자도 사지에 생生이 있다고 했다. 너는 보병을 이끌고 강기슭을 막아라. 나는 기병을 이끌고 적을 치겠다."

서황은 부교浮橋를 건너가 버렸다.

그는 맞은편 기슭으로 가면 반드시 촉의 병사들이 북을 울리며 공격해올 것이라 예상하고 있었지만, 화살 하나 날아오지 않자 맥이 빠졌다. 그래도 적의 목책을 파괴하고 참호를 메웠다. 이윽고 일몰이 가까워지자 촉군 진지를 향해 화살을 쏘았다.

이날 유비 옆에서 적이 하는 대로 보고만 있던 황충과 조운이 유비에게 말했다.

"저렇게 쓸데없이 활을 쏘는 것을 보니 밤이 되기 전에 서황의 병사들은 물러갈 것으로 보입니다."

두 사람은 그들의 퇴로를 끊을 때가 지금이라는 듯 몸을 들썩였다. 유비도 이를 알아챘는지 갑자기 명령을 내리고 두 사람을 재촉했다. 황충과 조운은 좋아서 펄쩍 뛰며 이윽고 황혼이 깃든 들판으로 병사들을 움직이기 시작했다.

"겁쟁이 같은 놈들이 이제야 나왔구나."

서황은 촉군을 보자 피에 굶주린 호랑이처럼 고함을 쳤다.

"황충, 이 늙다리야! 또 도망칠 생각이냐?"

적의 깃발을 보고 그는 맹렬한 기세로 달려나왔다. 황충의 부하들도 일제히 북을 울리고 함성을 지르며 달려들었지만, 맥없이 무너지더니 거미 새끼들처럼 어둠 속으로 흩어져 달아났다.

"잘도 도망치는구나. 내가 그리도 무서우냐?"

서황은 일부러 적을 모욕하면서 어떻게든 황충을 잡으려고 했다. 그런데 갑자기 뒤쪽에서 적의 낌새가 느껴졌다.

놀라서 돌아보니 한수의 부교가 화염에 휩싸여 있었다. 방심하고 있는 사이에 적이 퇴로를 끊은 것이었다. 서황은 급히 되돌아가 전군을 향해서 외쳤다.

"물이 얕은 곳을 건너서 퇴각하라!"

그 순간 강기슭의 풀과 나무가 촉군으로 변하더니 맨 앞에는 조자룡, 뒤에서는 황충이 포위해오며 외쳤다.

"한 놈도 살려 보내지 마라."

서황은 겨우 사지에서 벗어나 거의 단신으로 간신히 한수의 건너편으로 달아났다. 그는 패전의 죄가 마치 부장의 죄인 양 왕평에게 마구 역정을 내며 욕을 퍼부었다.

"어째서 너는 나의 후진에서 돕지 않고 부교가 불타는 것을 보고만 있었느냐? 이 사실을 위왕께 소상히 보고하겠다."

왕평은 묵묵히 그의 말을 참으며 듣고 있었다. 그러나 그는 서황과 의견이 달랐을 때부터 이미 서황의 무능을 경멸하며 위군은 가망이 없다고 체념한 듯했다. 그날 한밤중에 그는 자신의 진지에 불을 지르고 부하들과 함께 탈출하여 한수를 건너 촉에 투항해버렸다.

"기대하지도 않은 왕평이 항복한 것은 한수를 취할 전조다."

유비는 그를 받아들여 편장군偏將軍에 봉하고 군로軍路의 길잡이로 중용했다.

서황의 패전은 모두 왕평의 죄로 전가되었다. 조조는 길길이 뛰며 화를 냈다. 그리고 다시 한수를 전면에 두고 진을 쳤다.

유비와 공명은 강을 사이에 두고 그들의 움직임을 냉정하게 살피고 있었다.

공명이 입을 열었다.

"상류에 일곱 개의 언덕으로 이루어진 산지가 있습니다. 일곱 개의 언덕 안쪽은 연꽃 모양의 분지여서 많은 병사를 숨길 수 있습니다. 병사 700~800명에게 북과 징을 들려 매복시켜두면 나중에 분명 큰 도움이 될 것입니다."

"누구를 보내면 좋겠소?"

"만일 적에게 발각되면 전멸당할 우려도 있으니 역시 조운 장군을 보낼 수밖에 없을 것입니다."

다음 날, 또 공명은 다른 봉우리에 올라 위군 진영의 정세를 살피고 있었다. 이날 위의 한 부대가 강의 얕은 곳을 걸어서 건너와 끊임없이 화살을 쏘고 징을 울리고 욕설을 퍼부어댔지만, 촉은 일절 대응하지 않았다.

위군도 그 이상은 경솔하게 진격하지 않고 밤이 되자 모두 진영으로 돌아갔다. 그리고 화톳불조차 희미하게 밝히며 자중하고 있는 듯했다.

그때 갑자기 한밤중의 정적을 깨며 한 발의 석포가 울렸다. 징과 북, 함성이 하나가 되어 순간 천지를 뒤흔들었다.

"앗, 야습이다."

"아니, 적은 보이지 않아."

"가까운 곳에도 없고 먼 곳에도 없다?"

병사들은 당황한 기색이 역력했다. 조조는 편치 않은 마음으로 어둠에 묻힌 사방을 둘러보았으나 아무것도 발견하지 못했다.

"쓸데없이 소란피우지 마라. 우왕좌왕하는 병사들을 재워라."

조조도 잠자리에 들었으나 또다시 석포가 터지는 소리와 함성이 들렸다. 그것이 대체 어디서 들려오는 것인지 짐작조차 가지 않았다.

이 소리는 사흘 동안 매일 밤 들려왔다. 조조는 사졸들이 모두 수면 부족에 시달리는 모습을 보고 이래서는 안 되겠다 싶어 급히 30리 정도를 후퇴하여 광야 한가운데에 다시 진을 쳤다.

공명이 웃으며 말했다.

"조조도 귀신에 홀렸군."

물론 밤마다 울리는 포성과 북소리, 징 소리는 상류의 분지에 숨어 있던 조운 군이 벌인 일이었다.

나흘째 밤이 새자 촉군의 선봉은 물론 중군까지 모두 강을 건너 한수를 뒤로 하고 진을 쳤다.

"뭐, 배수진을 쳤다고?"

조조는 의심하는 한편 적의 결의가 보통이 아닌 것을 눈치채고 지금이 위와 촉이 건곤일척乾坤一擲의 승부를 벌일 때라고 판단하고 유비에게 전서를 보냈다.

내일 오계산五界山 앞에서 만나자.

전서란 즉 결전장決戰狀을 말한다. 유비도 흔쾌히 승낙했다. 다음 날 촉군은 온갖 군악과 깃발로 위풍을 과시하면서 전진했다.

위의 대군은 금수를 놓은 붉은 비단으로 만든 위의 왕기王旗를 중심으로 용봉기龍鳳旗를 늘어세우고 북소리 한 번에 여섯 걸음씩 당당하게 진군해왔다.

"유비는 어디 있는가?"

채찍을 들어 조조가 말 위에서 유비를 불렀다. 촉군 진영에서 유비가 유봉과 맹달을 좌우에 거느리고 달려나왔다.

"오랜만이다, 조조. 그대는 오늘부로 허무하게 생을 마감하려는 것인가?"

조조가 화를 내며 대답했다.

"닥쳐라. 나는 네놈의 배은망덕함을 꾸짖고 반역죄를 물으러 온 것이다."

"이 현덕은 대한大漢의 종친이다. 가소롭구나. 너야말로 함부로 천자의 자리를 넘보는 반역자. 오늘 비로소 그 대역죄를 벌하겠다."

전선戰線만 수 리에 달하는 대야전이 펼쳐졌다. 오시午時가 지날 때까지 시종 위가 승기를 잡았다. 촉의 병사들은 마구馬具를 버리고 앞다투어 달아나기 시작했다.

"쫓지 마라. 퇴각의 징을 울려라."

조조는 급히 군을 수습했다. 무슨 일인가 하고 위의 장수들은 의아해했으나 조조는 촉군이 패주한 것을 거짓이라고 보았기 때문에 신중을 기한 것이었다.

그러나 위의 병사들이 퇴각하자 갑자기 촉이 공격하기 시작했다. 조조는 자신의 지혜와 싸워 그 지혜에 지고 있는 꼴이었다.

　지혜로운 자는 오히려 그 지혜에 발목이 잡힌다고 한다. 공명이 조조에게 쓴 작전은 모두 조조 자신이 자신의 지혜와 싸우게 하며 그 미혹의 허를 찌른 것이었다.

　그리하여 조조가 자부하고 있던 지모가 오히려 조조의 패배를 자초하여 사기가 크게 떨어진 조조 군은 남정南鄭에서 포주褒州까지 연속으로 적의 손에 넘겨주고 양평관까지 쫓겨가고 말았다.

　촉의 대군은 이미 남정과 낭중閬中, 포주 지방으로 침투하여 민심 수습과 치안까지 바로잡으며 완벽히 승리했음을 과시했다.

　이때 양평관에 있는 위군 쪽에 다시금 아군의 군량 저장지가 위험하다는 보고가 들어왔다. 조조는 허저를 불러 명령했다.

　"이런 상황에 그곳의 군량까지 촉군에게 빼앗긴다면 큰일이다. 그대는 군량을 지키는 관리들과 협력하여 군량 전부를 후방의 안전한 지점으로 옮기도록 하라."

　허저는 1,000여 명의 병사들을 이끌고 양평관을 나왔다. 목적지에 도착하자 군량을 지키는 관리들은 기뻐하며 그를 맞았다.

　"지금 원군이 오지 않았다면 아마도 2, 3일 안에 여기에 있는 군량과 군수품을 모두 촉군에게 빼앗겼을 것입니다."

　너무 기쁜 나머지 관리들은 허저를 조금 과하게 환영했다. 연회에 참석한 허저는 잔뜩 취했다. 그러나 반대로 기개는 더욱 높아져서 관리가 포주 경계에 있는 적에 대해서 주의를 주자 이렇게 말했다.

　"안심해라. 만부부당의 허저가 여기 있지 않느냐? 오늘 밤 달이 밝으니 산길을 가기에 좋을 것이다. 어서 말과 수레를 준비하라."

　길게 늘어진 이 치중輜重(말이나 수레에 실은 짐)의 행렬은 초저녁에 나와서 한밤중 무렵 포주의 험로로 접어들었다. 그러자 골짜기에서 한 무리의 촉군이 함성을 지르며 공격해왔다.

"적은 아래의 골짜기에 있다. 돌과 바위를 떨어뜨려 모두 죽여라."

위군들은 지리적 이점을 이용해 싸울 생각이었는데, 자신들의 머리 위로 바위와 돌이 떨어져 내려왔다.

복병은 산 아래뿐만 아니라 산 위에도 있었다. 토막토막 잘린 지네처럼 군량을 실은 수레는 한꺼번에 골짜기의 품으로 나왔다. 이곳에도 한 무리의 적군이 기다리고 있었다. 허저를 보자마자 그 적장이 소리쳤다.

"허저야, 덤벼라!"

그는 창으로 번개같이 허저의 어깨를 찔렀다.

허저는 싸우기도 전에 중상을 입고 말에서 굴러떨어졌다.

장비의 두 번째 창이 비룡처럼 허저의 숨통을 끊으려 한 순간 큰 돌 하나가 날아와 장비가 탄 말에 맞았다. 말이 날뛰기 시작했다.

위험한 순간 허저는 수하 부장들의 도움으로 간신히 목숨을 건질 수 있었으나, 치중의 대부분을 장비 군에게 빼앗기고 허둥지둥 양평관으로 도망쳤다.

그러나 양평관도 이미 불길에 휩싸여 있었다. 패해서 후퇴하여 각 전선에서 밀려오는 아군이 양평관의 안팎으로 가득하여 위왕 조조의 소재조차 알 수 없었다.

"이미 북문으로 빠져나가 사곡斜谷을 향해 퇴각하셨습니다."

아군의 한 장수에게 이 말을 듣고 허저는 사태의 위급함에 놀라면서 주군의 뒤를 쫓아 전력으로 달렸다.

한편 양평관을 버리고 부하들의 호위를 받으며 사곡에 도착한 조조는 저편 험지에서 하늘을 덮을 정도로 말 먼지가 이는 것을 보고 얼굴이 창백해졌다.

'아, 저들도 공명이 숨겨놓은 복병인가? 만약 그렇다면 나도 여기서 끝이구나.'

그러나 그들은 조조의 차남 조창曹彰이 이끌고 온 아군 5만 명이었다. 조창은 아버지와는 별도로 대주代州 오환烏丸(산서성 대현)에서 일어난 오랑캐의 반란을 평정하러 갔었는데, 한수 방면의 전투에서 아군이 불리하다는 소식을 듣고 아버지의 명령도 기다리지 않고 밤낮을 가리지 않고 힘을 보태기 위해 달려온 것이었다.

"뭐, 북국의 반란도 평정하고 나를 도우러 왔다고? 기특하구나. 참으로 기특해. 너의 말을 들으니 용기가 솟는구나. 반드시 유비를 물리치마."

조조는 몹시 기뻐하며 말 위에서 손을 내밀어 아들의 손을 잡더니 한참 동안 그 손을 놓지 않았다.

계록

||| 一 |||

지금까지 패주를 거듭하던 조조도 아들 조창과 새로 가세한 아군 5만을 보자 예기를 새롭게 하고 급히 군령을 내렸다.

"여기 사곡의 천험天險이 있고, 여기 북쪽 오랑캐를 평정한 용기 있는 병사 5만이 있다. 게다가 나의 차남 조창은 무예에 능하고 나의 오른팔이라 해도 부끄럽지 않은 자다. 이렇게 세 가지 아군을 얻은 이상 다시 전력을 만회하여 유비를 깨부수는 일은 손안의 달걀을 깨뜨리는 것과 같다. 자, 사곡을 근거지로 삼아 지금까지 당한 패배의 치욕을 단번에 설욕하자!"

이렇게 전쟁의 양상은 바뀌었다. 양군 모두 병력을 정비하고 휴식을 취한 후 제2차 대전에 돌입했다.

유비는 장수들과 함께 진영 앞으로 나와 말했다.

"아마도 조조는 이번 서전에서 자신의 아들 조창을 자랑스럽게 내보낼 것이다. 그때 조창을 맞아 일격에 쓰러뜨려 적의 사기를 꺾는다면 위군 잡병 몇만을 때려잡는 것보다 이번 전쟁의 국면을 일변시키는 데 더 효과가 클 텐데……. 누가 조창의 목을 가져오겠나?"

"제가 가겠습니다."

"아니, 제가 가겠습니다."

동시에 자원한 것은 맹달과 유봉이었다. 그러나 맹달은 유봉을 보고 조금 망설이는 모습을 보였다. 유봉은 유비의 양자, 조창은 조조의 아들. 유봉으로서는 반드시 나가고 싶은 명예로운 일전일 것이라고 생각했기 때문이다.

그러나 유비는 장졸을 불문하고 공평을 기하고 있었기 때문에 유봉이 자신의 양자라고 해서 특별히 그를 선택하는 일은 없었다.

"그렇다면 두 사람에게 명한다. 각각 5,000명의 병사를 이끌고 좌우의 선봉에 서서 대기하다가 조창이 나오면 각자 공을 세워라. 그 활약에 따라 은상을 내릴 것이다."

"감사합니다."

두 젊은이는 분연히 일어나 각각 5,000명의 병사를 이끌고 선봉의 좌우 양날개가 되어 진을 쳤다.

이윽고 북소리도 요란하게 사곡에 진을 친 적의 일군이 평야에 전열을 갖추자마자 한 사람이 그 전열에서 나오며 큰 소리로 외쳤다.

"현덕은 있느냐? 위왕의 차남 조창이 바로 나다. 아버지를 대신해 일전을 겨루겠다. 현덕은 앞으로 나와라."

멀리서 봐도 화려한 차림을 하고 있는 그는 말할 것도 없이 조조의 아들 조창이 틀림없었다.

맹달은 좌익에서 나가려다가 일단 양자 유봉에게 양보해야 한다는 생각에 기다리고 있었다. 그때 오른쪽 진영에 있는 유봉은 아버지 유비의 위엄을 등에 업고 그 역시 화려한 갑옷과 투구를 자랑하며 즉시 말을 달려 돌격했다.

그러나 조창에게 다가가 10여 합을 싸우기도 전에 그 일대일 결투는 누가 봐도 조창이 우세하다는 것을 알 수 있었다. 유봉의 무예로는 도저히 조창을 당해내지 못했다.

"유봉, 그 적은 내가 맡겠으니 물러나시오."

맹달이 급히 달려나가 유봉을 대신해 조창과 맞섰다.

유봉은 한마디도 하지 않고 등을 보이며 도망가기 시작했다. 조창은 맹달을 뿌리치고 모욕적인 언사를 퍼부으며 유봉을 뒤쫓아 갔다.

"유봉아, 도망치느냐? 네 아비 현덕이 그리 가르치더냐? 네 아비의 얼굴에 똥칠을 하려느냐?"

그런데 아군이 뒤쪽에서 붕괴하기 시작했다. 놀라서 되돌아가 보니 촉의 오란, 마초 등이 어느 틈에 사곡의 기슭으로 나와 퇴로를 끊으려 하고 있었다.

조창은 아버지를 닮아 병기兵機를 보는 데 탁월했다. 이미 다소의 피해를 입었지만, 아직 그 화가 치명적이지는 않았다. 그는 즉시 병사들을 수습하여 적장 오란의 진중을 돌풍처럼 짓밟은 뒤 사곡의 본진으로 돌아갔다. 게다가 도중에 길을 가로막는 적장 오란을 말 위에서 단칼에 베어버리고 느긋하게 돌아온 그의 무장다움은 과연 조조의 아들다웠다. 아버지 조조의 젊은 시절과 닮은 구석이 있었다.

||| 二 |||

유봉은 면목이 없었다. 양부 유비를 대하기도 부끄러웠다. 그러나 맹달에 대해서는 이상한 질투심을 품었다.

'나의 패배가 더욱 꼴사납게 보인 것은 그가 옆에서 주제넘게

나서서 조창을 쫓아버린 탓이야.'

이후 유봉과 맹달은 왠지 껄끄러운 사이가 되었다. 유봉은 무용도 변변찮은 데다가 도량에 있어서도 유비의 양자라고 하기에는 다소 부족한 부분이 있었다.

그러나 조조 쪽에서도 서전 이후 날마다 사기가 저하되고 있었다. 한때 조창이 유봉에게 이겼다고 기뻐했으나 전체적으로는 걱정스러운 전황이었던 것이다. 촉의 장비와 위연, 마초, 황충, 조운이라는 쟁쟁한 장수들이 각자 병사들을 이끌고 사곡의 턱밑까지 와 있었다.

조창도 유봉에게는 이겼지만, 그 이후로는 전투에 나갈 때마다 촉의 맹장들이 눈엣가시로 여겨 쫓는 통에 꼼짝을 할 수가 없었다.

여기는 도성과 멀리 떨어진 사곡(섬서성 한중과 서안의 중간), 만약 지금보다 더 큰 패배를 당하여 병력 손실이 커진다면 본국으로 돌아가는 것조차 어려울 것이다. 조조도 계속되는 아군의 패배에 고민이 이만저만이 아니었다.

'병사들을 수습하여 업도로 돌아가면 천하의 웃음거리가 될 테고 이 사곡을 사수하려 해도 날마다 촉군은 기세를 올리며 공격해 대니 결국 여기서 죽임을 당할 것만 같구나……'

이날 밤도 그는 관성關城의 한 방에 틀어박혀 홀로 턱을 괴고 깊은 생각에 잠겨 있었다.

그때 요리부의 관리가 조심스럽게 상을 올리고 물러갔다.

조조는 고심에 찬 표정으로 상을 끌어당겼다. 따뜻한 합盒의 뚜껑을 열자 그가 좋아하는 닭찜이 들어 있었다. 먹고는 있었지만 맛을 몰랐다. 그는 닭(鷄)의 갈비(肋)를 뜯고 있었다.

그때 하후돈이 장막을 젖히고 뒤에 서서 물었다.

"오늘 밤의 암호는 무엇으로 하시겠습니까?"

매일 저녁 정시에 조조에게 암호를 물으러 오게 되어 있었다. 즉, 야간의 경비 방침이었다. 조조는 아무 생각 없이 중얼거렸다.

"계륵, 계륵."

닭 갈비를 먹고 있었기 때문에 무의식적으로 말했던 것이다. 하후돈은 조조의 말이라 뭔가 함축적인 의미가 있는 명령일 것이라 생각하고 그곳을 물러나자마자 성안의 요소요소를 돌며 경비하는 장수들에게 알렸다.

"오늘 밤의 암호는 계륵이라고 하셨다. 계륵, 계륵."

장수들은 의아했다. 계륵이 대체 무슨 의미일까? 아무도 그 의미를 알 수 없었다. 그 의미를 알 수 없어서 사람들은 당혹해할 뿐이었다. 그때 행군주부行軍主簿 양수만이 부하들을 모아놓고 갑자기 지시를 내렸다.

"도성으로 돌아갈 준비를 해라. 행장을 꾸리고 철수 명령을 기다려라."

하후돈은 깜짝 놀랐다. 자신이 전달한 말이지만 실은 자신도 그 의미를 몰랐기 때문에 즉시 양수에게 물었다.

"무슨 이유로 귀공의 부대는 갑자기 철수 준비를 하는 것인가?"

"계륵이라는 암호 때문입니다. 닭의 갈비라는 것은 먹으려 해도 살이 없고 버리자니 아까운 것이지요. 지금 직면하고 있는 전투가 마치 살이 없는 닭 갈비를 뜯고 있는 것과 마찬가지라고 생각하신 듯합니다. 이를 깨달았기에 위왕께서도 이익 없는 고전을 접기로 결심하신 것이라 생각합니다."

"과연."

하후돈은 위왕의 생각을 간파한 것이라고 감탄하며 은밀히 양수의 말을 다른 장수들에게 전했다.

||| 三 |||

그날 밤도 조조는 고심하며 잠을 이루지 못하다가 한밤중이 되자 몸소 은도끼를 들고 각 진영을 돌아보았다.

"하후돈은 어디 있느냐?"

조조는 놀란 얼굴로 달려온 하후돈을 보자마자 물었다.

"병사들이 어째서 갑자기 철수 준비를 하고 있는 것이냐? 대체 누가 행장을 꾸리라고 명령했나?"

"주부 양수가 주군의 마음을 헤아렸기에 일동이 철수 준비를 시작한 것입니다."

"뭐, 양수가? 양수를 이리 불러오너라."

은도끼 자루를 지팡이 삼아 짚은 조조는 못마땅한 표정을 짓고 있었다. 이윽고 양수가 그 앞에 엎드려 말했다.

"주군께서 오늘 밤의 암호를 계륵이라고 하셨다는 말씀을 듣고 사람들이 그 뜻을 헤아리지 못해 곤란해하고 있었습니다. 그래서 제가 그 암호의 의미를 풀어 사람들에게 철수 준비를 해야 한다고 말했습니다."

양수가 자신의 속마음을 거울을 들여다보듯이 알아맞히자 조조는 두려운 마음 한편으로 몹시 불쾌했다.

"계륵이라고 한 것은 그런 뜻으로 한 말이 아니다. 무례한 놈."

조조는 심하게 꾸짖었을 뿐만 아니라 하후돈을 돌아보며 군율을 어지럽힌 자이니 당장 목을 치라고 명령했다.

추운 새벽, 진문의 기둥에 양수의 머리가 걸렸다. 어젯밤의 재인才人이 오늘 아침에는 새의 먹이로 바쳐진 것이다.

"아, 허무하구나."

장수들도 조조의 냉혹함에 공포를 느끼며 양수의 재능을 아까워했다.

양수는 실로 재능이 풍부한 자였다. 그러나 그 풍부한 재능이 조조의 재능을 능가하여 조조는 늘 그에게 두려움을 느끼고 있었다. 그래서 오히려 조조는 그를 몹시 싫어하게 되었던 것이다.

일찍이 이런 일도 있었다. 업도의 후궁에 온갖 꽃과 나무를 옮겨 심어 사시사철 꽃이 피는 정원이 만들어졌다. 이 소식을 들은 조조는 어느 날 그 정원을 보러 갔다.

조조는 좋다고도 나쁘다고도 하지 않았다. 단지 돌아올 무렵 붓을 가져오게 하여 문에 '활活'이라는 한 글자를 적어놓고 떠났다.

'무슨 뜻이지?'

정원사도 관원들도 그저 고개만 갸웃거릴 뿐 조조의 의중을 헤아리지 못했다. 마침 양수가 그곳을 지나갔다. 사람들이 그에게 뜻을 묻자 양수는 웃으며 대답했다.

"너무 쉬운 문제 아닙니까? 화원이라고 하기에는 너무 넓으니 조금 아담하게 다시 만들라는 주문임이 틀림없습니다. 왜냐고요? 하하하하. 문門 가운데에 활活 자를 쓰면 넓을 활闊 자가 되니까요."

"과연."

모두 감탄하며 즉시 정원을 다시 만들었다. 그리고 재차 조조에게 와서 보기를 청하니 그도 이번에는 몹시 마음에 들어 하며 물었다.

"누가 나의 마음을 헤아려 이렇게 다시 만들었느냐?"

"양수입니다."

정원사가 대답하자 조조는 바로 입을 다물었고 기뻐하는 기색도 사라졌다.

조조도 양수의 재능에는 깊이 감탄하고 있었으나 자신의 의중을 너무나 잘 읽어냈기 때문에 그 감탄이 어느 틈에 질투로 변하여 결국 그의 재능을 불편하게 여기게 되었던 것이다.

위왕의 자리에 오르고 나서 조조는 당연히 다음 왕위를 누구에게 넘겨줄까 하고 자신의 아들들을 살피고 있었다. 어느 날 그는 근신에게 명했다.

"내일 첫째 비와 셋째 자건이를 업성으로 불렀는데 두 사람이 성문에 와도 절대 통과시키지 마라."

조비는 병사들이 통과시켜주지 않자 할 수 없이 돌아갔다.

다음으로 조자건이 왔다. 마찬가지로 관문을 지키는 병사들이 통과시켜주지 않자 이렇게 말했다.

"왕명을 받고 통과하려 하는데 감히 누가 나를 막겠다는 것이냐? 부름을 받아 가는 자는 활시위를 떠난 화살과 같은 것이니 다시 되돌아갈 수 없다."

그러고는 통과해버렸다.

조조는 이 말을 듣고 과연 내 아들이라면서 자건을 크게 칭찬했는데 나중에 그것은 자건의 스승 양수가 가르쳐준 것임을 알고 실망함과 동시에 양수가 쓸데없는 참견을 한다며 그때도 그의 재기에 눈살을 찌푸렸다.

또 양수는《답교答敎》라는 책을 만들어 조자건에게 주며 말했다.

"만약 아버님이 어려운 질문을 하시면 이 책을 펴서 보십시오."

《답교》에는 조조가 물을 만한 질문 서른 가지 항목에 대한 답이 쓰여 있었다.

이런 식으로 조자건 뒤에는 양수가 있었기 때문에 장남 조비보다 무슨 일이든 뛰어나 보였다. 조비는 자신이야말로 아버지의 뒤를 이을 사람이라고 생각하고 있었기 때문에 이런 양수를 눈엣가시로 여겨 기회가 있을 때마다 조조에게 양수의 험담을 늘어놓았다.

'부자지간의 왕위 계승 문제까지 끼어들다니 재기가 있다고는 하나 간사한 자임이 틀림없다. 언젠가 반드시 제거해야 되겠어.'

이렇게 조조는 혼자 마음속으로 결심하고 있었는지도 모른다. 재주를 가진 자는 그 재주 때문에 망한다는 말대로 양수의 죽음은 양수의 재능으로 인한 것이었다. 그의 재능은 참으로 아까운 것이었다. 그가 만약 자신의 재능을 안으로 감추고 조금 자중했더라면 목숨을 잃지 않았을지도 모른다.

그러나 그가 죽은 지 사흘도 지나기 전에 위군 장수들은 그가 한 '계륵'의 해석을 다시 떠올리게 되었다. 촉군은 그날도 그다음 날도 사곡이 함락될 날이 멀지 않았다고 보고 숨도 쉬지 않고 공격을 퍼부었다. 특히 마지막 날은 양군의 접전이 치열하게 펼쳐지며 조조 조차 어지럽게 싸우는 병사들 사이에서 촉의 위연과 한판 승부를 벌이고 있었다. 그때 외치는 소리가 들렸다.

"사곡의 성안에 배반자가 불을 질렀다."

그러나 위의 진중에서 오른 불길은 배반자가 지른 불이 아니라 촉의 마초가 사곡의 험지를 기어올라 성의 뒷문에서 관내를 공격하며 후방을 교란시키기 위해 지른 불이었다.

그러나 성을 나와 싸우고 있던 위군은 이만저만 당황한 것이 아니었다.

"아, 모두 무너졌구나."

후방의 소동에 전방도 혼란에 빠져 수습이 어려운 상황이었다. 조조는 검을 빼서 높이 들어올리며 독전했다.

"함부로 진을 버리고 등을 보이고 도망가는 자는 누구라도 그 자리에서 목을 베겠다."

그러나 그 모습을 보고 촉의 위연과 장비 등이 "내가 조조의 목을 취하겠다."고 소리치며 조조에게 덤벼들었다. 지금 물러서면 부하들을 독려하기 위해 외친 자신의 말을 어기는 것이 되므로 자승자박自繩自縛(자기가 한 말과 행동에 자신이 구속되어 어려움을 겪는 것) 하는 꼴이 되었다.

고전하고 있는 조조를 돕기 위해 방덕이 말을 타고 달려왔다. 그는 조조 앞에 서서 위연의 칼을 막으며 말했다.

"주군, 어서 혈로를 뚫고 달아나십시오."

그는 위연의 부하, 장비의 부하 등 번갈아 덤벼드는 적을 물샐 틈없이 막아냈다.

그때 뒤에서 "앗!" 하는 비명이 들렸다. 조조가 지른 소리였다. 방덕은 덤벼드는 적을 물리치고 조조가 있는 곳으로 말을 달려 갔다.

"무슨 일입니까?"

조조는 말에서 떨어져 있었다. 뿐만 아니라 양손으로 입을 막고 있었다. 멀리서 날아온 화살이 얼굴에 맞아 앞니 두 개가 부러지고 얼굴에서 손까지 피가 홍건했다.

"경상입니다. 정신 차리십시오."

방덕은 그를 자신의 말에 태운 후 어지럽게 싸우는 병사들 사이를 빠져나갔다. 이미 사곡의 관성關城은 완전히 불길에 휩싸여 있었고 주변의 수목에까지 불길이 옮겨붙어 있었다.

위군은 완패했다. 새삼스럽게 양수의 말을 생각해내고 '그때 철수했더라면……' 하고 후회한 것은 단지 위나라의 장졸들뿐만이 아니었다.

아직 상처가 꽤 깊은 조조의 얼굴은 퉁퉁 부어올랐다. 그는 아픈 몸을 수레 안에 누이고 남은 병사들을 이끌고 돌아갔다.

"그래, 양수의 시체는 버리고 왔지만, 그의 유품은 있을 것이다. 그의 장례를 후하게 치러주고 싶구나."

조조는 수레 안에서 잠꼬대처럼 중얼거렸다.

도중에 기다리고 있던 촉군이 조조의 목을 베기 위해 맹렬히 쫓아왔다. 수레는 간신히 경조부京兆府까지 달려 도망쳤으나 한때 조조도 여기서 죽는구나 하며 눈을 감고 모든 것을 체념하기도 했다.

한중왕에 오르다

||| 一 |||

위나라 병력이 전면적으로 후퇴한 뒤에는 당연히 유비의 촉군이 한중을 다스렸다.

상용上庸도 함락되었고 금성金城도 항복했다.

신탐申耽과 신의申儀 등 구 한중의 장수들도 누구를 위해서 싸워야 할지 모르겠다며 모두 투항하고 촉군 휘하로 들어왔다.

유비는 포고를 발하여 군민 일치를 도모하고 정치와 군사, 경제 세 방면에 걸쳐 획기적인 기초를 쌓았다. 이렇게 그의 영토는 일약 사천四川과 한천漢川의 광대한 지역에까지 이르렀다. 지금 촉은 강남의 오, 북방의 위와 견주어도 부족할 것 없는 강국이 되었다.

기회를 보고 있던 공명은 수시로 장수들과 의견을 나누었다.

"지금 동서 양천兩川의 백성들은 모두 주군의 덕을 입고 은근히 우리 황숙께서 명실공히 왕위에 올라 안으로는 백성들을 안정시키고 밖으로는 어지럽게 날뛰는 도적을 진압해줄 것을 진심으로 바라고 있소."

그가 유비의 즉위에 대해 말을 꺼내자 사람들도 이구동성으로 동의를 표했다.

"그렇게 해야 합니다. 때를 보아 군사께서 황숙께 권해주시지요."

어느 날 공명은 신하들을 대표해서 법정과 함께 유비에게 말했다.

"주군께서도 어느덧 쉰이 넘으셨습니다. 지금 주군의 위엄은 사해에 떨치고 덕은 사민에 두루 미치며 동과 서를 정벌하고 양천의 땅에도 군림하고 계시니 명실공히 모든 조건을 겸비하셨다 할 수 있습니다. 이는 단순히 사람의 힘만으로 이룬 공적이 아닙니다. 하늘의 원리와 법칙, 하늘의 뜻이라는 것도 고려하셔야 합니다. 부디 주군께서는 하늘의 뜻에 응해 왕위에 오르시길 바랍니다."

이렇게 말하자 유비는 정말 놀란 듯 고개를 좌우로 흔들었다.

"무슨 말을 하는 것이오? 군사, 내가 한실의 종친임은 틀림없지만 허도에는 황제가 계십니다. 언제 어디에 있든 내가 신하라는 사실을 잊은 적이 없소. 만약 내가 조조처럼 왕위를 참칭하는 짓을 한다면 무슨 명분으로 국적을 치겠소?"

"아닙니다. 황제의 자리에 오르시라는 말씀이 아닙니다. 한중왕에 오르시라는 것입니다. 지금 천하는 두 개로 나뉘어 오는 남쪽의 패권을 쥐고 있고 위는 북쪽에 웅비하고 있습니다. 또 주군께서 위덕威德에 의해 서촉 한중을 평정했다고는 하나 여전히 천하를 통일하려는 무리가 있습니다. 주군께서 세상의 비난만을 신경 쓰시며 겸손의 미덕만을 주장하신다면 결국 그들은 주군의 도량을 의심할 것이고 삼군의 마음도 변할 우려가 있습니다. 하늘이 허락하고 땅이 권할 때는 왕성한 기운을 타고난 주군께서 왕위에 올라 삼군의 장졸들과 기쁨을 나누는 것이 나라를 번성케 하는 길일 것입니다. 부디 황숙의 사사로운 결벽에만 사로잡혀 계시지 말고 마음을 크게 먹고 천지의 뜻에 순응하시기를 바랍니다."

공명은 사력을 다해 권했다. 그러나 유비는 여전히 쉽게 고개를 끄덕이려 하지 않았다.

"아무리 신하들과 양천의 백성들이 바란다고 해도 천자로부터 칙명이 없는 이상 참칭하는 것에 지나지 않소. 나는 그러고 싶지 않아요."

그러나 공명을 비롯해 법정과 장비, 조운 등이 기회가 있을 때마다 진언하자 결국 그도 받아들이기로 했다. 그리하여 문관 초주譙周가 표문表文을 써서 허도의 천자에게 사자를 보내 유비가 한중왕에 오르는 것을 정식으로 상주했다.

건안 24년(219) 가을 7월, 면양沔陽(섬서성, 한중의 서쪽)에 식전式殿과 아홉 겹의 단을 쌓고 오색 깃발을 늘어놓은 후 신하들이 참석한 가운데 즉위식이 거행되었다. 동시에 적자 유선劉禪을 왕태자로 삼는다는 것도 선포되었다.

허정許靖을 태부太傅로, 법정은 상서령尙書令으로 임명했다. 군사 공명은 여전히 모든 병무를 총독하고 그 아래 관우, 장비, 마초, 황충, 조운 등 다섯 장군을 오호대장군五虎大將軍으로 삼는다고 발포했다. 또 위연은 한중 태수로 봉했다.

||| 二 |||

즉위 후 유비는 다시 표문을 올려 그 취지를 천자께 상주했다.

처음에 도성으로 사자를 보내 올린 표문은 제갈공명 이하 촉의 신하 120명이 연서한 것이고 나중 것은 유비가 쓴 것이었다.

장문의 표문은 문장이 장중했다. 조정은 그해 가을 즉시 유비에게 '한중왕령대사마漢中王領大司馬'의 인수를 내렸다.

"뭐? 한때 멍석이나 짜던 필부가 끝내 한중왕의 이름을 참칭했다고? 참으로 교만한 놈이로다. 끝까지 이 조조와 맞서겠다는 속셈이구나."

위왕 조조가 심한 충격을 받은 것은 말할 필요도 없다.

"일어서라, 나의 100만 대군이여. 촉의 방약무인傍若無人함과 유비가 무사히 한중왕을 참칭하는 것을 묵인한다면 금문을 호위하는 나로서 무슨 면목이 서겠는가!"

위왕은 열변을 토했다. 이때 대의사당에 가득한 군신들 중에서 일어나 간언하는 이가 있었다.

"아닙니다. 대왕, 일단 화를 가라앉히십시오. 모름지기 촉의 내부에서 쇠란衰亂의 조짐이 보일 때를 기다렸다가 일시에 군사를 일으켜야 합니다."

그는 이름이 사마의, 자는 중달이라는 자로 최근 조조의 측신 중에서 인정받고 있는 영재였다.

조조는 그를 힐끗 보고 말했다.

"음, 그것도 좋겠지. 허나 중달, 촉이 쇠망하기를 수수방관하며 기다릴 수만은 없지 않은가? 그대에게 무슨 계책이라도 있는가?"

"그렇습니다. 신이 헤아리기에 오의 손권은 전에 여동생을 유비에게 시집보냈다가 다시 불러들인 후 절연 상태에 있습니다만, 그의 심중에는 깊은 원망이 깃들어 있을 것입니다. 지금 오에 사자를 보내 위왕의 어명을 내리십시오. '오는 형주를 공격하고 위는 호응하여 오를 도와 유비의 측면을 치겠다.' 이해관계를 명백히 밝힌다면 손권도 반드시 움직일 것입니다."

"오를…… 그렇군. 오로 하여금 먼저 싸우게 한다………."

"형주가 위험하면 한천漢川도 위태로워질 것이며 한천을 잃으면 촉도 질식하게 될 것입니다. 어쨌거나 장강의 물결이 높이 이는 날 유비는 하루도 평안히 잘 수 없을 것입니다. 그는 양천의 병사들을 일으켜 형주를 위험에서 구하려고 할 것이고, 이런 상태를 만들어두고 우리가 대군을 움직이면 병법의 성인이 말한 대로 반드시 이길 것입니다."

"좋은 의견이군."

중달의 의견이 받아들여졌다. 사자로는 만총滿寵이 선발되었다. 그는 여러 번 오에 다녀왔고 외교관으로서 평판이 좋았다.

한편 오의 손권도 멀리 위와 촉의 급박하게 돌아가는 형세를 바라보며 오가 오늘 태평하다고 해서 결코 내일도 태평할 수 없다는 것을 자각하고 있었다.

그때 위의 사자가 도착했다.

손권은 우선 장소張昭에게 물었다. 장소가 대답했다.

"아마도 수교하러 왔을 것입니다. 일단 만나보십시오."

손권은 그의 말에 따라 만총을 불러 찾아온 이유를 물었다. 만총이 사자로 찾아온 취지를 공손히 말했다.

"위와 오는 원래 아무 원한도 없습니다. 단지 공명의 농간에 빠져 과거 몇 년간 싸웠던 것입니다. 그 결과 이득을 취한 것은 오도 아니고 위도 아니고 지금 촉한 양천의 땅을 차지하고 있는 유비가 아닙니까? 위왕 조조도 잘못을 깨닫고 귀국과 오랫동안 이와 입술의 친분을 맺어 함께 유비를 치고자 하는 생각을 가지고 계십니다. 바라옵건대 서로 침략하지 말고 양국이 수교하여 공영의 기초가 여기에서 정해지기를 바랍니다."

그는 위왕의 서신을 손권에게 바쳤다.

　사자 만총은 이윽고 환영 연회에 참석했다. 조조의 서신을 보고 난 이후 손권의 기분이 좋아 보였다. 만총은 속으로 '이 외교는 성공했다.'고 믿고 있었다.

　그는 취해서 객관으로 돌아갔다. 그러나 오궁의 전당은 밤이 깊도록 긴장이 감돌고 있었다. 중신들은 모두 남아 손권을 중심으로 위의 제안에 어떻게 대답할지, 조조가 제안한 수교불가침 조약에 대해 검토하며 회의하고 있었다.

　"물론 위의 대망은 천하를 통일하여 위 일국을 이루는 것이므로 이것은 조조의 속임수임이 틀림없습니다. 그렇다고 해서 대놓고 그의 제안을 거절한다면 위의 무거운 압박을 받을 것이고, 촉의 입장을 유리하게 할 것입니다."

　고옹顧雍이 말했다. 그 외 다른 사람들도 대부분 고옹과 같은 견해를 가지고 있었다.

　요컨대 불화부전不和不戰, 되도록 위와의 정면충돌은 피하고 다른 쪽과 싸우게 한 뒤 그동안 국력을 더욱 충실히 하여 기회를 엿보자는 의견이었다.

　제갈근이 한 가지 계책을 내놓았다.

　"우선 사자 만총을 돌려보내고 오에서 다시 사자를 위로 파견하는 것이 어떻겠습니까? 그러는 사이에 다른 사자를 형주로 보내는 것입니다. 지금 형주를 지키고 있는 자는 관우입니다만, 그에게 주군께서 서신을 보내시어 대세를 설명하고 오에 협력시키는 것입니다. 만약 관우가 수락하고 오에 가세한다면 과감히 위의 요구를 거부하고 조조와 일전을 치러도 결코 오는 패하지 않을 것입니다."

장소가 중간에 물었다.

"만약 관우가 거절한다면?"

"그때는 즉시 위의 요구를 받아들이고 위와 협력하여 형주를 공격하면 됩니다."

"참으로 좋은 의견이오. 그러나 제갈근, 그것은 후자의 경우가 될 가능성이 높소. 유비의 신임도 두텁고 충성심이 강한 관우가 서신 한 조각에 마음이 변하여 오에 협력하리라고는 생각하지 않소."

"그렇습니다. 단순한 외교라면 가망이 없을 것입니다. 그러나 그는 정에 약한 호걸입니다. 저의 계책은 혼인입니다. 관우에게는 1남 1녀가 있으니 후계자의 아내로 그의 딸을 맞아들인다고 하면 아버지로서 크게 기뻐하며 응할 것이라고 생각합니다."

손권은 제갈근의 제안을 수용했다. 제갈근을 형주에 사자로 보내는 한편 위의 조조에게도 사자를 보내 우선 쌍방의 기변機變을 타진해본 후에 오의 태도를 결정해도 늦지 않을 것이라고 결론을 내리고 회의를 마쳤다. 다음 날 만총에게는 적당한 예물과 답서를 주어서 위로 돌려보냈다.

위나라의 배가 떠나자 바로 뒤이어 제갈근이 탄 배가 떠났다. 그 배는 형주에 도착했다.

공명의 형이라고 알고 있지만 오의 사자로 왔다고 하자 관우는 마중도 나오지 않고 침착하게 기다렸다가 대면했다.

"무슨 용건으로 오셨소?"

그의 응대는 참으로 무례하기 짝이 없었다. 제갈근은 불쾌하다고도 생각하지 않았다. 오히려 무장으로서 강직한 관우의 인품에 존경을 느끼며 이야기했다.

"장군의 딸도 이미 묘령이라고 들었습니다만 주군 손권에게도 아드님이 한 분 계십니다. 어떻습니까? 사랑하는 따님을 오의 후계자와 혼인시키지 않겠습니까?"

이 말을 들은 관우는 수염이 덥수룩한 얼굴을 찌푸리며 자못 경멸하듯이 제갈근의 입언저리를 바라보며 쌀쌀맞게 말했다.

"그럴 생각 없소."

"어째서입니까?"

제갈근이 묻자 관우는 버럭 성을 내며 말했다.

"어째서냐고? 개의 새끼에게 호랑이의 딸을 어찌 준단 말인가?"

제갈근은 목을 움츠렸다. 이 이상 말했다가는 관우의 검이 즉시 날아올 것만 같은 귀기鬼氣를 느꼈기 때문이다.

봉화대

제갈근의 임무는 실패로 돌아갔다. 그는 간신히 오로 돌아와 손권에게 사실대로 보고했다.

"무례한 놈이군. 우리에게 형주를 빼앗을 힘이 없다고 얕보는 것인가?"

손권은 형주를 공격하기 위해 대군을 일으키려고 건업성建業城의 대전에 군신들을 소집했다.

회의장에서 참모 보척步隲이 반대 의견을 내놓았다.

"형주를 절대로 공격해서는 안 됩니다. 그것은 위의 생각대로 우리의 병마를 조조를 위해 움직이는 것과 다름없습니다."

옳다는 사람과 아니라는 사람으로 회의장은 떠들썩해졌다. 오랫동안 형주 문제에 대해 참아왔던 오도 지금은 자신만만했다. 제장의 얼굴에는 일찍이 볼 수 없었던 패기와 투지가 넘치고 있었다.

보척이 거듭 말했다.

"반대로 위의 병마를 우리가 이용하는 것이 상책입니다. 그런 계책도 없이 그냥 욱해서 우리 손으로 형주를 빼앗으려 하는 것은 국력 낭비입니다. 한 개의 주를 빼앗기 위해서는 얼마나 많은 병력과 군수품이 소모되는지 잘 알고들 있지 않습니까?"

그러자 주전론자들은 여기저기서 소리 높여 말했다.

"희생 없이 나라가 발전할 수는 없소. 나라를 지킬 수도 없어요."

보척은 그들을 곁눈으로 노려보며 말했다.

"일단 잠자코 들어보시오. 지금 조조의 아우 조인은 양양襄陽에서 번천樊川에 걸쳐 진을 치고 있소. 호시탐탐 형주를 공격하려고 기회를 엿보고 있지만, 그도 방심할 수 없는 자로 우선 우리에게 싸우게 한 뒤 이득을 취하려고 침을 삼키며 기다리고 있소. 그러니 우리는 지금 오랜 현안인 위에 대한 방책을 결의하고 그의 희망대로 친선 동맹을 맺도록 합시다. 그 대신 조인이 형주를 즉시 공격하는 것을 조건으로 내건다면 위도 거절할 구실이 없을 것이오. 이것이 바로 우리 오가 원하는 형세로 가게 되는 것이 아니겠습니까?"

손권은 보척의 계책을 받아들였다.

"그렇게만 된다면 오랜 숙원도 단번에 이루어지겠군."

그는 즉시 조조에게 서신을 쓰고 위오 불가침 조약 및 군사동맹을 맺기 위해 사신을 보냈다.

오의 외교관 일행이 도성에 도착했을 때 조조는 이를 치료하고 있었다. 야곡斜谷에서 전투 중에 화살에 맞아 부러진 앞니 두 개에 의치를 넣는 날이었다.

"됐다. 이것으로 더는 말도 새지 않고 뭐든지 씹을 수 있겠구나."

그렇게 말하면서 그는 치료를 마친 의원을 남겨두고 성큼성큼 예빈각禮賓閣으로 걸어가 오의 사신을 만나 즉시 조약 문서에 조인했다.

요컨대 조조는 유비와 손권의 제휴를 무엇보다도 두려워하고 있었던 것이다. 지금 그 촉오 합작을 미연에 타파하고 촉을 고립시킨 것만으로도 대성공이라고 생각했다. 그래서 오의 부대조건도 두말하지 않고 받아들였다.

오가 제시한 조건은 물론 위가 즉시 촉을 공격하는 것이었다. 조조는 조인 직후 만총을 번천군樊川軍의 참모로 임명하고 조인이 있는 번성樊城으로 보내 그를 돕게 했다.

그러는 동안 촉은 오직 내치와 대외적인 방어에 전념했다. 한중왕 유비는 성도에 궁궐을 짓고 백관의 직제를 세웠으며 성도에서 백수白水(사천성 광원현 서북쪽, 촉의 북쪽 경계)까지 400여 리에 걸쳐 중간중간 역사驛舍를 만들었다. 또 관의 식량 창고를 짓고 상공업의 진흥과 교통의 편의를 촉진하는 등 착착 결실을 맺고 있었다.

물론 이런 경세치민經世治民 정책은 모두 공명의 머리에서 나왔다고 보는 것이 옳을 것이다. 공명은 이렇게 바쁜 와중에 형주로부터 급보를 받았다. 즉, 위의 조인이 갑자기 형주의 경계를 침입했다는 것이었다.

"관우가 있으니 걱정할 것 없습니다."

놀란 유비를 진정시키고 그는 평소와 다름없이 침착하게 그 일을 처리했다.

||| 二 |||

사자 비시飛詩는 공명의 명령을 받고 급히 형주로 향했다.

관우를 만나자 그는 한중왕의 뜻이라고 하며 다음과 같이 전했다.

"형주의 운명은 지금 장군의 손에 달려 있소. 수비만 하지 말고 형주 안의 병사들을 일으켜 적지인 번성까지 공격하여 빼앗도록 하시오."

관우는 자신을 믿어주는 유비의 여전한 신의에 감읍했다. 그러나 그 임무의 막중함과 어려움을 생각하지 않을 수 없었다.

비시는 다시 입을 열었다.

"그리고 이번에 장군께서도 오호대장군의 한 사람으로 임명되셨습니다. 감사히 인수를 받으시지요."

소박한 성격의 관우는 화난 표정으로 물었다.

"오호대장군이란 무엇이오?"

"왕제 아래 새로 생긴 명예직입니다. 즉, 촉의 최고 군정관이라고 할 수 있을 것입니다."

"누구와 누가 임명되었소?"

"장군 외에 장비, 마초, 조운, 황충 등 네 장군입니다."

"하하하하, 애들 장난 같군."

관우는 불만스러운 마음을 웃음으로 얼버무리며 말했다.

"마초는 망명한 객장, 황충은 이미 늙은 노장, 그런 자들과 내가 동급이라는 말이오?"

"장군께서는 불만스러운 듯한데, 오호대장군의 직제는 요컨대 왕좌를 지키는 울타리 같은 것으로 국가의 필요에 의해 만들어진 것입니다. 한중왕과 장군의 의리와 신임의 정도를 나타내는 것이 아닙니다. 아마도 장군께서는 예전에 도원결의한 유현덕을 떠올리고 자신을 황충 등과 동일시하는 것이 아닌가 싶어 섭섭한 마음이 든 모양입니다만, 그것은 큰 국가의 직제와 개인적인 정을 혼동하고 계신 것입니다."

관우가 갑자기 비시 앞에 엎드려 절하며 부끄러워했다.

"그렇소. 그대의 충언을 듣지 못했다면 군신의 도리에 있어서 돌이킬 수 없는 과오를 범할 뻔했소."

그는 즉시 자신의 소심함을 부끄러워하며 인수를 받고 눈물을 흘렸다. 그리고 엎드려 절하며 멀리 성도 쪽을 보고 사죄했다.

"아우의 어리석음을 용서해주십시오."

형주성 안팎에는 하룻밤 사이에 관우의 휘하에 있는 장졸들이 모두 모였다. 관우의 명령이 항상 엄격하게 잘 지켜지고 있다는 것을 알 수 있었다. 관우는 장대將臺에 올라 지금 번천의 조인이 형주의 경계 쪽으로 다가오고 있는 사태를 말하고 나가서 이들을 격퇴하고 적의 아성牙城인 번천을 빼앗아 촉한의 전위기지로 삼아야 한다고 역설했다.

관우의 장졸들은 우레와 같은 박수로 이에 화답하며 출진을 기뻐했다.

선봉은 요화廖化, 그 부장에는 관평關平. 참모로는 마량馬良, 이적李籍. 그 자리에서 각 부대의 부장과 소속도 정해졌다.

그날 밤, 성 전체에 봉홧불을 피웠다. 미명에 출전한다고 했기에 병사들은 허리에 군량을 차고 말에게도 여물을 먹였다. 각 진영에는 출전을 축하하기 위해 소량의 술도 배급되었다. 병사들은 준비를 마치고 날이 밝기를 기다렸다.

관우도 완전 무장을 하고 크게 '수帥'라고 쓴 깃발 아래에서 방패에 기대 졸고 있었다. 그때 어디선가 검고 커다란 멧돼지가 달려오더니 갑옷을 뚫고 관우의 다리를 물어뜯었다.

"……악!"

관우는 소스라치게 놀라서 칼을 빼는 것과 동시에 멧돼지를 내려쳤다고 생각한 순간 잠에서 깼다. 꿈이었다.

"무슨 일이십니까?"

아버지의 비명에 양자 관평이 달려와서 물었다. 꿈이기는 했으나 멧돼지에게 물린 곳이 아직 욱신욱신 쑤시는 듯하다고 말하며 관우는 쓴웃음을 지었다.

"멧돼지는 용상龍象의 하나라고 하니 분명 길몽일 것입니다."

관평은 이렇게 말했지만, 막료들 사이에서는 흉몽이 아닐까 하고 은근히 걱정하는 이도 있었다. 그러나 관우는 "인간이 쉰 살이 되면 길몽도 없고 흉몽도 없다. 그저 절개와 죽을 곳에 대해서 일 말의 번뇌를 남길 뿐."이라고 말하며 웃었다.

‖‖ 三 ‖‖

조인이 이끄는 대군은 노도와 같이 이미 양양으로 밀고 들어왔으나 '관우가 전군을 이끌고 형주를 나왔다.'는 소식을 듣고는 갑자기 사기가 꺾여 진군을 멈추고 양양 평야의 서북쪽에 포진한 채 적이 오기를 기다렸다.

위의 진격이 예상보다 늦었던 것은 조인이 번성을 나설 때부터 만총과 하후존夏候存을 비롯한 참모진 사이에 작전상 의견 충돌이 있어서 쉽게 출동 결정을 내리지 못했기 때문이다.

그로 인해 관우 군은 양양의 외곽에서 조인의 대군과 대치하게 되었다.

위의 적원翟元이 형주의 요화에게 도전하며 전투가 개시되었다.

북소리에 맞춰 전진하며 보병전이 시작되었다. 이윽고 양군이 어지럽게 싸우기 시작할 무렵 요화는 거짓으로 패주하기 시작했다.

그 무렵 하후존과 싸우고 있던 관평도 무너지면서 관우 군은 전면적으로 패색에 싸인 듯 보였다. 그러나 20리 정도 쫓겨왔을 무렵 이번에는 반대로 정신없이 추격해오던 조인과 하후존 등의 위군이 갑자기 허둥대기 시작했다.

"어디냐, 어디야?"

"저 북소리는 뭐야? 함성은?"

앞에는 적이 있고 뒤에서는 흙먼지가 일어났는데 그 속에서 깃발과 인마가 보이기 시작했다. 특히 눈에 띄는 것이 '수' 자를 쓴 관우의 중군 깃발이었다.

"앗, 퇴로가 끊기겠다."

급히 말 머리를 돌리는 대장 조인 앞으로 마치 불꽃 같은 꼬리를 흔들며 털이 붉은 말이 흙먼지를 일으키면서 지나갔다.

그것은 바로 적토마였고 말 위에 있는 사람은 관우였다.

"앗, 관우다."

자신도 모르게 소리를 지르며 간담이 서늘해져서 도망가는 조인을 보고 관우는 돌아보며 말했다.

"위왕의 아우야! 그렇게 당황하다간 말에서 떨어진다. 오늘은 너를 쫓지 않겠으니 천천히 도망가거라."

그는 청룡도를 흔들며 껄껄 웃었다.

거짓으로 패주하는 관평과 요화 두 부대는 멀리 뒤에서 울리기 시작한 아군의 북소리를 듣고 즉각 말 머리를 돌려 공세를 펴기 시작했다.

작전은 성공했다. 위군은 그물 안의 물고기와 같았다. 그러나 그날 아침 관우가 "서전은 우선 적의 사기를 꺾어놓는 것만으로도 충분하다."라고 말했기 때문에 더는 추격하지 않고 단지 퇴로를 잃고 사방으로 달아나는 적을 적당히 공격할 뿐이었다.

관우 군은 병력 손실이 거의 없었다. 그러나 적에게 입힌 피해와 심리적 영향은 매우 컸다. 왜냐하면 조인은 겨우 살아서 돌아갔으나 하후존은 관평에게 목숨을 잃었고 적원은 요화에게 쫓기다 혼전 속에서 쓰러져 선봉의 두 장군을 서전에서 잃었기 때문이다.

둘째 날도 셋째 날도 조인은 불리한 전투만 계속하다 결국 양양에서 철수하지 않으면 안 되는 상황에 몰려 멀리 후퇴하고 말았다.

관우 군은 양양에 들어갔다. 성시의 백성들은 깃발을 걸고 길을 쓸고 술과 음식을 바치며 관우를 자애로운 아버지를 맞이하듯 환영했다.

"관우 장군이 오신다, 관우 장군이 오신다."

사마司馬(병조판서) 왕보王甫가 관우에게 한 가지 제안을 했다.

"다행히 대승을 거두었습니다만 승리에 취해 있어서는 위험합니다. 아무리 위군을 쳐서 승리했어도 말입니다. 왜냐하면 오가 있기 때문입니다. 지금 육구陸口(호북성, 한구의 상류)에는 오의 여몽呂蒙이 대장이 되어 일개 군단을 주둔시키고 있습니다. 그가 빈틈을 노려 뒤에서 형주를 공격한다면 막을 방법이 없습니다."

"잘 보았네. 실은 나도 그 점을 우려하고 있었네. 육구에 변고가 있을 때 그걸 즉시 알 수 있는 방법이 없겠나?"

"요소요소에 봉화대를 쌓고 변고가 생기면 차례대로 봉화를 올려 알리면 됩니다."

"그대가 책임자가 되어 즉시 봉화대를 쌓도록 하게."

"알겠습니다."

왕보는 우선 설계도를 그려 관우에게 보인 뒤 관우의 생각도 참고하여 서둘러 실행에 옮길 준비를 했다.

║║ 四 ║║

왕보는 일단 형주로 돌아가서 인부들을 모아 지형을 시찰한 뒤 봉화대 공사에 착수했다.

봉화대는 한두 곳이 아니었다. 육구에 주둔한 오군에 대비하기 위한 것이었으므로 그곳의 동정을 멀리서 살필 수 있는 지점에서 강기슭을 따라 10리, 20리 간격으로 적당한 언덕이나 산을 골라 거기에 감시소를 세우고 병사 50~60명씩을 주야 교대로 감시하게 한다.

그리고 일단 오군의 움직임에 뭔가 이변이 생겼다고 판단되면 우선 제1 감시소의 언덕에서 봉화를 올리고, 밤이면 예광탄曳光彈을 쏘아 올린다. 제2 감시소는 그것을 보면 즉시 제1 감시소와 마찬가지로 한다.

제3, 제4, 제5, 제6……. 이런 식으로 순식간에 봉화가 차례대로 올라 수백 리 떨어진 먼 곳의 이변도 단시간에 본성에서 알게 되는 구조였다.

"봉화대 공사는 순조롭게 진행되고 있습니다. 이제 문제는 사람입니다만……."

왕보는 얼마 후 양양으로 돌아와 관우에게 보고했다.

"강릉江陵 방면을 수비하는 장수는 미방糜芳과 부사인傅士人 두 사람입니다만 조금 걱정되는 부분이 있습니다. 형주를 지키고 있는 반준潘濬도 어쨌든 정사政事에 불공평하고 탐욕스럽다는 소문이 있어 좋지 못합니다. 봉화대가 만들어져도 그곳을 지킬 인재가 없다면 오히려 평상시의 방심을 초래하여 불시의 화를 부르는 원인이 될 수 있습니다."

"……음. ……사람이 중요하긴 한데."

관우는 건성으로 대답했다. 자신이 뽑아 형주성 수비를 맡기거나 강기슭의 수비를 맡긴 이상 의심하고 싶은 마음이 들지 않았다. 생각해보겠다는 정도로 왕보의 말을 흘려들었다.

"우선 근심은 사라졌군."

그는 양양에 체류하면서 충분히 휴식을 취한 사졸들에게 양강襄江을 건너게 했다.

물론 그전에 뗏목을 비롯해 모든 준비를 충분히 했다. 당연히 적도 만반의 준비를 하고 맹렬한 공격을 가해오리라고 각오하고 있었다. 그러나 병사들은 어려움 없이 배를 몰고 가 어떤 저항도 받지 않고 속속 건너편 강기슭에 상륙했다.

여기서도 번성의 위군이 내부적으로 일치되지 못한 것이 드러났다. 먼저 도망쳐 돌아간 조인은 목숨을 부지한 것만으로도 다행으로 여기며 그 후 관우의 무용이 두려워서 벌벌 떨고만 있을 뿐이었다.

이미 관우 군이 강을 건널 준비를 하고 있는 것을 바라보면서도 어떻게 하면 좋을지 몰라 참모 만총에게 대책을 구하고 있는 상황이었다.

만총은 처음부터 관우를 강적으로 보고 조인이 양양의 진영에서 나가는 것조차 적극적으로 말렸을 정도로 수비 지향적인 참모였으므로 두말없이 이렇게 말했다.

"성을 견고하게 지키는 것이 제일입니다. 나가서 싸워도 승산이 없습니다."

그러나 성안 한쪽의 대장인 여상呂常의 생각은 전혀 달랐다.

'성을 나가지 않고 지키는 것은 최후의 수단이다. 군서에도 적이 중간쯤 건너왔을 때 즉시 공격하라고 쓰여 있지 않은가. 때를 모르는 장수와 함께한다는 것이 참으로 한스럽구나.'

전날 밤은 그에 대한 격론을 벌이다 날이 새고 말았다. 다음 날 아침, 관우의 깃발이 이미 이쪽 강기슭에 걸려 있었다.

여상은 여전히 자신의 주장을 굽히지 않고 외쳤다.

"이렇게 된 이상 나 혼자서라도 나가서 싸우겠소."

그는 용감하게 문을 열고 여전히 상륙 중인 관우 군을 기습한 것까지는 좋았으나 관우의 모습을 본 여상의 부하들이 "저 사람이 그 유명한 장염공長髥公인가?"라며 싸울 생각도 하지 않은 채 그를 내버려두고 앞다투어 성문 안으로 도망쳐 들어가 버렸다.

살아서 나올 판

||| 一 |||

번성은 포위되었다. 약한 적에게 포위된 것과는 달리 이름 높은 관우와 그의 정예군에게 포위된 것이기 때문에 성은 곧 함락될 위기에 처했다.

"급히 원군을 청합니다."

이 파발은 위 왕궁을 깊은 시름에 잠기게 했다. 조조는 회의 자리에 참석하여 거기에 모인 사람들을 둘러보다가 "우금, 그대가 좋겠군. 즉시 번천으로 가서 조인을 위기에서 구하라."라고 우금을 지명했다.

위왕의 지명을 받는다는 것은 큰 영광이었다. 그러나 그만큼 우금은 무거운 책임감을 느꼈다. 특히 조인은 위왕의 아우이기도 하다. 그는 명을 받듦과 동시에 이렇게 청했다.

"한 사람 더 선봉장이 될 만한 용맹한 장수를 붙여주십시오."

"좋아. 누가 선봉에 서서 관우 군을 쳐부수겠는가?"

그러자 한 사람이 나서며 말했다.

"지금이야말로 국은에 보은할 때라고 생각합니다. 부디 저를 보내주십시오."

사람들은 뜻밖의 인물을 쳐다보았다. 얼굴은 회색빛을 띠고 머리카락은 다갈색이었다. 서량 태생이라고 하니 오랑캐의 피도 섞여 있음이 틀림없다. 그의 피부색과 머리카락 색이 그것을 증명하고 있었다. 그의 이름은 방덕龐德, 자는 영명令明으로 한중을 공격했을 때 사로잡힌 이래 조조의 녹을 먹고 있었다.

조조는 방덕이라면 관우의 호적수가 될 만하다고 생각했다. 용기와 지략이 뛰어난 관우와 맞서 부끄럽지 않은 싸움을 하기에 우금은 실력이 부족하다.

"음, 방덕도 출진하라. 더불어 나의 칠수조七手組도 함께 보내도록 하겠다."

조조는 신중에 신중을 기했다. 칠수조란 그의 친위군 일곱 부대의 대장으로 위군 수백만 명 중에서 가려 뽑은 호걸들이었다. 그들은 인수를 받고 물러갔다. 그런데 그날 밤 칠수조 중에서 동형董衡이 은밀히 우금을 찾아가 말했다.

"우리 일동에게 장군을 대장으로 모시고 정벌을 간다는 것은 더없는 영광입니다만, 부장으로 방덕이 선봉에 선다는 것이 불안합니다. 아니 실은 일말의 암운이 원정길에 느껴집니다."

"이유는?"

"방덕은 원래 서량 출신으로 마초의 심복이었던 자입니다. 그런데 그 마초가 지금 촉에서 유비의 부하로 활약하면서 오호대장군 중 한 명이 아닙니까? 뿐만 아니라 현재 방덕의 형 방유龐柔도 촉에 있습니다. 그런 위험 요소를 안고 있는 인물을 선봉에 세워 촉군과 싸우게 하는 것이 불안할 따름입니다. 이런 점을 장군께서 위왕께 말씀드려 재고를 청해주셨으면 합니다만……."

"아니, 칠수조가 불안한 것은 당연한 일이오. 즉시 대왕을 만나 말씀드리겠소."

한밤중이고 출진 준비로 바쁜 와중이었지만 우금은 급히 위 왕
궁으로 가서 조조에게 방덕 이야기를 했다.

자세한 이야기를 들은 조조도 불안한 마음이 들었다. 그래서 우
금에게는 알았다고 하고 급히 사자를 보내 방덕을 불렀다. 그리고
군령이 변경되었음을 알리고 일단 그에게 내린 인수를 거두었다.
방덕은 몹시 놀라서 안색을 바꾸며 물었다.

"대체 무슨 이유 때문입니까? 대왕의 명을 받아 내일 아침 출정
을 위해 일족과 부하들을 모아놓고 말과 갑옷을 정비시키는 등 지
금 한창 준비 중에 있습니다만."

"나는 털끝만큼도 자네를 의심하지 않네. 그러나 자네를 선봉대
장으로 삼은 것에 대해 반대 의견이 나왔어. 이유는 자네의 옛 주
인 마초가 촉의 오호대장군 중 한 사람으로 유비를 보필하고 있는
데, 아마도 그와 연락을 취하고 있지 않을까 의심을 받고 있기 때
문이네."

||| 二 |||

전혀 생각지도 못한 말에 방덕은 억울하다는 표정을 지으며 꼼
짝 않고 입을 다물고 있었다. 그런 그를 위로하기 위해 조조는 다
시 입을 열었다.

"자네에게 다른 마음이 없다는 것을 나는 잘 알고 있지만, 사람
들의 의견이 그러하니 어쩔 수가 없네. 나쁘게 생각하지 말게."

"……."

방덕은 관을 벗고 바닥에 앉아 머리를 조아리며 자신의 부덕을

사죄하고 말했다.

"소신이 한중 이래, 대왕의 큰 은혜를 입고 평소 언젠가 이 몸을 바쳐 은혜를 갚겠다는 생각을 하고 있었습니다. 그런데 오늘 오히려 사람들의 의심을 받아 대왕의 마음을 심란케 하는 불충을 저지르고 말았습니다. 부디, 용서해주십시오."

큰 바위와 같은 거구를 흔들며 한탄했다. 그리고 더욱 격한 어조로 말을 이었다.

"지금 촉에 있는 형님 방유와는 오랫동안 의절한 사이입니다. 또 마초와는 헤어진 이래 단 한 번도 연락한 적이 없습니다. 특히 마초는 저를 버리고 혼자 촉에 투항했기 때문에 오늘 그에게 의리를 내세우며 촉을 공격하지 않을 이유가 전혀 없습니다."

조조는 손을 내밀어 그의 몸을 부축해 일으키며 다정하게 그의 고민을 위로했다.

"됐네. 일어서게. 자네의 충의는 누구보다도 내가 잘 알아. 일단 사람들의 의견을 받아들인 것도 일부러 자네의 입으로 진심을 토로하게 하여 사람들에게 그것을 알리고자 함이었네. 지금 한 말을 들으면 우금의 부하들도 칠수조의 대장들도 석연치 않은 의혹이 사라질 게야. 자, 가게. 괘념치 말고 정벌에 나서서 공을 세우도록 해."

이렇게 인수는 다시 방덕의 손에 되돌아갔다. 방덕은 감격의 눈물을 흘리며 이 큰 은혜에 보답하겠다고 맹세했다.

그의 집에서는 출진을 배웅하기 위해 일족과 벗들이 모여 있었다. 집으로 돌아온 방덕은 즉시 하인에게 명하여 죽은 사람을 넣는 관을 사 오게 했다. 그리고 아내 이씨를 불러 말했다.

"손님들은 모두 흥겹게 마시고 있소?"

"초저녁부터 모두 모여서 저처럼 당신이 돌아오기를 기다리고 있습니다."

"그렇소? 그럼 바로 갈 터이니 그전에 이 관을 술자리의 정면에 놓아두시오."

"불길하게. 이것은 장례식에 쓰는 물건이 아닙니까?"

"그렇소. 여자는 알 거 없소. 내가 시키는 대로만 하시오."

방덕은 옷을 갈아입고 잠시 후에 손님들이 모여 있는 자리로 나갔다. 손님들은 정면에 놓인 관을 의아하게 여기며 주인의 뜻을 몰라 상갓집처럼 조용해졌다.

"실례했습니다. 실은 내일 아침 출진을 앞두고 갑자기 위왕께서 부르시기에 무슨 일인가 싶어 찾아뵈었습니다. 그런데 생각지도 못한 말씀을……."

그는 오늘 밤 있었던 일을 상세히 이야기하며 위왕의 큰 은혜에 감읍하고 돌아온 심사를 일동에게 고한 뒤 말했다.

"내일 번천으로 출진한 후에는 관우와 승부를 겨뤄 크게는 군은에 보답하고 개인적으로는 무문武門의 결백을 입증해 보일 생각이오. 어쨌든 이번에 출진하면 살아서 돌아오기 힘들 것이오. 그래서 생전에 친하게 지낸 여러분들에게 오늘 밤 작별을 고할 생각이오. 부디 날이 밝을 때까지 기분 좋게 마시다 돌아가시오."

그리고 아내 이씨에게 말했다.

"내가 만약 관우를 죽이지 못하면 내가 관우에게 목숨을 잃을 것이오. 내가 죽은 후에는 아이들을 나보다 나은 사람으로 잘 키워서 아비의 원한을 갚게 하시오. 부탁하오."

방덕의 비장한 결심을 알고 참석한 사람들은 눈물을 흘렸으나 아내 이씨는 부지런히 시녀와 하인들에게 지시하면서 날이 밝을 때까지 남편과 손님들의 시중을 들며 끝내 눈물을 보이지 않았다.

||| 三 |||

날이 밝자 업도의 거리에는 징과 북소리로 떠들썩했다. 우금 일족과 칠수조의 대장들이 각각 출진하는 소리였다.

방덕의 집에서도 일찍부터 문을 열고 깨끗이 청소한 길로 방덕이 병사들을 이끌고 나왔다.

행렬 맨 앞에는 병사들이 하얀 비단으로 감싼 관을 어깨에 짊어지고 있었다. 문밖에 늘어서 있던 500여 명의 부장과 사졸들은 소스라치게 놀랐다. 누가 죽은 줄 알았던 것이다.

"일동은 의아해하지 마라."

천천히 말을 타고 나온 방덕이 살아서 돌아오지 않겠다는 이번의 결의와 위왕의 큰 은혜에 대해서 부하들에게 설명한 후 말을 이었다.

"만약 내가 관우에게 죽임을 당해 허무한 시체가 되거든 이 관에 시체를 넣고 돌아와서 위왕께 보여드려라. 그러나 나도 평생 무예를 닦은 사람이다. 쉽게 죽지는 않을 것이다. 다만 생사를 하늘에 맡기고 이 아침에 출진할 뿐이다."

대장의 비장한 각오는 부하들의 마음을 울렸다. 방덕이 출진하는 모습은 즉시 조조의 귀에 들어갔다.

"음, 그런가. 좋구나."

조조가 듣고 기뻐하자 옆에 있던 가후가 물었다.

"대왕, 무엇을 그리 기뻐하십니까?"

조조는 당연한 것을 묻는다는 듯이 대답했다.

"방덕의 출진하는 모습이 비장하기에 그것을 기뻐하는 것이네."

그러자 가후가 말했다.

"황송하오나 대왕께서는 뭔가 잘못 생각하고 계신 듯합니다. 관우는 세상의 흔한 무장이 아닙니다. 이미 천하에 그의 이름이 널리 알려진 지 30년이 됐지만, 아직 그가 실수했다는 말을 들어본 적이 없습니다. 또 신의를 저버렸다는 말도, 무모한 짓을 했다는 소문도 없습니다. 지금 관우와 맞서 싸워서 승부를 겨룰 수 있는 자는 아마도 방덕 말고는 없을 것입니다. 이에 대한 대왕의 안목에 저도 감탄하고 있습니다. 그렇기는 하나 그것은 무용만을 놓고 봤을 때입니다. 지략에 있어서는 도저히 따라갈 수 없습니다. 그러한데 방덕이 비장한 결의와 혈기만으로 저렇게 출진하는 것은 실은 적을 모르는 무모함입니다. 위험해 보일 뿐입니다. 옛말에도 강한 것끼리 부딪치면 어느 한쪽은 부러진다고 했습니다. 천하에 둘도 없는 장수를 그리 쉽게 잃는 것은 국가를 위해서 결코 좋지 않다고 생각합니다. 지금 그의 격앙된 기분을 조금 누그러뜨리는 편이 장래를 위해 좋을 듯합니다."

"실로 옳은 말이네."

조조는 즉시 사자를 보내 방덕의 뒤를 쫓게 했다.

사자는 방덕을 따라잡아 말했다.

"왕명이오. '전장에 도착하거든 경솔히 행동하지 말라. 적을 얕보지 말라. 적장 관우는 지혜와 용기를 겸비한 자니 부디 신중을 기해 실패하는 일이 없도록 하라.'라고 말씀하셨습니다."

"잘 알겠습니다."

공손히 대답했지만 사자가 돌아간 후 방덕은 크게 웃었다.

"왜 그리 웃으십니까?"

사람들이 묻자 방덕이 대답했다.

"아니, 대왕께서 지나치게 걱정이 많으시니 오히려 나까지 움츠러드는 듯하는군요. 그래서 일부러 크게 웃어 의지가 약해지는 것을 막고 각오를 새롭게 한 것이오."

원래 나약한 우금은 이 말을 듣고 탐탁지 않은 표정으로 충고했다.

"적을 삼킬 듯한 장군의 의기는 좋지만 대왕의 충고도 잊지 마시오. 적을 잘 보고 싸워야지요."

"삼군이 이미 정벌에 나섰으니 물러섬이란 없습니다. 다들 관우, 관우 하는데 그가 설마 귀신은 아니겠지요."

싸우고자 하는 의욕에 찬 방덕은 삼군의 선봉에 서서 번천으로 맹진했다.

관평

||| 一 |||

번성의 포위는 완성되었다. 물샐틈없는 포진이었다. 관우는 그 중군에 앉아 한밤중에 계속 들어오는 보고를 받고 있었다.

"위나라 원군 수십만이 오고 있습니다."

"대장 우금, 부장 방덕 외에 위왕 직속의 칠수조의 일곱 대장도 각각 정예병을 이끌고 바람처럼 진군 중입니다."

"선봉의 방덕은 장군의 목을 취하지 않고는 돌아가지 않겠다며 흰 깃발에 '필살관우必殺關羽'라고 쓰고 군졸들에게는 관을 짊어지 게 하고 이미 여기서 30여 리 떨어진 곳에 진을 치고 북과 징을 울 리며 그 기세가 대단하다고 합니다."

이 보고를 들은 관우는 발끈하여 안색을 바꾸고 긴 수염을 흔들 며 말했다.

"필부가 감히 나를 모욕하는구나. 좋다. 그럴 생각이라면 우선 방덕의 소원대로 그가 가지고 온 관에 넣어주겠다."

즉시 말을 끌고 오게 하여 말에 오른 후 양자 관평을 불러 말했다.

"내가 방덕과 싸우는 동안 너는 신중을 기해 번성을 공격하라. 위의 원군이 30여 리 밖에 와 있다는 것을 알면 성안의 병사들은 사기가 높아져서 방심하다가는 반격을 당할 것이다."

관평은 아버지의 말고삐를 잡고 그 앞을 가로막으며 말했다.

"아버님답지 않습니다. 방덕이 큰소리친 걸 가지고 구슬로 참새를 잡고 검으로 파리를 쫓는 행위는 하지 말아주십시오. 그와 같은 소인배를 상대하는 것은 저 하나로 충분합니다. 소자를 보내주십시오."

"음…… 그럼 우선 네가 나가 보아라."

관우는 아들의 충언이 기뻤다. 관평이 어느새 아버지에게 충고할 만큼 성장했다고 생각했기 때문이다.

"다녀오겠습니다. 좋은 소식을 가지고 오겠습니다."

젊은 관평은 즉시 말에 올라 칼을 들고 부하들에게 호령하며 늠름하게 선두에 서서 출진했다.

이윽고 전방에 적의 최전선이 보였다. 이마에 손을 대고 손그늘을 만들어 바라보니 검은 깃발에는 '남안지방덕南安之龐德'이라고 쓰여 있고, 흰 깃발에는 '필살관우'라고 쓰여 있는 것이 보였다.

관평은 말을 세우고 큰 소리로 외쳤다.

"서강西羌의 필부, 절조節操 없는 무장. 이쪽으로 와서 진정한 무장이 무엇인지 보아라."

멀리서 바라보고 있던 방덕은 좌우에 있는 부하들에게 물었다.

"저 풋내기는 누구냐?"

아무도 아는 사람이 없었지만, 그가 하는 말은 여느 장수 이상이었다. 결국 방덕이 노한 기색으로 전열에서 나와 관평 앞에 모습을 드러냈다.

"애송이야, 대체 너는 어디서 굴러먹던 놈이냐?"

방덕이 묻자 관평이 대답했다.

"모르느냐? 나는 오호대장군의 필두 관우의 양자, 관평이다."

"아하하하. 멀리서도 젖내 나는 애송이라는 건 알았지만 네놈이 관우의 양자 관평이었더냐? 돌아가라, 나는 위왕의 명을 받아 너의 아버지 관우의 머리를 가지러 온 사람이다. 너 같은 젖비린내 나는 애송이를 죽이러 온 것이 아니란 말이다. 너는 돌아가서 내 뜻을 네 아비에게 전하라. 비겁하게 숨지 말고 여기로 나오라고."

"뭐, 뭐라고?"

관평은 말과 함께 방덕에게 벼락같이 달려들었다. 횡횡, 칼을 휘두르며 방덕과 맞서 잘 싸웠으나 승부가 나지 않았다. 결국 무승부로 물러났지만 젊고 용맹한 관평도 어깨를 들썩이며 가쁜 숨을 몰아쉬었다. 몸에서는 김이 나고 있었다.

관우는 전투 상황을 듣고 다음에는 반드시 관평이 질 것이라고 생각한 듯 이튿날 아침 부하 요화에게 번성 공격을 맡기고 자신은 관평의 진영으로 갔다. 그리고 오늘은 자신이 방덕과 싸울 테니 아버지가 싸우는 모습을 구경하고 있으라고 말하고 애마인 적토마를 타고 유유히 앞으로 나아갔다.

||| 二 |||

전장의 미풍에 관우의 수염이 살랑살랑 흔들리고 있었다.

"방덕은 어디 있느냐!"

그가 적진을 향해 소리치자 저 멀리 골짜기에서 달을 보고 울부짖는 호랑이같이 우렁차게 대답하는 소리가 들렸다. 그와 동시에 와 하는 함성과 징 소리, 북소리 등이 일제히 시끄럽게 울렸다.

휘몰아치는 아군의 성원을 받으며 방덕은 홀로 말을 타고 나왔다. 그가 관우 앞에 딱 멈추자 위군 진영도 촉군 진영도 물을 끼얹은 듯 조용해졌다.

우선 방덕이 큰 소리로 외쳤다.

"나는 천자의 칙령과 위왕의 명령을 받고 네놈을 정벌하러 온 사람이다. 네놈은 우리 위군이 두려워 비겁하게 양자를 내보내 부하들의 비난을 피하려 했지만, 하늘이 어찌 흉란凶亂의 죄를 용서하겠는가. 그렇게 목숨이 아깝거든 말에서 내려 항복하도록 하라."

관우는 쓴웃음을 지으며 그 말에 대답했다.

"서강의 쥐새끼가 집주인의 갑옷을 빌려서 사람 흉내를 내며 말을 하는구나. 나는 단지 오늘을 한탄할 뿐이다. 네놈과 같은 북방 오랑캐의 피로 내 검을 더럽혀야 하기 때문이다. 방덕, 이놈. 어서 관을 이리로 가지고 오너라."

"뭐라고?"

말굽 아래에서 누런 먼지가 일었다. 회오리바람 속에서 방덕의 검과 관우가 휘두르는 청룡언월도가 번쩍번쩍 빛났다. 두 영웅뿐만 아니라 말과 말도 서로 싸우듯이 울부짖으며 언제 승부가 날지 보이지 않았다.

싸우면 싸울수록 두 사람 모두 기운이 더할 정도였기 때문에 쌍방의 진영에 있는 병사들은 모두 손에 땀을 쥐고 보고 있었다. 두 사람이 100여 합 정도를 맹렬히 싸웠을 무렵, 갑자기 촉군 진영에서 징과 북이 울었다. 동시에 위군 진영에서도 후퇴를 알리는 북을 두드려 방덕과 관우는 동시에 무기를 거두고 각자의 진영으로 물러갔다.

양자 관평이 아무리 영걸이라 해도 연로한 아버지께서 오랫동안 싸우다가 만약의 일이라도 생기면 어쩔까 싶어 퇴각의 징을 치게 한 것이었다.

관우는 본진으로 돌아와 휴식을 취하며 제장과 관평에게 말했다.

"과연 방덕이라는 자는 대단한 호걸이더군. 그의 무예와 역량은 내 적수로 결코 부끄럽지 않을 만큼 뛰어났다."

"아버님, 속담에도 하룻강아지가 오히려 범 무서운 줄 모른다고 했습니다. 아버님께서 오랑캐 졸병을 벤다고 하더라도 전혀 명예가 되지 않습니다. 반대로 부상이라도 당하시면 한중왕께 심려만 끼칠 뿐입니다. 더는 일대일 결투에는 나서지 마십시오."

관평이 간언했지만, 관우는 웃을 뿐이었다. 그도 이제 노년임은 틀림없었지만, 자신의 나이를 잊고 있었다.

한편 위군 진영으로 돌아간 방덕도 관우의 용맹함을 솔직하게 칭찬했다.

"지금까지는 사람들이 모두 관우라는 이름을 듣고 두려워 떠는 것을 비웃었는데 관우야말로 희대의 영걸이오. 사람들의 말이 진실이라는 것을 절실히 느꼈소. 내가 여기서 죽든 살든 나는 무문의 행운아요. 세상에 다시없는 호적수를 만났으니."

우금은 방덕의 진영에 왔다가 그 이야기를 듣고 보통 방법으로는 관우를 이길 수 없으니 목숨을 소중히 여기라고 충고했다. 그러나 방덕은 들은 체도 하지 않고 말했다.

"이 정도의 적을 만나 승부를 피할 정도라면 애초에 무인이 되지도 않았을 것이오. 내일이야말로 더욱 기분 좋게 일전을 치러 어느 쪽이 이기든 생사를 건 한판 대결을 벌일 테니 구경이나 잘하시오."

다음 날 방덕은 다시 중원으로 말을 타고 나가 적진을 향해 도발했다.

"관우는 나오너라!"

||| 三 |||

오늘은 방덕이 먼저 나와 싸움을 걸었다. 관우도 만반의 준비를 하고 기다리던 참이었으므로 "적장은 거기서 꼼짝 마라!"라고 소리치며 즉시 말을 달려 나갔다. 50여 합 정도 싸웠을 때 방덕이 별안간 말 머리를 돌리더니 달아나기 시작했다. 관우는 그것이 속임수라는 것을 알면서도 쫓아갔다.

"거짓으로 달아나다니 대장답지 못하구나. 이놈! 돌아와라."

그때 급히 진지에서 말을 몰고 달려온 관평이 아버지가 위험에 처한 것을 보고 주의를 주었다.

"아버님, 그의 계책에 넘어가시면 안 됩니다. 앗, 방덕이 활을 쏩니다!"

순간 방덕이 쏜 화살이 관우의 얼굴을 향해 날아왔다. 관우는 왼팔을 들어 화살을 막았다. 화살이 팔뚝에 꽂히고 얼굴은 피가 튀어 피범벅이 되었다.

"아버님!"

관평은 즉각 달려가서 아버지를 안았다. 그리고 아버지를 구해 돌아가려고 하는데 그 모습을 본 방덕이 활을 내던지고 검을 휘두르며 달려왔다.

놀란 촉군 진영에서는 병사들이 북을 치며 달려나왔고, 위군 진영에서도 병사들이 함성을 지르며 돌진해왔다. 순식간에 두 진영의 병사들은 어지럽게 뒤엉켜 싸우기 시작했다. 그 사이를 뚫고 관평은 아버지를 부축하여 정신없이 아군 진영을 향해 달렸다.

그때 위의 중군에서 요란하게 퇴각의 징이 울렸다. 방덕은 의외라고 생각했지만, 이번이라도 일어났나 싶어 어쨌든 급히 병사들을 거두어 돌아갔다. 방덕이 중군 사령 우금에게 물었다.

"무슨 일입니까? 무슨 일이라도 일어났습니까?"

그런데 우금의 대답이 참으로 기가 막혔다.

"특별히 무슨 일이 일어난 것은 아니오만 도성을 떠나올 때 위왕께서 사자를 보내 관우는 지략과 용맹함을 겸비한 장수이니 얕보지 말라고 신신당부하지 않았소? 하여 그의 간계에 빠질 것을 우려하여 부하들이 적진 깊숙이 들어가는 것을 막았을 뿐이오."

방덕은 이를 갈았다. 우금 때문에 오늘의 승기를 놓치지 않았다면 관우의 목을 벨 수 있었을 것이라고 끊임없이 투덜댔다.

또 일부 장수들 중에서는 우금이 자신의 공을 방덕에게 빼앗기는 것을 우려하여 갑자기 퇴각의 징을 치게 한 것이라고 정곡을 찔러 말하는 자도 있었다.

어쨌거나 이날 관우는 화살을 맞아 상처를 입었기 때문에 우선은 팔뚝 치료에 전념했다.

"다음번에는 반드시 방덕에게 앙갚음을 하고 말겠다."

상처는 가벼운 듯했지만 약효가 좀처럼 나타나지 않았다. 관평과 장수들은 그를 위로하며 관우가 성급하게 굴지 않도록 진영 밖에서 자잘하게 일어나는 전투 소식들이 그의 귀에 들어가지 않도록 주의했다.

이때다 싶어 적은 하루가 멀다고 공격해왔다. 방덕이 지시를 내린 듯했다. 방덕은 무슨 수를 써서라도 관우를 꾀어내기 위해 날마다 병사들에게 적을 향해 욕을 퍼붓고 모욕하도록 했다.

"도무지 걸려들지가 않는군. 이렇게 된 이상 계책을 바꿔서 우리 선봉의 중군이 단독으로 적진을 돌파하여 번성에 있는 아군에게 연락을 취하는 것이 어떻겠습니까?"

방덕이 우금에게 헌책해보았지만, 우금은 이때도 위왕의 훈계를 되풀이하며 쉽사리 방덕의 권유를 들으려 하지 않았다.

"관우쯤 되는 자가 정면 돌파를 당할 정도로 진을 쳤을 리가 없소. 그대의 말은 계책이라기보다 자신의 용맹에 대한 과신일 뿐이오. 그러나 전쟁이라는 것은 한 사람의 용맹함보다는 수많은 사람의 결속과 이를 지휘하는 지략에 의해 승패가 갈리는 법. 우선 천천히 기회를 기다리기로 합시다."

그뿐만 아니라 그 후 칠수조의 대장들을 번성의 북쪽에서 10리 떨어진 지점으로 옮기고 우금 자신은 중군을 이끌고 정면의 대로로 진격할 태세를 갖추더니 방덕의 병사들은 출격하기 어려운 산 뒤로 보내버렸다. 이런 지령을 내린 것만 봐도 역시 그는 내심 방덕에게 공을 빼앗기는 것을 심히 경계하고 있었던 것으로 보인다.

물귀신이 된 칠군

||| 一 |||

화살을 맞아 입은 관우의 상처도 날마다 아물어갔기 때문에 한때 풀이 죽어 있던 관평도 관우 휘하의 부하들과 머리를 맞대고 작전을 짜고 있었다.

"이제 걱정 없소. 이렇게 된 이상 공세로 나가 위군의 교만함을 꺾고 우리의 실력을 보여주어야만 하오."

그런데 위군이 갑자기 진용을 바꿔 번성에서 북쪽으로 10리 떨어진 곳으로 옮겼다는 첩보가 들어왔다.

"우리의 공격이 두려워 포진을 바꾼 모양이군."

관평은 즉시 관우에게 보고했다.

관우는 어떻게 진용을 바꿨는지 보려고 고지대로 올라가 손그늘을 만들어 살폈다.

우선 번성의 성안을 보니 그곳의 적은 외부와 단절되고 나서 사기가 꺾여 있었고 아직 위의 원군과 연락이 닿지 않았다는 것을 알 수 있었다. 이번에는 성 밖에서 북쪽으로 10리 떨어진 곳을 보니 그 부근의 산 그늘과 골짜기, 하천 부근에는 어떻게든 성안의 아군과 연락을 취하려고 하는 위나라 칠수조의 대장들이 칠군七軍으로 나뉘어 곳곳에 진을 치고 있는 모습이 보였다.

"관평, 이 지방의 안내자를 불러오너라."

"데려왔습니다. 이자가 이 지방의 지리를 잘 알고 있습니다."

쉼 없이 지형을 살피던 관우가 안내자에게 물었다.

"적의 칠군이 옮겨간 저 일대를 무엇이라고 부르는가?"

"증구천罾口川이라고 합니다."

"부근의 강은?"

"백하白河와 양강襄江으로 모두 비가 오면 골짜기에서 흘러 내려오는 물이 더해져 수위가 높아집니다."

"골짜기는 좁고 뒤는 험준하군. 평지는 적은가?"

"그렇습니다. 저 산 건너편은 번성의 뒤쪽으로 험준한 요해여서 인마가 쉽게 넘을 수 없습니다."

"그런가, 좋군."

안내자를 물린 후 관우는 이미 승전의 계책이 선 것처럼 말했다.

"적장 우금을 사로잡을 방법이 이미 우리 손에 있다."

장수들이 그의 뜻을 알 수 없어서 물으니 그는 한마디로 대답했다.

"증구에 들어가면 살아서 나오지 못한다. 이런 말을 어느 병서에서 읽었는데 지금 우금이 스스로 그 사지에 들어갔네. 얼마 안 있어 그들은 목숨을 잃을 걸세."

그러고는 그날 이후부터 병사들을 독려하여 부근의 목재를 잘라 많은 배와 뗏목을 만들게 했다.

"육지에서 싸우는데 어째서 이런 배와 뗏목을 만드는 거지?"

장졸들은 모두 관우의 명령을 이상히 여겼으나 이윽고 가을 8월이 되자 밤이고 낮이고 연일 비가 내리기 시작했다.

양강의 물은 하룻밤이 지날 때마다 놀랄 정도로 불어났다. 백하의 탁류도 넘쳐 여러 개의 강이 모두 하나가 되었고 사방의 육지도 물에 잠겨 보이는 곳이 모두 진흙 바다가 되었다.

관우는 고지대에 올라가 매일 칠군의 동태를 살폈다. 기슭에 가까운 진영도, 골짜기의 진영도 점점 높아지는 물에 쫓겨 날마다 조금씩 높은 곳으로 옮겨갔다. ……그러나 배후의 산은 험준했다. 이제 그 이상은 옮길 수 없는 지점까지 적진은 밀려 올라갔다.

"관평, 관평."

"네."

"이제 됐다. 전에 말해두었던 상류의 하천으로 가서 둑을 터뜨려라."

"알겠습니다."

관평은 일개 부대를 이끌고 비가 쏟아지는 가운데 어딘가를 향해 떠났다. 양강에서 강줄기를 따라 7리 떨어진 지점에 지류가 하나 있다. 관우는 이미 한 달 전부터 그곳에 수백 명의 부하와 수천 명의 백성을 보내 제방을 높이 쌓아 빗물을 가두고 있었다.

||| 二 |||

그날 우금의 본진에 독군督軍 대장 성하成何가 찾아왔다. 성하는 얼마 전부터 재촉하고 있었다.

"언제 그칠지 모르는 비입니다. 만일 양강 물이 이 이상 불어난다면 여러 진영이 모두 물에 잠길 것입니다. 일각이라도 빨리 이 증구천을 떠나 다른 곳으로 진을 옮겨야 합니다."

성하가 살핀 바에 따르면 촉군은 진영을 높은 곳으로 옮기고 배와 뗏목을 만들기에 여념이 없었다. 이것은 뭔가 계책이 있음이 틀림없으니 우리 위군도 이러고 있을 때가 아니라는 점을 역설했다.

"알았네, 알았어. 이미 알고 있어. 자네는 조금 말이 많고 너무 집요하군."

우금은 몹시 언짢아하며 쓸데없는 말은 거부한다는 표정을 지었다.

"아무리 비가 많이 왔어도 양강이 이 산을 잠기게 한 적은 없네. 독군 대장이라는 자가 쓸데없는 말을 해서는 곤란하지."

성하는 본진을 나왔다. 그러나 그의 걱정과 불만은 사라지지 않았다. 그는 그길로 방덕의 진영을 찾아갔다.

방덕은 깜짝 놀랐다. 눈꼬리를 치켜세우고 무릎을 치며 말했다.

"귀공도 그것을 눈치채고 있었소? 귀공이 말한 대로요. 그러나 우금은 총대장이라는 자부심이 강하니 우리들의 의견을 받아들일 리가 없소. 이렇게 된 이상 군령을 거스르더라도 우리는 각자의 생각대로 진을 옮깁시다."

밖에서는 빗소리가 끊이지 않고 들렸다. 이런 때는 우울한 기분을 날려버리기 위해 크고 유쾌하게 웃는 것이 최고라며 방덕은 벗을 붙들고 술을 내왔다. 그리고 두 사람 모두 거나하게 취해 비도 걱정도 잊고 있을 때 갑자기 심상치 않은 비바람이 휘몰아치더니 물소리인지 북소리인지 모를 소리가 일순 천지를 뒤덮었다.

소스라치게 놀란 방덕은 술잔을 놓았다.

"무슨 일이냐?"

장막을 걷고 밖을 내다보니 놀랍게도 산더미 같은 흙탕물이 진영 앞으로 밀려오고 있었다.

"아아, 홍수다."

성하도 그곳을 뛰쳐나왔다. 그리고 말을 타고 돌아가려고 하는데 저쪽 병영과 막사가 집채만 한 흙탕물에 휩쓸려 사람이고 건물이고 죄다 떠내려가고 있었다. 차례로 밀려오는 물이 막아서는 것들을 모조리 때려 부수고 집어삼켰다.

그러나 이런 무시무시한 홍수 상황을 즐기는 사람들이 있었다. 그들은 병선에 탄 관우와 뗏목에 활과 창을 늘어세우고 있는 촉군들이었다.

"뗏목에 매달리고 배를 따라오는 적은 항복할 마음이 있는 자로 간주하고 건져주어라. 격류에 휩쓸려가는 자는 어차피 죽을 목숨이니 쓸데없이 화살을 쏘지 마라."

관우는 병선 위에서 유유히 명령을 내렸다.

이날 관평이 상류 하천의 제방을 터뜨렸기 때문에 백하와 양강의 강물이 일시에 기슭으로 밀려왔던 것이다. 증구천의 위군은 거의 물에 잠겨 병마의 대부분이 떠내려갔고 각 진영의 막사는 하룻밤 사이에 흔적도 없이 사라져버렸다.

관우는 밤새도록 홍수가 난 곳을 배를 타고 돌아다니며 많은 적병을 물속에서 건져냈다. 이윽고 날이 밝아서 한쪽 산을 보니 그곳에는 아직도 위의 깃발을 펄럭이며 약 500여 명의 적이 진을 치고 있었다.

"어, 저기에 있는 것은 위의 방덕과 동기, 성하 등의 장수들로 보인다. 유능한 자들이 한곳에 몰려 있군. 포위하여 화살을 쏘아 몰살시켜라."

촉의 군졸들은 병선과 뗏목으로 적의 깃발이 세워진 산을 둘러쌌다. 그리고 그곳을 향해 집중적으로 화살을 쏘았다. 500여 명의 병사가 순식간에 300, 200으로 줄어들었다. 동기와 성하는 어차피 도망칠 길은 없다며 포기한 듯이 말했다.

"이렇게 된 이상 백기를 들고 관우에게 항복을 청합시다."

그러나 방덕은 활을 놓지 않고 말했다.

"항복할 자는 항복하라. 나는 위왕 이외의 누구에게도 무릎을 꿇지 않겠다."

방덕은 남아 있는 화살을 쏘며 필사적으로 싸웠다.

||| 三 |||

"얼마 안 되는 적을 처치하지 못하고 언제까지 시간을 끌 참이냐?"

관우가 탄 배도 그곳으로 와서 산에 있는 적에게 활을 쏘고 돌을 퍼부었다. 위의 장졸들이 푹푹 쓰러지며 물속으로 고꾸라졌다. 그러나 방덕은 여전히 불사신처럼 관우의 배를 향해 시위 소리도 날카롭게 활을 쏘는 한편 살아남은 부하들을 독려하고 또 옆에 있는 성하에게도 소리쳤다.

"용감한 장수는 죽음을 두려워하지 않는다고 했소. 오늘이 내가 죽는 날이라고 생각하오. 그대도 후세에 오명을 남기지 마시오."

성하도 죽음을 각오하고 방덕의 말에 대답하자마자 창을 휘두르며 기슭 아래로 내려갔다. 적군의 뗏목 하나가 거기에서 기슭으로 올라오려 하고 있었기 때문이다.

그러나 이내 성하는 떼로 몰려든 적에게 난도질당하고 말았다. 촉의 병사들은 함성을 지르며 방덕의 발밑까지 올라갔다. 방덕은 그들을 보자 활을 내던지고 바위를 들어 머리 위로 떨어뜨렸다.

"이놈들! 원하는 게 뭐냐?"

피와 살과 바위가 가루가 되어 튀었다.

그는 근처에 있는 바위를 거의 다 던져버렸다. 아무리 거대한 바위도 번쩍 들어올렸다. 죽을힘을 다하는 것인지, 귀신의 용맹인지, 도저히 말로는 표현하기 어려운 괴력이었다.

사람이건 뗏목이건 모두 그 아래에선 자취도 없이 사라졌다. 방덕은 다시 활을 잡았다. 그러나 그의 주위에는 겹겹이 쌓인 부하들의 시체만이 있을 뿐 더는 살아 있는 아군이 없었다.

다시 방덕을 향해 사방에서 화살이 날아오고 돌이 쏟아졌다. 천하의 방덕도 힘이 다했는지, 아니면 화살에 맞았는지, 털썩 쓰러졌다. 감히 다가가지 못하고 있던 촉군 사이에서 재빠르게 배 한 척이 노를 저어 다가갔다. 그리고 그 곳을 점령했는가 싶었을 때 죽은 척하고 있던 방덕이 갑자기 일어나 촉군들을 짓밟고 그 무기를 빼앗아 훌쩍 적의 배 위로 뛰어올랐다.

그리고 눈 깜빡할 사이에 배 안에 있던 병사 일고여덟 명을 베어 죽인 후 유유히 배를 저어 산기슭을 떠나 탁류 속으로 달아났다. 배는 피로 물들어 있었다. 그의 행동이 너무도 날래고 대담하여 뗏목과 배에 탄 촉군들은 그저 놀라서 보고만 있을 뿐이었다.

그때 마치 화살이 날아가듯 노를 저어 가던 배 한 척이 갑자기 방덕이 탄 배의 옆구리를 세차게 들이받았다. 그리고 갈퀴와 갈고리, 창 따위를 순식간에 뱃전에 걸어 배를 뒤집어버렸다.

"됐다. 성공이다!"

"저 장수가 누구냐?"

촉군들은 그 모습을 보고 모두 환호성을 지르고 손을 흔들며 칭찬했다. 불사신 방덕도 배와 함께 물보라를 일으키며 사라졌다.

그런데 그를 수장시킨 촉의 장수는 만족하지 못한 듯 즉시 자신도 탁류 속으로 몸을 던져 소용돌이치는 물살을 헤치며 헤엄쳤다. 그리고 방덕과 물속에서 격투를 벌여 마침내 그 거물을 생포했다.

전투는 이미 끝났기 때문에 관우는 배를 기슭에 대고 그 용사가 방덕을 끌고 오기를 기다렸다. 용사의 이름은 촉군 중에서 가장 수영을 잘하는 주창周倉인 것이 벌써 전군에 알려졌다.

관우 앞에는 위의 총사령관인 우금도 포로가 되어 끌려와 있었다. 우금은 슬피 울며 목숨만은 살려달라고 애걸했다. 관우는 코웃음 치며 말했다.

"개를 베어서 무엇 하겠는가. 형주의 감옥으로 보낼 테니 처분을 기다려라."

다음으로 방덕이 끌려왔다. 방덕은 오만하게 선 채 땅바닥에 무릎도 꿇지 않았다. 관우는 방덕의 용맹한 기상을 아까워하며 타일렀다.

"너의 형 방유도 한중왕을 섬기고 있다. 내가 주선해줄 테니 너도 촉을 섬겨 목숨을 보전하는 것이 어떻겠나?"

방덕은 대담하게 껄껄 웃으며 말했다.

"누가 그런 것을 부탁했느냐? 쓸데없는 참견 마라. 나의 주군은 오직 위왕뿐이다. 오래지 않아 유비도 나와 같은 꼴이 되어 위왕 앞에 설 것이다. 그때도 너는 유비를 향해서 위의 녹을 먹으며 살라고 권하겠느냐?"

관우는 격노하여 외쳤다.

"좋다. 네 소원대로 네가 준비한 관 속에 넣어주마. 저자의 목을 쳐라!"

방덕은 말없이 땅바닥에 앉았다. 그리고 목을 내밀자마자 검이 그의 목을 베어 떨어트렸다.

||| 四 |||

비가 그쳐도 물은 쉽사리 줄어들 기색을 보이지 않았다. 방덕이 분전한 산에는 그 후 분묘 하나가 만들어졌다. 그의 충성된 죽음을 슬퍼하며 관우가 만들게 한 것이었다.

한편 그곳의 대홍수는 당연히 번천에도 이어졌다. 번성의 돌담은 물에 잠기고 성벽도 침수되었다. 그렇지 않아도 농성이 길어져 피로에 지쳐 있던 병사들의 사기는 꺾일 대로 꺾이고 말았다.

"하늘이 참으로 매정하구나."

그들은 자연을 원망하고 내일을 비관하며 완전히 전의를 상실했다. 그러나 단 하나의 요행은 이 홍수로 인해 관우 군의 포위진도 어쩔 수 없이 멀리 후퇴하여 고지대에 진을 칠 수밖에 없어 공방전이 중지된 것이었다.

그러는 사이에 성안의 장수들은 수장인 조인을 둘러싸고 회의를 거듭한 끝에 이렇게 권했다.

"굶어 죽느냐 성이 함락되느냐, 지금은 이 두 가지 길밖에 없습니다. 차라리 틈을 보아 밤중에 은밀히 배를 내려 성을 버리고 잠시 어딘가에 몸을 숨기는 것이 현명하다고 생각합니다."

조인도 동의하고 탈출 준비를 서둘렀다.

"이런 한심한 짓을!"

이 사실을 알고 개탄한 것은 만총이었다.

"이번 홍수는 장마에 수위가 높아진 것으로 물이 쉽게 빠지지는 않을 것입니다. 그러나 보름만 기다리면 반드시 원상 복귀될 것입니다. 정보에 의하면 허창 지방도 이번 수해로 굶주린 백성들이 폭도로 변하거나 난동을 부리며 시시각각 분위기가 험악해지고 있다고 합니다. 관우 군이 진압에 나서지 않고 그대로 내버려두는 것은 만약 병사들을 나누어 그쪽에 보내면 즉시 이 번성에서 공격해올 것이라고 여겨 신중을 기해 움직이지 않고 있는 것입니다."

그렇게 설명하고 그는 또 조인이 어떻게 처신해야 할지를 말했다.

"장군은 대왕의 아우입니다. 그런 장군의 움직임은 위나라 전체에 큰 영향을 줄 것입니다. 지금은 이 번성을 끝까지 사수할 때입니다. 만약 이 성을 버리면 관우는 생각대로 되었다며 즉시 황하 이남의 땅을 형주의 군마로 평정해버릴 것이 틀림없습니다. 그리되면 무슨 면목으로 대왕과 고국의 백성들을 볼 수 있겠습니까?"

만총의 말은 조인의 몽매함을 깨우치기에 충분했다. 그는 솔직하게 자신이 잘못 생각했음을 인정했다.

"만약 그대의 가르침이 없었으면 아마도 나는 큰 잘못을 저질렀을 것이네."

그는 지금까지의 패배주의를 성안에서 몰아내기 위해 제장을 모아놓고 훈시했다.

"솔직히 말하겠네. 나는 한때의 잘못된 생각을 부끄럽게 여기네. 국가의 두터운 은혜를 입어 한 성의 수비를 맡았음에도 성을 버리고 달아날 생각을 한 것이 부끄럽기 짝이 없네. 만약 오늘 이후 성을 나가 목숨을 부지하려는 자가 있으면 이렇게 처벌하겠으니 명심하도록 하게."

조인은 검을 뽑아 평소 자신이 타던 백마를 두 동강 내어 물에 던져버렸다. 장수들은 모두 안색이 창백해져서는 이구동성으로 맹세했다.

"반드시 성과 운명을 함께하겠습니다. 생명이 붙어 있는 한 이 성을 지키기 위해 싸우겠습니다."

과연 그날부터 서서히 물이 빠지기 시작했다. 성안의 병사들은 생기를 되찾고 벽을 수리하고 돌담을 다시 쌓았다. 또 새로운 방루를 만들어 활과 석포를 늘어놓고 올 테면 오라는 태세를 취했다.

20일이 채 지나기도 전에 홍수로 들어찼던 물은 다 말랐다. 관우는 우금을 생포하고 방덕의 목을 쳤으며 칠군의 대부분을 물고기 밥으로 만들어 그 위세를 사방팔방에 떨쳤다. 그의 이름은 우는 아이도 그치게 한다는 속담대로 천하에 울렸다.

마침 차남 관흥關興이 형주에서 와서 관우는 장수들의 공적과 전황을 자세히 적어 그를 사자로 명해 성도로 보냈다.

"이것을 한중왕께 전하도록 해라."

(5권으로 이어집니다)

요시카와 에이지 평역

삼국지 | 4 | 망촉·도남

한국어판 ⓒ 도서출판 잇북 2023

1판 1쇄 인쇄 2023년 2월 10일
1판 1쇄 발행 2023년 2월 15일

평역 | 요시카와 에이지
옮긴이 | 김대환
펴낸이 | 김대환
펴낸곳 | 도서출판 잇북

디자인 | 한나영

주소 | (10893) 경기도 파주시 소리천로 39, 파크뷰테라스 1325호
전화 | 031)948-4284
팩스 | 031)624-8875
이메일 | itbook1@gmail.com
블로그 | http://blog.naver.com/ousama99
등록 | 2008. 2. 26 제406-2008-000012호

ISBN 979-11-85370-57-6 04830
ISBN 979-11-85370-53-8(세트)

※값은 뒤표지에 있습니다. 잘못 만든 책은 교환해드립니다.